W0367896

PATRICIA GRASSO

SCHÖN WIE EIN SCHMETTERLING

Roman

Deutsche Erstausgabe

WILHELM HEYNE VERLAG
MÜNCHEN

HEYNE ROMANE FÜR ›SIE‹
Nr. 04/239

Titel der Originalausgabe
MY HEART'S DESIRE

Aus dem Amerikanischen von
Ingrid Laufenberg

Besuchen Sie uns im Internet:
http://www.heyne.de

Copyright © 1996 by Patricia Grasso
Published by Dell Publishing, a division
of Bantam Doubleday Dell Publishing Group, Inc.
Copyright © der deutschen Ausgabe 1998 by
Wilhelm Heyne Verlag GmbH & Co. KG, München
Printed in Germany 1998
Umschlagillustration: Jean Monti/Agentur Schlück
Umschlaggestaltung: Atelier Ingrid Schütz, München
Satz: Pinkuin Satz- und Datentechnik, Berlin
Druck und Bindung: Elsnerdruck, Berlin

ISBN 3-453-13737-X

»JETZT GEH IN DEIN ZIMMER, WENN DU WILLST«, SAGTE ROGER MIT HEISERER STIMME.

»Ich bin deine Frau«, antwortete Blythe. Sie ging auf ihn zu, schlang ihre Arme um seinen Hals und preßte ihren Körper gegen seinen.

»Ich will dich«, flüsterte sie an seinem Hals. »So sehr, wie du mich willst.«

Bevor er sie umarmen konnte, trat Blythe einen Schritt zurück. Einen schrecklichen Augenblick lang dachte Roger, daß sie ihn verlassen würde.

Und dann bewegte sie sich.

Blythe hob die Arme und streifte die Träger ihres Nachthemdes von den Schultern. Das seidene Nachthemd flatterte zu Boden. Und dann stand sie nackt vor ihm – eine stolze Schönheit, die nur ihm gehörte.

In Rogers Blick spiegelte sich seine Anbetung. Er sah ihr tief in die Augen, zog sein Hemd über den Kopf und warf es auf den Boden, wo es sich mit ihrem seidenen Nachthemd verband, so wie ihre beiden Körper sich verbanden …

Für die Frau, die mich davon überzeugt hat, daß Pasta, Pizza und Kuchen nur wenig Kalorien haben. Ich grüße dich, Tante Rose, und ›die Mandeln deiner Schwester‹.

Mein besonderer Dank gilt Gary Dascoli, dem ›Mr. Humanismus‹ der Everett High School, weil er mir so viel von seinem Wissen über die Alten Griechen vermittelt hat.

Prolog

London, 1589

Er hatte sie schon immer geliebt.

Und sie lächelte ihn an. Selbst aus dieser Entfernung wärmte ihr strahlendes Lächeln sein Herz. Es war schon immer so gewesen.

Seit sie vor dreizehn Jahren in sein Leben getreten war, hatte Roger sie als die Schwester, die er niemals gehabt hatte, betrachtet und intensive Beschützergefühle für sie entwickelt. Sie erwiderte seine Zuneigung und überschüttete ihn mit kindlicher Bewunderung.

Roger Debrett stand in dem jetzt zur Sommerzeit üppig blühenden Garten des Grafen von Basildon und starrte über den weitläufigen Rasen das Mädchen an, das auf einer Steinbank im Schatten einer Trauerweide saß. Eine sanfte Brise spielte mit den ausladenden Ästen der Weide. Roger hielt einen Moment inne, um die feminine Gelassenheit des Mädchens zu bewundern. Sie erinnerte ihn immer an einen zarten, schwer zu fangenden Schmetterling. Seine *Psyche*, wie die Griechen so passend sowohl den Schmetterling als auch die Seele nannten.

Sie war inzwischen dreizehn Jahre alt und kein Kind mehr, dachte Roger. Bald würde sie eine weitere Schwelle des Lebens überschreiten und zur Frau werden. Und dann würden eifrige junge Freier in Scharen nach Devereux House drängen, um ihr den Hof zu machen.

Roger Debrett, Graf von Eden und der zweitreichste Mann in England, konnte sich alles kaufen, was ihm gefiel. Seit ihrer ersten Begegnung hatte ihm das Mädchen, das da unter der Weide saß, besser gefallen als alles andere. Und am allerbesten hatte ihm immer die bedingungslose Anerkennung gefallen, die sich in ihrem strahlenden Lächeln spiegelte.

Nur widerwillig beendete Roger diesen Augenblick und begann, über den Rasen auf sie zuzugehen. Er bewunderte den Garten des Grafen, ein wahres Paradies auf Erden. Niedrig geschnittene Hecken aus Thymian, Myrte und Gamander waren zu komplizierten Mustern gestaltet, zu denen Lavendel und Raute einen hübschen Gegensatz bildeten. Perfekt gepflegter Rasen bedeckte den Boden zwischen Reihen von Eiben, die so geschnitten waren, daß sie hohe Hecken bildeten. Rote Rosen, lila Jungfer im Grünen, weiße Lappenblumen und blaue Vergißmeinnicht blühten in einer übermütigen Mischung aus leuchtenden Farben. Und doch verblaßte diese Schönheit der Natur im Vergleich mit dem Mädchen.

Während Roger sie beobachtete, sah er unter ihrer fast noch kindlichen Unschuld die knospende Schönheit. Dieser Augenblick würde ihm immer als einer der schönsten Tage in seinem Leben im Gedächtnis bleiben. Er würde seinem kleinen Schmetterling ihr erstes erwachsenes Geburtstagsgeschenk überreichen und ihr dann die glückliche Neuigkeit mitteilen, daß er sich verlobt hatte. Oh, er konnte kaum abwarten, wie sie darauf reagieren würde.

Roger sah, wie sie den Kopf zur Seite neigte, als sei sie erstaunt darüber, daß er nicht näherkam. Er gab ihrem Lächeln nach und ging über den Rasen auf sie zu.

»Ich wußte, daß Ihr kommen würdet«, sagte sie und sah ihn mit den entwaffnendsten violetten Augen an, die er jemals gesehen hatte.

»Lady Blythe. Die süßeste Blume in diesem Paradies welkt neben Eurer ungewöhnlichen Schönheit.« Roger beugte sich förmlich über ihre ausgestreckte Hand.

Sein Kompliment schien ihr zu gefallen. *Außerordentlich sogar.* Er wollte den Augenblick nicht verderben, indem er sie schalt, aber er nahm sich vor, sie vor männlichen Schmeicheleien zu warnen.

»Wie geht es Elizabeths ›hochfliegendem Adler‹?« fragte sie und benutzte den Spitznamen, den die Königin ihm verliehen hatte.

»Euer strahlendes Lächeln heitert meinen Tag auf«, antwortete Roger. Dann neckte er sie: »Woher wußtet Ihr, daß ich Euch einen Besuch abstatten würde? Seid Ihr eine Zigeunerin, die die Zukunft voraussagen kann?«

»Zuviel der Ehre, Mylord.« Sie legte den Kopf zurück, um ihn in seiner vollen Länge anzusehen, denn mit einem Meter fünfundachtzig überragte er ihre zierliche Gestalt um dreißig Zentimeter. »Ihr vergeßt nie meinen Geburtstag.«

»Heute ist Euer Geburtstag?« Roger täuschte peinliche Bestürzung vor. Seine blauen Augen weiteten sich vor gespielter Überraschung. »Lieber Himmel, wie konnte ich einen so bedeutungsvollen Anlaß nur vergessen?«

Blythe lachte so melodiös, daß er sich an einen Singvogel erinnert fühlte. »Setzt Euch neben mich«, lud sie ihn ein und warf ihm einen koketten Blick unter ihren dichten schwarzen Wimpern zu.

Roger grinste. Er wußte, daß sie ihren ganzen Charme an ihm ausprobierte, aber es störte ihn nicht im geringsten.

Roger setzte sich neben sie, streckte seine langen Beine aus und betrachtete ihr perfektes Profil. Ihr ebenholzschwarzes Haar und ihre entwaffnenden violetten Augen verschworen sich mit üppigen Lippen und einer kleinen geraden Nase, um die Aufmerksamkeit eines jeden Mannes zu erregen. Ihr schwacher Duft nach Rosen reizte seine Sinne.

Blythe war zweifellos eine Schönheit. Er würde jeden unverschämten Kerl umbringen, der es wagen sollte, mit ihrem Herz zu spielen.

»Habt Ihr vor, mich den ganzen Tag auf mein Geschenk warten zu lassen?« fragte Blythe und warf ihm einen Blick zu, der wohl verführerisch sein sollte.

Roger hätte am liebsten gelacht. Statt dessen setzte er einen angemessen mißbilligenden Gesichtsausdruck auf und wies sie zurecht: »Liebe Psyche, Gier ziemt sich nicht für eine Dame.«

»Psyche?«

»*Psyche* ist griechisch für *Schmetterling*, und so seid Ihr mir immer vorgekommen: wie ein hübscher, schwer zu fangender Schmetterling.«

»Psyche bedeutet auch *Seele*«, fügte sie mit einem zweideutigen Lächeln hinzu.

Ihre Worte überraschten ihn, obwohl er damit hätte rechnen müssen. Richard Devereux, der Graf von Basildon, hatte darauf bestanden, daß seine Töchter die gleiche Erziehung wie Söhne genossen.

»Versteht Ihr von Griechisch soviel wie von Mathematik?« neckte er sie.

»Ich spreche es ebenso fließend wie Archimedes«, antwortete sie. »Ich kannte ihn. Allerdings in einem anderen Leben.«

Roger lachte in sich hinein. »Manchmal sprecht Ihr wirklich die herrlich bizarrsten Gedanken aus.«

Mit beiden Händen ergriff Blythe seinen Unterarm. »Ratet, was Papa mir zum Geburtstag geschenkt hat«, sagte sie mit lebhafter Stimme, und ihre violetten Augen funkelten vor unverkennbarer Aufregung.

Ihre unverhohlene Freude bezauberte ihn. »Schmuck?«

Blythe schüttelte den Kopf.

»Ein neues Pferd?«

Wieder schüttelte sie den Kopf.

»Ich gebe auf«, sagte Roger lächelnd. »Was hat Euer Vater Euch geschenkt?«

»Ein wunderbares Schiff«, antwortete Blythe und schloß die Augen wie in vollkommener Verzückung.

»Ein *Schiff*?« Roger konnte nicht glauben, was er gehört hatte. Was sollte ein Mädchen mit einem Schiff anfangen?

»Papa hat mir ein Schiff geschenkt und die Kontrolle über meinen eigenen Woll- und Getreideexport, unter der Bedingung, daß ich mich jede Woche mit ihm bespreche«, erzählte Blythe. »Ich habe mein Schiff *Paralda* genannt, zu Ehren des elementaren Gottes des Ostens. Papa sagt, wenn ich Gewinn mache, wird er mir zu meinem nächsten Geburtstag ein weiteres Schiff und einen weiteren Geschäftszweig schenken.«

Roger sah sie stirnrunzelnd an. Gewinn zu machen war eine männliche Domäne und ganz entschieden unweiblich. Was hatte sich Devereux nur dabei gedacht? Wie viele Familien würden hungern, wenn das junge Ding ihre Erzeugnisse schlecht verwaltete?

»Stimmt etwas nicht?«

Als Roger den zögernden Unterton in ihrer Stimme hörte, tätschelte er ihre Hand und versicherte ihr: »Mich überrascht nur das Geschenk Eures Vaters.«

»Ja, es ist in der Tat ein wundersames Geschenk.« Blythe warf ihm ein kokettes Lächeln zu und sagte: »Ich bin sicher, daß mir Euer Geschenk noch besser gefallen wird. Das heißt, wenn Ihr es mir überhaupt gebt.«

Roger zwinkerte ihr zu und zog eine rechteckige Schachtel aus seinem Wams. »Herzlichen Glückwunsch zum Geburtstag, kleiner Schmetterling«, sagte er und gab ihr die Schachtel, während er sich vorbeugte und sie züchtig auf die Wange küßte.

»Danke, Mylord.« Eine schickliche Röte überzog ihre Wangen. Blythe strich mit einem Finger über den Deckel der Schachtel, als genieße sie die Vorfreude und Erwartung.

»Öffnet sie«, sagte Roger und beobachtete ihre Reaktion. Er wußte, daß er sich in diesem Jahr selbst übertroffen hatte.

Blythe hob den Deckel. »Heiliger Swithin«, rief sie, überrascht vom Anblick der herrlichen Halskette.

Das mit Edelsteinen besetzte Odinskreuz funkelte ihr auf schwarzem Samt entgegen. Das Kreuz hing an einer schweren Goldkette und war aus Diamanten gearbeitet mit einem einzigen Rubin in der Mitte. Amethyste bildeten den Kreis um das diamantene Kreuz.

»Das ist eine Kette für eine Königin«, sagte Blythe und blickte ihn an. Ihre Augen hatten dieselbe Farbe wie die Amethyste.

»Erlaubt mir«, sagte Roger. Er nahm die Kette aus der Schachtel und legte sie ihr um. Der mit Steinen besetzte Anhänger lag auf ihrer Brust.

Blythe berührte ihn mit ihrer rechten Hand. »Werdet Ihr jetzt von einer Heirat sprechen?« fragte sie sehr zu seiner Überraschung.

»Woher wißt Ihr das?«

»Weibliche Intuition.«

»Dreizehn Jahre alt und bereits eine große Dame?« neckte Roger.

Blythe schenkte ihm ein vielsagendes Lächeln und senkte scheu den Blick. Während eine tiefe Röte ihre Wangen überzog, informierte sie ihn: »Meine Menses hat eingesetzt. Das bedeutet, daß ich eine Frau bin.«

Roger überkam das überwältigende Verlangen, laut loszulachen, aber es gelang ihm, sich zu beherrschen. Er stand von der Bank auf, ging ein paar Schritte und sah in Richtung des Devereux House. »Lady Darnel hat meinen Heiratsantrag angenommen«, erzählte er ihr. »Sie ist drinnen und stattet Euren Eltern einen Besuch ab.«

»Darnel Howard?« wiederholte Blythe mit einer Stimme, die kaum lauter als ein Flüstern war.

Als Roger die Überraschung in ihrer Stimme hörte, wirbelte er herum und sah die plötzliche Veränderung in ihrem Verhalten. Eben noch war sie glücklich wie ein Schmetterling gewesen, der durch den Garten Eden flattert, und im nächsten Augenblick schien sie den Tränen gefährlich nah zu sein. Lieber Himmel, was sollte er tun, wenn sie zu weinen begann?

»Ihr könnt doch nicht Darnel Howard heiraten«, rief sie. »*Ich liebe Euch.*«

Überwältigt und sprachlos durch diesen Schock starrte Roger ihr reizendes Gesicht an, in das die unbeschreibliche Verletzung wie gemeißelt schien. Er kannte sie seit ihrer Geburt, aber er hatte sie noch niemals so gesehen. Weshalb waren ihm die Anzeichen ihrer Schwärmerei entgangen?

Blythe stand auf und trat auf ihn zu. »Ich habe Euch immer geliebt«, verkündete sie, und Tränen glitzerten in ihren Augen.

Roger mußte schlucken, denn er hatte plötzlich einen

Kloß im Hals. »Ich bin ein erwachsener Mann von fünfundzwanzig Jahren«, sagte er sanft. »Du bist noch ein Kind.«

Blythe trat einen Schritt zurück, als hätte er sie geschlagen. In ihrem feingeschnittenen Gesicht kämpften Wut und Qual miteinander.

»An meinem fünften Geburtstag habt Ihr mir versprochen, auf mich zu warten, bis ich erwachsen bin«, erinnerte sie ihn. »Ihr habt versprochen, mich zu heiraten.«

»Das war ein Scherz«, sagte Roger und stöhnte innerlich. »Leere Worte, um ein hübsches Kind zu besänftigen.«

Blythe erstarrte sichtlich bei seiner aufrichtigen Erklärung. »Ich werde Euch nie verzeihen, daß Ihr mein Vertrauen enttäuscht habt«, sagte sie mit schneidender Stimme. Und damit wandte sie ihm den Rücken zu.

»Blythe, ich liebe dich, so wie ein Bruder seine Lieblingsschwester liebt, wie ein Onkel ...« Roger brach ab, denn er spürte, daß es falsch war, das zu sagen.

Roger suchte nach tröstlicheren Worten und blickte zum Himmel. Wolken waren aufgezogen und verdrängten die wärmenden Strahlen der Sonne. Ein plötzlicher Windstoß ließ die ausladenden Äste der Weide gegen seine Knöchel schlagen.

»Kleines, ich würde dir niemals vorsätzlich weh tun«, sagte Roger entschuldigend.

Blythe wirbelte herum und bat, wie nur eine Dreizehnjährige es tun konnte: »Dann schickt *diese Frau* fort und heiratet mich.«

»Ich liebe sie«, beharrte Roger und fuhr sich frustriert mit einer Hand durch die Haare. Wie konnte er erreichen, daß sie ihn verstand?

»Darnel Howard ist Eurer nicht wert«, schrie Blythe. Ihre Stimme war durch ihre offensichtliche Erregung lauter geworden.

Roger wurde klar, daß er die Unterhaltung nicht mehr unter Kontrolle hatte, und er weigerte sich, länger über diesen Punkt zu streiten. Er setzte ein strenges Gesicht auf und sagte: »Ich liebe Darnel Howard. Und im Oktober werde ich sie heiraten.«

»Und Ihr werdet diesen Tag bis an Euer Lebensende bereuen.« Blythe nahm die leere Schachtel, die sie noch in der Hand hielt, warf sie nach ihm und traf ihn mitten auf den linken Wangenknochen. Dann wandte sie ihm den Rücken zu und lief zum Kai ihres Vaters.

Roger spürte, wie sein Herz sich zusammenzog, und es tat weher als sein verletztes Gesicht. Ein schmerzliches Gefühl des Verlustes überkam ihn, als er sie weggehen sah.

Sie würde ihm nie verzeihen, daß er sie zurückgewiesen hatte. Und sie würde ihn auch nie wieder so strahlend anlächeln. Roger wußte das so sicher, wie er wußte, daß die Wunde von der verdammten Geschenkschachtel blutete.

Er riß ein Taschentuch aus seinem Wams und drückte es auf seine blutende Wange. Ganz unerwartet schlug ein Zweig der Weide gegen die unverletzte Seite seines Gesichtes, als der Wind von der Themse her stärker wurde. Er sah nach oben und bemerkte die unheilvolle Dunkelheit des nachmittäglichen Himmels. Langsam und müde ging Roger durch den Garten auf das Herrenhaus zu.

Blythe kämpfte mit ihren Tränen und blieb dort stehen, wo der Kai auf die Themse traf. Sie schloß die Augen und atmete tief durch.

Der einzige Mann, den sie jemals geliebt hatte, heiratete eine andere Frau.

Wie konnte sie ohne ihn leben? Wie konnte sie seinen Anblick ertragen in dem Wissen, daß er einer anderen gehörte? Und wie sollte sie auf der anderen Seite überleben, ohne jemals sein geliebtes Gesicht wiederzusehen?

Blythe drehte sich um und sah, wie Roger zurück zum Haus ging. Mit dem erwachenden Instinkt einer Druidin wußte sie, daß sie füreinander bestimmt waren. Oh, warum konnte er das nicht erkennen? Nachdem sie einander in vielen Leben geliebt hatten, brachte die Große Muttergöttin sie jetzt wieder zusammen.

Blythe streckte leise flehend die Hände aus, als Roger im Haus verschwand, und heiße Tränen stiegen ihr in die Augen. Die Wolken über ihr wurden dunkler, und der Wind nahm zu.

Der Mann, den sie seit Anbeginn der Zeit liebte, liebte eine andere Frau.

Sie schluchzte auf. Und dann noch einmal. Blythe ergab sich ihrem Schmerz, senkte ihren Kopf und weinte um das, was sie verloren hatte.

»Weine nicht, Schwester«, sagte eine vertraute Stimme. »Sonst wird es regnen.«

Blythe hob den Kopf und sah durch ihre tränenverschleierten Augen die elfjährige Bliss. Ihre Schwester berührte ihren Arm, was ein widerwilliges Lächeln auf ihr Gesicht brachte.

»Läßt deine Berührung mich lächeln?« fragte Blythe.

Bliss nickte.

»Weinen ist manchmal notwendig, um die Seele zu reinigen«, sagte Blythe und nahm die heilende Hand ihrer Schwester von ihrem Arm.

Bliss schaute zu den bedrohlichen Wolken und schlug vor: »Dann laß uns unter der Weide sitzen. Ihre Äste werden uns vor den Elementen beschützen.«

Hand in Hand liefen Blythe und Bliss zurück zu der Weide. Mit Hilfe der Steinbank kletterte Blythe zuerst in den Baum und half dann ihrer Schwester herauf. Die beiden Schwestern ließen sich auf einem dicken Ast nieder und schauten durch die sich bewegenden Zweige zu dem Haus. In der Ferne half Lord Roger Lady Darnel auf ihr Pferd, während Graf Richard und Lady Keely danebenstanden.

Mit ihrem rechten Zeigefinger berührte Blythe ihr Herz und dann ihre Lippen und flüsterte: »O alte Weide auf dieser alten Erde, älter als ich sagen kann, gib mir deine Kraft, um diesen Zauber wirken zu lassen.« Dann zeigte sie mit dem Finger auf die brünette Schönheit, die auf dem Pferd saß.

Plötzlich fegte ein Wirbelwind durch die Gärten. Die

dunklen Wolken gähnten, und Regen prasselte auf die Erde und die vier Erwachsenen in der Ferne nieder.

Lady Darnel stieß einen bestürzten Schrei aus und riß die Kapuze ihres Sommerumhangs hoch, während Lord Roger in den Sattel stieg. Der Graf und die Gräfin von Basildon zogen sich eilig in das Devereux House zurück.

»Hast du das gemacht?«

Blythe lächelte ihre Schwester von der Seite an und nickte.

Bliss kicherte und klatschte vor Freude in die Hände. »Lady Darnel hat ausgesehen wie eine nasse Katze. Aber ich glaube, Mutter wird dieser Einsatz deiner Gabe für eine solche Kleinigkeit nicht gefallen.«

Blythe schloß für einen Moment die Augen und flüsterte: »Danke, o wundersame Weide, daß du mir deine Kraft gegeben hast.«

Zehn Minuten später hörte der Regen abrupt auf, und nach weiteren fünf Minuten erspähten die Schwestern ihre Mutter, die wie ein General auf die Weide zukam.

»Da kommt sie«, sagte Bliss überflüssigerweise und warf Blythe einen ›Ich hab's dir ja gesagt‹-Blick zu.

Blythe schluckte nervös. Ihre Mutter schien nicht besonders glücklich.

»Kommt runter!« Lady Keely wandte sich an die Elfjährige, nachdem die Mädchen vor ihr auf dem Boden gelandet waren, und befahl: »Ich möchte allein mit deiner Schwester sprechen. Geh zurück ins Haus.«

»Immer wenn's interessant wird, muß ich gehen«, beschwerte sich Bliss, ging aber zum Haus, ohne daß es ihr ein zweites Mal gesagt werden mußte.

»Wenn du deine Gabe so ungeniert einsetzt, wirst du die Göttin mit Sicherheit verärgern«, sagte Lady Keely und wandte ihre Aufmerksamkeit ihrer ältesten Tochter zu.

»Es tut mir wirklich leid«, entschuldigte sich Blythe. »Aber Roger ...« Sie brach schluchzend ab, unfähig, ihre aufgewühlten Gefühle länger zu beherrschen.

Lady Keely setzte sich auf die Steinbank unter der Weide und sagte: »Komm her, Liebes.«

Blythe setzte sich und legte den Kopf an die Schulter ihrer Mutter. »Du hast gesagt, daß Roger mir gehören würde«, schluchzte sie. »Du hast gesagt, daß unser Schicksal in den heiligen Steinen geschrieben steht. Wußtest du nicht, was wirklich geschehen würde?«

»Druide zu sein, bedeutet zu wissen«, sagte Lady Keely und hob das Kinn ihrer Tochter. »Im Augenblick deiner Empfängnis hat der Wind mir deine Bestimmung zugeflüstert, und diese Bestimmung ist Roger Debrett. Vertraue mir, Liebling, denn ich habe es gesehen.«

Blythe gelang ein unsicheres Lächeln. Sie vertraute ihrer Mutter zweifellos. Nur hatte sie nicht erwartet, daß Darnel Howard Rogers Herz erobern würde, bevor sie es tat.

»Bitte erzähl mir die Geschichte noch einmal«, sagte Blythe.

»Vor langer Zeit hielten die geflügelten Wesen der Luft eine große Versammlung ab«, sagte Lady Keely lächelnd. »Sie beschlossen, daß die Herrschaft über alle Wesen mit Flügeln, seien es Vögel oder Insekten, dem zustünde, der am höchsten fliegen konnte. Der majestätische Adler wurde natürlich sofort der Favorit und begann seinen Flug auf die Sonne zu. Er stieg hoch über die anderen und verkündete seine Herrschaft über sie. Ein kluger Schmetterling, der sich in den Federn des Adlers versteckt hatte, tauchte plötzlich unerwartet unter seinen Schwingen auf. Er flog einen Zentimeter höher als der Adler und piepste: ›Geschöpfe mit Flügeln, schaut her und seht eure Königin.‹

»Nicht daran gewöhnt, so hoch zu fliegen, begann der Schmetterling zu fallen. Der Adler war amüsiert von der weiblichen List des Schmetterlings, streckte seine Schwingen aus und fing ihn auf, bevor er zu Tode stürzte.«

»Und gemeinsam herrschten der Adler und der Schmetterling über die Lüfte«, fügte Blythe hinzu, denn sie kannte die Geschichte auswendig. »Und von da an konnte man den majestätischen Adler und seinen klugen Schmetterling – *seine Seele* – immer gemeinsam über den Horizont gleiten sehen.«

»Roger ist der hochfliegende Adler der Königin, und du

bist sein kluger Schmetterling«, beendete Lady Keely die Geschichte.

Da mußte Blythe lächeln.

»Ich habe ein Geburtstagsgeschenk für dich«, sagte Lady Keely und griff in ihre Tasche.

»Er ist wunderschön«, sagte Blythe und betrachtete den goldenen Ring, den ihre Mutter ihr an den rechten Zeigefinger steckte. Eingraviert in die glatte Oberfläche war ein Schmetterling, der auf der Schwinge eines Adlers saß.

»Gemeinsam werdet ihr, Roger und du, zum Paradies aufsteigen und noch darüber hinaus«, sagte Lady Keely. »Mach dir nie wieder Sorgen wegen Darnel Howard.«

»Ich liebe dich«, sagte Blythe und umarmte ihre Mutter.

»Und ich liebe dich, mein Schatz.«

Lady Keely betrachtete das diamantene Odinskreuz, das ihre Tochter trug. Sie drehte es um, und als sie sah, was auf der Rückseite des Anhängers stand, mußte sie lächeln.

»Hier ist der Beweis für meine Worte«, sagte die Gräfin.

Blythe sah die Inschrift an: *Und dich habe ich erwählt*. Verwirrt von diesem Gedanken fragte sie: »Warum sollte Roger diese Worte in meine Kette gravieren, wenn er vorhat, Darnel Howard zu heiraten?«

»Die Wege der Göttin sind seltsam«, sagte Lady Keely mit einem Schulterzucken. »Vertraue ihr immer und zweifle nie daran, daß Lord Roger eines Tages dir gehören wird. Mit diesen Worten hat er seinen Weg im Leben gewählt.«

Blythe lächelte. Sie war wieder glücklich. Der Mann, den sie schon immer geliebt hatte, würde ihr gehören. Die Göttin hatte ihr Schicksal beschlossen.

»Außer im Notfall, ist es ein Mißbrauch deiner Kräfte, den Wind zu deiner eigenen Befriedigung zu manipulieren«, erinnerte Lady Keely sie mit strenger Stimme. »Habe ich mich klar ausgedrückt?«

Blythe nickte.

»Und eine Geschenkschachtel dem Schenkenden ins Gesicht zu werfen, ist unverzeihlich«, fuhr die Gräfin fort. »Es ist Sünde, Gewalt gegen andere zu üben.«

»Ich werde mich schriftlich bei Roger entschuldigen«, versprach Blythe.

»Gib mir den Brief, wenn du ihn geschrieben hast. Ich werde ihn nach Debrett House senden«, sagte Lady Keely und stand von der Steinbank auf. Sie machte eine kleine Pause und fügte dann hinzu: »Du wirst Roger erst wiedersehen, wenn der Augenblick gekommen ist, daß der Schmetterling sich auf der Schwinge des Adlers niederläßt.«

Blythe beobachtete, wie ihre Mutter zum Haus zurückging, und legte ihre rechte Handfläche über das Kreuz. Neue Hoffnung stieg in ihr auf. Roger würde ihr gehören. Sie spürte es mit ihrem aufkeimenden Druideninstinkt.

Und dich habe ich erwählt.

Diese fünf Worte ewiger Liebe klangen in ihrem Herzen, ihren Gedanken und ihrer Seele wider.

Blythe lächelte. Ja, der Adler der Königin und sein Schmetterling – seine Seele – würden zum Paradies aufsteigen und noch darüber hinaus. Ihre Mutter hatte es gesehen, und was immer ihre Mutter sah, geschah auch. Immer.

Der Wind im Garten ihres Vaters wurde zu einer schmeichelnden Brise, und die Sonne sah hinter den Wolken hervor.

Blythe war wieder glücklich.

Kapitel 1

April 1594

Staubig und müde öffnete Roger Debrett die Tür zu seinem Zimmer und trat ein. Die Reise vom Stammsitz seiner Vorfahren, Eden Court, war lang und strapaziös gewesen, aber es war ihm gelungen, Whitehall Palace rechtzeitig zu Königin Elizabeths Saint George's Day Gala zu erreichen. Er brauchte jetzt erst mal einen starken Drink und ein heißes Bad, dann konnte er der Welt gegenübertreten.

»Du bist schon zurück?« fragte die brünette Schönheit, die ihr Ebenbild im Spiegel bewunderte.

Roger lüftete seinen Hut und sah seine Frau kurz aus den Augenwinkeln an, antwortete jedoch nicht. Statt dessen durchquerte er das Zimmer bis zu dem Tisch, wo er sich einen Whisky eingoß. Roger führte das Glas an seine Lippen und trank die bernsteinfarbene Flüssigkeit in einem Schluck. Dann schenkte er sich noch einmal nach und drehte sich um, um sie anzusehen. Sie putzte sich vor dem Spiegel heraus, als sei sie unfähig, die Trennung von ihrem makellosen Ebenbild zu ertragen.

»Ich wette, das war die schnellste Zeit, in der jemals die Strecke von Winchester zurückgelegt wurde«, sagte Darnel, ohne ihn auch nur eines Blickes zu würdigen. »Vielleicht sollte Elizabeth dir einen Orden dafür verleihen.«

»Tut mir leid, wenn ich dich enttäuschen muß«, antwortete Roger und prostete ihr mit seinem Glas schweigend, aber spöttisch zu. »Du wirst dir wohl für dein nächtliches Rendezvous mit deinem derzeitigen Liebhaber eine andere Unterkunft suchen müssen.«

Darnel Debrett lächelte süffisant und wandte dann ihre Aufmerksamkeit ihrer Zofe zu, die ein Kästchen mit Schmuck zu ihrer Prüfung bereithielt. Darnel nahm eine

Smaragdkette hoch, hielt sie an ihren Hals und warf sie dann achtlos wieder zurück. Sie konzentrierte sich auf die Juwelen, als hinge die Sicherheit des Königreiches davon ab, welche Kette sie trug. Schließlich entschied sie sich für den diamantenen Halsreif.

»Ich möchte baden und mich umziehen«, sagte Roger. »Schick das Mädchen weg.«

»Laß uns allein«, entließ Darnel ihre Zofe.

»Soll ich auf Euch warten, Mylady?«

Darnel sah Roger aus dem Augenwinkel abschätzend an, bevor sie antwortete. »Nein, es wird spät werden heute nacht.«

Die Zofe machte einen kleinen Knicks und verließ das Zimmer. Die Tür fiel hinter ihr ins Schloß.

Roger zog seinen Wams aus und warf ihn zur Seite. Dann hielt er inne, um seiner Frau zuzusehen, die letzte Hand an ihre Erscheinung legte.

Vor langer Zeit hatte er sie mehr geliebt als sein Leben, dachte Roger bitter. Wie unglaublich naiv er doch gewesen war. Nachdem sie von ihm schwanger geworden war, hatte Darnel ihn wegen seines Vermögens geheiratet und ihn in diesem Fiasko gefangen, das sich als Ehe ausgab. Und noch schlimmer war, daß ihre amourösen Abenteuer jetzt drohten, Schande über den ehrenwerten Namen Debrett zu bringen.

»Dieses Kleid ist sehr tief ausgeschnitten, selbst für die Verhältnisse bei Hof«, bemerkte Roger. »Hast du vor, heute abend ein paar Höflinge zu stillen?«

»Sei nicht so ordinär«, schnauzte Darnel. »Außerdem, interessiert es dich wirklich, was ich trage?«

»Es hat mich einmal interessiert«, sagte Roger sanft und hielt den Blick ihrer dunklen Augen im Spiegel fest.

»Phh! Es hat dich so sehr interessiert, daß du den Goldschmied angewiesen hast, in meinen Verlobungsring die ach so romantische Feststellung *Meiner besonderen Freundin* einzugravieren«, schoß Darnel zurück, offensichtlich unberührt von dem Bedauern in seiner Stimme.

Roger lächelte freudlos. »Ich habe dir schon mindestens tausendmal gesagt, daß der Goldschmied deinen Ring mit dem Geburtstagsgeschenk für Blythe Devereux verwechselt hat. Außerdem hat dir mein Gold seitdem hundert neue Ringe gekauft.«

»Deine Erklärung zählt nicht mehr.«

»Nein, offensichtlich nicht.«

Darnel wandte sich abrupt von ihrem Spiegelbild ab, durchquerte das Zimmer und stellte sich vor ihn. »Nun, du hast mich seit Jahren nicht mehr angerührt«, sagte sie mit einem anklagenden Unterton in der Stimme.

»Ich habe immer etwas weniger bereiste Straßen bevorzugt«, sagte Roger zu ihr. Seine Stimme war absichtlich kalt, während er in ihren üppigen Ausschnitt starrte.

Darnel hob ihre Hand, um ihn zu schlagen. Mit blitzschnellem Reflex packte Roger ihr Handgelenk und riß sie gegen seinen harten, unnachgiebigen Körper.

»Zwing mich nicht zu überstürztem Handeln«, warnte er.

»Erspar mir deine leeren Drohungen«, sagte Darnel mit schneidender Stimme und hielt seinem Blick stand. »Jeder bei Hofe glaubt, daß du der gefährliche hochfliegende Adler der Königin bist, jederzeit bereit, auf die Unvorsichtigen niederzustoßen, aber ich weiß es besser. Du kannst ja nicht mal einer Fliege etwas tun.«

»Mit der richtigen Dosis Provokation ist jeder von uns zu Gewalt fähig«, konterte Roger, ließ dann aber ihr Handgelenk los und verschränkte seine Arme vor der Brust, damit er sie nicht schlug.

Darnel grinste höhnisch und warf ihm einen ›Hab' ich ja gleich gesagt‹-Blick zu. Sie zog sich auf die andere Seite des Zimmers zurück.

»Miranda und Mrs. Hartwell sind sicher in Eden Court«, sagte Roger im Plauderton. »Miranda freut sich schon darauf, daß wir drei den Sommer gemeinsam in Winchester verbringen werden, wie eine richtige Familie.«

Darnel starrte ihn ausdruckslos an.

»Du erinnerst dich doch an unsere Tochter Miranda?« fragte er.

»Ich werde diesen Sommer nicht in Winchester verbringen«, informierte sie ihn. »Ich habe beschlossen, die Königin auf ihrer Reise zu begleiten.«

»Du hast Miranda seit dem Tag ihrer Geburt kaum angesehen«, sagte Roger. »Du wirst den Sommer gemeinsam mit ihr auf Eden Court verbringen.«

»Ich glaube nicht«, antwortete Darnel. »Vielleicht nächstes Jahr.«

»Und wer ist im Moment der Glückliche?« fragte Roger. »Edward deVere? Dudley Margolin? Einer meiner eigenen Brüder?«

»Jeder von ihnen wäre dir vorzuziehen«, antwortete Darnel. »Eine Dame genießt und schweigt, weißt du.«

»Du bist keine Dame«, sagte Roger.

Darnel lächelte über seine machtlose Beleidigung. »Willst du damit andeuten, daß du dir keine Geliebte nimmst?«

»Ich bin wohl kaum zölibatär«, gab Roger zu. »Trotzdem solltest du dich damit abfinden, den Sommer mit Miranda und mir in Winchester zu verbringen. Auch ich bin hier bei Hofe und schaffe es trotzdem, unsere Tochter fünfmal die Woche zu sehen. Du hast sie zum letztenmal enttäuscht. Die einzig akzeptable Entschuldigung für deine Abwesenheit wäre dein vorzeitiges Ableben.«

»Ich habe dir doch gerade gesagt, daß ich an der Sommerreise der Königin teilnehmen werde«, sagte Darnel. »*Meine* Tochter wird das verstehen.«

Der abfällige, beinahe geheimnisvolle Unterton versetzte Roger sofort in Alarmbereitschaft. Er durchquerte das Zimmer, packte ihren Arm und wirbelte sie herum. »Was meinst du mit ›meine‹ Tochter?« wollte er wissen.

Darnel lächelte. Offensichtlich gefiel es ihr, daß sie es geschafft hatte, die Mauer zu durchbrechen, die seine Gefühle schützte. »Miranda ist meine Tochter, weil sie aus meinem Körper kam. Und was ihren Vater betrifft ...«, sie zuckte die Schultern, »... ich war bereits schwanger, als wir heirateten.

Miranda könnte auch von jemand anderem gezeugt worden sein.«

»Lügnerin«, sagte Roger zornig.

»Bin ich das?«

Mit einer blitzartigen Bewegung packte Roger sie am Hals. Wie einfach es wäre, das Leben aus diesem betrügerischen Körper zu pressen.

»Dein Tod ist den Gang zum Galgen nicht wert«, sagte Roger und ließ seine Hand sinken. »Miranda ähnelt mir. Gib es zu, du möchtest einen Schatten über meine Liebe zu ihr legen. Du haßt mich so sehr, daß du es nicht ertragen kannst, wenn meine eigene Tochter mich liebt. Sie würde dich auch lieben, wenn du ihr ein bißchen mehr Aufmerksamkeit schenken würdest.«

»In einem Punkt hast du recht: Ich hasse dich.« Mit diesen Worten ging Darnel auf die Tür zu. »Du brauchst nicht auf mich zu warten, mein lieber Mann. Vielleicht tanze ich die ganze Nacht durch.«

»Wohl tanzen im Bett«, erwiderte Roger grob.

Darnel warf ihm einen vernichtenden Blick zu. Die Tür knallte hinter ihr zu.

Roger goß sich noch einen Whisky ein. Er prostete mit seinem Glas dem leeren Zimmer zu und murmelte: »Wenn diese Hure doch nur ein für allemal aus meinem Leben verschwinden würde.«

Eine Stunde später stand Roger im Eingang zu Königin Elizabeths Audienzsaal. Die besten Musiker Englands standen an einer Seite des riesigen rechteckigen Raumes und spielten auf den unterschiedlichsten Instrumenten. An der Wand gegenüber dem Eingang saß Königin Elizabeth in einem Sessel auf einem Podium, das mit orientalischen Teppichen bedeckt war. Die Mitte des Raumes war fürs Tanzen reserviert.

Wams, Hose und Accessoires in goldenem Brokat, blaue Seide oder braunroter Samt harmonisierten bei jedem Edelmann. Ohrringe, gearbeitet aus Gold und wertvollen Steinen, baumelten von ihren Ohren, und Rouge färbte manch männliche Wange. Die Edelfrauen trugen skandalös tief ausgeschnittene Kleider und schmückten sich mit sämtlichen unschätzbaren Juwelen, die sie besaßen.

Roger erschien ganz in schwarz gekleidet wie ein Raubvogel, der in ein Land voller bunter Pfauen eindrang. Er starrte in die edle Schar und entdeckte die einzige andere ebenfalls schwarz gekleidete Person: Richard Devereux, sein glorreicher Mentor, mit seiner Gräfin, Lady Keely.

In der Absicht, mit ihnen zu sprechen, hob Roger seine Hand in schweigendem Gruß und ging auf sie zu. Er hatte kaum fünf Schritte getan, als eine Hand auf seinem Arm ihn aufhielt.

Roger sah auf die Hand der Frau und hob den Blick zu der üppigen Rothaarigen, seiner Geliebten. Er warf ihr ein entwaffnendes Lächeln zu, das ihren Herzschlag beschleunigte.

»Willkommen am Hof, Mylord«, begrüßte die fünfundzwanzigjährige Lady Rhoda Bellows ihn.

»Danke, Mylady.« Roger beugte sich über ihre Hand und fragte dann neckend: »Und wie geht es Eurem Mann?«

Lady Rhoda lächelte katzenhaft. »Den armen Reggie haben die heutigen Aktivitäten so ermüdet, daß er sich für den Rest des Abends zurückgezogen hat.« Ihre Stimme wurde zu einem Flüstern, und sie fügte hinzu: »Ich könnte Euch später treffen.«

»Ich bin direkt von Winchester hergeritten, um Euer schönes Gesicht zu sehen«, sagte Roger weich. »Unglücklicherweise habe ich meine Energie erschöpft. Könnten wir uns vielleicht morgen treffen?«

»Ja, aber Ihr werdet niemals wissen, wie enttäuscht ich bin«, antwortete Lady Rhoda.

»Ich bin sicher, daß ich noch enttäuschter bin«, versicherte Roger. »Ich fürchte jedoch, daß meine Müdigkeit mich in Verlegenheit bringen würde.« Er warf einen schnellen Blick durch den Raum und fügte hinzu: »Ich würde mich gerne mit Devereux besprechen, bevor ich mich zurückziehe. Würdet Ihr mich entschuldigen?«

»Bis morgen.« Lady Rhoda ging.

Wieder machte Roger sich auf den Weg zu seinen Freunden, blieb aber stehen, als er hörte, wie jemand seinen Namen rief. Er drehte sich zu der Stimme um und erblickte Lady Sarah Sitwell, seine *andere* Mätresse, die auf ihn zukam. Mit blonden Haaren und blauen Augen war die siebenunddreißig Jahre alte Lady Sarah eine sensationell gutaussehende Frau und dankbar dafür, die Aufmerksamkeit eines jüngeren Mannes genießen zu können.

»Wie reizend Ihr heute abend ausseht.« Roger beugte sich förmlich über ihre Hand, während er ihr das Kompliment machte. Er ließ seinen Blick auf ihrem Dekolleté ruhen, lächelte und fügte hinzu: »Der Schnitt Eures Kleides betont die Vollkommenheit Eurer herrlichen Brüste, Mylady.«

»Werdet Ihr heute abend Zeit für ein intimes Abendessen auf meinem Zimmer haben?« fragte Lady Sarah, der seine Worte offensichtlich gefielen.

»Ihr führt mich in Versuchung«, antwortete Roger geschmeichelt. »Unglücklicherweise bin ich direkt von Winchester hergeritten. Den einzigen Genuß, den ich mir heute abend gönnen kann, ist diese Augenweide. Könnten wir morgen zusammen essen?«

»Natürlich. Ihr wäret keine gute Gesellschaft, wenn Ihr einschlafen würdet«, antwortete Lady Sarah.

»Mylady, Euer Verständnis wird nur noch von Eurer Schönheit übertroffen«, bemerkte Roger.

»Würdet Ihr gerne tanzen?«

»Morgen, Liebste.« Er warf einen schnellen Blick in Richtung des Earl von Basildon. »Im Moment würde ich mich gerne mit Devereux unterhalten.«

Lady Sarah neigte den Kopf in einer Geste des Abschieds. »Dann, Mylord, laßt Euch von mir nicht länger aufhalten.«

Roger küßte ihr wieder die Hand und ging. In der Hoffnung, daß keine weitere Frau seinen Weg kreuzen würde, steuerte er auf den Grafen und die Gräfin von Basildon zu.

»Ihr seid bei den Damen ja inzwischen hoch im Kurs«, neckte Lady Keely ihn, als er sie erreichte. »Ich kann mich noch daran erinnern, wie Ihr als zwölfjähriger Page Aphrodisiaka gekauft habt.«

»Ich würde diese Weibsbilder kaum als Damen bezeichnen«, entgegnete Roger und beugte sich über ihre Hand. Er schüttelte die Hand des Grafen und fragte: »Wie läuft unsere Levant Trading Company?«

»Sie floriert über alle Erwartungen hinaus«, antwortete Richard Devereux. »Würdet Ihr Keely Gesellschaft leisten, während ich mit der Königin tanze?«

»Es ist mir ein Vergnügen.« Roger beobachtete, wie der Graf wegging, und bemerkte: »Es überrascht mich, Euch hier zu sehen.«

»Ich gehe immer zur Saint George's Day Gala der Königin«, antwortete Lady Keely. »Es ist ein ärmlicher Ersatz für meine Abwesenheit bei ihrer jährlichen Rundreise im Sommer.«

»Seit Mirandas Geburt verbringe ich jeden Sommer mit ihr in Winchester«, sagte er. »Weshalb nehmt Ihr und Richard nie an der Reise der Königin teil?«

»Aus demselben Grund«, antwortete sie. »Wir besuchen meinen Bruder in Wales, weil ich es nicht ertragen könnte, für die Dauer der Reise von meinen Kindern getrennt zu sein.«

Roger nickte verständnisvoll. Wie verschieden die Liebe dieser Mutter zu ihren Kindern doch von der Einstellung seiner Frau war.

»Würdet Ihr gerne tanzen?« fragte er und drehte sich um, um die anderen Höflinge zu beobachten.

»Ich würde mich lieber unterhalten«, antwortete sie. »Im Moment braucht Ihr einen mitfühlenden Freund.«

Roger wandte den Kopf und starrte sie an. Woher sollte sie wissen können, welches Leid sein Herz schwer machte?

»Ihr scheint Sorgen zu haben«, erklärte Lady Keely, als könnte sie seine Gedanken lesen.

Roger sah die vorbeiziehenden Tänzer an. Seine Frau, bemerkte er, hatte den Partner gewechselt. Jetzt flirtete sie mit Edward deVere, dem Earl von Oxford, seinem erbittertsten Rivalen um die Achtung der Königin.

»Nun sagt schon, Roger«, befahl Lady Keely mit ruhiger Stimme. »Was macht Euch Sorgen?«

»Ich hätte sie niemals heiraten dürfen«, gestand er und machte eine Handbewegung zu seiner Frau hinüber. »Sie ist eine schamlose Hure und entschlossen, Schande über den Namen Debrett zu bringen. Aus dieser Verbindung ist nichts Gutes und Schönes hervorgegangen.«

»Und was ist mit Miranda?«

»Ja, meine Tochter entschädigt mich für manches«, stimmte Roger zu. »Zu schade, daß meine Frau sich überhaupt nichts aus ihr macht.«

»Ich bin sicher, daß Darnel ihr einziges Kind liebt«, widersprach Lady Keely. »Der äußere Eindruck kann durchaus täuschen, wißt Ihr.«

Roger nickte und blickte zur Tanzfläche. Plötzlich packte ihn die Wut, als er sah, wie Edward deVere sich über Darnel beugte und sie auf den Hals küßte.

»Entschuldigt mich ...« Roger machte eine Bewegung auf sie zu.

»Verursacht *keinen* Skandal in Anwesenheit der Königin«, warnte Lady Keely ihn und streckte ihre Hand aus, um ihn aufzuhalten.

»Ich *beende* diesen Skandal«, sagte er und schüttelte ihre Hand ab.

Eiserne Entschlossenheit lag auf seinem Gesicht, als Roger auf die Tanzfläche ging. Er drängte sich durch die zahlreichen Paare, die aufhörten zu tanzen und sein unerhörtes Verhalten beobachteten.

Roger ignorierte Oxford und riß seine Frau herum, so daß sie ihn ansehen mußte. »Die Party ist vorbei«, sagte er. »Geh sofort in unser Zimmer zurück.«

»Das tue ich nicht«, rief Darnel, die offensichtlich entsetzt über sein Benehmen war. »Ich weigere mich, irgendwo mit dir hinzugehen.«

»Du verläßt diese Gesellschaft jetzt«, befahl Roger, als hätte sie gar nichts gesagt.

»Ich habe nein gesagt.« Ohne Vorwarnung schlug Darnel ihn.

Dadurch wurde er derart gereizt, daß Roger ihren Hals packte und sie an sich zog. Dann sagte er: »Ich wünschte, du wärest nicht mit mir, sondern mit deinem Grab verheiratet.« Damit schubste er sie gegen den Earl von Oxford, der sie auffing.

»Bis daß der Tod uns scheidet«, sagte Darnel, die offensichtlich die Wut und Qual genoß, die sich auf seinem Gesicht zeigten. »Vergiß das nicht, lieber Mann.«

»In diesem Fall, liebe Frau, wird ein gerechter und gnädiger Gott uns schneller trennen, als du glaubst.« Roger drehte sich auf dem Absatz um und verließ den Audienzsaal und das aufgeregte Publikum.

Roger ging denselben Weg durch die von Fackeln erleuchteten Flure von Whitehall Palace zurück. Er würde seine ehebrecherische Frau auf die eine oder andere Art loswerden. Die nächsten dreißig Jahre mit einer Hure verheiratet zu sein, kam überhaupt nicht in Frage.

Er hatte an die Macht der Liebe geglaubt. Zu spät hatte er erfahren, daß die sanften Gefühle einem nutzlosen Hirn entsprangen.

Edward deVere ... Dudley Margolin ... Lieber Gott, selbst seine eigenen Brüder hatten seine Frau geliebt.

Als Roger die Zuflucht seines Zimmers erreichte, goß er sich ein stärkendes Glas Whisky ein. Blinde Wut ließ ihn das bernsteinfarbene Feuer nicht spüren, das sich einen Weg in seinen Magen brannte.

Roger seufzte vor wachsender Verzweiflung. Welch schrecklichen Makel besaß er, der andere davon abhielt, ihn zu lieben? Seit dem Tod seiner Mutter, als er fünf Jahre alt gewesen war, hatte er erfolglos versucht, die Anerkennung seines Vaters zu gewinnen. Jahrelang hatte er sich wegen der mangelnden Liebe seines Vaters gequält. Und dann hatte er Darnel Howard getroffen, deren dunkle Augen ihm die

Liebe zu versprechen schienen. Aber dieses süße Versprechen war nichts als eine bittere Lüge gewesen.

Sollte die Schlampe sich doch einen anderen Platz zum Schlafen suchen, beschloß Roger und verriegelte absichtlich die Tür. Müde setzte er sich auf die Bettkante und zog seine Stiefel aus. Dann stand er auf und entkleidete sich. Nackt legte er sich auf das Bett und legte einen Arm über seine Augen.

Der Gedanke an Scheidung kam ihm in den Kopf. Am nächsten Morgen würde er um eine Audienz bei Königin Elizabeth bitten und das Thema seiner Scheidung von Darnel anschneiden. Elizabeth würde ihm seinen Wunsch, frei von einer ehebrecherischen Frau zu sein, sicher nicht abschlagen. Und dann ... würde er sich von hinterhältigen Frauenzimmern fernhalten. Nie wieder würde er heiraten. Alles was er brauchte, war die Liebe seiner Tochter.

Die aufkeimende Hoffnung, sich von seiner Frau befreien zu können, beruhigte ihn. Roger fiel in einen tiefen, traumlosen Schlaf.

Bum! Bum! Bum!

Roger tauchte langsam aus den Tiefen der Bewußtlosigkeit auf.

»Öffnet die Tür, Debrett«, befahl eine Stimme. »Im Namen Ihrer Majestät, der Königin, befehle ich Euch, diese Tür zu öffnen.«

Roger schoß hoch. Was, zum Teufel, war hier los? Er sprang aus dem Bett, stolperte verschlafen durch das Zimmer und riß die Tür auf.

»Seid Ihr allein?« fragte Edward deVere, offensichtlich erschreckt vom Anblick der Nacktheit seines Rivalen.

Roger nickte und richtete seinen Blick auf die Gruppe in dem Flur. Hinter deVere stand ein Trupp von fünf bewaffneten Wachen. Richard Devereux und William Cecil standen direkt dahinter.

»Was wollt Ihr?« fragte Roger und rieb sich den Schlaf aus den Augen.

»Im Namen Ihrer Majestät, Königin Elizabeth, stelle ich

Euch unter Arrest«, verkündete deVere und stürmte an ihm vorbei in das Zimmer. »Packt Eure Sachen zusammen.«

Die Erklärung des Earl von Oxford sorgte schlagartig für Rogers volle Aufmerksamkeit. »Weshalb verhaftet?«

Oxford lächelte ohne jeden Humor. »Wegen Mordverdachts.«

»Mord?«

»Mord an Eurer Frau, Darnel Howard«, erklärte deVere.

Roger warf seinem Rivalen einen verwirrten Blick zu. »Darnel ist tot?«

»Zieht Euch an und beeilt Euch«, schnauzte der Earl von Oxford. »Oder ich zerre Euch nackt in den Tower.«

Roger ignorierte den Befehl und sah hilflos zu seinen Freunden, die jetzt direkt hinter deVere standen. »Was ist geschehen?« fragte er mit Blick auf den Earl von Basildon.

»Es tut mir leid«, sagte Richard Devereux. »Jemand hat Darnel erdrosselt.«

Roger spürte, wie seine ganze Welt zusammenbrach. Nur ein paar Stunden zuvor hatte er seine Frau am Hals gepackt und ihr vor dem gesamten verdammten Hof gedroht.

»Wir glauben an Eure Unschuld«, sagte William Cecil und zog die Aufmerksamkeit auf sich. »Richard und ich werden das genau untersuchen und den Schuldigen finden.«

»Wir werden Euch bald wieder aus dem Tower holen«, fügte Devereux hinzu und gab ihm die Kleidung, die er am Abend zuvor getragen hatte. Er warf deVere einen verächtlichen Blick zu und fügte hinzu: »Ich werde Euch flußabwärts begleiten, um sicherzustellen, daß Roger gesund ankommt.«

Nur weil er seiner Frau den Tod gewünscht hatte, trat der nicht einfach ein, dachte Roger, als er seine Breeches anzog. Das führte aber unweigerlich zu der nicht zu beantwortenden Frage: Wer außer ihm wollte die Welt von Darnel befreien?

Die Sonne erreichte an diesem fünfzehnten Tag im Juli ihre höchste Position am Himmel und begann ihren Abstieg nach Westen.

Zwei junge Frauen saßen im Garten des Earl von Basildon im Schatten einer Weide, deren ausladende Äste sie vor den erbarmungslosen Strahlen der Sonne schützten. Ihre jüngeren Geschwister saßen unter einer Eiche auf der anderen Seite des Gartens und machten ihr nachmittägliches Picknick.

»Es ist der Tag des Saint Swithin«, teilte Blythe Devereux ihrer jüngeren Schwester mit. »Welches Wetter der Herr der Winde uns heute auch schickt, es wird uns für das ganze Jahr begleiten.«

»Dann werden wir wohl einen warmen Winter bekommen«, antwortete Bliss. »Es ist heute heißer als im Innern der Hölle.«

»Im Innern der Hölle?« wiederholte Blythe und unterdrückte ein Lächeln. »Mama würde dich wegen deines Vokabulars schelten. Damen lästern nicht, wie du weißt.«

»Sie sagt auch immer, daß wir niemals einem Mann trauen sollten, dessen Augen zu eng zusammenstehen«, erinnerte Bliss sie. »Der Himmel möge uns beistehen, wenn wir einem Mann mit einem Grübchen im Kinn trauen sollten.«

»Iß dein Gemüse, sonst bekommst du Warzen«, warnte Blythe, ihre Mutter imitierend. Die beiden Schwestern brachen in Kichern aus.

»Die walisischen Berge wären erfrischend kühl diesen Sommer«, sagte Bliss mit einem wehmütigen Unterton. »Ich verstehe nicht, weshalb wir dieses Jahr nicht hinreisen konnten.«

»Papa begleitet die Reise der Königin, um den Tod von Lady Darnel zu untersuchen«, sagte Blythe. »Der arme Roger harrt jetzt schon seit drei Monaten im Tower aus.«

»Aber Papa ist vor zwei Tagen zurückgekehrt«, antwortete Bliss. »Wir hätten also reisen können.«

»Wenn wir Wales erreicht hätten, wäre es schon wieder Zeit gewesen, nach England zurückzukehren«, sagte Blythe und sah zu dem Haus hin. Als sie spürte, wie ihre Schwester sie am Arm berührte, drehte sie sich um und sah deren ernsten Gesichtsausdruck.

»Ich bin froh, daß du Roger nicht geheiratet hast«, sagte Bliss. »Dann wärst du vielleicht jetzt diejenige, die zu früh im Grab liegt.«

»Ich bin sicher, daß Roger nichts mit dem Tod seiner Frau zu tun hat«, sagte Blythe nachdrücklich und legte ihre Hand auf die ihrer Schwester. »Aber ich danke dir für deine Sorge.«

»Vielleicht hast du recht.« Bliss warf ihr einen Blick aus den Augenwinkeln zu und bemerkte: »Bald ist September. Freust du dich schon darauf, uns zu verlassen und deine Pflichten als Hofdame der Königin zu übernehmen?«

»Ich freue mich nicht darauf, euch zu verlassen, aber es wird mir die Möglichkeit geben, Roger zu helfen«, antwortete Blythe und berührte das Odinskreuz, das sie in den vergangenen fünf Jahren immer getragen hatte.

»Aber es könnte gefährlich sein, sich einzumischen«, warnte Bliss. »Wenn Roger wirklich unschuldig ist, dann läuft bei Hofe ein Mörder herum.«

»Ich verspreche, sehr vorsichtig zu sein.«

Wildes Geschrei lenkte ihre Aufmerksamkeit auf ihre jüngeren Geschwister. Die sechs jüngsten Devereux-Kinder, im Alter von zwei bis vierzehn, liefen über den Rasen auf sie zu.

»Wir möchten *Rhibo* spielen«, sagte die vierzehnjährige Aurora und meinte das traditionelle Erntespiel, das sie jeden Sommer bei der Familie ihrer Mutter in Wales spielten.

»Es ist zu früh für *Rhibo*«, sagte Bliss.

»Wir werden *Rhibo* am ersten August spielen, um Lammas zu feiern«, stimmte Blythe zu.

Der vier Jahre alte Adam Devereux, der einzige männliche Nachkomme, drängte sich dicht an seine älteste Schwester. Nase an Nase mit ihr forderte er: »Erzähl uns die Geschichte.«

»Bitte!« erklang es von Summer und Autumn, den elfjährigen Zwillingen.

»Bitte, bitte«, bat die achtjährige Hope.

»Ihr müßt euch alle hinsetzen«, sagte Blythe und nahm die zweijährige Blaze auf den Schoß.

Ohne einen Gedanken daran zu verschwenden, ob sie ihre Kleider schmutzig machen würden, ließen sich die Kinder ins Gras fallen und sahen ihre älteste Schwester erwartungsvoll an. Blythe lächelte, als sie ihre violetten Augen und die glänzenden schwarzen Haare sah, so wie bei ihr selbst. Nur Blaze, die jüngste, hatte es geschafft, die roten Haare und smaragdgrünen Augen des Vaters zu erben.

»*Lady Blythe! Lady Bliss*!« unterbrach sie Jennings, der Majordomus der Familie Devereux, während er durch den Garten auf sie zueilte. »Der Graf und die Gräfin wünschen Eure Anwesenheit im Arbeitszimmer.«

»Uns beide?« fragte Blythe.

Jennings nickte. »Die anderen Kinder begleiten mich zu Mrs. Ashemole«, befahl der Majordomo. »Es ist Zeit für den Mittagsschlaf.«

Als sie das Haus erreichten, ging Blythe voraus in das Arbeitszimmer. In der Tür blieb sie stehen und starrte überrascht auf die fünf Menschen, die sich da versammelt hatten.

Ihr Vater saß auf dem Stuhl hinter seinem Schreibtisch. Der ältliche Lord Burghley, höchstgeschätzter Ratgeber der Königin Elizabeth, belegte einen Stuhl vor dem Schreibtisch, während Großvater Robert Talbot, der Duke von Ludlow und Vater ihrer Mutter, auf dem anderen saß. Ihre Mutter und Großmama Chessy, die zweite Frau ihres Großvaters, standen neben dem Fenster, das auf den Garten hinausging.

»Oh, meine Lieblinge, das ist ein bedeutsamer Tag für euch beide«, rief Großmama Chessy und lief durch das Zimmer, um sie beide zu küssen. »Wenn ich doch nur noch mal in eurem Alter wäre.«

»Chessy, bitte«, sagte Herzog Robert. »Gib ihren Eltern die Möglichkeit, das Thema anzuschneiden.«

»Ich bin einfach so aufgeregt«, sprudelte die Herzogin heraus.

Wenn dieses Gespräch zwischen den Großeltern Blythe auch verwirrte, so wahrte sie doch Haltung. Sie knickste zunächst vor Lord Burghley und begrüßte dann ihren Großvater mit einem Kuß auf die Wange. Bliss machte es ihr nach.

»Soll ich beginnen, Liebste?« fragte Graf Richard und sah seine Frau an.

Lady Keely nickte und warf ihrer ältesten Tochter ein vielsagendes Lächeln zu.

»Wie ihr wißt, wird Roger Debrett seit drei Monaten im Tower gefangengehalten«, sagte Graf Richard und wandte seine Aufmerksamkeit Blythe zu. »Die dürftige Beweislage verhindert, daß es zu einer Verhandlung kommt. Auf der anderen Seite kann Elizabeth ihn nicht freilassen, weil das zu öffentlichen Protesten führen könnte.«

»Ich habe eine Idee, die es der Königin erlaubt, Roger freizulassen«, meldete sich Lord Burghley. »Wir brauchen jedoch Eure Mitarbeit, um diesen Plan durchzuführen.

»Ich würde alles tun, um Roger zu helfen«, sagte Blythe, ohne zu zögern.

Graf Richard sah seine Frau aus den Augenwinkeln an. Darauf durchquerte sie den Raum und ging zu ihrer Tochter. »Wenn du irgendwelche Bedenken wegen dieses Planes hast, dann solltest du dich unbedingt weigern«, sagte Lady Keely. »Wir werden deine Zurückhaltung verstehen.«

Blythe war verwirrt, nickte aber zustimmend.

»Bist du bereit, Lord Roger zu heiraten?« fragte ihre Mutter.

»Du möchtest, daß ich Roger heirate?« wiederholte Blythe, völlig überrascht von dieser Bitte.

»Roger braucht eine Braut, deren Vater sowohl bei Hofe mächtig als auch bei der Bevölkerung Londons beliebt ist«, erklärte Lord Burghley. »Damit würde dein Vater ein Zeichen des Vertrauens setzen, das es der Königin möglich macht, Roger freizulassen, ohne daß die Bürgerlichen sich öffentlich darüber empören.«

Blythe berührte ihren Anhänger und starrte in die Ferne, als überdenke sie, was gesagt worden war, aber um ihre

Lippen spielte ein Lächeln. Die Prophezeiung ihrer Mutter wurde wahr! Der Adler und der Schmetterling würden gemeinsam zum Horizont aufsteigen.

Blythe blickte zu ihrer Mutter. Lady Keely nickte, als kenne sie die Gedanken ihrer Tochter.

»Ich finde immer noch, daß Roger Debrett zu alt für sie ist«, bemerkte der Herzog von Ludlow, bevor Blythe antworten konnte. »Zwölf Jahre trennen sie.«

»Je älter die Geige, desto besser der Klang«, bemerkte die Herzogin. »Nimm doch nur uns beide, Tally, Liebling. Du bist zweiundsechzig und ich nur knapp über vierzig.«

Blythe und Bliss sahen einander an und kicherten. Ihre Großmutter war knapp über vierzig, seit sie sich erinnern konnten. Nur Gott und sie selbst kannten ihr wahres Alter.

»Liebe kennt keine Grenzen wie Alter«, sagte Blythe und errötete, als die anderen sie ansahen. »Ich werde Roger mit Freuden heiraten«, verkündete sie und versuchte, nicht zu eifrig zu klingen. »Aber was ist mit meiner Position als Hofdame der Königin?«

»Dieser Teil des Plans gefällt mir ganz und gar nicht«, sagte der Graf und sah seine Frau an. »Mit sechzehn ist Bliss noch viel zu jung, um bei Hofe zu sein.«

»Tally und ich werden sie beschützen«, sagte Lady Chessy. »Außerdem ist Bliss ein tugendhaftes Mädchen. Nicht wahr, Liebes?«

»Wenn ein Mann versucht, mich zu küssen, werde ich ›igitt-igitt‹ sagen«, versprach Bliss und zitierte, was ihr Vater all seinen Töchtern gesagt hatte. »Und wenn ein Mann mich küßt, werde ich ihm ins Gesicht schlagen.«

Blythe lächelte, als sie sah, wie ihr Vater die Augen verdrehte und dann seine Frau ansah. Lady Keely zuckte die Schultern und nickte.

»Na schön, aber es geschieht wider mein besseres Wissen«, stimmte der Graf schließlich zu.

»Abgemacht. Blythe wird Roger heiraten, und Bliss wird ihre Stelle als Hofdame übernehmen«, sagte Lord Burghley und stand auf. Er wandte sich an die Gräfin und fügte hinzu: »Die Hochzeitszeremonie muß so öffentlich wie möglich stattfinden. Die Bevölkerung Londons muß sehen, daß Richard so sehr an Rogers Unschuld glaubt, daß er ihm seine Tochter zur Frau gibt.«

»Wäre die Saint Paul's Kathedrale angemessen?« fragte Lady Keely.

Lord Burghley nickte und ging zur Tür: »Kommt Ihr, Richard? Wir wollen flußabwärts fahren, um es Roger mitzuteilen.«

»Ich treffe Euch in fünf Minuten am Kai«, sagte Graf Richard und begleitete den Minister der Königin zur Tür. »Ich würde gerne noch mit meiner Tochter sprechen, bevor wir gehen.«

»Komm, Liebling«, sagte Großmama Chessy und zog Bliss mit sich zur Tür. »Als erstes müssen wir uns um deine Garderobe kümmern. Ich habe einen makellosen Geschmack. Du kannst mir also ruhig vertrauen.«

Der Herzog von Ludlow stand auf, um seiner Frau und seiner Enkelin hinauszufolgen.

»Und was wirst du tun, Papa?« fragte Lady Keely.

»Meine zweiundsechzig Jahre alten Knochen brauchen viel Ruhe, um mit meiner knapp über vierzig Jahre alten Frau mitzuhalten«, sagte der Herzog mit einem Grinsen. »Ich glaube, es wird Zeit für meinen Nachmittagsschlaf.«

Allein mit seiner Frau und seiner ältesten Tochter fragte Graf Richard: »Bist du absolut sicher, daß es das ist, was du willst?«

»Ja, aber ...« Blythe brach ab.

»Aber was, Schätzchen?«

»Werde ich die Kontrolle über meine Schiffe und das Geschäft behalten?« fragte Blythe. »Eine Frau sollte ihr eigenes Vermögen haben, weißt du.«

»Schätzchen, du bist wirklich meine Tochter«, sagte ihr Vater und küßte sie auf die Wange. »Die Verlobungsvereinbarung wird alles festschreiben, was du willst. Roger Debrett ist nicht in der Position, etwas zu verlangen.« Damit ging er zur Tür.

»Und dich habe ich erwählt«, murmelte Blythe und wiederholte die Inschrift auf dem Anhänger, den Roger ihr geschenkt hatte. »Die Wahl, die Roger vor fünf Jahren getroffen hat, wird jetzt wahr.«

»Ja, aber sei vorsichtig und hör gut auf die Warnung, die ich in einem Traum gehört habe«, sagte Lady Keely und hakte sich bei ihrer Tochter unter. »Finde das Glück mit dem hoch fliegenden Adler am Ort der Winde. Hüte dich vor der dunklen Sonne.«

»Roger ist der Adler und Winchester der Ort der Winde«, sagte Blythe. Ein Schauer der Angst lief ihr über den Rükken. »Was ist die dunkle Sonne?«

»Du mußt herausfinden, was oder wer das ist«, sagte ihre Mutter. »Du wirst die Verlobungsvereinbarung am Lammas unterzeichnen, dem günstigsten Tag des Jahres für Verbindungen.«

Ja, dachte Blythe. Sie würde ihr Glück am Ort der Winde, Winchester, finden, wo sich der Schrein des heiligen Swithin befand.

Mit dem Selbstbewußtsein der Jugend wußte Blythe, daß sie Sonnenlicht im Überfluß besaß, um Wolken, Schatten und selbst dunkle Sonnen zu bezwingen. Roger, der Adler der Königin, würde sich majestätisch in die Lüfte erheben, und auf der Schwinge des Adlers würde seine Psyche, sein Schmetterling, seine Seele sitzen.

Kapitel 2

»Ihr gebt.«

Roger schob das Kartenspiel über den Tisch dem Hofgeistlichen des Towers zu, der seinen Gewinn einstrich. Roger sah William Kingston, den Wachmann des Towers, an und sagte trocken: »Ich habe nie gewußt, daß ein heiliger Mann ein so talentierter Spieler sein kann.«

»Das ist Gottes Wille«, sagte der Kaplan.

»Amen«, fügte Kingston hinzu.

»Ich bin unter die Räuber gefallen«, beschwerte sich Roger, lächelte aber, während er sich noch einen Whisky einschenkte. »Wenn die Königin mich noch länger gefangen hält, werde ich durch Euch völlig verarmen.«

»Mißgönnt uns doch nicht ein Stückchen des Goldberges, den Ihr angehäuft habt«, sagte der Kaplan.

Wenn auch alles andere als luxuriös, so war Rogers Zimmer im Beauchamp Tower doch hell, luftig und sauber. Der Kamin war in eine Wand eingelassen, und in der Mitte des Raumes stand ein Tisch mit drei Stühlen. Eine Wendeltreppe in der Ecke führte zu seinem Schlafzimmer einen Stock höher.

»Gibt es schon Neuigkeiten von Basildon?« fragte Kingston und bot ihm den Teller mit gebratenem Hühnchen an.

Roger schüttelte den Kopf und starrte auf die Karten in seiner Hand. Ein altbekanntes, bedrückend mißmutiges Gefühl überkam ihn.

Darnel war tot, ermordet von einem ihrer vielen anonymen Liebhaber, und er vergeudete seine Zeit im Tower von London. Das schlimmste war, daß er seine Tochter seit drei Monaten nicht gesehen hatte. Darnel hatte ihre Zeit nie mit Miranda verbracht, und Roger sorgte sich, daß seine Tochter fürchten könnte, daß auch der Vater sie verlassen hätte. Er vermißte sie.

»Ich frage mich, was bei Hofe geschieht«, sagte Roger, ohne aufzusehen.

»Ihre Majestät ist auf Reisen, nicht am Hof«, bemerkte der Kaplan.

»Der Hof ist dort, wo die Queen sich niederläßt«, berichtigte Roger, und es gelang ihm sogar ein schwaches Lächeln.

»Das stimmt wohl«, stimmte der Kaplan zu.

Die drei Spieler schwiegen, während sie ihre Karten studierten. Plötzlich hörten sie Schritte auf der Treppe. Die drei richteten ihren Blick auf die andere Seite des Raumes.

Die Tür öffnete sich langsam. Lord Burghley trat ein, gefolgt von dem Grafen von Basildon.

»Mylords«, sagte Roger und stand auf, wie auch seine Gefährten. Eine Welle der Erleichterung durchströmte ihn bei dem Gedanken, daß sie Neuigkeiten über den Mord an seiner Frau hatten.

»Meine Herren«, Lord Burghley grüßte sie mit einem Nicken und seinem gewohnt düsteren Gesichtsausdruck.

»Wie ich sehe, stehlen diese beiden Diebe Euer hart verdientes Geld«, bemerkte Graf Richard, ein geschliffener Höfling, der unendlich viel umgänglicher war als sein illustrer Gefährte. Er lächelte und streckte dem Wachmann und dem Kaplan die Hand hin.

»Gentlemen, die Angelegenheit Ihrer Majestät erfordert es, daß wir mit Debrett alleine sprechen«, sagte Burghley.

Kingston und der Hofkaplan nickten verständnisvoll und gingen. Die Tür fiel hinter ihnen ins Schloß.

»Mylords, bitte setzt Euch«, sagte Roger und räumte die Spielutensilien vom Tisch.

Der alternde Lord Burghley setzte sich und warf ihm einen Blick höchsten Abscheus zu. »Und wieviel Gold habt Ihr verloren?« fragte er.

»Es ist schwer, hier den Überblick zu behalten«, wich Roger aus und kam sich vor wie ein Schuljunge auf Abwegen.

»Zuviel, entnehme ich Euren ausweichenden Worten«, antwortete Burghley.

Richard Devereux lachte leise. »Diese beiden alten Füchse erschwindeln sich seit Urzeiten Gold von unglücklichen Adligen. Ich erinnere mich, daß sie mir vor achtzehn Jahren ein kleines Vermögen abgenommen haben.«

»Habt Ihr bei Hof etwas herausfinden können?« fragte Roger, unfähig, seine Wißbegierde zu verhehlen.

»Nein, der Mörder ist außergewöhnlich vorsichtig«, antwortete Graf Richard.

»Verdammt«, fluchte Roger und schlug mit der Faust auf den Tisch. »Wie kann ich meine Unschuld beweisen, wenn ich hier eingesperrt bin?«

»Beherrscht Euch, Debrett«, befahl Lord Burghley. »Ein kluger Mann zeigt niemals seine Gedanken oder Gefühle.«

»Es sei denn, er ist unter Freunden.«

»Ach wirklich?« entgegnete Burghley und zog eine Braue hoch. »Erzählt mir, wie Ihr sicher sein könnt, ob die Freundschaft eines Mannes echt oder vorgetäuscht ist.«

Roger starrte ihn an. Burghley hatte recht. Man wußte niemals mit Sicherheit, ob jemand ein wahrer Freund war.

»Ich sehe, Ihr stimmt der Richtigkeit meiner Worte zu«, sagte Burghley.

Roger nickte und sah dann zu dem Grafen, der ihn anlächelte. »Seid Ihr zum Tower gekommen, um mir nichts Neues zu erzählen?« fragte er. »Oder steht meine Exekution bevor?«

»Keine Exekution«, versicherte Richard. »Es ist nur ein längst überfälliger Besuch von zwei alten Freunden.«

Ein Freundschaftsbesuch, das soll wohl ein Witz sein, dachte Roger, als er den Grafen anstarrte. Die beiden alten Füchse hatten irgend etwas vor. Sonst wären sie niemals flußabwärts gereist.

»Euer Bruder besteht darauf, bei den Untersuchungen zu helfen«, sagte Richard. »Obwohl Eure Schwägerin und er Eurem Arrest gegenüber ziemlich gleichgültig zu sein scheinen. Vielleicht ist es ihnen auch nur peinlich. Auf jeden Fall mag ich sie nicht.«

»Cedric und Sybilla?« meinte Roger überrascht. »Ich würde meinem Bruder mein Leben anvertrauen. Er und seine Frau sind sittsamer als jeder andere in England.« Er grinste. »Abgesehen von Lord Burghley natürlich.«

»Sich anständig zu benehmen, ist eine Tugend«, antwortete Burghley. »Aber man kann nie vorsichtig genug sein. Vielleicht solltet Ihr Devereuxs Meinung in Betracht ziehen.«

»Mein Bruder Geoffrey ist es, dem man nicht trauen kann«, sagte Roger und wandte sich an den Grafen. »Er ist ein Schürzenjäger.«

»Wie meine Frau so gerne sagt: Der Schein kann trügen«, meinte Graf Richard.

»Eure Frau ist klug«, stimmte Burghley zu. »Für eine Frau zumindest.«

»Und meine Töchter sind beinahe ebenso klug wie ihre Mutter«, antwortete Graf Richard. Er lächelte Roger an und fügte hinzu: »Cedric sieht Euch überhaupt nicht ähnlich.«

»Cedric ähnelt unserem Vater«, erzählte Roger. »Geoffrey und ich sehen unserer Mutter ähnlich.«

»Oh, ich habe sie nie kennengelernt.«

»Ich habe sie selbst kaum gekannt. Ich war sehr jung, als sie bei Geoffreys Geburt starb.«

Der Graf sah Burghley an und wechselte das Thema. »War deVere aufgebracht, als er erfuhr, daß Ihr nach London reist?«

»Glaubt Ihr, deVere könnte Darnel ermordet haben?« fragte Roger.

»Edward deVere hat nichts im Hirn«, sagte Burghley offen. »Außerdem fehlt ihm Mut, womit er als Mörder ausfällt. Ich kann das sagen, denn er ist in meinem Haushalt aufgewachsen.«

Verwirrt von der offensichtlich nebensächlichen und ziellosen Unterhaltung sah Roger von einem Lord zum anderen. Er hatte nicht übel Lust, die beiden so lange zu schütteln, bis sie alles preisgaben, was sie wußten.

Roger war jedoch zu klug. Der Graf von Basildon hatte ihn gut im Umgang mit Männern unterrichtet. Wenn er auch nur die geringste Ungeduld zeigte, würden diese beiden edlen Herren mit ihm spielen wie zwei Katzen, die eine gefangene Maus quälen. Dann würden sie ihn schelten, weil er ihre Lektionen vergessen hatte.

»Nun, ich freue mich über Eure unerwartete Gesellschaft«, sagte Roger und goß in drei Gläser Whisky. Eins bot er Burghley an, das andere schob er vor Devereux.

»Auf meine beiden besten Freunde auf der Welt«, sagte Roger und prostete ihnen zu. Er trank seinen Whisky und fügte dann hinzu: »Der Koch steht immer zur Verfügung. Hättet Ihr gerne eine Erfrischung, Mylords?«

Sowohl Burghley als auch Devereux lächelten ihn an, offensichtlich erfreut über seine Nonchalance.

»Er hat die richtige Einstellung«, meinte Burghley. »Vielleicht ist er doch noch nicht ganz verloren.«

»Ja, er benimmt sich erstaunlich gut für einen Mann, der niemals bei Euch wohnte«, ergänzte Richard.

Burghley nickte bei dem Kompliment und fragte dann: »Wollt Ihr Euch die Ehre geben oder soll ich es tun?«

»Nach Euch, Mylord.« Der Graf neigte seinen Kopf ehrerbietig vor dem älteren Mann.

»Wir haben einen Plan entwickelt, der Eure Entlassung sichert«, begann Burghley. »Ihre Majestät hat bereits zugestimmt.«

Rogers Interesse war erwacht. »Erzählt mir mehr.«

»Die Königin und ich sind übereingekommen, daß Ihr eine übertriebene Zurschaustellung des Vertrauens in Eure Unschuld braucht – durch einen Mann, der von Höflingen und Bürgern gleichermaßen geliebt wird«, erzählte Burghley. »Wenn dieser Mann Euch seine Tochter zur Frau gibt, wird das jeden Verdacht zerstreuen, daß Ihr auch nur das Geringste mit Darnels vorzeitigem Tod zu tun habt.«

»Keine Bräute«, sagte Roger knapp und sah dem alten Lord direkt in die Augen.

»Schaut, Roger …«

»Ich sagte: keine Bräute«, schnauzte Roger den Grafen an. Er sprang auf, durchquerte den Raum und starrte aus dem Fenster, das auf den Rasen und das Schafott hinausging. In dreißig kurzen Jahren hatte er mit der kalten Verachtung seines Vaters und der ehebrecherischen Geringschätzung durch seine Frau gelebt. Er brauchte keine giftigen Verwicklungen mehr, die sein Leben verdarben. Das Schafott dort drüben schien ihm reizvoller als eine zweite Ehe.

»Meine älteste Tochter wird bald in der Saint Paul's Cathedral heiraten«, sagte Richard.

»Wen?« fragte Roger, ohne sich umzudrehen.

»Euch.«

Roger erstarrte. »Blythe ist noch ein Kind.«

»Sie ist achtzehn.«

»Ich habe nein gesagt.«

»Aber warum?«

Roger wirbelte herum. Als er sprach, war er nicht in der Lage, seine Bitterkeit zu verbergen. »Zuerst kommt der Verlobungsring, dann kommt der Ehering und am Schluß der Folterring. Es wäre höchst unschicklich, wenn ich so bald nach Darnels Tod wieder heiraten würde, wenn ich auch mit dem Gedanken gespielt habe, mich von ihr scheiden zu lassen.«

»Blythe zu heiraten, ist für Euch der einzige Weg aus dem Tower«, beharrte Richard. »Außerdem ist meine Tochter nicht so wie Darnel.«

»Ja, sie ist ein liebes Kind«, stimmte Roger zu, woraufhin seine Besucher unerklärlicherweise lächelten. »Aber meine Antwort bleibt nein. Ich habe nicht vor, jemals wieder zu heiraten.«

»Habt Ihr denn vor, die nächsten vierzig Jahre im Beauchamp Tower zu verbringen?« fragte Richard.

»Was meint Ihr damit?«

»Die Beweise sind zu erdrückend, um Euch freizulassen«, sagte Burghley und gewann Rogers Aufmerksamkeit. »Erinnert Ihr Euch daran, wie ihr Darnel vor dem gesamten Hof in Gegenwart von Elizabeth bedroht habt?«

»Dann soll Elizabeth mich vor den Richter bringen und Schluß«, sagte Roger, der langsam wütend wurde.

»Wir glauben an Eure Unschuld und haben Ihre Majestät

davon überzeugt, daß die Indizien für eine Verhandlung nicht ausreichen«, erklärte Burghley mit leiser und ruhiger Stimme. »Elizabeth fürchtet einen Skandal, und wir stecken in einer Sackgasse. Eure Freilassung können wir nur sicherstellen, wenn Ihr Devereuxs Tochter heiratet.«

»Ihr wünscht doch Eure Freiheit, um das Verbrechen selbst zu untersuchen, nicht wahr?« fragte Richard. »Es ist das einzige, was Burghley und ich tun können. Ja oder nein, ganz wie Ihr wollt.«

Frustriert fuhr sich Roger mit einer Hand durch die Haare. Er wandte sich dem Grafen zu und fragte: »Habt Ihr mit Blythe darüber gesprochen? Oder werdet Ihr sie zum Altar zwingen?«

»Blythe hat Euch immer sehr geschätzt«, antwortete Richard. »Sie glaubt an Eure Unschuld und möchte Euch helfen.«

Roger seufzte. Er hatte nur zwei Möglichkeiten: Entweder heiratete er das Kind oder er würde im Tower verrotten. Im Grunde hatte er gar keine Wahl.

»Wann wird die heilige Zeremonie stattfinden, lieber Schwiegervater?« fragte Roger bitter.

Richard grinste, stand von seinem Stuhl auf und ging durch den Raum, um ihm die Hand zu schütteln. »Blythe und ich werden in zwei Wochen wiederkommen, um die Verlobungsvereinbarung zu unterzeichnen«, sagte der Graf. »Am neunzehnten Tag des Septembers werdet Ihr aus dem Tower entlassen, um Eure Braut in der Saint Paul's Cathedral zu treffen. Nach der Zeremonie seid Ihr frei, Eures Weges zu gehen.«

»Ihr werdet jedoch erst an den Hof zurückkehren, wenn Elizabeth Euch einlädt«, sagte Burghley und stand von seinem Stuhl auf. »Die Königin möchte die Reaktion der Öffentlichkeit auf diese Entwicklung zunächst abwarten. Ich garantiere Euch, daß Ihr rechtzeitig zu den Weihnachtsfestlichkeiten wieder am Hampton Court sein werdet.«

»Ich danke Euch für Eure unerschütterliche Unterstützung«, sagte Roger und schüttelte Burghley die Hand. Dann wandte er sich an den Grafen: »Ich wollte mich nicht abfällig über Blythe äußern. Nach fünf Jahren mit Darnel ...«

»Ich verstehe schon«, unterbrach ihn Graf Richard. »Ich schwöre Euch, daß alles gut wird.«

Roger nickte, bezweifelte aber, daß der Graf recht hatte. »Ich habe noch eine Frage an Euch«, sagte er, als die beiden Herren gehen wollten.

Devereux drehte sich um. »Ja?«

»Ich habe die Bücher meiner Woll- und Getreidehandelsfirmen geprüft«, sagte Roger. »Kürzlich haben meine Gesellschaften beachtliche Verluste erlitten, und mein Vertreter sagte mir, daß an diesem Verlust eine Elemental Trading Company schuld sei. Der anonyme Besitzer dieser Firma hat meine Preise unterboten.«

Richard lächelte. »Ich werde mein Bestes tun, um die Identität des Kaufmannes herauszufinden.«

»Danke, Mylord.« Dann fügte Roger hinzu: »Ich komme hier nicht raus. Kauft Blythe einen angemessenen Verlobungsring, und ich werde Euch die Auslagen zurückerstatten.«

»Sehr gut.« Richard öffnete für Lord Burghley die Tür, und die beiden verschwanden die Treppe hinunter.

Roger ging wieder zum Fenster und beobachtete, wie Burghley und Devereux das Tower Green überquerten und auf die Lieutenant's Lodging zugingen.

Roger schloß die Augen und seufzte. So sehr er den Gedanken verabscheute, eine Braut zu nehmen, der Plan hatte zweifellos etwas für sich. Er mußte an den Hof zurückkehren und den wahren Mörder finden, um seine Unschuld zu beweisen.

Und was war mit Blythe Devereux? Inwiefern profitierte sie von dieser Verbindung? Oder wurde sie doch – im Gegensatz zu der Behauptung des Grafen – in die Kirche gezwungen?

Roger versuchte, sich vorzustellen, wie sie jetzt wohl aussehen würde. Aber vor seinem geistigen Auge sah er immer nur eine hübsche Dreizehnjährige, die ihm ihre Liebe gestand. Das war das letzte, was er brauchen konnte. Er würde seine ganze Konzentration brauchen, um den Heiratsteil bei diesem Geschäft umgehen zu können. Nun, er hatte zwei Wochen Zeit, einen Plan auszuarbeiten, der es ihm ermöglichte, einer zweiten Ehe zu entkommen.

Roger starrte auf die Lieutenant's Lodging. Burghley und Devereux waren darin verschwunden, aber eine Bewegung neben der Lodging erregte seine Aufmerksamkeit. Vor den Fenstern ging eine in scharlachrot und schwarz gekleidete Frau auf und ab. Die Frau wandte sich zum Beauchamp Tower und hob ihren Blick zu dem Fenster im zweiten Stock.

Ein Schauer des Unbehagens lief ihm über den Rücken, aber Roger konnte den Blick nicht von ihr abwenden. Er erkannte die Frau, an deren Porträt in der Long Gallery im Richmond Palace er schon viele Male vorbeigegangen war: Anne Boleyn, die seit langem tote Mutter der Königin.

Und dann hörte Roger ihre Warnung so deutlich, als stünde sie neben ihm in dem Raum: *›Hüte dich vor der dunklen Sonne.‹*

Und dich habe ich erwählt …

Blythe legte sich das diamantene Kreuz um und trat dann vor den Spiegel, um ihr Ebenbild zu mustern. Das Kleid, das sie zu ihrer Verlobung trug, war hochgeschlossen und hatte eine tief angesetzte Taille. Es war aus zartrosa Seide gearbeitet. Die weiche, neutrale Farbe betonte ihre violetten Augen und den diamantenbesetzten Anhänger auf ihrer Brust.

Ein besorgtes Stirnrunzeln trübte ihren gewöhnlich heiteren Gesichtsausdruck, als sie nach Makeln in ihrem Erscheinungsbild suchte. Was würde Roger denken, wenn er sie nach fünf Jahren zum erstenmal wiedersah? Würde er sie mit der schönen Frau vergleichen, die er geliebt und verloren hatte? Erinnerte er sich an die demütigende Szene an ihrem dreizehnten Geburtstag, als sie ihm ihre Liebe gestanden hatte? Würde er sich freuen, daß sie zugestimmt hatte, seine Frau zu werden? Oder würde er ihre Liebe wieder zurückweisen?

Das Lammas-Fest markierte den Beginn der Jahreszeit, wenn die Sonne ihre Verbindung mit der Erde vollzog. Dementsprechend war der erste August ein besonders vielversprechender Tag im Jahreszyklus für Hochzeiten und Verlobungen, und Blythe hoffte inbrünstig, daß dieser Glaube sich als richtig erweisen würde. Es würde nicht leicht sein, Rogers Liebe zu gewinnen, und sie brauchte alle göttliche Hilfe, die sie bekommen konnte.

Blythe ging durch das Zimmer, um aus dem Fenster zu sehen. Die Sonne hatte ihren höchsten Punkt am Himmel noch nicht erreicht. Ihr Vater und sie würden nach dem Essen zum Tower reisen. Das ließ ihr Zeit, sich nach draußen zu stehlen und die Hilfe der Großen Göttin Mutter zu erbitten, ihr Mut zu machen. Der verlassene Garten entsprach genau ihren Bedürfnissen.

Blythe legte einen goldenen Kettengürtel um ihre Taille. An dem Gürtel hing eine schwarze Lederscheide, die ein kleines Stilett mit einem juwelenbesetzten Griff enthielt. Dann nahm sie ihren Beutel mit den Zaubersteinen und ging zur Tür.

Nachdem sie den Garten erreicht hatte, ohne von jemandem gesehen worden zu sein, lief Blythe über den Rasen und versteckte sich unter den ausladenden Ästen ihrer alten Freundin, der Weide. Sie blickte über ihre Schulter, um sicher zu gehen, daß sie nicht gesehen werden konnte. Dann legte sie ihre rechte Handfläche auf den Stamm der Weide und flüsterte: »Ich wünsche dir einen schönen Lammas-Tag, mein Freund.«

Die Spitzen der Zweige zuckten in der sanften Brise und bewegten sich dann nicht mehr.

Blythe trat von dem Baum zurück, blieb aber unter dem Vorhang der Zweige verborgen. Sie drehte sich nach Norden und leerte den Inhalt ihres Beutels in ihre linke Hand. Es waren sechs Steine: ein Smaragd, ein Aventurin, ein Rubin, ein Amethyst, ein Bernstein und ein schwarzer Obsidian.

Aus diesen Steinen bildete Blythe einen improvisierten Kreis. Den Smaragd legte sie nach Norden, den Aventurin nach Osten und den Rubin nach Süden.

»Alle störenden Gedanken bleiben außerhalb«, sagte sie und schloß den Kreis im Westen mit dem Amethyst.

Blythe ging in die Mitte des Kreises und legte sowohl den Bernstein als auch den schwarzen Obsidian hin. Dann zog sie ihr Stilett. Beginnend bei dem Aventurin im Osten zog sie die unsichtbare Kreislinie nach, bis sie wieder nach Osten sah.

»Willkommen, Paralda, Herr des Ostens«, rief Blythe mit einem lauten Flüstern. »Und willkommen Eurus, der Ostwind.«

Wie die Sonne ging sie den Kreis entlang und blieb an jedem Stein stehen, um den Elementargeist anzurufen, der den jeweiligen Quadranten beherrschte. »Willkommen, Dijin, Herr des Westens, und Zephyrus, der Westwind ... Willkommen Ghom, Herr des Nordens, und Boreas, der Nordwind.«

Schließlich trat sie in die Mitte des Kreises und rief: »Willkommen Ngu, Herr der vier Himmelsrichtungen und Winde.«

Blythe berührte das diamantene Kreuz und sagte: »Sei gegrüßt, Heiliger Swithin, mein Schutzpatron. Hilf meiner Sache, ich flehe dich an. Segne meine Verbindung mit Roger Debrett und verbinde uns mit den Winden der Liebe.«

Blythe schwieg einen langen Moment und beschwor in Gedanken, was als nächstes kam. Sie sammelte ihre Gefühle, wie die Natur ihre Kräfte sammelt. Sie drehte sich dreimal im Sonnensinn und breitete ihre Arme aus.

»Geist meiner Reise, gib, daß ich höre, was die Bäume sagen.« Blythe schloß die Augen. »Geist meiner Ahnen, gib, daß ich höre, was der Wind flüstert. Geist meines Stammes, gib, daß ich verstehe, was die Wolken vorhersagen. Große Göttin Mutter, öffne mein Herz, so daß ich über den Horizont hinaussehen kann.«

Lange Zeit verging. Und dann geschah es. Vor ihrem geistigen Auge schwebten Bilder vorbei ...

Ein einsamer Adler flog über ihr. Plötzlich stieg ein Schmetterling von der Erde auf. Der majestätische Adler senkte eine seiner mächtigen Schwingen und nahm den sich mühenden Schmetterling auf, so daß er sicher auf seinem Flügel zu sitzen kam. Der Adler und der Schmetterling schwebten im blauen Himmel auf den westlichen Horizont zu und verschwanden gemeinsam in der Ewigkeit.

Und dann verschwand das Bild wieder.

Blythe hatte keine Zweifel mehr, daß alles gut werden würde. Die Große Göttin Mutter blickte wohlwollend lächelnd auf ihre bevorstehende Verbindung mit Roger. Ihre Zukunft war gesichert.

»Ich danke der Großen Göttin Mutter, daß sie mir ihre Weisheit zuteil werden ließ«, flüsterte Blythe. Sie hob den Bernstein und den schwarzen Obsidian auf und sagte: »Ich entlasse dich, Ngu, Herr der vier Himmelsrichtungen und Winde.«

Beginnend mit dem Smaragd im Norden, entließ Blythe jeden der Elementargeister und sammelte ihre Zaubersteine wieder ein. Dann berührte sie noch einmal den Stamm der Weide und flüsterte: »Danke, daß du mich mit deinen Armen umfangen hast.«

Ohne ein weiteres Wort drehte sich Blythe auf dem Absatz um und ging zurück zum Haus. Sie fühlte sich viel leichter ums Herz als wenige Minuten zuvor. Vorfreude stieg in ihr auf und sie überlegte träge, ob Roger wohl die körperlichen Veränderungen, die die letzten fünf Jahre bei ihr bewirkt hatten, gefallen würden.

»Ich habe dich gesucht«, sagte Lady Keely, die sie in der Eingangshalle traf. »Dein Vater möchte jetzt abreisen.«

»Ich habe gebetet«, erzählte Blythe.

»Gib mir den Dolch und den Beutel«, sagte ihre Mutter mit einem Lächeln. »Weder Roger noch deinem Vater wird es gefallen, wenn du die Elemente anrufst.«

Blythe gab ihrer Mutter den Beutel mit den Steinen und den goldenen Gürtel mit dem Stilett. Der Graf kam in die

Halle, als ihre Mutter ihr gerade den leichten Sommerumhang gab, der genau zu ihrem Kleid paßte.

»Bist du fertig, Schätzchen?« fragte ihr Vater.

Blythe nickte. Der heutige Tag markierte den Beginn ihres Lebens mit dem Mann, den sie schon immer geliebt hatte, und sie konnte es kaum erwarten, ihren Namen auf das Dokument zu setzen, das sie miteinander verbinden würde.

Richard blickte seine Frau an, dann den Dolch und den Beutel in ihren Händen. »Was hast du da, Liebes?«

»Nichts.«

Der Graf zog eine Augenbraue hoch und sagte: »Das ist genau das, was ich dir seit neunzehn Jahren sage.«

»Skeptiker«, murmelte Lady Keely und verdrehte die Augen.

»Bist du sicher, daß du uns nicht begleiten möchtest?« fragte der Graf.

»Ich kann diesen Ort nicht ausstehen«, entgegnete die Gräfin.

Der Spätsommer segnete die Welt der Menschen mit klarem blauen Himmel, strahlendem Sonnenschein und sanften Brisen.

Blythe hängte sich bei ihrem Vater ein und überquerte mit ihm den Rasen bis zum Kai, wo ihre Barkasse sie erwartete. Sie unterdrückte den Drang, ihre frisch erworbene Eleganz zu vergessen und ihre Schuhe auszuziehen. Die Freude führte sie in Versuchung, barfuß über den Rasen zu laufen und jeden Grashalm ihre Füße kitzeln zu lassen.

Am Kai sprang der Graf in die Barkasse und half ihr dann an Bord. Vater und Tochter saßen zusammen, während die Barkasse flußabwärts glitt.

»Du bist meine Erstgeborene, das Kind meines Herzens, und ich würde es niemals auch nur in Erwägung ziehen, dich an den Altar zu zwingen«, sagte Richard. »Bist du sicher, daß du diese Heirat wünschst?«

Blythe lächelte ihn strahlend an. »Ja, Papa.«

Der Graf nickte. »Dann müssen wir etwas Wichtiges besprechen.«

»Ja?«

»Das Leben spielt manchem übel mit, aber Roger Debrett mußte mehr durchmachen als die meisten anderen«, sagte er. »Ich fürchte, daß der Mann, den du einst kanntest, nicht mehr existiert«, sagte er.

Blythes Lächeln erstarb. »Versuchst du, mich wieder davon abzubringen?«

»Nein, aber es könnte schmerzlich für dich sein, wenn du zu große Erwartungen hegst«, antwortete der Graf.

»Mit meiner Liebe, die ihn heilen wird, wird Roger wieder so sein, wie er immer war«, entgegnete sie mit jugendlicher Zuversicht. »Vertraue mir, denn ich habe es gesehen.«

»Und *ich* sehe, daß deine Mutter dich mit ihrem komischen Glauben angesteckt hat«, erwiderte der Graf mit einem liebevollen Lächeln. »Erzähle Roger niemals von diesem Glauben. Ich bezweifle, daß er es verstehen würde. Dein Mann wird schließlich an den Hof zurückkehren. Sei umsichtig in all deinen Worten und Taten.«

»Papa, ich bin immer umsichtig«, versicherte Blythe ihm und tätschelte seine Hand. »Behalte ich die alleinige Kontrolle über meine Geschäfte?«

»Ach, Blythe. Ich sehe, daß ich doch einigen guten Einfluß auf deine Denkweise habe«, sagte Richard. »Um deine Frage zu beantworten: Ich habe diese Klauseln zwischen den profaneren Paragraphen des Vertrages versteckt.«

Ihre Fahrt flußabwärts dauerte eine Ewigkeit. Der Verkehr auf dieser großen Wasserstraße namens Themse war schrecklich überfüllt. Obwohl das Gedrängel der Barkassen den Bootsmännern Unannehmlichkeiten machte, schienen sie alle gut gelaunt und riefen Freunden und Fremden gleichermaßen Grüße zu. Die Barkasse des Grafen glitt unter der London Bridge hindurch und vorbei an abgeschlossenen Verladebecken, von denen die sich vermischenden Gerüche von Gewürzen, Getreide und Holz in die Luft stiegen.

Bald erkannte Blythe die Türme und einschüchternden grauen Mauern des Tower of London. In dem Versuch, ihre schwindende Zuversicht wieder aufzubauen, berührte sie das Diamantenkreuz. Und das Gefühl, das es vermittelte, ermutigte sie tatsächlich.

Die Barkasse legte am Tor des St. Thomas Tower an, auch bekannt als Traitor's Gate, das Verrätertor. Es war das gefürchtetste Portal in ganz England. Berüchtigte Verbrecher wie Anne Boleyn waren hindurchgegangen, wie auch ihre Tochter Königin Elizabeth. Einige waren wieder herausgekommen, andere hatte man nie wieder gesehen.

»Jetzt verstehe ich, weshalb Mutter diesen Ort nicht mag«, sagte Blythe und starrte auf das scheußliche, rachenähnliche Tor, das ihren Geliebten verschlungen hatte. »Gequälte Seelen sind durch dieses Tor gegangen.«

»Ja, aber es ist müßig, über sie nachzudenken«, entgegnete ihr Vater.

Er half ihr auszusteigen und führte sie auf die Lieutenant's Lodging zu. Sie gingen durch die Unterkunft in den grasbewachsenen Innenhof auf der anderen Seite des Gebäudes und dann auf den Beauchamp Tower zu, der über dem Tower Green und dem bedrohlichen Schafott aufragte.

Die Atmosphäre in dem Hof war seltsam gedrückt, als sei in den Steinwänden ein unheimliches Schweigen gefangen. Die Luft war kühl und still.

Der Kaplan erwartete sie am Eingang zum Beauchamp Tower. Er schüttelte dem Grafen die Hand und nickte Blythe zu.

»Ich nehme an, wir werden Rogers Gesellschaft bald verlieren«, sagte der Kaplan mit offensichtlicher Enttäuschung.

»Kingston und Ihr werdet einen anderen unglücklichen Edelmann finden, den Ihr betrügen könnt«, versicherte Richard ihm.

»Ihr verletzt mich, Basildon«, sagte der Kaplan mit einem Lächeln und ging vor ihnen die Treppe hinauf zum zweiten Stock.

Blythe benetzte ihre Lippen, die vor nervöser Angst ganz trocken waren. Sie hatte diesen Tag immer ersehnt, aber jetzt war sie voller Unsicherheit und verlangsamte ihren Schritt. Wenn Roger nun nicht glücklich darüber war, sie zu sehen? Wie sollte sie den Rest ihrer Tage überleben mit einem Mann, der sie nicht lieben konnte?

Und dann erreichte Blythe das Ende der Treppe. Beinahe widerwillig betrat sie den Raum und sah sich dann verwirrt um. Der Raum war verlassen bis auf einen unbekannten Mann.

»Kingston, alter Gauner«, begrüßte ihr Vater den Mann.

Der Tower-Kommandant grinste. »Basildon, Roger ist noch oben. Er wird gleich … Ah, da kommt er ja.«

Ihre Aufmerksamkeit wurde durch das Geräusch von Stiefeln auf der Wendeltreppe gefesselt. Blythe wirbelte herum und starrte Roger an, als er die Treppe herunterkam.

Roger schien genauso auszusehen, wie Blythe ihn in Erinnerung hatte. Groß und gut gebaut, bewegte sich ihr Geliebter mit Würde. Er wirkte ein wenig düster in schwarz, aber sein zotteliges hellbraunes Haar und seine gut geschnittenen Gesichtszüge waren dieselben.

Die fünf Jahre hatten jedoch seinen Gesichtsausdruck verändert. Seine lächelnde Freundlichkeit war einer schmallippigen Grimmigkeit gewichen.

Und dann wandte Roger ihr den durchdringenden Blick seiner himmelblauen Augen zu. Einen kurzen Augenblick lang spiegelte sein Ausdruck Überraschung, als er sie mit dem kritischen Blick eines Frauenkenners musterte. Aber sofort verbarg Roger seine Gefühle.

Blythe verstand seine Strategie. Dasselbe hatte sie ihren Vater tausendmal tun sehen, wenn Höflinge oder Kaufleute ihn aufsuchten. Nur innerhalb der Familie erlaubte sich ihr Vater, seine Gedanken und Gefühle zu zeigen.

Blythe beobachtete Roger, der durch den Raum auf sie zukam. Sie spürte die heiße Röte auf ihren Wangen, als er nur wenige Zentimeter vor ihr stehenblieb.

»Ihr seid hübsch herangewachsen«, sagte er und beugte sich förmlich über ihre Hand.

Blythe nickte. Sie war zu schüchtern, um die passenden Worte zu finden. Heiliger Swithin, der Mann mußte ja denken, daß sie eine kleine Idiotin war. Wie konnte sie sich je-

»Das ist *Euer* Zeichen auf meiner Wange«, sagte er, und seine Augen blitzten amüsiert auf. »Erinnert Ihr Euch an eine bestimmte Geschenkschachtel, die als Waffe benutzt wurde?«

»Das tut mir leid«, entschuldigte sich Blythe mit erstickter Stimme.

»Ich habe Euch schon vor langer Zeit vergeben«, versicherte Roger ihr. Dann stand er auf und fügte hinzu: »Und tatsächlich hattet Ihr recht.«

»Womit?«

»Ihr habt vorausgesagt, daß ich es bereuen würde, Darnel zu heiraten«, antwortete er und drehte sich um, um keiner weiteren Unterhaltung eine Chance zu geben. »Wollen wir hinuntergehen?«

Unten hatte Graf Richard den Verlobungsvertrag auf dem Tisch ausgebreitet. Tinte und Feder lagen daneben.

»Einen Vertrag zu unterzeichnen, ohne ihn vorher zu lesen, ist ein schlechtes Geschäft«, sagte Richard, als Roger nach der Feder griff.

Roger warf ihm einen wenig amüsierten Blick zu und setzte, ohne zu antworten, seinen Namen auf das Dokument. Blythe unterschrieb daneben, dann Richard, gefolgt von den beiden Zeugen, dem Tower-Kaplan und dem Kommandanten.

»Habt Ihr den Ring?« fragte Roger.

Richard nickte. Er zog eine kleine Schachtel aus seinem Wams und gab sie dem jüngeren Mann.

Roger öffnete den Deckel und lächelte. »Mylady, Ihr habt mich immer daran erinnert«, sagte er und steckte ihr den Ring an den Finger.

Blythe sah von seinem schönen Gesicht auf ihre linke Hand und wußte, daß ihre Ehe gesegnet sein würde. Ihr Verlobungsring war ein zarter Schmetterling auf einem goldenen Ring. Die goldenen Flügel und der Körper waren mit Rubinen, Smaragden, Saphiren und Diamanten verziert.

Seine Botschaft war klar. Sie war immer noch sein Schmetterling, seine Psyche, seine Seele.

»Er ist außergewöhnlich schön«, sagte Blythe und lächelte ihn scheu an. »Ich werde ihn immer in Ehren halten.«

»Gold und Juwelen in Ehren halten, das könnt ihr Damen am besten«, antwortete Roger, unfähig, seine Bitterkeit zu verbergen. »Es ist nichts Persönliches, Kind. Ich habe genügend Erfahrungen mit den Damen und nicht den Wunsch nach einer zweiten Ehe.«

Seine verletzenden Bemerkungen ließen Blythes Lächeln ersterben, und ihre stolze Devereux-Natur trat zum Vorschein und ersetzte ihre jungfräuliche Schüchternheit. Wie konnte er es wagen, sie so zu demütigen. Selbst eine unerwünschte Braut verdiente angenehme Erinnerungen an ihre Verlobung und ihre Hochzeit. Beschämung mischte sich mit Wut und färbte ihre Wangen, aber ihr Stolz ließ sie zurückschlagen.

»Mylord, Ihr zeigt Eure Dankbarkeit für meine Barmherzigkeit wirklich auf seltsame Weise«, entgegnete Blythe und zog eine Augenbraue hoch.

»Barmherzigkeit, Mylady?« fragte Roger und fuhr zu ihr herum.

Sie hob ihr Kinn ein Stückchen und teilte ihm mit: »Ich bin nicht diejenige, die einen Ehepartner braucht.«

Blythe bereute ihre Worte sofort, als sie das leise Lachen ihres Vaters hörte. Heiliger Swithin, wie konnte sie nur öffentlich den Mann beleidigen, den sie liebte. Sie hätte seiner Grobheit mit Freundlichkeit begegnen sollen.

»Touché, Mylady«, sagte Roger und neigte seinen Kopf.

Blythe versuchte, es wieder gutzumachen und sagte: »Soll ich Euch besuchen bis zur …«

»Nein.« Die kurzangebundene Antwort schloß jede Diskussion aus.

»Es wird Zeit, daß wir zum Devereux House zurückkehren«, verkündete Richard und brach damit das angespannte Schweigen, das folgte.

Roger schüttelte ihrem Vater die Hand und wandte sich dann an sie: »Bis September, Mylady.«

Blythe, die immer noch schmerzlich seine Zurückweisung spürte, gelang es zu nicken. Dann wandte sie sich an ihren Vater. Sie war erleichtert, ihren Verlobten verlassen zu können.

»Übrigens, habt Ihr Euch nach diesem Kaufmann erkundigt?« rief Roger und hielt sie an der Tür auf. »Ich habe die letzten Zahlen überprüft und habe immer noch Verluste. Sobald ich frei bin, werde ich diesen Schurken in die Armut treiben.«

Richard zögerte und sah zu Blythe. Dann sah er Roger an und zuckte die Schultern.

»Welchen Kaufmann?« fragte Blythe.

»Das ist Männersache«, wies Roger sie zurecht.

Blythe ignorierte seine Bemerkung und wandte sich an ihren Vater: »Wen meint er?«

»Den anonymen Besitzer der Elemental Trading Company«, antwortete ihr Vater mit einem Lächeln.

»Dieser Bastard«, murmelte Roger.

Blythe ging wieder zurück durch den Raum, bis sie vor ihm stand. »Die Elemental Trading Company gehört *mir*.«

»Euch?« wiederholte Roger und starrte sie an, als hätte sie plötzlich einen zweiten Kopf.

»Gibt es da ein Problem?« fragte Blythe und lächelte ihn strahlend an.

»Ihr unterbietet meine Preise«, schnauzte er.

»Das ist nichts Persönliches«, antwortete Blythe und verpaßte ihm einen kühlen Blick. »Das ist einfach nur Geschäftssache.«

Rogers Gesicht wurde rot vor unterdrückter Wut, und sein Ausdruck zeigte ihr, daß er ihr gerne eine Ohrfeige verpaßt hätte. Und dann brachte er sie aus dem Gleichgewicht, indem er lächelte.

»Nach dem neunzehnten September wird mein Problem gelöst sein«, sagte Roger.

Jetzt hätte Blythe *ihm* gerne eine Ohrfeige verpaßt. Stattdessen lächelte sie zurück und sagte: »Das bezweifle ich, Mylord.«

»Als Euer Ehemann …«

»Ihr versteht nicht«, warf der Graf ein, der noch in der Tür stand. »Blythe behält die alleinige Kontrolle über ihr Geschäft. Der Verlobungsvertrag setzt das fest.«

»Das ist nicht wichtig«, erwiderte Roger und sah ihr in die Augen. »Ihr werdet an unserem Hochzeitstag ein Gehorsamsgelübde ablegen, und ich werde Euch befehlen, damit aufzuhören, meine Preise zu unterbieten.«

»Danke für die Warnung«, meinte Blythe, und es gelang ihr, ein ausdrucksloses Gesicht zu bewahren. Sie drehte sich auf dem Absatz um und ging durch den Raum zu ihrem Vater. Ohne sich noch einmal umzusehen, gingen sie die Treppe hinunter.

Heirat war das eine, schäumte Blythe und gestattete sich eine zornige Grimasse, aber Geschäft hatte nichts mit Liebe, Ehre und Gehorsam zu tun. Gefahr erkannt, Gefahr gebannt. Und Blythe hatte eine Idee, die verhindern würde, daß Roger ihre erfolgreichen Geschäfte ruinierte.

»Was meinst du?« fragte ihr Vater, als sie über das Tower Green zum Lieutenant's Lodging gingen.

»Roger leidet«, antwortete Blythe. »Glaubst du, er wird sich wieder erholen?«

»Mit deiner Geduld und Liebe kann Roger wieder gesund werden«, sagte der Graf und legte den Arm um sie.

»Ich liebe dich, Papa.«

»Und ich liebe dich, Schätzchen. Jetzt sag mir aber, wie du gedenkst, Roger davon abzuhalten, die Kontrolle über deine Geschäfte zu übernehmen.«

»Ich habe schon eine Idee«, gestand Blythe. »Aber du müßtest Bischof Grindal zur Kooperation überreden. Wirst du das tun?«

»Eine großzügige Spende für die Kirche wirkt immer Wunder.« Richard grinste. »Ich kann schon förmlich hören, wie im Haushalt Debrett die Teller fliegen.«

»Du irrst dich, Papa.« Blythe warf ihm ein schelmisches Lächeln zu. »Was du hörst, sind die Schlachtrufe eines Preiskriegs.«

Kapitel 3

»Was glaubst du, wie Roger reagieren wird?«

»Das weiß nur der Himmel«, antwortete Graf Richard. »Ich vermute, daß er großzügigerweise akzeptieren wird, daß du ihn überlistet hast. Welch andere Wahl hat er?«

Blythe stand mit ihrem Vater in dem winzigen, von Kerzen erleuchteten Raum abseits des Hauptschiffes der Saint Paul's Kathedrale. Die Hochzeitsgesellschaft war früher gekommen, um dem Gedränge der Bürger zu entgehen, die zweifellos die Straßen um die Kirche herum bevölkern würden, in der Hoffnung, einen Blick auf zwei der berühmtesten Söhne Englands zu erhaschen, nämlich Richard Devereux und Roger Debrett.

Blythe war ein wenig gedämpfter Stimmung, während sie auf Rogers Ankunft warteten. In wenigen Minuten würde ihr Vater sie zum Altar führen und einem Mann übergeben, der sie nicht wollte. Würde er sie jemals lieben?

Blythe überlegte, ob sie ihm die Kontrolle über ihre Geschäfte überlassen sollte, wußte aber, daß sie das niemals könnte. Sie würde es niemals über sich bringen, ihre Zeit damit zu verschwenden, Unterhaltungen für die oberflächlichen Edelfrauen zu planen, die Tudor Court bevölkerten.

Blythe bezweifelte sogar, daß diese Damen bei Hofe sie akzeptieren würden. Ihre eigene Mutter scheute die meisten Festlichkeiten bei Hofe und war vollkommen glücklich. Außerdem, je mehr gesellschaftliche Kontakte sie bei Hofe hatte, desto größer war die Gefahr, daß ihr heidnischer Glaube entdeckt wurde.

Roger genoß seinen Ruf als geschliffener Höfling, Insider und einer der persönlichen Favoriten der Königin zu sein. Wenn sie ihn in Verlegenheit brächte, würde ihr Mann sie verachten.

Trotz ihrer bekümmerten Gedanken erschien Blythe gelassen und hoheitsvoll. Sie sah aus wie eine Prinzessin im Hochzeitskleid ihrer Mutter, das aus cremefarbenem Satin gearbeitet und mit Hunderten von Perlen bestickt war. Das enganliegende Oberteil hatte einen eckigen und gewagt tiefen Ausschnitt. Die engen Ärmel bauschten sich an den Schultern.

Hier endete jede Ähnlichkeit mit der anständigen Tochter eines englischen Grafen, und ihr heidnischer Geist war wichtiger als ihre Erscheinung. Mit Zustimmung ihrer Mutter ließ Blythe ihre dicken schwarzen Haare auf heidnische Art bis zur Taille offen fallen. Wie ihre Mutter vor ihr ließ sie ihren Kopf unbedeckt und ihr Gesicht unverschleiert trotz der englischen Tradition. Das funkelnde Odinskreuz ruhte provokativ oberhalb des Tales zwischen ihren Brüsten. Der einzige weitere Farbfleck – ihr Verlobungsring mit dem Schmetterling – steckte jetzt an der rechten Hand.

Blythe trug einen Strauß aus Orangenblüten. Die duftenden weißen Blumen symbolisierten ihre Jungfräulichkeit und sollten Fruchtbarkeit bringen, da die Blüte und die Frucht gleichzeitig am Orangenbaum erscheinen.

Plötzlich ertönte von der Menschenmenge vor der Kathedrale ein tosendes Jubelgeschrei. Blythe drehte sich alarmiert zu ihrem Vater um und fragte: »Was geschieht da?«

»Offensichtlich ist Roger eingetroffen«, sagte Richard lächelnd.

»Die Bevölkerung hält ihn also für unschuldig an …« Blythe brach ab, denn sie wollte kein Unglück über ihre Ehe bringen, indem sie an ihrem Hochzeitstag von Mord sprach.

»Die Männer der Devereuxs und der Debretts mischen sich unter die Bürger, um sie zu einer wohlwollenden Einstellung zu beeinflussen«, erzählte ihr Vater. Dann warnte er sie: »Sei nicht überrascht, wenn Münzen in die Menge geworfen werden, wenn wir gehen.«

Die Tür öffnete sich langsam, und der Herzog von Ludlow trat ein. Er lächelte, küßte seine Enkelin auf die Wange und sagte: »Ja, Blythe. Deine Schönheit erinnert mich an den Tag, als ich deine Mutter zu deinem Vater an den Altar geführt habe.«

»Danke, Großvater.«

»Debrett erwartet dich am Altar«, sagte der Herzog und verließ den Raum.

Blythe wandte sich an ihren Vater: »Papa, ich liebe dich und werde dich immer lieben.«

»Und ich liebe dich«, antwortete der Graf und legte seinen Arm um sie. »Die Jahre seit deiner Geburt sind schneller vergangen als ein Augenzwinkern. Ich würde es gerne noch zehntausendmal miterleben, wie du vom Säugling zur Frau heranwächst.«

»Ich werde dich vermissen«, sagte Blythe, und Tränen glitzerten in ihren Augen.

Ihr Vater lächelte. »Debrett House ist nur zwei Türen von Devereux House entfernt.«

»Ja, aber es wird nicht dasselbe sein, wie unter einem Dach zu leben«, entgegnete sie.

»Devereux House wird dir und den deinen immer offenstehen«, sagte der Graf und küßte sie auf die Wange.

»Oh, Papa. Wie soll ich nur jemals Rogers Zuneigung gewinnen?« fragte Blythe, und ihre Stimme klang panisch.

»Roger Debrett liebt dich bereits über alle Maßen, aber er weiß es noch nicht.« Er zwinkerte ihr zu. »Deine Mutter hat es gesehen, und was immer deine Mutter sieht, geschieht auch.«

Blythe lächelte. »Papa, ich glaube, du erkennst langsam die wahren Zusammenhänge.«

Er deutete auf die Tür und sagte: »Wir wollen doch nicht, daß Roger sich Sorgen macht, daß dich etwas davon abhalten könnte, seine Frau zu werden.«

Blythe und ihr Vater verließen das winzige Zimmer und stellten sich an das hintere Ende der Kathedrale. Er griff nach ihrer Hand, um sie zum Altar zu führen. Sie machte zwei Schritte und blieb dann stehen. Die Kirche war bis auf ein paar Leute in den beiden vorderen Bänken leer.

»Wo sind all die Gäste?« fragte Blythe und wandte sich verwirrt an ihren Vater.

»Es tut mir leid, Schätzchen, aber Roger ist zur Zeit in Ungnade«, erklärte er. »Nur die Höflinge, die ihrer Position bei Hofe sicher sind, würden es wagen, zu seiner Hochzeit zu kommen. Denk daran, daß diese Zeremonie geplant war, um Londons Bürger zu beruhigen.«

Blythe nickte verständig. Das wirklich Wichtige war doch nur, daß der Adler und seine Seele für alle Ewigkeit miteinander verbunden wurden.

»Wer sitzt da hinter unserer Familie?« fragte sie.

»Der Graf von Essex schuldete mir einen Gefallen, und die Bürger verehren ihn.«

»Du hast den Helden der Armada herbeigerufen«, bemerkte Blythe und lächelte ihn kurz an. »Wer sitzt da auf Rogers Seite des Ganges?«

»Lord Burghley«, sagte er. »Rogers beide Brüder und seine Schwägerin sitzen neben Lord Cecil.«

Blythe starrte durch die endlos lange leere Kathedrale. Sie hatte sich immer vorgestellt, daß die erstgeborene Tochter von Englands Lieblingssohn einmal die großartigste Hochzeit aller Zeiten feiern würde. Es sollte nicht sein. Aber wenigstens würde es Roger in diesem Fall nicht allzu peinlich sein, wenn er von ihr vor dem Altar überlistet wurde. Trotzdem war ihre Hochzeit einfach nicht so feierlich, wie sie es sich ausgemalt hatte.

Blythe ging mit ihrem Vater auf den Altar zu. Sie ignorierte die leeren Kirchenbänke, setzte ein heiteres Lächeln auf und sah nur ihren Verlobten an.

Roger, der mit Bischof Grindal am Altar wartete, starrte sie an. Sein interessierter Blick wanderte von ihrem Gesicht zu ihrem tiefen Dekolleté, verweilte dort einen langen Augenblick und glitt dann weiter nach unten. Als er ihr wieder in die Augen sah, lag eine Maske auf seinem Gesicht, die jeden Ausdruck verbannte.

Als Blythe den einfach dekorierten Altarraum erreichte, wo sie ihre heiligen Schwüre vor Gott und den Menschen ablegen würde, drehte sie sich zu ihrem Vater und küßte ihn zum Abschied. Dann trat der Graf ein paar Schritte zurück.

»Wo ist Euer Schleier?« fragte Roger flüsternd, als sie sich dem Bischof zuwandten. »Die Tradition verlangt, daß Ihr einen Schleier tragt.«

Blythe konnte nicht glauben, was sie da hörte. Der Mann war in den Tower geworfen worden, weil man ihn des Mordes an seiner Frau verdächtigte, aber das einzige, worüber er sich ereifern mußte, war ihr fehlender Schleier.

»Es ist das Vorrecht der Braut zu tragen, was sie will«, flüsterte Blythe. »Ich trete in die Fußstapfen meiner Mutter.«

»Was soll das heißen?«

Blythe öffnete den Mund, um zu antworten, aber der Bischof räusperte sich, um ihre Aufmerksamkeit zu erlangen. Sie sah dem Gesichtsausdruck des heiligen Mannes an, daß er keine Hoffnung auf Glück für sie beide hegte. Sie stritten sich bereits, bevor sie ihre Gelübde abgelegt hatten.

»Kinder, seid Ihr bereit, das heilige Sakrament der Ehe zu empfangen?« fragte Bischof Grindal.

Roger nickte, Blythe ebenso. Gemeinsam betraten sie den inneren Altarraum und standen vor dem Bischof.

»Bei *dieser* Heirat lasse ich mich nicht übervorteilen«, flüsterte Roger hart.

»Und ich auch nicht«, erwiderte Blythe mit so lauter Stimme, daß Familie und Gäste es hören konnten.

»Liebe Brüder und Schwestern im Herrn«, rief Bischof Grindal laut und unterband damit jede Antwort, die der gereizte Bräutigam hätte geben können, »wir sind hier im Angesicht Gottes und dieser Gemeinde zusammengekommen, um diesen Mann und diese Frau in den heiligen Stand der Ehe ...«

Blythe hörte nicht weiter zu. Sie mochte keine christlichen Gottesdienste. In ihrer persönlichen Philosophie wohnte Gott nicht auf einem Altar in einem Gebäude. Das höchste Wesen, von dem sie ganz fest glaubte, daß es weiblich war, lebte draußen in der Natur. Weshalb sollte Gott in einem kalten Steingebäude sitzen, wenn Sie draußen inmitten Ihrer eigenen Geschöpfe weilen konnte?

»Wer gibt diese Frau an diesen Mann?« hörte sie den Bischof fragen.

»Ich«, sagte Graf Richard und trat vor. Der Graf legte die rechte Hand seiner Tochter in Rogers rechte Hand und ging dann zurück zu seiner Familie in der ersten Reihe.

Bischof Grindal sah Roger an und sagte: »Mylord, wiederholt nach mir ...«

Roger sah seine Braut an und legte sein Versprechen mit klarer, kräftiger Stimme ab: »Ich, Roger, nehme dich, Blythe, zu meiner angetrauten Ehefrau, um dich von jetzt an für alle Zeiten in guten und in bösen Tagen, in Reichtum und Armut, Krankheit und Gesundheit, zu lieben und zu ehren, bis daß der Tod uns scheidet. Das verspreche ich.«

Nachdem Blythe ihrem Geliebten ein zweideutiges Lächeln zugeworfen hatte, wiederholte sie: »Ich, Blythe, nehme dich, Roger, zu meinem angetrauten Ehemann, um dich von jetzt an für alle Zeiten in guten und in bösen Tagen, in Reichtum und Armut, Krankheit und Gesundheit, zu lieben und zu ehren, bis daß der Tod ...«

»*Bitte?*« unterbrach Roger.

Blythe starrte ihn mit überraschter Bestürzung an. Er hatte also ihre absichtliche Auslassung bemerkt. Nun, es würde ihm auch nichts nützen.

»Mylord, stimmt etwas nicht?« fragte Bischof Grindal. »Seid Ihr krank?«

»Mit allem gehörigen Respekt, Ihr habt den wichtigsten Schwur vergessen«, sagte Roger.

»Welcher ist das, mein Sohn?«

»*Gehorchen.*«

Blythe zog eine Grimasse, als sie das leise Lachen aus den ersten Reihen hörte. Sie warf Roger einen zornigen Blick zu und wandte ihre Aufmerksamkeit dann dem offensichtlich ängstlichen Bischof zu.

»Ich, Blythe, nehme dich, Roger, zu meinem angetrauten Ehemann«, wiederholte sie verstimmt, »dich von diesem Tag an zu lieben, zu ehren und dir zu ge...«

Blythe hielt inne und dachte über einen Ausweg aus diesem Dilemma nach. Sie fluchte innerlich, als sie jemanden lachen hörte. Kein Zweifel – das kam von Rogers Seite des Ganges.

»Mein Kind«, drängte der Bischof, »Zu gehorchen bis daß der Tod ...«

»Dich zu lieben, zu ehren und dir zu gehorchen *in allen Dingen bis auf meine Schiffe und meine Geschäfte.*« Blythe drehte sich zu Roger und sagte: »Mylord, das ist mein letztes Zugeständnis. Ja oder nein, es liegt an Euch.«

Blythe erwartete, daß er wütend sein würde. Statt dessen starrte Roger sie für einen schrecklich langen Moment an und neigte dann zustimmend seinen Kopf.

Blythe schenkte ihm ihr strahlendstes Lächeln und vollendete schnellstens ihr Gelöbnis. »Bis daß der Tod uns scheidet. Das verspreche ich.«

»Der Ring, Mylord«, wies Bischof Grindal an.

Roger zog einen exquisiten Ehering hervor, wie Blythe ihn noch niemals gesehen hatte. Zwei gelbgoldene Ringe umgaben einen Innenring aus rotgoldenen Herzen.

»Mit diesem Ring nehme ich dich zur Frau«, sagte Roger und steckte ihr den Ring an den vierten Finger der linken Hand. Mit meinem Körper werde ich dich ehren und mit all meinen weltlichen Gütern werde ich dich beschenken.«

Gemeinsam knieten Roger und Blythe vor dem Bischof nieder.

»Lasset uns beten«, sagte Bischof Grindal. Ohne nachzudenken, wischte er sich den nervösen Schweiß mit dem Ärmel seines Gewandes von der Stirn. »O gütiger Gott ...«

Blythe hörte nicht auf die Worte des Bischofs, sondern seufzte erleichtert. Sie hatte das Recht gewonnen, die alleinige Kontrolle über ihre Geschäfte auszuüben, und es hatte nicht allzu viele Probleme dabei gegeben. Wenn sie nur Rogers Liebe gewinnen konnte, dann würden der Adler und sein Schmetterling gemeinsam durch die Lüfte gleiten.

Sie war so sehr auf die verschiedenen Möglichkeiten, ihrem Mann zu gefallen, konzentriert, daß sie das Ende der Zeremonie gar nicht hörte. Sie spürte jedoch Rogers Bewegung, als er begann aufzustehen, und sie stand ebenfalls auf.

Blythe drehte sich lächelnd zu ihm und erwartete, daß er ihre heiligen Versprechen mit einem Kuß besiegeln würde. Statt dessen ignorierte Roger sie und wandte sich an Familie und Freunde.

Lady Keely erreichte die beiden als erste. Mit Freudentränen in den Augen küßte sie ihre Tochter und ihren Schwiegersohn.

»Ich komme mir alt vor, wenn ich sehe, wie Blythe verheiratet wird«, sagte Lady Keely.

»Für mich bleibt Ihr immer das schöne Waliser Mädchen, das Basildon vor neunzehn Jahren geheiratet hat«, sagte Roger.

»Und Ihr werdet immer dieser zwölfjährige Page sein, der mich über die Mauer in den Privatgarten der Königin gehoben hat«, neckte ihn die Gräfin.

Inzwischen waren sie von den anderen Kindern der Devereux umgeben. Blythe gab Bliss ihren Strauß aus Orangenblüten und flüsterte: »Du bist die Nächste.«

»Kommt, Kinder«, befahl Lady Keely. »Wartet hier, während eure Schwester ihre Gäste begrüßt.«

Der charismatische Graf von Essex trat vor sie. Er beugte sich förmlich über Blythes Hand und wandte sich dann an Roger. »Meinen Glückwunsch, Eden. Ich hoffe, daß diese Ehe günstiger verläuft als Eure erste.«

Mit diesen Worten drehte sich der Earl von Essex auf dem Absatz um und ging den Gang hinunter. Draußen erklang lauter Jubel, als die Bürger einen ihrer Helden sahen.

Sir Francis Drake wünschte ihnen das Beste zu ihrer Eheschließung und machte Platz für Lord Burghley. »Ich werde bald Kontakt mit Euch aufnehmen«, sagte Cecil zu Roger und verließ dann zusammen mit Drake die Kathedrale.

»Blythe, darf ich Euch mit meiner Familie bekanntmachen«, sagte Roger. »Dies ist Cedric mit seiner Frau Sybilla. Und das ist Geoffrey.«

Cedric Debrett hatte dunkle Haare und dunkle Augen

und eine dunkle Haut. Geoffrey, der jüngste, ähnelte Roger. Mit ihren blonden Haaren und blauen Augen hätte Sybilla Debrett hübsch aussehen können, wäre da nicht ihr mürrischer Gesichtsausdruck gewesen.

Blythe lächelte ihre Schwiegerfamilie an und sah dann ihren Mann an. Sie hatte die Veränderung in seiner Stimme bemerkt, als er seinen jüngsten Bruder vorstellte.

»Es ist mir ein Vergnügen, die Familie von Mylord kennenzulernen«, sagte Blythe. »Natürlich werdet Ihr zu unserem Hochzeitsessen nach Devereux House kommen.«

»Das ist unmöglich«, sagte Sybilla.

»Wir müssen sofort nach Whitehall zurückkehren, weil der Hof morgen früh nach Windsor geht«, erklärte Cedric.

»Ihr gebt eine ausgesprochen reizende Gräfin von Eden ab«, sagte Geoffrey. Bei diesem Kompliment zwinkerte er ihr zu und beugte sich förmlich über ihre Hand.

Bezaubert von seinen galanten Worten und Taten, schenkte Blythe dem jüngsten Debrett ein strahlendes Lächeln.

»Wie erfrischend, wenn eine Braut einen Mann aus einem anderen Grund heiratet als wegen seines Titels oder seines Geldes«, sagte Geoffrey zu seinem ältesten Bruder.

Roger nickte, antwortete aber nicht. Er starrte vor sich hin, als seine Familie die Kathedrale verließ.

Blythe sah den grimmigen Gesichtsausdruck ihres Mannes und fragte sich, was geschehen war, daß Roger seinen eigenen Bruder nicht mochte. Und welche Familie kehrte lieber an den Hof zurück als die Hochzeit des Bruders zu feiern?

»Ich glaube, es macht den besten Eindruck, wenn ich die Kathedrale mit Roger und Blythe verlasse«, sagte Graf Richard zu seinem Schwiegervater. »Begleitet Keely und die Kinder zu den Kutschen. Wir werden warten, bis Ihr fort seid, bevor wir gehen.«

Schweigend beobachtete der Herzog, wie seine Familie fortging. Ein Lächeln umspielte seine Lippen, als er die Jubelrufe der Bevölkerung Londons hörte, als sie den Duke von Ludlow erblickten, der die Devereux Kinder zu ihrer Kutsche brachte.

»Fertig?« fragte er, als der Lärm draußen abklang.

Roger und Blythe nickten.

Die drei gingen zum Eingang der Kathedrale. Als sie in das strahlende Sonnenlicht hinaustraten, brach die Menschenmenge vor der Kathedrale in markerschütternden Jubel aus.

Fassungslos bei dem Anblick zögerte Blythe einen Moment lang. Sie fürchtete, daß die Menschenmenge sich nicht für sie teilen würde.

»Verdammt, Blythe«, flüsterte Roger und beugte sich nah über sie. »Lächle, sonst glauben sie noch, du hättest Angst vor mir.«

Blythe warf ihren Kopf herum und sah ihn an. Seine durchdringenden blauen Augen und sein schönes Gesicht waren ganz nah an ihrem. Sein frischer Duft nach Lorbeer verleitete sie zu einer impulsiven Handlung. Sie schlang ihre Arme um seinen Hals und küßte ihn mit geschlossenen Lippen.

In demselben Augenblick schlang Roger seine Arme um sie. Er zog sie an seinen langen muskulösen Körper.

Die Menge tobte. Sie riefen und jubelten und pfiffen und klatschten.

Roger zog sich von ihr zurück, lächelte und winkte der Menge zu. »Ich sollte dir eine Ohrfeige für dieses Kunststück geben«, flüsterte er.

»Eine gute Idee, Schätzchen«, meinte der Graf und machte ihr ein Kompliment, während er ebenfalls der Menge zuwinkte. »Ich hätte es nicht besser planen können.«

Blythe drehte sich noch gerade rechtzeitig zu ihrem Vater um, um zu sehen, daß er jemandem in der Menge zunickte. Sofort erklang eine Stimme: »Gott schütze den Graf von Eden.« Dann fielen die anderen ein.

»Gott schütze den Graf von Basildon!«

»Lang lebe der Graf von Eden!«

»Fruchtbarkeit für Eden und seine Braut!«

Graf Richard machte den Eindruck, als amüsierte er sich prächtig. Er lachte, warf eine Handvoll Goldstücke in die Menge und rief: »Lang lebe Elizabeth, Königin von England.«

Die erfreute Menge brüllte zustimmend. Nur wenige Meter entfernt wartete ihre geschlossene Kutsche darauf, sie zum Kai zu bringen. Von dort würde die Barkasse der Devereux sie flußaufwärts fahren.

Blythe geriet langsam in Panik. Sie fürchtete, sie würden die Kutsche niemals erreichen. Einige Lakaien der Devereux eilten voraus und machten ihnen den Weg durch die Menge zur Kutsche frei.

Roger stieg zuerst ein und half dann Blythe. Ihr Vater winkte der Menge noch einmal zum Abschied zu, warf noch eine Handvoll Münzen und stieg zu ihnen ein.

Blythe saß neben ihrem Mann. Graf Richard saß ihnen gegenüber.

Sie wollte den Vorhang des Fensters zuziehen, aber ihr Vater hielt ihre Hand fest und sagte: »Es ist unbedingt erforderlich, daß ganz London uns drei zusammen sieht.«

Die Fahrt zu dem Kai schien ewig zu dauern. Unmengen von Londonern, die begierig waren, die beliebtesten Söhne Englands zu sehen, säumten die Straßen und Wege.

Blythe erkannte am Gesichtsausdruck ihres Vaters, daß die Ereignisse des Vormittages ihm gefallen hatten. Sie hatte keine Ahnung, was ihr Mann dachte. Er starrte vor sich hin, ohne ein Wort zu sagen, und sie hatte Angst, ihn anzusprechen.

Als ihre Barkasse am Devereux House ankam, waren die anderen bereits hineingegangen. Nur Lady Keely wartete am Kai auf sie.

Blythe lächelte. Sie wußte, daß ihre Mutter vorhatte, Roger zu überlisten, damit er ihre Ehegelübde auf die Art der Druiden noch einmal feierlich wiederholen würde. Da ihr Mann ein Skeptiker war, mußte man äußerste Vorsicht walten lassen, damit man es ohne sein Wissen tun konnte.

»Alles lief nach Plan«, sagte Lady Keely und lächelte ihren Mann an, als das Trio ausstieg. »Findest du nicht, Liebster?«

»Ja, aber ich bin erleichtert, daß es vorbei ist.«

»Liebster, würdest du wohl hineingehen und den liebenswürdigen Gastgeber spielen?« fragte die Gräfin. »Ich möchte kurz mit Roger und Blythe sprechen.«

Der Graf zog eine Augenbraue hoch. »Weshalb?«

»Blythe ist meine Erstgeborene«, antwortete Lady Keely, »und Roger war bei Hofe immer mein Lieblingspage.«

»Damit ist mir alles vollkommen klar«, neckte Graf Richard sie. Er küßte sie auf die Wange und ging.

Lady Keely sah zu, wie ihr Mann im Haus verschwand. Sie hakte sich bei Roger und Blythe ein und führte die beiden in den Teil des Gartens, wo eine Eiche, eine Birke und eine Eibe wie alte Freunde zusammenstanden.

»Lieber Roger, Worte können niemals sagen, wie glücklich ich darüber bin, daß Blythe und Ihr eins seid«, sagte Lady Keely. Sie lehnte sich an die Eiche. »Gebt Euch die Hände, bitte.«

Blythe unterdrückte ein Lächeln, als Roger den Mund öffnete, um zu protestieren, aber Lady Keely stoppte ihn, indem sie sagte: »Laßt einer alten Dame ihren Willen. Außerdem: Wenn ich Euch nicht damals, als Ihr zwölf Jahre alt wart, diese zehn Goldstücke geliehen hätte, wärt Ihr beinahe genauso arm geworden wie Eure Brüder.«

»Siebenunddreißig ist nicht alt«, beharrte Roger und nahm Blythes Hand.

»Danke«, sagte Lady Keely. »Wie Ihr wißt, ist die Ehe eine ernste Verpflichtung, die man niemals leicht nehmen sollte.«

Blythe sah ihren Mann an, der ihrer Mutter aufmerksam zuzuhören schien. Ihre Hand in seiner fühlte sich so gut an. Seine Haut war warm und sein Griff fest. Sie konnte kaum die Nacht abwarten, wenn ihr Geliebter und sie ihre Körper eins werden lassen würden.

»Wie lange wird Eure Verbindung dauern?« fragte Lady Keely.

»Verzeihung bitte?« fragte Roger, offensichtlich überrascht von der Frage der Gräfin.

»Für immer und ewig«, sagte Blythe.

»Eure Braut sagt für immer und ewig«, wiederholte die Gräfin. »Ist das für Euch zu akzeptieren?«

Blythe hielt den Atem an. Wenn er ja sagte, würden sie für immer verheiratet sein. Die Große Göttin Mutter würde dafür sorgen.

Seine Lippen zuckten offensichtlich amüsiert. »Für immer und ewig scheint eine stattliche Zeit zu sein«, sagte Roger trocken. »Ja, es ist akzeptabel.«

»Blythe, gibt es etwas, was du deinem Mann gerne sagen würdest?« fragte ihre Mutter.

Wohl wissend, was von ihr erwartet wurde, sah Blythe Roger an und hob ihre verschränkten Hände in die Luft. Sie sah ihm in die Augen und sagte: »Möge der Himmel auf mich stürzen und mich zerquetschen, möge das Meer steigen und mich ertränken, möge diese alte Erde sich auftun und mich verschlingen, wenn ich Euch jemals die Treue breche.«

»So soll es sein«, sagte Lady Keely und legte ihre Hand auf die der beiden.

Ihr Hochzeitsfest war eine einfache Angelegenheit. Nur die Familie Devereux und ihre Dienerschaft waren anwesend. Mit dabei waren die walisischen Cousins ihrer Mutter, Odo und Hew Lloyd, mit ihren Devereux-Frauen June und May. Daisy Lloyd, Odos und Junes Tochter, war die einzige, die fehlte. Sie hatte die begehrte Position als Blythes Zofe erhalten und war mit dem Besitz ihrer Herrin schon vorausgefahren nach Debrett House.

Sie aßen Colchester-Muscheln und geschmortes Rindfleisch, dazu gemischtes Gemüse der Saison. Cheshire-Käse, Piniennußkonfekt und eine einstöckige Hochzeitstorte wurden zum Dessert serviert.

Blythe fühlte sich sehr unwohl dabei, mit ihrem Mann den Ehrenplatz zu besetzen. Obwohl sie niemals zuvor

Schwierigkeiten gehabt hatte, sich mit Roger zu unterhalten, blieb ihr Kopf beschämend leer, und er schien fest entschlossen, ihre Gegenwart zu ignorieren. Wie peinlich, daß er sie an ihrem Hochzeitstag so grob behandelte. Sie wußte, daß sie eine unerwünschte Braut war, aber er könnte wenigstens ab und zu in ihre Richtung lächeln.

Das Leben spielt manchem übel mit, aber Roger Debrett mußte mehr durchmachen als die meisten, hatte ihr Vater sie gewarnt. *Mit deiner Liebe und Geduld kann Roger wieder geheilt werden.*

Fest entschlossen, sich in dieser alles andere als idealen Situation nichts anmerken zu lassen, sammelte Blythe ihre Reserven an Geduld und nutzte die Gelegenheit, ihren Mann zu studieren, ohne selbst beobachtet zu werden. Roger saß arrogant aufrecht, aber entspannt. Sein Profil war angenehm geschnitten und seine hellbraunen Haare hingen ein wenig zu lang in den Nacken.

Blythe ließ ihren Blick auf seine Hände fallen, als er nach seinem Wein griff. Mit den langen Fingern wirkten seine Hände kräftig genug, um ein Rapier mit tödlicher Leichtigkeit und Geschick zu handhaben, aber die Berührung des filigranen Stiels seines Kristallkelches schien sehr sanft. Obwohl der Gedanke unverschämt unkeusch war, konnte Blythe es kaum erwarten, die Zärtlichkeit dieser Hände zu spüren.

»Wie geht es unserer Levant Trading Company?« fragte Roger ihren Vater.

»Sie floriert sehr gut, vermutlich weil Blythe einige Anteile besitzt und nicht mit uns rivalisiert«, antwortete der Graf. »Wollen wir uns in mein Arbeitszimmer zurückziehen und die neuesten Berichte lesen?«

»An Eurem Hochzeitstag Geschäfte zu machen, ist ein beklagenswertes Verhalten«, meldete sich die Herzogin von Ludlow zu Wort.

Blythe verteidigte ihren Ehemann. »Grandmama Chessy, Roger war lange fort.«

Roger warf seinen Kopf herum, um sie zum erstenmal anzusehen, seit sie bei Tisch saßen. »Ich war nicht fort«, berichtigte er sie. »Ich bin im Tower verrottet.«

Die Männer standen auf und verließen den Saal. Sobald die Devereux Kinder mit ihrem Kindermädchen hinausgegangen waren, drehte sich die Herzogin zu ihr um und sagte: »Blythe, Liebling, ich möchte dir einen praktischen Rat geben.«

»Ja, Großmama?«

»Das wichtigste zuerst einmal: Sprich mich nicht mit Großmama an, wenn du bei Hofe bist«, sagte sie. »Nenn mich Tante Dawn.«

Blythe und Bliss sahen einander an und kicherten. Lady Keely verbarg ihr Lächeln hinter ihrer Hand.

»Beurteile einen Mann immer nach dem, was er tut, nicht nach dem, was er sagt«, riet ihre Großmutter. »Beobachte, wie Roger seine Tochter und seine Pferde behandelt, denn er wird dich nicht besser behandeln. Laß ihn immer im unklaren über deine Gefühle. Sei niemals zu verfügbar.«

»Und denke vor allem immer an eins«, fügte Lady Keely hinzu. »Gott hat die Frau nach dem Mann erschaffen, weil Er die Fehler korrigieren wollte, die Er bei Seinem ersten Versuch gemacht hatte.«

Die Herzogin lachte kehlig. »Keely, Liebes«, sagte sie gedehnt. »Nach all diesen Jahren beginnst du, die Welt so zu sehen, wie ich es tue. Meine Weisheit muß ansteckend sein.«

Blythe lächelte über ihren Witz, aber die Ereignisse des Tages forderten ihren Tribut. Sie hatte nicht gewußt, wie sehr die Beziehung zwischen Mann und Frau einer Schlacht ähneln konnte. Ihr Kopf schmerzte von extremer Anspannung und nagenden Zweifeln, und sie mußte einen klaren Kopf bekommen, bevor sie über den Strand zu ihrem neuen Heim, Debrett House, reiste.

Blythe stand abrupt auf und wandte sich an ihre Mutter: »Ich – ich würde gerne ein paar Minuten alleine in den Garten gehen.«

»Natürlich, Liebes«, sagte Lady Keely mit einem verständnisvollen Lächeln.

Blythe verließ das Haus und ging in den verlassenen Garten. Der Herbst hatte begonnen, seine lebhaften Farben auf das irdische Paradies des Gartens ihres Vaters zu malen. Chrysanthemen in vielen Farben schmückten die Landschaft zusammen mit weißem Schleierkraut, purpurnem Zierkohl, pinkfarbenen Lappenblumen, Ringelblumen und Löwenmaul.

Blythe seufzte tief bei der wunderbaren Vielfalt und überquerte den Rasen in Richtung ihrer Lieblingsweide. Die Tagundnachtgleiche des Herbstes würde in weniger als zwei Tagen erreicht sein, und zum erstenmal würde sie einen Druidenfeiertag in ihrem neuen Heim begehen.

Und dann am einunddreißigsten Oktober kam Samhuinn, der Anfang des Lebenszyklus der Druiden, wenn die Pforten des Jahres sich der Vergangenheit und der Zukunft öffneten. Der dünne Schleier zwischen dieser irdischen Welt und dem Jenseits hob sich für genau drei Tage. Samhuinn war besonders wichtig, weil sie vorhatte, mit dem Geist ihrer verstorbenen Großmutter Megan zu kommunizieren und ihren Rat wegen der ›dunklen Sonne‹ einzuholen, die ihr Leben mit Roger bedrohte.

Roger. Wie konnte sie seine Liebe gewinnen, ohne ihre Geschäftsgewinne zu verlieren? Ihr Mann hätte heute um sie werben sollen, um ihre jungfräulichen Ängste vor dem Ehebett zu zerstreuen. Statt dessen hatte er sich mit ihrem Vater in dessen Arbeitszimmer eingeschlossen, und das war ein böses Vorzeichen für eine harmonische Verbindung.

Blythe ging unter den Vorhang der ausladenden Weidenzweige. Sie legte ihre Handflächen gegen den dicken Stamm und fühlte seine Kraft.

»Danke, daß du mein Freund bist«, sagte sie und drückte einen Kuß auf den Stamm. »Ich werde dich ebenso vermissen wie du mich, aber ich verspreche, dich zu besuchen, so oft ich kann. Eines Tages werde ich dich meinen Kin…«

»Mit wem sprecht Ihr?« fragte jemand hinter ihr.

Blythe erkannte die Stimme ihres Mannes. Mit einem Lächeln zur Begrüßung, das ihr Gesicht strahlen ließ, wirbelte sie herum. Im nächsten Augenblick war ihr Lächeln verschwunden.

Roger schien nicht allzu glücklich zu sein. Tatsächlich sah ihr Mann höchst mißtrauisch aus. Heiliger Swithin, was konnte er nur denken? Der Ausdruck in seinen durchdringenden blauen Augen verhieß nichts Gutes.

»Ich warte auf eine Antwort«, sagte Roger mit schneidender Stimme.

Blythe lehnte sich gegen den Stamm der Weide und spürte, wie sie ihr Kraft gab. »Ich habe mit dieser Weide gesprochen«, antwortete sie aufrichtig. »Es ist mein Lieblingsbaum.«

»Versucht es noch einmal, meine Liebe«, sagte Roger und zog eine Braue hoch. »Eure Lügen müssen zumindest Ähnlichkeit mit der Wahrheit haben, wenn Ihr wollt, daß die Leute sie glauben.«

»Ich schwöre, es ist die Wahrheit.« Blythe zeigte auf die Äste der Weide. »Ich habe viele angenehme Sommernachmittage unter ihren Armen verbracht.« Sie fügte hinzu: »Ich glaube, ich wollte mich von meiner Kindheit verabschieden. Ab heute wird mein Leben ganz anders sein.«

Sein Blick wurde milder. »Ich habe eine Weide in meinem Garten.«

»Oh, die muß ich kennenlernen – ich meine *sehen*«, sagte sie.

»In meinem Garten gibt es eine Vielzahl von Bäumen, Pflanzen und Blumen«, erzählte Roger. »Die Gartenarbeit entspannt mich.«

Blythe nickte weise. »Es ist gut für einen Mann, richtig verwurzelt zu sein.«

Roger lächelte über ihre Worte, und Blythe spürte, wie ihre Knie weich wurden. Ihr Mann war wirklich der bestaussehendste, dem sie jemals begegnet war.

»Vielleicht erlaubt Ihr mir, Euch bei der Gartenarbeit zu helfen«, meinte Blythe und erwiderte sein Lächeln.

Sein Lächeln wurde zu einem ironischen Grinsen. »Natürlich. Sobald Ihr mir erlaubt, Euch bei Euren Geschäften zu helfen.«

Blythe runzelte die Stirn und starrte dann auf den Boden.

Roger hob ihr Kinn ein Stückchen und wartete, bis sie ihm in die Augen sah. »Ich habe einen Scherz gemacht«, sagte er. »Wir müssen jetzt nach Debrett House zurückkehren. Ich habe noch viel Arbeit vor mir. Mein fähiger Mitbewerber im Woll- und Getreidehandel hat mich in eine unhaltbare Position gebracht.«

»Danke für das Lob.« Blythe berührte seinen Arm und sah ihm tief in die blauen Augen. »Obwohl es mich traurig macht, meine Familie zu verlassen, bin ich sicher, daß ich mit Euch in Debrett House glücklich sein werde.«

»Verwettet nur Euren Gewinn nicht darauf«, riet Roger.

»Ich kenne mein Lebensziel und werde alles riskieren, es zu erreichen«, sagte Blythe und lächelte vielsagend. »Nur dann kann eine Seele wirklich glücklich werden.«

»Ich wollte, ich würde mein Ziel kennen«, sagte er leise.

»Roger, Ihr müßt mit Eurem Herzen sehen, um es zu verstehen.«

»Lady, ich habe kein Herz.«

Blythe sagte nichts. O doch, ihr Mann hatte ein Herz.

»Die Kutsche wartet auf uns«, sagte Roger und deutete zum Haus.

Blythe nickte. Ohne Erlaubnis hakte sie sich bei ihm unter und ging neben ihm zum Haus.

Blythe blickte zum Himmel hinauf und fühlte Hoffnung in ihrer Brust aufsteigen. Kein Wölkchen trübte die Vollkommenheit des blauen Horizonts oder ihres Glücks.

Heute gingen Roger und sie gemeinsam über den Rasen.

Heute nacht würden ihre Körper eins werden.

Morgen würden der Adler und sein Schmetterling über den westlichen Horizont zum Paradies und darüber hinaus aufsteigen.

Er verließ sie in der Eingangshalle.

Als die Kutsche vor Debrett House anhielt, stieg Roger als erster aus und half dann Blythe. Sie sah ihr neues Heim an und bemerkte die Ähnlichkeit mit Devereux House.

Als Gräfin von Eden war Blythe jetzt die Herrin dieses

prunkvollen Besitzes. Noch wichtiger aber war, daß sie und ihr Geliebter im Angesicht der Göttin eins wurden so wie in vielen vorherigen Leben.

Gemeinsam gingen Roger und Blythe auf den Haupteingang zu. Die Tür öffnete sich langsam und gab den Blick auf einen Mann mittleren Alters frei, den Majordomus der Debretts.

Blythe blieb vor der offenen Tür stehen und wartete. Die Tradition verlangte, daß ihr Mann sie über die Schwelle trug, um ihr zukünftiges Glück zu sichern.

Überrascht ging Roger an ihr vorbei in die Eingangshalle und sah dann über seine Schulter: »Kommt Ihr herein oder habt Ihr die Absicht, im Hof zu leben?« fragte er.

Offensichtlich kannte ihr Mann diese Tradition nicht.

»Es ist Brauch, daß der Bräutigam seine Braut über die Schwelle trägt«, informierte ihn Blythe.

Roger warf ihr einen kühlen Blick zu und blieb dort, wo er stand.

Blythe zog eine Augenbraue hoch und blieb ebenfalls an ihrem Platz stehen.

Über die Albernheit von Frauen vor sich hin murmelnd, ging Roger wieder hinaus. Er nahm sie auf seine Arme, trug sie über die Schwelle und setzte sie unfeierlich in der Eingangshalle ab.

Blythe litt unter dem schrecklichen Gefühl, daß ihr Mann sie nicht hatte berühren wollen.

Du hast vor Gott und den Menschen darauf bestanden, daß er die Hände von deinen Geschäften lassen soll, erinnerte eine innere Stimme sie.

»Willkommen zu Hause, Mylord«, begrüßte der Majordomus sie.

»Blythe, dies ist Mr. Bottoms«, stellte Roger die beiden einander vor. »Bottoms, das ist die Gräfin von Eden.«

Blythe lächelte den ranghöchsten Diener von Debrett House an, aber der Mann hatte seine Aufmerksamkeit längst wieder seinem Herrn zugewandt. Wie eine Außenseiterin stand sie schweigend da und hörte ihrem Mann zu.

»Sind meine Agenten angekommen?« fragte Roger.

»Ja, Mylord. Sie warten in der Halle.«

»Gut. Schickt sie mir einen nach dem anderen in mein Arbeitszimmer. In der Reihenfolge, in der sie heute gekommen sind.« Roger warf Blythe einen schnellen Blick zu und fügte hinzu: »Abgesehen von den Getreide- und Wollhändlern. Mit ihnen möchte ich zuerst sprechen. Alle anderen müssen warten, bis sie dran sind.«

Roger ging den Flur hinunter zum Arbeitszimmer und rief über seine Schulter, als sei es ihm plötzlich eingefallen: »Sorgt dafür, daß die Gräfin sich einrichten kann.« Damit verschwand er.

Blythe wurde hochrot vor Verlegenheit und sah den Majordomus an. Ihm schienen die Worte zu fehlen. Sie kam sich wie eine Närrin vor, als sie in ihrem Hochzeitskleid dastand, während ihr Mann sie offensichtlich verlassen hatte.

Blythe sah, wie der Majordomus einen ängstlichen Blick in Richtung Halle warf. Offensichtlich wußte der arme Mann nicht, was er als erstes tun sollte.

»Die Bedürfnisse Seiner Lordschaft haben natürlich Vorrang vor meinen«, sagte Blythe, der der Mann leid tat.

Der Majordomus lächelte sie dankbar an.

»Wo ist meine Zofe?«

»Oben, Mylady. Es wäre mir eine Ehre, Euch hinaufzubegleiten.«

»Eine Beschreibung wird genügen.«

»Euer Zimmer ist das letzte auf der rechten Seite, die Treppe hinauf«, sagte der Majordomus.

»Danke, Mr. Bottoms.« Sie drehte sich um, um die Treppe hinaufzugehen. Es war ihr peinlich, daß ein Diener Zeuge dieser Mißachtung ihres Ehemannes war.

Blythe ging den Flur im ersten Stock entlang. Hinter einer der geschlossenen Türen hörte man die laut streitenden Stimmen eines Mannes und einer Frau. Blythe dachte sich nichts dabei, aber je weiter sie den Flur entlangging, desto lauter wurden die Stimmen.

Als Blythe durch die letzte Tür auf der rechten Seite ging,

befand sie sich in einem riesigen, üppig dekorierten Zimmer. Wo war Daisy Lloyd? Und dann erreichten sie wieder diese wütenden Stimmen. Eine klang genau wie Daisys.

Auf der anderen Seite des Schlafzimmers entdeckte Blythe eine offene Tür und lief in Richtung der Stimme ihrer Verwandten. Sie blieb in der Tür stehen, um dem Streit zuzuhören.

»Ich habe es Euch bereits gesagt«, erklärte der Mann, offensichtlich verärgert. »Ihre Sachen sollen in das andere Zimmer gebracht werden.«

»Ist *dies* nicht das Schlafzimmer des Grafen?« forderte Daisy ihn heraus, die Hände in die Hüften gestützt.

»Der Graf hat mir genaue Anweisungen gegeben«, erklärte der Mann. »Sie soll in ihrem eigenen Zimmer schlafen.«

»Die Gräfin von Eden ist keine *sie*«, schnaubte Daisy. »Zeigt gehörigen Respekt, wenn Ihr von meiner Lady sprecht.«

»*Ich* bin der persönliche Diener des Grafen und nehme Euch gegenüber eine Vorrangstellung ein«, antwortete der Mann. »Wenn Ihr Euch über die Anweisungen hinwegsetzen wollt, müßt Ihr das mit seiner Lord…«

»Küßt mir die Füße, Hardwick!«

Das Gesicht des Mannes wurde fleckig vor Wut. »Für Euch immer noch *Mister* Hardwick.«

»Mister Hardwick, ach ja?« schoß Daisy zurück. »Ha! Mir scheint, Ihr habt gar keinen *Docht* und schon gar keinen harten.«

»Das reicht, Daisy«, befahl Blythe und betrat das Zimmer.

»Und wer seid …« Hardwicks Blick fiel auf ihr Hochzeitskleid.

»Ich bin die Gräfin von Eden.«

»Mylady, ich möchte mich für meinen Ton entschuldigen«, sagte Hardwick.

»Es sollte Euch leid tun«, meldete sich Daisy.

»Ich vergebe Euch«, sagte Blythe und brachte ihn dann aus dem Gleichgewicht, indem sie ihm ihr strahlendstes Lächeln schenkte. »Wo liegt das Problem, Mr. Hardwick?«

»Seine Lordschaft hat mich angewiesen, das andere Zimmer für Euch herzurichten«, erklärte er. »Es ist Tradition in der Familie Debrett. Die Mutter seiner Lordschaft hatte dieses Zimmer und Lady Dar…«

»Ich möchte nicht mit dieser Tradition brechen«, unterbrach Blythe ihn. »Daisy, bring meine Sachen in das andere Zimmer.«

»Der Graf hat komische Vorstellungen von der Ehe«, brummte Daisy und ging zurück in das andere Zimmer.

Blythe ließ ihren Blick von ihrer Zofe zum Diener ihres Mannes wandern. Sein Gesichtsausdruck zeigte, daß er dem Mädchen am liebsten eine Ohrfeige gegeben hätte. Und dann veränderte er sich plötzlich.

Blythe sah von Hardwick zu Daisy und dann wieder zurück. Der Mann schien vollkommen fasziniert von Daisy Lloyds wütendem Hüftschwung.

»Danke für Eure Hilfe«, sagte Blythe und unterdrückte ein Lächeln. Sie schloß die Verbindungstür und wandte sich mit einem angemessen vorwurfsvollen Gesichtsausdruck an ihre Zofe.

Daisy machte eine schnippische Bewegung zu der geschlossenen Tür und zwinkerte dann Blythe zu.

Blythe kicherte und umarmte dann ihre Lieblingscousine.

»Ich bin ja so froh, daß du zugestimmt hast, mich nach Debrett House zu begleiten.«

»Ich konnte doch nicht zulassen, daß Cousine Daffy meinen Platz einnimmt«, sagte Daisy.

Obwohl sie sechs Monate jünger war als ihre Herrin, wirkte Daisy Lloyd einige Jahre älter. Sie hatte braune Haare und braune Augen, war drall und mit einem ansteckenden Lächeln gesegnet.

»Mr. Hardwick ist ein sehr attraktiver Mann«, bemerkte Blythe, als ihre Cousine mehrere Kleider in den winzigen Schrank neben dem Schlafzimmer brachte.

»Der alte …«

»Er scheint in demselben Alter zu sein wie mein Mann«, unterbrach Blythe ihre Cousine.

»Tut mir leid«, sagte Daisy reumütig.

»Hast du meine Geschäftsbücher und die Zeremoniengegenstände mitgebracht?«

»Ich habe sie in den Schreibtisch gelegt.«

Blythe blickte sich in dem Zimmer um. An einer Seite stand ein riesiges Himmelbett mit schweren Vorhängen. Der Kamin war an der gegenüberliegenden Seite. Davor standen zwei Stühle. Bei einem der Fenster stand ein Eichentisch.

Das gesamte Zimmer war zu üppig dekoriert und das tiefe Weinrot der Vorhänge zu dunkel. Blythe überlegte, ob das Zimmer wohl Darnel Howard oder Rogers Mutter widerspiegelte. Sie hatte lieber hellere Farben und würde bei der ersten Gelegenheit ihren Mann um die Erlaubnis bitten, umdekorieren zu dürfen.

Blythe ging durch das Zimmer zum Fenster und lächelte bei der Aussicht.

»Daisy, mein Zimmer geht nach Osten. Ich werde also angemessen beten können«, rief sie ihrer Cousine zu. »Und darunter ist der Garten. Ich kann sogar da hinten die Stallungen sehen.«

»Sehr hübsch, wirklich«, stimmte Daisy zu und klang wenig beeindruckt. »Laß mich dir aus dem Kleid helfen.«

Daisy öffnete die Reihe winziger Perlenknöpfe, die über die gesamte Länge des Kleides verlief, und half dann ihrer Herrin aus dem Kleid. Sie reichte Blythe einen seidenen Morgenmantel und brachte das Hochzeitskleid ins Ankleidezimmer.

»Das Essen wird um sechs Uhr serviert«, sagte Daisy, als sie wieder ins Zimmer kam. »Bis dahin solltest du dich ausruhen.«

»Ich werde deine Dienste bis morgen früh nicht brauchen«, sagte Blythe. »Du kannst dich um deine Dinge kümmern.«

»Dann eine angenehme Nacht«, sagte Daisy lächelnd. Dann verschwand sie durch die Tür.

Zu aufgeregt, um zu ruhen, ging Blythe im Zimmer auf

und ab, kehrte aber immer wieder zum Fenster zurück, um hinauszusehen. Sie konnte kaum den Morgen abwarten, um den Garten erforschen zu können.

Um genau sechs Uhr verließ Blythe ihr Zimmer. Sie trug ein lilafarbenes Seidenkleid mit einem tiefen Ausschnitt, das ihrem neuen Status als Ehefrau entsprach. Sie glaubte nicht, daß Roger es schätzen würde, wenn seine Frau ein jungfräulich hochgeschnittenes Kleid zum Hochzeitsessen tragen würde.

Blythe stand unsicher im Eingang zu dem fast verlassenen großen Saal. Ihr Mann war nirgends zu sehen, und sie fragte sich, ob sie auf ihr Zimmer zurückkehren sollte, bis jemand sie rief.

»Guten Abend, Mylady«, rief Mr. Bottoms und kam ihr entgegen.

Blythe lächelte. »Wo ist Mylord?«

»Er arbeitet noch«, teilte der Majordomus ihr mit, »aber ich bin sicher, daß er gleich da sein wird. Ich werde Euch an den Tisch bringen.«

Als Blythe durch den mit Fackeln erleuchteten Saal ging, erblickte sie zwei Porträts an einer Wand. Sie blieb stehen, um sie genauer anzusehen. Ein dunkelhaariger Mann mit dunklem Teint und einem düsteren Gesichtsausdruck starrte sie von einem Gemälde an. Das andere Porträt zeigte eine hellhäutige Frau mit lebhaften blauen Augen und einem geheimnisvollen Lächeln.

»Wer ist das?« fragte Blythe.

»Die Eltern seiner Lordschaft«, antwortete Mr. Bottoms.

»Roger und Geoffrey ähneln also ihrer Mutter«, sagte Blythe weich. »Cedric hat das Aussehen seines Vaters.«

Mr. Bottoms begleitete Blythe an die Ehrentafel. Kaum hatte sie sich gesetzt, als ein Lakai erschien und dem Majordomus etwas ins Ohr flüsterte.

»Mylord bedauert«, sagte Mr. Bottoms. »Seine Lordschaft muß während seiner Arbeit essen, aber er verspricht, Euch zu sehen, sobald er fertig ist.«

Blythe gelang ein schwaches Lächeln, und sie nickte. Sie wollte nicht, daß irgend jemand ahnen konnte, daß ihr gerade das Herz in den Magen gesunken war. Wollte ihr Gatte ihr heimzahlen, daß sie seine Woll- und Getreidepreise unterboten hatte?

Blythe fühlte sich unbehaglich an der Ehrentafel und aß nur wenig. Die Zurückweisung durch ihren Ehemann verursachte ihr Kopfschmerzen, und vor allen Dingen wollte sie dieser demütigenden Szene entfliehen.

Blythe stand abrupt auf, und der Majordomus eilte ihr zu Hilfe. »Sir, ich kann Euren makellosen Service nur loben«, sagte sie. »Wenn Ihr jemals Lord Roger verlassen solltet, werdet Ihr sicher eine Position im Devereux House finden.«

Mr. Bottoms lächelte über dieses Kompliment. »Soll ich Euch nach oben begleiten, Mylady?«

»Ich kenne den Weg.« Hocherhobenen Hauptes verließ Blythe den Saal. Das letzte, was sie wollte, war, daß ein Majordomus sie in ihrer Hochzeitsnacht zu Bett brachte.

Als Blythe ihr Zimmer erreichte, fand sie ihr Nachthemd auf dem Bett. Sie entkleidete sich und zog es über den Kopf. Dann trat sie vor den Spiegel und studierte ihr Ebenbild.

Das hauchdünne Nachthemd war praktisch durchsichtig. Wenn man sah, was es bedeckte, hätte sie ebensogut nichts tragen können.

Und genau diese Tatsache ließ Blythe lächeln. Ihr Mann würde sie nicht ignorieren können, wenn er sie einmal in diesem Nachthemd sah.

Blythe wußte nicht, was sie tun sollte, während sie auf seine Ankunft wartete. Also ging sie durch das Zimmer zum Fenster und sah in den Nachthimmel. Ein einzelner Stern leuchtete in dem nachtdunklen Himmel. Aus irgendeinem Grund erinnerte sie dieses Bild der Einsamkeit an ihren Ehemann.

Nach einiger Zeit hörte Blythe gedämpfte Stimmen im Zimmer ihres Ehemannes. Zu nervös, um stillzustehen, ging sie barfuß zu der Verbindungstür und lauschte. Eine Stimme gehörte Roger, die andere Mr. Hardwick. Das Gespräch endete abrupt. Sie hörte eine Tür zuschlagen und dann, wie ihr Mann sich in seinem Zimmer bewegte.

Bald wird Roger durch diese Tür kommen und mich tatsächlich zu der seinen machen, dachte Blythe. Die Vorfreude ließ ihr Herz schneller schlagen, und ihr Atem ging flach und keuchend. Wenn er ihr doch nur am Nachmittag den Hof gemacht hätte, dann wäre sie jetzt nicht so verängstigt.

Blythe starrte auf die Tür, und es schien ihr eine Ewigkeit. Dann erstarben die Geräusche in dem anderen Zimmer. Was tat er?

Blythe trat von der Tür zurück, falls er sie überraschen wollte, und setzte sich auf den Stuhl vor dem Kamin. Eine Stunde lang fixierte sie die Verbindungstür und wartete. Erwartete man von ihr, daß sie zu ihm ging? Sie konnte das Warten nicht länger ertragen.

Blythe nahm ihren ganzen Mut zusammen, stand von ihrem Stuhl auf und durchquerte das Zimmer. Mit zitternder Hand öffnete sie die Verbindungstür.

Blythe entdeckte ihren Mann sofort. Ihr den Rücken zugewandt saß Roger in dem Stuhl vor seinem Kamin.

»Mylord?« fragte Blythe mit lautem Flüstern.

Roger schoß aus seinem Stuhl und wirbelte herum. »Weshalb schlaft Ihr nicht?« fragte er.

»Ich – ich habe auf Euch gewartet.«

Blythe sah, wie seine blauen Augen von ihrem Gesicht über ihren spärlich bekleideten Körper glitten und auf der Schwellung ihrer Brüste und Hüften verweilten. O Gott, sie kam sich vor wie ein Pferd bei einer Versteigerung. Würde er als nächstes den Raum durchqueren und ihre Zähne untersuchen? Oder verglich er sie mit Darnel Howard? Wenn dem so war, was würde er vermissen?

Als sich ihre Blicke wieder trafen, erkannte Blythe das heiße Interesse bei ihm, bevor er jedes Gefühl aus seinem Gesichtsausdruck verbannen konnte.

»Geht zurück in Euer Zimmer«, befahl Roger, und seine Stimme klang müde. »Ich habe nicht die Absicht, heute bei Euch zu schlafen.«

Blythe zuckte zurück, als sei sie geschlagen worden, und mit einem schmerzenden Flüstern erinnerte sie ihn: »Ihr habt vor Gott geschworen, mich mit Eurem Körper zu ehren.«

»Ich habe gelogen«, sagte Roger, und sein Blick war kälter als der Nordwind im Winter.

»Aber ...«

»Raus, verdammt noch mal.«

Blythe lief zurück in die Sicherheit ihres eigenen Zimmers und schlug die Tür hinter sich zu. In dem Versuch, soviel Distanz wie möglich zwischen sich und ihren Mann zu bringen, lief sie durch das Zimmer an das Fenster.

Blythe neigte ihren Kopf, als die Tränen ihr über die Wangen liefen. Indem sie ihrem Schluchzen nachgab, reinigte sie ihre verletzte Seele von den zahlreichen Enttäuschungen dieses Tages.

Als ihre Tränen versiegten, bemerkte Blythe ein hartnäkkiges Klopfen. Sie sah auf und sah Regentropfen auf den Fensterscheiben. Der einsame Stern war hinter einem Wolkenschleier verschwunden.

»Große Göttin Mutter, laßt mir Eure Weisheit zuteil werden«, betete Blythe und legte ihre rechte Handfläche gegen das Fenster. »Hilf, daß der heilige Swithin den Wind der Liebe zu Roger und mir schickt.«

Unglücklicherweise behielt die Göttin Mutter in dieser Nacht ihre Weisheit für sich, und die liebenden Winde des heiligen Swithin blieben still. Eine vertraute Stimme klang in ihren Gedanken wider und durchdrang ihr Elend, um ihr neue Hoffnung zu geben.

Mit deiner Geduld und Liebe kann Roger gesund werden, sagte die Stimme ihres pragmatischen Vaters.

»Oh, Papa, du hast leicht reden«, flüsterte Blythe in das leere Zimmer. »Ich bin diejenige, die die geliebte Erinnerung an Darnel Howard überwinden muß.«

Kapitel 4

Blythe erwachte in jenen gedämpften magischen Augenblikken vor der Dämmerung. Sie gähnte, streckte sich und stand dann von ihrem einsamen Bett auf.

Blythe ignorierte die frühmorgendliche Kälte des Septembers und ging barfuß durch das Zimmer zum Fenster. Wie ihre Mutter zuvor begrüßte sie immer das Morgengrauen.

Blythe öffnete die Läden und sah, wie der östliche Horizont mit orangefarbenem Licht in Flammen stand, als die Dämmerung sich schnell näherte. In dem Versuch, der aufgehenden Sonne näherzukommen, öffnete sie das Fenster und beugte sich vor.

»Vater Sonne küßt Mutter Erde«, murmelte Blythe. Es war ein Lied, das ihre Mutter ihr beigebracht hatte. Für einen kurzen Augenblick schloß sie ihre Augen und betete: »Große Göttin Mutter und Heiliger Swithin, laßt an diesem Tag meinen Mann und mich eins werden.«

Blythe öffnete ihre Augen und beobachtete, wie die Strahlen orangefarbenen Lichtes über den Horizont nach der Welt der Menschen griffen. Die aufgehende Sonne, die jeden Tag des Jahres anders war, schien an diesem Septembermorgen besonders inspirierend.

Und dich habe ich erwählt.

Blythe betastete das Diamantenkreuz des Odin auf ihrer Brust. Roger hatte seinen Weg bereits fünf Jahre zuvor gewählt. Weshalb konnte er diese Wahrheit nicht erkennen? Ja, seine Zurückweisung verletzte ihre Gefühle, aber ihr Adler war irgendwie verletzt worden und brauchte ihren Sonnenschein, um wieder gesund zu werden.

Blythe ließ ihren Blick von dem weiten Horizont auf den Fluß fallen. Der Nebel, der die Ufer der Themse einhüllte, verzog sich langsam unter den Strahlen der aufgehenden Sonne. In der Absicht, wieder zu Bett zu gehen, wandte sie sich vom Fenster ab, aber eine dunkle Gestalt erregte ihre Aufmerksamkeit.

Ganz in schwarz gekleidet, schlenderte Roger den Weg von den Stallungen herauf. Offensichtlich schien er Gartenwerkzeuge zu tragen.

Damit er sie nicht am Fenster entdecken konnte, trat Blythe einen Schritt zurück, um ihn weiter zu beobachten. Er legte die Gartengeräte auf dem Rasen ab und nahm sich einen Moment Zeit, um herumzugehen. Offensichtlich begrüßte er die Pflanzen und Blumen, die er seit dem vorigen April nicht mehr gesehen hatte. Seine Berührungen schienen sanft und ehrfürchtig wie bei einem Druiden, der sich einem Baum näherte.

Bereit zur Arbeit, zog Roger seinen schwarzen Lederwams aus und warf ihn zur Seite.

Er nahm seine Gartengeräte und ging auf den Rosenstrauch bei dem Haus zu, um ihn für den Winter vorzubereiten. Er berührte ihn wie ein Vater sein Lieblingskind streichelt, und wenn sie sich nicht irrte, bewegte er seine Lippen, als würde er den Rosenstrauch mit einem gedämpften Flüstern beruhigen.

Blythe freute sich über seine Sanftheit. Der Himmel hatte immer einen besonderen Platz bereit für einen Mann, der mit Pflanzen umgehen konnte.

Blythe ließ ihren Blick von seinem Gesicht abwärts wandern und bewunderte seine breiten Schultern und seinen Rücken, der in einer schönen Linie zu den schmalen Hüften hinunterlief. Seine Schenkel, die in enganliegenden Breeches steckten, schienen gut geformt zu sein. Ihr Ehemann strahlte vor Männlichkeit, als seine geschmeidigen Muskeln sich unter der Bewegung anspannten. Roger verharrte einen Moment lang wie eine Statue, um seine Arbeit zu begutachten.

Und dann bemerkte Blythe den hübschen Schmetterling, der bei dem Rosenstrauch durch die Luft flatterte. Sie streckte ihre linke Handfläche zur Weide ihres Mannes aus und berührte mit ihrem rechten Zeigefinger ihr Herz und ihre Lippen.

»O alte Weide dieser alten Erde, älter als ich sagen kann«, flüsterte sie. »Hilf mir, diesen Zauber der Natur zu verflechten.« Blythe deutete mit ihrem Zeigefinger auf die rechte Seite ihres Mannes, und der Schmetterling landete auf seiner rechten Schulter. Roger sah ihn an und scheuchte ihn vorsichtig weg.

Blythe lächelte und zeigte auf seine linke Seite. Der Schmetterling ließ sich auf seiner linken Schulter nieder. Roger sah zu seiner linken Seite und schnippte ihn wieder von seiner Schulter.

Blythe spürte, wie Heiterkeit in ihr aufstieg, als ein böser Kobold sich in ihre Seele schlich. Sie zeigte mit ihrem Finger auf den Kopf ihres Mannes. Der Schmetterling flog über ihn und ließ sich dann auf dem Kopf nieder.

»Lieber Himmel!« hörte sie ihn rufen.

Blythe konnte sich nicht länger beherrschen und brach in Gelächter aus. Roger wirbelte überrascht herum, und sein Blick schoß zu ihrem offenen Fenster. Mit ihrem strahlendsten Lächeln beugte sich Blythe vor und erlaubte ihrem Mann einen Blick auf ihre elfenbeinfarbenen Brüste über dem tief ausgeschnittenen Nachthemd.

»Guten Morgen, Mylord«, rief sie.

»Guten Morgen, Mylady«, rief Roger und neigte seinen Kopf. Er lächelte sie an – das hatte sie seit fünf Jahren nicht mehr gesehen.

Der Morgen steht ihr gut, dachte Roger, als er zu seiner Braut hinaufsah. Sie schien glücklich wie ein Schmetterling, der durch den Garten Eden flatterte. Offensichtlich war sie nicht wütend wegen seines Verhaltens in der vergangenen Nacht. Vielleicht würde sein Plan, die Freiheit wiederzugewinnen, funktionieren.

Und dann fiel ihm etwas anderes ein. Hatte seine Zurückweisung sie nicht geärgert? Gab es einen anderen jungen Mann, den sie lieber geheiratet hätte? Daß sie durch seine Zurückweisung erleichtert sein könnte, war einfach beleidigend.

Sie lächelte zu ihm hinunter. Es war dieses besondere

Lächeln, durch das er sich immer geliebt und akzeptiert gefühlt hatte. Ihr strahlender Gesichtsausdruck wärmte sein Herz.

»Ich hatte das Gefühl, beobachtet zu werden«, sagte Roger.

»Mylord, Ihr seid schon sehr früh auf den Beinen«, bemerkte Blythe.

»Ihr ebenso.«

»Ich liebe die Morgendämmerung«, sagte sie ihm. »Es ist mein Lieblingsmoment des Tages.«

»Ich genieße die Stille des Morgens ebenfalls«, sagte Roger. »Es liegt dann soviel Hoffnung in der Luft.«

Blythe betrachtete die Gartenlandschaft und wandte ihm dann wieder ihre Aufmerksamkeit zu: »Euer Garten ist ausgesprochen schön.«

»Ich danke Euch«, antwortete Roger und betrachtete sie mit demselben Interesse, mit dem sie seinen Garten angesehen hatte.

Ihre unglaublich violetten Augen ließen ihr Antlitz erstrahlen. Ihr Gesicht war betörend hinreißend und ihre Wangen gerötet. Ihr verführerisches Nachthemd enthüllte vorteilhaft ihre Brüste, und ihre dunklen Brustwarzen reizten ihn durch das zarte, beinahe durchsichtige Material.

Roger spürte, wie seine Männlichkeit sich regte. Mit innerlichem Stöhnen schloß er seine Augen vor dem provozierenden Anblick. Wie sollte er ihre Anwesenheit in diesem Haus überleben, wenn er doch wußte, daß er sie jederzeit nehmen konnte?

Er begehrte sie, ja.

»Ich kann es kaum erwarten, dieses Paradies im Sommer zu sehen«, sagte Blythe. »Ich liebe Rosen.«

Roger sah von ihr zu dem Rosenstrauch. Sein Blick fiel auf eine Leiter, die an dem Haus lehnte.

Nachdem er ihr sein überwältigendes Lächeln geschenkt hatte, drehte Roger sich zu dem Rosenstrauch um und pflückte eine der letzten Blüten. Dann lehnte er die Leiter unterhalb ihres Fensters an das Haus und begann hinaufzuklettern. Als er auf den oberen Sprossen stand, befand er sich auf Augenhöhe mit ihren Brüsten.

»Für Euch, Mylady«, sagte er und gab ihr die Rose.

»Danke, Mylord«, sagte Blythe und nahm sie. Ihr strahlendes Lächeln blendete ihn fast.

»Es ist mir ein Vergnügen.«

Einen langen, langen Moment sahen sie einander in die Augen. Ihr schwacher Duft nach Rosen umschwebte ihn wie eine unsichtbare Wolke und reizte ihn, sie zu küssen. Roger verspürte den überwältigenden Drang, durch das Fenster zu klettern und sie leidenschaftlich zu lieben.

»Würdet Ihr gerne hereinkommen?« fragte Blythe, als hätte sie seine Gedanken gelesen.

Roger sah an ihr vorbei in das Schlafzimmer und auf das zerwühlte Bett. Er atmete schwer bei dem Gedanken, mit ihrer weichen Weiblichkeit in diesem Bett zu liegen.

»Vielleicht ein andermal«, sagte er und lehnte ihre Einladung ab. »Ich möchte später mit Euch in meinem Arbeitszimmer sprechen.«

Blythe warf ihm ein verführerisches Lächeln zu. »Das läßt sich einrichten.«

»Sagen wir zehn Uhr?«

Sie neigte zustimmend den Kopf.

Da er nur ungern die Leiter wieder hinuntersteigen und sie verlassen wollte, zögerte Roger den Moment in die Länge, indem er fragte: »Und wie werdet Ihr die Zeit bis dahin verbringen, kleiner Schmetterling?«

»Wieder ins Bett gehen und schlafen.«

»Dann überlasse ich Euch Eurem Schlaf und wünsche Euch angenehme Träume.«

Blythe beugte sich vor, und ihre Brüste waren so nah, daß er sie hätte küssen können. »Wenn meine Träume angenehm sind«, flüsterte sie, »dann werden sie alle von Euch erfüllt sein.«

Auf der Flucht vor ihr und ihren so verführerischen Brüsten begann Roger, die Leiter hinabzusteigen. Er hielt inne, als sie ihn anrief.

»Mylord?«

Roger sah hinauf. »Ja?«

Blythe starrte ihn einen langen Augenblick an. Schließlich errötete sie und kicherte: »Ich habe vergessen, weshalb ich Euch zurückrief.«

»Ich werde mich nicht bewegen, bis Ihr Euch erinnert«, sagte er.

»Eure Nähe wird verhindern, daß ich mich erinnere«, sagte Blythe.

»Dann werde ich bleiben und darauf warten, daß Eure Erinnerung zurückkehrt«, sagte Roger mit einem herausfordernden Lächeln. »Vielleicht werde ich den Rest meiner Tage mit meinem kleinen Schmetterling hier im Garten verbringen.«

»Euer Rosenstrauch verlangt nach Eurer Aufmerksamkeit«, sagte Blythe, »und mein bequemes Bett ruft mich. Lebt denn wohl bis zehn Uhr, Mylord.«

Roger neigte seinen Kopf. »Bis zehn, Mylady.«

Roger lächelte ihr ein letztes Mal zu und zwang sich dann wieder zur Gartenarbeit. Fünfzehn schrecklich lange Minuten lang arbeitete er an dem Rosenstrauch, aber seine Gedanken kletterten die Leiter hinauf, um neben seiner Braut im Bett zu liegen. Er konnte dem Impuls nicht widerstehen, zu ihrem Fenster hinaufzusehen, aber sie war in ihrem Zimmer verschwunden.

Roger starrte das Fenster an. Er mußte nur die Leiter hinaufklettern und ihr sagen, daß er seine Meinung geändert hatte. Und dann? Sein Leben würde zweifellos wieder unglücklich werden.

Fest entschlossen, ihrem Sirenenruf zu widerstehen, nahm Roger seine ganze Kraft zusammen. Schließlich warf er seine Gartengeräte auf den Boden und ging auf die Ställe zu. Ein paar Augenblicke des Vergnügens waren es nicht wert, seinen Seelenfrieden zu opfern.

Er würde sich bei ihr entschuldigen.

Um genau zwei Minuten vor zehn Uhr berührte Blythe

das diamantene Odinskreuz und warf einen letzten Blick auf ihr Spiegelbild. Sie strich eine imaginäre Falte auf dem Rock ihres Kleides glatt und beschloß, dieses Zusammentreffen für ihren Mann so leicht wie möglich zu machen. Der arme Roger hatte seine erste Frau verloren und dann fünf Monate im Tower of London verbracht. Es würde schwer für ihn sein, sich für die vergangene Nacht zu entschuldigen. Sie würde so liebenswürdig und freundlich sein, wie sie nur konnte.

»Wünsch mir Glück«, sagte sie zu ihrem Ebenbild und ging zur Tür.

Blythe lief über den Flur zur Treppe. Sie wollte auch nicht nur einen Augenblick zu spät kommen. Männer liebten Pünktlichkeit. Als sie die Eingangshalle erreichte, ging sie zum Arbeitszimmer ihres Mannes, blieb dann aber unentschlossen vor der geschlossenen Tür stehen.

Blythe beschloß, nicht anzuklopfen, setzte ein strahlendes Lächeln auf und griff nach dem Türknauf. »Guten Morgen«, rief sie und schneite fröhlich in das Zimmer.

Roger saß hinter seinem Schreibtisch und sah überrascht auf, als sie hereinkam. Er sprang auf und warf ihr ein Lächeln zu.

Blythe bemerkte, daß er sich rasiert hatte und statt seiner Gartenkleidung formellere Kleidung trug. Neue Hoffnung durchdrang sie, als seine Augen ihren Körper musterten. Ja, ihr Mann bedauerte sein Verhalten in der letzten Nacht. Zuerst würde er sich bei ihr entschuldigen und dann würde er sie bestimmt lieben.

»Setz dich, Kind«, lud Roger sie ein.

Kind?

Blythe ignorierte seine Wortwahl und setzte sich auf den Stuhl vor seinem Schreibtisch. Sie nahm sich einen Moment Zeit, ihren Rock zu ordnen, und sah ihn dann an.

Roger setzte sich. »Waren Eure Träume angenehm?«

»Ja, und Ihr kamt in allen vor«, antwortete Blythe.

Ihr Mann runzelte die Stirn, als gefiele es ihm gar nicht, in ihren Träumen vorzukommen. Er öffnete den Mund, um zu sprechen, aber Blythe in ihrer Nervosität war schneller.

»Heute ist der Geburtstag von Alex«, verkündete sie. »Wir sollten etwas Besonderes planen, um ihn zu feiern.«

Roger kniff die Augen zusammen. »Wer ist Alex?«

»Alexander der Große natürlich. Erinnert Ihr Euch nicht?« fragte sie. »Der zwanzigste September ist sein Geburtstag.«

»Es sind viele Jahre vergangen, seit ich Geschichte studiert habe«, entgegnete Roger mit einem Lächeln um die Lippen.

»Wir dürfen die Lehren der Geschichte niemals vergessen, damit wir unsere Fehler nicht wiederholen.« Blythe warf ihm ein mehrdeutiges Lächeln zu. Um ihm Zeit zu geben, seinen Mut zusammenzunehmen und sich bei ihr zu entschuldigen, betrachtete sie ihre Umgebung.

Zwei Wände waren vom Boden bis zur Decke mit Bücherreihen gefüllt, an der dritten Wand befand sich ein Kamin. Davor standen zwei gemütlich aussehende Sessel. Die vierte Wand hinter dem Schreibtisch ihres Mannes hatte zwei Fenster, die das Sonnenlicht hereinließen.

»Oh, es wird mir Spaß machen, in diesem Zimmer zu arbeiten«, sagte Blythe. »Alles atmet Euer Wesen.«

Roger zog die Brauen zusammen. »Was meint Ihr mit ›arbeiten‹?«

»Ich brauche einen Platz, um meine Geschäftsangelegenheiten zu erledigen«, erklärte sie. »Es wäre nicht schicklich, wenn meine Händler mich in meinem Schlafzimmer aufsuchen würden, und der große Saal wäre zu ablenkend. Außerdem …«

»Seid ruhig, Kind.«

»Bitte?«

»Ich habe Euch nicht wegen einer Unterhaltung herkommen lassen«, sagte Roger. »Wir müssen etwas viel Ernsteres besprechen.«

Blythe neigte ihren Kopf. Es war nicht einfach für einen Mann, sich zu entschuldigen, und schon gar nicht für einen Adler, wie ihr Mann es war.

»Sagt, was immer Ihr sagen wollt«, meinte sie, um ihn zu ermuntern. »Ich bin schließlich Eure Frau.«

»Frau!« rief Roger. »Genau über dieses Thema *Frau* möchte ich mit Euch reden.«

Blythe sagte nichts.

Roger räusperte sich. Er stand von seinem Stuhl auf und ging um den Schreibtisch. Er lehnte sich an die Kante, verschränkte seine Arme vor der Brust und starrte sie an.

»Wie Ihr wißt, lag der Sinn unserer Ehe darin, meine Freilassung aus dem Tower zu erwirken«, begann er. »Ich hatte nicht den Wunsch, wieder zu heiraten. Eine Frau war mehr als genug.«

Blythe spürte langsam Unbehagen und senkte ihren Blick auf ihre im Schoß gefalteten Hände. Das klang nicht wie die Präambel zu einer Entschuldigung.

»Der Altersunterschied zwischen uns ist groß«, fuhr Roger fort.

Blythe sah auf und tat seine Worte mit einer Handbewegung ab. »Zwölf Jahre bedeuten kaum etwas«, sagte sie. »Mein Großvater ist zweiundsechzig und seine Frau knapp über vierzig.«

Rogers Lippen zuckten bei dieser Lüge. »Ich habe schon mit meiner ersten Frau im Bett gelegen, bevor Ihr geboren wurdet«, entgegnete er. »Ich hätte Euch zeugen können.«

Blythe spürte, wie ihre Wangen heiß wurden, und stöhnte innerlich. Es war kindisch, rot zu werden. Sie wollte fraulicher erscheinen.

»Liebe gibt es nicht«, fuhr Roger fort. »Das ist nur ein Hirngespinst.«

»Mylord, was wollt Ihr mir sagen?« fragte Blythe, die langsam irritiert war von seinem Ausweichmanöver.

»Ganz einfach dies.« Roger drehte sich um und sagte: »Unsere Ehe wird nicht vollzogen werden. Wenn ich erst herausgefunden habe, wer Darnel ermordet hat, könnt Ihr die Ehe annullieren lassen und einen der jungen Burschen heiraten, die – da bin ich sicher – Euch vor unserer Verlobung nachgelaufen sind.«

»Ich habe nicht den Wunsch, die Ehe annullieren zu lassen«, rief Blythe und sprang von ihrem Stuhl auf.

Roger runzelte die Stirn. »Dann werde ich sie annullieren lassen.«

Blythe spürte, wie ihr das Herz schwer wurde. Jetzt, da sie ihn hatte, weigerte sie sich, ihn wieder loszulassen. Vielleicht stimmte etwas mit ihr nicht, das sie verbessern mußte.

»Mylord, ist – ist irgend etwas mit mir nicht in Ordnung?« fragte sie mit einem gequälten Flüstern.

»Nein, Ihr seid ein liebes Kind.«

»Ich bin *kein* Kind.«

»Im Vergleich zu mir seid Ihr praktisch ein Neugeborenes«, sagte Roger.

»Ach wirklich?« Blythe zog eine Augenbraue hoch. »Soll ich mich ausziehen und meine Fraulichkeit beweisen? Heute morgen schient Ihr zumindest sehr interessiert an meinen Brüsten.«

Roger wurde rot. »Ihr seid entlassen«, sagte er mit strenger Stimme.

Entlassen?

Wie konnte er es wagen! Ihr Mann mußte noch eine Menge lernen, und sie war genau die richtige Frau, um es ihm beizubringen.

Blythe straffte ihre Schultern und ging stolz zur Tür, blieb jedoch noch einmal stehen, bevor sie hinausging, und drehte sich zu ihm um. »Mylord, es wird keine Annullierung geben. Fünf einsame Monate im Tower haben offenbar Euer Denken beeinträchtigt«, sagte sie, unfähig, ihre aufsteigende Wut zu beherrschen. »Um Eure Verwirrung zu lindern, solltet Ihr Euch unter die Birke in Eurem Garten setzen.«

Roger starrte sie ausdruckslos an.

»Wenn wir uns im Wald verirren, erleuchtet das strahlende Weiß der Birke den Weg und führt uns auf den rechten Pfad.«

»Ihr sprecht in Rätseln.«

»Nachdem Ihr das ehrwürdige Alter von dreißig Jahren erreicht habt, solltet Ihr meine Worte verstehen«, entgegnete Blythe. »Ihr wißt doch sonst alles oder glaubt es zumindest.«

Und dann rauschte sie aus dem Arbeitszimmer, und ihr Mann fragte sich, ob er gerade beleidigt worden war.

Oben marschierte Blythe in ihr Zimmer und knallte die Tür zu. Damit erschreckte sie Daisy, die gerade die Habe ihrer Herrin ordnete. Blythe ignorierte ihre Zofe und ging durch das Zimmer, um zum Fenster hinauszusehen. Die strahlende Morgensonne war hinter einem Wolkenschleier verschwunden.

Heiliger Swithin, sie hatte einen Mann geheiratet, der sich weigerte, sie zu berühren. Wenn sie ihn nur in ihr Bett locken könnte, dann würde Roger schon merken, daß sie eine Frau war. Und wie sollte ihr das gelingen? Sie hatte noch nie einen Mann geküßt, geschweige denn verführt.

»Was ist los?« fragte Daisy und stellte sich neben sie.

»Mein Mann und ich sind uns uneinig«, antwortete Blythe.

»Schon?«

Blythe nickte.

»Weshalb?«

Blythe errötete, antwortete aber ehrlich. »Mein Mann weigert sich, mit mir zu schlafen.«

Daisy stand vor Überraschung der Mund offen. Zum erstenmal im Leben war sie sprachlos.

Blythe sah sie von der Seite an. »Irgendwelche Vorschläge, Cousine?«

»Gott, nein. Ich habe noch nie gehört, daß ein Mann sich weigert«, antwortete Daisy, die nach dem Schock ihre Stimme wiederfand. »Ich habe von Männern immer nur das Gegenteil gehört. Angeblich sagen sie niemals nein.«

»Wie beruhigend zu erfahren, daß mein Mann absolut einzigartig ist«, sagte Blythe niedergeschlagen.

Und dann kam ihr eine unerhörte Idee. Sie hatte nicht die geringste Ahnung von Verführung, aber sie kannte jemanden, der praktisch die Kunst des Flirtens und der Liebe erfunden hatte.

»Sag Bottoms, er möge im Stall Bescheid sagen, daß ich Achilles gesattelt haben möchte. Er soll in fünfzehn Minuten fertig im Hof stehen«, befahl Blythe dem anderen Mädchen.

»Du läufst doch nicht zurück nach Hause, oder?«

»Nein, ich bin nur für ein, zwei Stunden unterwegs.«

Daisy ging, um ihrer Bitte nachzukommen, und Blythe starrte wieder aus dem Fenster. Großmama Chessy – ›Tante Dawn‹, wie sie lieber genannt wurde – war es gelungen, vier Männer in den Hafen der Ehe zu locken, gar nicht zu reden von ihren zahllosen Flirts. Blythe würde diese sagenhafte Expertin für Männer besuchen und um ihren Rat bitten.

Fünfzehn Minuten später eilte Blythe die Treppe hinunter in die Eingangshalle. Sie griff nach dem Türknauf, aber eine Hand legte sich über ihre und verhinderte ihre Flucht.

Blythe keuchte überrascht und wirbelte herum.

»Wo wollt Ihr hingehen?« fragte Roger, und ein grimmiger Ausdruck verfinsterte sein Gesicht.

Blythe fühlte sich hoffnungslos verwirrt. »Verzeihung?«

»Ihr habt schon verstanden«, sagte Roger und legte seine Handflächen auf beiden Seiten neben ihrem Kopf auf die Tür. Damit war sie gefangen. »Beantwortet meine Fragen nicht mit Gegenfragen.«

»Ich gehe aus«, sagte sie.

»Um Euch mit einem Bewunderer zu treffen und dem Namen Debrett Schande zu machen?« fragte er. »Sagt mir die Wahrheit, Lady. Ich weiß, ob Ihr lügt.«

Blythe war fassungslos. »Ich – ich verstehe nicht.«

»Kommt schon, Lady. Eine reizende junge Frau wie Ihr muß doch Dutzende von Kerlen haben, die um ihre Gunst betteln«, fuhr Roger fort. »Ich weiß, daß Euer Vater Euch zum Altar gezwungen hat. Sonst hättet Ihr dieser Verbindung niemals zugestimmt.«

Blythe entspannte sich. Ihr Mann war eifersüchtig auf nicht existierende Rivalen. Aber was entfachte solch schrecklichen Verdacht gegen Frauen in ihm?

»Lieber Roger«, sagte Blythe und berührte seinen Arm.

»Ich reite nach Talbot House, um mich von meinen Großeltern zu verabschieden. Sie reisen morgen zum Hof.«

Blythe spürte, wie ihr Herz hüpfte, als ihr Mann vor seiner offensichtlichen Verlegenheit die Augen schloß. Er seufzte, ließ seine Hände sinken und trat einen Schritt zurück.

»Ich entschuldige mich«, sagte Roger einfach.

»Es war ein Mißverständnis und nur mein Fehler«, antwortete sie und lächelte ihn an. »Ich hätte Euch von meinem Vorhaben erzählen sollen.«

»Braucht Ihr Begleitung?«

Blythe schüttelte den Kopf. »Talbot House ist doch nur drei Häuser weiter den Strand hinunter. Es sei denn, eine Begleitung würde *Euch* beruhigen?«

»Es gibt einige Konten, die meine Aufmerksamkeit verlangen«, sagte Roger und verbannte jeden Ausdruck aus seinem Gesicht. »Tut was Ihr wollt. Ihr seid keine Gefangene in meinem Haus.« Ohne ein weiteres Wort zog er sich in sein Arbeitszimmer zurück.

Unser Haus, korrigierte Blythe ihn. Ein Lächeln spielte um ihre Mundwinkel, als sie ihm nachsah. Mit Hilfe ihrer Großmutter würde sie bald mit ihrem Adler eins sein.

»Tante Dawn?« rief Blythe, als sie den großen Saal von Talbot House betrat.

»Ich bin hier, Liebling.«

Blythe lief auf die beiden riesigen Sessel zu, die vor dem Kamin auf der anderen Seite des Saals standen. Sie ging um sie herum und schaffte es, die beiden älteren Frauen anzulächeln, die dort saßen.

Die Herzogin von Ludlow, ihre Stiefgroßmutter, hatte rotbraune Haare, braune Augen und eine üppige Figur. Wenn sie, so wie jetzt, lächelte, zierten zwei Grübchen ihre Wangen und ließen sie viel jünger als ihre fünfzig Jahre aussehen. Sie trug ein rot- und goldfarbenes Brokatkleid, das eher für eine Gala bei Hofe als für einen Nachmittag vor dem Kamin geeignet schien. Diamanten und Gold zierten ihren Hals, die Ohrläppchen und Finger.

Lady Tessie Pines saß in dem zweiten Sessel. Die langjährige Freundin ihrer Großmutter war klein, blond und redselig.

»Weshalb hat sie dich ›Tante Dawn‹ genannt?« fragte Lady Tessie.

»Sie übt für den Hof«, antwortete die Herzogin. »Ich schätze es nicht besonders, vor jedem Höfling dort als Großmutter bezeichnet zu werden.«

»Ihr seht ausgesprochen gut aus, wenn man den wilden Mitternachtsritt bedenkt, den Ihr letzte Nacht unternommen habt«, bemerkte Lady Tessie zu Blythe und zwinkerte ihr anzüglich zu.

Blythe war nicht sicher, was sie meinte, und sah sie verständnislos an. Die beiden älteren Frauen sahen einander an und kicherten wie junge Mädchen.

»Liebling, du scheinst ein bißchen schwer von Begriff«, bemerkte die Herzogin. »Roger hat dich doch nicht die *ganze* Nacht wach gehalten, oder?«

Blythe zögerte mit ihrer Antwort, denn sie wollte eigentlich ihr Problem nicht in Gegenwart von jemandem erörtern, der nicht zur Familie gehörte. Sie vermutete, es ginge nicht, ohne grob zu Lady Pines zu sein. Außerdem hatte Tessie immer mit ihren Siegen in den zarten Schlachten geprahlt, die sie mit dem anderen Geschlecht ausgefochten hatte. Vielleicht hatte die Dame ein paar Vorschläge, die ihr bei der Lösung ihres Problems helfen würden.

»Lord Roger hat mich den größten Teil der Nacht wachgehalten, aber nicht auf die Weise, wie Ihr denkt«, sagte Blythe.

»Was meinst du?« fragte ihre Großmutter.

»Mein Mann und ich sind uneinig«, gestand Blythe.

»Schon?« riefen die beiden Frauen aus.

»Liebes, Männer sind wie Teppiche«, sagte Lady Tessie. »Wenn man sie einmal richtig hingelegt hat, kann man bequem drüberlaufen.«

»Genau das ist mein Problem«, platzte Blythe heraus. »Mein Mann weigert sich, mit mir zu schlafen, und ich brauche einen Rat, wie ich ihn verführen kann.«

»Da bist du auf jeden Fall zu der richtigen Frau gekommen, um dir Rat zu holen«, sagte die Herzogin von Ludlow gedehnt.

»Frauen«, korrigierte Lady Tessie.

»Gieß dir ein Glas Cidre ein, mein armer Liebling, während Tessie und ich über diese erstaunliche Situation nachdenken«, sagte ihre Großmutter.

Blythe nickte und ging durch den Saal zur Ehrentafel. Der große Saal von Talbot war beeindruckender als der ihres Mannes und besaß zwei massive Kamine, an jedem Ende einen. An den schweren Balken der Dachsparren hingen zahlreiche Talbot-Banner. Wandleuchter aus Messing und lebhafte Wandteppiche, die meist Jagdszenen zeigten, schmückten die Wände. Ein Wandteppich fiel aus der Reihe. Das Motiv zeigte eine Jungfrau und ein Einhorn.

Blythe vergaß ihren Cidre und ging zu dem Wandteppich. Dieser spezielle sprach sie immer besonders an und lud sie ein, ihn zu berühren. Großmama Megan, ihre Großmutter mütterlicherseits, eine Frau, die sie in diesem Leben nicht gekannt hatte, hatte ihn vor beinahe vierzig Jahren für ihren Großvater gefertigt.

Blythe schloß die Augen und legte ihre rechte Handfläche auf den Teppich. Sie spürte das Wesen ihrer Großmutter darin, und ein sanftes Lächeln spielte um ihre Lippen.

Finde dein Glück mit dem stolzen Adler am Platz der Winde. Hüte dich vor der dunklen Sonne.

Die Prophezeiung ihrer Mutter fiel ihr wieder ein. Blythe wußte, daß der Geist von Großmama Megan in der Nähe war.

Wenn Samhuinn kam, würde sie die Elemente anrufen und zu ihr sprechen. Großmutter Megan würde wissen, was die dunkle Sonne war.

»Liebling!«

Großmama Chessys Stimme störte ihre Gedanken. Blythe drehte sich von dem Teppich weg und eilte durch den Saal zum Kamin. Die Göttin hatte sie doppelt gesegnet, indem sie ihr zwei Großmütter mütterlicherseits gegeben hatte, eine in dieser Welt und eine in der unsichtbaren Welt. Sie fühlte sich bereits besser.

»Tessie und ich haben über verschiedene Aphrodisiaka gesprochen«, begann Lady Dawn.

»Zum Beispiel?« fragte Blythe.

»Muschelbrot ist ziemlich wirksam«, sagte die Herzogin. »Knete ein kleines Stückchen Teig und presse es gegen dein Geschlecht. Dann mußt du es backen und Roger servieren. Er wird dir sofort verfallen.«

Blythe wurde hochrot vor Verlegenheit. »Ich glaube nicht ... Gibt es keinen anderen Weg?«

»Albertus Magnus«, sagte Lady Tessie.

»Was ist das?«

»Gemahlenes Hirn vom Rebhuhn, verabreicht in Rotwein.«

Blythe mußte schlucken, weil ihr plötzlich übel wurde, und sie schüttelte den Kopf.

»Alkohol provoziert Begierde«, sagte die Herzogin. »Unglücklicherweise kann er jedoch auch die Durchführung erschweren.«

»Man kann immer noch kandierte Mannstreuwurzeln oder Stiefmütterchensaft auf die Augenlider einer schlafenden Person reiben«, schlug Lady Tessie vor.

»Vielleicht sollten wir die Aphrodisiaka als letzte Rettung zurückstellen«, sagte die Herzogin.

»Und wie soll ich Roger dazu bringen, mit mir zu schlafen?« rief Blythe.

»Liebes, jetzt erzähl uns einmal genau, was geschehen ist«, befahl ihre Großmutter.

»Ihr meint, was *nicht* geschehen ist«, rief Lady Tessie dazwischen.

»Haltet Euren Mund«, befahl die Herzogin ihrer Freundin. Dann wandte sie sich an ihre Enkelin und wartete darauf, daß sie sprach.

»Zweimal hat Roger mich mit einem Blick angesehen, der sein Begehren spiegelte«, erzählte Blythe. »Obwohl ich ihn in mein Bett eingeladen habe, hat er nachdrücklich abgelehnt und mich als Kind bezeichnet.«

»Liebes, du hast meinen weisen Worten nicht gelauscht«, schalt ihre Großmutter sie. »Gestern erst habe ich dir gesagt, daß du darauf achten mußt, was ein Mann tut, nicht was er sagt, oder etwa nicht?«

»Ja, das hast du.«

»Roger kann sein Verlangen nicht auf Dauer leugnen«, sagte die Herzogin. »Dein Ehemann ist ein stolzer Mann und wurde durch furchtbare Umstände zu dieser Ehe gezwungen. Er ist wütend auf sein Gefühl der Machtlosigkeit, nicht auf dich.«

»Was soll ich also tun?« fragte Blythe, deren Verzweiflung langsam die Überhand gewann. Rein theoretisch konnte sie eine alte Frau sein, bevor ihr Mann seinem Verlangen nachgab.

»Geh nach Hause und sei fröhlich«, wies die Herzogin sie an. »Flirte mit deinem Mann. Besuch ihn jeden Morgen und jeden Abend in seinem Zimmer. Trage Kleider, die so leicht sind wie die Luft und durchsichtiger als die hauchdünnen Flügel eines Schmetterlings.«

Blythe lächelte bei diesem Bild.

»Bei Debrett kann Freundlichkeit reine Wunder bewirken«, meldete sich Lady Tessie zu Wort. »Euer Mann ist vom Kind zum Mann ohne die Liebe einer Mutter herangewachsen, und seine erste Frau war mit Sicherheit *kein* freundliches weibliches Wesen.«

»Lady Darnel war unfreundlich zu ihm?« wiederholte Blythe, die sich sofort auf diese Information stürzte. »Was wißt Ihr noch über sie?«

»Nicht viel«, antwortete Lady Tessie mit einem Schulterzucken. »Gerüchte zu verbreiten, ist eine abscheuliche Angewohnheit, der ich niemals fröne.«

»Was seid Ihr doch für eine Lügnerin.« Die Herzogin lachte leise in sich hinein bei dem unschuldigen Gesichtsausdruck ihrer Freundin und sah dann ihre Enkelin an. »Es ist unnötig, etwas über seine erste Ehe zu erfahren, Liebes.

Wenn Roger merkt, daß du unglücklich über seine Vergangenheit bist, dann könnte er mißtrauisch gegenüber deinen Absichten werden. Für Männer ist es einfach das Schrumpfendste, bemitleidet zu werden, wenn du weißt, was ich meine.«

»Aber ich weiß nicht, was du meinst«, antwortete Blythe, woraufhin die beiden älteren Damen unerklärlicherweise in Kichern ausbrachen.

»Und hoffentlich hast du niemals Gelegenheit, diese Worte zu verstehen«, sagte ihre Großmutter.

»Geht nach Hause und reizt Roger mit Eurer freundlichen Anwesenheit«, riet Lady Tessie.

»Liebes, mach deinem Mann den Hof«, fügte die Herzogin hinzu. »Aber bedenke eins: Es ist ein schmaler Grat zwischen Freundlichkeit und der Gefahr, daß alles für selbstverständlich genommen wird.«

Blythe fühlte sich ermutigt durch den Ratschlag und das Vertrauen in sie. »Ich habe Roger sein Hochzeitsgeschenk noch nicht gegeben«, bemerkte sie.

»*Nein*!« riefen die beiden älteren Frauen entsetzt.

Überrascht von ihrem Aufschrei sprang Blythe einen Schritt zurück. »Was stimmt nicht?« fragte sie.

»Gib einem Mann niemals ein Geschenk«, befahl die Herzogin.

»Männer sollten Euch Geschenke geben«, fügte Lady Tessie hinzu.

»Du schenkst Großpapa doch auch immer etwas zum Geburtstag und zum Neuen Jahr«, sagte Blythe.

»Und du wirst Roger Geschenke machen, wenn er dir seine Liebe gestanden und dich in sein Bett genommen hat«, antwortete ihre Großmutter. »Auf der anderen Seite könnte ein Geschenk bei Roger Wunder wirken. Seit dem Tod seiner Mutter hat ihm vermutlich keine Frau mehr etwas geschenkt. Es steht wohl fest, daß Darnel Howard ihm nichts geschenkt hat außer seiner Tochter.«

»Ich bezweifle auch stark, daß seine Mätressen ihm etwas geschenkt haben«, stimmte Lady Tessie zu.

»Mein Mann hat Mätressen?« wiederholte Blythe geschockt.

Die Herzogin von Ludlow drehte sich zu ihrer Freundin um und warf ihr einen vernichtenden Blick zu.

»Das war lange, bevor er Euch heiratete«, ergänzte Lady Tessie. »Das ist alles längst Vergangenheit.«

»Liebes, vertrau auf deine weiblichen Instinkte«, sagte die Herzogin lächelnd. »Wenn Freundlichkeit und aufreizende Kleidung nicht funktionieren, sprechen wir noch einmal über Aphrodisiaka.«

»Vielleicht sollte ich meine Mutter um Rat fragen«, sagte Blythe.

Die Herzogin von Ludlow brach in Lachen aus. »Deine Mutter hat in ihrem ganzen Leben noch keinen Mann verführt.«

»Und was ist mit Papa?«

»Dein Vater hat sie verführt«, sagte die Herzogin mit einem sanften Lächeln der Erinnerung. »Natürlich brauchte der arme Mann meinen strategischen Rat. Meine Weisheit hat ihm damals geholfen und wird auch dir helfen.«

»Ich bin so froh, daß Großpapa Talbot dich zur Frau genommen hat«, sagte Blythe.

»Liebes, ich habe ihn genommen«, berichtigte die Herzogin.

Blythe lächelte. Sie knickste vor Lady Tessie, küßte ihre Großmutter auf die Wange und lief aus dem Saal. Sie war ganz begierig darauf, ihre neue Weisheit bei ihrem widerstrebenden Ehemann auszuprobieren.

Ermutigt von ihrem Besuch in Talbot House ritt Blythe den Weg entlang, der nach Debrett House führte. Die Sonne schaute hinter den Wolken hervor, als stimme sie mit ihrer Stimmung überein.

Blythe stieg ab und winkte den wartenden Knecht weg. Einem alten walisischen Brauch zufolge, den ihre Mutter sie gelehrt hatte, wollte Blythe Achilles durch das Haus ihres Mannes führen, damit es ihnen Glück brächte. Das Glück würde dem Pferd folgen und für immer im Haus bleiben.

Blythe ignorierte den erstaunten Blick des Mannes, nahm die Zügel und führte das Pferd zur Tür. Die Zeit zum Abendessen war längst vorbei. Sie mußte also nicht befürchten, daß sie das Pferd durch den Saal führte, während Roger aß.

»Komm, Achilles«, sagte Blythe. Sie öffnete die Tür, führte das Pferd in die Eingangshalle und sah dann überrascht zur Treppe.

»Ihr habt gesagt, Euer Name sei Dick«, sagte Daisy Lloyd, während sie die Treppe hinter dem Kammerdiener des Grafen hinunterging.

»Ich habe Euch niemals die Erlaubnis gegeben, ihn zu benutzen«, beharrte der Mann.

»Dick Hardwick ist ein schöner Name«, antwortete Daisy und kicherte los.

»Ich sagte, Ihr sollt mich Mister …«

Im selben Moment sahen Daisy und Hardwick Blythe mit dem Pferd in der Eingangshalle. Daisys Mund formte einen wortlosen Ton der Überraschung. Mr. Hardwick war nicht so still.

»Lord Roger! Mr. Bottoms!« rief er und lief zum Eingang.

»Regt Euch ab, Hardwick«, befahl Blythe. »Ihr macht Achilles nervös.«

Mit ihrem Pferd im Schlepptau ging Blythe durch den großen Saal. Als sie ihre Runde gerade beendet hatte und wieder den Eingang erreichte, kam ihr Mann in den Saal.

»Heilige Scheiße«, fluchte Roger.

Blythe blieb stehen. Sie ließ die Zügel sinken und hielt einen Moment inne, um hinter ihrem Pferd auf den Boden zu schauen. Sie wurde rot vor Verlegenheit.

»Oh, das tut mir leid«, entschuldigte sie sich. »Ich habe nicht daran gedacht, daß Achilles so etwas passieren könnte.«

»Bist du verrückt?« rief Roger und packte die Zügel. »Was tust du hier eigentlich?«

»Das ist ein alter walisischer Brauch«, erklärte Blythe und lächelte ihn strahlend an. »Ich bringe Glück in unseren Haushalt.«

»Das ist *mein* Haushalt«, schnauzte er. »Nicht deiner.«

»Ich bin deine Frau«, antwortete sie, und ihr Lächeln schwand. »Was dir gehört, gehört auch mir.«

Roger ignorierte ihre Feststellung. Er warf seinem Diener einen Blick zu und befahl: »Hardwick, mach das sauber.«

»Ich?« rief Hardwick.

»Ich werde es saubermachen«, sagte Blythe.

»Es ziemt sich nicht für eine Gräfin, Scheiße vom Boden zu wischen«, schnauzte Roger.

Blythe zuckte bei seinen Worten zusammen und senkte ihren Blick. Sie hatte ihren Mann noch nie so gesehen und wußte nicht, wie sie ihn beruhigen sollte.

»Die Halle ist Bottoms Domäne«, verteidigte Hardwick seinen Standpunkt, daß er die Säuberung nicht vornehmen wollte.

»Hör auf, den Mond anzubellen, Dick«, rief Daisy dazwischen. »Seine Lordschaft hat dir befohlen, das sauberzumachen, nicht zu essen. Hol mir einen Eimer, und ich werde es saubermachen.«

»Du kommst mit mir«, befahl Roger und wandte sich an Blythe. Er packte ihr Handgelenk und die Zügel des Pferdes.

»Ich werde das Pferd wieder zum Stall bringen«, sagte er, als sie alleine in der Eingangshalle standen. »Du gehst direkt in dein Zimmer und denkst über dein unschickliches Verhalten nach. Du kannst zum Abendessen wieder herunterkommen.

In ihr Zimmer gehen? Nur ihr Vater hatte ihr jemals befohlen, das zu tun.

»Ich bin kein Kind mehr, das man in sein Zimmer schickt«, forderte Blythe ihn heraus und sah ihm in die Augen.

Roger zog eine Augenbraue hoch. »Erst gestern hast du vor Gott und den Menschen versprochen, mir in allen Dingen außer deinen geschäftlichen Angelegenheiten zu gehorchen«, erinnerte er sie.

»Ich habe gelogen«, sagte Blythe und wiederholte damit seine eigenen Worte der vorangegangenen Nacht.

Rogers rechte Wange zuckte, und sein Gesicht wurde rot vor Wut.

Freundlichkeit könnte bei Debrett Wunder wirken, hörte sie die Freundin ihrer Großmutter sagen.

Blythe schluckte ihren Stolz hinunter, lächelte ihren Mann an und sagte: »Danke, daß Ihr mir den Weg zurück in den Stall erspart, Mylord. Ich glaube, ich werde mich vor dem Essen noch ein wenig hinlegen.«

Blythe ging langsam die Treppe hinauf. Sie weigerte sich, sich noch einmal umzudrehen, aber sie spürte den durchdringenden Blick seiner blauen Augen, bis sie außer Sichtweite war.

Um genau sechs Uhr rauschte Blythe zum Essen in den großen Saal. Fest entschlossen, ihren Mann zu verführen, trug sie ein violettes Seidenkleid mit einem gewagt tiefen Ausschnitt. Ihre violetten Augen funkelten wie Amethyste, und ihr Diamantenkreuz glitzerte provokativ zwischen ihren elfenbeinfarbenen Brüsten.

Blythe stellte sich bereits auf die Abwesenheit ihres Mannes ein, sah ihn dann aber vor dem Kamin stehen, als hätte er auf ihre Ankunft gewartet. »Guten Abend, Mylord«, begrüßte sie ihn.

Bei dem Klang ihrer Stimme drehte sich Roger um. Sein Blick glitt von ihrem Gesicht zu ihrem Dekolleté und verweilte dort einen Augenblick, bevor er wieder zu ihrem Gesicht zurückkehrte.

»Du siehst reizend aus«, sagte Roger.

Blythe lächelte. Sie freute sich über das Kompliment. Vielleicht war der unglückliche Fehler vom Nachmittag vergessen.

»Wollen wir essen?« schlug Roger vor und deutete auf die Ehrentafel.

Blythe nickte und ließ sich von ihm durch den Saal führen.

Mr. Bottoms servierte ihnen eine Vielzahl appetitlicher Gerichte. Es gab dünne Scheiben Schinken mit Zimt und einer scharfen Senfsauce, als Beilage Erbsen mit Zwiebeln, außerdem Bratlinge aus getrockneten Früchten und Nüssen in einer Teighülle und gebraten in Öl. Mit Rotwein gefüllte Kristallkelche standen neben ihren Tellern.

Blythe saß neben ihrem Mann an der Ehrentafel und warf ihm einen nervösen Blick zu. Welche kokette Bemerkung konnte sie machen, die ihn dazu reizte, mit ihr zu schlafen? Im Gegensatz zu dem, was ihre Großmutter sagte, war das gar nicht so einfach.

»Und wie war dein Besuch in Talbot House?« fragte Roger

»Aufschlußreich.«

»Inwiefern.«

»Mylord, ich bin sicher, Ihr findet Frauengespräche sehr uninteressant«, wich Blythe aus.

»Ludlow kehrt also morgen an den Hof zurück«, setzte Roger die Unterhaltung fort.

Blythe nickte. »Meine Großeltern haben versprochen, auf Bliss aufzupassen, die meine Position als Hofdame der Königin einnimmt.«

»Es tut mir leid, daß du meinetwegen deine Position nicht antreten konntest«, entschuldigte sich Roger.

»Es gibt keinen Grund, sich zu entschuldigen«, antwortete Blythe. »Ich habe meinen Weg gewählt.«

»Ich muß dir etwas Wichtiges sagen«, meinte Roger und setzte sich bequem hin.

»Ja?« Blythe drehte sich zu ihm um.

»Achilles ist eine Stute.«

»Ja, ich weiß.«

»Du hast eine Stute nach einem Mann benannt?«

»Ich habe Achilles einfach immer gemocht.«

»Kanntest du ihn persönlich?« neckte Roger sie.

Blythe lachte. Der reizende, melodiöse Klang ließ Bottoms und die beiden Lakaien, die ihm halfen, lächeln.

»Ich habe ein Geschenk für dich«, sagte sie und klang zuversichtlicher, als sie sich tatsächlich fühlte.

»Für mich?« fragte er offensichtlich überrascht.

Blythe nickte. Sie griff in ihre Tasche und zog einen Ring

heraus, den sie ihm gab. Der Goldring war mit Schneckenornamenten verziert und mit einem dunkelblauen Lapislazuli versehen.

Roger schien unsicher, was er tun sollte. Er lächelte sie schwach an und nahm den Ring. Anstatt ihn an seinen Finger zu stecken, starrte er ihn schweigend an.

Blythe spürte, wie sich ihr Herz zusammenzog. Hatte ihm noch nie jemand etwas geschenkt? Wie war die Kindheit ihres Mannes verlaufen?

»Lapislazuli wird mit der Venus in Zusammenhang gebracht«, sagte sie leichthin. »Manche sagen, daß der Stein die Seele einer Gottheit enthält, die den Träger beschützt. Lapislazuli steht für Heilung, Liebe und Treue. Aber ich habe ihn gekauft, weil das dunkle Blau mich an deine Augen erinnerte.«

»Und aus welchem Anlaß?« fragte Roger und sah von dem Ring in ihr Gesicht.

»Unsere Hochzeit, du erinnerst dich?« antwortete Blythe. »Ich habe etwas eingravieren lassen.«

Roger hielt den Ring hoch und betrachtete die Innenseite. Laut las er: »*Amor vincit omnia.*«

»Liebe besiegt alles«, sagte Blythe kaum lauter als ein Flüstern.

Roger spürte, wie er langsam in den Bann geriet, den sie um ihn gezogen hatte. Ihre außergewöhnliche Schönheit, ihr herzliches Lächeln und ihr kostbares Geschenk waren dazu da, ihn zu versklaven und unglücklich zu machen. Frauen hatten keine Ehre, keine Ehrlichkeit. Roger wußte, daß er sich vor sämtlichen zarten Verstrickungen hüten mußte.

Er wappnete sich gegen ihre unglaubliche Liebenswürdigkeit, sah ihr in die Augen und lachte freudlos. Er drückte ihr den Ring in die Hand und schloß ihre Finger darum.

»Sehr hübsch, aber ich habe keinen Bedarf an einem Ring, in den eine solche Lüge geschrieben steht«, sagte er. »Heb den Ring für einen anderen, weniger aufgeklärten Herrn auf.«

Blythe wurde blaß und stand langsam von ihrem Stuhl auf. Der Schmerz, den sie spürte, war deutlich auf ihrem Gesicht zu lesen. Sie starrte ihn einen langen Augenblick an und legte den Ring dann auf den Tisch.

»Bastard«, fluchte sie.

Roger zog die Augenbrauen hoch. »Ich kann dir versichern, daß ich ein legitimer Nachkomme bin, mein Kind.«

»Ich habe den Ring für dich gekauft«, sagte Blythe, und in ihren Augen glitzerten Tränen. »Wenn du ihn nicht willst, wirf ihn weg.«

»Einen so kostbaren Ring wegwerfen?« fragte Roger. »Das wäre eine schändliche Geldverschwendung.«

»Ich habe ihn von dem Gold gekauft, das ich damit verdient habe, dich bei den Woll- und Getreidegeschäften zu schlagen.« Damit drehte Blythe ihm den Rücken zu und stürmte aus dem Saal.

Düster starrte Roger ihr nach. Er hatte ihre Gefühle nicht verletzen wollen, nur sich selbst schützen. Alles, was er in seinem Leben brauchte, war die Liebe seiner Tochter. Er wollte nichts mehr von irgendeiner Frau.

Roger nahm den Ring vom Tisch und starrte ihn an. Seine Braut hatte etwas getan, was noch keine andere Frau jemals getan hatte – ihm ein Geschenk gemacht –, und er hatte ihre Freundlichkeit damit erwidert, ihre Gefühle zu verletzen.

Sein Vater hatte recht gehabt, ihn zu verachten. Vielleicht hatte Darnel diesen Makel auch erkannt und deshalb Trost in den Armen anderer Männer gesucht. In seinem Charakter gab es nichts Edles oder Anständiges und Schönes.

»Gratuliere, Mylord«, sagte eine hochmütige Stimme neben ihm.

Roger sah zu seiner Rechten. Dort stand sein Majordomus. »Wozu?« fragte er.

»Weil Ihr diese reizende junge Dame verletzt habt«, antwortete der Mann.

Roger zog die Augenbrauen zusammen. »Du vergißt deinen Platz, Bottoms. Ich bin der Herr, und du bist der Diener.«

»Ich habe meinen Platz nicht vergessen«, beharrte Bottoms.

»Und?« drängte Roger in Erwartung einer Entschuldigung.

»Und ich habe schon erlebt, wie Ihr Londons Weibsbildern mehr Höflichkeit zuteil werden ließet.«

»Mister Bottoms, diese reizende junge Dame will unbedingt versuchen, mein Getreide- und Wollgeschäft zu ruinieren«, sagte Roger trocken.

Sein Majordomus besaß die Kühnheit zu lächeln. »Es würde Euch recht geschehen, wenn sie es täte.«

»Ihr seid arbeitslos, wenn sie das tut«, warnte Roger.

»Lady Blythe hat mir mitgeteilt, daß ich jederzeit eine ehrenvolle Position in Devereux House erwarten kann«, antwortete Bottoms.

»Ach wirklich?« fragte Roger gedehnt. »Vielleicht hat Basildons eigener Majordomus da auch noch ein Wörtchen mitzureden.«

»Das bezweifle ich«, erwiderte Bottoms und drehte sich um. »Mister Jennings ist mein Cousin.«

Roger sah, wie sein Majordomus ging. Der Mann hatte die Wahrheit gesagt. Er *hatte* den losen Weibsbildern mehr Höflichkeit zuteil werden lassen. Aber er war auch nie in Gefahr gewesen, sein Herz an eine Hure zu verlieren. Wenn er überleben wollte, mußte er seine Braut von seinem Leben ausschließen. Er mußte einen Mörder fangen und hatte weder Zeit noch Lust, einer unschuldigen Frau den Hof zu machen.

Roger nahm den Lapislazuliring vom Tisch und steckte ihn ein. Er verließ den Saal und ging direkt in sein Arbeitszimmer, um an seinen Getreide- und Wollkonten zu arbeiten.

Stundenlang versuchte Roger, sich darauf zu konzentrieren, Zahlenreihen zusammenzurechnen, die sich nicht zusammenrechnen lassen wollten. Schließlich gab er auf und warf angewidert die Feder weg.

Nachdem er sich einen Whisky eingeschenkt hatte, entspannte sich Roger in seinem Stuhl, aber dann hörte er plötzlich Donnergrollen. Ein Sommergewitter so spät im Herbst war ein ungewöhnliches Ereignis.

Roger stand auf und sah aus dem Fenster. Ein Blitz zog im Zickzack über den dunklen Himmel, gefolgt von lautem Donnern. Das leichte Nieseln wurde plötzlich zu einem starken Regen, der gnadenlos gegen das Fenster klatschte.

Roger beschloß, daß seine Konten bis zum Morgen warten konnten, verließ das Arbeitszimmer und ging nach oben. Er überlegte, ob seine Braut wohl Angst vor Gewitter hatte. Die meisten Frauen, die er kannte, brauchten bei so turbulentem Wetter Trost. Nachdem er ihre Gefühle verletzt hatte, konnte er zumindest dafür sorgen, daß sie keine Angst hatte.

Ohne anzuklopfen, ging Roger in ihr Schlafzimmer. Eine Kerze brannte auf ihrem Nachttisch. Vom Bett kam keine Bewegung. Sie schlief während dieses furchtbaren Unwetters.

Anstatt wieder hinauszugehen, trat Roger an das Bett und beobachtete ihr reizendes Gesicht. Reue zog sein Herz zusammen, als er die Tränen auf ihren Wangen entdeckte.

Sein Blick wanderte tiefer, und ihm stockte der Atem. Offensichtlich schlief seine Braut ebenso turbulent wie die Elemente draußen walteten. Sie hatte die Decke von sich geworfen und lag da in ihrem lächerlich dünnen Nachthemd. Durch ihr Wälzen von einer Seite auf die andere war das Nachthemd bis zu ihrer üppigen Hüfte hochgerutscht. Ein Träger war ebenfalls verrutscht und gab so den Blick auf eine runde, perfekt geformte, elfenbeinweiße Brust mit einer rosa Warze frei.

Das ist kein Kind. Dieser Gedanke kam ihm schlagartig.

Roger verspürte den beinahe überwältigenden Drang, sich neben das Bett zu knien und an dieser rosa Spitze zu saugen. Wenn sie dann unter seinen sanften Liebkosungen erwachte, würde er ihre Schenkel spreizen und sich in ihrer weichen Weiblichkeit vergraben.

Gütiger Himmel, schalt Roger sich selbst. Wenn du das jetzt tust, wirst du es den Rest deines Lebens bereuen.

Roger konnte nicht widerstehen. Er streckte die Hand aus und umfaßte ihre Brust. Ihre Haut war weicher als die feinste Seide. Er ließ seinen Daumen über die rosa Brustwarze gleiten, die bei seiner Berührung hart wurde.

Blythe seufzte im Schlaf und brach damit den Bann.

Roger zog schnell seine Hand zurück, als habe er sich bei dem Kontakt mit ihrem Körper versengt. Er floh in die Sicherheit seines eigenen Zimmers, lehnte sich mit dem Rükken an die Verbindungstür und versuchte, seine Fassung wiederzufinden.

Er wollte sie. *Verzweifelt.*

Aber wenn er sie nur einmal liebte, wäre seine Hoffnung auf eine ruhige Zukunft ruiniert, und das Unglück würde ihn auf Schritt und Tritt verfolgen.

Die Gedanken an eine friedliche Existenz brachten ihm keine Erleichterung, während sein Körper darauf brannte, seine Braut zu besitzen. Ihre seidige Haut und die rosa Brustwarze reizten ihn gnadenlos. Viel, viel Zeit verging, bevor Roger in ruhelosem Schlaf Schutz vor dem heftigen Verlangen fand.

Kapitel 5

Ihren Mann in die Armut zu treiben und ihn dann zu zwingen, einen mageren Unterhalt zu akzeptieren, erschien ihr im Moment ein unwiderstehlich reizvoller Gedanke.

Blythe schloß die Augen, atmete tief durch und verbannte alle negativen Impulse aus ihrem Herzen und ihren Gedanken. Sie mußte den Schmerz, den ihr ihr Mann durch die Zurückweisung ihres Geschenkes verursacht hatte, bezwingen. Sie wollte seine Liebe gewinnen.

Blythe wußte, was sie tun mußte. Sie öffnete die Augen und bewegte sich leise in ihrem Zimmer, als sie alle notwendigen Dinge zusammensuchte, die sie brauchte, um ihre Ziele zu erreichen. Aus ihrem Schreibtisch nahm sie eine winzige Glocke, ein rotes Band und vierzehn Goldstücke.

Nachdem sie das Gold auf das Bett gelegt hatte, nahm Blythe einen Stuhl und trug ihn in ihr Kleiderzimmer, das nach Westen hinausging. Sie öffnete die Läden des kleinen Fensters und lächelte, als eine sanfte Brise in den winzigen Raum strömte.

Der dunkle Lavendelton der Nacht färbte noch den westlichen Horizont, während die aufgehende Sonne den östlichen Himmel mit den ersten Lichtstrahlen überzog. Oh, wie sie die Morgen- und Abenddämmerung liebte, diese beiden Zwischenstadien des Tages, wenn die magische Intensität der Natur am mächtigsten war.

Nachdem sie das rote Band durch die Öse an der Glocke gezogen hatte, kletterte Blythe auf den Stuhl und befestigte das Band am Fenster. Die winzige Glocke erklang in der sanften Brise so zart wie das Lachen von Feen.

»Komm, Zephyrus, du sanfter Westwind«, betete Blythe. »Laß meine Liebesglocke der Göttin und ihren Dienern, den Elementen, meinen Wunsch zuflüstern. O kleine Glocke, zieh Roger und sein Herz zu mir.«

Blythe eilte zurück in ihr Schlafzimmer. Sie durfte keine Zeit verlieren. Sie mußte um die Gunst bitten, bevor der Haushalt erwachte.

Ihr ebenholzschwarzes Haar fiel ihr bis zu den Hüften, als sie den seidenen Morgenrock anzog, der zu ihrem Nachthemd paßte. Sie steckte sieben Goldstücke in eine Tasche und sieben in die andere und verließ dann den Raum.

Barfuß ging Blythe durch den dunklen, verlassenen Flur und die Treppe hinunter in die Eingangshalle. Sie wollte nicht den direkten Weg in den Garten nehmen, da sie dann vielleicht früh aufstehende Diener treffen würde. Also schlich sie durch die Vordertür und glitt dann um das Herrenhaus.

Eine magische Stille durchdrang die Luft im Garten. Der Himmel wurde schnell heller, als die Dämmerung näherrückte. Über der Themse lag dichter Morgennebel, der mit natürlicher Anmut die Ufer hinaufwirbelte.

Blythe lauschte, blieb stehen und legte den Kopf auf eine Seite. Das einzige Geräusch, das sie hörte, war das zarte Klingeln ihrer Liebesglocke.

Komm, Roger, schien sie in die morgendliche Stille zu flüstern. *Schenk Blythe dein Herz und deine Liebe.*

»Ngu, Herr der vier Himmelsrichtungen und Winde, ich suche die Hilfe der Elemente, um die Liebe meines Adlers zu gewinnen«, betete Blythe und berührte ihr Diamantenkreuz. »Mächtiger Boreas, blendender Eurus, feuriger Auster und sanfter Zephyrus, verbindet Euch, um das Eis um das Herz des Adlers zu schmelzen und statt dessen eine feurige Leidenschaft anzufachen.«

Mit diesen Worten ging Blythe auf den nebelverhüllten Fluß zu. Sie kniete am Ufer nieder und tauchte ihre Hand ins Wasser, das sie dann auf ihre Stirn und ihre Brust sprenkelte.

»Mein Schmerz fließt in die Themse und dann in das große Meer«, sagte Blythe. Dann zog sie sieben Goldstücke aus ihrer Tasche und warf sie in den Fluß. Man mußte immer in der einen oder anderen Form bezahlen.

Blythe stand auf und lief durch den Garten zu der Weide ihres Mannes. Sie war zuversichtlich, daß der Vorhang aus ausladenden Zweigen sie vor neugierigen Blicken schützen würde. Sie legte ihre Handflächen auf den dicken Stamm.

»O alte Weide dieser alten Erde, Bruder meines Kindheitsfreundes«, flüsterte sie. »Baum der Heilung, des Schutzes, der Verzauberung und der Wünsche … Erfüll meinen Herzenswunsch, die Liebe meines Ehemannes.«

Blythe beugte sich vor und küßte sanft den Baum. Dann sank sie auf die Knie. Mit ihren Händen grub sie ein kleines Loch in die Erde neben der Weide, warf die restlichen Goldstücke hinein und schaufelte die Erde zurück.

Sie stand auf und berührte die Weide ein letztes Mal: »Du bist wirklich ein schöner Baum.«

In der Absicht, sich in ihr Zimmer zurückzuschleichen, drehte Blythe sich um und stand direkt vor ihrem Mann. Wie lange war er schon da? Wieviel hatte er gesehen und gehört?

Blythe sah hoch und war gebannt von der Intensität seiner blauen Augen. Fasziniert beobachtete sie, wie er langsam ihren Körper musterte, der nur mit dem lächerlich zarten Nachthemd und dem Morgenrock bekleidet war. Wut und Verlangen kämpften in seinem Gesicht.

»Hör auf, deine Nacktheit vor mir zur Schau zu stellen, oder ich werde …«

Roger packte ihre Oberarme und zog sie an seinen Körper. Er küßte sie so fordernd auf den Mund, daß ihr der Atem stockte und ihr schwindlig wurde. Seine Zunge überredete ihre Lippen, sich zu öffnen, und glitt dann in ihren weichen, süßen Mund.

Blythe stöhnte leise. Ihr Körper brannte bei diesem ersten Kuß. Sie schlang ihre Arme um seinen Hals, preßte ihren jungen Körper an seinen und erwiderte seinen Kuß.

Roger unterbrach ihren glühenden Kuß und trat einen Schritt zurück. Er schien nicht allzu glücklich darüber zu sein, sie geküßt zu haben.

»Komm mit«, befahl er, packte ihr Handgelenk und zwang sie, auf das Haus zuzugehen.

Würde er jetzt mit ihr schlafen? überlegte Blythe. *Ihr erster Kuß*. Sie hatte an diesem Morgen zweifellos Fortschritte gemacht. Lag es am Rat ihrer Großmutter oder an ihrem eigenen natürlichen Zauber?

Roger führte sie ins Haus, vorbei an verschlafenen Dienern und die Treppe hinauf. Er öffnete die Tür zu ihrem Schlafzimmer, zog sie durch das Zimmer und zwang sie sanft, aber bestimmt, sich auf das Bett zu setzen.

»Gott im Himmel!« explodierte Roger wütend. »Was hat dich nur bewogen, halbnackt hinauszugehen?«

Blythe sah an sich selbst hinab und dann ihm in die Augen: »Ich bin vollständig angezogen.«

»Ist egal«, schnauzte er. »Was hast du zu dieser frühen Stunde draußen gemacht?«

Blythe lächelte strahlend, da sie sich auf sicherem Boden fühlte. »Ich habe das Glück für unseren Haushalt gesichert.«

»Es ist *mein* Haushalt«, sagte Roger und wiederholte seine verletzenden Worte vom Vortag. »Außerdem hast du bereits dein Pferd durch meine Halle geführt.«

Unsere Halle, dachte Blythe, sagte aber: »Man kann niemals zuviel Glück haben.«

»Ich gebe keinen Deut auf Glück«, sagte er. »Meine Tochter wird bald aus Winchester eintreffen, und ich weigere mich, sie deinen schlechten Angewohnheiten auszusetzen.«

»Welchen schlechten Angewohnheiten?« wollte Blythe wissen. Sie stand vom Bett auf, bereit für die Schlacht.

»Dein Verhalten ist unschicklich für eine Gräfin«, sagte Roger kalt. »Zum Glück wirst du nicht lange *meine* Gräfin sein. Jetzt zieh dich an.« Er drehte sich auf dem Absatz um und ging zur Verbindungstür ihrer beiden Schlafzimmer, blieb jedoch noch einmal stehen.

»Erzählst du den Bäumen immer, wie schön sie sind?« fragte er voller Sarkasmus.

»Natürlich nicht.«

Er öffnete die Tür, um hinauszugehen, blieb jedoch wieder stehen, als er ihre Stimme hörte.

»Ich mache den weiblichen Bäumen Komplimente wegen ihrer unglaublichen Schönheit«, sagte sie zu seinem Rücken. Das Lachen in ihrer Stimme konnte ihm nicht entgehen.

Ohne sie auch nur eines Blickes zu würdigen, zog sich Roger in sein eigenes Zimmer zurück. Die Tür fiel hinter ihm ins Schloß.

Achte auf das, was ein Mann tut, nicht auf das, was er sagt ... Die Worte ihrer Großmutter fielen Blythe wieder ein.

Und dann hörte sie es – das schwache Klingeln ihrer Liebesglocke.

Blythe lächelte über ihren Fortschritt. Die Lippen ihres Mannes sagten ›nein‹, aber sein Blick und Körper riefen ›ja‹.

Der Adler sehnte sich nach seinem Schmetterling, seiner Psyche, seiner Seele.

Er wollte mit seiner Braut schlafen.

Roger saß am Schreibtisch in seinem Arbeitszimmer und starrte auf die Zahlenreihe in seinem Hauptbuch. Die üppige Rundheit der Ziffer acht erinnerte ihn an Brüste, und jedesmal, wenn sein Blick auf eine Acht fiel, wanderten seine Gedanken zu der Üppigkeit seiner Braut.

Roger kritzelte eine liegende Acht, und in seinen Gedanken sah er die gerundeten Hüften seiner Frau. Als er die Mitte der Acht mit einer spitzen Sieben durchschnitt, schienen die beiden Ziffern Unzucht zu treiben.

Als ihm klar wurde, was er tat, warf Roger angewidert seine Feder auf den Schreibtisch und goß sich einen Whisky ein. Er mußte seine Braut aus seinen Gedanken vertreiben. Sich vorzustellen, daß die Zahlen auf seinen Getreide- und Wollkonten Liebe machten, zeugte eindeutig von verstörtem Geist.

Roger schloß die Augen und lehnte sich in seinem Stuhl zurück. Wie könnte er die innere Kraft aufbringen, die Hände von seiner so verführerischen Braut zu lassen? So zu tun, als sei Blythe Devereux immer noch ein Kind, funktionierte nicht. Ihr Körper strafte diesen Gedanken jedesmal Lügen, wenn er auch nur in ihre Richtung sah. Er hatte seit mehr als fünf Monaten keine Frau mehr gehabt. Wie lange konnte er enthaltsam bleiben, wenn sie ihre Schönheit so vor ihm zur Schau stellte?

Er verzog seinen Mund zu einem schiefen Lächeln. Jetzt wußte Roger, wie sich der erste Earl von Eden – Adam nämlich – gefühlt hatte, als diese Verführerin Eva ihre nackten Hüften geschwungen und ihn eingeladen hatte, diesen berüchtigten Apfel zu kosten. Der erste Mann der Welt hatte nie eine reelle Chance gehabt.

Das Verlangen nach seiner Braut zu verbannen, war von höchster Wichtigkeit, wenn er eine Annullierung erreichen wollte. Unglücklicherweise waren weder Lady Sarah noch Lady Rhoda verfügbar. Beide weilten am Hofe der Tudors.

Roger hatte nicht die Absicht, in ein Bordell zu gehen und sich dabei Syphilis zu holen. Da er seine Bedürfnisse nicht befriedigen konnte, würde er für ein paar Stunden der Versuchung aus dem Weg gehen. Es konnte nicht schaden.

»Mylord, das Dinner ist serviert«, meldete Bottoms von der Tür her.

»Ich werde später essen«, teilte Roger seinem Majordomus mit. »Schickt mir Hardwick und holt mir die letzten Theaterprogramme.«

Bottoms nickte und ging, um den Bitten seines Herrn nachzukommen.

Roger konzentrierte sich auf seine Verteidigungsstrategie und schrieb eine kurze Nachricht auf ein Stück Pergament. Er ließ die Tinte trocknen und faltete und versiegelte das Pergament. Dann schrieb er außen mit kühn geschwungener Handschrift die beiden Worte *Madame Dunwich*.

»Wie kann ich Euch zu Diensten sein?« fragte Mr. Hardwick, als er das Arbeitszimmer betrat.

Mr. Bottoms kehrte zurück, bevor Roger antworten konnte, und stellte ein Tablett auf den Schreibtisch. Ein Teller mit Rindfleisch und Rüben stand neben dem Theaterprogramm.

»Die Gräfin hat darauf bestanden; es sei zu ungesund, das Dinner ausfallen zu lassen«, informierte ihn der Majordomus.

»Ein Kurier soll diese Nachricht überbringen und auf eine Antwort warten«, sagte Roger und übergab ihm das Schriftstück. Dann sah er seinen Diener an und befahl: »Leg Abendkleidung bereit.«

»Ihr geht aus, Mylord?« fragte Hardwick.

»Ins Theater in Shoreditch«, antwortete Roger und nahm das Programm von dem Tablett. »Lord Chamberlains Truppe hat ein neues Stück im Programm. Hör dir das an, Hardwick. Der Titel lautet *Der Widerspenstigen Zähmung*.«

»Ach ja. Es ist das neueste Werk von William Shakespeare«, antwortete Hardwick. »Ich habe gehört, daß Will Kemp eine außergewöhnliche Leistung in der Hauptrolle als Petruchio bietet.« Der Diener ging zur Tür, blieb dann aber noch einmal stehen, um zu fragen: »Soll ich Myladys Zofe Bescheid sagen?«

»Nein, die Gräfin wird mich nicht begleiten.«

Nachdem sein Diener gegangen war, nahm Roger seine Feder und begann, in seinen Büchern zu arbeiten. Er fühlte sich bedeutend wohler als noch zehn Minuten zuvor. Es ging ihm immer besser, wenn er etwas Positives unternahm.

Seine Aufmerksamkeit wurde abgelenkt, als die Tür sich wieder öffnete. Als erstes erschien Mr. Bottoms, der einen kleinen Tisch trug, den er beim Fenster absetzte. Hinter dem Majordomus kam Daisy Lloyd mit einem Stuhl. Mit mehreren Büchern auf den Armen folgte Blythe den beiden Dienern in das Zimmer.

»Was soll denn das?« fragte Roger, obwohl er ihre Antwort bereits ahnte.

Blythe legte die Bücher auf den Tisch und schenkte ihm ein strahlendes Lächeln. »Da du heute nachmittag beschäftigt bist, habe ich beschlossen, auch an meinen Büchern zu arbeiten. Zwei meiner Händler werden später noch zu einer Besprechung kommen.«

Roger verspürte den Drang, sie aus seinem Arbeitszimmer hinauszuwerfen, überlegte es sich dann aber anders. Er würde den ganzen Nachmittag über fort und sein Arbeitszimmer leer sein. Außerdem könnte er Madame Dunwichs Antwort ganz ›zufällig‹ auf seinem Schreibtisch liegen lassen.

Frauen waren neugierig wie Katzen. Er würde sein letztes Goldstück darauf verwetten, daß seine Braut die Nachricht lesen würde, sobald er gegangen war. Natürlich hatte Roger vor, sie wieder zu versiegeln, bevor er ging. Zum Glück benetzte Madame Dunwich ihre Nachrichten an Männer immer mit ein paar Tropfen Parfum. Seine Braut würde fälschlicherweise das Schlimmste annehmen. Vielleicht würde sie ihm dann ein bißchen Raum zum Atmen lassen.

Zufrieden mit seinem Plan lächelte Roger Blythe an und neigte seinen Kopf. Er sah zu, wie sie sich an den Tisch setzte, eines ihrer Bücher öffnete und mit ihrer Arbeit begann.

Roger zwang sich, seine Aufmerksamkeit seinen eigenen Büchern zuzuwenden, fand aber die Anwesenheit seiner Braut in seinem Arbeitszimmer höllisch ablenkend. Sie sah so verdammt schön aus mit ihrem konzentrierten Gesichtsausdruck.

Schließlich begann Roger, an seinen eigenen Konten zu arbeiten. Er hatte bereits genug Zeit an seine Braut verloren. Sie schien völlig unberührt von seiner Anwesenheit, aber er hatte Schwierigkeiten, die Zahlen vor sich zusammenzuziehen.

»Verdammt«, murmelte Roger und warf seine Feder auf den Schreibtisch. Er hatte gerade dieselben Zahlen zum zehntenmal zusammengerechnet und das zehnte unterschiedliche Ergebnis erhalten.

»Die Summe ist 15 379«, sagte eine Stimme neben ihm.

Roger riß seinen Kopf herum und fand sich auf Augenhöhe mit dem Busen seiner Braut, als sie sich vorbeugte, um in sein Buch zu sehen. Er wandte seinen Blick von ihren Brüsten zu seinem Buch und zählte die Zahlen noch einmal zusammen.

»Wie hast du das gemacht?« fragte er überrascht, denn ihre Summe war korrekt.

Blythe zuckte die Schultern. »Vermutlich habe ich die mathematischen Fähigkeiten meines Vaters geerbt.«

»Dein Vater hat niemals Zahlen im Kopf zusammengerechnet«, sagte Roger.

»Vielleicht ist es eine Gabe Gottes«, sagte sie mit einem Lächeln und wandte sich dann wieder ihren Büchern zu.

Wie konnte sie nur die Zahlenreihen zusammenrechnen, ohne Pergament und Feder zu Hilfe zu nehmen? fragte sich Roger und beobachtete sie bei ihrer Arbeit. Ihm fiel keine logische Antwort ein.

Ein Klopfen an der Tür lenkte seine Aufmerksamkeit von ihr ab. Hardwick betrat das Zimmer, gab ihm die Nachricht und sagte: »Mylord, Eure Kleidung liegt bereit.«

»Danke.« Roger öffnete das Pergament, las Madame Dunwichs Antwort und versiegelte das Schreiben wieder. Er legte es auf den Schreibtisch und sah aus den Augenwinkeln seine Braut an, die ihn aus ihren entwaffnend violetten Augen beobachtete.

Roger stand auf. »Ich wünsche dir einen guten Tag«, sagte er mit freundlichem Lächeln.

»Möge deine Besprechung erfolgreich sein«, rief sie ihm nach.

Blythe sah ihm nach, als er durch die Tür verschwand. Ihr Mann vertraute ihr nicht. Deshalb hatte er die Nachricht wieder versiegelt. Er glaubte, daß sie in seinen Geschäftsunterlagen schnüffeln und die Informationen nutzen würde, um ihre eigenen Gewinne zu vergrößern.

Blythe wußte, daß sie eigentlich beleidigt sein sollte, aber sie konnte nur Mitgefühl mit ihrem verletzten Adler haben. Alles würde gut werden, wenn sie ihn erst in ihr Bett gelockt hatte.

»Mr. Rodale und Mr. Hibbert bitten um eine Audienz«, meldete Bottoms, als er eine Stunde später in das Arbeitszimmer kam.

»Bringt sie herein«, sagte Blythe. Sie stand von ihrem Stuhl auf und setzte sich hinter den Schreibtisch ihres Mannes. Ihr Blick fiel auf das versiegelte Pergament, und sie überlegte, mit wem er sich wohl traf.

»Meine Herren, setzt Euch bitte«, sagte Blythe, als die beiden Händler das Arbeitszimmer betraten. »Welcher Notfall ist es, der meine sofortige Aufmerksamkeit verlangt?«

Mr. Rodale warf dem anderen Mann einen kurzen Blick zu und sagte: »Die Eden Wool Company hat ihre Preise gesenkt.«

»Ja, und dasselbe gilt für die Getreidefirma des Grafen«, fügte Mr. Hibbert hinzu.

»Unterbietet ihn um eine Guinea pro Scheffel«, befahl Blythe, ohne zu zögern. Als beide Männer den Mund öffneten, um gegen eine so kühne Handlungsweise zu protestieren, brachte sie sie mit einer Handbewegung zum Schweigen und fügte hinzu: »Eure Kommissionen behalten die regulären Preise zur Grundlage, und ich möchte auch, daß unsere Lieferanten ihre regulären Preise für ihre Waren erhalten. Habe ich mich klar ausgedrückt?«

»Mit allem gehörigen Respekt, Mylady, Ihr werdet diejenige sein, die einen Verlust erleidet«, sagte Mr. Hibbert.

»Ich werde nicht alleine leiden«, antwortete Blythe. »Der Earl von Eden wird ebenfalls einen Verlust erleiden.«

»Der Graf ist jetzt Euer Mann«, sagte Mr. Rodale.

Blythe lächelte strahlend. »Das stimmt.«

»Euer Vater würde niemals ein so riskantes Unterfangen wie einen Preiskrieg dulden«, bemerkte Mr. Hibbert.

»Mein Vater hat vollkommenes Vertrauen in meine Fähigkeiten«, antwortete Blythe freundlich, obwohl die Bemerkung des Agenten sie ärgerte. Wäre sie ein Mann, würden ihre Agenten niemals ihre Urteilskraft in Frage stellen.

»Ich schätze es sehr, daß Ihr mich so zeitig über diese Situation informiert habt«, sagte Blythe und entließ sie. »Wenn Eden seine Preise wieder senkt, sagt mir unbedingt sofort Bescheid.«

Rodale und Hibbert verstanden den Wink. Die beiden Männer sahen nicht allzu glücklich aus, als sie das Arbeitszimmer verließen. Blythe konnte sich glücklich schätzen, wenn sie nicht direkt vom Debrett House zum Devereux House gingen, um sich bei ihrem Vater zu beschweren.

Anstatt zu ihren Büchern zurückzukehren, setzte Blythe sich auf den Stuhl ihres Liebsten und ließ ihre Handflächen über den Eichenschreibtisch gleiten. Sie konnte seine Gegenwart in dem Holz spüren.

Blythe nahm das versiegelte Papier vom Tisch. Der verführerische Duft nach Gardenien stieg ihr in die Nase, so daß sie sie kräuselte. Es war sicher eine ausgezeichnete Eigenschaft für einen Mann, sich mit Pflanzen auszukennen und sie zu lieben, aber kein Geschäftsmann würde seinem Arbeitgeber eine parfümierte Nachricht zukommen lassen.

Ich bezweifle stark, daß eine seiner Mätressen ihm Geschenke gemacht hat ... Schlagartig fiel ihr Lady Tessies beunruhigende Bemerkung wieder ein.

Blythe starrte das Pergament an. Es zuckte ihr förmlich in den Fingern, es zu öffnen. Wer würde es erfahren? *Sie würde es wissen.*

Gute Ehen brauchten ein solides Fundament aus Vertrauen und Liebe. Das versiegelte Pergament zu öffnen, würde bedeuten, daß sie der Liebe ihres Mannes niemals würdig sein würde.

Blythe legte die Nachricht wieder auf den Tisch. Es gab unzählige logische Erklärungen für diesen parfümierten Brief. Um der Versuchung aus dem Weg zu gehen, nahm sie ihre Sachen und beendete ihre Arbeit in der Sicherheit ihres eigenen Schlafzimmers.

Um genau sechs Uhr ging Blythe die Treppe hinunter in den großen Saal und sagte sich zum hundertstenmal, daß sie ihren Mann nicht nach diesem parfümierten Brief fragen würde. Sie erwartete, ihn vor dem Kamin zu finden, und war überrascht, als er nicht da war. Roger war überhaupt nirgendwo zu sehen. Wahrscheinlich war er von seiner Verabredung zurückgekehrt und direkt in sein Arbeitszimmer gegangen.

Blythe saß alleine an der Tafel. Als der Majordomus kam, um Wein in ihr Glas zu gießen, sagte sie: »Bitte sagt meinem Mann, daß das Abendessen serviert ist.«

»Seine Lordschaft sind noch nicht zurückgekommen«, erklärte Bottoms.

»Wann wird er erwartet?« fragte Blythe überrascht.

»Er hat nichts gesagt.«

»Mit wem hatte er die Besprechung?«

Der Mann zögerte für den Bruchteil einer Sekunde und antwortete dann: »Der Graf hatte keine Besprechung.«

Der Blick ihrer violetten Augen ließ den Mann wie angewurzelt stehenbleiben. »Nun, wo ist er hingegangen?« fragte sie.

»Shoreditch.«

»Warum?«

»Seine Lordschaft hat das Theater besucht«, antwortete Bottoms und floh dann schnell, als sie den Blick senkte.

Ihre Gefühle waren durch diese Information so sehr verletzt, daß Blythe auf den sich zurückziehenden Majordomus starrte, ohne ihn zu sehen. Ihr Mann war ins Theater gegangen und hatte sie nicht eingeladen, ihn zu begleiten. Was war so schlimm an ihr, daß er öffentlich ihre Ehegelübde verletzte und seinem Vergnügen nachging? Und noch wichtiger war: Hatte die nach Gardenien duftende Nachricht ihn begleitet?

Diese quälende Möglichkeit beunruhigte sie die ganze Nacht. Nachdem sie sich nur hin und her geworfen hatte, stand Blythe früh auf und ging ans Fenster, um die Morgendämmerung zu begrüßen. Die aufgehende Sonne erfüllte sie immer mit Hoffnung, und die brauchte sie im Moment ganz besonders.

Blythe richtete ihren Blick auf den heller werdenden östlichen Horizont. Und dann hörte sie das schwache Klingeln ihrer Liebesglocke. Der Klang gab ihr Kraft und Mut für einen weiteren Tag.

Blythe wollte sich gerade vom Fenster wegdrehen, als sie

Roger den Weg von den Ställen heraufschlendern sah. Er war elegant gekleidet und schien nicht vorzuhaben, in seinem Garten zu arbeiten. Offensichtlich hatte er die Nacht damit verbracht, an Gardenien zu riechen.

Eifersucht und Wut wallten durch ihren Körper und warfen einen Schatten über ihr freundliches Wesen. Aus dem Nichts bildeten sich Wolken am strahlenden Himmel und glitten von Westen nach Osten, wo sie das Licht der gerade aufgegangenen Sonne dämpften.

Blythe starrte ihren Mann an. Roger blieb stehen, sah in den plötzlich dunkel werdenden Himmel und entdeckte sie. Er lächelte und hob grüßend seine Hand.

Blythe verbannte alle Emotionen aus ihrem Gesicht, sah ihn lange an und schloß die Läden. Sie würde bei der ersten Gelegenheit das Gespräch mit ihm suchen und ihn mit seinem demütigenden Verhalten konfrontieren. Er würde aufhören, an Gardenien zu riechen, solange er mit ihr verheiratet war. Oder er würde es bereuen.

Dreißig Minuten vor der Mittagsmahlzeit verließ Blythe ihr Zimmer und ging nach unten. Auf Kampf eingestellt, marschierte sie wie ein eindringender General durch den Flur zum Arbeitszimmer ihres Mannes. Sie blieb einen Moment vor der Tür stehen, um ihren schwindenden Mut zusammenzunehmen, und klopfte dann.

»Herein«, hörte sie ihn rufen.

Blythe öffnete die Tür und trat ein. Dann ging sie auf den Schreibtisch zu.

»Ja?« fragte Roger und stand auf, als er sie sah.

»Wir haben etwas Wichtiges zu besprechen«, sagte sie.

Er warf ihr ein Lächeln zu. »Bitte, setz dich.«

»Ich stehe lieber.«

Rogers Lächeln verschwand. Er neigte den Kopf und sagte: »Ich setze mich, wenn du nichts dagegen hast. Ich bin heute morgen ein bißchen müde.«

»Ich bin erstaunt, daß du überhaupt bei Bewußtsein bist«, erwiderte Blythe mit unverhohlenem Sarkasmus.

»Bitte?«

»Wer ist Lady Gardenia?«

Roger starrte sie ausdruckslos an.

Blythe sah von seinem Gesicht zu der parfümierten Nachricht, die immer noch auf seinem Schreibtisch lag.

»Ah, ich verstehe«, sagte Roger. »Ihre Identität geht dich nichts an.«

»Heiliger Swithin! Wie kannst du es wagen, mich öffentlich zu demütigen«, explodierte Blythe. Seine Worte hatten sie in Rage gebracht. »Wie respektlos, wie verderbt …« Sie suchte nach härteren Worten, die sie ihm entgegenschleudern konnte.

»Ich entschuldige mich für meine Verderbtheit«, sagte Roger trocken. Sein Sarkasmus war nicht zu überhören, als er hinzufügte: »Es ist schon höchst seltsam, das Wort *Respekt* aus dem Mund einer Frau zu hören.«

»Weshalb?« fragte sie und zog eine Augenbraue hoch.

»Das geht dich ebenfalls nichts an«, wies er sie zurecht.

»Eines möchte ich hiermit klarstellen«, sagte Blythe, legte die Handflächen auf seinen Schreibtisch und sah ihm direkt in die Augen. »Deine Huren zur Schau zu stellen, ist absolut inakzeptabel. Wenn du vorhast, die Ehe annullieren zu lassen, dann kannst du, verdammt noch mal, enthaltsam leben, bis es so weit ist.«

»Und wenn ich das nicht tue?« fragte Roger leise, und um seine Mundwinkel zuckte ein amüsiertes Lächeln.

Wütend darüber, daß er sie nicht ernst nahm, sagte Blythe: »Dann wirst du zweifellos der ärmste Schlucker in England sein.«

»Bedroht Ihr mich, Mylady?«

Blythe lächelte zuckersüß. »Nehmt das, wie Ihr wollt, Mylord.«

»Was wirst du tun?« fragte Roger mit einem süffisanten Lächeln. »Mich mit deiner überlegenen Kraft schlagen?«

»Nicht so etwas Primitives«, antwortete Blythe, stellte sich gerade hin und hob das Kinn ein Stückchen. »Meine überlegene Intelligenz wird dich vor Neujahr ruinieren.«

»*Daddy*!«

Bei dem Klang einer Kinderstimme drehten sich Roger und Blythe zur Tür um. Die fünf Jahre alte Miranda Debrett lief durch das Arbeitszimmer zu ihrem Vater und sprang auf seinen Schoß, bevor er aufstehen konnte.

Blythe beobachtete überrascht, wie Freude in den bitteren Gesichtsausdruck ihres Mannes trat. Er schloß die Augen und hielt seine Tochter fest umarmt.

Es war offensichtlich, daß Miranda für Roger wichtiger war als alles andere. Blythe lächelte. Mit der Liebe des kleinen Mädchens und ihrem Zauber würde der verletzte Adler mit Sicherheit wieder gesund werden.

Mit ihren braunen Haaren und den blauen Augen glich Miranda Debrett ihrem Vater. Schon aus diesem Grund mochte Blythe sie.

Roger küßte seine Tochter auf die Wange und sagte mit einem Blick zu Blythe: »Schatz, diese Dame ist meine neue Frau.«

»Es ist mir eine große Freude, dich kennenzulernen«, sagte Blythe mit einem warmen Lächeln.

Miranda lächelte scheu, sah nach unten und flüsterte ihrem Vater laut zu: »Daddy, wo ist die andere?«

»Welche andere, Schatz?«

»Du weißt schon, *Lady Darnel*.«

Lady Darnel? Blythe war entsetzt, daß ein Kind so formell von seiner eigenen Mutter sprach. In welch eine Familie hatte sie da eingeheiratet?

»Lady Darnel ist weit weggegangen«, sagte Roger. »Sie wird nicht zurückkommen.«

»Wie soll ich die hier nennen?« fragte das Mädchen.

»Lady Blythe«, antwortete Roger.

»Lady Blight«, wiederholte Miranda.

»Es heißt *Blythe*, nicht Blight«, berichtigte Blythe.

»Das hab ich doch gesagt … Lady Blight.«

»Schatz, ich glaube, du hast es richtig ausgesprochen«, sagte Roger lächelnd. »Und wo ist Mrs. Hartwell?«

»Oben«, antwortete Miranda und zeigte zur Decke. »Vom Reiten tun Hartwell die Knochen weh.«

»Ich wäre gerne mit meiner Tochter allein«, sagte Roger und sah Blythe an. »Wir werden die andere Sache später besprechen, wenn du nichts dagegen hast.«

Zum hundertstenmal seit ihrer Trauung spürte Blythe, wie sich ihr Herz zusammenzog. Er schloß sie wieder von seinem Leben aus. Was konnte sie anderes tun, als seiner Bitte nachzukommen? Obwohl ihre Gefühle schwer verletzt waren, wollte sie nicht, daß er ihren Schmerz sah.

»Willkommen zu Hause, Miranda«, sagte Blythe und lächelte dem Kind zu. »Vielleicht sehe ich dich nachher im Garten?«

Das Lächeln des kleinen Mädchens hätte das ganze Haus erleuchten können. Sie nickte eifrig, als sei sie überrascht von der Aufmerksamkeit.

Blythe spürte Tränen in sich aufsteigen. Mirandas Lächeln war das ihres Vaters, bevor er Darnel Howard kennengelernt und geheiratet hatte.

Blythe drehte sich um und ging. Gerade als sie die Tür erreichte, hörte sie, wie Miranda ihrem Vater laut zuflüsterte: »Lady Blight ist hübsch. Und sie hat mich sogar angelächelt.«

»Ja, Schatz, Lady Blythe ist sehr hübsch«, stimmte Roger zu, »aber sie ist nicht annähernd so hübsch wie du.«

In dem großen Saal setzte sich Blythe auf einen Stuhl beim Kamin und dachte über das Verhalten ihres Mannes nach. Einmal war er böse und sarkastisch, dann wieder strahlte sein Gesicht vor reiner Freude.

Beobachte, wie Roger seine Tochter und seine Pferde behandelt, denn genauso wird er dich behandeln.

Blythe erinnerte sich an den Rat ihrer Großmutter. Miranda liebte ihren Vater bedingungslos, und Roger wiederum hielt sie für das Kostbarste überhaupt. Und so würde ihr Mann sie auch betrachten, wenn er einmal erkannt hatte, daß sie ihn für alle Zeiten bedingungslos lieben würde.

Blythe ließ ihre Gedanken zu dem mutterlosen kleinen Mädchen wandern, das so glücklich auf dem Schoß ihres Vaters gesessen hatte. Das eifrige Lächeln von Miranda verriet Blythe, daß das Adlerjunge verzweifelt die Zuneigung einer Mutter brauchte.

Mit sieben jüngeren Geschwistern war Blythe erfahren im Umgang mit Kindern. Sie würde es genießen zu sehen, wie die Tochter ihres Mannes unter ihrer Liebe und Wärme aufblühte. Bald würden sie drei eine Familie sein. Miranda würde sicher gerne in einem Haus leben, das mit dem Gelächter von jüngeren Brüdern und Schwestern widerhallte.

»Mylady, das Essen ist serviert«, verkündete eine Stimme neben ihrem Stuhl.

Blythe sah zum Majordomus ihres Mannes auf. Dann blickte sie zu der verlassenen Tafel.

»Wo sind mein Mann und seine Tochter?« fragte sie.

»Lady Miranda schläft«, antwortete Bottoms. »Seine Lordschaft wünscht in seinem Arbeitszimmer zu speisen.«

Heiliger Swithin, dachte Blythe und wurde wütend. Sie hatte genug von einsamen Mahlzeiten und Gardenienduft. Sie würde es ihrem Mann nicht länger gestatten, auf ihren Gefühlen herumzutrampeln. Wenn er sich weigerte, mit ihr den Tisch zu teilen, würde er auch niemals ihr Bett teilen.

»Serviert meinem Mann und mir das Essen in seinem Arbeitszimmer«, befahl Blythe und stand von ihrem Stuhl auf.

Mr. Bottoms lächelte. »Ja, Mylady.«

Ihre schönen Gesichtszüge zeugten von äußerster Entschlossenheit, als Blythe zu der offensichtlichen Zustimmung des Majordomus nickte und aus dem großen Saal marschierte. Vor dem Arbeitszimmer blieb sie stehen und berührte ihr Diamantenkreuz in der Hoffnung, daß es ihr Mut machte.

Es half. Ohne anzuklopfen, öffnete Blythe die Tür und betrat das Arbeitszimmer. Sie zwang sich zu einem strahlenden Lächeln und ging zum Schreibtisch ihres Mannes.

»Ja?« fragte Roger und stand auf, als er sie sah.

Blythe setzte sich auf einen Stuhl vor dem Tisch, sah ihn kühl an und verkündete: »Ich werde meine Mahlzeiten nicht mehr allein zu mir nehmen.«

»Ich entschuldige mich für meine Unaufmerksamkeit«, sagte Roger und setzte sich wieder. »Dringende Geschäfte erfordern meine ...«

»Fürchtest du mich?« fragte Blythe und beugte sich vor.

Ihr Mann sah amüsiert und überrascht aus. »Was ist das für ein lächerlicher Gedanke?«

»Du meidest meine Gesellschaft ...«

»Ich *meide* dich nicht«, beharrte Roger, wandte dann aber seinen Blick ab. »Meine Geschäfte beanspruchen mich in jedem Moment, den meine Tochter mich entbehren kann.«

»Ich bin erleichtert, daß dir meine Gesellschaft nicht zuwider ist«, lächelte Blythe. »Gemeinsame Mahlzeiten werden nur wenig Zeit in Anspruch nehmen. Schließlich habe ich dieser Ehe nicht zugestimmt, um dann allein zu leben.«

Die Tür öffnete sich, bevor ihr Mann antworten konnte. Mr. Bottoms dirigierte einen Lakai, der ein Tablett auf den Schreibtisch zwischen den Graf und die Gräfin stellte. Der Lakai verließ das Arbeitszimmer, aber der Majordomus blieb, um ihnen zu servieren.

»Hirn für Mylord«, sagte Bottoms, während er die Teller vor sie setzte, »und gekochte Austern für Mylady.«

Roger sah Blythe an und senkte seinen Kopf in stummer Ergebenheit. Der Majordomus nahm das als Stichwort, um ihnen braunes Brot mit sahniger Butter, eine Erbsenpastete, geschmorten Lauch und Himbeeren mit Sahne zu servieren.

»Mylady ist sicher, daß sie nicht auch Hirn möchte?« fragte Bottoms dienstbeflissen, bevor er ging.

»Ich mag kein gebratenes Hirn«, lehnte Blythe ab.

»Gibt es noch etwas, Mylord?« fragte der Majordomus.

Roger sah Blythe an und befahl dann: »Ich möchte, daß mein Schreibtisch in genau dreißig Minuten wieder abgeräumt wird.«

»Wie Ihr wünscht, Mylord.«

Dreißig Minuten, dachte Blythe. Sie hatte dreißig herrliche Minuten, um die uneingeschränkte Aufmerksamkeit ihres Mannes zu genießen. Dreißig kurze Minuten, um ihn in ihr Bett zu locken. Ihre Aufgabe schien unmöglich.

»Bist du ganz sicher, daß du nicht ein bißchen Hirn probieren möchtest?« fragte Roger trocken. »Ich glaube, du könntest es brauchen.«

»Ich bin nicht diejenige, deren Woll- und Getreidehandel weniger Gewinn macht«, entgegnete Blythe.

»Sei dir da nicht zu sicher«, sagte Roger mit einem Lächeln.

Blythe erwiderte sein Lächeln. Offensichtlich wußte ihr Mann nicht, daß sie seine Preise wieder unterboten hatte. Der Duft der Gardenien hatte ihn einen hohen Preis gekostet.

»Miranda ist ein reizendes Kind«, bemerkte Blythe, um die Unterhaltung in eine andere Richtung zu lenken.

Roger neigte seinen Kopf zum Dank für das Kompliment. »Ich hoffe, du wirst nett zu ihr sein.«

»Glaubst du, ich würde nicht nett zu einem Kind sein?«

»Darnel hat sich nichts aus ihr gemacht«, gab er zu.

Das überraschte Blythe. »Du mußt dich irren«, sagte sie. »Es wäre höchst unnatürlich für eine Mutter, ihr eigenes Kind nicht zu lieben.«

»Darnel konnte manchmal sehr unnatürlich sein«, antwortete Roger und wechselte dann das Thema. »Erzähl mir von deinen mathematischen Fähigkeiten.«

»Was möchtest du wissen?«

»Wie hast du diese Zahlenreihe im Kopf zusammengerechnet?«

»Diese Begabung habe ich immer gehabt«, sagte Blythe mit einem Schulterzucken. »Als ich noch jünger war, hat mein Vater mich immer seine Zahlen zusammenrechnen lassen und dann meine Ergebnisse bestätigt. Dadurch hat er sich viel Papierkram erspart.«

Roger nickte und akzeptierte ihre Erklärung. Er wandte seine ganze Aufmerksamkeit dem Essen zu. Ein paar lange Minuten lang herrschte Schweigen.

Blythe starrte auf ihren Teller und zermarterte sich den Kopf, um etwas Interessantes zu sagen. Ihre dreißig Minuten gingen so schnell vorbei.

Als sie ihren Blick hob, erwischte sie ihn dabei, wie er ihre Brüste anstarrte. Sofort richtete Roger seinen Blick wieder auf seinen Teller.

»Mylord, stimmt etwas nicht mit meinem Kleid?« fragte sie, und ein Lachen lag in ihrer Stimme.

Roger sah sie mit seinen blauen Augen an und eine leichte Röte überzog seine Wangen. Er schüttelte den Kopf als Antwort auf ihre Frage und sagte: »Ich habe deinen Anhänger bewundert.«

Blythe wußte, daß er log. Sie nickte, als akzeptiere sie seine Worte als Wahrheit, und sagte dann: »Es war dein Geschenk zu meinem dreizehnten Geburtstag. Ich habe es seitdem immer getragen.«

Bei diesem Geständnis runzelte er die Stirn.

»Darf ich mein Schlafzimmer neu einrichten?« fragte sie, um schnell das Thema zu wechseln.

Er sah sie an. »Weshalb?«

»Die Farben sind zu dunkel für meinen Geschmack.«

»Mach, was du willst.«

Es herrschte gespanntes Schweigen zwischen ihnen, und Blythe überlegte wieder angestrengt, welches Thema angemessen wäre. Roger machte ihr dieses Essen wirklich nicht leicht.

»Was ist eine ›dunkle Sonne‹?«, fragte Blythe abrupt.

Roger sah ihr blitzartig in die Augen. Blythe erkannte an seinem überraschten Gesichtsausdruck, daß er diese Worte schon einmal gehört hatte.

»Wo hast du das gehört?« fragte Roger.

»Weißt du, was es ist?«

»Ich stelle hier die Fragen«, sagte er. »Jetzt erzähl mir von der dunklen Sonne.«

»Ich weiß nichts darüber«, antwortete sie. »Das ist ja der Grund, weshalb ich dich gefragt habe.«

»Wo hast du den Ausdruck gehört?«

»Ich – ich habe es geträumt«, wich Blythe aus. An seinem zweifelnden Gesichtsausdruck sah sie, daß er wußte, daß sie log.

»Erzähl mir von diesem Traum«, sagte Roger.

Ein bißchen Wahrheit würde sein Mißtrauen zerstreuen. »Ich kann mich nur an eine Stimme erinnern, die mich vor einer dunklen Sonne warnte«, antwortete Blythe.

»War es eine Frauenstimme?«

»Ja. Hast du sie auch gehört?«

Roger nickte und sah an ihr vorbei. »Eine Frauenstimme gab mir denselben Rat, als ich im Tower eingesperrt war.«

Blythe spürte, daß er ihr nicht die ganze Wahrheit sagte. »Du hast diese Stimme in einem Traum gehört?«

»Ich habe geträumt, daß die schon seit langem tote Mutter der Königin diese Worte zu mir gesagt hat«, erzählte er.

»Wie interessant, daß wir denselben Traum teilen«, bemerkte Blythe. *Aber nicht das Bett*, blieb unausgesprochen.

»Weshalb hast du dieser Heirat zugestimmt?« fragte Roger, beugte sich vor, und sein durchdringender Blick hielt ihren fest.

Blythe sah ihn an, unfähig, den Blick abzuwenden. Sie wollte sich von ihm nicht dazu verleiten lassen, ihm ihre Liebe zu gestehen, wie sie das fünf Jahre zuvor getan hatte. Er sollte über ihre Gefühle im unklaren bleiben. Unsicherheit war manchmal gut für die Seele.

»Ich habe dieser Ehe zugestimmt, um deine Freilassung aus dem Tower zu erreichen«, antwortete Blythe.

»Und profitierst du davon?« bohrte Roger.

»Oh, mein armer Lord«, sagte Blythe und schüttelte den Kopf. »Persönlicher Profit ist *nicht* das Wichtigste im Leben.«

»Kann ich meinen Ohren trauen?« fragte Roger mit süffisantem Lächeln. »Selbstloser Rat von der Dame, die meine Preise unterbietet?«

»Ich glaube, die dreißig Minuten sind vorbei«, verkündete Blythe und stand auf. »Ich danke für deine Gesellschaft. Ich sehe dich dann beim Abendessen?«

Roger nickte.

Blythe erkannte, daß sie die Schlacht um die gemeinsamen Mahlzeiten gewonnen hatte. Vor Freude wäre sie am liebsten in die Luft gesprungen und hätte die Hacken zusammengeschlagen. Statt dessen ging sie mit anmutiger Würde zur Tür.

»Blythe?«

Sie blieb stehen und sah über die Schulter. »Ja, Mylord?«

»Ich möchte dich nicht kränken, aber ich halte es für keine gute Idee, dich mit Miranda anzufreunden«, sagte Roger. »Ihre Gefühle werden verletzt, wenn du Debrett House verläßt.«

»Ich habe nicht die Absicht, Debrett House zu verlassen.«

»Ich meine, nach der Annullierung.«

»Es wird keine Annullierung geben«, sagte Blythe.

Roger starrte sie an. »Wie kannst du so sicher sein, wenn ich es doch anders beschlossen habe?«

»Du hast zugestimmt, daß unsere Ehe für immer und ewig halten wird«, erinnerte sie ihn. »Und Liebe besiegt *alles*.«

Mit diesen Abschiedsworten verließ Blythe schnell das Arbeitszimmer, bevor er ihr noch Fragen stellen oder widersprechen konnte.

Kapitel 6

»Noch mal durch den Garten, Daddy!«

Blythe hörte den aufgeregten Ruf des kleinen Mädchens irgendwo draußen im Garten. Sie stand von dem Schreibtisch auf, an dem sie in ihren Büchern gearbeitet hatte, sah aus ihrem Schlafzimmerfenster und beobachtete Roger mit seiner Tochter.

Durch den unerwarteten Anblick, der sich ihr bot, nahm Blythes Gesicht einen Ausdruck amüsierter Faszination an. Ihr Mann galoppierte auf höchst unwürdevolle Weise mit seiner Tochter auf dem Rücken auf den Gartenwegen hin und her.

Schließlich setzte Roger Miranda auf einer Steinbank ab, auf der eine ergrauende Frau mittleren Alters saß. Er kniete auf einem Knie vor seiner Tochter und sagte etwas zu ihr. Daraufhin klatschte das kleine Mädchen offensichtlich vor Begeisterung in die Hände. Dann stand er auf und ging zurück zum Haus.

»Daisy«, rief Blythe und drehte sich von dem Fenster weg.

»Ja?« Die Stimme ihrer Verwandten kam aus dem Ankleidezimmer und dann erschien sie selbst in der Tür.

»Vergiß meine Kleider«, befahl Blythe. »Komm mit mir in den Garten, damit du Rogers Tochter und ihr Kindermädchen kennenlernen kannst. Nachdem ich dich vorgestellt habe, bringst du das Kindermädchen rein und machst ihr einen Krug gewürzten Apfelwein warm.«

»Warum?«

»Ich möchte Miranda alleine näher kennenlernen«, antwortete Blythe. »Für mich ist es so einfacher.«

Die beiden Frauen verließen das Schlafzimmer und eilten die Treppe hinunter. Einige Minuten später traten sie in den Garten hinaus und schlenderten gemächlich zu der Steinbank, auf der das Kindermädchen saß.

»Ihr müßt Mrs. Hartwell sein«, sagte Blythe mit strahlendem Lächeln.

»Ja, Mylady.« Die Frau wollte sich von der Bank erheben.

Da Blythe die kühle Förmlichkeit in ihrem Gesicht und ihrer Stimme bemerkte, bedeutete sie ihr, sitzenzubleiben. »Bitte steht nicht für mich auf«, sagte sie.

»Danke, Mylady.« Die Frau schien überrascht, daß ihr solche Freundlichkeit zuteil wurde.

»Ich bin Lady Blythe, und das ist Daisy Lloyd, meine Zofe.«

»Nett, Euch kennenzulernen, Hartwell.« Daisy schenkte der Frau ihr ansteckendes Lächeln.

»Ich freue mich, Euch beide kennenzulernen«, antwortete Mrs. Hartwell und wurde rot, als würde diese Freundlichkeit sie nervös machen.

»Wo ist Miranda?« fragte Blythe.

Mrs. Hartwell zeigte auf die andere Seite des Gartens. Das kleine Mädchen stand unter einer riesigen Eiche und beobachtete irgend etwas in den Zweigen hoch über ihrem Kopf.

»Miranda«, rief Blythe und bildete mit den Händen einen Schalltrichter vor ihrem Mund.

Das kleine Mädchen wirbelte herum, und ihr Gesicht zeigte freudige Überraschung.

»Du bist gekommen«, rief Miranda und lief durch den Garten auf sie zu. »Ich hätte es nicht gedacht, aber du hast es getan.«

»Habe ich dir nicht versprochen, dich im Garten zu treffen?« fragte Blythe.

Miranda nickte. »Ja, das hast du.«

»Ich halte meine Versprechen immer.« Blythe drehte sich zu den Frauen um und sagte: »Liebe Mrs. Hartwell, Ihr scheint müde von der Reise zu sein. Daisy wird Euch hineinbegleiten und Euch einen Krug Apfelwein wärmen.«

»Ich kann mir nichts Besseres vorstellen«, sagte Daisy auf dieses Stichwort ihrer Herrin hin. »Sich bei einem Krug Apfelwein kennenzulernen, klingt wunderbar.«

»Ich kann Miranda nicht allein lassen«, sagte Mrs. Hartwell ablehnend.

»Ich bleibe bei ihr«, versicherte Blythe der Kinderfrau.

»Nun, ich sollte sie wirklich nicht allein lassen«, sagte die Frau, und ihr Gesichtsausdruck spiegelte ihre Zweifel.

»Ich schätze Euer Verantwortungsbewußtsein«, erwiderte Blythe. »Aber ich bin das älteste von acht Geschwistern und habe viel Erfahrung im Umgang mit Kindern. Seine Lordschaft hat vollkommenes Vertrauen zu mir.«

»In diesem Fall fühle ich mich ein bißchen müde und durstig«, gab Mrs. Hartwell zu und stand von der Bank auf.

Daisy hakte sich bei der Frau unter und führte sie zum Haus. »Ich mag meinen Apfelwein gern mit Zimtstangen«, hörte man Daisys Stimme. »Wie mögt Ihr Euren, Hartwell?«

Blythe lächelte Miranda zu, setzte sich auf die Bank und klopfte auf den Platz neben sich. »Setz dich her«, lud sie das kleine Mädchen ein.

Als Miranda sich setzte, seufzte Blythe und atmete tief die milde Herbstluft ein. Die Nachmittagssonne war warm, und der Himmel über ihnen bildete eine blaue Decke. Die Bäume zeigten bereits einen Hauch der leuchtenden Herbstfarben, die den Garten in den nächsten Wochen beherrschen würden.

Blythe hörte den Ruf der Wildgänse, und als sie ihren Blick nach oben wandte, sah sie einen ganzen Schwarm über die Bäume fliegen. »Siehst du diese Gänse?« fragte sie. »Sie üben für ihre lange Reise nach Süden.«

»Wo gehen sie hin?« fragte Miranda.

»Die Gänse fliegen in ein wärmeres Klima, wenn die Tage kälter werden«, antwortete Blythe. »Sie bauen ihr Durchhaltevermögen für die Reise auf. Was hast du in der Eiche beobachtet?«

»Zwei Eichhörnchen haben miteinander gespielt und sind von Ast zu Ast gehüpft«, antwortete Miranda. »Ich habe mir gewünscht, auch eine Freundin zu haben.«

»Und dein Wunsch ist in Erfüllung gegangen.«

Miranda lächelte. »Ja, das stimmt.«

»Komm mit mir.« Blythe stand auf und streckte ihre

Hand aus. »Ich möchte dir einen besonderen Freund von mir vorstellen.«

Miranda nahm die ausgestreckte Hand. Gemeinsam spazierten sie durch den Garten auf die Trauerweide zu.

»Wo ist dein Freund?« flüsterte Miranda laut. »Ich sehe niemanden.«

»Du siehst niemanden?« wiederholte Blythe mit gespielter Enttäuschung. »Der Garten deines Vaters ist voller Feen, Geister und Elemente, die es lieben, mit Kindern zu spielen. Aber du mußt sie mit deinem Herzen sehen.«

Bei der Weide blieben sie stehen, und Blythe sagte förmlich: »O alte Weide, dies ist meine liebe Freundin Miranda.« Sie wandte sich an das kleine Mädchen: »Das ist Er, die Weide.«

»Es ist ein Junge?«

Blythe nickte.

»Es freut mich, Deine Bekanntschaft zu machen, Er«, sagte Miranda zu der Weide.

»Würdest du gerne unter ihm sitzen?« fragte Blythe.

»Da ist keine Bank.«

»Aber da ist Gras.«

»Hartwell wird wütend, wenn ich mein Kleid beschmutze«, erzählte Miranda.

»Wegen ihres fortgeschrittenen Alters kann Hartwell sich nicht daran erinnern, was Spaß macht«, sagte Blythe. »Außerdem trage ich jetzt die Verantwortung und gebe dir die Erlaubnis, im Gras zu sitzen.«

»Aber wer trägt die Verantwortung, wenn wir hineingehen?« fragte das Kind beharrlich.

»Ich.« Blythe hob einen Daumen und streckte ihn dem Kind entgegen.

»Was bedeutet das?« fragte Miranda und imitierte die Bewegung.

»*Daumen hoch* bedeutet Sieg oder ausgezeichnete Leistung«, erklärte Blythe. Dann warnte sie: »Denk daran, niemals in Gegenwart eines anderen in den Daumen zu beißen, denn das ist eine böse Beleidigung.«

»Ich versprech's.« Miranda hielt ihren Daumen hoch und ließ sich unter der Trauerweide ins Gras fallen.

»Kannst du seine Kraft spüren?« fragte Blythe, setzte sich neben sie und lehnte sich an den kräftigen Stamm der Weide.

»Ja«, antwortete Miranda. »Lady Blight, warum hast du die Verantwortung für mich und nicht Hartwell?«

»Ich bin deine Stiefmutter geworden, als ich deinen Vater heiratete«, erklärte Blythe. »Deshalb haben meine Wünsche Vorrang vor Hartwells.«

»Was ist eine Stiefmutter?«

»Eine Stiefmutter ist eine Mutter, die dich nicht geboren hat.«

Miranda lächelte sie scheu an und sagte mit kleiner Stimme: »Alle Kinder in Winchester nennen ihre Mütter *Mama*. Ich weiß das, weil ich es gehört habe, als Hartwell mich eines Tages mit ins Dorf genommen hat. Darf ich dich *Mama* nennen?«

Angst und Hoffnung stritten sich auf dem Gesicht des Mädchens, und Blythe spürte, wie ihr die Tränen in die Augen stiegen? Hatte das Kind Darnel niemals *Mama* genannt? Wie traurig war die Vorstellung, daß dieses süße Mädchen praktisch seit dem Tag seiner Geburt ohne Mutter gewesen war. Sicher besaß sie die uneingeschränkte Liebe ihres Vaters, aber es gab viele Situationen, in denen nur die Zuwendung einer Mutter half.

»Du darfst alles zu mir sagen, auch Mama«, sagte Blythe mit einem ermunternden Lächeln.

»Mama Blight«, sagte Miranda und legte ihre kleine Hand in Blythes.

Blythe kicherte und drückte die Hand des Mädchens sanft. »Ich finde, *Mama Blight* hat einen besonders angenehmen Klang.«

»Mama Blight, wo ist Lady Darnel hingegangen?«

»In das große Abenteuer«, antwortete Blythe, ohne nachzudenken, und spielte damit auf das druidische Jenseits an.

»Was ist das?«

»Lady Darnel ist gestorben und in den Himmel gekommen«, sagte Blythe unumwunden.

»Ich glaube nicht, daß Lady Darnel in den Himmel gekommen ist«, sagte Miranda und schüttelte den Kopf, um ihrer Überzeugung mehr Nachdruck zu verleihen. »Lady Darnel hat Daddy und mich immer angeschrien. Ich habe sie nicht gemocht.«

Blythe spitzte die Ohren ob dieser nicht angeforderten Information.

»Worüber haben sich Lady Darnel und dein Vater gestritten?« fragte sie.

»Über alles«, antwortete das Mädchen. »Erzähl mir von den Feen.«

»Feen, Elfen, Elementar- und Naturgeister leben überall um uns herum«, sagte Blythe. »In jeder Blume wohnt eine Fee. Manchmal können wir sie sehen, aber meistens können wir ihre Gegenwart nur spüren.«

»Wenn wir sie nicht sehen können, wie wissen wir dann, daß sie da sind?« fragte Miranda.

»Wann immer du den süßen Duft einer Blume riechst, begrüßt dich die Fee«, antwortete Blythe. »Wenn du die hübsche Farbe einer Blume bewunderst, hat die Fee deine Aufmerksamkeit erregt. Bäume haben mächtige Geister, die uns Menschen lieben. Er, der Geist dieser Weide, kann sogar zu uns sprechen. Aber wir müssen unsere Herzen öffnen, wenn wir seine Worte verstehen wollen.«

»Laß ihn zu uns sprechen, Mama Blight.«

»Seine Stimme ist nachts lauter, wenn alle Tagesgeräusche verstummt sind«, erzählte Blythe. »Die Elementargeister sind Erde, Luft, Feuer und Wasser. Der Wind ist das verspielte Kind der Luft und ein besonderer Liebling von mir. Möchtest du den Wind kennenlernen?«

Miranda betrachtete die bewegungslosen Zweige des Baumes und verkündete: »Heute ist kein Wind.«

»Nun, dann werde ich ihn rufen.«

Miranda kicherte und klatschte in die Hände.

»Lehne dich an den Baum und schließ die Augen«, befahl

Blythe. »Nicht blinzeln. Sonst weigert sich der Wind zu kommen.«

Miranda kniff die Augen zu. Sie lehnte sich an den Baumstamm und atmete tief und entspannt.

Blythe lächelte über die Ähnlichkeit zwischen ihrem Geliebten und seiner Tochter und schloß die Augen. Sie bewegte ihre Lippen in einem stummen Gebet, legte ihren rechten Zeigefinger auf ihr Herz und dann auf ihre Lippen. Sie öffnete ihre Augen und zeigte mit ihrem Zeigefinger auf das Gesicht des Mädchens.

»Ich spüre es, Mama Blight«, rief Miranda. »Der Wind hat meine Nase gekitzelt.«

»Der flüchtige Windgeist ist hier, da und überall«, sagte Blythe. »Er bleibt nie lange an einem Ort.«

»Bist du ein Engel?« fragte Miranda abrupt.

»Was meinst du?« fragte Blythe, überrascht von der Frage.

»Du siehst nicht wie ein Engel aus«, antwortete Miranda und starrte sie an. »Aber du benimmst dich so.«

Blythe lächelte. »Und wie benehmen sich Engel?«

»Engel bewirken Wunder. Sie rufen zum Beispiel den Wind, der mich an der Nase kitzelt.«

»Wunder geschehen jeden Tag«, sagte Blythe. »Blumen blühen, Bäume wachsen, und dein Vater lächelt.«

»Daddy lächelt immer«, informierte Miranda sie. »Das ist kein Wunder.«

»Ich habe sechs jüngere Schwestern und einen Bruder, die ein Stück den Strand hinunter wohnen«, sagte Blythe, um das Thema zu wechseln. »Wir könnten sie besuchen und zusammen spielen. Hättest du einmal Lust dazu?«

»Laß uns jetzt gehen.«

Blythe lachte. »Es ist zu spät für einen Besuch. Vielleicht morgen.«

Miranda sah zu dem weiten Horizont. Nach einigen schweigsamen Momenten fragte sie: »Mama Blight, bedeutet eine Sternschnuppe, daß ein Engel gestorben ist?«

»Wer hat dir das gesagt?«

»Hartwell.«

»Liebling, Engel sterben nie«, sagte Blythe. »Sternschnuppen sind eigentlich Engel, die am Himmel entlangstürmen.«

»Da bin ich froh«, sagte das kleine Mädchen. »Der Gedanke, daß Engel sterben, hat mich traurig gemacht.«

»Ich wette, du weißt nicht, wie man Gold züchtet«, sagte Blythe.

Miranda riß ihre blauen Augen auf. »Weißt du es?«

Ein Druide zu sein, bedeutet zu wissen, dachte Blythe und erinnerte sich an die oft von ihrer Mutter gesprochenen Worte.

»Lord Perpendicular, der Earl von Corners, häuft Goldstücke in der Ecke deines Schlafzimmers auf«, erzählte Blythe. »Leg ein einziges Goldstück in die Ecke deines Schlafzimmers. Wenn du am Morgen nachsiehst, wird aus dem Goldstück ein Stapel geworden sein. Jede Nacht wird der Stapel höher.«

»Ich habe kein Gold«, sagte Miranda.

»Ich habe Tonnen von Gold und teile es gerne«, meinte Blythe. »Sollen wir heute abend ein Goldstück in dein Zimmer legen?«

Die Augen des kleinen Mädchens strahlten vor Begeisterung. »Ja, aber woher hast du das ganze Gold?«

»Hast du schon einmal von dem ›Midas der Königin‹ gehört?«

Miranda schüttelte den Kopf.

»Midas war ein legendärer König, dessen Berührung alles in Gold verwandelte«, erzählte Blythe. »Richard Devereux, der ›Midas der Königin‹, zieht Gewinn aus allem, was er berührt. Und er ist *mein* Vater.«

»Du hast auch einen Vater?« rief Miranda freudig überrascht.

Blythe nickte und lächelte, bezaubert von der Unschuld des Kindes. »Vor vielen Jahren heiratete der Midas der Königin eine schöne Frau, die von Waliser Prinzen abstammt«, fügte Blythe hinzu. »Diese Frau ist meine Mutter.«

»Deine Mutter ist Prinzessin?«

Blythe nickte.

»Ich mag dich, Mama Blight.« Unerwartet küßte Miranda ihren Handrücken und sagte: »Du bist ein Schmetterlingsengel.«

»Warum nennst du mich so?«

»Du bist hübscher als ein Schmetterling und läßt Wunder geschehen«, sagte Miranda und gähnte. »Kennst du noch mehr Geschichten?«

Blythe legte den Arm um die Schultern des Mädchens und zog sie an sich. »Lehn dich an mich, du müder Spatz.«

»Hmmm, du riechst nach Rosen.«

»Das ist der Duft meiner Seife«, erzählte Blythe. »Möchtest du die Geschichte vom Adler und dem Schmetterling hören oder die vom verzauberten Frosch?«

»Beide.«

»Es ist schon spät«, sagte Blythe und sah in den Spätnachmittags-Himmel. »Ich erzähle dir jetzt eine und die andere beim Schlafengehen.«

»Ich will jetzt die mit dem Adler und dem Schmetterling.«

»Vor langer Zeit«, begann Blythe, »versammelten sich alle geflügelten Wesen der Erde, Vögel und Insekten ...«

Nicht zu fassen, sie hatte ihr Versprechen seiner Tochter gegenüber wirklich gehalten.

Roger stand am Fenster seines Arbeitszimmers und beobachtete Blythe und Miranda, die Hand in Hand auf die Weide zugingen. Sie schienen sich angeregt zu unterhalten.

An der Kopfhaltung seiner Tochter erkannte Roger, daß sie Blythe aufmerksam zuhörte. Wie traurig, daß alleine ein versprochenes Auftauchen das Herz seiner Tochter mit Anbetung füllte. Wie deprimierend, daß sein einziges Kind sich nach Mutterliebe sehnte wie er einst nach der liebenden Aufmerksamkeit seines Vaters. Mit all seinem Reichtum würde er niemals das kaufen können, was seine Tochter am meisten brauchte: Mutterliebe.

Roger zog den Ring mit dem blauen Lapislazuli aus seiner Tasche und starrte ihn an. Er hatte nicht vor, den Ring jemals zu tragen, aber aus irgendeinem Grund konnte er ihn nicht zur Seite legen. Blythe war die einzige Frau, die ihm jemals etwas geschenkt hatte. Sie wollte etwas, aber er wußte nicht genau was.

Roger sah von dem Ring zu Blythe und Miranda, die unter der Weide saßen. Unter den ausladenden Zweigen waren sie kaum zu sehen.

Der Anblick einer Adligen, die offensichtlich Kinder mochte, war beinahe ein Wunder. Sein schöner Schmetterling würde eine bemerkenswert gute Mutter abgeben. Zu schade, daß er nicht abgewartet hatte, bis sie zur Frau geworden war. Ach, jetzt war es zu spät für sie beide.

»Mylord?«

Beim Klang der Stimme seines Majordomus wandte Roger sich vom Fenster ab. »Ja, Bottoms?«

»Der Earl von Basildon bittet um eine Unterredung«, verkündete der Mann mit angemessen hochmütiger Stimme.

Richard Devereux ging am Majordomus vorbei, warf einen amüsierten Blick auf ihn und sagte: »Danke, Bottoms.«

Der Graf schüttelte Rogers Hand und sagte: »Bottoms liebt seine Arbeit offensichtlich.« Er setzte sich in den Stuhl vor dem Schreibtisch, streckte seine langen Beine aus und fragte: »Wie läuft das Eheleben?«

»Vielleicht solltet Ihr Blythe fragen«, antwortete Roger und reichte seinem Schwiegervater einen Whisky.

»Ich frage Euch«, sagte Richard und zog eine Augenbraue hoch.

»Seid Ihr hier, um sicherzugehen, daß ich Eure Tochter nicht erwürgt habe?«

»Hätte ich sie mit Euch verheiratet, wenn ich dächte, die geringste weibliche Provokation würde Euch in mörderische Wut bringen?«

Roger grinste. »Ich habe Blythe immer für ein liebes Kind gehalten, aber sie kann manchmal sehr irritierend sein.«

»Dann kann ich also davon ausgehen, daß Eure Ehe normal verläuft«, sagte der Earl und prostete Roger zu. »Erinnert Ihr Euch an Lancaster, den Abenteurer, den ich finanziert habe?«

Roger nickte.

»Er hat das portugiesische Handelsmonopol in Indien gebrochen, und ich plane, die Anglo-Indian Trading Company zu gründen«, sagte Earl Richard. »Mit einhunderttausend Pfund ist das zu machen, aber ich muß Elizabeth fünfzig Prozent des Gewinns versprechen, um eine königliche Charter zu bekommen. Habt Ihr Interesse zu investieren?«

»Das wißt Ihr«, antwortete Roger und rieb sich innerlich die Hände bei der Aussicht auf das Gold, das durch den Handel mit Indien zu verdienen war. »Ich werde fünfzigtausend investieren, und wir sind Partner.«

Richard schüttelte den Kopf. »Ich kann Euch nur fünfundzwanzig Prozent anbieten.«

»Wer investiert denn noch?«

»Blythe würde nie wieder mit mir sprechen, wenn ich ihr nicht auch eine Beteiligung anbieten würde«, sagte Richard bedauernd. »Wenn Blythe erst einmal Mutter ist, wird ihr Interesse woanders liegen. Schließlich werdet Ihr ihre Anteile kontrollieren.«

Roger antwortete nicht darauf. Statt dessen starrte er auf die bernsteinfarbene Flüssigkeit in seinem Glas und hoffte, daß sein Schwiegervater das Thema Elternschaft nicht weiter verfolgen würde. Wie konnte er einem Freund beibringen, daß er nicht die Absicht hatte, die Ehe mit seiner Tochter zu vollziehen?

»Seid Ihr noch interessiert?« fragte der Graf.

»Ich werde meine Bankiers anweisen, morgen als erstes die Gelder zu transferieren«, antwortete Roger und hob sein Glas. »Was gibt es Neues vom Hof?«

»Meine Spione haben mir mitgeteilt, daß Londons Bevölkerung ruhig ist, was Eure Entlassung aus dem Tower angeht«, erzählte Richard. »Bei Hofe beschweren sich Oxford und Konsorten darüber, daß Ihr mit Mord davongekommen seid. Das beunruhigendste Gerücht ist, daß einer aus Eurer

Familie am lautesten schimpft, wenn auch nicht in Gegenwart der Königin.«

»*Geoffrey*.« Das Wort kam Roger mit der ganzen Verachtung über die Lippen, die er für seinen jüngsten Bruder empfand.

»Zieht keine voreiligen Schlüsse«, riet Richard.

»Es ist nur logisch, daß der wahre Mörder am lautesten über meine angebliche Schuld schimpft«, antwortete Roger.

»Habt Ihr Beweise, daß Geoffrey des Mordes schuldig ist?« fragte Richard.

»Er ist ein unverbesserlicher Schwerenöter, und ich bin sicher, daß er ein Verhältnis mit Darnel hatte«, erzählte Roger.

»Eure moralische Strenge erinnert mich manchmal an Burghley.« Richard grinste. »Zuviel Integrität kann ungesund sein.«

»Was meint Ihr damit?«

»Promiskuität ist kein Verbrechen«, erklärte Richard. »Ein Mann, der Frauen mag, so wie Geoffrey, würde ihnen vermutlich niemals etwas antun. Was sollte außerdem sein Motiv gewesen sein? Schwerenöter scheren sich nicht um ihren Ruf. Er hatte keinen Grund, Darnel loszuwerden.«

Roger warf ihm einen skeptischen Blick zu, sagte aber nichts.

»Denkt wenigstens über meine Worte nach. Der Schein kann trügen«, fuhr der Graf fort. »Sich auf Geoffrey als den Schuldigen zu fixieren, kann töricht sein, denn es verschließt Euch für andere Möglichkeiten.«

»Ich verstehe, was Ihr sagt.«

»Burghley meint, daß Ihr bald eingeladen werdet, an den Hof zurückzukehren«, sagte Richard. »Elizabeth hat angedeutet, daß sie ihren Adler vermißt.«

»Ich warte ungeduldig darauf, Darnels Mord zu untersuchen«, antwortete Roger.

Sein Schwiegervater nickte. »Jetzt würde ich gerne mit Blythe sprechen.«

»Sie ist mit Miranda im Garten«, sagte Roger und stand auf.

Die beiden Männer verließen das Arbeitszimmer. Sie gingen in den Garten und auf die Weide zu.

Selbst aus der Entfernung konnte Roger den aufmerksamen Gesichtsausdruck seiner Tochter erkennen, als sie Blythe zuhörte. Und dann konnte er ihre Worte hören. »... und so schwebten der majestätische Adler und sein kluger Schmetterling für alle Zeiten durch die Lüfte.«

Miranda klatschte in die Hände.

Roger lächelte, als er seine Tochter so glücklich sah. Blythe Devereux hatte ihr gegeben, was er nicht geben konnte: die liebevolle Zuwendung einer jungen Frau.

Blythe sah auf, als spürte sie ihre Gegenwart. Ihre unglaublich entwaffnenden violetten Augen sahen ihn an, und dann lächelte sie so strahlend und bedingungslos, daß es ihn verwirrte.

»Schau, Miranda«, sagte Blythe, stand auf und half dem Kind aufzustehen. »Hier ist dein Daddy, und da ist *mein* Daddy.«

»Ist das Midas?« fragte Miranda und sah den großen schwarz gekleideten Mann mit den kupferfarbenen Haaren fasziniert an.

Der Graf lächelte sie an. »Hallo, Miranda.«

»Ich habe gehört, du hast eine Prinzessin geheiratet«, sagte Miranda.

»Das ist wahr.«

»Mein Daddy hat deine Tochter geheiratet«, erzählte Miranda und nahm ihre Stiefmutter bei der Hand. »Sie ist ein Schmetterlingsengel.«

Blythe errötete, als die Bemerkung des Kindes Rogers Aufmerksamkeit auf sich zog. Er schien nicht allzu begeistert, daß sie sich mit seiner Tochter angefreundet hatte. Konnte er nicht sehen, daß das Mädchen sich nach der Zuwendung einer Mutter sehnte? Vielleicht dachte er, wenn Miranda sie nicht mochte, wäre das noch ein Grund, der für eine Annullierung sprach.

»Lancaster hat uns eine Handelsmöglichkeit mit Indien verschafft«, sagte ihr Vater ohne Vorrede. »Hast du Interesse zu investieren?«

»Ich werde fünfzig Prozent investieren«, sagte Blythe, ohne zu zögern. »Dann sind wir Partner.«

»Du klingst genau wie dein Mann«, bemerkte Richard mit einem amüsierten Lächeln.

»Roger steigt ein?« fragte Blythe überrascht und sah ihn kurz an. »Warum bleibt es nicht in der Familie?«

»Seit drei Tagen *bin* ich deine Familie«, warf Roger ein und lächelte sie schief an.

Wie praktisch für ihren Mann, sich plötzlich an ihre Ehegelübde zu erinnern. Würde er unter Gedächtnisschwund leiden, wenn sie diese Nacht durch die Verbindungstür in sein Zimmer gehen und in sein Bett schlüpfen würde?

»Wieviel willst du?« fragte Blythe ihren Vater.

»Fünfundzwanzigtausend Pfund«, antwortete er. »Du mußt wissen, daß Elizabeth fünfzig Prozent der Gewinne abschöpfen wird. Fünfzig Prozent von dem, was übrig bleibt, gehört mir, Roger und du, ihr teilt euch den Rest.«

»Abgemacht«, stimmte sie zu.

Ihr Vater nickte und zog dann ein Pergament aus seinem Wams. »Würdest du diese Zahlen überprüfen?« fragte er.

Blythe nahm das Papier aus seiner Hand und überflog schnell die Zahlenreihen. »Das Ergebnis ist korrekt«, sagte sie und gab ihm das Papier zurück.

»Wie hast du das gemacht, ohne deine Finger zu benutzen?« fragte Miranda.

»Es ist ein winziges Wunder«, antwortete Blythe. »Wollen wir jetzt hineingehen und uns waschen und umziehen, bevor wir essen?«

»Nein danke, ich möchte mich nicht waschen«, sagte Miranda und schüttelte den Kopf.

»Nun, ich möchte mich waschen und umziehen«, meinte Blythe. »Würdest du mich begleiten?«

Das kleine Mädchen nickte. Offensichtlich wollte sie sich nicht von ihrer neuen Freundin trennen.

»Miranda und ich werden bald Devereux House besuchen«, teilte Blythe ihrem Vater mit. »Wir wollen mit den anderen Kindern spielen.«

»Deine Geschwister freuen sich immer auf neue Spielgefährten«, antwortete er.

»Mein Bankier wird dir morgen früh als erstes die notwendigen Gelder anweisen«, sagte sie und beugte sich vor, um ihn auf die Wange zu küssen. »Bis bald, Papa.«

Miranda wandte sich an ihren Vater und bedeutete ihm, sich neben sie zu hocken. Als er das tat, küßte sie ihn auf die Wange in perfekter Imitation ihrer Stiefmutter und sagte: »Bis bald, Papa.«

Roger lächelte. »Und wird *dein* Bankier mir Geld überweisen?« fragte er.

»Ich habe kein Gold«, antwortete Miranda und zwinkerte dann Blythe zu. »Aber morgen früh, nicht wahr, Mama Blight?«

»Mama?« wiederholte Roger offensichtlich überrascht.

»Blight?« sagte der Graf amüsiert.

Blythe lächelte sie strahlend an. Sie nahm die Hand des kleinen Mädchens und führte es über den Rasen zum Haus.

Blythe und Miranda gingen an diesem Abend gemeinsam zum Essen hinunter. *Beide* hatten das Gesicht gewaschen und sich umgezogen.

»Wie ist dir das nur gelungen?« fragte Roger und sah von seiner Braut zu dem frisch gewaschenen Gesicht seiner Tochter.

»Ich gebe meine Strategien niemals preis«, antwortete Blythe und lächelte ihn kokett an. »Das macht mich zu einer ausgezeichneten Geschäftsfrau.«

»Daddy, wir haben das Waschspiel gemacht«, erzählte Miranda. »Es hat so viel Spaß gemacht.«

»Das freut mich«, sagte Roger und sah seine Braut an.

»Glaub mir, du willst die Details wirklich nicht wissen«, sagte Blythe bedauernd und entlockte ihm ein Lächeln.

Während des Essens saß Miranda zwischen Blythe und

Roger an der Ehrentafel, und Blythe dachte, daß sie wirklich eine Familie waren. Sie wußte, daß Miranda ebenso empfand, denn das Mädchen aß wenig und erzählte viel. Das Kind schien sich seit dem Morgen, als sie im Arbeitszimmer scheu gelächelt hatte, sehr verändert zu haben.

Ich werde Sonnenschein in ihr Leben bringen, schwor sich Blythe. Obwohl ihr Adler durch seine Ehe mit Darnel verletzt worden war, war er doch ein erwachsener Mann. Herzzerreißend war der Schaden, der Miranda durch ihre selbstsüchtige Mutter zugefügt worden war. Sie brauchten den Sonnenschein, von dem Blythe wußte, daß sie ihn im Überfluß besaß.

Bottoms servierte ihnen ein Abendessen der Saison. Es gab Erbsensuppe mit Bohnen und Zwiebeln, gebratenes Hühnchen, Brot mit Butter und Bratäpfel mit Pistazien.

»Iß mehr und sprich weniger«, befahl Roger seiner Tochter und zeigte auf ihren Teller. »Weshalb pickst du die Bohnen aus deiner Suppe? Bohnen sind gut für dich.«

Blythe beobachtete amüsiert, wie das kleine Mädchen seinen Vater ansah. »Hartwell sagt, daß eine Dame niemals vulgäre Geräusche oder üble Gerüche macht«, verkündete Miranda. »Jedesmal, wenn ich Bohnen esse, mache ich vulgäre Geräusche und schlechte Gerüche.«

Blythe brach in Gelächter aus. Miranda drehte sich zu ihr um und hielt ihren Daumen hoch, als freute sie sich über die Tatsache, daß sie ihre Stiefmutter so gut unterhielt.

»Sag Mrs. Hartwell«, sagte Roger lachend, »daß ich dir die Erlaubnis gebe, vulgäre Geräusche und schlechte Gerüche zu machen, wann immer du Bohnen ißt.«

»Weißt du was, Daddy? Mama Blight wird mir heute abend helfen, in meinem Zimmer Goldsamen zu pflanzen«, sagte Miranda. »Morgen früh habe ich dann die Anfänge eines Goldstapels.«

»Das wäre ein Wunder«, antwortete Roger und sah Blythe an.

»Wunder geschehen jeden Tag«, erzählte die Fünfjährige ihrem Vater. »Mama Blight hat es gesagt.«

»Ja, das stimmt«, bestätigte Blythe.

Roger sah sie lange an, und der Anflug eines Lächelns spielte um seine Mundwinkel. »Geschehen wirklich jeden Tag Wunder, *Mama Blight*?« fragte er mit neckender Stimme.

Blythe lächelte. »Mylord, irgendwo in diesem großen Universum geschieht genau in diesem Augenblick ein Wunder.«

»Welch erstaunlicher Gedanke.«

»Ihr, Mylord, müßt euch davor hüten, so pessimistisch zu sein«, erwiderte Blythe sein Necken.

»Ja, Daddy«, mischte sich Miranda ein. »Sei nicht so pisi ... sei nicht so pissig.«

Roger und Blythe sahen sich an und brachen in Gelächter aus. Ihre Blicke trafen sich über dem Kopf des kleinen Mädchens, und zwischen ihnen entwickelte sich ein freundliches, beinahe zartes Gefühl. Es dauerte nur den Bruchteil eines Augenblicks und war dann verschwunden.

»Täuschen mich meine Augen?« fragte Blythe, als sie ein merkwürdiges Paar am anderen Ende des Saales sitzen sah. »Ist das etwa Hardwick, der mit Daisy ißt?«

Roger sah sie kurz aus den Augenwinkeln an und nickte. »Hardwick lobt Daisy, seit sie diese Sache für ihn weggeputzt hat.«

»Welche Sache?« fragte Miranda.

»Mama Blights Pferd hat den Boden versaut«, erzählte Roger.

»Du bist drinnen geritten?« fragte Miranda und ihr Gesichtsausdruck spiegelte ihr Erstaunen.

»Nein, ich habe Achilles durch das Haus *geführt*, um unser Glück zu sichern.«

»Daddy, ich möchte mein Pony auch durchs Haus führen«, sagte Miranda zu ihrem Vater.

»Schätzchen, du hast kein Pony.«

»Kaufst du mir eins?« fragte sie.

»Vielleicht, aber nur unter der Bedingung, daß du es niemals durchs Haus führen wirst.«

»Was ist eine *Bedingung*?«

»Eine Bedingung ist ein feierliches Versprechen«, erklärte Roger.

»Ich verspreche, mein Pony niemals ins Haus zu bringen«, gelobte Miranda. »Kaufst du mir eins?«

Bevor ihr Vater antworten konnte, kam der Majordomus zur Ehrentafel. »Mylord, Andrews und Newell bitten um eine Unterredung«, sagte Bottoms. »Sie bestehen darauf, daß es dringend ist.«

»Bring sie in mein Arbeitszimmer«, wies Roger den Mann an. Er wandte sich an seine Tochter: »Wenn du hier wartest, bringe ich dich nachher nach oben, wenn ich fertig bin.«

»Ich werde sie zu Mrs. Hartwell bringen«, sagte Blythe.

»Danke.« Roger stand auf und sagte zu seiner Tochter: »Ich werde bald zurück sein und dir eine Geschichte erzählen, Schatz.«

»Sollen wir nach oben gehen und das Gold pflanzen?« fragte Blythe, sobald er verschwunden war.

Hand in Hand gingen Blythe und Miranda die Treppe hinauf. Das kleine Mädchen führte sie zu einem Zimmer, das zwei Türen neben dem großen Schlafzimmer lag.

»Mrs. Hartwell, ich bringe Miranda ins Bett und warte auf seine Lordschaft«, sagte Blythe zu der Kinderfrau. »Geht nach unten und genießt einen Glühwein.«

»Nun, wenn Ihr sicher seid, daß es keine Unannehmlichkeiten bereitet ...«, sagte Mrs. Hartwell mit einem dankbaren Lächeln und verließ das Zimmer.

Blythe half der Fünfjährigen aus dem Kleid und in das Nachthemd. Als sie ihr die Nachtmütze aufsetzen wollte, schüttelte das Mädchen den Kopf.

»Keine Nachtmütze«, sagte Miranda.

»Dann eben nicht.« Blythe warf die Nachtmütze über die Schulter auf den Boden, und das Kind kicherte.

»Glaubst du, Hartwell wird böse, wenn sie die Nachtmütze sieht?« flüsterte Miranda verschwörerisch.

»Wer hat hier die Verantwortung, Hartwell oder ich?«

»Du!«

»In welche Ecke sollen wir dieses Goldstück legen?« fragte Blythe und nahm ein Goldstück aus der Tasche.

Miranda drehte sich langsam im Kreis. Schließlich deutete sie auf die Ecke rechts neben der Tür. »In die. Sie ist verborgen, wenn man die Tür öffnet.«

»Eine kluge Wahl.« Blythe gab Miranda das Goldstück. »Du mußt es hinlegen. Und denk immer dran: die Pflanze wird sterben, wenn du sie pflückst.«

»Ich verstehe.« Miranda hielt das Goldstück ehrfürchtig in beiden Händen, ging in die Ecke und legte es hin. Als sie sich umdrehte, zeigte sie den aufgeregtesten Gesichtsausdruck, den Blythe jemals gesehen hatte.

»Ich habe es getan«, rief sie und stürzte durch das Zimmer.

»Du hast es getan«, sagte Blythe. »Kletter ins Bett, und ich erzähle dir die Geschichte von dem verzauberten Frosch.«

Miranda tat, was ihr gesagt wurde. Blythe setzte sich neben sie auf das Bett, legte ihren Arm um die Schulter des Mädchens und lehnte sich gegen das Kopfende.

»Bist du bereit?« fragte Blythe.

Die Fünfjährige nickte.

»Es war einmal eine Königin, die lebte vor langer Zeit mit ihren drei Prinzessinnen in einem weit entfernten Land«, begann Blythe. »Die Königin war sehr krank und konnte nur durch das reine Wasser aus dem Zauberbrunnen geheilt werden. Also schickte sie ihre älteste Prinzessin, um ihr einen Krug dieses besonderen Wassers zu holen.

Als die Prinzessin bei dem Brunnen ankam, erschien ein abscheulicher Frosch und sagte, daß er das Wasser besitze. Die Prinzessin könnte nur einen Krug Wasser holen, wenn sie ihn heiraten würde. Die Prinzessin schüttelte verängstigt den Kopf und lief nach Hause.«

»Ist die Königin gestorben?« unterbrach Miranda und sah sie mit großen blauen Augen an.

Blythe lächelte und schüttelte den Kopf. »Die Königin schickte die zweite Prinzessin, um das Wasser zu holen, aber dasselbe geschah.

Fest entschlossen, das Leben der Mutter zu retten, nahm die jüngste Prinzessin ihrer Schwester den leeren Krug ab und eilte zu dem Zauberbrunnen. ›Frosch‹, rief sie. ›Gib mir einen Krug Wasser, und ich werde dich heiraten.‹ Der Frosch füllte ihren Krug mit Wasser, und die Prinzessin lief nach Hause, so schnell sie konnte, ohne einen Tropfen zu verschütten, und gab ihrer Mutter das Wasser. Die Königin erholte sich sofort von ihrer Krankheit.«

»Was geschah mit dem Frosch?« fragte Miranda. »War er wütend, weil er ausgetrickst worden war?«

»Ich komme jetzt zu dem Teil der Geschichte«, sagte Blythe. »Spät in der Nacht rief die Stimme des Frosches: ›Prinzessin, erinnere dich an dein Versprechen mir gegenüber.‹

Die Prinzessin lief hinunter und ließ den Frosch herein. Sie machte ihm ein warmes Bett neben dem Kamin in ihrem Zimmer, aber der Frosch war immer noch unglücklich.

›Prinzessin, ich sterbe‹, krächzte der Frosch. ›Gib mir einen Kuß, bevor es zu Ende geht.‹«

»Igittigitt!« rief Miranda.

Blythe lächelte über die Reaktion des Mädchens und fuhr fort: »Die Prinzessin hielt den Frosch in ihrer Hand und sagte: ›O Frosch, Hüter des reinen Wassers. Ich habe dir feierlich versprochen, dich zu heiraten, und ich werde es tun, wenn du morgen noch lebst. Solltest du dein Leben aushauchen, nimm diesen Kuß mit in das große Abenteuer.‹ Und so beugte die Prinzessin sich vor und küßte ihn.«

»Sie hat wirklich diesen häßlichen Frosch geküßt?« rief Miranda.

Blythe nickte. »Sie hatte es ihm feierlich versprochen. Aber etwas Wunderbares geschah. Als sie den Frosch küßte, verwandelte er sich in einen schönen Prinzen. Am Morgen heirateten der Prinz und die Prinzessin, und wenn sie nicht gestorben sind, dann leben sie noch heute.«

»Was für eine schöne Geschichte«, rief Miranda und klatschte in die Hände.

»Wir müssen daraus lernen, daß man immer hinter den

äußeren Schein sehen muß«, sagte Blythe. »Diejenigen, die ihren Lieben ergeben sind, werden reich belohnt.«

Blythe spürte die Gegenwart einer anderen Person und drehte sich zur Tür um. Dort stand ihr Mann. Ihre Blicke trafen sich. Die Wärme und Intensität in seinen Augen machte sie schwach und schwindelig.

»Daddy, Mama Blight hat mir eine Geschichte erzählt«, rief Miranda.

»Ja, ich habe es gehört«, sagte Roger und kam auf sie zu. »Wie soll ich die je übertreffen?«

Blythe küßte die Fünfjährige auf die Wange und stand von dem Bett auf. »Mylord, Ihr müßt nichts ›übertreffen‹«, sagte sie. »Miranda wird jede Geschichte von Euch lieben, weil *Ihr* sie erzählt. Gute Nacht.« Über die Schulter rief sie dem Kind zu: »Morgen erzähle ich dir von einer besonderen Amsel.«

Blythe ging zur Tür. Sie biß sich auf die Unterlippe, um nicht zu lachen, als sie hörte, wie ihr Mann seine Tochter fragte: »Keine Nachtmütze?«

»Mama Blight hat es mir erlaubt«, informierte Miranda ihren Vater. »Sie ist jetzt verantwortlich.«

»Und wer ist wohl für Mama Blight verantwortlich?« fragte Roger. »Wird sie die ganze Nacht aufbleiben, wenn du dir eine Erkältung holst und nicht schlafen kannst?«

»Das wird nicht nötig sein«, entgegnete Miranda. »Ich werde aus dem Zauberbrunnen trinken. Wir können Hartwell hinschicken …«

Blythe ging in ihr Zimmer, zog sich ein Nachthemd an und ging zum Fenster, um hinauszusehen, während sie ihre Haare bürstete. Dieser Tag war der glücklichste in ihrem Eheleben gewesen. Gut, Roger und sie waren erst seit drei Tagen verheiratet, aber Miranda gab ihr das Gefühl, gebraucht zu werden. Sie gehörte zu ihnen nach Debrett House.

Blythe hörte das schwache Klingeln ihrer Liebesglocke. Ihr Mann war so, wie sie sich immer einen Mann vorgestellt hatte. Wenn sie ihn nur in ihr Bett locken könnte …

Die Tür öffnete sich. Blythe wirbelte herum und sah Roger durch das Zimmer kommen. In seinen Augen leuchtete ein zartes Gefühl. Er ließ seinen Blick über ihren spärlich bekleideten Körper gleiten.

»Keine Nachthaube?« fragte Roger mit einem neckenden Lächeln, als er ihr in die Augen sah.

»Ich habe meine Haube immer gehaßt«, sagte Blythe und erwiderte sein Lächeln. »Bliss und ich haben die arme Mrs. Ashemole mit unserer Rebellion immer gequält.«

»Danke, daß du so nett zu meiner Tochter bist«, sagte er ohne Umschweife. »Was ihr in ihrem jungen Leben immer gefehlt hat, ist die Zuneigung einer Mutter.«

»Miranda ist ein reizendes Kind«, erwiderte sie. »Es war nicht schwer, sie zu unterhalten.«

Blythe beobachtete amüsiert, wie das freundliche ›Danke‹ im Gesichtsausdruck ihres Mannes Irritation Platz machte. In drei kurzen Tagen hatte er sich so an ihre Gegenwart in seinem Haus gewöhnt, daß er vergaß, alle Gefühle aus seinem Gesicht zu verbannen.

»Du hast meine Preise wieder unterboten«, sagte Roger anklagend.

Blythe zog die Augenbrauen hoch und antwortete mit einem leisen Lachen: »Männer, die ihre Zeit damit verschwenden, an Gardenien zu riechen, müssen bei ihren Geschäften scheitern.«

»Hast du vor, uns zu ruinieren?« fragte er und ignorierte ihre Bemerkung.

Uns. Blythe gefiel der Klang des Wortes und die Bedeutung.

»Mylord, es ist nichts Persönliches«, antwortete sie. »Gib dich geschlagen.«

»Niemals.«

»Ich auch nicht.«

»Dann werde ich dir etwas mitteilen«, sagte Roger und lächelte gemein. »Rodale und Hibbert werden dich zweifellos morgen aufsuchen.«

»Du kennst meine Agenten?« fragte Blythe überrascht.

»Rodale und Hibbert werden nach Debrett House eilen, um dich darüber zu informieren, daß ich meine Preise wieder gesenkt habe«, sagte Roger, und sein Lächeln wurde zu einem Grinsen, als er hinzufügte: »Unglücklicherweise wirst du nicht hier sein, um sie zu empfangen.«

»Und wo werde ich sein?«

»Ich habe vor, zum Pferdemarkt nach Smithfield zu reiten und ...« Roger zögerte »... Ich dachte, du würdest Miranda und mich vielleicht begleiten. Wir könnten uns einen schönen Tag machen.«

Blythe hätte am liebsten gejauchzt vor Freude. Seine Einladung grenzte an ein Wunder und bewies, daß sie begonnen hatte, seine emotionalen Schranken zu brechen. Gott, sie fühlte sich stark genug, den Schutzwall um sein Herz einzureißen.

Niemals zu verfügbar sein, hörte Blythe ihre Großmutter warnen. Ein bißchen Koketterie konnte nicht schaden.

»Laß mich überlegen«, wich sie aus und legte den Zeigefinger auf die Lippen, als müßte sie überlegen, wie voll ihr Terminkalender für den nächsten Tag war. »Ich glaube, ich ...«

»Du mußt keine Verabredungen für mich absagen«, unterbrach Roger.

»Das würde ich nie tun«, sagte Blythe. »Aber Miranda ...«

»Miranda wird mich auf jeden Fall begleiten«, unterbrach er sie wieder.

»Und wer wird sie beaufsichtigen?«

»Mrs. Hartwell.«

»Hab ein bißchen Mitleid mit Hartwells geschundenem Hinterteil«, sagte Blythe. »Es wäre unnötig grausam, sie auf ein Pferd zu zwingen.«

»Dann begleitest du uns?«

Blythe nickte.

»Gute Nacht.« Roger drehte sich um und verschwand durch die Verbindungstür.

»Gute Nacht, mein Adler«, flüsterte sie.

Anstatt ins Bett zu gehen, setzte sich Blythe an den Tisch, der ihr als Schreibtisch diente. Sie zündete eine Kerze an und schrieb Rodale und Hibbert Anweisungen, die die letzten Preissenkungen der Debrett Trading Company betrafen. Während sie ihren Ausflug genoß, konnte Daisy die Nachrichten zum Devereux House bringen, und ihr Vater würde sie weiterleiten. Niemand in Debrett House würde etwas vermuten.

Wie rücksichtsvoll von Roger, seine Geschäftspläne zu enthüllen. Sonst hätte sie beinahe zwei Tage Gewinn verloren.

Blythe lächelte. Sie sollte ihm wirklich für seine Information danken. Morgen abend würde gut passen. Beim Abendessen würde es für ihn zu spät sein, die Verluste des Tages wieder wettzumachen.

Kapitel 7

In den verzauberten Momenten, bevor die Welt erwachte, stand Blythe am Fenster ihres Schlafzimmers und betrachtete den östlichen Himmel. Die Vollkommenheit der Morgendämmerung versprach einen Tag mit strahlendblauem Himmel und viel Sonnenschein, ein idealer Herbsttag für ihren Ausflug nach Smithfield Market.

»Heiliger Swithin, hülle Roger und mich mit deinen Winden der Liebe ein«, betete Blythe. »Große Göttin Mutter, laß dies den Tag sein, an dem mein Mann und ich eins werden.«

Orange- und mauvefarbene Lichtstreifen färbten den Himmel. Die aufgehende Sonne schien an diesem Tag besonders prächtig zu werden.

Und dich habe ich erwählt.

Blythe berührte das diamantene Kreuz, und der Anflug eines Lächelns spielte um ihre Lippen. Ja, die Prophezeiung ihrer Mutter würde sich erfüllen. Sie hatte bereits Anzeichen einer sanfteren Haltung ihres Mannes bemerkt. Roger hatte sich in weniger als einer Woche an ihre Anwesenheit gewöhnt, und wenn die Tage in Wochen und Monate übergingen, würde ihr Geliebter sie näher bei sich haben wollen als im angrenzenden Schlafzimmer.

Obwohl Devereux House nur ein kurzes Stück entfernt lag, fühlte Blythe sich durch ein ganzes Leben von ihrer Kindheit getrennt. Sie konzentrierte sich auf den Nebel über der Themse und verbannte durch reine Willenskraft den Anflug von Heimweh, der sich auf ihr Gemüt legte. Als Geschöpf des Sonnenlichtes fühlte Blythe sich in dieser Jahreszeit immer melancholisch.

Während des herbstlichen Äquinoktiums überholte die Dunkelheit das Licht und kündete von längeren Nächten vor dem heiligsten Feiertag im Jahreszyklus, wenn der dünne Schleier zwischen dieser Welt und dem Jenseits für genau drei Tage getrennt wurde. Die Seele erwachte in Vorbereitung für Samhuinn, die heiligsten drei Tage des Jahres.

Blythe wußte, daß ihre Mutter eine besondere Vorliebe dafür hatte, das herbstliche Äquinoktium zu feiern, denn an diesem denkwürdigen Tag vor neunzehn Jahren hatte sie zum erstenmal das Gesicht ihres Mannes gesehen. Die Gräfin von Basildon würde die Freiheit haben, auf ihre ganz spezielle Weise in der Sicherheit des Devereux Gartens den Tag zu begehen. Dank eines verständnisvollen, wenn auch skeptischen Ehemannes.

Blythe lächelte. Königin Elizabeth und ihre Höflinge wären schockiert, wenn sie erführen, daß der reichste Graf von England eine Druidin geheiratet hatte. Auf der anderen Seite war diese Entdeckung nicht zum Lachen und könnte gefährlich sein. Sie mußte daran denken, bei all ihren Handlungen vorsichtig zu sein. Irgendwie hatte sie das Gefühl, daß Roger für ihre religiöse Neigung nicht soviel Verständnis haben würde wie ihr Vater.

Das leise Klingeln der Liebesglocke erregte ihre Aufmerksamkeit. Der verspielte Wind, ein besonderer Freund wie die Weide, war immer bei ihr.

Komm, Roger, rief die Glocke, *schenk Blythe dein Herz und deine Liebe*.

Frieden lag in der Morgenluft. Und dann wurde die Stille des Augenblicks durch ein kindliches Kreischen zerrissen.

»Mama Blight!«

Erschrocken über den Schrei drehte sich Blythe um, als Miranda in ihr Schlafzimmer stürzte. Die Fünfjährige lief auf sie zu.

»Lord Perpendicular hat ein Goldstück auf meine Saat gelegt«, rief Miranda. »Mein Goldbäumchen wächst!«

»Ich habe dir doch gesagt, daß er kommen würde«, sagte Blythe und ließ sich auf ein Knie nieder, damit das begeisterte Kind sie umarmen konnte. Als sie Schritte hörte, sah sie auf. Die schlaftrunkene Mrs. Hartwell betrat das Zimmer.

»Was, zum Teufel, ist hier los?« fragte Roger, der ihr Zimmer durch die Verbindungstür betrat. Er sah großartig aus mit seinem nackten Oberkörper. Er trug nur schwarze enge Reithosen.

Blythe sah ihn mit überraschter Freude an und genoß den Anblick seines so spärlich bekleideten Körpers. Sie brauchte ihren Druideninstinkt nicht, um zu wissen, daß ihr Mann unter seinen Reithosen nackt war. Gott, ihr Adler war wirklich ein besonders gut gebauter Mann.

»Mylady, vergebt mir meine Unachtsamkeit«, entschuldigte sich Mrs. Hartwell. »Sie rannte hinaus, bevor ich sie festhalten konnte.«

»Das Gold ist gewachsen«, wiederholte Miranda und ignorierte die verschlafene Verwirrung um sich herum.

»Es ist alles in Ordnung«, versicherte Blythe ihrem Mann. Sie sah die Kinderfrau amüsiert und mitfühlend an und sprach sie von jeder Schuld frei: »Ihre schmerzenden Knochen können es mit der Aufregung einer Fünfjährigen nicht aufnehmen.«

Dann stand Blythe auf und führte das Kind zu der Kinderfrau. »Geh jetzt mit Mrs. Hartwell in dein Zimmer zurück«, sagte sie. »Du willst doch nicht zu müde sein, um deinen Vater und mich zum *Pony*-Markt in Smithfield zu begleiten.«

»Ponys«, rief Miranda und klatschte vor kindlicher Freude in die Hände. Bereitwillig verließ sie mit der Kinderfrau das Zimmer.

Blythe wandte sich zu Roger. Ihr Blick ruhte auf seiner nackten Brust mit den braunen Haaren.

»Glaubst du wirklich, daß der Gedanke an einen Ponykauf Miranda so weit beruhigt, daß sie schlafen kann?« fragte Roger, und in seiner Stimme lag ein Lächeln. Er überwand die kurze Entfernung, die sie trennte. »Was hat sie denn so früh so aufgeregt?«

»Lord Perpendicular, der Earl of Corners, hat ein Goldstück auf die Saat gelegt, die Miranda gepflanzt hat«, antwortete Blythe, und es gelang ihr endlich, den Blick von seiner Brust abzuwenden.

Die Aufmerksamkeit ihres Mannes konzentrierte sich auf ihre Brüste, die durch das seidene Nachthemd fast vollständig zu sehen waren. Ohne ein Wort zog er sie sanft an sich.

Sie standen so dicht, daß ihre Körper sich berührten, und Blythe atmete tief seinen schwachen Duft nach Lorbeer ein. Sie blickte in seine durchdringenden blauen Augen, als er seinen Kopf senkte, um sie zu küssen.

Blythe wußte nicht, was sie tun sollte. Unverwandt sah sie ihn weiter an, als sein Gesicht dem ihren immer näherkam. Der Anblick seiner sinnlichen Lippen, die sich auf ihre senkten, erfüllte sie mit freudiger Erwartung. Und dann hörte sie wie aus weiter Ferne das schwache Geräusch ihrer Liebesglocke.

Komm, Roger, schenk Blythe dein Herz und deine Liebe.

Im letzten Moment schloß sie die Augen, und ihre Lippen berührten sich. Sein Mund war warm und sanft fordernd.

»So süß«, murmelte Roger, und sein Atem vermischte sich mit ihrem.

Berauscht von dem Gefühl seines Mundes und dem Klang seiner heiseren Worte, schlang Blythe ihre Arme um seinen Hals. Und er reagierte auf ihre unausgesprochene Einladung. Sie spürte den sanften Druck, als er sie noch dichter an sich zog.

Blythe genoß diese neuen Gefühle und erwiderte seinen Kuß. Instinktiv öffnete sie den Mund für seine Zunge und lockte ihn, ihren süßen Mund zu erforschen.

Und dann endete der Kuß abrupt und ebenso unerwartet wie er begonnen hatte.

»Das wollte ich seit dem Tag unserer Verlobung tun«, gestand Roger mit erstickter Stimme und ließ sie los. Nachdem er offensichtlich um seine Selbstbeherrschung rang, fügte er hinzu: »Es wird nicht wieder geschehen ... Sei um elf Uhr fertig. Wir werden auf dem Rückweg im Angel auf der High Street essen.« Ohne ein weiteres Wort drehte er sich um und ging durch die Verbindungstür in sein eigenes Zimmer.

Beurteile einen Mann nach dem, was er tut, nicht was er sagt … Erfreut über ihren unerwarteten Fortschritt lächelte Blythe, als die Tür hinter ihm ins Schloß fiel.

Zehn Minuten vor elf stand Blythe vor dem Spiegel in ihrem Zimmer und betrachtete ihr Ebenbild. Sie wollte bei ihrem ersten Familienausflug mit Mann und Stieftochter perfekt aussehen. Sie trug ein violettes Kleid, das genau zur Farbe ihrer Augen paßte, und schwarze Lederreitstiefel. Anstelle des violetten Umhangs, der zu ihrem Kleid gehörte, nahm sie einen einfachen schwarzen Wollumhang.

Zu reich auszusehen, konnte Ärger bringen. Zumindest hatte ihr Vater ihr das immer gesagt. Am klügsten war es, mit der Umgebung zu verschmelzen. Engländer jeden Standes – Taschendieb, Kaufmann und Adliger – kamen in Smithfield zusammen, bei den Londonern auch bekannt als Devil's Shop und Ruffian's Hall.

»Daisy, bring diese Papiere nach Devereux House, sobald ich fort bin«, befahl Blythe und gab ihr die Briefe für ihre Händler sowie eine Nachricht an ihren Vater. »Die Diener seiner Lordschaft sollen dich nicht sehen.«

»Schon so gut wie erledigt«, sagte Daisy, steckte die versiegelten Papiere ein und ging mit ihr zur Tür.

Roger und Miranda erwarteten Blythe in der Halle. Die Fünfjährige war über alle Maßen aufgeregt und sprang herum wie ein Pony.

Im Hof standen zwei Knechte mit ihren Pferden. Roger half Blythe aufzusteigen. Nachdem er Miranda auf sein Pferd gehoben hatte, stieg er hinter ihr in den Sattel.

»Werden die Knechte uns begleiten?« fragte Blythe, als sie sah, daß die Männer auf die beiden anderen Pferde stiegen.

»Sie werden unsere Pferde und unsere Einkäufe bewachen«, sagte Roger. »Warst du schon einmal in Smithfield?«

Blythe schüttelte den Kopf und wandte ihr Pferd, so daß sie neben ihm den Privatweg zum Strand hinunterreiten konnte. Die besten Pferdehändler Londons hatten normalerweise ihre erstklassige Ware nach Devereux House gebracht, damit ihr Vater sie begutachten konnte.

»In Smithfield ist es möglich, etwas zu ›verlieren‹ und es dann zehn Minuten später zurückzukaufen«, erzählte Roger.

»Das ist abscheulich«, rief Blythe aus.

»Nicht jeder in England hat das Glück, den Midas der Königin zum Vater zu haben«, meinte Roger.

»Pech ist keine Entschuldigung für Diebstahl«, erwiderte Blythe.

»Diebstahl ist relativ«, sagte Roger mit einem ironischen Lächeln. »Du zum Beispiel stiehlst meine Getreide- und Wollgewinne.«

»Kriminalität hat nichts damit zu tun«, sagte Blythe. »Es ist einfach ein Geschäft.« Und damit richtete sie ihren Blick auf die Straße vor ihnen.

Der erste Herbsttag schien vielversprechend für ihren ersten Familienausflug. Der Himmel war klar und blau, und der strahlende Sonnenschein spiegelte ihre Stimmung. Eine sanfte, frische Brise hatte den Frühnebel vertrieben und zeugte von dem raschen Nahen des Herbstes. Das üppige grüne Laubwerk war mit Gold verziert, und ein Meer von Goldruten, gesprenkelt mit lila Astern, bedeckte die offenen Felder.

Die Gruppe ritt auf dem Strand Richtung Norden, bis sie Charing Cross erreichten. Dort bogen sie rechts ab. Auf dem Weg machte Roger sie auf verschiedene Sehenswürdigkeiten aufmerksam, wie zum Beispiel York House und Somerset House. Er erklärte seiner Tochter die Bedeutung der Orte, auf die er ihre Aufmerksamkeit lenkte.

»Wie heißt dein Pferd?« fragte Miranda Blythe während einer Gesprächspause.

»Achilles.«

»Das klingt nach einem Jungen.«

»Stimmt, aber mein Pferd ist ein Mädchen.« Blythe sah Roger an und fragte: »Wie heißt Euer Pferd, Mylord?«

»Hector.«

Blythe kicherte.

»Was ist so komisch?« fragte Miranda.

»Der Legende nach waren Achilles und Hector die wildesten Krieger der ganzen Welt und die erbittertsten Feinde«, erzählte Blythe. »Während des Trojanischen Krieges kämpften sie auf verschiedenen Seiten und standen sich schließlich in einer tödlichen Schlacht gegenüber.«

»Wer hat gewonnen?«

»Achilles hat Hector ermordet«, antwortete Blythe und lächelte ihren Mann fröhlich an.

Roger schien nicht amüsiert.

»Wie soll ich *mein* Pony nennen?« fragte die Fünfjährige.

»Oh, das kannst du erst wissen, wenn du es siehst«, sagte Blythe. »Wenn du erkennst, daß das Pony nur für dich bestimmt ist und für niemand anders, wird die Namensgebung unglaublich einfach sein.«

Am Stadtrand von London wurde aus The Strand die Fleet Street. Sie bogen links in The Bailey ein, die sie direkt nach Smithfield bringen würde.

»Sind wir bald da?« fragte Miranda, deren Aufregung mit der zunehmenden Anzahl der Menschen wuchs.

»Hör auf herumzuzappeln«, befahl Roger. »Du machst Hector nervös.«

»Wie sehr man Achilles auch provoziert, sie bleibt immer ruhig«, neckte Blythe ihn.

»Weibliche Wesen sind von Natur aus sanftmütiger«, entgegnete Roger.

»Es sei denn, sie werden zur Unberechenbarkeit provoziert«, schränkte Blythe ein.

»Was meinst du damit?« fragte er.

»Ganz einfach: Eine Frau kann ziemlich genau voraussagen, wie ein Mann sich in bestimmten Situationen verhält«, antwortete sie. »Unglücklicherweise kann ein Mann nie sicher sein, wie eine Frau sich verhalten wird.«

»Sehr klug«, sagte Roger. »Du hast den scharfen Verstand deines Vaters geerbt.«

»Und bewunderst du diese Eigenschaft?«

»Nein, es ist ein ziemlich lästiger Charakterzug für eine Frau.«

»Wie magst du denn den Verstand einer Frau?« fragte Blythe irritiert. »Zerstreut?«

»Besser zerstreut als scharf«, antwortete Roger ironisch.

»Mama Blight, welche Geschichte wirst du mir heute abend erzählen?« unterbrach Miranda das Wortgefecht.

»Heute abend wird sich dein Vater um dich kümmern«, sagte Blythe. »Morgen erzähle ich dir, wie einige Blumen ihre Namen bekommen haben.«

»Ich kann es kaum abwarten«, rief Miranda. Nach einem kurzen Moment des Schweigens fragte sie dann: »Daddy, welche Geschichte hast du für mich?«

»Wenn ich dir das verrate«, sagte Roger und lächelte auf sie hinab, »dann habe ich später nichts mehr zu erzählen.«

Smithfield Market war eine Wiese außerhalb der Stadtmauern Londons und im Westen und Norden von Wald umgeben. Als sie näherkamen, betrachtete Blythe die Wälder und erkannte die ersten Anzeichen für den schwindenden Sommer. Obwohl immer noch viele grüne Blätter an den Bäumen hingen, machten sie doch Platz für goldene, und der süße Duft nach herabgefallenen Blättern lag in der Luft.

Smithfield Market war voll und laut. Es wimmelte von Männern und Frauen aller Stände. Improvisierte Ställe bildeten einen Kreis um den inneren Teil des Marktes, wo Händler eine Vielzahl von Produkten verkauften: Stratford-Brot, Steckrüben, Käsekuchen und Pastetchen. Orangenverkäufer, Austernverkäufer und Kräuterverkäufer vermischten sich mit Marktschreiern, die Heilmittel anpriesen. Die meisten der zum Verkauf stehenden Pferde grasten in abgetrennten Pferchen, aber die teuersten und wertvollsten befanden sich in ihren eigenen Ställen entlang der östlichen Seite der Wiese, die sich am nächsten bei der Stadtmauer befand.

»Wieder ein Tag im Devil's Shop«, sagte Roger und stieg ab. Er hob seine Tochter aus dem Sattel und half dann Blythe. Nachdem er ihre Zügel einem der Knechte gegeben hatte, warnte er seine Tochter: »Wie du siehst, Schätzchen, sind hier viele hundert Menschen. Du mußt versprechen, die ganze Zeit über die Hand von Lady Blythe festzuhalten. Kannst du das für Daddy tun?«

Miranda nickte und fragte: »Wo sind die Ponys?«

»Möchtest du vielleicht erst etwas essen?« fragte Roger. »Vielleicht eine Orange oder eine Pastete?«

»Nein, ich möchte mein Pony finden«, antwortete das Mädchen.

»Vielleicht ist Lady Blythe hungrig«, sagte er.

»Ich könnte keinen Bissen hinunterbringen, bevor Miranda nicht ihr Pony gefunden hat«, sagte Blythe, als das kleine Mädchen sie bittend ansah. Sie lächelte über den erleichterten Ausdruck, der sich dann auf Mirandas Gesicht zeigte.

Hand in Hand mischten sich die drei unter die Menge. Ein Knecht folgte ihnen, um ihre Einkäufe zu sichern. Sie sahen jede nur vorstellbare Art von Pferden: milchweiß, Apfelschimmel, Rappen oder Braune und mit hübschen Zeichen.

Blythe sah zum Himmel, als sie auf die Ponyhändler zugingen. Der Horizont war wie ein klarer blauer See, und kein Wölkchen trübte die strahlende Sonne. Und doch …

Eine Welle der Angst durchfuhr sie. Blythe fühlte sich unerklärlich beunruhigt, als wäre ein Schatten über die Erde gehuscht. Sie suchte die Gegend ab, entdeckte nichts Schlimmes, aber trotzdem waren ihre Nerven angespannt, da sie instinktiv Gefahr spürte.

»Stimmt etwas nicht?« fragte Roger.

»Nein, ich bin nur nicht an diesen Trubel gewöhnt«, antwortete Blythe, und es gelang ihr ein Lächeln für ihn.

Als sie den Platz mit den Ponys erreichten, drückte Blythe sanft Mirandas Hand und sagte: »Wir werden auf einer Seite hinaufgehen und dann an der anderen wieder hinunter. So kannst du sie alle ansehen. Bleib stehen, wenn dein Herz dir sagt, welches Pony allein für dich bestimmt ist. Verstanden?«

Miranda nickte.

Roger und sein Knecht folgten ihnen, als Blythe und Miranda langsam die rechte Seite der Grasfläche abschritten. Blythe hörte, wie Menschen ihren Mann grüßten. Sie war stolz, daß er von Londons Bürgern so hochgeschätzt wurde. Gott sei Dank bemerkte niemand Miranda und sie.

Miranda führte Blythe an den Ponys entlang. Die Fünfjährige blieb mehrere Male stehen, um ein Pony genauer anzusehen, schüttelte jedoch jedesmal den Kopf. Als sie das Ende erreichten, gingen sie auf die andere Seite.

Auf halber Strecke blieb Miranda stehen und sah zwei Ponys an. Ein Lächeln breitete sich auf ihrem Gesicht aus.

»Hier, Mama Blight«, sagte Miranda und deutete auf die Ponys. »Mein Herz sagt, ich soll hier stehenbleiben.«

»Bist du sicher?«

Die Fünfjährige nickte.

»Sir, wir würden gerne Eure Ponys ansehen«, sagte Blythe zu dem Händler. »Dürfen wir den Pferch betreten?«

»Es wurde aber auch Zeit, daß endlich jemand die Qualität meiner Ponys bemerkt«, sagte der Mann und senkte das Seil für sie.

»Ich höre einen nördlichen Akzent«, sagte Blythe und trat ein. »Mein Onkel ist Schotte.«

»Wo stammt er denn her, Mylady?« fragte der Mann freundlich.

»Argyll«, antwortete Blythe. »Mein Onkel ist der Graf von Dunridge. Kennt Ihr ihn?«

»Ich habe von ihm gehört, aber ein Graf ist zu wichtig, als daß ein Mann wie ich ihn kennen könnte«, antwortete der Mann. »Ihr müßt dann mit dem Midas der englischen Königin verwandt sein?«

»Ich bin die Tochter des Grafen von Basildon«, sagte Blythe. Sie deutete hinter sich und fügte hinzu: »Das ist mein Mann, der Graf von Eden.«

»Freut mich, Eure Bekanntschaft zu machen, Mylord«, sagte der Schotte. »Ich hoffe, Ihr findet Gefallen an meinen Ponys.«

Ein aufgeregtes Raunen ging schneller als ein Vollblüter

durch die Menge. Der Graf von Eden hatte seine Devereux-Braut zum Smithfield Market gebracht. In Sekundenschnelle kam eine Menge vor dem Pferch zusammen, um einen Blick auf die Frischvermählten zu erhaschen.

Blythe, die nicht an so viele Menschen gewöhnt war, wünschte, sie hätten mehr Knechte zu ihrem Schutz mitgebracht. Sie wollte nicht, daß der Ausflug ihrer Stieftochter verdorben wurde.

Der Schotte hatte nur zwei Ponys zu verkaufen. Eins war weiß mit kastanienbraunen Ohren und blauen Augen. Das andere war kohlrabenschwarz mit einem weißen Stern auf der Stirn und schwarzen Augen.

»Welches ist es?« fragte Blythe.

»Ich weiß nicht«, flüsterte Miranda und streckte ihre Hand zu dem schwarzen Pony aus. Das Tier schnupperte an ihrer Hand und machte sie naß.

Miranda kicherte.

Blythe öffnete den Mund, um Roger zu bitten, sich das Pony anzusehen, aber dann geschah etwas Ungewöhnliches. Das schwarze stupste den Hals seines Gefährten an. Das andere Pony senkte seinen Kopf, beschnupperte das Mädchen und leckte dann ihr Gesicht.

Miranda kicherte vor Freude. Das Pony hob den Kopf und wieherte. Die Zuschauer lachten.

Roger kam lächelnd heran, um zunächst das schwarze Pony zu inspizieren. »Es scheint gesund zu sein«, sagte er. »Wieviel wollt Ihr?«

»Mein Preis für jedes Pony sind fünfundzwanzig Guineen«, sagte der Schotte.

»Euer Preis ist zu hoch«, entgegnete Roger. »Außerdem brauche ich nur ein Pony.«

»Es tut mir sehr leid, Mylord«, sagte der Mann und sah das Kind aus den Augenwinkeln an. »Diese Ponys müssen zusammen bleiben. Beide würden an Einsamkeit sterben, wenn man sie trennte. Es sind Zauberponys.«

»Schöner Zauber«, entgegnete Roger. »Ich gebe Euch fünfzehn Guineen für das schwarze.«

Mit übertriebenem Bedauern schüttelte der Schotte seinen Kopf. »Ich kann kein Geschäft mit Euch machen, Mylord.«

Blythe bemerkte Mirandas enttäuschten Gesichtsausdruck. »Mylord, seht Euch bitte das andere Pony an«, sagte sie.

Roger sah sie an. »Ich lasse mich nicht dazu überreden, zwei Ponys zu kaufen.«

»Ich habe dich nicht gebeten, zwei zu kaufen«, antwortete Blythe und begegnete seinem zweifelnden Blick mit ihrem strahlendsten Lächeln. »Ich überlege, das zweite Pony zu kaufen, damit meine Schwestern und mein Bruder ein Pony zum Reiten haben, wenn sie Debrett House besuchen. Nur ein Pony würde zu zahllosen Streitereien führen.«

Widerwillig ging Roger langsam um das andere Pony herum. Als er wieder davor stand, untersuchte er die Zähne und dann die Augen.

»Lieber Himmel«, rief Roger und wandte sich an den Händler. »Die Stute ist blind und keinen Penny wert, schon gar nicht fünfundzwanzig Guineen.«

»Sie sieht mit dem Herzen«, erwiderte der Schotte. »Und der Schwarze führt sie um gefährliche Gegenstände herum. Einer wäre ohne den anderen verloren.«

»Sie ist blind?« wiederholte Blythe und trat näher. Sie blickte in die nicht sehenden blauen Augen des Ponys. Plötzlich stupste der Schwarze seiner Gefährtin in den Nakken. Daraufhin hob sie den Kopf und wieherte.

Blythe mußte lächeln. »Der Schotte ist ehrlich«, sagte sie zu ihrem Mann.

»*Ehrlich*?« Roger drehte sich zu ihr um und sorgte für einige Lacher im Publikum. »Der Schotte ist ein Schwindler, der dir ein nutzloses blindes Pony für fünfundzwanzig Guineen verkaufen will.«

»Mylord, kein Geschöpf ist nutzlos«, entgegnete Blythe, unbewegt von seinem Ausbruch. »Der Mann hat uns aufrichtig gesagt, daß die Ponys nicht getrennt werden können.«

»Warum nicht?«

»Es wäre unnötig grausam, zwei Geschöpfe zu trennen, die einander lieben«, antwortete Blythe.

»Tiere können keine Liebe oder andere Gefühle empfinden«, gab Roger zurück. »Ich weigere mich, fehlerhafte Ware zu kaufen. Es gibt Hunderte von Ponys hier. Miranda wird sich ein anderes aussuchen.«

»So ist's richtig, Euer Lordschaft«, sagte ein Mann aus der Zuschauermenge. »Sprecht ein Machtwort.«

»Ja, zeigt der Frau, wer der Herr ist«, rief ein anderer aufmunternd.

Blythe sah die zum größten Teil aus Männern bestehende Menge an. Sie fand das gar nicht komisch. Ohne ein Wort zu sagen, zeigte sie ihnen, wie sehr ihr dieses Verhalten mißfiel.

»Hat Hector jemals Angst gehabt?« fragte Blythe Roger.

»Ja, natürlich.«

»Angst ist ein Gefühl.«

Roger sah sie kalt an.

»Ist Hector jemals von einem Knecht geärgert worden?«

»Ja.«

»Das ist ebenfalls ein Gefühl.«

Roger sah sie wütend an und seine rechte Wange zuckte plötzlich.

»Auf dem Weg hierher hast du doch Miranda befohlen, still zu sitzen, weil Hector nervös wurde?«

Keine Antwort.

Blythe hob ihr Kinn ein wenig höher und sagte hochmütig: »Das ist auch ein Gefühl.«

Das Zucken in Rogers rechter Wange wanderte zu seiner linken.

»Wenn ein Tier verängstigt, verärgert und nervös sein kann«, verkündete Blythe, »kann es auch lieben ... Da Miranda diese Ponys gefallen, werde ich die Stute kaufen.« Sie lächelte über das überraschte Gesicht ihres Mannes und wandte sich an den Händler: »Sind fünfundvierzig Guineen für die beiden Ponys akzeptabel?«

»Abgemacht«, stimmte der Mann zu. »Und ich habe Euch nicht angelogen, Mylady. Die beiden *sind* Zauberponys.«

»Ich glaube Euch, Sir.«

»Du bist verrückt«, sagte Roger.

»Aber mein Wahnsinn hat Methode«, antwortete Blythe und bedeutete ihrem Knecht, die Zügel der Ponys zu übernehmen, bevor der Händler seine Meinung ändern konnte. »Blindheit hat keinen Einfluß auf die Fruchtbarkeit. Ich habe vor, Ponys zu züchten und die Shetlander vom Markt zu verdrängen.«

»Sie ist wirklich Midas' Tochter«, sagte jemand laut aus der Menge.

Blythe ignorierte das Publikum und das mißbilligende Stirnrunzeln ihres Mannes und wandte sich an Miranda: »Wir müssen den Ponys jetzt Namen geben, denn es bringt Unglück, namenlose Wesen ins Haus zu bringen.«

»Ich habe jetzt genug Unsinn gehört«, murrte Roger.

»Hör nicht auf deinen Vater«, flüsterte Blythe. »Welche Namen sollen wir den beiden geben?«

Miranda sah jedes Pony lange an und fragte dann: »Mama Blight, hilfst du mir?«

Erfreut über diese Bitte neigte Blythe den Kopf. Wenigstens ein Debrett schätzte ihre Intelligenz und legte Wert auf ihre Meinung. Sie legte den rechten Zeigefinger an ihre Lippen und betrachtete die Ponys.

»Das schwarze ist Perikles«, verkündete Blythe schließlich. »Und seine Gefährtin Aspasia.«

»Peri und Aspa?« wiederholte Miranda offensichtlich verwirrt.

»Perikles und Aspasia«, wiederholte Blythe und lächelte das Mädchen an. »Im alten Griechenland regierte Perikles eine große Stadt namens Athen. Seine Gattin Aspasia regierte die Gesellschaft Athens *und Perikles.*« Sie sah ihren Mann an und fügte hinzu: »Aspasia war außerordentlich schön und intelligent, und Perikles war so weise, ihr Urteil zu würdigen.«

Nur einem Tauben hätte ihre Botschaft entgehen können. Roger verdrehte verzweifelt die Augen.

»Bring Perikles und Aspasia zu unseren Pferden«, wies

Blythe den Knecht an. Sie sah zu, wie der Mann die Ponys wegführte und wandte sich dann wieder an ihren Mann: »Ich habe vergessen, Geld mitzunehmen. Du mußt mir die Summe für Aspasia leihen.«

Die zuschauende Menge brach bei der wütenden Überraschung des Grafen in Gelächter aus. Selbst der schottische Ponyhändler johlte respektlos.

»Fünfundzwanzig Guineen, nicht wahr?« sagte Roger und lächelte vernichtend. »Plus fünf Guineen, weil ich niemals mehr als fünfzehn für den Schwarzen bezahlt hätte.«

Blythe nickte zustimmend. Sollte er doch einen Moment Applaus vom Publikum genießen. Sie würde mehr als dreißig Guineen an diesem Tag verdienen, indem sie ihn im Woll- und Getreidehandel schlug. Außerdem waren dreißig Guineen ein geringer Preis für das Glück des Mädchens.

»Du wünschst also ein Darlehen über dreißig Guineen für vier Stunden?« fragte Roger.

»Ja, Mylord.« Blythe nickte, überlegte aber, worauf er wohl hinauswollte.

»Bist du bereit, fünf Guineen Zinsen pro Stunde zu bezahlen?« fragte er, und das Publikum lachte.

»Heiliger Swithin, niemand verlangt fünf Guineen Zinsen pro Stunde«, rief sie.

»Ich schon.« Roger grinste breit.

Blythe sah ihn eisig an. »Ich bin mit Euren Bedingungen einverstanden«, sagte sie, da sie wußte, daß sie keine andere Wahl hatte. »Bezahlt den Mann, und ich werde es Euch später zurückzahlen.«

Die Zuschauermenge applaudierte anerkennend. Langsam gingen sie auseinander, um ihren eigenen Geschäften nachzugehen.

»Ich möchte mir noch ein paar Pferde auf der anderen Seite der Wiese ansehen«, sagte Roger, nachdem er den Schotten bezahlt hatte. »Wir werden danach essen.«

»Mama Blight?« Miranda winkte mit ihrem Zeigefinger.

Blythe beugte sich vor, damit das Mädchen ihr etwas ins Ohr flüstern konnte. »Mylord, Miranda würde gerne eine Rose pflücken«, sagte sie zu ihrem Mann, und der Anflug eines Lächelns spielte um ihre Mundwinkel.

Roger fragte seine Tochter: »Habe ich dir nicht gesagt, du sollst gehen, bevor wir das Haus verlassen?«

Miranda zuckte entschuldigend die Schultern. »Daddy, ich muß *jetzt.*«

Roger seufzte hörbar.

Sein Gesichtsausdruck verriet Blythe, daß er den Umgang mit Frauen und Kindern ein bißchen anstrengend fand. »Wir sind vollkommen sicher«, beruhigte sie ihn.

»Bring sie in den Wald auf der anderen Seite des Marktes«, sagte Roger. »Ich bin nah genug, um euch zu hören, wenn ihr mich braucht.«

Blythe ging zu der östlichen Ecke der Wiese und sah zu dem Wald, der hinter dem letzten Pferdepferch begann. Der Ahorn war golden gefärbt und würde bald orange und rot werden. Die Ebereschen verblaßten zu einem hellen Gelb, wie auch die Birken und Eichen. Und zwischen diesen wechselnden Farben stachen die immergrünen Bäume heraus – Ilex, Pinie, Eibe und Tanne.

»Ich bin hier«, sagte Roger, als sie den letzten Pferdehändler erreichten. »Schrei, wenn du mich brauchst.«

Blythe lächelte. »Das wird wohl nicht nötig sein.«

Nach dem lauten Getöse auf dem Markt schien der Wald ungewöhnlich still. Es war beinahe unheimlich. Blythe spürte das erste Unbehagen, sobald sie die Wiese verlassen hatten. Sie blickte über die Schulter, konnte aber niemanden entdecken.

Glücklicherweise brauchte Miranda nur einen Augenblick. Blythe konnte es kaum abwarten, zu der Wiese zurückzukehren und die beruhigenden Sonnenstrahlen auf ihren Schultern zu spüren.

»Schau«, rief Miranda, als sie aus dem schattigen Wald traten.

Blythe drehte den Kopf herum, um die Fünfjährige anzusehen. Dann sah sie nach oben, wo das Mädchen etwas beobachtete.

Aus dem Nichts verdeckte eine dichte Wolke die Strahlen der Sonne. Der amboßförmige obere Teil ließ das Sonnenlicht so durch, daß es wie ein Heiligenschein wirkte. Erstaunlicherweise blieb der Himmel blau. Keine weitere Wolke begleitete diese auf ihrem Flug.

»Ich habe noch nie eine so dunkle Sonne gesehen«, rief Miranda.

Hüte dich vor der dunklen Sonne.

Blythe erstarrte vor Entsetzen, als ihr plötzlich die Prophezeiung ihrer Mutter bewußt wurde. Rasend vor Angst sah sie ihren geliebten Mann dort stehen, wo sie ihn verlassen hatte.

»Roger, es ist die dunkle Sonne!« schrie Blythe, nahm die Hand des Mädchens und lief auf ihn zu.

Bei ihrem Schrei wirbelte Roger herum und ging auf sie zu. Genau in diesem Augenblick schwirrte ein Pfeil an der Stelle vorbei, wo er gestanden hatte, und blieb in einem Baum stecken?«

»Was, zum Teufel?« fluchte Roger, als er den überraschten Aufschrei des Pferdehändlers hörte. Als er sich überzeugt hatte, daß Blythe und Miranda unverletzt waren, kehrte er zu dem Pferdehändler zurück und fragte: »Seid Ihr verletzt?«

»Nein, Mylord, nur überrascht«, antwortete der Mann. »Gott sei Dank sind die Pferde alle unverletzt.«

»Wer sollte auf Euch schießen?« fragte Roger.

»Ich habe keine Feinde«, antwortete der Pferdehändler. »Wer wünscht *Euren* Tod?«

Roger sagte nichts. Er kniff die Lippen zu einer grimmigen Linie zusammen und sah von dem Pferdehändler zu Blythe.

Sie beobachtete ihn und erkannte, daß in seinen Gesichtszügen Wut und Angst miteinander kämpften. Sie konnte ihn beinahe denken sehen, als er sie anstarrte. Ihr Mann sorgte sich nicht um seine eigene Sicherheit. Ihm war nur gerade klargeworden, daß Miranda und sie hätten getötet werden können, wären sie nicht weggegangen.

»Wollt Ihr diesen Pfeil nicht untersuchen?« fragte der Pferdehändler.

»Es ist wohl unwahrscheinlich, daß ein Mörder seinen Namen auf die Mordwaffe schreibt«, antwortete Roger.

»Ich möchte jetzt nach Hause«, sagte Blythe mit zitternder Stimme. Sie hielt Miranda vor sich und benutzte ihren eigenen Körper, um das Kind zu verstecken für den Fall, daß der Schurke noch in der Nähe war.

Roger nickte und wandte sich an den Pferdehändler. »Es tut mir leid, daß Ihr und Eure Pferde durch einen Pfeil erschreckt wurdet, der für mich bestimmt war«, sagte er. »Ich werde alle Pferde kaufen.«

»Alle fünfzehn?«

»Bringt sie heute nachmittag nach Debrett House.« Roger nahm die Hand seiner Tochter und sagte: »Laß uns gehen.«

Nach wenigen Minuten bestiegen sie ihre Pferde und ritten über The Bailey Richtung Fleet Street. Ein Knecht ritt vor ihnen, der andere mit den beiden Ponys bildete den Abschluß. Bei Charing Cross bogen sie links ab und ritten den Strand hinunter.

»Die Gefahr ist vorbei«, verkündete Blythe.

Roger zog fragend eine Augenbraue hoch.

Blythe deutete auf den Himmel. Die bedrohliche Wolke war verschwunden, und die Sonne strahlte wie vorher.

»Wer möchte dich töten?« fragte sie.

Roger lächelte ironisch. »Hast du ein paar Stunden Zeit, damit ich dir alle meine Feinde aufzählen kann?«

»Ein Mordversuch ist kein Witz, Mylord. Es ist ein Wunder, daß Ihr nicht verletzt wurdet.«

»Glaubst du, ein verstimmter Woll- oder Getreidehändler hat beschlossen, unseren Preiskrieg zu beenden?« neckte er.

Blythe lächelte. Sie wußte, daß er versuchte, ihre Angst zu zerstreuen.

»*Meine* Partner erleiden keine Verluste«, sagte sie.

»Meine auch nicht.«

»Ich möchte meine Ponys reiten«, verkündete Miranda, als sie in dem vorderen Hof von Debrett House von ihren Pferden stiegen.

»Perikles und Aspasia hatten einen aufregenden Tag und müssen sich erst an ihr neues Zuhause gewöhnen«, sagte Blythe. »Wir sollten sie erst fressen und sich ausruhen lassen. Später geben wir ihnen dann Karotten.«

Miranda nickte zustimmend, als die Knechte die Pferde und Ponys wegbrachten.

Mit dem Kind zwischen sich, betraten Roger und Blythe das Haus. In der Eingangshalle hörten sie wütende Stimmen aus dem großen Saal.

»Was heißt das?« wollte ein Mann wissen.

»Ich meine, was ich gerade gesagt habe«, antwortete eine Frau. »Ich weiß nicht, wann sie zurückkommen.«

Blythe erkannte Daisy Lloyds Stimme und warf ihrem Mann einen besorgten Blick zu, als sie die Eingangshalle durchquerten.

»Du lügst«, beschuldigte sie ein zweiter Mann. »Sag uns, wo wir den Grafen finden können.«

»Bottoms, Gott sei Dank seid Ihr hier«, rief der erste Mann.

»Wir müssen seine Lordschaft dringend sprechen«, sagte der zweite Mann. »Jede Minute Verzögerung bedeutet verlorenes Geld.«

Die Händler ihres Mannes. Blythe verlangsamte ihren Schritt. Sie ließ Roger in den Saal eintreten und blieb zunächst in der Eingangshalle, um Miranda aus dem Mantel zu helfen.

»Geh in den Saal. Wir werden einen Apfelwein trinken«, sagte Blythe. Sie legte ihren Mantel ab und ging in den Saal, als ginge sie zum Galgen. Sie wußte bereits, weshalb die Agenten ihres Mannes gekommen waren.

»Was ist los?« hörte Blythe ihren Mann fragen, als sie den großen Saal betrat.

Mr. Newell und Mr. Andrews, Woll- und Getreidehändler ihres Mannes, sahen sie an, als sie eintrat. »Es ist Eure

Frau«, sagte Newell schneidend und zeigte mit dem Finger auf sie.

»Bei allem Respekt, Mylord, aber Ihr habt eine hinterhältige Schlange geheiratet«, rief Andrews.

»Sie muß unser Gespräch gestern belauscht haben«, fügte Newell hinzu. »Kaum hatten wir unsere Preise gesenkt, da senkten Rodale und Hibbert ihre ebenfalls.«

Blythe sah Roger an und schluckte nervös. Sein Gesicht bekam rote Flecken, als er seine Agenten ungläubig anstarrte. Sie hoffte nur, daß er sie nicht in deren Gegenwart anfahren würde. Als er dann sprach, war sie überrascht.

»Konkurrentin oder nicht, Lady Blythe ist die Gräfin von Eden«, sagte Roger kurz. »Wenn Ihr noch einmal geringschätzig von meiner Frau sprecht, habt Ihr Eure Positionen verwirkt. Verstanden?«

»Verzeiht uns, Mylord«, warf Newell hastig ein.

»Wir wollten nicht respektlos sein«, fügte Andrews hinzu.

Freude durchfuhr Blythe. Trotz ihrer Differenzen hatte ihr Mann sie verteidigt. Ein gutes Zeichen.

»Kommt morgen früh wieder«, sagte Roger zu den Männern. »Dann werde ich weiter entscheiden.«

Beide Männer nickten ehrerbietig und verließen den Saal. Als sie an Blythe vorbeikamen, warfen sie ihr wütende und eisige Blicke zu.

Mit einem strahlenden Lächeln ging Blythe auf Roger zu. Sie wußte, daß sie sich entschuldigen mußte, weil sie seine Information ausgenutzt hatte. Aber zumindest hatte er sie verteidigt.

Blythe blieb stehen, als ihr Mann sie kalt ansah. Er sah aus, als würde er sie am liebsten erwürgen.

»Du verdammte Verräterin«, explodierte Roger wütend.

»Bitte sei leiser. Dein Schreien wird Miranda verängstigen«, warnte Blythe und klang ruhiger, als sie wirklich war.

»Miranda ist meine Tochter, nicht deine«, entgegnete Roger.

Die Verachtung in seinem Gesicht zwang Blythe, sich zu verteidigen. »Du hast mir diese Information *freiwillig* gegeben«, erinnerte sie ihn. »Hätte ich das einfach ignorieren sollen?«

»Hast du einen Attentäter angeheuert, um mich umzubringen?« fragte Roger mit zusammengebissenen Zähnen.

Blythe konnte nicht glauben, was sie da hörte. Trotz ihrer guten Erziehung und der sanften Ermahnungen ihrer Mutter stieg kochende Wut in ihr auf.

»Was ist das für eine dumme Unterstellung?« schrie Blythe. »Ohne mich würdest du im Tower verrotten. Ich habe dir einen Gefallen getan, indem ich dich heiratete. Vielleicht erinnerst du dich?«

Roger sah sie noch einmal vernichtend an und drehte sich auf dem Absatz um. Blythe folgte ihm, als er aus dem Saal und auf die Haustür zuging.

»Wo gehst du hin?« fragte sie und beobachtete ihn von dem Eingang zum großen Saal aus.

»Gardenien riechen«, rief Roger über seine Schulter und verschwand durch die Tür.

»Hurensohn«, fluchte Blythe und sank gegen die Wand, als alle Wut verrauchte.

Blythe hatte noch nie solch negativen Emotionen nachgegeben. Vollkommen erschöpft schloß sie ihre Augen und versuchte, ihre Selbstbeherrschung wiederzufinden. Plötzlich wurde ihr die ungewöhnliche Stille bewußt, die sie umgab. Es war, als ob jeder Bedienstete regungslos dastand und der Debatte zwischen dem Lord und seiner Lady lauschte.

Es war unmoralisch gewesen, die Information ihres Mannes auszunutzen. Blythe begriff das jetzt. Wenn sie nicht seine Frau wäre, hätte Roger ihr niemals seinen Plan mitgeteilt, seine Preise zu senken.

Jetzt hielt ihr Mann sie für nicht vertrauenswürdig, und ihre Beziehung war schlechter als vor ihrer Heirat. Aber warum hatte Roger ihr seine Pläne mitgeteilt? Hatte er sich brüsten wollen? Oder hatte er begonnen, ihr zu vertrauen? Betrachtete er ihren Preiskrieg als ein Schachspiel zwischen zwei gleichwertigen Gegnern?

Wie auch immer. Sie hätte diese Information niemals ausnutzen dürfen. Einen Tag Gewinn zu verlieren, hätte sie nicht ruiniert. Mit jedem Tag wurde es schwieriger, ihr Privat- und Geschäftsleben auseinander zu halten.

Und dann wurde ihr plötzlich eine viel entsetzlichere Möglichkeit bewußt. Irgendwo da draußen wartete ein Mörder auf ihren Mann. Wo war Roger nur hingegangen? Wie könnte sie weiterleben, wenn das Schlimmste passierte? Seine Wut auf sie hatte ihn dazu gebracht, aus Debrett House hinauszustürmen?

Blythe löste sich von der Wand und ging langsam in den großen Saal. Und dann hörte sie das herzzerreißende Weinen eines Kindes. *Miranda!*

Die Fünfjährige saß auf einem Stuhl vor dem Kamin und weinte, als hätte sie gerade ihre beste Freundin verloren. Bottoms und Daisy standen wie angewurzelt daneben und wußten nicht, wie sie das kleine Mädchen beruhigen sollten.

»Was ist los, Schatz?« fragte Blythe und ging in die Hokke, um dem Mädchen in die Augen zu sehen.

»Z-zank und S-streit«, schluchzte Miranda und sah sie mit verweinten blauen Augen an. »G-genau wie bei Lady Darnel.«

»Es ist ganz anders«, versicherte Blythe ihr mit beruhigender Stimme. »Dein Vater und ich haben nicht gezankt oder gestritten.«

»Was habt ihr denn getan?« fragte sie und sah sie zweifelnd an.

Blythe lächelte. »Setz dich auf meinen Schoß, und ich erkläre es dir.«

Miranda stand von dem Stuhl auf, so daß Blythe sich setzen konnte. Dann kletterte sie auf ihren Schoß.

Zuerst wischte Blythe die Tränen von der Wange des Mädchens, und dann zog sie es an sich. »Also, dein Vater und ich, wir haben uns nicht gestritten, wir hatten nur eine Meinungsverschiedenheit.«

»Ist das nicht dasselbe?«

»Überhaupt nicht«, antwortete Blythe und schüttelte den Kopf. »Menschen, die sich nicht mögen, streiten, aber Menschen, die sich lieben, haben manchmal Meinungsverschiedenheiten.«

»Liebst du Daddy?« fragte Miranda.

»Ich habe deinen Vater schon immer geliebt«, antwortete Blythe.

»Und liebt Daddy dich?«

»Ja, aber er weiß es nicht.« Blythe lächelte sie an. »Denk immer daran: Wie sehr dein Vater mich auch lieben mag, dich liebt er immer noch mehr.«

»Was ist mit dem Schreien?« fragte das Mädchen.

»Ach das«, wich Blythe aus und machte eine Handbewegung, die verdeutlichen sollte, daß das Schreien unwichtig war, während sie nach einer plausiblen Antwort suchte. »Dein Vater und ich, wir haben nicht geschrien. Wir waren so aufgeregt, daß wir laut wurden. Es war ganz allein mein Fehler. Wenn dein Vater überrascht ist, wird seine Stimme lauter. Ich habe fälschlicherweise angenommen, daß er meine Worte nur verstehen würde, wenn ich auch lauter spreche. Das Problem war das *Zuhören*, nicht das Hören.«

»Ich glaube, ich verstehe«, sagte Miranda.

»Wenn dein Vater wieder zurückkommt, wird er immer noch wütend auf mich sein«, fügte Blythe hinzu. »Ich habe den Fehler gemacht, meinem Kopf zu folgen, als ich auf mein Herz hätte hören sollen … Sollen wir Perikles und Aspasia besuchen?«

»Nehmen wir ihnen was mit?«

Blythe sah Daisy und den Majordomus ihres Mannes an. Aus irgendeinem Grund grinsten die beiden sie an wie zwei Idioten.

»Bottoms, holt uns bitte ein paar Möhren«, wies sie den Mann an.

»Gerne, Mylady.«

»Und ein paar leckere Äpfel?« fragte Daisy.

»Das wäre wunderbar«, antwortete Blythe. »Bottoms, bringt noch ein paar Äpfel mit. Daisy, hol mir Pergament,

Tinte und Feder. Ich muß meinen Agenten eine Nachricht schicken.«

Daisy zog die Augenbrauen hoch, als wollte sie sie vor weiteren übereilten Handlungen warnen.

Blythe senkte ihren Kopf als Reaktion auf die unausgesprochene Warnung und sagte: »Ich muß einen Fehler wiedergutmachen.«

Daisy nickte und folgte dem Majordomus aus der Halle.

Miranda schlang ihre Arme um Blythes Hals und küßte sie auf die Wange. »Ich liebe dich, Mama Blight«, beteuerte sie.

Blythe umarmte sie fest und sagte: »Und ich liebe dich, mein Schatz, und verspreche, niemals wieder deinem Vater gegenüber meine Stimme zu erheben.«

Kapitel 8

Die letzten mauvefarbenen Strahlen der Dämmerung waren bereits im Westen verschwunden, und eine unheimliche Stimmung lag in der Luft, als Roger den Privatweg vom Strand zu seinen Ställen hinaufritt. Sein Besuch in Londons Royal Rooster Taverne, wo er einige Freunde hatte, die ihm helfen konnten, den Mörder zu identifizieren, war frustrierend vergeblich gewesen.

Den Anstifter seines Beinahe-Mörders zu finden, war eine Sache auf Leben und Tod. Ein einfaches Problem mit einer einfachen Lösung. Entweder er identifizierte seinen Feind oder er starb.

Ohne jeden Zweifel wußte Roger, daß die Person, die ihn tot sehen wollte, auch der Mörder seiner ersten Frau gewesen war. Dem Schurken war es nicht gelungen, ihn indirekt loszuwerden – durch eine Exekution wegen Mordes – und so hatte er es direkt versucht.

Wie schwierig konnte es sein, diesen Bastard zu finden? Roger verzog das Gesicht. Den Schuldigen unter Hunderten von Höflingen und Tausenden von Bürgern Londons herauszufinden, war nicht schwieriger als die Suche nach der Nadel im Heuhaufen.

Roger stieg vor den Ställen ab und führte Hector hinein. Augenblicklich tauchte ein Knecht aus dem Nichts auf, um sich um das Pferd seines Herrn zu kümmern.

Roger nickte dem Mann zu und wollte gehen, aber die Ponys erregten seine Aufmerksamkeit. Aspasia, die Stute, stand so, daß ihr Kopf auf dem Rücken des Hengstes ruhte, eine höchst ungewöhnliche Position für ein Pferd. Perikles stand ganz still und ließ es zu.

»Hast du sie zusammengestellt?« rief Roger dem Knecht über die Schulter zu.

»Nein, Mylord, ich hatte sie in verschiedene Ställe gebracht, aber sie wollten keine Ruhe geben«, sagte der Mann. »Dann kam die Gräfin herein, um sie mit Möhren zu füttern, und bestand darauf, die beiden zusammen unterzustellen. Danach haben die Ponys sich sofort beruhigt.«

... *Zauberponys.* Roger erinnerte sich an die Worte des Schotten. *Beide würden an Einsamkeit sterben, wenn man sie trennte.*

Roger streckte die Hände aus und streichelte die beiden Ponys gleichzeitig. Perikles sah ihn an, und seine Augen waren dunkler als eine mondlose Nacht, aber Aspasia beunruhigte ihn. Sie sah ihn mit ihren nicht sehenden blauen Augen an, aber er hatte das Gefühl, als könnte sie tief in seine gequälte Seele blicken.

»Verliebt, hm?« murmelte Roger.

»Habt Ihr etwas gesagt, Mylord?« fragte der Knecht, als er die Stimme seines Herrn hörte.

»Ich habe nur mit mir selbst gesprochen«, antwortete Roger und drehte sich um.

Es gibt kein Gefühl namens Liebe, sagte Roger sich, als er auf das Haus zuging. Sein Vater und seine verstorbene Frau hatten ihn von diesem idiotischen Gefühl kuriert. Ja, im Moment schien es einfacher zu sein, mit der kalten Verachtung seines Vaters und der widerwärtigen Schamlosigkeit seiner Frau umzugehen als mit seiner Braut.

Blythe Devereux war ein wunderschönes Rätsel. Auf der einen Seite hatte sie sich als berechnende Geschäftsfrau erwiesen. Auf der anderen Seite schien sie der unlogischsten und weiblichsten Lebensphilosophie zu folgen, die er je erlebt hatte. Und sie schien eine freundlichere und liebevollere Mutter für Miranda zu sein, als Darnel es je gewesen war.

Der große Saal war verlassen. Um diese Zeit würde seine Tochter bereits in ihrem Schlafzimmer sein. Anstatt nach oben zu gehen und ihr gute Nacht zu sagen, ging Roger direkt in sein Arbeitszimmer.

Nachdem er sich ein Glas Whisky eingeschenkt hatte, setzte Roger sich an seinen Schreibtisch und genoß die bernsteinfarbene Flüssigkeit. Das starke Brennen glitt langsam von seinen Lippen in seinen Magen und half ihm, sich zu entspannen.

Ein Lächeln spielte um Rogers Lippen, und er prostete seiner Braut zu. Blythe hatte seine Informationen gegen ihn verwandt. Sie hatte genau das getan, was er auch getan hätte. Obwohl sich seine Wut gegen sie gerichtet hatte, war er doch eigentlich wütend auf sich selbst gewesen, weil er ihren Geschäftssinn unterschätzt hatte. Wenn es darum ging, dachte seine Braut offensichtlich wie ein Mann.

Eines wußte Roger sicher. Er würde seine Woll- und Getreidepreise nicht noch einmal senken. Wenn die Preise weiter fielen, würde er seine Waren abstoßen.

Sollte sie doch dieses Gefecht gewinnen, beschloß Roger. Er würde schließlich doch den Krieg gewinnen. Man konnte nicht mit Verlusten Gewinn machen. Wenn er seine Preise beibehielt, würde sie die ihren bald anpassen oder eine finanzielle Pleite erleben.

Roger schloß die Augen und stellte sich ihr hinreißendes Gesicht vor. Wie überrascht Blythe sein würde, wenn sie erfuhr, daß er seine Preise nicht gesenkt hatte. Er wünschte nur, er könnte dabeisein. Er bewunderte ihre violetten Augen und die Art, wie ihre Lippen ein vollkommenes *O* bildeten, wenn sie überrascht war.

Roger stellte sein Glas ab, legte seine Füße, die noch in Stiefeln steckten, auf den Schreibtisch und schloß die Augen. Die aufregenden Ereignisse des Tages verlangten ihren Tribut. In weniger als fünf Minuten schlief er tief und traumlos.

Roger wachte auf und wußte nicht, wo er war. Er öffnete die Augen, konzentrierte sich auf den Raum und erkannte, daß er in seinem Arbeitszimmer eingeschlafen war. An dem schwachen Licht, das hinter ihm durch die Fenster drang, erkannte er, daß es noch früh war – zu früh, als daß die Dienerschaft schon auf wäre.

Roger stand aus seinem Stuhl auf, gähnte und streckte sich. Er ging zu den Fenstern, um die Zeit zu schätzen, und war überrascht von dem Anblick, der sich ihm bot. In einiger Entfernung schien eine weißgekleidete Gestalt wie ein Geist über den Rasen auf die Weide zuzuschweben.

Einen Augenblick lang dachte Roger, er sähe Dinge, die nicht vorhanden waren. Er schloß die Augen, aber als er sie wieder öffnete, glitt die weißgekleidete Gestalt immer noch auf die Weide zu. Die kleine Gestalt blieb bei dem Baum stehen, drehte sich um, wie um sich zu vergewissern, daß sie nicht beobachtet wurde, und verschwand dann unter den ausladenden Zweigen der Weide.

Was, zum Teufel, passierte in seinem Garten? Roger drehte sich auf dem Absatz um und ging zur Tür.

Langsam und vorsichtig überquerte er den Rasen. Er wollte den Eindringling nicht warnen. Drei Meter von der Weide entfernt, hörte er eine betende Stimme und blieb stehen, um zuzuhören.

»Große Göttin Mutter, ich danke dir, daß du meinen Adler beschützt hast, und bitte dich, uns weiter vor allem Bösen zu bewahren ...«

Große Göttin Mutter? dachte Roger erstaunt, als er die Stimme seiner Braut erkannte. Glaubte sie wirklich, daß Gott eine Frau war? Und wer, zum Teufel, war ihr Adler?

»Ich entlasse dich, Ngu, Herr der vier Himmelsrichtungen und Winde. Ich entlasse dich, Paralda, Herr des Ostens, und Eurus, der Ostwind ...«

Herr des Ostens und des Ostwindes? dachte Roger verblüfft. Welche Religion war das? Und dann wußte er es: Seine Braut war eine Hexe.

Roger verschränkte die Arme vor der Brust und wartete darauf, daß sie zwischen den Zweigen hervortrat.

»... Ich entlasse dich, Ghom, Herr des Nordens, und Boreas, der Nordwind.«

Für einen langen, langen Augenblick herrschte Stille. Und dann teilten sich die Zweige der Weide.

»Was in Gottes Namen tust du da?« fragte Roger.

Bei seinem Anblick riß Blythe ihre schönen violetten Augen auf, und ihr Mund öffnete sich überrascht. In diesem

Augenblick war Roger ganz und gar nicht verzaubert von ihren hinreißenden Gesichtszügen.

»Ich warte auf eine Antwort«, sagte Roger und versperrte ihr den Weg, als er ihren Blick über seine Schulter hinweg bemerkte, so als plane sie, zum Haus zu laufen.

Es war unerklärlich, aber Blythe lächelte ihn an und sah erleichtert aus. Sie streckte die Hand aus, als wollte sie seinen Arm berühren, aber er trat schnell einen Schritt zurück.

Blythes Lächeln verschwand. »Hast du Angst oder bist du wütend?« fragte sie.

»Ich stelle die Fragen«, sagte Roger. »Wer ist dein ›Adler‹?«

»Du.«

»Spielst du in meinem Garten Hexe?« fragte er.

Blythe starrte ihn einen Moment an und sagte dann: »Ich glaube kaum, daß dies der richtige Ort ist, um ...«

Mit einem gemurmelten Flucht nahm Roger sie auf seine Arme und ging zurück zum Haus. Selbst ihr verführerischer Duft nach Rosen konnte seine Wut nicht durchdringen. Er trug sie an verschlafenen Dienern vorbei, die gerade aufstanden, um die morgendlichen Feuer zu schüren, und dann die Treppe hinauf in ihr Schlafzimmer.

Roger trat die Tür zu und setzte sie dann ab. »Ich warte immer noch auf eine Antwort«, sagte er. »Spielst du auf meinem Besitz Hexe?«

»So etwas Absurdes glaubst du doch nicht wirklich«, antwortete sie und wandte ihm den Rücken zu. Sie wollte gehen, aber seine Hand auf ihrer Schulter verhinderte das.

»Du hast meine Frage immer noch nicht beantwortet«, erinnerte Roger sie. »Bist du eine Hexe?«

Blythe drehte sich um und sah ihm fest in die Augen. »Nein«, antwortete sie aufrichtig.

»Was hast du da draußen gemacht?« fragte Roger und entspannte sich ein wenig.

»Ich bin hinausgegangen, um zu beten.« Blythe lächelte ihn an. »Ich bin wie meine Mutter und ihre Mutter vor ihr.«

»Das heißt?« fragte Roger, und seine Augen wurden schmal.

Blythe sah ihn direkt an. Sie sagte nur ein einziges Wort, das ihn in seiner Bedeutung beinahe umwarf.

»*Druide.*«

»Lieber Himmel, bei mir wohnt eine Heidin.« Und dann fiel ihm ein: »Die Gräfin ist ...«

Blythe nickte. »Meine Mutter ist ebenfalls Druidin.«

»Was, zum Teufel, ist der Unterschied zwischen Hexerei und ... und *dem?*« fragte er mit leiser werdender Stimme.

»Hast du ein paar Stunden Zeit, damit ich dir die feinen theologischen Unterschiede erklären kann?« fragte sie. »Kurz gesagt, Druide zu sein, ist der einzige Weg zur universellen Wahrheit.«

»Ich verbiete dir, *das* noch einmal zu tun«, befahl Roger mit lauter Stimme, und Angst um ihre Sicherheit stieg in ihm auf. »Es ist äußerst gefährlich.«

»Mama Blight!« rief Miranda und stürmte in das Zimmer, bevor Blythe antworten konnte. »Lord Perpendicular hat mir noch mehr Gold gebracht!« Die Fünfjährige blieb stehen und sah Roger an.

»Dein Vater hat laut gesprochen, weil er aufgeregt ist«, sagte Blythe zu dem Mädchen und ging in die Knie, um sie zu umarmen. »Aber ich verspreche dir, ruhig zu bleiben und nicht laut zu werden. Geh wieder ins Bett, und alles wird gut.«

Miranda tapste mit ihren nackten Füßen zur Tür, blieb aber noch einmal stehen und sagte: »Daddy, du solltest jetzt wissen, daß du Mama Blight liebst.« Dann ging sie ohne ein weiteres Wort hinaus.

Roger war sowohl von den Worten seiner Tochter als auch von dem erstaunlichen Geständnis seiner Braut überrascht. »Was sollte das?« fragte er seine Frau.

»Mylord, unser Schreien gestern abend hat sie aufgeregt«, sagte Blythe. »Miranda ist übersensibel, und du mußt deine Zunge im Zaum halten, wenn sie in Hörweite ist. Ich habe ihr gesagt, daß wir eine Meinungsverschiedenheit hatten, aber keine Auseinandersetzung. Was auch immer zwischen dir und Darnel geschehen ist, es hat sie verletzt, und sie kann es nicht ertragen, dich oder jemand anderen schreien zu hören.«

»Deine Freundlichkeit meiner Tochter gegenüber entschuldigt nicht, was du in meinem Garten tust, und ...«

»Beten.«

Roger zog die Augenbrauen zusammen. »Bitte?«

»Ich habe in unserem Garten gebetet«, sagte Blythe mit einem fröhlichen Lächeln.

»*Meinem Garten*. Meine Händler werden um neun Uhr hier sein«, sagte Roger und ignorierte ihre Bemerkung. »Sei um zehn zur Abreise fertig.«

»Wo gehen wir hin?«

»Devereux House.«

»Soll ich meine Sachen packen?«

Ihre Frage erstaunte ihn. »Warum?«

»Bringst du mich zu meinen Eltern zurück?«

Roger sah sie hart an. Er spielte mit dem Gedanken, sie zappeln zu lassen, aber er konnte nicht.

»Nein«, sagte er schließlich.

Ohne weitere Erklärung drehte Roger sich um und ging durch die Verbindungstür in sein Zimmer. Er konnte sich die Bestürzung lebhaft vorstellen, die sich mit Sicherheit auf ihrem Gesicht zeigen würde, und das ließ ihn lächeln.

Weshalb lächelte er? Eine Heidin zu beherbergen, war kein Grund zum Lachen. Seine Braut brachte nicht nur sich selbst, sondern seinen gesamten Haushalt in Gefahr.

Und Lady Keely? Er hätte sie niemals einer solchen Sache für fähig gehalten. Roger hatte die Absicht, seinen Schwiegervater über das in Kenntnis zu setzen, was sich neunzehn Jahre lang vor seiner Nase abgespielt hatte.

Gemeinsam mit Graf Richard würde er diese gefährliche Narretei beenden.

Als Blythe im Hof von Devereux House abstieg, atmete sie tief die frische saubere Luft des frühen Herbstes ein. Die wärmende Sonne hatte den Frühnebel vertrieben, aber Blythe wußte, daß sich in den geschützten Winkeln der Themse der Nebel bis zum Nachmittag halten würde. Obwohl die Übergangszeiten des Jahres – Sommer zu Herbst und Winter zu Frühling – sie melancholisch stimmten, spürte Blythe immer, wie ihr Herz schneller schlug, wenn Samhuinn sich näherte.

»Es sind wirklich Zauberponys«, verkündete Miranda. »Das war der schönste Ritt, den ich je hatte. Es war wie auf einer Wolke zu schweben.«

Blythe drehte sich um, als sie hörte, wie die Fünfjährige mit Roger sprach. Am liebsten hätte sie gekichert, als er bei dem Wort *Zauber* so finster schaute, aber sie beherrschte sich. Es war gar nicht auszumalen, was er tun würde, wenn sie über ihn lachte. Sie hoffte nur, daß ihre Eltern sich beherrschen würden, wenn Roger zu schimpfen begann.

Die Situation hatte sich dadurch verschärft, daß Miranda darauf bestanden hatte, auf Perikles nach Devereux House zu reiten *und* außerdem darauf beharrt hatte, daß Aspasias Zügel an Perikles' Sattel befestigt und sie mitgeführt wurde. Wie die Fünfjährige ihrem Vater mitgeteilt hatte, konnten »diese Zauberponys nicht getrennt werden«.

Natürlich hatte Roger die Forderungen seiner Tochter abgeblockt und gedroht, sie zu Hause zu lassen.

Miranda rebellierte und drohte, alleine zu Fuß zu gehen. Dann tat die Fünfjährige das Unverzeihliche. Sie biß sich in den Daumen.

Blythe war es gelungen, ihr Lachen zu unterdrücken. Trotzdem hatte die Rebellion des Kindes ihr einen strafenden Blick ihres Mannes eingebracht. Offensichtlich glaubte er, daß sie schlechten Einfluß auf seine Tochter hatte.

»Möchtest du neue Freunde kennenlernen?« fragte Blythe und streckte dem Mädchen ihre Hand entgegen.

Miranda zeigte mit dem Daumen, daß alles in Ordnung war, und nahm ihre Hand. Gemeinsam gingen sie auf Devereux House zu.

»Mama Blight, sieh mal, all die Kinder«, rief Miranda, als sie am Eingang des großen Saals standen.

»Das sind meine Schwestern und mein Bruder«, erzählte Blythe, als sich die Gruppe neben dem Kamin gleichzeitig umdrehte. »Und da kommt meine Mutter.«

Hand in Hand gingen Blythe und Miranda durch den Saal. Im selben Augenblick kam Lady Keely auf sie zu, und ihre Kinder folgten ihr.

Blythe küßte ihre Mutter auf die Wange und sagte: »Das ist Miranda, meine Stieftochter.«

»Hallo, Miranda«, begrüßte die Gräfin das kleine Mädchen. »Was hast du für hübsche blaue Augen. Ich glaube, du ähnelst deinem Vater.«

Miranda hielt Blythes Hand ganz fest, aber sie sprudelte über vor Aufregung: »Ich habe gehört, du bist eine Prinzessin aus den Bergen.«

»Ja, Liebes«, antwortete Lady Keely lächelnd. »Ich stamme von alten Waliser Prinzen ab, aber erwähne das nie bei Königin Elizabeth. Sonst ...« Mit einem Finger machte die Gräfin eine Geste, als würde ihr die Kehle durchgeschnitten.

»Dein Geheimnis ist bei mir sicher«, flüsterte Miranda, und ihr Gesichtsausdruck spiegelte ihre entsetzte Überraschung. Dann machte sie eine Bewegung, als wollte sie ihre Lippen zuknöpfen.

Lady Keely nickte zustimmend und wandte ihre Aufmerksamkeit Roger zu. Als sie ihn zur Begrüßung umarmen wollte, trat er einen Schritt zurück. Bestürztes Erstaunen zeigte sich auf ihrem Gesicht, aber sie faßte sich schnell.

Blythe warf ihrem Mann einen verärgerten Blick zu. Ihre Mutter war die sanfteste Seele der Welt und verdiente eine bessere Behandlung. Niemand verletzte die Gefühle ihrer Mutter ungestraft. Roger würde für seine ungehörige Geste bezahlen. Blythe würde dafür sorgen.

»Es ist ein Vergnügen, Euch wiederzusehen«, begrüßte Lady Keely ihn mit kühler, aber höflicher Haltung.

»Mylady, ich wünsche, mit Euch und Eurem Mann zu sprechen«, sagte Roger ohne Umschweife.

»Jennings, sagt bitte meinem Mann Bescheid, daß wir Gäste haben«, rief Lady Keely dem Majordomus zu.

Der Mann nickte und verließ den Saal.

Zwischen den drei Erwachsenen herrschte gespanntes Schweigen. Um dem zu entfliehen, sah Blythe ihre Stieftochter an, die ehrfürchtig die Kinder der Devereux ansah.

»Mama Blight, es sind nur sechs«, flüsterte Miranda.

»Bliss ist bei Hofe«, antwortete Blythe und zog sie nach vorne.

»Darf ich vorstellen. Das ist Aurora, sie ist vierzehn. Summer und Autumn sind elf, Hope ist acht, Adam ist vier und Blaze ist zwei Jahre alt.«

»Summer und Autumn sind Zwillinge, und Blaze hat rote Haare«, beobachtete Miranda, als ob die Kinder sie nicht hören könnten. »Adam ist der einzige Junge.«

Der vierjährige Adam kam auf sie zu und beugte sich so weit vor, daß seine Nase fast ihre berührte. Mit lauter Stimme verkündete er: »Ich mag dich.«

»Wirklich?« rief Miranda, und ein Lächeln ließ sie erstrahlen.

Blythe spürte, wie ihr Herz sich beim Anblick ihrer frohen Stieftochter zusammenzog. Hatte sie niemals die Gesellschaft anderer Kinder genossen?

»Möchtest du spielen?« fragte Adam.

Miranda nickte und fing an zu erzählen: »Mein Daddy hat mir gestern ein Pony gekauft, und Mama Blight hat seine blinde Gefährtin gekauft, damit wir reiten können, wenn ihr mich besucht. Wir könnten jetzt reiten, weil ich sie mitgebracht habe. Wäre das nicht schön?«

»Ich mag dich *wirklich*«, sagte Adam.

»Das Pony ist blind?« fragte die achtjährige Hope. »Oh, sie kann bestimmt über den Horizont hinausblicken.«

Blythe sah ihren Mann aus dem Augenwinkel an. Er starrte Hope mit einem Ausdruck an, der verriet, daß die Umstände für ihn schlimmer waren, als er erwartet hatte.

»Mrs. Ashemole«, rief Blythe die alternde Kinderfrau der Devereux, bevor ihre Schwester noch etwas sagen konnte.

»Bitte bringt die Kinder in den Garten zum Spielen. Einer der Knechte soll die Ponys bringen.«

Miranda sah ihren Vater bittend an. Als er nickte, zeigte sie Blythe ihren Daumen. Miranda ergriff Adams ausgestreckte Hand und verließ den Saal mit den Kindern.

Der Graf kam an den Kindern vorbei, als sie den Saal verließen. Lächelnd küßte er seine Tochter auf die Wange und streckte Roger seine Hand entgegen: »Laßt uns vor dem Kamin Platz nehmen.«

Roger schüttelte seinen Kopf. »Ich wünsche eine private Unterhaltung, die die Bediensteten nicht belauschen können.«

Richard sah ihn verwirrt an. »Ist mein Büro in Ordnung?«

»Ja.«

In dem Arbeitszimmer setzten sich Lady Keely und Blythe vor den Schreibtisch. Roger stand so weit von ihnen entfernt, wie es möglich war, ohne offensichtlich grob unhöflich zu sein. Richard goß einen Whisky ein und reichte ihn seinem Schwiegersohn.

»Schenkt Euch lieber einen doppelten ein«, meinte Roger. »Und dann setzt Euch, während ich Euch meine überraschende Entdeckung mitteile.«

»Das klingt sehr ominös«, bemerkte Lady Keely. Sie sah Blythe an, die ihr nur ein zweideutiges Lächeln schenkte.

Der Graf setzte sich, trank einen Schluck und schenkte sich nach. Er grinste den jüngeren Mann an, der auf und ab ging, und neckte: »Also los, Roger, ich bin auf alles gefaßt.«

Blythe kicherte. Aber ein einziger Blick in das Gesicht ihres Mannes setzte ihrer Fröhlichkeit ein Ende.

Roger blieb stehen und sah ihren Vater an. »Mylord, etwas Verruchtes in Devereux House hat meine Frau verdorben, vermutlich all Eure Kinder.«

»Und was soll das sein?« fragte der Graf, ohne eine Miene zu verziehen.

Roger sah die Gräfin an und zögerte. Offensichtlich fiel

ihm seine Enthüllung schwer: »Es ist außerordentlich schwierig …«

»Sprecht es aus, Roger«, unterbrach Richard.

»Lady Keely ist eine Heidin«, verkündete Roger kühn. »Ich glaube, sie hat Eure Kinder …«

Richard warf den Kopf zurück und lachte laut los. Blythe hielt sich eine Hand vor den Mund, um ihr Kichern zu unterdrücken. Ihre Mutter lächelte nur über Rogers verwunderten Gesichtsausdruck.

»Mylord?« fragte Roger, verwirrt von ihren Reaktionen.

Graf Richard grinste ihn an. »Ich weiß, was meine Frau und meine Kinder glauben.«

»Ihr … Ihr laßt das zu?« stammelte Roger. »Aber das ist schändliche Blasphemie.«

»Es ist eine Glaubensfrage«, korrigierte Richard ihn. »Ich wußte, was Keely ist, bevor ich sie heiratete.«

»Nun, das ist mehr, als ich sagen kann«, erwiderte Roger, und seine Wut wurde durch die Gelassenheit des Grafen nicht beschwichtigt.

Ohne ein Lächeln zog Richard eine Augenbraue hoch: »Hättet Ihr den Tower bevorzugt?«

Roger gab keine Antwort.

»Habe ich Euch nicht immer gut beraten?« meinte Richard. »Ignoriert einfach den Glauben meiner Tochter. Sorgt dafür, daß sie vorsichtig ist.«

»Ist es vorsichtig, um einen Baum in meinem Garten herumzutollen?« fragte Roger.

In diesem Moment hätte Blythe ihren Mann am liebsten erwürgt. Sie spürte die mißbilligenden Blicke ihrer Eltern und wand sich in ihrem Stuhl.

»Es war ein Notfall«, verteidigte sich Blythe. »Ich mußte der Göttin danken, daß sie Roger beschützt hat. Jemand hat gestern versucht, ihn umzubringen …«

»Was?« rief der Graf und setzte sich auf.

»Wurde jemand verletzt?« rief ihre Mutter.

Roger warf Blythe einen zornigen Blick zu und sagte: »Ich komme gleich darauf. Mylord, Tausende von Menschen – darunter die Königin – glauben an und fürchten das Übernatürliche. Blythe wird verhaftet und exekutiert, wenn jemand vermutet, daß sie anders ist.«

»Fürchtet Ihr um die Sicherheit meiner Tochter oder um Euren Ruf?« fragte die Gräfin.

»Darnels vorzeitiger Tod hat meinen guten Ruf ruiniert«, sagte Roger, und die Bitterkeit in seiner Stimme war deutlich. »Ich sorge mich um Blythes und Mirandas Sicherheit.« Er sah den Grafen an und fragte: »Teilt Ihr ihren Glauben?«

»Kaum. Ist doch nur Unfug«, antwortete Graf Richard. Er sah seine Frau zerknirscht an und sagte: »Tut mir leid, Liebste.«

»Deine Toleranz bringt dir einen besonderen Platz im Himmel ein«, antwortete die Gräfin. Sie wandte sich an Roger: »Blythe hat versprochen, so vorsichtig zu sein, wie ich es in all diesen Jahren war.« Dann stand die Gräfin auf, um ihn zu berühren, hielt aber rechtzeitig inne. »Lieber Roger …«

Roger nahm die Hand der Gräfin und hob sie an seine Lippen: »Verzeiht mir meine Grobheit, Mylady. Ihr habt immer zu meinen treuesten Freunden gehört.«

Blythe seufzte erleichtert. Ihr Mann hatte sich reingewaschen, nachdem er ihre Mutter so unhöflich behandelt hatte.

Erfreut über seine Entschuldigung, lächelte Lady Keely und fragte: »Erinnert Ihr Euch, als Blythe ein Säugling war und Ihr ein Junge von zwölf Jahren? Wir gingen um Mitternacht in den Garten. Ihr habt einen Kreis um den Grafen, um mich und das Baby gebildet.«

Roger nickte.

»Ihr habt an einer Druiden-Zeremonie teilgenommen«, erzählte die Gräfin. »Gab es irgend etwas Verruchtes in dieser Nacht?«

»Soweit ich mich erinnere, haben wir ein paar Gebete gesprochen.«

»Genau.«

Dann sprach Richard: »Die wichtige Frage ist: Seid Ihr fähig und bereit, meine Tochter zu beschützen?«

»Ja, ich bin fähig. Zweifelt Ihr daran?«

»Und bereit?« fragte die Gräfin.

Roger warf Blythe einen schmerzvollen Blick zu. »Ja, auch das.«

»Ausgezeichnet«, sagte Richard. »Jetzt erzählt mir von dem Mordversuch.«

Roger öffnete den Mund, um zu sprechen, aber es klopfte an der Tür.

»Herein«, rief der Graf.

Jennings öffnete die Tür und trat ein. »Verzeiht die Störung, Mylord«, sagte der Majordomus. »Die Herren Rodale und Hibbert bitten um eine Unterredung.«

»Meine Händler?« fragte Blythe entsetzt.

»Bittet sie herein«, antwortete Roger für seinen Schwiegervater.

Jennings sah den Grafen an, der zustimmend nickte.

Einen Moment später betraten Rodale und Hibbert das Arbeitszimmer. Beide blieben stehen, als sie ihre Arbeitgeberin sahen.

»Nun, was wollt Ihr meinem Vater mitteilen?« forderte Blythe sie heraus.

»Mylady, verzeiht, aber wir können es nicht zulassen, daß Euer Woll- und Getreidehandel ruiniert wird«, sagte Rodale.

»Ich habe Vertrauen in das Urteilsvermögen meiner Tochter«, sagte ihr Vater.

»Mit allem Respekt, die Heirat hat ihr Urteilsvermögen beeinträchtigt«, sagte Hibbert.

»Ja, Mylord«, nickte Rodale zustimmend. »Lady Blythe und Lord Roger sind in einen Preiskrieg verwickelt.«

»Papa, ich schwöre, ich bin die einzige, die einen Verlust erleidet«, sagte Blythe. »Ich würde niemals meine Lieferanten oder Händler betrügen.«

Graf Richard wandte sich an die beiden Männer. »Wenn niemand außer meiner Tochter Geld verliert, wo liegt das Problem?«

»Mylord, Ihr versteht nicht«, sagte Hibbert. »Lady Blythe hätte den Preiskrieg gewonnen.«

»Aber gestern hat sie plötzlich die Preise erhöht«, fügte Rodale hinzu. »Sie verlangt das Doppelte von dem, was Lord Roger verlangt.«

Roger wandte sich an sie: »Du hast deine Preise erhöht?«

»Es war unfair von mir, deine Information auszunutzen«, erklärte Blythe und lächelte ihn an. »Ich wollte es wiedergutmachen, indem ich meine Preise erhöhe.«

»Du willst mich also gewinnen *lassen?*« fragte Roger, und seine Wut war deutlich zu hören. »Ist es das?«

Seine Worte und sein Gesichtsausdruck überraschten Blythe. Ohne die Konsequenzen zu bedenken, fragte sie: »Du bist nicht dankbar?«

Das sagte man nicht zu einem stolzen, arroganten Adler. Es wurde ihr klar, während ihr die Worte über die Lippen kamen.

Anstatt ihr zu antworten, wandte sich Roger an die beiden Händler und befahl: »Raus.«

Rodale und Hibbert sahen Blythe nicht einmal an. Der furchterregende Gesichtsausdruck des Earl von Eden jagte sie aus dem Arbeitszimmer.

»Ich brauche weder dich noch sonst jemanden, der mich gewinnen läßt«, sagte Roger scharf. »Ich hätte schließlich sowieso gewonnen.«

»Das glaube ich nicht, Mylord«, entgegnete Blythe und funkelte ihn wütend an. Sie hatte gedacht, dieser sture Rüpel wäre froh, daß sie für Waffenstillstand gesorgt hatte.

»Sie ist *deine* Tochter«, hörte Blythe ihre Mutter zu ihrem Vater sagen. »Warum setzen sie die Preise nicht *fest* und leben harmonisch?«

Graf Richard lachte schallend. »Liebste, all die Jahre habe ich immer gedacht, du verstehst nichts von Geschäften«, antwortete er. »Ich kann gar nicht fassen, wie unrecht ich hatte.« Er sah seine Tochter und seinen Schwiegersohn an und sagte: »Meine Frau hat recht. Setzt einfach die verdammten Preise fest.«

»Nein«, antwortete Roger.

»Niemals«, sagte Blythe und fügte sarkastisch hinzu: »Wenigstens in einem sind wir uns einig, Mylord.«

»Jetzt laßt die Meinungsverschiedenheiten einmal beiseite«, befahl der Graf. »Erzählt mir von dem Mordanschlag.«

»Jemand hat einen Pfeil auf mich abgeschossen, als wir gestern Smithfield Market besuchten«, erzählte Richard.

»Könnte es ein Zufall gewesen sein?« fragte Lady Keely.

»Eine Wolke hat die Sonne verdunkelt«, antwortete Blythe.

Ihre Mutter verstand und nickte.

»Wer auch immer Darnel ermordet hat, will mich tot sehen«, sagte Roger.

»Welche Maßnahmen habt Ihr ergriffen, um seine Identität festzustellen?« fragte der Graf.

»Ich war in der Royal Rooster Tavern«, antwortete Roger. »Bucko Jacques und seine Frau haben versprochen, die Ohren offenzuhalten und mir mitzuteilen, was sie hören.«

Richard nickte weise. »Bucko ist ein guter Mann mit vielen Kontakten.«

Blythe lächelte ihren Mann an. Ihr geliebter Adler hatte also doch nicht an Gardenien gerochen. Er hatte nur Nachforschungen wegen des unglücklichen Zwischenfalls auf Smithfield Market angestellt. Vielleicht mochte er sie ja doch, trotz der Tatsache, daß sie ein besserer Geschäftsstratege war als er.

Eine Stunde später machten sich die drei Debretts auf ihren kurzen Heimweg. Obwohl Roger grüblerisch und still blieb, waren Blythe und Miranda gut gelaunt. Aus unterschiedlichen Gründen natürlich.

»Hattest du Spaß?« fragte Blythe, als sie den Privatweg zum Debrett House hinaufritten.

Miranda nickte und sah dann ihren Vater an. »Ist Daddy immer noch aufgeregt?« fragte sie.

Blythe lachte leise. Sie sah ihren Geliebten von der Seite an und sagte zu ihrer Stieftochter: »Ich glaube, das Schlimmste ist vorbei.«

Blythe nahm die Hand des Mädchens und ging mit ihr auf das Haus zu. Roger folgte ihnen.

Als Blythe die Eingangshalle betrat, erkannte sie sofort das metallische Geräusch von aufeinandertreffenden Schwertern. Sie drückte Miranda hinter sich und ging auf den Saal zu. Ein Mann glitt über den Boden und blieb zu ihren Füßen liegen, als sie den Eingang erreicht hatte.

»Ihr seid tot«, sagte eine tiefe Stimme aus dem Saal.

»Heiliger Swithin«, rief Blythe aufgeregt. Was geschah da im Haus ihres Mannes?

Der Mann zu ihren Füßen sah zu ihr auf und bat mit nur schwer unterdrücktem Lachen: »Schöne Lady, habt Mitleid mit einem toten Mann. Kauft einen Ablaß, damit meine schwarze Seele Ruhe findet.«

Blythe kicherte.

»Steh auf, Geoffrey«, befahl Roger mit kalter Verachtung.

Die Familie ihres Mannes war vom Hof zurückgekehrt.

Kapitel 9

»Ich sagte, *steh auf*«, schnauzte Roger.

Der fünfundzwanzigjährige Geoffrey Debrett warf seinem ältesten Bruder einen erstaunten Blick zu und sprang mit einer geschickten Bewegung auf. Er wandte sich an Blythe, lächelte sie freundlich an und zwinkerte ihr zu.

»Laßt Euch nicht von unserem kleinen Bruder, dem schwarzen Schaf, durcheinanderbringen«, warnte eine tiefe Stimme.

»Geoffrey ist schon als liebenswürdiger Narr auf die Welt gekommen«, fügte eine Frau hinzu.

»Blythe, du erinnerst dich an meine Familie von der Hochzeit?« fragte Roger.

»Ja, vage.« Blythe lächelte strahlend, als ein böser Kobold sie dazu brachte hinzuzufügen: »Ich würde mich wahrscheinlich besser an sie erinnern, wenn sie bei unserem Hochzeitsmahl zugegen gewesen wären.«

Die Familie Debrett reagierte direkt, aber unterschiedlich. Roger grinste nur, aber sein Bruder Cedric sah sie ernst an, und in seinem dunklen Blick flackerte Interesse auf. Sybilla warf ihr einen eisigen Blick zu. Geoffrey erregte ihre Aufmerksamkeit, weil er schallend lachte und seinen Kopf in ihre Richtung neigte.

»Touché, liebe Schwägerin«, sagte er.

»Elizabeth ist bis zum ersten Oktober zur Jagd im Nonsuch Palace«, verkündete Cedric. »Wir werden in Debrett House bleiben, bis der Hof nach Windsor Castle zieht.«

Blythe rechnete schnell im Kopf nach und seufzte innerlich vor Erleichterung. Ihren Mann zu verführen würde schwierig sein, wenn seine Familie ihn ablenkte. Aber ihre Schwäger und Schwägerin würden nur eine Woche in Debrett House bleiben, im Höchstfall zwei.

»Laßt uns essen«, sagte Roger und ging mit seinem Bruder zur Ehrentafel. »Wann hat Elizabeth vor, nach Hampton Court zu reisen?«

»Ich glaube, Mitte November«, antwortete Cedric.

»Hast du etwas Neues wegen Darnel erfahren?« fragte Roger mit gedämpfter Stimme.

Cedric schüttelte den Kopf. »Ich habe Dutzende und Aberdutzende von Leuten gefragt, habe aber leider nichts zu berichten. Sei sicher, daß ich meine Untersuchungen fortführen werde, sobald ich an den Hof zurückgekehrt bin.«

Roger und Blythe saßen auf den mittleren Stühlen, die immer für den Herrn und die Dame des Hauses reserviert waren, solange kein Mitglied des Königshauses zu Gast war. Sybilla und Cedric saßen zu Rogers Rechten, während Miranda und Geoffrey an Blythes linker Seite saßen.

Als erstes gab es einen Salat aus Damaszenerpflaumen, Portulak und Gurken, danach folgte eine Kastaniensuppe. Der Hauptgang bestand aus gebratenem Hühnchen, gedünsteten Erbsen und Artischockenbratlingen.

»*Hühnchen?* Kann der reiche Earl von Eden sich kein teureres Hauptgericht leisten als dieses schäbige Geflügel?« beschwerte sich Sybilla.

»Ich habe diesem Menü zugestimmt«, sagte Blythe und sah ihre Schwägerin an. »Wenn man im Herbst Hühnchen ißt, wird man von der Melancholie dieser Jahreszeit nicht so stark beeinflußt.«

»Ihr solltet auf jeden Fall eine zweite Portion nehmen«, riet Geoffrey und lachte über seinen Witz. Als Blythe ihn ansah, wandte er seinen Blick der Fünfjährigen zu und fragte: »Wie ist es meiner Lieblingsnichte ergangen, seit ich sie das letztemal gesehen habe?«

»Onkel Geoffrey, ich bin deine *einzige* Nichte«, teilte Miranda ihm mit.

»Ach so«, antwortete Geoffrey mit gespieltem Erstaunen. »Wie ist es also meiner *einzigen* Nichte ergangen?«

Miranda hob ihren Daumen zu einer Alles-klar-Geste, so daß er lachte, und sagte: »Daddy hat mir auf dem Smithfield Market ein Pony gekauft und Mama Blight den Gefährten.«

»Zwei Ponys?« wiederholte Geoffrey in gespielter Überraschung. »Dein Daddy muß dich sehr lieben.«

Miranda nickte. »Ja, das tut er.«

»Reine Geldverschwendung, wenn Ihr mich fragt«, brummte Sybilla.

»Mama Blight liebt mich auch«, erzählte Miranda ihrem Onkel und ignorierte ihre Tante. »Sie kennt so viele Gutenachtgeschichten. Ist meine neue Mama nicht wunderbar?«

»O ja, Mama Blight scheint der Himmel geschickt zu haben«, stimmte Geoffrey zu.

»Sie ist *nicht* deine Mutter«, sagte Sybilla laut.

»Sybilla«, sagte Cedric mit einem strafenden Unterton.

Blythe wurde wütend, und ihr Herz zog sich zusammen, als sie den entsetzten Gesichtsausdruck ihrer Stieftochter sah. Welche Frau verletzte absichtlich ein Kind?

»Lady Sybilla, Ihr irrt Euch«, sagte Blythe und sah ihre Schwägerin kalt an. »Ich bin Mirandas Stiefmutter und liebe sie so wie mein eigen Fleisch und Blut.«

Blythe überlegte, wie ihr Mann wohl darauf reagierte, und sah ihn an. Ein Lächeln spielte um seine Lippen, was sie ermutigte fortzufahren.

»Eine Mutter ist die Frau, die ein Kind aufzieht, nicht zwangsläufig diejenige, die es zur Welt bringt«, fuhr Blythe fort.

Als Blythe die wütenden Flecken im Gesicht ihrer Schwägerin bemerkte, beschloß sie, daß ein verbaler Rückzug wohl angemessen war. Sie zwinkerte dem Majordomus zu, der gerade ein neues Glas Cidre neben ihren Teller stellte.

»Mylady drückt genau meine Empfindungen aus«, murmelte Bottoms leise.

»Diener sollten immer ihren Platz kennen«, bemerkte Sybilla laut genug, daß alle es hören konnten.

»Ebenso wie arme Verwandte«, sagte Blythe.

»Was ist ein armer Verwandter?« fragte Miranda.

Geoffrey brach in Gelächter aus. »Onkel Cedric, Tante Sybilla und ich sind die armen Verwandten der Debretts«, sagte er.

Blythe lächelte über die Unterhaltung, sah die beiden aber nicht an, sondern Cedric, um seine Reaktion auf ihre Beleidigung abzuschätzen. Sofort erstarb das Lächeln auf ihrem Gesicht.

Cedric starrte Roger unter leicht gesenkten Augenlidern an. Der unverhohlene Haß, der Roger aus den Augen seines Bruders entgegenschlug, erschreckte Blythe.

»Cedric, was gibt es Neues vom Hof?« fragte Blythe in dem Versuch, diesen bösen Blick von ihrem Mann abzuwenden. »Habt Ihr meine Schwester Bliss kennengelernt?«

»Gehört sie zu den Hofdamen der Königin?« fragte Sybilla.

Blythe nickte.

»Ich habe sie kennengelernt«, sagte Sybilla. »Bliss ist eine reizende junge Dame.«

Der Unterton in ihrer Stimme machte deutlich, daß Blythe nicht so reizend wie Bliss war. »Meine Schwester hat die Gabe, jedermann in ihrer Umgebung glücklich zu machen«, antwortete Blythe.

»Ich hoffe, die neue Ausstattung gefällt Euch«, sagte Sybilla. »Ich habe ein paar Veränderungen im Schlafzimmer der Gräfin vornehmen lassen, während Roger …«, sie zögerte, als suche sie nach dem angemessenen Ausdruck, »letztes Frühjahr *fort* war.«

»Roger war nicht fort, Sibby«, mischte sich Geoffrey ein. »Er war im Tower eingesperrt.«

»Wie auch immer«, erwiderte Sybilla. »Du weißt, daß ich Spitznamen hasse. Nenn mich Sybilla.«

Geoffrey lächelte sie an. »Alles, was du willst, Sibby. Hoppla, ich vergaß …«

»Was das Zimmer betrifft«, begann Roger, und seine Lippen zuckten, weil er den offensichtlichen Drang verspürte zu lachen. »Blythe hat darum gebeten …«

Unter dem Tisch trat Blythe ihrem Mann gegen das Bein,

und er preßte die Lippen zusammen. Er konnte Sybilla doch nicht sagen, wie sehr ihr die Einrichtung mißfiel.

»Was wolltest du sagen?« fragte Sybilla.

Bottoms rettete Roger schließlich, machte die Situation aber noch peinlicher. »Mylady, die Stoffmuster, die Ihr für Euer Schlafzimmer bestellt habt, sind eingetroffen«, verkündete der Majordomus, während er ihr Kelchglas wieder mit Cidre füllte. »Ich habe sie in das Arbeitszimmer Seiner Lordschaft gebracht.«

»Ich habe doch bereits renoviert, weshalb also noch mal?« fragte Sybilla.

»Was Ihr ausgesucht habt, ist reizend, aber ich bevorzuge hellere Farben«, sagte Blythe. Dieses Schlafzimmer war nur für die Hausherrin, die Gräfin von Eden, reserviert. Weshalb sollte eine Frau ein Zimmer renovieren, das sie niemals benutzen konnte? Hatte ihre Schwägerin sich auf Rogers Exekution vorbereitet?

»Ich bitte um Verzeihung«, sagte Sybilla zu Roger, als hätte sie Blythes Gedanken gelesen. »In Anbetracht der schrecklichen Umstände dachte ich, du hättest es lieber, wenn alle Spuren unglücklicher Erinnerungen verschwunden wären.«

Roger nickte und vergab ihr damit die Kühnheit, ohne seine Erlaubnis Veränderungen vorgenommen zu haben.

Blythe sah von Sybilla zu Cedric. Der kalte Haß war aus seinen Augen verschwunden, statt dessen ruhte sein Blick mit intensivem Interesse auf ihrem Busen. Sie konnte die Frechheit ihres Schwagers nicht glauben und nahm sich vor, niemals mit ihm allein in einem Zimmer zu sein. Weshalb bloß verabscheute Roger Geoffrey so sehr, obwohl doch dieser Bruder viel beunruhigender war?

»Mama Blight, wir haben doch noch nie eine so dunkle Sonne wie gestern gesehen, oder?« fragte Miranda, offensichtlich unglücklich über die mangelnde Aufmerksamkeit ihr gegenüber. Mit lauter Stimme fügte sie zu jedermanns Erbauung hinzu: »Das war, als der böse Mann den Pfeil auf Daddy geschossen hat.«

»Was?« riefen Cedric und Geoffrey unisono.

Roger ignorierte seinen jüngsten Bruder und wandte sich an Cedric: »Gestern hat jemand auf dem Smithfield Market versucht, mich umzubringen.«

»Hast du eine Ahnung, wer dich töten will?« fragte Cedric.

»Ja.« Roger sah Geoffrey von der Seite an und sagte dann zu Cedric: »Dieselbe Person, die Darnel ermordet hat.«

Wieder trat Blythe ihn unter dem Tisch. Zu spät.

»Hat der böse Mann Lady Darnel wehgetan?« fragte Miranda mit ängstlichem Gesicht.

»Niemand hat Lady Darnel wehgetan«, log Blythe und legte ihren Arm beschützend um die Fünfjährige. »Lady Darnel ist krank geworden, und Gott hat sie zu sich in den Himmel geholt.«

»Mama Blight, ich habe dir schon gesagt, daß Lady Darnel *nicht* im Himmel ist«, sagte Miranda. »Sie ist … irgendwo anders.«

Als ihr jüngster Schwager leise lachte, sah Blythe ihn warnend an und betrachtete dann die Porträts des vorherigen Grafen und der Gräfin von Eden am anderen Ende des Saales. Sie zerbrach sich den Kopf auf der Suche nach einem Thema, das ihre Stieftochter nicht aufregen würde.

»Cedric ähnelt deinem Vater«, bemerkte Blythe zu ihrem Mann. »Geoffrey und du, ihr seht eurer Mutter ähnlich.«

»Unser Vater hatte eine dunkle Haut wie ein spanischer Don«, sagte Geoffrey. »Cedric ähnelt ihm.«

»Roger war immer der Augenstern unserer Mutter«, meinte Cedric.

»Ja, aber du warst der Liebling unseres Vaters«, sagte Roger. »Er verbrachte mehr Zeit mit dir als mit Geoffrey und mir zusammen.«

»Was ist mit dir, Onkel Geoffrey?« fragte Miranda. »Wessen Liebling warst du?«

Geoffrey zwinkerte ihr zu. »Ich glaube, Hartwell mochte mich am liebsten.«

Miranda kicherte. »Nein, Onkel. Hartwell liebt mich.«

»Oh, ja. Es war Bottoms, der mich am liebsten hatte«, berichtigte sich Geoffrey.

Miranda kicherte wieder und rief den Majordomus. »Bottoms, war Onkel Geoffrey als kleiner Junge dein Liebling?«

»Ich habe ihn sehr gemocht«, antwortete Bottoms mit tiefer und trockener Stimme.

Jeder außer Sybilla lachte.

»Müssen wir uns jetzt beim Essen mit Bediensteten unterhalten?« beschwerte sie sich.

Blythe öffnete den Mund, um zu antworten, aber ihr Mann war schneller.

»Bottoms ist mehr als nur ein Bediensteter in meinem Haushalt«, wies Roger sie zurecht. »Er ist außerdem ein treuer und geschätzter Freund.«

Unbehagliche Stille senkte sich über die Tafel. Rogers treuer und geschätzter Majordomus durchbrach die gespannte Atmosphäre.

»Ich hoffe, das bedeutet, daß ich in Eurem Testament bedacht bin«, sagte Bottoms von seinem Platz neben dem Sideboard aus.

Blythe und Geoffrey brachen in Gelächter aus und steckten Miranda an. Roger und selbst Cedric lächelten. Nur Sybilla blieb sauer.

Als das Essen beendet war, wandte sich Blythe an Miranda und fragte: »Wollen wir Hartwell suchen? Ich glaube, es ist Zeit für deinen Mittagsschlaf.«

»Nicht schlafen«, lautete die Antwort des Mädchens.

»Nicht schlafen also«, willigte Blythe ein. Dann fragte sie: »Würdest du mir vielleicht helfen, Daisy zu finden, damit *ich* ein Schläfchen halten kann?«

Mirandas Augen zogen sich zusammen.

Blythe täuschte ein lautes Gähnen vor. »Oh, ich bin ja *sooo* müde. Hoffentlich schaffe ich es nach oben, ohne einzuschlafen.«

»Ich helfe dir, Mama Blight.«

Miranda stand auf und half Blythe von ihrem Stuhl. Sie

hielt die Hand ihrer Stiefmutter und führte sie langsam zum Eingang des Saales.

»Was für eine wunderbare Tochter ich habe«, sagte Blythe und setzte einen müden Gesichtsausdruck auf. Als sie an ihrem Mann vorbeikam, zwinkerte sie ihm zu.

Roger und Cedric lachten leise über ihren Trick.

»Wagt es *nicht*, über die arme Mama Blight zu lachen«, schimpfte Miranda. »Sie ist sehr, sehr müde.«

Oben auf der Treppe trafen Blythe und Miranda Mrs. Hartwell, die die Fünfjährige zu ihrem Mittagsschlaf holen wollte. Die Kinderfrau spielte mit und half Blythe in ihr Zimmer.

»Daisy, wir brauchen dich«, rief Miranda.

»Was ist denn los?« fragte Daisy und kam, um ihnen zu helfen.

»Mama Blight ist sehr, sehr müde und muß sich hinlegen«, sagte die Fünfjährige.

Blythe legte sich auf das Bett und nahm die Hand des Mädchens: »Ich danke dir. Würdest du mir wohl noch einen winzigen Gefallen tun?«

Miranda nickte. Sie wollte gerne helfen.

»Wirst du ganz ruhig in deinem Zimmer bleiben und mich in zwei Stunden wecken?« fragte Blythe.

Miranda nickte. »Das mache ich.«

»Gib mir noch einen Kuß, bevor du gehst.«

Miranda gab ihr einen Kuß auf die Wange und umarmte sie. Dann ging sie mit Mrs. Hartwell hinaus.

Blythe sprang vom Bett auf, sobald sich die Tür hinter ihrer Stieftochter geschlossen hatte. »Hast du meine angeheirateten Verwandten gesehen?« fragte sie.

»O ja, welch ein Pack«, antwortete Daisy. »Lord Geoffrey sieht außerordentlich gut aus, aber man sagt, daß er ein Schürzenjäger und Verschwender ist.«

»Cedric scheint nicht sehr vertrauenswürdig, und meine Schwägerin mag ich auch nicht«, sagte Blythe. »Ich glaube, die Göttin hat sie füreinander gemacht.«

»Da wir gerade von deiner Schwägerin sprechen, Lady Sybilla ist hier reingeplatzt, als du weg warst«, teilte Daisy ihr mit. »Meine Anwesenheit hat sie natürlich überrascht. Die Lady sagte, sie hätte etwas verloren und wollte danach suchen.«

»Was hat Sybilla verloren?«

Daisy zuckte mit den Schultern. »Sie wollte, daß ich hinausgehe, während sie dein Zimmer durchsucht. Ihre Bitte – mehr ein Befehl – kam mir verdächtig vor.«

»Und?« fragte Blythe und zog eine Augenbraue hoch.

Daisy grinste sie an. »Ich habe mich geweigert zu gehen. Sie wurde wütend, und ich habe gesagt, *sie kann mich mal.*«

Blythe kicherte und umarmte sie: »Ich liebe dich, Cousine.«

Daisy erwiderte ihr Lächeln. »Wer nicht?«

»Ich glaube nicht, daß Lady Sybilla dich besonders mag.«

»Welches Kleid willst du zum Abendessen tragen?« fragte Daisy. »Ich schlage vor, eines, das deine Schwägerin beschämt.«

»Such du eins für mich aus.«

Blythe ging durch das Zimmer, um zum Fenster hinauszusehen. Ihr Lächeln verschwand, sobald ihre Cousine das Zimmer verlassen hatte. Blythe überdachte Daisys Worte und überlegte, was Sybilla gesucht haben konnte. Sie konnte Sybilla natürlich nicht direkt danach fragen. Die Spannung in dieser Familie war etwas, was Blythe bisher nicht gekannt hatte.

Blythe beschloß, bei der nächsten Gelegenheit die weise Göttin um Rat zu fragen. Bei den Debretts waren zu viele dunkle, unsichtbare Kräfte am Werk. Sie mußte wissen, wo Gefahr lauerte, um ihre neue Familie beschützen zu können.

»Nun, wie sehe ich aus?«

»Hübsch.«

Blythe lächelte die Fünfjährige an und ging um den Paravent herum, um sich vor den Spiegel zu stellen. Sie drehte sich nach allen Seiten, um ihr Erscheinungsbild genau zu betrachten.

Blythe hatte noch nie schöner ausgesehen als in diesem

violetten Kleid mit goldenen Stickereien. Das Kleid hatte einen eckigen Ausschnitt und enge lange Ärmel, die an den Handgelenken spitz zuliefen. Sie trug ihr Odinskreuz in dem tiefen Ausschnitt.

Blythe biß sich auf die Unterlippe und überlegte, ob Roger ihren Ausschnitt wohl zu gewagt fand.

Um so besser, wenn man ihn verführen wollte, würde Großmama Chessy sagen.

Hand in Hand gingen Blythe und Miranda die Treppe hinunter in die Eingangshalle. Als sie den großen Saal betraten, sahen sie, daß die Familie sich bereits vor dem Kamin versammelt hatte. Alle Debretts drehten sich um und musterten sie, aber sie konzentrierte ihren Blick auf das Gesicht ihres Mannes. Rogers blaue Augen strahlten vor Zustimmung und Besitzerstolz.

Selbst der Höfling Geoffrey trat vor. Er nahm ihre Hand, beugte sich tief darüber und murmelte: »Eure Schönheit beschämt jede Blume in Garten oder Feld.«

Sein unglaubliches Kompliment ließ Blythe lächeln. »Sir, Ihr habt noch nichts über das Erscheinungsbild meiner Begleiterin gesagt.«

»Wie furchtbar nachlässig von mir«, antwortete Geoffrey. Er beugte sich tief über die Hand seiner Nichte und sagte: »Mistress Miranda, Ihr seid eine vielversprechende Knospe, die zu einer perfekten Blüte erblühen wird.«

Miranda kicherte.

»Glaubst du, er sagt zu allen Damen so hübsche Dinge?« fragte Blythe ihre Stieftochter.

»Natürlich«, antwortete Roger.

Blythe sah ihren Mann an, der kalt den Rücken seines jüngsten Bruders anstarrte. Dann blickte sie zu Cedric, der ihr Dekolleté anstarrte.

»Welch schöner und ungewöhnlicher Anhänger«, bemerkte Cedric.

Blythe wußte, daß er nicht ihre Kette gemustert hatte, beschloß aber mitzuspielen. »Roger hat ihn mir zu meinem dreizehnten Geburtstag geschenkt«, erzählte sie.

»Mein Bruder hat einen ausgezeichneten Geschmack«, sagte Cedric und ließ seinen Blick über ihren Körper wandern.

»Ich glaube, das Essen ist fertig«, sagte Roger und bot ihr seinen Arm.

Blythe lächelte ihn strahlend an. Ohne die Hand ihrer Stieftochter loszulassen, streckte sie die Hand nach seinem Arm aus, hielt aber inne, als plötzlicher Aufruhr an der Eingangstür ihre Aufmerksamkeit beanspruchte.

»Ihr müßt mich nicht anmelden, Bottoms«, sagte eine weibliche Stimme. *Eine temperamentvolle, weibliche Stimme.*

Blythe starrte die üppige Frau mit den flammendroten Haaren an, die im Eingang erschien und durch den Saal auf sie zurauschte.

»Ich habe mich von Reggie weggeschlichen, sobald er eingeschlafen war«, schnurrte die Frau und warf sich in Rogers Arme. »Ich konnte einfach nicht länger warten, um Euch nach Eurer Rückkehr aus dem Tower willkommen zu heißen.«

Eifersucht schoß durch Blythes Körper. Offensichtlich war dies eine der Mätressen, von denen Lady Tessie gesprochen hatte.

Bald Ex-Geliebte, versprach sich Blythe.

Als sie Geoffrey leise lachen hörte, wurde Blythe klar, daß ihr Gesichtsausdruck ihre Gedanken spiegelte. Sie setzte eine ausdruckslose Maske auf und räusperte sich.

»Rhoda, dies ist meine Frau«, sagte Roger und befreite sich aus der Umarmung der Rothaarigen. »Blythe, dies ist Lady Rhoda Bellows, eine Freundin der Familie.«

»Oh, die kleine Devereux«, sagte Lady Rhoda und musterte sie von ihrem ebenholzschwarzen Kopf bis zu den Spitzen ihrer bestickten Schuhe.

Blythe trat näher an die Rothaarige heran, hob ihren Kopf und zog die Nase kraus wie ein Reh, das versucht, Gefahr zu wittern. Zufrieden trat sie wieder einige Schritte zurück.

»Was tust du da?« fragte Roger mit einem amüsierten Lächeln.

»Feststellen, ob es nach Gardenien riecht«, antwortete Blythe.

»Warum tust du das, Mama Blight?« fragte Miranda.

»Oh, wie süß«, schwärmte Lady Rhoda. »Eure Tochter hat sie *Mama* genannt.«

»Wir wollten gerade essen«, sagte Roger. »Leistet Ihr uns Gesellschaft?«

»Nein, ich muß wirklich nach Hause zu Reggie«, lehnte Lady Rhoda ab und sah Blythe aus den Augenwinkeln an. Sie setzte ihren ganzen Charme bei Roger ein: »Ich hoffe, bald von Euch zu hören. Die Weihnachtsfestlichkeiten bei Hofe versprechen besonders großartig zu werden.«

Roger lächelte höflich, versprach aber nichts.

Lady Rhoda berührte ihre Lippen mit dem Zeigefinger und legte ihn dann auf seine Lippen. »Bis bald, Liebling«, flüsterte sie heiser. Lady Rhoda ignorierte Blythe und wirbelte davon. Sie verließ den Saal ebenso schnell und unerwartet, wie sie ihn betreten hatte.

Eine peinliche Stille folgte. Schließlich räusperte sich Roger und sagte: »Lady Bellows liebt es theatralisch.« Er wandte sich an Blythe und bot ihr wieder seinen Arm an: »Wollen wir?«

Blythe ignorierte ihn und nahm Mirandas Hand: »Komm, Schätzchen. Das Essen ist fertig. Das heißt, wenn du nach dieser Vorstellung noch Hunger hast.«

Wieder überwachte Bottoms die Mahlzeit. Es gab Erbsensuppe mit Bohnen und Zwiebeln, Brot mit Butter, eine Käseauswahl und gebackene Äpfel mit Pistazien.

»Schau, Mama Blight.« Miranda zeigte auf die Suppenschüssel.

»Was ist denn, Schätzchen?« fragte Blythe.

»Hartwell wird heute nacht sehr unzufrieden mit mir sein«, sagte die Fünfjährige.

»Warum?«

»Da sind Bohnen in der Suppe.«

Roger und Blythe sahen sich an und brachen in Gelächter aus.

»Was ist so komisch daran?« fragte Geoffrey.

»Hartwell besteht darauf, daß eine Dame niemals vulgäre Geräusche oder üble Gerüche verursachen darf«, erklärte Blythe.

»Immer wenn ich Bohnen esse, mache ich vulgäre Geräusche und üble Gerüche«, gestand Miranda.

Geoffrey warf seinen Kopf zurück und lachte schallend. Selbst Cedric verzog sein Gesicht zu einem Lächeln.

»Das ist ein ekelhaftes und unpassendes Thema bei Tisch«, sagte Sybilla. »Einer der bedeutendsten Grafen Englands ...«

Erneute Aktivität am Eingang des Saales unterbrach abrupt, was immer auch Sybilla sagen wollte. Eine auffallende blonde Frau Ende Dreißig durchquerte den Saal und ging zur Ehrentafel. Die Frau war makellos gekleidet. Sie trug dunkelblaue Reitkleidung, einen dazu passenden Federhut und dunkelblaue Lederstiefel.

»Roger, Liebling, es tut mir leid, daß ich Euch beim Essen störe«, sagte sie und blieb vor der Ehrentafel stehen. »Ich mußte einfach herkommen und Euch willkommen heißen, nachdem ich wieder zurückgekehrt bin.«

»Lady Bellows hat genau dasselbe gesagt«, bemerkte Sybilla laut. »Ihr habt sie gerade verpaßt.«

»Diese Hure?« rief die Blonde. »Ich meine ...«

Roger lachte leise. »Sarah, dies ist meine Frau, Blythe Devereux. Blythe, das ist Lady Sarah Sitwell.«

»Ich freue mich, Eure Bekanntschaft zu machen«, log Blythe und lächelte die ältere Frau höflich an.

Lady Sarah musterte sie kurz und wandte dann ihre volle Aufmerksamkeit wieder Roger zu: »Ich habe gehört, daß Ihr die Tochter dieses Bastards geheiratet habt.«

»Bitte?« sagte Blythe, die nicht glauben konnte, was sie da gehört hatte.

Lady Sarah sah sie an und sagte gedehnt: »Ich sagte ...«

»Ich habe gehört, was Ihr gesagt habt«, schrie Blythe. »Obwohl ich so erzogen bin, daß ich *Ältere* respektieren soll, werde ich keine abfälligen Bemerkungen über meinen Vater dulden.«

Lady Sarah versteifte sich bei dem Wort *Ältere*. Daß ihr Alter ihr wunder Punkt war, wußten alle.

»Ich schätze Euren Vater sehr, *Kind*, und würde niemals etwas Böses über ihn sagen«, erwiderte Lady Sarah. »Das Wort *Bastard* bezieht sich natürlich auf Eure Mutter.«

Blythe war sprachlos vor Wut und konnte die ältere Frau nur anstarren.

»Sarah, reiß dich zusammen«, warnte Roger die Blonde.

»Das Kind weiß offensichtlich nichts von seiner alles andere als ehrenwerten Herkunft«, antwortete Lady Sarah. Sie sah Blythe an und teilte ihr mit: »Vor neunzehn Jahren haben Euer Vater und ich uns sehr geliebt und planten, unsere Verlobung zu verkünden. Dann kam Eure Mutter aus den Bergen von Wales. Keely Glendower, Ludlows Bastard mit einer Waliser Hure, brachte sich selbst in kompromittierende Situationen, die meinen lieben Richard zwangen, sie zu heiraten.«

»Das ist eine Lüge!« schrie Blythe wütend und wollte aufstehen.

»Ganz ruhig«, befahl Roger, legte seine Hand auf ihren Arm und zwang sie, sitzenzubleiben.

»Kind, ich war dabei und sollte wissen, was geschah.« Dann wandte sich Lady Sarah mit einem einladenden Lächeln an Roger. »Liebling, du mußt bald mit mir essen. Wie wäre es …«

Blythes Augen wurden schmal. Mit ihrem rechten Zeigefinger berührte sie ihr Herz und ihre Lippen, dann zeigte sie auf die andere Frau.

Ein plötzlicher starker Luftzug wirbelte durch den Saal und riß der blonden Frau den Hut vom Kopf.

»Was ist das?« rief Lady Sarah und versuchte, die Haarnadeln aufzufangen, die aus ihren Haaren fielen.

»Lieber Himmel!« Roger stand auf, um ihr zu helfen.

Der Luftzug endete so abrupt wie er begonnen hatte.

»Wie seltsam«, sagte Blythe und machte ein unschuldiges Gesicht. Als sie ein Ziehen an ihrem Rock spürte, sah sie nach links.

Miranda zwinkerte ihr zu.

»So reizend unsere Gäste auch gewesen sind, ich habe für einen Abend genug«, verkündete Blythe und stand auf. Sie wandte sich an Miranda und fragte: »Schätzchen, möchtest du mit mir nach oben kommen? Ich erzähle dir, wie die Blumen ihre Namen bekommen haben.«

Miranda grinste und nickte.

»Sie hat noch nicht fertig gegessen«, sagte Roger.

Blythe ignorierte ihn und wandte sich an den Majordomus: »Bottoms, haben wir Marzipan im Haus?«

»Ja, Mylady.«

»Schickt ein Tablett mit Marzipan und Cidre in Mirandas Zimmer.«

»Sehr wohl, Mylady.«

Dann ging sie mit Miranda durch den Saal. Blythe spürte, wie sie beobachtet wurden, weigerte sich aber, sich umzudrehen.

Oben hatte Blythe ihrer Stieftochter gerade ins Nachthemd geholfen und sie zu Bett gebracht, als die Tür aufging. Daisy kam herein und setzte das Tablett auf dem Nachttisch ab.

»Ich habe gehört, was passiert ist«, sagte Daisy. »Lord Roger hat wirklich einen gräßlichen Geschmack bei Frauen.«

Blythe zog eine Augenbraue hoch.

»Du natürlich ausgenommen.«

»Es ist nicht wichtig«, sagte Blythe. »Lady Sarah ist eine verbitterte alte Hexe, die versucht, einen Keil zwischen mich und meinen Mann zu treiben. Geh du auch essen und sag Mrs. Hartwell, sie kann sich Zeit lassen.«

Daisy nickte und verließ das Zimmer.

»Hättest du gern einen Becher Cidre?« fragte Blythe das kleine Mädchen.

Miranda schüttelte den Kopf.

»Und wie wäre es mit einem Stück Marzipan?«

Miranda nickte heftig, und ihre Stiefmutter lächelte.

Blythe gab dem Kind ein Stück des Mandelkonfektes und nahm sich dann selbst eins. »Jetzt lehn dich zurück«, sagte sie und legte ihren Arm um das Mädchen. »Ich werde dir die Geschichte erzählen, wie die Glockenblume, auch Spiegel der Venus genannt, ihren Namen bekommen hat.«

»Was ist eine *Venus*?« fragte Miranda.

»Venus ist die römische Göttin der Liebe«, erzählte Blythe. »Im alten Griechenland war es Aphrodite, aber die Römer haben die Idee übernommen und ihren Namen geändert. Die Römer waren nie originell. Jedenfalls hatte Venus einen Zauberspiegel, der jeden schön aussehen ließ, der hineinsah. Eines Tages verlegte Venus ihren Spiegel. Ein junger Schafhirte fand ihn und war so fasziniert von seinem Ebenbild, daß er sich weigerte, ihn zurückzugeben.«

»Wer's findet, dem gehört's«, erinnerte Miranda sie.

»Das stimmt normalerweise, aber nicht, wenn ein einfacher Sterblicher es mit einer eigensinnigen Göttin aufnimmt«, antwortete Blythe. »Venus schickte ihren Sohn Amor, um den Spiegel zurückzuholen. Als er versuchte, dem Jungen den Spiegel aus der Hand zu reißen, fiel er hin und zerbrach in Millionen Teile. Wo immer eine Scherbe hinfiel, wuchs diese hübsche lila Glockenblume.«

»Eine wunderschöne Geschichte«, rief Miranda und gähnte dann. »Erzähl mir noch eine.«

»Osterglocken sind die gelben Blumen, die über die Wiesen tanzen«, begann Blythe. Sie sah hinunter. Das kleine Mädchen war eingeschlafen.

Blythe beugte sich vor und küßte Miranda auf die Wange. Sie nahm ein Goldstück aus ihrer Tasche und legte es, bevor sie ging, auf den wachsenden Goldstamm, damit ihre Stieftochter es morgens finden würde.

Müde von den Ereignissen des Tages, beschloß Blythe, sich zurückzuziehen und nicht mehr nach unten zu gehen. Sie öffnete ihre Schlafzimmertür und trat ein. Was sie sah, ließ sie abrupt stehenbleiben.

»Was tut Ihr hier?« fragte Blythe den Eindringling.

Lady Sybilla stand neben dem Schreibtisch und wirbelte beim Klang ihrer Stimme herum. Sie schwieg, sah aber außerordentlich schuldbewußt aus.

»Was tut Ihr hier?« fragte Blythe noch einmal.

»Ich – ich habe einen Ohrring verloren, als ich hier renoviert habe«, antwortete Sybilla.

Blythe wußte, daß Sybilla log, wußte aber nicht warum.

»Wenn ich ihn finde, werde ich ihn Euch zurückgeben«, sagte sie. »Bitte geht jetzt und respektiert von nun an meine Privatsphäre.«

»Ich – ich entschuldige mich«, sagte Sybilla und verließ eilig das Zimmer.

Blythe glaubte ihrer Schwägerin nicht ein einziges Wort.

Sie mußte einen Schlosser kommen lassen.

Nein, sie mußte eine Wache haben.

Und dann wußte Blythe, was sie wirklich brauchte: Daisys Hilfe bei der Suche nach dem, was Sybilla aus diesem Zimmer wollte.

Kapitel 10

Sybilla Debrett, Rhoda Bellows und Sarah Sitwell hatten ihren Seelenfrieden ebenso zerstört wie Amor und der Junge den Zauberspiegel der Venus.

Jetzt wußte Blythe, weshalb ihre Mutter den Tudor-Hof und seine Höflinge mied. Wenn die drei Frauen, die sie heute kennengelernt hatte, eine ungefähre Vorstellung gaben, dann umgab sich Königin Elizabeth mit oberflächlichen, unmoralischen Menschen. Und die Männer waren vermutlich noch schlimmer als die Frauen.

Welch ein Glück, daß sie Roger geheiratet hatte. Durch diese Verbindung mußte sie nicht als Hofdame leben. Sie konnte es kaum ertragen, sich vorzustellen, was Bliss mitmachte.

Blythe ging den ganzen Flur entlang und blieb vor der letzten Tür auf der linken Seite stehen. Sie klopfte an die Tür ihrer Zofe.

Keine Antwort.

»Daisy?« rief sie.

Wieder keine Antwort.

Blythe drehte sich um und ging wieder zurück. Offensichtlich aß Daisy mit den anderen Bediensteten. Sie war froh, daß ihre Verwandte sich mit der Debrett-Dienerschaft arrangiert hatte.

An der Treppe blieb Blythe stehen und sah ihren Verlobungsring an, den Schmetterling mit Rubinen, Smaragden, Saphiren und Diamanten. Dann berührte sie das diamantene Kreuz.

Dich habe ich erwählt.

Ihr Geliebter hatte seinen Lebensweg bereits gewählt. Diese beiden unverschämten Weibsbilder würden bald lernen, daß *diese* Frau keine Untreue akzeptierte. Roger hing fester an der Angel als jeder Fisch. Jetzt mußte sie ihn nur noch in ihr Bett ziehen. Wenn das einmal geschehen war, gab es kein Zurück mehr für ihn. Wenn er doch nur ihr Hochzeitsgeschenk tragen würde. Die Macht ihrer Liebe, die dieser Ring verkörperte, würde ihn sicher vor allen Gefahren bewahren, die in diesem Haus lauerten. Vielleicht würde eine Kette – dieses Symbol der Ewigkeit – ihm noch mehr Schutz bieten. Aber sie konnte sich nicht vorstellen, daß sie ihn dazu bewegen konnte, eine zu tragen.

Blythe ging die Treppe hinunter in die Eingangshalle. Als sie am Eingang zum großen Saal vorbeikam, erblickte sie die drei Debrett-Brüder vor dem Kamin. Ihre Schwägerin versteckte sich vermutlich in ihrem Zimmer aus Angst, daß Blythe Roger erzählen würde, daß sie sie beim Schnüffeln erwischt hatte.

Auf dem Weg zur Küche kam Blythe am Arbeitszimmer ihres Mannes vorbei. Sie blieb abrupt stehen, als sie bemerkte, daß die Tür leicht offenstand. In der Woche, die sie verheiratet waren, war diese Tür immer geschlossen gewesen, und sie hatte angenommen, daß es die Angewohnheit ihres Mannes war.

Blythe ging wieder zum Arbeitszimmer zurück und streckte die Hand aus, um die Tür zu schließen. Dann hörte sie von drinnen ein Geräusch, das klang wie raschelndes Papier.

Lautlos drückte Blythe die Tür auf und trat ein. Ihre Schwägerin stand hinter dem Schreibtisch und durchsuchte einen Stapel Papiere.

»Was tut Ihr da?« fragte Blythe, und ihre Stimme klang in dem stillen Zimmer übertrieben laut.

Die blonde Frau zuckte zusammen und sah auf. »Verfolgt Ihr mich?« fragte sie ihrerseits.

»Sagt mir, was Ihr tut, oder ich werde Roger rufen«, drohte Blythe und ging auf sie zu.

»Ruft Roger, wenn Ihr wollt«, antwortete Sybilla und wedelte mit einem Stück Pergament. »Ich wollte nur einen Brief schreiben, hatte aber kein Papier.«

Blythe zog die Augen zusammen. Sie wußte, daß Sybilla log.

»Habt Ihr Rogers Erlaubnis, hier zu sein?« fragte Blythe.

»Brauche ich die Erlaubnis, in meinem eigenen Haus umherzugehen?«

»Das ist das Haus meines Mannes.«

»Genau, liebe Schwägerin«, antwortete Sybilla. »Es ist das Haus Eures Mannes, *nicht Eures*. Roger hat mir immer die Freiheit gewährt, mich frei zu bewegen.«

Sybilla ging um den Tisch herum zur Tür. Als sie an Blythe vorbeikam, sagte sie: »An Eurer Stelle, Kind, würde ich mir überlegen, wie ich meinen Mann dazu bringe, mir treu zu bleiben, anstatt mir zu folgen. Rhoda und Sarah sind beide recht attraktiv und wissen bestimmt, wie man einem Mann gefällt.« Damit ging sie hinaus.

Blythe sah ihr nach. Was immer Sybilla wollte, mußte sehr wichtig sein, überlegte sie und war noch entschlossener herauszufinden, was es war.

Nachdem sie die Tür des Arbeitszimmers hinter sich geschlossen hatte, blieb Blythe stehen und sah den Flur entlang, der zum großen Saal führte. Sybilla stand im Eingang des Saals, schüttelte heftig den Kopf und ging dann hinein. Blythe hatte wenig Erfahrung mit Intrigen, aber sie wußte genug, um Sybillas ungeschickte Täuschungsversuche und ihr gerade wenig dezentes Signal zu erkennen. Das einzig Geheimnisvolle blieb, wem Sybilla ein Zeichen gegeben hatte und was sie eigentlich suchte.

Blythe ging weiter in die entgegengesetzte Richtung zur Küche, wo sich die meisten Bediensteten der Debretts jetzt aufhalten würden. Sie hörte ihre Stimmen in angeregter Unterhaltung und ab und zu ein leises Lachen. Sie lächelte und erinnerte sich. Als junges Mädchen war die Küche einer ihrer Lieblingsplätze gewesen. Ihre Schwestern und sie kamen in diesem warmen, köstlich duftenden Raum zusammen und hörten dem Gerede der Devereux-Diener zu.

Blythe öffnete die Tür und trat ein. Sofort wurden alle still und sahen sie an. Offensichtlich war die Dame des Hauses in der Küche nicht so willkommen wie die Kinder des Hauses. Sie lächelte zögernd, während sie schnell den

Raum nach Daisy absuchte. Ihr Blick glitt an Bottoms vorbei und suchte weiter nach der Zofe.

»Mylady, kann ich Euch behilflich sein?« fragte der Majordomus.

»Ich frage mich, wohin Daisy verschwunden ist«, antwortete sie.

Ein paar Bedienstete lächelten, einige kicherten sogar. Ihr Lachen endete abrupt, als sie sie ansah.

»Ich glaube, Mr. Hardwick weiß, wo sie ist«, sagte Bottoms.

»Hardwick?« wiederholte Blythe. »Aber Daisy mag ihn doch nicht mal.«

Seltsamerweise sorgte diese Feststellung für gedämpftes Lachen.

»Wo finde ich Hardwick?« fragte sie.

Bottoms schenkte ihr ein breites Lächeln. Er erinnerte sie an eine Katze, die gerade eine Maus gefangen hatte.

»Hardwick trinkt um diese Zeit meistens ein Glas Glühwein in seinem Zimmer«, antwortete der Majordomus.

»Danke, Bottoms.«

Blythe verließ die Küche. Kaum hatte sie die Tür hinter sich geschlossen, als ausgelassenes Gelächter ausbrach. Sie blieb stehen, starrte verwirrt die geschlossene Tür an und überlegte, was so komisch war.

Blythe ging wieder in die Eingangshalle zurück. Sie sah in den großen Saal und seufzte erleichtert, als sie ihre Schwägerin mit den anderen vor dem Kamin entdeckte. Wenigstens mußte sie sich nicht sorgen, daß Sybilla immer noch im Haus herumschnüffelte.

Als sie im ersten Stock war, ging Blythe wieder den Flur entlang zu Hardwicks Zimmer. Sie hob ihre Hand, um zu klopfen, hörte dann aber ein leises Stöhnen.

»Hardwick, seid Ihr krank?« rief Blythe und stürmte in das Zimmer.

Sie blieb stehen, als Hardwick sich in seinem Bett aufrichtete. Unter ihm lag Daisy, und beide waren offensichtlich nackt.

»Heiliger Swithin!« kreischte Blythe, als sollte sie ermordet werden.

»Nein, Mylady!« rief Hardwick in Panik und wollte aufstehen.

Daisy hielt ihn zurück und sagte: »Dickie, du bist pudelnackt.«

Diese Aussage ließ Blythe noch lauter kreischen. Innerhalb von Sekunden stürmten Roger und seine Brüder in das Zimmer. Die drei starrten überrascht auf das ungleiche Paar, das – in flagranti ertappt – unter der Decke kauerte.

»Das ist unerhört«, rief Blythe. »Daisy war unschuldig, bis sie diesen – diesen Schurken traf.«

»M-myl-lord, ich k-kann das erklären«, stotterte der Schurke.

Geoffrey Debrett lachte schallend. Blythe stampfte mit dem Fuß auf, um ihn zum Schweigen zu bringen.

»Morgen früh«, sagte Blythe zu ihrem Mann, »läßt du einen Pfarrer holen, der sie traut.«

»Heiraten?« quiekte Hardwick.

»Und was, zum Teufel, ist so schlimm daran, Dickie?« fragte Daisy.

Roger sagte: »Blythe, ich kann ihn nicht zwingen ...«

»Entweder Hardwick heiratet Daisy, oder ich lasse ihren Vater kommen«, drohte Blythe.

»Odo Lloyd?« Roger warf seinem Diener einen langen, mitleidvollen Blick zu und schauderte übertrieben. »Das bedeutet Hochzeit oder Beerdigung für dich, Hardwick. Du hast die Wahl.«

»Das Aufgebot muß drei Wochen aushängen«, meinte Hardwick.

»Mein Vater kann veranlassen, daß darauf verzichtet wird«, sagte Blythe. »Morgen früh gehst du nach Devereux House. Ich bin sicher, daß Odo Lloyd dir seine *Lieblingstochter* zur Frau gibt.«

Blythe verließ das Zimmer und ging zu Mirandas, um sicherzugehen, daß das Kind die lauten Stimmen nicht gehört hatte. Zufrieden, daß ihre Stieftochter fest schlief, ging sie direkt in ihr eigenes Zimmer. Sie stellte sich an das Fenster und blickte in den nächtlichen Himmel.

Sie war seit einer Woche verheiratet, und die einzige, die ihre Jungfräulichkeit verloren hatte, war Daisy. Wie entmutigend.

Als sie hörte, wie sich ihre Zimmertür öffnete und schloß, drehte sich Blythe um. Roger lächelte sie an.

»Hardwick wird morgen früh um zehn nach Devereux House reiten. »Ich habe deinem Vater eine Nachricht geschickt und ihn gebeten, einen Pfarrer zu suchen, der auf das Aufgebot verzichtet.«

Blythe nickte. »Danke, Mylord.«

»Ich möchte mich für Rhoda und Sarah entschuldigen«, fuhr er fort. »Ich habe – mit keiner von beiden mehr einen Abend verbracht seit Darnel ...«

»Danke, daß du mir das sagst«, sagte Blythe und schöpfte neue Hoffnung. Ihre schöne Stirn war leicht gerunzelt, als sie fragte: »Roger, stimmt etwas von dem, was Lady Sarah über meine Familie gesagt hat?«

»Wie sollte ich das wissen?« fragte er.

»Du warst am Hof, als mein Vater und meine Mutter heirateten.«

»Ich war ein zwölfjähriger Page und nicht in den Hofklatsch eingeweiht.«

Blythe zog die Augenbrauen hoch, und er lächelte.

»Soweit ich mich erinnere, ist dein Vater deiner Mutter nachgelaufen«, erzählte Roger. »Außerdem hätte dein Vater niemals eine Beziehung mit Sarah gehabt, die zu der Zeit Jungfrau war. Als Junggeselle hat dein Vater nur mit verheirateten Frauen ...«

Blythe errötete. Sie hatte niemals darüber nachgedacht, daß ihr Vater oder ihre Mutter auch vor ihrer Geburt ein eigenes Leben geführt hatten. Und zu hören, daß ihr Vater ein Schwerenöter gewesen war, schockierte sie.

»Was deinen Großvater betrifft ...« Roger zuckte die Schultern, »... da wirst du ihn selbst fragen müssen.«

Blythe war erleichtert. Was er über ihre Eltern gesagt hatte, stimmte mit dem überein, was Großmama Chessy erzählt hatte.

»Wir müssen noch etwas Wichtiges besprechen«, sagte Blythe. »Heute abend habe ich Sybilla überrascht, als sie mein Zimmer durchsuchte. Sie sagte, sie hätte einen Ohrring verloren, aber ich glaube ihr nicht.«

»Einen Ohrring zu verlieren, klingt doch ganz plausibel«, bemerkte Roger.

»Ich habe sie auch erwischt, als sie Papiere auf deinem Schreibtisch durchsuchte.«

Roger zog die Augenbrauen zusammen. »Was hat sie dazu gesagt?«

»Sie sagte, sie brauchte ein Stück Pergament, um einen Brief zu schreiben.«

Sein Gesicht hellte sich wieder auf. »Das klingt auch logisch.«

»Ich bin sicher, daß sie lügt«, sagte Blythe. »Wir brauchen Schlösser an unseren Türen oder Wachen.«

Roger lehnte ab. »Schlösser und Wachen werden Probleme verursachen.« Er streckte die Hand aus und hob mit einem Finger ihr Kinn an. »Danke, daß du dir Sorgen machst … Habe ich dir heute abend schon gesagt, wie schön du aussiehst?«

Blythe lächelte. »Ich dachte, du bemerkst es nicht.«

»Ich habe es in dem Moment bemerkt, als du den Saal betreten hast«, sagte er. »Du erinnerst mich an einen exotischen Schmetterling.«

»Und du erinnerst mich an einen stolzen Adler«, erwiderte Blythe, und er lächelte. »Mylord, ich glaube …« Zu verlegen, um fortzufahren, sah sie auf den Boden.

»Was ist, kleiner Schmetterling?«

Blythe sah auf und sagte: »Ich glaube, er hat ihr wehgetan.«

Roger hob ihr Kinn und wartete, bis sie den Mut fand, ihm in die Augen zu sehen. »Wer hat wem weh getan?«

»Hardwick hat Daisy weh getan.«

»Weshalb glaubst du das?« fragte er und sah sie erstaunt an.

»Als ich vor seiner Tür stand, habe ich – Stöhnen gehört und ...« Blythe brach ab.

Roger schloß seine Augen für einen langen Moment. Sein Gesichtsausdruck war amüsiert und gleichzeitig ungläubig.

»Du bist unschuldiger als ein Neugeborenes«, sagte er, öffnete seine Augen, und ein sanftes Lächeln spielte um seine Mundwinkel. »Glaub mir, kleiner Schmetterling, Hardwick hat Daisy nicht weh getan.«

»Aber das Stöhnen ...«

»Stöhnen vor körperlicher Lust, Süßes.«

Blythe wurde rot. »Niemand stöhnt vor Lust«, meinte sie. »Man stöhnt nur vor Schmerz.«

Roger lächelte, und sein Gesicht kam näher. Blythe wußte, daß er sie küssen würde. Sie sah ihn an, und die Vorfreude ließ ihr Herz schneller schlagen.

Im letzten Moment schloß Blythe die Augen. Ihre Lippen trafen sich in einem langen, ergreifenden Kuß, der ewig zu dauern schien.

Seine starken Arme umfaßten sie und zogen sie an seinen harten männlichen Körper. Blythe schlang ihre Arme um seinen Hals. Sie genoß das wunderbare Gefühl seiner warmen fordernden Lippen auf ihrem Mund.

Das Gefühl seines sanft fordernden Kusses und der schwache Duft nach Lorbeer verwirrten ihre Sinne. Sie erwiderte seinen Kuß.

»Ein Mann könnte sich in der geheimnisvollen Tiefe deiner violetten Augen verlieren«, flüsterte Roger heiser. Er küßte sie noch einmal auf den Mund und fügte hinzu: »Ich vergesse mich.«

»Mylord, Daisy ist beschäftigt. Würdest du ...« Blythe deutete auf die Rückseite ihres Kleides.

Roger neigte seinen Kopf und bedeutete ihr, sich umzudrehen. Als sie ihm den Rücken zuwandte, erledigte er seine Aufgabe schnell.

Blythe spürte seine warmen Lippen an ihrem Hals, und ein köstlicher Schauer lief ihr über den Rücken. »Fertig, kleiner Schmetterling«, hörte sie ihn flüstern.

»Danke, Mylord«, sagte sie und drehte sich zu ihm um.

Verlangen und Bedauern kämpften in dem schön geschnittenen Gesicht ihres Geliebten.

»Warum bist du traurig?« fragte sie.

»Woher weißt du das?« konterte er mit einer Gegenfrage.

»Ich sehe Bedauern in deinen Augen.«

»Bedauerst du nichts, kleiner Schmetterling?«

»Nichts.«

Roger streichelte mit den Fingerspitzen die seidige Haut ihrer Wange und zog sie dann an sich. Er hielt sie fest, als wollte er sie nie wieder gehen lassen. »Wenn ich doch nur noch einmal so jung und unschuldig wie du sein könnte«, sagte er mit einer Stimme, die seinen Schmerz spiegelte.

»Ich würde dich nicht zu den Älteren zählen«, sagte sie und legte den Kopf in den Nacken, um ihn anzusehen.

»Hier bin ich alt«, antwortete Roger und berührte sein Herz. »Und das zählt.«

»Du hast gesagt, du hättest kein Herz«, neckte Blythe ihn zärtlich.

»Vielleicht habe ich gelogen.« Roger trat zwei Schritte zurück, als könnte er sich selbst nicht trauen, wenn er zu nah bei ihr war. »Träum süß«, sagte er und verschwand dann durch die Verbindungstür in sein Zimmer.

Blythe starrte die Tür einen langen Moment an und ging dann zum Fenster. Tausende von Sternen blitzten sie aus einem schwarzsamtenen Himmel an. Und dann hörte sie das schwache Geläut ihrer Liebesglocke.

Komm, Roger, schien sie zu locken. *Schenk Blythe dein Herz und deine Liebe.*

Blythe seufzte und atmete tief die erfrischende, kühle Nachtluft ein. Sie wußte mit ihrem Druideninstinkt, daß ihre Zeit bald kommen würde. Bald würden der Adler und sein Schmetterling sich vereinen, um gemeinsam am Himmel zu schweben. Für immer.

»Nun, Hardwick, gib zu, daß du froh bist, sie geheiratet zu haben«, neckte Roger seinen Diener, als sie über den Strand zum Debrett House ritten.

»Schon«, stimmte Hardwick zu. »Ich glaube, mit Odo Lloyd ist nicht zu spaßen.«

»Bei deinem gequälten Gesichtsausdruck hätte ich niemals vermutet, daß du glücklich bist«, meldete sich Daisy. »Bist du sicher, daß dein Hosenbeutel nicht zu eng ist?«

Hardwick sah an seiner Nase entlang und warf seiner Braut einen tadelnden Blick zu.

Roger und Blythe sahen einander an und lächelten.

Die Septembersonne hatte ihren höchsten Punkt am Himmel erreicht. Jetzt begann sie ihren Abstieg nach Westen und warf lange Schatten auf die Straße. Blythe schätzte, daß es nach zwei Uhr war, als die fünf den Privatweg nach Debrett House hinaufritten.

»Wie alt muß ich sein, um zu heiraten?« fragte Miranda.

Roger lachte leise. »Warum, Schätzchen? Wen möchtest du denn heiraten?«

»Dich, Daddy.«

»Kleine Mädchen können ihre Daddys nicht heiraten«, informierte Blythe sie. »Außerdem bin ich bereits mit deinem Vater verheiratet.«

»Und wen soll ich heiraten?« fragte die Fünfjährige.

»Jemanden, der so wunderbar ist wie dein Vater«, antwortete Blythe und sah ihren Geliebten an.

»Wer ist das?«

Blythe lächelte doppeldeutig. »Der Mann deiner Träume.«

»Ist Daddy der Mann *deiner* Träume?«

Blythe errötete verlegen, als die drei Erwachsenen sie anstarrten. »Dein Daddy ist ein wunderbarer Mann … Bedeuten diese Fragen, daß dir die Hochzeit von Daisy und Hardwick gefallen hat?«

Miranda nickte. »Laßt uns Bottoms mit Hartwell verheiraten. Dann können wir wieder feiern.«

Die vier Erwachsenen lachten über diesen Vorschlag.

»Lacht nur«, meinte Hardwick, »aber die Idee des Kindes hat was für sich.«

Als sie den Hof erreichten, stiegen die beiden Männer ab. Dann halfen sie ihren Frauen. Die fünf gingen in die Eingangshalle und blieben einen Moment stehen, bevor sie sich trennten.

»Lady Blythe und ich werden für heute alleine zurechtkommen«, sagte Roger zu seinem Diener. »Du kannst dir mit deiner Braut den Rest des Tages und den Abend frei nehmen, um eure Hochzeit zu feiern.«

»Danke, Mylord«, sagte Hardwick und schob Daisy bereits die Treppe hinauf.

»Ich dachte, sie hätten letzte Nacht ihre Hochzeit gefeiert«, witzelte Blythe.

Roger zuckte die Schultern und lächelte. »Nun, Lady Debrett, seid Ihr nicht froh, daß wir auf Schlösser oder Wachen verzichtet haben? Wenn wir es getan hätten, würden Cedric und Geoffrey auf uns warten, um sich auf uns zu stürzen, sobald wir durch die Tür treten.«

Lady Debrett. Blythe gefiel der Klang. Seine beiläufig gesprochenen Worte wärmten ihr Herz.

»Ich habe Mrs. Hartwell befohlen, in meinem Zimmer zu sitzen, während wir fort sind, und Bottoms beschäftigt sich in deinem Arbeitszimmer«, antwortete Blythe. »Man kann niemals vorsichtig genug sein, Mylord.«

»Wie konnte ich nur die letzten dreißig Jahre überleben, ohne daß du auf mich aufgepaßt hast?« neckte Roger sie.

»Anfängerglück vermutlich.« Blythe zwinkerte ihm zu und bemerkte dann Bottoms, der darauf wartete, sie zu begrüßen.

»Lord Roger, dies kam vom Hof, während Ihr fort wart«, sagte Bottoms und überreichte ihm ein versiegeltes Pergament. Der Majordomus wandte sich an Blythe und sagte: »Rodale und Hibbert warten auf Euch im Arbeitszimmer Seiner Lordschaft.«

»Sie hätten in der Halle warten sollen«, sagte Blythe, die sicher war, daß ihrem Mann die Anwesenheit ihrer Händler in seinem Privatraum gar nicht gefallen würde.

»Das ging nicht«, antwortete Bottoms. »Lady Sybilla hat einen Gast und hat sich geweigert, sie dort warten zu lassen.«

»Geh nur«, sagte Roger. »Ich werde mit Miranda im Saal warten, bis du fertig bist.«

»Gute Neuigkeiten?« fragte sie mit Blick auf die Nachricht vom Hof.

»Die besten«, antwortete er. »Ich werde im königlichen Gefolge wieder willkommen sein, wenn die Königin für die Weihnachtsferien nach Hampton Court geht.«

»Gratuliere, Mylord.« Blythe ging zum Arbeitszimmer ihres Mannes. Hatte es eine besondere Bedeutung, daß er *ich* gesagt hatte? Wollte er sie in Debrett House zurücklassen, während er an den Hof und in sein früheres Leben zurückkehrte? Kam gar nicht in Frage. Sie ging dorthin, wo er hinging.

»Guten Tag«, rief Blythe und rauschte in das Arbeitszimmer.

Rodale und Hibbert sprangen auf.

»Guten Tag, Mylady.«

»Wir möchten uns entschuldigen«, sagte Hibbert mit klagender Stimme, die wie ein hungriger Hund klang. »Es war falsch, ohne Eure Erlaubnis mit Earl Richard zu sprechen.«

Blythe beschloß, sie ein paar Minuten zappeln zu lassen. Es war ein gutes Geschäftsgebaren, wenn die Angestellten wußten, wer etwas zu sagen hatte.

»Ihr entschuldigt Euch also, hinter meinem Rücken gehandelt zu haben«, stellte sie fest.

»Genau«, sagte Rodale, und sein Gesicht rötete sich ob ihrer Zurechtweisung.

»Wir hatten die besten Absichten«, klagte Hibbert.

Blythe lächelte ihn herablassend an: »Wie heißt es doch: ›Der Weg zur Hölle ist mit guten Vorsätzen gepflastert.‹«

Beide Männer senkten den Kopf. Sie waren bereit, beinahe allem zuzustimmen.

Setzt die Preise fest und lebt harmonisch. Blythe hörte die Worte ihrer Mutter.

»Von jetzt an möchte ich meine Preise denen meines Mannes angleichen. Wenn er seine erhöht, erhöhen wir auch und umgekehrt«, lauteten Blythes Anweisungen. »Niemand gewinnt und niemand verliert.«

»Eine weise Entscheidung«, stimmte Rodale zu.

»Da ist noch eine andere Sache«, sagte Hibbert und zögerte dann, als spräche er nur ungern über das Thema.

Blythe sah ihn mit ihren violetten Augen an.

»Es geht um Euren Vater«, begann Hibbert und sah dann hilfesuchend seinen Kollegen an.

»Ich mache das«, sagte Rodale. »Mylady, man sagt, Graf Richard möchte Euch und Eurem Mann eine Lektion erteilen.«

»Die Devereux Woll- und Getreidegesellschaft hat ihre Preise gesenkt«, platzte Hibbert heraus.

»Das macht nichts. Tut genau das, was ich Euch gesagt habe«, sagte Blythe. »Mein Vater wird seine Preise mäßigen, wenn er sieht, daß unser Preiskrieg ein Ende hat.«

»Ich hätte nie gedacht, daß der Graf seiner eigenen Tochter schaden würde«, sagte Rodale.

»Ich sehe Euch dann nächste Woche mit einem Bericht über unsere Fortschritte?« fragte Blythe und machte damit klar, daß sie sie vorher nicht sehen wollte.

Beide Männer nickten und verließen das Arbeitszimmer. Die Tür fiel hinter ihnen ins Schloß.

Blythe seufzte erleichtert. Wenigstens hatte sie den ersten Schritt getan, um die Sache mit ihrem Mann gütlich zu regeln. Und das war vermutlich der erste Schritt, um ihn in ihr Bett zu bekommen. Ihr Adler war ein so stolzer Mann. Zu versuchen, ihn geschäftlich zu schlagen, war vollkommener Unsinn gewesen.

Anstatt das Arbeitszimmer sofort zu verlassen, spazierte Blythe durch den Raum, um die Herbstlandschaft im Garten ihres Mannes zu betrachten. Sie fragte sich, wie Roger auf ihre Preisfestsetzung reagieren würde. Um des Stolzes willen Gold zu verlieren, war der höchste Schwachsinn. Er würde das sicher verstehen und mit ihr einer Meinung sein.

Blythe erspähte Cedric mit seinem Rapier in der Hand auf der anderen Seite des Gartens. Der Mann duellierte sich mit einem unsichtbaren Gegner. Das Spiel mit dem Rapier schien die einzige Sache zu sein, in der ihr Schwager sich hervortat.

Und dann sah Blythe, wie er mit seiner Waffe über die Äste ihrer geliebten Weide haute. Sie konnte den Schmerz der Weide beinahe spüren. Das war genug!

Blythe riß das Fenster auf und rief so laut sie konnte: »Hey! Aufhören!«

Cedric hielt mitten im Schlag inne und sah sich um, konnte aber nicht erkennen, von wo die Stimme kam. Er nahm sein Spiel mit dem Schwert wieder auf und schlug auf die Weide ein.

Mit ihrem rechten Zeigefinger berührte Blythe ihr Herz und ihre Lippen. Dann zeigte sie mit dem Finger auf ihn. Ein plötzlicher Wind fuhr durch den Garten, und die ausladenden Zweige der Weide schlossen sich um ihn.

Blythe lächelte zufrieden, als sie ihren Schwager fluchen hörte.

»Ich bin im Arbeitszimmer«, rief sie.

Cedric befreite sich aus den Zweigen, drehte sich um und sah zum Fenster des Arbeitszimmers. Dann stürmte er durch den Garten auf sie zu. Seine dunklen Augen funkelten interessiert, als er ihr Gesicht erblickte und dann ihren Busen.

»Und wie ist die Hochzeit des Jahrzehnts verlaufen?« fragte er.

»Wirklich sehr schön«, sagte Blythe. »Ich möchte, daß Ihr aufhört, die Bäume mit Eurem Rapier zu attackieren, besonders die Weide, die zufällig eine gute Freundin von mir ist.« Sie erstarrte, als ihr klar wurde, was sie gerade preisgegeben hatte.

»Freundin?« wiederholte Cedric.

Blythe errötete. »Ich meine, Lieblingsbaum.«

»Ich glaube, die Weide habe ich ganz schön erwischt«, sagte er trocken und meinte dann: »Wie gut kennt Ihr diese Eiche da drüben?«

»Tut dieser Eiche nichts«, rief sie. »Ihr dürft keinen Baum oder Strauch, keine Pflanze oder Blume und kein Tier herausfordern.«

Cedric konnte sie nur anstarren.

»Worin liegt der Sport, sich mit einem Wesen zu duellieren, das nicht zurückschlagen kann?« fragte Blythe.

»Mit wem soll ich mich duellieren?«

»Wenn Ihr einen Partner braucht, werde *ich* mich mit Euch duellieren.«

»Ich glaube nicht, Mylady«, sagte Cedric lächelnd, und sein Blick wurde glühender bei ihren unschuldig gesprochenen, aber höchst vielsagenden Worten. »Das einzige Rapier, mit dem ich Euch herausfordern würde, ist aus Fleisch und Blut, nicht aus Stahl.«

Blythe starrte ihn verständnislos an. »Wovon, zum Teufel, redet Ihr?«

Cedric lachte leise, was sie nur noch mehr verwirrte. Er öffnete seinen Mund, um zu antworten, aber hinter ihr öffnete sich die Tür.

»Ich sah Rodale und Hibbert weggehen«, sagte Roger und betrat den Raum. »Was tust du da?«

»Ich spreche mit Cedric«, rief sie über ihre Schulter.

Roger durchquerte den Raum und stellte sich neben sie.

»Deine Frau hat mir befohlen, nicht länger Bäume zu schlagen oder Blumen zu enthaupten«, erzählte Cedric. »Kommst du raus, Bruder?«

Roger schüttelte den Kopf. »Ich habe noch ein paar Stunden Arbeit vor mir.«

Cedric hob grüßend sein Rapier. »Dann bin ich gezwungen, gegen meinen eigenen Schatten zu kämpfen.«

Roger schloß das Fenster.

»Sein ständiges Üben mit dem Schwert ist beunruhigend«, sagte Blythe zu ihrem Mann. »Tut er eigentlich irgend etwas Produktives?«

»Er lebt vom Vermögen seines Bruders und hofft wahrscheinlich, daß ich ohne Erben sterbe«, antwortete Roger.

»Dieser Gedanke ist noch beunruhigender.«

»Das war ein Scherz«, sagte er. »Miranda wartet vor dem Kamin auf dich.«

Blythe neigte den Kopf und verließ das Arbeitszimmer. Zorn durchströmte sie, als sie den Saal betrat. Miranda saß alleine vor dem Kamin, während Sybilla mit Sarah Sitwell an der Ehrentafel saß und die Anwesenheit des Mädchens ignorierte. Anstatt zu dem Mädchen zu gehen, näherte sich Blythe der Ehrentafel. Sie weigerte sich total, die früheren Geliebten ihres Mannes in ihrem Haus zu bewirten, und sie duldete keine Grobheit ihrer Stieftochter gegenüber. Von jetzt an würde sich jeder, der die Gefühle ihrer Stieftochter verletzte, ihr gegenüber verantworten müssen.

»Ich möchte, daß Ihr mein Haus verlaßt«, sagte Blythe zu Lady Sarah, als sie die Ehrentafel erreichte. »Und kommt nicht ohne Einladung wieder.«

»Ich habe sie eingeladen«, sagte Sybilla.

Blythe sah ihre Schwägerin kalt an. »Wenn Ihr Gäste empfangen wollt, schlage ich vor, daß Ihr Euch ein eigenes Haus kauft. Debrett House gehört meinem Mann *und mir*.«

Sybillas Gesicht wurde fleckig vor Wut. »Hört zu ...«

»Nein, Ihr werdet mir zuhören«, unterbrach Blythe sie. »Niemand, der abschätzig über meine Mutter spricht, ist hier willkommen, und ich beabsichtige auch nicht, die *ehemaligen* Geliebten meines Mannes einzuladen. Wenn Euch diese Regeln nicht gefallen, könnt Ihr Debrett House jederzeit verlassen. Ich werde Euch nicht zwingen zu bleiben.«

»Das werden wir ja sehen«, schnauzte Sybilla. Sie wandte sich an ihren Gast: »Ich entschuldige mich für dieses ungehörige Verhalten. Ich bringe Euch zur Tür.«

»Eine schlechte Kinderstube zeigt sich immer«, bemerkte Lady Sarah und stand auf. Sie sah Blythe an und fügte hinzu: »Noch bin ich nicht *ehemalig*.«

Blythe antwortete nicht. Sie sah, wie sie hinausgingen, und ging dann zu dem Stuhl, auf dem ihre Stieftochter saß. In Gegenwart des Kindes hätte sie wohl besser ihr Temperament gezügelt.

Miranda grinste sie an.

Blythe setzte sich auf den zweiten Stuhl und bedeutete ihr, sich auf ihren Schoß zu setzten. Miranda brauchte keine zweite Einladung.

»Tante Sybilla wird auch nicht in den Himmel kommen«, sagte das Mädchen, und ihre blauen Augen sprühten vor Verschmitztheit. »Mama Blight, was ist eine Geliebte?«

»Mach dir keine Gedanken darum«, sagte Blythe. »Möchtest du noch eine Geschichte hören?«

Miranda nickte.

»Mylady?«

Blythe sah auf. Bottoms stand neben ihr.

»Lord Roger möchte in seinem Arbeitszimmer mit Euch sprechen«, sagte der Majordomus.

»Bringt bitte Miranda zu Hartwell«, sagte Blythe, hob das Mädchen von ihrem Schoß und stand auf. »Es wird eine gute Übung sein.«

»Übung, Mylady?«

»Schließlich seid Ihr verantwortlich, daß Hardwick und Daisy geheiratet haben«, sagte sie mit einem verschwörerischen Augenzwinkern. »Vermutlich werdet Ihr Pate des ersten Kindes. Gute Arbeit, Bottoms.«

»Danke, Mylady«, antwortete der Majordomus mit seinem tiefen Bariton. »Es war zu einfach.«

Blythe blieb vor der Tür des Arbeitszimmers stehen, beschloß dann jedoch, nicht anzuklopfen. Sie setzte ein strahlendes Lächeln auf, stürmte in das Zimmer und bedeutete Roger sitzenzubleiben.

»Hallo«, sagte Blythe und setzte sich in den Stuhl vor seinem Schreibtisch.

Ihr Mann schaute gequält drein. Offensichtlich hatte ihre Schwägerin gepetzt.

»Sybilla war gerade hier«, sagte Roger.

»Ich habe jedes Wort so gemeint, wie ich es gesagt habe«, verkündete Blythe, ohne ihn zu fragen, welche Geschichten ihre Schwägerin erzählt hatte.

Roger lächelte umwerfend und fragte: »Würdest du gern mit mir an den Hof gehen?«

»Das hatte ich vor.«

»Wenn du bei Hof Erfolg haben möchtest, darfst du niemanden beleidigen«, riet er ihr. »Jetzt wirst du zwei Feinde am Hof haben.«

»Du meinst drei. Du vergißt Lady Rhoda.«

Roger neigte den Kopf. »Ich habe auf deine Hilfe gezählt, indem du dem Klatsch der Frauen lauschst. Eine unbeabsichtigte Bemerkung könnte mir helfen, Darnels Mörder zu finden.«

»Natürlich werde ich dir helfen.«

»Tust du mir noch einen Gefallen?«

»Jeden«, antwortete Blythe, ohne zu zögern, und beugte sich in ihrem Stuhl vor.

»Hab Geduld mit meiner Familie«, sagte Roger. »Sie werden bestimmt in ein paar Tagen abreisen.«

Kapitel 11

Seine Familie blieb fünf lange Wochen in Debrett House.

Mit munterem Schritt, der die Erleichterung über die Abreise ihrer Schwiegerfamilie zeigte, ging Blythe über den weitläufigen Rasen zum Kai, wo ihr Mann mit seinen Brüdern stand. Der neblige Morgen war einem goldenen Mittag gewichen, und der strahlend blaue Himmel versprach einen klaren Abend mit Mondschein. Die Zeit der leuchtenden Herbstfarben war jetzt vorbei, und die Oktoberwinde schüttelten die Blätter von ihren Freunden, den Bäumen.

Der frische Geruch von Samhuinn lag in der Luft, und Blythes Lebensnerv sang das Lied ihrer Ahnen. Samhuinn würde an diesem Abend bei Sonnenuntergang beginnen. Dann würde sich für sie und ihre Mutter der Schleier zwischen der sichtbaren und der unsichtbaren Welt heben.

Dank der Göttin und des heiligen Swithin plante ihre Schwiegerfamilie, an den Hof zurückzukehren, bevor der Feiertag begann. Ihre Anwesenheit war beinahe unerträglich gewesen. Blythe hatte nach fünf Wochen so wenig Geduldsreserven, daß sie den Koch angewiesen hatte, das Essen hinauszuzögern, so daß sie keine weitere Mahlzeit mit ihnen einnehmen mußte.

Die drei Debrett Brüder standen am Kai, wo zwei von Rogers Barkassen lagen, und warteten auf Sybilla. Flußaufwärts nach Windsor Castle zu reisen, war einfacher zu Schiff als zu Pferd. Eine Barkasse war mit dem Gepäck und den Pferden beladen, während die überdachte Barkasse sie bequem zum Hof bringen würde.

Als Blythe die Männer erreichte, gab sie Cedric den Lunchkorb, der auf ihre Bitte hin gerichtet worden war. »Es ist ein schöner Tag für eine Reise flußaufwärts«, sagte sie strahlend.

»Ihr trefft mich tief, Mylady«, sagte Geoffrey und beugte sich über ihre Hand. »Ihr hättet wenigstens ein trauriges Gesicht vortäuschen können wegen unserer Abreise.«

»Ich bin sicher, daß wir uns bald wiedersehen werden«, antwortete Blythe und errötete, weil sie so schnell zu durchschauen war. Sie sah ihren stirnrunzelnden Mann an und dann Cedric: »Ihr habt hoffentlich Euer Arsenal von Rapieren nicht vergessen. Was würdet Ihr nur ohne sie tun?«

»Ich habe nichts vergessen«, erwiderte ihr Schwager. »Ich werde immer an Euch denken, wenn ich übe.«

»Wie schmeichelhaft«, sagte Blythe trocken. »Hier kommt Lady Sybilla.«

Cedric sprang als erster auf die Barkasse und drehte sich um, um seiner Frau zu helfen. Geoffrey stieg nach ihr ein, und der Bootsmann bereitete sich darauf vor abzulegen.

»*Wartet!*« Miranda lief über den Rasen auf den Kai zu. »Ich habe ein Abschiedsgeschenk für Tante Sybilla.«

Roger nahm seiner Tochter das Päckchen aus der Hand und gab es seinem Bruder. Cedric wiederum reichte es seiner Frau.

»Mach es jetzt auf, Tante«, sagte Miranda.

Sybilla öffnete das hübsche rosa Band und öffnete den Deckel der Schachtel. Im nächsten Augenblick erschreckte sie alle mit einem markerschütternden Schrei.

Ein Frosch sprang aus der Schachtel auf ihren Schoß. Als sie wieder schrie, sprang der Frosch von ihrem Schoß in den Fluß.

Die drei Debrett Brüder lachten. Blythe kicherte und zwinkerte ihrer Stieftochter zu.

»Du kleiner Schlingel«, kreischte Sybilla. »Du verdienst eine Tracht Prügel.«

»Das ist ein Halloweenstreich«, erklärte Miranda, die immer noch über die verängstigte Reaktion ihrer Tante lachte.

»Blythe hat ihr das gesagt«, beschwerte sich Sybilla. »Sie übt einen schlechten Einfluß auf das Kind aus.«

Roger antwortete nicht, sondern machte eine Handbewegung zu dem Bootsmann, und die Barkasse begann ihre Reise flußaufwärts. Er drehte sich zu seiner Tochter um und sagte: »Gut gemacht, Schätzchen.«

Die drei gingen über den Rasen zum Haus zurück. Roger ging direkt in sein Arbeitszimmer, um vor dem Abendessen noch zu arbeiten. Blythe nahm Miranda mit nach oben, um mit ihr die Verkleidung für die Nacht vorzubereiten.

»Hat Mylord noch alte Kleidung aus seiner Kinderzeit?« fragte Blythe, als sie in der Eingangshalle dem Majordomus begegnete.

Bottoms sah sie verdutzt an.

»Wir brauchen Verkleidung für heute abend«, erklärte sie.

»Die Kleider Seiner Lordschaft sind in Kisten verpackt in der hintersten Ecke seines Ankleidezimmers.«

»Danke«, sagte Blythe.

»Danke.« Miranda war das Echo ihrer Stiefmutter.

»Warte hier«, befahl Blythe, als sie ihr Schlafzimmer betraten. »Ich bringe dir etwas Passendes für heute nacht.«

Blythe ging durch die Tür, die ihr Schlafzimmer mit dem ihres Mannes verband. Sie hatte keinen Fuß mehr in dieses Zimmer gesetzt seit der furchtbaren Szene in ihrer Hochzeitsnacht. Das Zimmer war einfach eingerichtet. Offensichtlich hatte ihr Mann Wichtigeres zu tun, als in seinen Reichtümern zu schwelgen.

Blythe ging direkt auf die geschlossene Tür auf der anderen Seite des Zimmers zu. Als sie das Ankleidezimmer betrat, roch sie den schwachen Duft nach Lorbeer, der in der Luft lag. Blythe berührte die Kleidung ihres Mannes, als sie zum hinteren Ende des Zimmers ging. Ihr Geliebter hatte mehr als ein Dutzend Kisten dort gestapelt.

Blythe öffnete die erste und nahm ein Paar Reithosen heraus, die viel zu groß für Miranda waren und die Roger vermutlich als Jugendlicher getragen hatte. Die zweite Kiste enthielt Kleidung, die nur ein bißchen kleiner war. Offensichtlich hatte ihr Mann die Kleidung von der größten bis zur kleinsten Größe sortiert.

Aus der untersten Kiste nahm Blythe eine Reithose, die er als Junge getragen hatte. Mit Hilfe eines Gürtels würde sie

Miranda passen. Jetzt brauchte sie noch ein dunkles Hemd, eine warme Jacke und eine Kappe. Das Hemd und die Jacke fand sie schnell, aber sie mußte tief in der Kiste wühlen, um eine Kappe zu finden.

Blythe stellte die Kisten wieder so zurück, wie sie sie vorgefunden hatte. Da sie nur ungern das Zimmer ihres Mannes verlassen wollte, blieb sie einen Moment mit der Kleidung in Händen stehen. Die Strickmütze fühlte sich ungewöhnlich schwer an.

Blythe griff hinein und zog ein Buch hervor. Sie ging zum Fenster, starrte das Buch einen Moment lang an und öffnete es dann. Das Buch gehörte Rogers Mutter.

Wie wunderbar es wäre, das zu lesen, dachte Blythe. Es könnte ihr Einsicht in die Kindheit ihres Mannes verschaffen. Roger hatte die Existenz des Buches sicher längst vergessen und würde nie erfahren, daß sie es sich für ein paar Tage auslieh.

Blythe nahm das Tagebuch und ging zurück in ihr Zimmer. Sie legte das Tagebuch in die oberste Schublade ihres Schreibtisches und zwinkerte dann Miranda zu.

Die Fünfjährige war so aufgeregt, daß sie durch das Schlafzimmer hüpfte. In kürzester Zeit war das kleine Mädchen in einen kleinen Jungen verwandelt.

Blythe zog einen schwarzen Rock mit großen Taschen an, dazu eine weiße Leinenbluse und einen schwarzen Wollschal. »Wir tragen an Samhuinn immer dunkle Farben, damit die Geister uns nicht nach Hause folgen können«, erzählte sie dem kleinen Mädchen.

»Was ist mit dem Korken?« fragte Miranda, die es offensichtlich nicht erwarten konnte, sich das Gesicht zu schwärzen.

»Wir malen unsere Gesichter nach dem Essen an.«

»Mama Blight, werden Daddy und du mir Brüder und Schwestern geben, wie ihr sie in Devereux House habt?« fragte Miranda plötzlich.

»Ich würde gerne, aber dein Vater hat in dieser Angelegenheit das letzte Wort«, sagte Blythe.

»Dann werde ich ihn darum bitten.«

»Wenn du einen Mann zu etwas überreden willst, mußt du eine Strategie anwenden«, sagte Blythe.

»Was ist das?«

»Strategie ist der Plan, dem man folgen muß, wenn man etwas erreichen will.«

»Sag mir, was ich tun muß.«

»Meine Großmama Chessy sagt, man muß einen solchen Augenaufschlag machen«, sagte Blythe und machte es übertrieben vor. »Dann mußt du einen Schmollmund machen. So ...« Wieder zeigte sie, was sie meinte. »Der Mann wird dir ein Geschenk anbieten, aber du mußt es mit einem schüchternen, unschuldigen Lächeln ablehnen. Männer lieben schüchterne und unschuldige Mädchen. Er wird dir ein zweites und drittes Geschenk anbieten, aber du mußt es jedesmal ablehnen.«

»Warum?« fragte Miranda. »Ich lehne Geschenke nie ab.«

»Nachdem er dreimal zurückgewiesen wurde, wird der Mann wahnsinnig frustriert sein«, erklärte Blythe. »Dann bietet er dir das an, was du wirklich willst. Dieses Mal kannst du annehmen und sagen: ›Ich möchte Eure Gefühle nicht verletzen.‹«

»Funktioniert das immer?« fragte Miranda.

»Großmama Chessy schwört darauf«, antwortete Blythe. »Sie ist eine Expertin für Männer, weißt du.«

»Nein, das wußte ich nicht.«

Blythe lächelte über diese Antwort und fragte: »Wollen wir jetzt essen gehen?«

Hand in Hand gingen Blythe und Miranda nach unten. Sie setzten sich an die Ehrentafel und warteten auf das Essen.

»Wer ist dieser kleine Junge?« fragte Roger, als er sich ein paar Minuten später zu ihnen setzte.

Miranda kicherte. »Ich bin deine Tochter, Daddy.«

Die Diener kamen mit ihrem Mahl aus gebratenem Huhn mit Piniennüssen, Zwiebel-und-Porree-Suppe, Brot, Butter, Wein und Cidre.

»Für Euch, Mylord«, verkündete Bottoms und stellte einen verdeckten Teller vor ihn hin.

Roger hob den Deckel von dem Teller. Zwei weiße Tauben flogen hoch und verwirrten ihn.

»Das ist dein Halloweenzauber«, rief Miranda und klatschte in die Hände.

Roger sah über den Kopf seiner Tochter hinweg seine Braut an und murmelte: »Die Vögel werden das ganze Haus versauen.«

Bottoms stellte einen verdeckten Teller vor Miranda, die ängstlich zurückzuckte. Dann hob er den Deckel, und eine Schachtel war zu sehen.

»Ich würde dich niemals erschrecken, Schätzchen«, versicherte Blythe und legte einen Arm um die Schulter des Kindes. »Es ist ein Geschenk.«

Miranda sah sie mißtrauisch an. »Was ist es?«

»Mach auf und schau selbst.«

»Heiliger Swithin«, rief Miranda und machte ihre Stiefmutter perfekt nach, als sie den Deckel von der Schachtel nahm.

An einer Goldkette hing ein mit Steinen besetzter Anhänger. Der mittlere Stein war ein schwarzer Onyx, umgeben von einem Smaragd, einem Aventurin, einem Rubin, einem Amethyst und vier Saphiren.

»Das ist eine Kette, die dich schmückt und beschützt«, sagte Blythe, nahm sie aus der Schachtel und legte sie dem Mädchen um. »Die Kette ist ein Symbol für Ewigkeit und starken Schutz. Der schwarze Stein ist ein Onyx und ein guter Schutz. Sieh, hier ist Herkules eingraviert. Die alten Römer trugen dieses Symbol, wenn sie in die Schlacht zogen.«

»Wer ist Herkules?« fragte Miranda.

»Der stärkste Mann der Welt.« Blythe sah ihren Mann an und fragte: »Erinnerst du dich an ihn?«

Roger verdrehte die Augen. »Ja, und an seine zwölf Arbeiten.«

»Der Smaragd repräsentiert den Norden«, erklärte Blythe ihrer Stieftochter. »Der Aventurin repräsentiert den

Osten, der Rubin den Süden und der Amethyst den Westen. So bist du von allen Seiten beschützt.«

»Was bedeutet der blaue?« fragte Miranda.

»Blythe, findest du nicht, daß dieses Geschenk unpassend für eine Fünfjährige ist?« mischte sich Roger ein.

»Nein, finde ich nicht.« Blythe wandte sich wieder an das Mädchen und fuhr fort: »Die blauen Steine sind Sternsaphire, und in jedem wohnt ein mächtiger Schutzengel.«

»Ein Engel?«

»Genau. Und das Blau paßt gut zu deinen schönen Augen.«

Miranda legte ihre Arme um Blythes Hals und rief: »Ich liebe dich, Mama Blight.«

»Und ich dich auch, mein Spatz.«

Miranda wandte sich an ihren Vater und klapperte mit den Wimpern: »Daddy, kann ich einen kleinen Bruder oder eine kleine Schwester haben?«

Roger sah vollkommen überrascht aus: »Nein.«

»Warum nicht?«

»Ich habe dir gerade zwei Ponys gekauft«, antwortete Roger.

Miranda schmollte provokativ, und ihre Stiefmutter lächelte.

»Was ist mit deinen Lippen?« fragte Roger.

»Nichts«, antwortete die Fünfjährige bedrückt.

»Wie wäre es mit einer neuen Puppe?« bot Roger an.

»Nein, danke«, antwortete Miranda und schüttelte übertrieben traurig den Kopf. Sie hielt einen Finger zu Blythe hoch, um zu zeigen, daß die Puppe das erste Angebot war.

»Ich könnte dir zu Neujahr einen kleinen Hund schenken«, lockte Roger.

Miranda hielt einen zweiten Finger hoch und wandte sich dann mit traurigen Augen an ihren Vater: »Danke, daß du an mich denkst, Daddy, aber ich warte auf einen Bruder oder eine Schwester. Bis dahin bin ich zufrieden.«

Roger sah Blythe an. Sie las die Frage in seinen Augen, schüttelte den Kopf und zuckte mit den Schultern.

Die Dämmerung hüllte die Welt ein, als Roger, Blythe und Miranda auf dem Weg zu Devereux House zu den Halloween-Festlichkeiten an den Gärten von Devereux Dowager vorbeikamen. Blythe atmete die frische Oktoberluft tief ein und spürte, wie eine frohe Erwartung sie durchdrang.

Die Nacht war für Zauber wie geschaffen, und eine unheimliche Pracht durchdrang die Luft. Eine wachsende Flut von mächtiger Energie lud die Luft mit Erwartung auf, während die gedämpften dunklen Farben der Dämmerung von Osten nach Westen den Himmel färbten.

Blythe konnte ihre Stieftochter kaum zurückhalten, die von den Flammen und dem Gelächter im Garten ihrer Eltern angezogen wurde. Als sie zwischen den Sträuchern hindurch die Feiernden sahen, gingen sie schnell auf sie zu.

»Wer ist denn dieser kleine rußige Junge?« fragte Lady Keely zur Begrüßung.

Die Fünfjährige kicherte. »Ich bin's, Miranda.«

»Das hätte ich niemals vermutet«, rief Earl Richard mit gespieltem Erstaunen.

Ein kleines Mädchen kam heran und gab der Fünfjährigen einen Eibenzweig. Sie sah den Grafen an und beschwerte sich: »Papa, ich mag kein Mädchen sein.«

Blythe kicherte, und Roger lachte schallend. Das kleine Mädchen war der vier Jahre alte Adam Devereux.

»Adam, tu deiner Mutter heute abend den Gefallen«, sagte der Graf zu seinem Sohn. »Deinen Schwestern macht es Spaß, Jungen zu spielen.«

Blythe drehte sich um. Ihre Schwestern waren wie Miranda als Jungen verkleidet, hielten sich an den Händen und tanzten um das Samhuinn-Feuer.

»Komm, Junge«, sagte Adam zu Miranda. »Laß uns tanzen.«

Miranda sah Blythe an, die ihr zunickte, und lief dann mit Adam zu den anderen.

»Ihr habt den Apfelwettbewerb verpaßt«, sagte Lady Keely, »aber wir werden später noch Kastanien rösten und Geschichten erzählen.«

»Geröstete Kastanien«, rief Blythe und klatschte in die Hände wie ein junges Mädchen. »Ich kann es kaum abwarten.«

Ihr Mann lächelte über ihr mädchenhaftes Verhalten.

»Wollen wir uns in mein Arbeitszimmer zurückziehen?« fragte Richard Roger. »Ich habe einige vorläufige Berichte über unser letztes Geschäftsvorhaben erhalten.«

Roger nickte und ging auf das Haus zu, blieb jedoch stehen, als sein Schwiegervater stehen blieb.

»Dir gehört ein Viertel der Aktien«, rief der Graf Blythe zu. »Du kannst gerne mit uns kommen.«

»Mama Blight, tanz mit uns«, rief Miranda.

»Feier mit uns, Schwester«, lud Adam sie ebenfalls ein.

Hin und her gerissen zwischen Geschäft und Feier, war Blythe unentschlossen. Sie sah von den Kindern zu ihrem Vater und zu ihrem Mann und dann wieder zu den Kindern.

»Wenn du lieber hierbleiben möchtest«, sagte Roger, »erzähle ich dir nachher alles.«

»Danke, Mylord«, sagte Blythe und lächelte ihn strahlend an.

Graf Richard und Roger gingen zum Haus und verschwanden darin.

»Weshalb erscheint Papa immer zu unserem Samhuinn-Feuer und verschwindet dann in seinem Arbeitszimmer, bis wir die Kastanien rösten?« fragte Blythe ihre Mutter.

»Dein Vater ist ein Skeptiker und für das Unsichtbare so empfänglich wie ein Backstein«, sagte Lady Keely. »Ich glaube, Roger ist aus demselben Holz geschnitzt.«

Blythe nickte. »Komm, Mama, wir wollen auch Spaß haben.«

»Liebes, ich möchte erst noch mit dir sprechen«, sagte die Gräfin und legte eine Hand auf ihren Arm, um sie zurückzuhalten.

»Ja, gut.«

»Wenn ich heute nacht mit den Toten in Verbindung trete, werde ich Großmutter Megans Rat wegen der dunklen Sonne einholen«, sagte Lady Keely.

»Aber ich werde bei dir sein.«

»Es kann schwierig sein, sich von Debrett House fortzustehlen«, sagte ihre Mutter.

»Ich habe eine Leiter unter mein Schlafzimmerfenster gestellt«, erzählte Blythe. »Roger wird nicht erfahren, daß ich fortgegangen bin.«

»Du bist meine Erstgeborene, der Nektar meiner Liebe zu deinem Vater«, sagte Lady Keely und legte ihre Handfläche an die Wange ihrer Tochter. »Was auch immer heute nacht passiert, denke daran, daß Roger dir niemals weh tun würde.«

»Ich verstehe nicht«, sagte Blythe verwirrt.

»Es ist nicht notwendig, daß du meine Worte verstehst«, erwiderte Lady Keely und lächelte geheimnisvoll. »Denk nur daran und glaube sie.«

»Mama, sorgst du dich um meine Sicherheit? Du glaubst doch nicht, daß Roger Darnel etwas …?«

»Nichts dergleichen«, unterbrach ihre Mutter. »Vertraue Roger. Er liebt dich sehr, aber weiß es noch nicht.«

»Ich vertraue ihm«, sagte Blythe. »Ich habe sogar meine Preise erhöht, um mit ihm gleichzuziehen.«

Lady Keely lachte. »Tochter, du hast so viel von deinem Vater.«

»Komm, Mama«, sagte Blythe und nahm ihre Hand. »Laß uns mit den Kindern feiern.«

Eine Stunde nach Mitternacht, zu Beginn der dunkelsten Augenblicke von Samhuinn, saß Blythe auf ihrer Bettkante und lauschte der Stille in Debrett House. Nichts rührte sich.

Blythe schien gelassen, aber eine wilde Vorfreude beschleunigte ihren Herzschlag. Bald würde sie mit ihrer Mutter den magischen Kreis ziehen, und der dünne Schleier zwischen dem Diesseits und dem Jenseits würde sich für sie heben.

Einmal mehr würde Megan Glendower, die Mutter ihrer Mutter, zu ihnen von jenseits des Horizonts sprechen. Sie würde erfahren, was die dunkle Sonne bedeutete und wie sie sie bezwingen konnte.

Blythe hatte keine Angst vor den Toten. In ihrer Druidenphilosophie war der Tod mit der Geburt verwandt. Das Leben war ein nie enden wollender Kreis aus Geburt, Wachstum, Tod und Wiedergeburt. Die Kommunikation zwischen der faßbaren Welt und der unsichtbaren erfüllte sie mit beinahe unerträglicher Aufregung, und in ihr pulsierte das Blut ihrer Ahnen.

Die Zeit war gekommen, sich aus Debrett House fortzuschleichen. Ihre Mutter würde jetzt gerade die notwendigen Steine für den Zauberkreis zusammensuchen.

Nachdem sie an diesem Abend nach Hause gekommen war, hatte Blythe ihr hauchzartes Nachthemd angezogen, falls ihr Mann sie aus irgendeinem unvorhergesehenen Grund in ihrem Zimmer besuchen sollte. Jetzt, da die kostbaren Augenblicke verstrichen, beschloß sie, nicht Rock und Bluse anzuziehen. Statt dessen nahm sie ihren schwarzen Wollumhang und schlang ihn um ihren Körper. Sie blieb barfuß, damit sie keine unnötigen Geräusche machte.

Blythe ging zu der Tür, die ihr Zimmer mit dem ihres Mannes verband, und drückte ihr Ohr dagegen. Alles blieb still auf der anderen Seite. Roger würde niemals erfahren, daß sie sich in der Nacht aus dem Haus geschlichen hatte.

Blythe drehte sich von der Tür weg und ging leise durch das Zimmer zum Fenster. Sie öffnete einen Laden, erstarrte dann aber vor Angst, als die andere Seite quietschte, als protestierte sie gegen die Bewegung.

Blythe blieb einen Moment regungslos stehen, hörte aber kein Geräusch, daß ihr Mann aufgewacht war. Sie zog den Umhang fest um sich, stieg mit einem Bein über die Fensterbank und tastete blind nach der obersten Leitersprosse.

Nachdem Blythe sie gefunden hatte, zog sie ihr linkes Bein über die Fensterbank, bis sie auf der obersten Sprosse stand. Dann stieg sie die Leiter hinab, bis sie festen Grund spürte.

Blythe schickte ein stilles Dankgebet an die Göttin und atmete tief ein, um sich zu beruhigen. Wenn sie gefallen wäre, hätte man sie entdeckt, und das fürchtete sie mehr als ein gebrochenes Bein.

Plötzlich packten starke Hände sie von hinten. Als sie ihren Mund öffnete, um zu schreien, legte sich eine Hand darüber.

»Du kleine Närrin«, sagte eine barsche Stimme neben ihrem Ohr. Die Stimme gehörte ihrem Mann.

Roger riß sie herum, damit sie ihn ansah.

Blythe sah zu ihm auf und dachte verwirrt, daß sie sich nie bewußt gemacht hatte, wie groß ihr Mann war. Erst jetzt bemerkte sie, daß er sie drohend überragte.

»Was machst du hier draußen?« fragte sie.

»Auf dich warten natürlich.«

»Woher weißt du …«

»Dein Vater erwähnte, daß er mitten in der Nacht auf Lady Keely aufpassen müßte, weil sie am Vorabend von Samhuinn beten würde«, erzählte Roger. »Ich habe die Leiter bemerkt, als wir heute abend zurückkehrten.«

Blythe gab ihren Widerstand auf. »Und du wolltest mich beschützen?«

»*Abhalten* wäre der bessere Ausdruck.«

»Ich muß heute nacht mit meiner Mutter beten«, sagte sie und drehte sich weg.

Roger streckte die Hand aus und zog sie einfach zu sich, als sie weggehen wollte. Blythe verlor das Gleichgewicht, fiel gegen ihn, und der Umhang glitt von ihren Schultern.

»Du bist beinahe nackt«, stieß er flüsternd aus.

»Sei ruhig, Mann«, sagte Blythe mit sanfter Stimme und legte ihre Handfläche auf seine Wange. »Ich muß die Göttin um Rat fragen, um dich vor der dunklen Sonne beschützen zu können, die dein Leben bedroht.«

»Du tust das für mich?« fragte Roger überrascht. »Warum?«

»Ich liebe dich«, antwortete Blythe, und ihre Stimme war

eine einzige Liebkosung. »Ich liebe dich seit Anbeginn der Zeit.«

Ihre Liebeserklärung schockierte Roger mehr als die Indiskretionen seiner verstorbenen Frau. Die einzigen Frauen, die das je zu ihm gesagt hatten, hatten gelogen. Diese hinterhältigen Geschöpfe hatten ihn aus rein finanziellen Interessen an sich binden wollen. Die einzige Frau, die ihn wirklich geliebt hatte, war seine Mutter.

Und jetzt erklärte ihm diese blutjunge Frau, daß sie ihn liebte. Welchen Vorteil hatte sie davon? Ihr Vater war der reichste Mann Englands und sie selbst eine erfolgreiche Geschäftsfrau. Und doch hatte seine Braut ihr Leben riskiert und war in der Dunkelheit eine Leiter heruntergeklettert, um für ihn zu beten. *Niemand hatte je zuvor für ihn gebetet*.

Roger überlegte kurz, sie gehen zu lassen, aber dann zitterte sie in der kalten Nacht. Er betrachtete ihren Körper, und seine Augen funkelten vor unerfülltem Verlangen. Er atmete keuchend, als er die elfenbeinfarbene Haut ihrer Brüste betrachtete, die sich durch ihr lächerlich dünnes Nachthemd abmalten.

Blythe war eine unwiderstehlich schöne Frau geworden. Und sie gehörte ihm. Er sehnte sich danach, sich in ihr zu vergraben, ihren Körper und ihre Seele zu besitzen.

Mit einem besiegten Stöhnen nahm er sie in seine Arme und ging auf das Haus zu. Blythe schlang ihre Arme um seinen Hals, äußerte keinen Protest, sondern starrte ihn an wie in Trance.

Oben trug Roger sie in sein Schlafzimmer und schloß die Tür mit seinem Stiefel. Er trug sie durch das Zimmer zum Bett, setzte sie jedoch daneben auf dem Boden ab.

Roger trat einen Schritt zurück und sagte heiser: »Jetzt geh in dein Zimmer, wenn du willst.«

»Ich bin deine Frau«, antwortete Blythe. Sie ging auf ihn zu, schlang ihre Arme um seinen Hals und preßte ihren Körper gegen seinen.

»Ich will dich«, flüsterte sie gegen seinen Hals. »So sehr, wie du mich willst.«

Bevor er sie umarmen konnte, trat Blythe einen Schritt zurück. Einen schrecklichen Augenblick lang dachte Roger, daß sie ihn verlassen würde.

Und dann bewegte sie sich.

Blythe hob die Arme und streifte die Träger ihres Nachthemdes von den Schultern. Das seidene Nachthemd flatterte zu Boden. Und dann stand sie nackt vor ihm – eine stolze Schönheit, die nur ihm gehörte.

In Rogers Blick spiegelte sich seine Anbetung. Sein glühender Blick wanderte von ihrem ungewöhnlich schönen Gesicht zu ihren Brüsten mit den rosa Warzen und dann zu ihrer zierlichen Taille, über ihre üppigen Hüften zu ihren winzigen Füßen.

Roger sah ihr tief in die Augen, zog sein Hemd über den Kopf und warf es auf den Boden, wo es sich mit ihrem seidenen Nachthemd verband, so wie ihre beiden Körper sich verbinden würden. Seine Stiefel und seine Hosen folgten seinem Hemd, bis er nackt war.

Unglücklicherweise weigerte sich seine Braut, ihren Blick unterhalb seines Halses wandern zu lassen. In diesem Moment erinnerte sich Roger, daß die üppige, einladende Frau, die so lüstern nackt vor ihm stand, eine nicht eingeweihte Jungfrau war. Er wußte, daß er langsam vorgehen mußte, damit sie nicht verängstigt floh, und doch begehrte er sie so sehr. Seine Aufgabe war beinahe so unmöglich, wie einen hübschen Schmetterling zu fangen.

»Ich möchte deinen Blick auf meinem Körper spüren«, sagte Roger heiser und kam näher. Er streckte die Hand aus, um ihre gerötete Wange zu streicheln, und ließ seine Hand dann über ihren schlanken Hals bis zu ihren Brüsten gleiten. Als er mit seinem Daumen über ihre Brustwarze strich, hörte er sie scharf einatmen.

»Hast du Angst, kleiner Schmetterling?« fragte er.

»Ja.«

Roger lächelte über ihre Aufrichtigkeit. »Aber du wünschst dir das?«

»Ja.«

Er streckte seine Hand einladend aus und fragte: »Mylady, wollt Ihr mit mir auf dem Bett liegen?«

Blythe lächelte ihn strahlend an und legte ohne Zögern ihre Hand in seine. Er zog sie einen Moment fest an sich und genoß das Gefühl ihrer unglaublichen Weichheit, bevor er sie auf die Arme nahm und auf das Bett legte.

Roger sah sie einen kurzen Moment an und legte sich dann neben sie. Ohne ihr Zeit zum Nachdenken zu geben, nahm er sie in die Arme. Sein Mund bedeckte ihren in einem langen, atemberaubenden Kuß, der eine Ewigkeit zu dauern schien.

»Hast du immer noch Angst?« fragte er.

»Ja«, flüsterte sie.

Roger zog sich zurück und küßte sie spielerisch auf die Nasenspitze. »Welche irdischen Gefühle bereiten dir Vergnügen, kleiner Schmetterling?« fragte er.

Sie dachte einen Moment nach, bevor sie antwortete: »Eine sanfte Brise auf meinem Rücken, die Sonne, die meine Schultern wärmt, die Zweige der Weide, die mein Gesicht kitzeln, der Morgentau unter meinen Füßen.«

»Sich zu lieben, fühlt sich so an und noch schöner«, sagte er. »Vertraust du mir?«

»Ich habe dir immer vertraut, mein Adler.«

Roger küßte sie wieder, und Blythe erwiderte seinen Kuß. Er ließ seine Zunge über ihre Lippen gleiten, und als sie diese zaghaft öffnete, erforschte er mit seiner Zunge ihren süßen Mund.

Roger löste seine Lippen von ihren und verteilte Dutzende federleichter Küsse auf ihren Augenlidern, Schläfen, ihrer Nase und ihrem Hals. Dann küßte er sie wieder leidenschaftlich, während seine Hand sie vom Hals über ihre empfindsamen Brüste bis zu der geheimnisvollen Stelle zwischen ihren Beinen liebkoste.

»Der Tau liegt hier zwischen deinen Schenkeln«, flüsterte er.

Blythe stöhnte. Sie preßte ihren geschmeidigen Körper gegen die Hand, die ihre feuchte Weiblichkeit streichelte.

Roger nahm eine rosa Brustwarze zwischen seine Lippen und saugte sanft daran. Als er spürte, wie sie in erwachendem Verlangen zitterte, saugte er stärker und drang mit einem Finger in sie ein.

»Spreiz deine Beine für mich«, flüsterte er.

Benommen vor Verlangen hörte Blythe seinen Wunsch und gehorchte.

Roger kniete zwischen ihren Schenkeln. Seine Erektion spielte mit der feuchten Perle ihrer Weiblichkeit.

»Einen Moment tut's weh«, sagte er. »Verzeih mir.«

Mit einem kraftvollen Stoß vergrub sich Roger tief in ihr. Sie schrie auf vor Schmerz, als er ihr Jungfernhäutchen durchstieß, aber er bedeckte ihren Mund und küßte sie, bis der erste Schock vorüber war. Lange lag er still, damit sie sich an seine Fülle gewöhnen konnte.

Und dann begann Roger, sich zu bewegen und verlockte sie, es ihm gleichzutun.

Blythe schlang ihre Beine um seine Hüften, als die Unschuld verschwand und ihrem Instinkt wich. Sie übernahm seinen Rhythmus, bewegte ihre Hüften und lockte ihn tiefer und tiefer in ihren Körper. Sie stöhnte vor Verlangen und begegnete jedem seiner kraftvollen Stöße mit ihrer eigenen Bewegung.

»Steig mit mir auf, kleiner Schmetterling«, flüsterte Roger in ihr Ohr.

Plötzlich explodierten in Blythe tausend Sonnen und trugen sie ins Paradies. Erst dann, als er ihre vollkommene Hingabe spürte, ließ Roger sich gehen. Er stöhnte und zitterte und ergoß seinen Samen in sie.

Sie blieben lange vollkommen regungslos liegen. Ihr keuchender Atem war das einzige Geräusch im Zimmer. Roger rollte sich auf die Seite, zog sie mit sich und küßte sie aufs Haar.

Er sah nach unten in diese riesigen violetten Augen, die ihn anstarrten. »Schließ die Augen und schlaf.«

Und sie tat es.

Er liebte sie. Diese erstaunliche Erkenntnis traf Roger mit der Wucht einer Lawine und riß ihn in ihrer Bedeutung beinahe um.

Roger betrachtete das hinreißend schöne Gesicht seiner Frau. Auch wenn eine Annullierung jetzt nicht mehr in Frage kam, sollte Blythe niemals das Ausmaß seiner Gefühle für sie erfahren. Wenn er ihr seine Liebe gestand, bedeutete das, im Elend zu leben. Irgendwie würde sie dieses Wissen gegen ihn einsetzen, so wie Darnel es getan hatte. Er wollte nicht riskieren, noch einmal verletzt zu werden.

Auch wenn es ihm weh tat, er würde seine Schlafzimmertür vor ihr verschließen. Er würde sie aus seinem Bett – und seinem Herzen – verbannen.

Kapitel 12

Seine Siebenen und Achten trieben es wieder miteinander.

Roger warf seine Feder auf den Schreibtisch. Angewidert von seiner mangelnden Disziplin sprang er von seinem Stuhl auf und stand am Fenster, während er versuchte, sich zusammenzureißen.

Eine pudrige Decke aus Schnee, die erste in diesem Winter, bedeckte den Rasen. Funkelnde Sonnenstrahlen tanzten wie Feen über den weißen Flaum, und Büschel von Hagebuttenblüten verliehen den Hecken einen festlichen Anstrich.

In den sechs Wochen, seit er sich geschworen hatte, seine Frau nie wieder anzurühren, fraßen ihn die süßen Erinnerungen an ihren geschmeidigen Körper und ihre leidenschaftlichen Küsse auf.

Blythe hatte ihn in den ersten beiden Wochen nach seiner Ankündigung, nie mehr mit ihr zu schlafen, ostentativ ignoriert. Er hatte erwartet, daß sie ihre Getreide- und Wollpreise senken würde, aber sie hatte ihn absichtlich beschämt, indem sie ihre Preise nach seinen richtete. In der dritten und vierten Woche nach seiner Zurückweisung hatte sie eine kühle und höfliche Haltung eingenommen, während er sich wie ein gequälter Bär benahm, der jeden angriff, der das Pech hatte, in seine Nähe zu kommen.

Und dann hatte Blythe in der letzten Woche verkündet, daß sie nicht mit ihm an den Hof gehen wollte. Er hatte natürlich sein Veto eingelegt. Der Earl von Oxford, seine personifizierte Strafe, würde ihn beschuldigen, eine weitere Frau ermordet zu haben, wenn seine neue Braut nicht an seiner Seite auftauchte.

Seine Braut. Wieder sah Roger sie nackt auf dem Bett liegen, spürte die Liebkosung ihrer seidigen Haut, genoß das Gefühl, in ihre Hitze einzudringen.

Er drückte seine Stirn gegen das Fenster, spürte die Kühle

und versuchte, sich zusammenzureißen. Wie sollte er die Wochen überleben, wenn er mit ihr bei Hofe ein Zimmer teilen mußte?

Die Barkassen waren bereits beladen, und die Knechte brachten ihre Pferde aus den Ställen. In weniger als einer Stunde würde er mit seiner Frau flußaufwärts nach Hampton Court reisen. Dann konnte er damit beginnen, den Mord an Darnel zu untersuchen und seinen Namen von jedem Verdacht reinzuwaschen.

Roger kehrte an seinen Schreibtisch zurück und begann, seine Bücher zu packen. Er wußte nicht, wie lange sie bei Hofe bleiben würden, aber er wollte auf jeden Fall weiterarbeiten. Sein größter Rivale – seine Frau – beabsichtigte dasselbe, und er weigerte sich, sie in irgendeinem Fall die Oberhand gewinnen zu lassen.

Roger verließ das Arbeitszimmer und ging über den Flur zur Eingangshalle. Als er sah, wie Miranda und Blythe einander umarmten, blieb er im Schatten stehen und belauschte ihre Unterhaltung.

»Mama Blight, verlaß mich nicht«, klagte Miranda und schlang ihre Arme um die kniende Frau.

»Dein Daddy braucht mich am Hof«, sagte Blythe, umarmte das Mädchen fest, und ihre Stimme war eine sanfte Liebkosung. »Er braucht meinen Rat bei einigen sehr wichtigen Dingen, aber ich werde Neujahr mit einem Geschenk für dich zurückkommen. Und vielleicht kann ich mich Weihnachten nach Debrett House schleichen.«

»Ich werde dich vermissen«, sagte Miranda und legte den Kopf auf die Schulter ihrer Stiefmutter.

»Ich werde dich noch mehr vermissen«, beharrte Blythe und küßte das Kind auf die Schläfe. »Hartwell wird dich jeden Tag nach Devereux House bringen, damit du mit Adam spielen kannst. Ist das nicht schön?«

»Ja, das gefällt mir«, antwortete die Fünfjährige.

»Bottoms hat versprochen, dich auch jeden Tag zu den Ställen zu bringen«, fuhr Blythe fort. »Du wirst Perikles und Aspasia doch Karotten bringen, oder?«

Miranda nickte. »Wer wird mir Gutenachtgeschichten erzählen?«

»Hartwell wird das tun«, antwortete Blythe. »Wenn ich zurückkomme, habe ich dir so viele Geschichten zu erzählen ... Lord Perpendicular wird dich jede Nacht besuchen. Versprichst du mir, nicht an das Gold zu gehen, solange ich fort bin?«

Miranda nickte.

Natürlich würde der Earl of Corners seine Tochter jede Nacht besuchen. Schließlich hatte seine Frau Bottoms und Hartwell jeweils einen Beutel mit Goldstücken gegeben, die sie in ihrer Abwesenheit verteilen konnten.

Daß Blythe seine Tochter wirklich mochte, war nur zu offensichtlich. Sie wäre eine ausgezeichnete Mutter für seine Kinder gewesen, die Art Mutter, für die er Darnel fälschlicherweise gehalten hatte.

Roger räusperte sich, trat ins Licht und ging auf sie zu. Blythe küßte das kleine Mädchen auf die Wange und sagte ihr dann, daß sie sich von ihrem Vater verabschieden sollte.

Miranda lief zu ihm. Roger nahm sie lachend in die Arme und hielt sie fest.

»Daddy, geh nicht«, weinte Miranda.

»Es tut mir leid, Schätzchen, aber ich habe Wichtiges bei Hofe zu erledigen«, sagte er. »Wenn ich nach Hause komme, bringe ich dir ein Geschenk mit.«

»Ich will kein Geschenk«, sagte sie und schlang ihre Arme um seinen Hals. »Ich will *dich*, Daddy.«

Rogers Herz schmerzte bei den Worten seiner Tochter. Er verdiente die bedingungslose Liebe des Kindes nicht. Er wollte sie niemals verlassen, aber er wußte, daß er keine Wahl hatte. Darnels Mörder zu entlarven, war die einzige Möglichkeit, seinen guten Namen und Ruf wiederherzustellen.

»Es ist ein warmer Tag für Dezember«, verkündete Bottoms, der vom Hof in die Eingangshalle trat. »Der Schnee wird vor Mittag geschmolzen sein. Die Barkassen erwarten Euch, Mylord.«

»Gib Daddy einen Kuß«, sagte Roger.

Miranda umarmte und küßte ihn und gab dann ihrer Stiefmutter noch einen Kuß.

Blythe sah über ihre Schulter, als sie aus der Tür gingen. Bottoms und Miranda hielten sich an der Hand und beobachteten sie. Blythe lächelte ihnen strahlend zu, und das kleine Mädchen winkte.

Blythe warf einen letzten Blick auf den Garten, den sie inzwischen liebgewonnen hatte. Sie verabschiedete sich schweigend von ihrer Freundin, der Weide, und als Antwort zuckten die Zweige in der sanften Brise.

Roger ging als erster an Bord und half dann ihr. Sie setzte sich auf einen gepolsterten Sitz und sah noch einmal über die Schulter, um einen letzten Blick auf Debrett House zu werfen. Nur die Göttin wußte, welche unerwarteten Gefahren am Hof auf sie lauerten.

Der richtige Winter war immer noch Wochen entfernt, doch die nahende Jahreszeit offenbarte sich dem kritischen Auge. Gefrorene Tröpfchen hingen wie Weidenkätzchen an den kahlen Ästen der Bäume.

Obwohl sie die vorbeiziehende Landschaft aufmerksam betrachtete, war Blythe sich der Anwesenheit ihres Mannes voll bewußt. So nah und allein waren sie seit dem Abend vor Samhuinn, als sie ihre Gelübde erfüllt hatten, nicht mehr gewesen.

Blythe unterdrückte ein Lächeln, als sie an den bevorstehenden Sturz ihres Mannes in ihre Hände dachte. Durch die Umstände gezwungen, ein Zimmer und ein Bett mit ihr zu teilen, würde Roger es kaum schaffen, sie nicht zu berühren.

Es stimmte, Blythe hatte ihn nicht an den Hof begleiten wollen, vor allen Dingen, weil sie sich um das Baby sorgte, das sie trug. Ihre Lippen zuckten vor Freude. Ihr Adler hatte in seiner gesegneten Unwissenheit keine Ahnung, daß er einen zweiten Nestling bekam.

Blythe weigerte sich, ihm von ihrer bevorstehenden Mutterschaft zu erzählen. Sie wollte seine Liebe gewinnen, ohne das Baby als Druckmittel einzusetzen. Sie wünschte sich, daß er sie wollte und nicht nur das Kind, das sie trug.

Aristoteles Debrett, beschloß Blythe, während sie begann, eine fröhliche Melodie zu summen. Wenn sie ihren Sohn nach dem hervorragenden Philosophen und Tutor Alexanders des Großen benannte, würde ihm das Weisheit garantieren. Auf der anderen Seite: Wenn sie ihn nach dem größten Kriegsherrn der Welt Alexander nannte, war das vielleicht noch besser. Schließlich hatte Alexander die ganze Welt besiegt, und so würde ihr Sohn ebenfalls seine Welt besiegen.

»Und warum bist du so glücklich?« fragte Roger und zog ihre Aufmerksamkeit auf sich. »Ich dachte, du wolltest mich nicht an den Hof begleiten.«

»Ich habe meine Meinung geändert«, antwortete Blythe. »Es ist ein bemerkenswerter Tag für eine Reise auf dem Fluß.«

»Du bist ganz schön kapriziös, oder?«

Blythe lächelte ihn an. Er schien sehr froh zu sein, daß sie wieder miteinander sprachen. Sie sah auf die Dokumente, die er gelesen hatte, und sagte: »Wenn du die Papiere weglegst, kannst du diese wunderbare Landschaft genießen.«

»Ich fürchte, mir fehlt dein mathematisches Genie«, sagte Roger.

»Hast du Probleme mit deinen Zahlen?«

»Meine Siebenen und Achten benehmen sich daneben«, sagte er mit einem bedauernden Lächeln.

»Vielleicht kann ich dir helfen«, bot sie ihm an.

Roger lächelte bei ihren Worten. »Ich bin sicher, daß du das kannst, aber ich arbeite lieber alleine.«

»Dann leide, mein lieber Mann.«

Aus irgendeinem unerfindlichen Grund lachte er über ihre Antwort. »Du wirst niemals wissen, wie sehr ich leide, kleiner Schmetterling.«

Kleiner Schmetterling. Der zärtliche Ausdruck gab ihr neue Hoffnung.

Und dann erhaschte Blythe einen ersten Blick auf ihr Ziel.

Zwölf Meilen südwestlich von London gelegen, glitzerte Hampton Court unter dem pudrigen Schnee im Sonnenlicht wie der schönste Edelstein in Englands Königskrone. Auf einem Gebiet, das Hunderte von Morgen zu umfassen schien, stand der Palast mit seinen zahllosen Ecktürmen, Fialen und Schornsteinen. Bäume, Hecken und Sträucher wuchsen, so weit das Auge sehen konnte.

»Heiliger Swithin!« rief Blythe leise. »Wie viele Menschen leben hier?«

»Tausend, wenn die Queen anwesend ist.«

»Und alle brauchen sie im Winter Wolle – und Getreide zum Essen«, sagte Blythe zu sich selbst.

»Ich glaube, dein Vater hat das Monopol, der Königin Wolle und Getreide zu liefern«, bemerkte Roger.

»Vielleicht kann ich es billiger liefern«, sagte sie und lächelte ihn munter an.

Am Landesteg sprang Roger als erster raus und half ihr dann. Er bedeutete Hardwick, sich um das Gepäck zu kümmern.

»Hampton Court besteht aus zehn verschiedenen Höfen, einer Vielzahl von Gärten, Hunderten von Zimmern, Dutzenden von Küchen, Ställen, einem Turnierplatz und Tennisplätzen«, plauderte Roger, als sie auf das Hauptgebäude zugingen.

»Wie soll ich mich hier jemals zurechtfinden, ohne mich zu verirren?« fragte Blythe.

»Befiehl einem Pagen, dich überallhin zu begleiten«, antwortete Roger.

Hampton Court war eine Stadt für sich und ein Bienenstock schwindelerregender Aktivität. Ständig trappelten Pferde durch die Höfe auf dem Weg in die Ställe. Händler mit Karren voller Lebensmittel drängten sich auf den Angern, zusammen mit Juwelen- und Stofflieferanten und Edelleuten mit ihren Familien.

Blythe klammerte sich an den Arm ihres Mannes und betrachtete mit großen Augen die ständige Bewegung, die um sie herumwirbelte. Als er plötzlich stehenblieb, stolperte sie beinahe und konzentrierte sich dann auf den Mann, der ihren Weg blockierte.

Ein großer Edelmann mittleren Alters stand vor ihnen. Er trug einen purpurroten Samtwams und Breeches, einen dazu passenden Hut mit einem Federbusch, Strumpfbänder mit silbernen Enden und spanische Lederschuhe.

Blythe starrte ihn an und dachte an einen Pfau. Ein menschlicher Pfau.

Der Mann starrte Roger kalt an. Ihr Mann senkte kaum merklich grüßend seinen Kopf.

»Ihr seid also zurück?« fragte der Mann.

»Nein, Oxford«, antwortete Roger mit hartem Unterton. »Ihr steht hier allein und sprecht mit Euch selbst.«

Edward deVere, der siebzehnte Earl von Oxford, überlegte Blythe. Sie hatte Gerüchte über seinen schwierigen Charakter gehört, und daß es ihm außerordentliche Freude gemacht hatte, ihren Geliebten zu verhaften und in den Tower zu sperren.

»Wie ich sehe, hat die Gefangenschaft Euch nicht von Eurem abscheulichen Sinn für Humor kuriert«, bemerkte deVere. Er sah Blythe an und fragte: »Devereuxs Tochter ist also Euer designiertes nächstes Opfer?«

Roger griff nach seinem Rapier, das an seiner Seite hing. Blythe berührte warnend seine Hand.

»Lord deVere, die Reise flußaufwärts hat mich ermüdet«, sagte Blythe mit gezwungenem Lächeln. »Wenn Ihr bitte zur Seite treten und uns vorbeilassen würdet. Ich möchte unser Zimmer sehen und eine Weile ausruhen.«

Oxford neigte seinen Kopf und sagte: »Lady Debrett, Ihr müßt für mich zur Seite treten.«

Was für ein arroganter, verachtenswerter Mann, dachte Blythe. Mehrere Morgen freies Feld umgaben sie, und doch standen sie hier und diskutierten, wer ausweichen sollte. Oxford hatte sich absichtlich vor sie gestellt, um Ärger zu machen.

»Hast du vor, ihm auszuweichen?« fragte Blythe und sah ihren Mann aus den Augenwinkeln an.

»Ich denke gar nicht daran.«

»Wir werden uns nicht bewegen, Mylord Earl.« Blythe ließ den Arm ihres Mannes los und legte beiläufig ihre rechte Hand auf ihr Herz. Dann wandte sie sich wieder an ihren Mann: »Ich glaube, das Wetter ändert sich.« Indem sie das sagte, legte sie ihren rechten Zeigefinger auf die Lippen, als überlegte sie den nächsten Schritt für beide Parteien.

Ein plötzlicher Windstoß fegte über die Erde und riß dem Grafen den Hut vom Kopf. Mit einem gemurmelten Fluch jagte der siebzehnte Earl von Oxford seinem roten, gefiederten Hut über den Rasen in Richtung auf den Fluß zu hinterher.

Nachdem dieses Problem gelöst war, lächelte Blythe ihren verblüfften Mann an und fragte: »Wollen wir erst auf unser Zimmer gehen oder erst Bliss suchen?«

»Hast du das gemacht?«

»Was?«

»Schon gut«, sagte Roger und schüttelte den Kopf. »Wir gehen auf unser Zimmer. Bliss und deine Großeltern werden bald von unserer Ankunft hören und zu uns kommen.«

Als sie den eigentlichen Palast betraten, begleitete Roger sie durch eine Vielzahl von Fluren und langen Galerien. Eine kleine Armee von Knechten, beladen mit Feuerholz, eilte umher, um die Ladung zu den Leibgardisten zu bringen, die in den Kaminen Feuer machen würden.

Hochgeborene Höflinge und ihre Damen grüßten ihren Mann und blieben stehen, um seine Devereux-Braut zu mustern. Fasziniert von ihrer außergewöhnlichen Kleidung erwiderte Blythe die neugierigen Blicke. Ihr Vater trug immer Schwarz wie auch ihr Mann, und so war sie nicht an den Anblick von herausgeputzten Männern gewöhnt.

Blythe überlegte, wie sie sich am Hof zurechtfinden würde. Ihre Landsleute erschienen ihr so fremd. Sie hatte nichts mit ihnen gemeinsam. Wie elend Bliss sich fühlen mußte.

Offensichtlich war Roger wieder gut angesehen. Das Zimmer, das für den verlorenen Höfling reserviert war, der an den Hof der Monarchin zurückkehrte, war ausgesprochen geräumig. In dem Zimmer stand ein Himmelbett mit schweren Vorhängen, um die winterliche Kälte abzuhalten. Auf der einen Seite des Zimmers befand sich ein Kamin, davor standen zwei Stühle. Außerdem gab es einen Schreibtisch am Fenster, durch das man eine wunderbare Aussicht auf die Themse hatte.

Ein Zimmer mit Aussicht, dachte Blythe. Elizabeth hatte die Anwesenheit ihres Mannes bei Hofe vermißt.

»Es ist hübsch«, sagte sie.

»Freut mich, daß es dir gefällt.«

Hardwick und Daisy betraten das Zimmer, gefolgt von einer Reihe von Knechten, die das Gepäck trugen. Sie gingen, nachdem Roger jedem von ihnen eine Münze gegeben hatte. Zuletzt kam ein Leibgardist und zündete das Feuer im Kamin an. Auch er erhielt eine Münze von ihrem Mann.

Als Blythe das beobachtete, wurde ihr klar, daß sie besser eine Geldbörse mitnähme, wo immer sie hinging. Jeder Dienst wollte mit Münzen belohnt werden. Sie würde den Gewinn ihres Getreidehandels drauf verwetten, daß die Dienstleistungen um so besser waren, je größer die Münzen waren.

»Mylord, sollen wir auspacken?« fragte Hardwick. »Oder möchte Mylady erst ein wenig ausruhen ...«

Die Tür flog auf und beanspruchte ihre Aufmerksamkeit. Bliss Devereux stürzte in das Zimmer und rief: »Schwester!«

Blythe ging Bliss bis zur Mitte des Zimmers entgegen, und die beiden umarmten sich. »Ich habe dich vermißt«, sagte Blythe.

Als Blythe ihre Großeltern in der Tür stehen sah, ließ sie ihre Schwester los und stürmte auf ihren Großvater zu. Sie umarmte zunächst ihn, dann ihre Großmutter.

»Elizabeth hat gefragt, ob ihr schon angekommen seid«, erzählte Herzog Robert Roger. »Sie erwartet sehnsüchtig ihren stolzen Adler.«

Roger lächelte und war offensichtlich erfreut, so bald zu ihr gerufen zu werden. Er wandte sich an seinen Diener und sagte: »Richte dich mit Daisy ein. Während meine Frau ihre Schwester besucht, werde ich zur Königin gehen und dann die Ställe besuchen, um zu sehen, wie es Achilles und Hector geht.«

»Werdet Ihr mich begleiten?« fragte er seinen Schwiegergroßvater.

Herzog Robert nickte und öffnete die Tür.

»Ich sehe dich heute abend, Liebes«, sagte Grandmama Chessy und küßte Blythe auf die Wange. »Ruh dich aus. Du scheinst ein bißchen müde zu sein.«

Blythe nickte.

»Was trägst du heute abend?« fragte die Herzogin, als sie das Zimmer durchquerte, um mit ihrem Mann hinauszugehen. »Der erste Eindruck ist so wichtig. Trag etwas Außergewöhnliches.«

Alle gingen hinaus, und die Tür fiel hinter ihnen ins Schloß.

Blythe setzte sich auf die Bettkante und zeigte einladend auf die Stelle neben sich. Es würde ihr helfen, ihre Schwester am Hof bei sich zu haben, und sie war dankbar dafür.

»Wie findest du dich zurecht, ohne dich zu verirren?« fragte Blythe.

»Du wirst es lernen«, sagte Bliss und ließ sich auf das Bett fallen.

»Wie ist sie eigentlich *wirklich?*«

»Die Königin?« Bliss lächelte. »Sie ist genauso, wie wir uns sie immer vorgestellt haben, aber sie kann furchtbar schlechte Laune haben.«

»Ist sie jemals dir gegenüber wütend geworden?« fragte Blythe.

Bliss schüttelte den Kopf und zwinkerte dann ihrer Schwester zu. »Du kennst die Wirkung, die ich auf Menschen habe. Es ist eine Gabe der Göttin … Aber Großpapa weigert sich, auch nur einen der in Frage kommenden Männer in meine Nähe zu lassen«, beschwerte sie sich. »Gott, er ist strenger als Papa. Genug von mir. Wie verläuft dein Eheleben?«

Blythe sah in die violetten Augen ihrer Schwester, die den ihren so ähnlich waren, und die Anspannung der letzten beiden Monate stieg schmerzlich in ihr auf. Sie brach in Tränen aus.

»So schlimm?« fragte Bliss und legte tröstend einen Arm um sie. »Weine nicht, Schwester. Sonst wird es noch regnen.«

»Geht es mir durch deine Berührung besser?« fragte Blythe und rang sich zu einem zitternden Lächeln durch.

»Natürlich«, antwortete Bliss. »Nun erzähl mir deine Probleme, dann wird deine Last leichter.«

»Die Familie meines Mannes irritiert mich«, begann Blythe. »Ausgenommen Miranda, die ich sehr liebe.«

»Und?«

»Die Geliebten meines Mannes haben uns eines Abends einen Besuch abgestattet«, sagte Blythe mit kleiner Stimme.

»Ehemalige Geliebte, das wette ich«, sagte Bliss. »Wer sind sie?«

»Sarah Sitwell und Rhoda Bellows.«

»Du meinst Lady Bello?«

Blythe kicherte. »Sie sieht eigentlich aus wie eine Ratte.«

»Das einzige, was ihr fehlt, ist ein langer Schwanz«, stimmte Bliss zu. »Was geht dir sonst noch durch den Kopf?«

»Roger liebt mich nicht«, gab Blythe zu, und ihre Unterlippe zitterte, weil sie krampfhaft versuchte, nicht zu weinen. »Er hatte vor, unsere Ehe zu annullieren, aber nachdem er eine Nacht mit mir im Bett verbracht hat, geht das nicht mehr. Seitdem hat er mich aus seinem Schlafzimmer ausgeschlossen.«

»Heiliger Hippokrates, welcher Bastard«, murmelte Bliss.

»Da ist noch was«, sagte Blythe.

Bliss legte den Kopf auf die Seite und wartete, was sie zu sagen hatte.

»Ich – ich trage sein Kind, aber ich habe es ihm noch nicht gesagt.«

»Ich bin knapp über sechzehn Jahre alt und viel zu jung, um Tante zu werden«, imitierte Bliss perfekt ihre Großmutter.

Blythe brach in Lachen aus, und Bliss stimmte ein.

Bliss wurde als erste wieder ernst. »Im Ernst, Schwester, Roger ist kein unschuldiger Junge. Er muß damit rechnen, daß so etwas passiert.«

»Da wir nur eine Nacht miteinander verbracht haben, bezweifle ich, daß er die Möglichkeit in Betracht zieht, ein Kind gezeugt zu haben«, sagte Blythe.

»Schwester, die Göttin geht seltsame Wege«, antwortete Bliss und legte einen Arm um ihre Schulter. »In einem Augenblick konnte sie sicherstellen, daß der Adler bei seinem Schmetterling bleibt.«

»Ich liebe dich«, sagte Blythe und lehnte ihren Kopf an die Schulter ihrer Schwester.

»Und ich dich erst«, antwortete Bliss. »Wann wirst du Roger die gute Nachricht mitteilen?«

»Vielleicht, wenn wir nach Debrett House zurückkehren.«

»Lieber jetzt als später«, riet Bliss. »Sonst wirst du grau vor Sorge.«

Blythe seufzte. »Ich kann den notwendigen Mut nicht aufbringen.«

»Ich muß zur Königin, aber ich treffe dich heute abend«, sagte Bliss. »Wir sprechen später darüber. Oh, ich habe etwas Interessantes entdeckt und werde es dir morgen zeigen, wenn du dich fortstehlen kannst.«

»Roger würde mir niemals deine Gesellschaft vorenthalten«, sagte Blythe. »Worum geht's?«

»Ich kann es dir nicht sagen«, antwortete Bliss und küßte Blythe auf die Wange, bevor sie vom Bett aufstand. »Du mußt das selbst erleben.«

Und weg war sie.

Blythe stand vom Bett auf und sah aus dem Fenster auf die Themse. Sie konnte kaum glauben, daß sie in ihrem Zimmer in Hampton Court war. Heute abend würde sie die Königin von England kennenlernen. Wie konnte sie in diesem Bewußtsein einen Mittagsschlaf machen? Sie war zu aufgeregt, um an ihren Büchern zu arbeiten, und wünschte, sie hätte das Tagebuch ihrer verstorbenen Schwiegermutter mitgebracht. Unglücklicherweise lag das Tagebuch dort, wo sie es am Tag, als sie es gefunden hatte, versteckt hatte: in der obersten Schublade ihres Schreibtisches.

Einige Stunden später stand Blythe vor dem Spiegel in ihrem Zimmer und musterte ihr Ebenbild. Sie sah elegant aus in ihrem schwarzen Samtkleid mit dem tiefen eckigen Ausschnitt. Die einzigen Farbflecke kamen von ihrem juwelenbesetzten Odinskreuz, dem Verlobungsring mit dem Schmetterling und ihren violetten Augen. Das einfache dunkle Kleid unterstrich ihre natürliche Schönheit.

»Du solltest ein Kleid tragen, das Aufmerksamkeit erregt«, sagte Daisy, als sie neben ihr stand. »Möchtest du die Höflinge nicht blenden?«

»Um meines Mannes willen möchte ich nur die Königin beeindrucken«, sagte Blythe.

»Dieses Kleid wird sie nicht beeindrucken«, erwiderte Daisy. »Komm, ich helfe dir in das Rote.«

Blythe schüttelte den Kopf. »Im Gegenteil: Elizabeth wird meine Weisheit schätzen.«

»Woher weißt du das?«

»Elizabeth ist bereits einundsechzig Jahre alt und hat nicht den geringsten Wunsch, eine fröhlich gekleidete Achtzehnjährige zu treffen«, antwortete Blythe. »Die Königin verdient es, daß sich alle Aufmerksamkeit auf sie richtet.«

»Na gut«, sagte Daisy lächelnd. »Ich glaube, ich verstehe. Die Königin wird eifersüchtig sein, wenn du alle ihre Höflinge blendest.«

»So in der Art.«

»Weshalb bist du so weise?«

»Ich bin nicht weise«, gestand Blythe. »Meine Mutter hat mir den Rat gegeben, welche Kleider passend sind.«

»Aber die Herzogin kleidet sich lebhaft«, bemerkte Daisy.

»Ja, aber Großmama Chessy ist fast so alt wie die Königin«, antwortete Blythe. »Aber sag ihr das nicht.«

Daisy wollte etwas sagen, aber sie hörten, wie sich die Tür öffnete.

»Bist du fertig?« rief Roger.

Die beiden Frauen traten vor den Paravent. Daisy verließ das Zimmer, während Blythe regungslos da stand und ihren Mann beobachtete, der sie bewundernd ansah. Er schien den Schnitt ihres Kleides zu mögen, denn sein Blick blieb auf der makellosen elfenbeinfarbenen Haut über ihrem tiefen Ausschnitt haften.

»Schwarz war eine gute Wahl«, sagte Roger und kam auf sie zu. »Die konservative Farbe unterstreicht deine jugendliche Schönheit.«

»Danke, Mylord«, antwortete Blythe, »aber ich habe nicht versucht, meine Jugend zu betonen. Wenn ich farblos erscheine, wird die Königin mich lieber mögen.«

Roger lächelte. »Und wer hat dir diese Weisheit beigebracht? Deine Großmutter sicher nicht.«

»Nein, meine Mutter.«

Leise Musik vermischte sich mit Stimmen und Gelächter und wurde mit jedem Schritt, den sie taten, lauter. Und dann standen sie im Eingang zum Audienzsaal der Königin, der mit Hunderten von farbenfroh gekleideten Höflingen gefüllt war, die tanzten oder umherliefen.

Die besten Musiker Englands standen auf der linken Seite des rechteckigen Raumes und spielten auf ihren Instrumenten. Auf der langen Seite gegenüber dem Eingang saß Königin Elizabeth auf einem Podium und beobachtete die Aktivitäten ihrer Höflinge. Die Mitte des Raumes war fürs Tanzen reserviert.

Überall wo Blythe hinsah, erblickte sie ein Meer aus lebhaften, ins Auge fallenden Farben. Goldene Accessoires und kostbare Schmuckstücke funkelten im Kerzenlicht.

Blythe sah Roger ängstlich an. Sie fühlte sich in ihrem schwarzen Kleid sehr deplaziert. Tatsächlich erschienen ihr

Mann und sie wie graue Zaunkönige, wenn sie sich mit den herausgeputzten Pfauen verglich, die da auf und ab stolzierten.

Blythe sah zum Podium und entdeckte Bliss, die mit der Königin sprach. Diese wiederum sah zum Eingang des Saales. Neben dem Podium standen ihre Großeltern und warteten offensichtlich auf ihr Eintreffen.

»Bist du bereit, die Königin zu treffen, kleiner Schmetterling?« fragte Roger und drückte ermutigend ihre Hand.

»Ich habe den ganzen Nachmittag meinen Knicks geübt, Mylord«, antwortete Blythe. »Ich bin bereit.«

Roger hielt ihre Hand fest und trat vor. Obwohl er mehreren Höflingen zunickte, die ihn grüßten, blieb ihr Mann nicht stehen, sondern führte sie direkt zum Podium.

Blythe hielt ihren Blick auf die Königin gerichtet. Sie spürte die Blicke der beobachtenden Höflinge und wußte, daß sie neugierig auf die älteste Tochter von Devereux waren.

»Wir werden hier stehen und auf ihr Zeichen warten«, flüsterte Roger. »Alles andere würde das Protokoll verletzen.«

Blythe lächelte ihn verständnisvoll an. Die Aussicht, der Königin vorgestellt zu werden, machte sie zu nervös, um zu sprechen.

Blythe stand neben ihrem Mann und dachte, daß die Feststellung ihrer Schwester richtig war. Die Königin war so, wie sie sie sich immer vorgestellt hatten. Obwohl sie fortgeschrittenen Alters war, besaß Elizabeth immer noch die legendäre Präsenz, für die sie berühmt war, eben genau die Eigenschaft, die ihre Untertanen seit sechsunddreißig Jahren an sie band.

Elizabeth trug ein weißes, mit Gold besticktes Kleid, das mit einem Vermögen an Diamanten und anderen wertvollen Steinen verziert war. Um ihren königlichen Hals trug sie Ketten über Ketten aus Diamanten, Smaragden und Rubinen. Perlen schmückten ihr rotgoldenes Haar, und sie trug an jedem Finger einen juwelenbesetzten Ring.

Die königliche Ausstrahlung blendete Blythe beinahe. Sie hatte das Gefühl, eine Göttin anzusehen.

Roger nahm Blythes Hand und zog sie nach vorne, als die Königin ihm zunickte. Er verbeugte sich aus der Hüfte, während Blythe einen tiefen, anmutigen Knicks machte.

»Erhebt Euch«, bat Elizabeth. Sie wandte ihre Aufmerksamkeit sofort Blythe zu und sagte: »Das war vorzüglich, Lady Debrett.«

Blythe errötete und war unfähig zu unterscheiden, ob die Königin sie beleidigte oder ihr ein Kompliment machte. Sie neigte ihren Kopf und lächelte, während die Königin sie von ihrem Haar bis zu den schwarzen Satinschuhen musterte.

Blythe spürte, daß die Königin erfreut über ihre Kleiderwahl war. Sie dankte schweigend ihrer Mutter für diesen guten Rat.

»Roger, seid willkommen an meinem Hof«, sagte Elizabeth. Sie warf Blythe noch einen Blick zu und fügte hinzu: »Ihr seht aus wie Eure Mutter.«

»Danke, Euer Majestät.«

»Woher wißt Ihr, daß es ein Kompliment war?« fragte Elizabeth.

Blythe war einen Moment lang verwirrt über diese Frage. »Ich ähnele meinem Großvater, der dort drüben steht«, antwortete sie und nahm sich zusammen. »Ich bin sicher, daß Ihr niemals Euren Lieblingsherzog vor anderen beleidigen würdet.«

Elizabeth neigte den Kopf, was bedeutete, daß ihr die Antwort gefiel, aber sie wollte Blythe nicht so schnell von dem sprichwörtlichen Haken lassen. »Wieso glaubt Ihr, daß Ludlow mein Lieblingsherzog ist?«

»Großpapa hat es mir gesagt«, antwortete Blythe, ohne zu zögern. »Er hat aufrichtig über Eure Großartigkeit erzählt. Also muß ich annehmen, daß er aufrichtig darüber gesprochen hat, Euer Liebling zu sein.«

Das trug ihr ein königliches Lächeln ein, das einer Achtzehnjährigen durchaus zu Kopf steigen konnte. Elizabeth wechselte das Thema und fragte: »Lady Debrett, wie verläuft Euer Eheleben?«

Ein Trick. Blythe wußte, daß sie entweder die Königin oder ihren Mann beleidigen mußte.

»Mit allem Respekt«, antwortete Blythe, »möchte ich nicht in Gegenwart all dieser Menschen antworten.«

Blythe spürte, wie der Griff ihres Mannes fester wurde. Sie spürte, wie die Höflinge sich vorbeugten, um einem neuen Skandal beizuwohnen.

»Es ist viel zu spät, um die Frage zurückzuziehen«, sagte Elizabeth. »Antwortet.«

Es war ein königlicher Befehl, keine Frage.

»Obwohl ich glücklich in meiner Ehe bin, bereue ich es, meine Pflichten als Hofdame nicht erfüllen zu können«, antwortete Blythe ruhig. »Ich halte meine Schwester für die glücklichste junge Dame.«

Die Königin zog eine Braue hoch. »Ihr ähnelt Eurer Mutter, klingt aber wie Euer Vater.«

»Auch das nehme ich als Kompliment«, sagte Blythe lächelnd.

Die Bemerkung trug ihr ein königliches leises Lachen ein. »Besitzt Ihr noch andere Fertigkeiten außer Eurer Schlagfertigkeit, Kind?«

»Fertigkeiten?«

»Ich sprach bereits fünf Sprachen fließend, als ich in Eurem Alter war«, prahlte Elizabeth.

»Ich habe eine Schwäche für Griechisch«, antwortete Blythe und spürte, wie ihr Mann ihr warnend die Hand drückte. »Und ich liebe Zahlen.«

»Ihr liebt Zahlen«, wiederholte die Königin und beugte sich vor. »Erklärt das näher.«

»Ich liebe Zahlen, die meine Geschäftsgewinne repräsentieren«, erzählte Blythe.

»Geschäfte?«

Blythe nickte. »Ich besitze fünf Schiffe und mehrere Firmen.«

»Erstaunlich. Meine liebe Bliss besitzt kein gewinnbringendes Geschäft«, bemerkte die Königin.

»Die Talente meiner Schwester liegen auf einem anderen

Gebiet«, antwortete Blythe. »Sie ist jedoch so klug, ihr Geld ebenso bei mir zu investieren wie unser Vater.«

Elizabeth brach in Lachen aus. »Ich sehe, meinem lieben Midas ist es gelungen, wunderbar intelligente Töchter zu zeugen.« Sie warf ihren Höflingen einen zynischen Blick zu und sagte: »Die meisten Frauen am Hof haben viel zu essen und wenig im Kopf. Das ist ziemlich entmutigend.«

Blythe schwieg. Sie wußte nicht, was sie darauf antworten sollte.

»Ihr müßt Bliss morgen in mein Audienzzimmer begleiten«, lud die Königin sie ein. »Wir können unsere Unterhaltung dort weiterführen.«

»Es ist mir eine Ehre, Majestät«, sagte Blythe.

»Ja, ich weiß.« Elizabeth sah zu Roger und sagte: »Mein stolzer Adler, Ihr seid der glücklichste aller Männer, eine so sensible junge Frau geheiratet zu haben.« Lauter fügte sie hinzu: »Ich wünschte, daß alle meine Höflinge so wunderbare Kinder für England zeugten.« Wieder sah sie Blythe an, und mit einer Handbewegung, die Blythe entließ, sagte sie: »Tanzt und amüsiert Euch.«

Blythe knickste und Roger verbeugte sich. Gemeinsam entfernten sie sich von der Königin.

»Gut gemacht, kleiner Schmetterling«, flüsterte er.

Blythe lächelte ihn strahlend an. Sie hatte den schlimmsten Teil des Abends überstanden und sein Lob für ihre wunderbare Vorstellung geerntet. Vielleicht gab es doch noch Hoffnung für sie.

Der Herzog und die Herzogin von Ludlow trafen sie in der Mitte des Saales. Blythe umarmte ihren Großvater und dann ihre Großmutter.

»Großmama, du siehst besonders schön aus heute abend«, sagte Blythe. »Uh, ich habe vergessen, dich Tante Dawn zu nennen.«

»Keine Sorge. Jeder weiß, daß Ludlow dein Großvater ist und daß ich seine Frau bin«, sagte die Herzogin. »Liebling, weshalb trägst du eine so düstere Farbe?«

»Meine Mutter meinte, es wäre gut, wenn ich bei meiner ersten Begegnung mit der Königin gedämpft gekleidet wäre«, erzählte Blythe.

»Liebling, wenn du noch gedämpfter wärst, würden wir dich begraben«, antwortete ihre Großmutter.

Die Musiker spielten wieder, dieses Mal eine würdevolle Pavane. Roger fragte sie: »Würdest du gerne tanzen?«

»Es wäre taktisch klug von dir, zuerst mit der Königin zu tanzen«, antwortete Blythe.

Roger neigte seinen Kopf. Er wandte sich ab und ging zurück zum Podium.

Einen Moment lang bewunderte Blythe ihren Mann, dann hakte sie ihren Großvater unter. »Ich habe eine Frage an dich«, sagte sie. »Sie ist jedoch sehr heikel.«

»Sollen wir dazu ganz allein sein?« fragte Herzog Robert. »Dann müßten wir bis morgen warten.«

Blythe schüttelte den Kopf und sagte: »Lady Sarah Sitwell hat eines Abends Debrett House besucht und …«

»Sarah Sitwell ist keine Lady«, mischte sich ihre Großmutter ein.

»Chessy, laß das Kind aussprechen, bevor du Leute schlecht machst.«

»Ich? Leute schlecht machen?« wiederholte die Herzogin. »So etwas habe ich noch nie gemacht.«

»Sarah hat mir erzählt, daß Mama ein Bastard ist und Papa gezwungen hat, sie zu heiraten«, sagte Blythe und dämpfte ihre Stimme, so daß nur ihre Großeltern sie hören konnten.

Ihre Großmutter brach in Gelächter aus. »Kind, Sarah Sitwell wollte deinen Vater selbst«, erzählte die Herzogin. »Und was den Zwang angeht, da könnte nichts der Wahrheit ferner sein.«

»Was ist die Wahrheit?« fragte Blythe.

»Dein Vater wollte deine Mutter, aber sie war widerwillig«, erzählte die Herzogin. »*Ich* habe mit ihm einen Plan entwickelt, wie er deine Mutter in eine kompromittierende Situation bringen konnte. Der Rest ist Geschichte.«

»Das wußte ich gar nicht«, sagte Herzog Robert. »Gut gemacht, Chessy.«

»Danke, Tally.«

»Und die andere Sache?« fragte Blythe ihren Großvater.

Herzog Robert legte seinen Arm um sie und sagte: »Vertrau mir, Kind. Deine Mutter ist legitimer Abstammung.«

»Ich vertraue dir, Großvater«, sagte Blythe, und ihr Gesicht hellte sich auf. »Danke für deine Aufrichtigkeit.«

Blythe blickte zur Mitte des Zimmers und sah Roger mit der Königin tanzen. Und dann stand der Earl von Oxford vor ihr und verstellte ihren Blick.

»Mylady, darf ich um diesen Tanz bitten?« fragte er.

»Mylord, ich bedaure, aber ich bin zunächst meinen Schwägern versprochen«, lehnte Blythe ab. Sie dachte nicht einmal im Traum daran, mit diesem unerträglichen Flegel zu tanzen.

»Ich werde später wieder Eure Gesellschaft suchen«, sagte Oxford und ging.

»Ich mag ihn nicht«, flüsterte Blythe ihren Großeltern zu. »Großpapa, winke Cedric her. Sonst sehe ich wie eine Lügnerin aus.«

Von dem Herzog herangewunken, kam Cedric heran und beugte sich über Blythes Hand. »Wie geht es meiner Schwägerin?«

»Danke gut«, antwortete Blythe. »Würdet Ihr mit mir tanzen?«

»Gerne, Mylady«, antwortete Cedric, und seine dunklen Augen wurden leidenschaftlich, als er sie ansah.

Er führte sie auf die Tanzfläche, und sie begannen mit den höfischen Schritten der Pavane.

»Wo ist Lady Sybilla?«

»Wollt Ihr das wirklich wissen?«

Seine Frage überraschte sie. »Ich möchte alles über Lady Sybilla wissen«, antwortete Blythe. »Schließlich ist sie durch meine Heirat meine Schwester.«

»Ihr seid eine schreckliche Lügnerin«, sagte Cedric.

Blythe kicherte. »Und wo ist Euer Rapier, Mylord? Ich habe Euch ohne beinahe nicht erkannt.«

»Ich übe nicht vierundzwanzig Stunden am Tag mit dem Schwert«, sagte Cedric. »Mir gefallen auch andere Dinge.«

»Ich nehme an, ein Mann muß manchmal auch essen und schlafen«, antwortete sie.

Cedric lachte leise.

»Abklatschen«, befahl eine Stimme neben ihnen. »Jetzt bin ich dran, mit dieser schönen Frau zu tanzen.«

Blythe sah nach links und erkannte Geoffrey. Sie lachte, als Cedric ihre Hand in die seines Bruders legte.

»Und wie geht es meiner liebsten Schwägerin?« fragte Geoffrey.

»Sehr gut«, antwortete Blythe. Als sie sich nach rechts drehten, sah sie ihren Mann neben dem Podium und kam aus dem Tritt. Roger sah sie mißbilligend an. Er konnte doch nicht etwa wütend darüber sein, daß sie mit seinen Brüdern tanzte, oder? Roger wandte ihr den Rücken zu und ging in die entgegengesetzte Richtung. Blythe folgte ihm mit ihrem Blick und kam wieder aus dem Schritt, als sie sah, wie er Lady Rhoda auf die Tanzfläche begleitete. Ihr Magen zog sich zusammen, als sie ihren Geliebten zusammen mit der üppigen Rothaarigen sah.

»Bitte bringt mich zu meiner Schwester«, sagte Blythe und blieb mitten im Tanz stehen.

»Seid Ihr krank?« fragte Geoffrey.

Blythe zwang sich zu einem Lächeln und log: »Ich bin einfach übermüdet durch den langen Tag.«

»Vielleicht sollte ich Roger holen.«

»Nein, meine Schwester wird mir genügen.«

Als Blythe die Seite des Podiums erreichte, wo Bliss stand, ergriff sie ihre Hand. Aber zum erstenmal machte die Berührung ihrer Schwester nichts besser.

»Kannst du mir den Weg zurück in mein Zimmer zeigen?« fragte sie, und ihr Drängen spiegelte sich in ihrer Stimme.

»Laß dich von diesem Anblick nicht beunruhigen«, sagte

Bliss und sah an ihr vorbei zu Roger und Rhoda. »Außerdem geht niemand ohne die Erlaubnis der Königin.«

»Durch das Baby wird mir übel«, sagte Blythe. »Ich habe Angst, mich zu blamieren.«

Bliss nickte. »Ich werde dich bei der Königin entschuldigen. Sie wird dich nicht halten wollen, wenn dir übel ist.«

Blythe sah zu, wie ihre Schwester auf die Königin zuging und auf deren Nicken hin näherkam, um in Elizabeths Ohr zu flüstern. Die Königin sah zu Blythe und suchte dann den Saal nach Roger ab.

Was hatte ihre Schwester der Königin ins Ohr geflüstert? Sie hoffte, Elizabeth würde keine Szene machen, denn Blythe wußte, daß sie dazu durchaus in der Lage war.

Plötzlich hörten die Musiker auf zu spielen. Alle Höflinge wandten sich überrascht dem Podium zu.

Blythe erstarrte in Panik. Hatte Bliss Elizabeth erzählt, daß sie ein Kind erwartete? Sie sah ihre Schwester an, die ihr zuzwinkerte.

»Eden, tretet mit Eurer Frau vor«, befahl Elizabeth.

Mit erstauntem Gesicht kam Roger zu Blythe und begleitete sie zu dem Podium. Blythe hatte Angst vor dem, was als nächstes kommen mußte.

»Meinen Glückwunsch, stolzer Adler«, sagte Elizabeth.

Roger war offensichtlich verwirrt und öffnete seinen Mund, aber die Königin sprach bereits weiter.

»Die Glückwünsche gelten der Gräfin von Eden«, verkündete Elizabeth. »Sie trägt den Erben von Eden.«

Die Höflinge applaudierten höflich.

Blythe sah ihren Mann aus den Augenwinkeln an. Roger verbannte zum Glück schnell seine Überraschung aus dem Gesicht.

»Ihr hättet mir diese gute Nachricht nicht vorenthalten sollen«, tadelte die Königin ihn.

Roger erwies sich als gewiefter Höfling. Er hob Blythes Hand an seine Lippen und log: »Ich würde niemals frohe Nachrichten zurückhalten, Majestät. Es ist noch früh, und wir wollten sicher sein, bevor wir es öffentlich machen.«

»Oh, mein Liebling«, schwärmte Großmama Chessy und lief auf sie zu. Die Herzogin umarmte Blythe und Roger und wandte sich dann klagend an ihren Mann: »Oh, Tally, ich bin viel zu jung, um *Ur*großmutter zu werden.«

Jedermann im Saal, die Königin eingeschlossen, lachte über die Herzogin von Ludlow. Ausgenommen Blythe und Roger.

»Chessy, viele Dinge sind möglich, wenn man nur lange genug lebt«, sagte Elizabeth. Sie wandte sich an Roger: »Eurer Frau ist wegen des Babys übel. Bringt sie auf Euer Zimmer, und wenn es ihr wieder besser geht, kehrt zu Uns zurück.«

»Danke, Euer Majestät.«

Mit der Zärtlichkeit eines verliebten Mannes nahm Roger Blythes Hand und brachte sie zum Ausgang. Das Meer der Höflinge teilte sich und einige riefen ihnen ihre besten Wünsche zu.

Obwohl sie versuchte, einen gleichmütigen Gesichtsausdruck beizubehalten, vermutete Blythe, daß die Schmetterlinge in ihrem Bauch eher von ihrem Unbehagen wegen Rogers Reaktion als von dem Baby stammten. Sie glaubte nicht, daß ihr Mann so ruhig bleiben würde, wenn sie einmal den Saal verlassen hatten. Sie konnte die Spannung in seinem Griff spüren.

Nachdem sie außer Sichtweite des Audienzsaales waren, ließ Roger ihre Hand los. Blythe hatte zuviel Angst, um ihn anzusehen.

Er beschleunigte seinen Schritt und zwang sie, schneller zu gehen, wenn sie mithalten wollte. Als sie ihr Zimmer erreichten, war ihr übelerregend schwindlig.

Roger öffnete die Tür und ließ sie als erste eintreten. Blythe hörte, wie die Tür hinter ihnen zuschlug, und schloß gequält die Augen. Es war schlimmer als sie gedacht hatte.

Lange herrschte Schweigen.

Schließlich nahm Blythe ihren ganzen Mut zusammen und drehte sich langsam um. Als sie ihn ansah, brachte sein verächtlicher Blick sie beinahe um.

»Burghley und dein Vater seien verdammt für ihre Vermittlung«, fluchte Roger, und seine Stimme wurde vor Wut immer lauter. »Ein guter Henker hätte mich vor dieser üblen Heirat bewahren können.«

Kapitel 13

»Amen«, sagte Blythe und drehte sich wütend zu ihm um. »Ein guter Henker hätte *mir* viel ersparen können.«

Überrascht über ihren Ausbruch sah Roger sie an, erkannte aber nicht die Wut in ihrem Gesicht. »Du hast das absichtlich getan«, klagte er sie an und zeigte mit dem Finger auf sie. »Du hast mich in die Falle gelockt.«

»Laß mich rekapitulieren, wie ich dich mißbraucht habe«, schnaubte Blythe. »Ich habe mich unter deinem Fenster versteckt, und als du herauskamst, habe ich dich auf meine Arme genommen. Ich habe dich umarmt und ins Bett getragen und dann deine Jungfräulichkeit genommen.«

»Dein Sarkasmus ist nicht angebracht«, sagte Roger und drehte sich um. Er griff nach dem Türknauf, aber ihre Worte stoppten ihn.

»Und deine Grausamkeit auch nicht«, sagte Blythe mit zitternder Stimme, und ihr Schmerz war offensichtlich.

»Es tut mir leid«, sagte Roger seufzend. Langsam drehte er sich zu ihr um. »Du hast recht. Ich habe mich selbst gefangen. Es ist falsch von mir, dir die Schuld dafür zu geben, daß ich dem Sirenengesang deiner Schönheit nicht widerstehen konnte.«

Nur eine blinde Frau hätte die Qual auf seinem Gesicht übersehen.

»Roger ...« Blythe ging auf ihn zu, um ihn zu trösten.

»Die Königin erwartet mich im Audienzsaal«, sagte Roger und hob seine Hand, damit sie dort blieb, wo sie war. »Verriegel die Tür, und laß niemanden herein außer deiner Schwester und deinen Großeltern.«

»Warum?«

»Hier am Hof weilt ein Mörder unter uns«, erinnerte er sie.

»Oh, das hatte ich vergessen.«

»Vergessen kann tödlich sein, Mylady.«

»Du wirst doch vorsichtig sein?« fragte Blythe besorgt. Wer auch immer Darnel ermordet hatte, hatte auch versucht, ihren Geliebten aus dem Weg zu räumen. Dieses Mal würde der Schurke es vielleicht direkter versuchen als auf dem Smithfield Market.

»Du brauchst dir um mich keine Sorgen zu machen«, sagte Roger, und seine blauen Augen wurden sanfter.

»Denk daran, ein kluger Mann traut nur sich selbst.«

»Ich werde an deinen Rat denken«, sagte Roger und drehte sich um. »Jetzt verriegel die Tür.«

Blythe tat, was er ihr gesagt hatte. Als sie allein war, kämpfte sie gegen die aufsteigenden Tränen an und zog dann Nachthemd und Hausmantel an. Anstatt sich hinzulegen, fachte sie das Feuer an und setzte sich in einen der Sessel vor dem Kamin.

In der Wärme und Sicherheit ihres Zimmers ließ Blythe schließlich ihrer Sorge um Roger freien Lauf. Je näher er der Entlarvung des wahren Mörders kam, desto gefährlicher wurde die Situation, und das ängstigte sie.

Sie mußte bei der ersten Gelegenheit zusammen mit ihrer Schwester beten. Vielleicht konnten sie gemeinsam genug Kraft aufbringen, um die dunkle Sonne zu bezwingen und vielleicht sogar deren Identität erfahren. Der Gedanke, das Baby müßte ohne seinen Vater aufwachsen, war einfach zu schmerzlich.

Blythe konzentrierte sich auf die hypnotisierenden Flammen. Das Feuer wärmte sie und machte sie zufrieden. Die Göttin hatte beschlossen, sie und Roger in diesem Leben wieder zusammenzubringen. Der Adler und der Schmetterling würden gemeinsam zum Himmel aufsteigen. Für alle Ewigkeit. Alles würde gut werden.

Bum! Bum! Bum!

»Laß mich rein, liebe Frau«, rief Roger und hämmerte an die Tür.

Blythe entriegelte die Tür und öffnete sie.

Roger lächelte sie unverschämt jungenhaft an und trat ein.

Blythe zog als Zeichen ihres Mißfallens eine Braue hoch. Ihre Nase zuckte, als er vorbeiging. Ihrem Mann roch man die Menge des Weins an, den er getrunken hatte.

Nachdem Blythe die Tür wieder verriegelt hatte, drehte sie sich um und beobachtete ihn. Er ließ sich auf die Bettkante fallen und begann, mit seinen Stiefeln zu kämpfen.

»Meine Stiefel benehmen sich nicht«, sagte Roger überflüssigerweise. »Würdest du mir vielleicht helfen?«

Blythe nickte und durchquerte das Zimmer, um ihm die Stiefel auszuziehen.

»Wie talentiert du bist«, sagte er mit einem Lächeln. »Hör zu: Ein Ire, ein Schotte und ein Spanier reparieren das Dach von St. Paul's. Plötzlich fegt ein starker Wind sie weg. Weißt du, was mit ihnen passiert ist?«

Blythe sagte nichts. Angewidert von seiner Trunkenheit, starrte sie nur auf ihn hinab.

»Was soll's?« sagte Roger, zuckte mit den Schultern und grinste sie an.

»Es ist herzlos von dir, so etwas zu sagen«, tadelte Blythe ihn, und ihre Augen wurden schmal. »Du weißt, daß ich irische und schottische Verwandte habe.«

»Oh, ich bitte um Verzeihung.« Roger sah wirklich zerknirscht aus. Er grinste sie schief an und sagte: »Hör zu: Ein Spanier, ein Italiener und ein Franzose reparieren das Dach von ...«

»Ist mir egal«, unterbrach sie ihn.

»Du hast die Geschichte schon mal irgendwo gehört«, sagte er mit enttäuschtem Gesichtsausdruck. »Warum hast du mir das nicht gesagt?«

Blythe verdrehte die Augen. Ihr Mann benahm sich wie ein Narr. Sie hatte keine Erfahrung mit betrunkenen Männern.

»Komm her, Frauenzimmer«, befahl Roger und tätschelte das Bett neben sich. »Gib mir einen Kuß.«

»Es ist bald Morgen«, sagte sie ablehnend. »Schlaft jetzt, Mylord.«

»Ich möchte einen Kuß.« Roger grinste unverschämt charmant und fügte hinzu: »Ich möchte noch mehr als das, aber ich fange erst mal mit einem Kuß an.«

»Du kannst mir die Füße küssen«, sagte Blythe in Anlehnung an den Lieblingsspruch ihrer Zofe.

»Ein Kuß, Mylady. Das hilft meinen Siebenen und Achten.«

»Wovon sprecht Ihr, Lord Strohkopf?« fragte sie, die Hände in die Hüften gestützt.

»Meine Siebenen und Achten treiben es miteinander«, sagte Roger laut. »Diese gemeinen Zahlen bringen mit ihrer Lust meine Bücher durcheinander.«

Blythe konnte ein entsetztes Kichern nicht unterdrücken. »Zahlen tun *so was* nicht.«

»Komm, Liebes. Da du bereits meinen Nachkommen trägst, kann ich genausogut das Vergnügen haben, mich in das Bett zu legen, das ich gemacht habe«, sagte Roger und zwinkerte ihr übertrieben zu. Er ließ sich flach auf das Bett zurückfallen, faßte in seine Leiste und sagte: »Komm, Lady Schmetterling, lande hier.«

»Meinst du, ich stehe dir bei Bedarf zur Verfügung?« fragte Blythe verärgert.

»Ja.«

»Du erbärmlicher Ausrutscher der Natur.«

»Heißt das *nein?*« fragte Roger enttäuscht. »Mit wem soll ich es denn dann machen?«

»Geh doch zum Teufel«, schnaubte sie und drehte sich um.

»Frau, dein Herr und Gebieter hat Sehnsucht nach deinen hübschen Tittchen«, sagte Roger streng. »Ich möchte es mit dir treiben ... *Hey!*«

Roger streckte die Hand aus, um sie zu packen. Blythe wirbelte herum, ballte die Faust und schlug ihn. Er verlor das Gleichgewicht, fiel zurück aufs Bett, murmelte etwas Unverständliches und begann zu schnarchen.

Blythe seufzte. Männer konnten so kindisch sein. Großmama Chessy und ihre eigene Mutter hatten diese kleine

Tatsache nie erwähnt. Vielleicht hatten sie gefürchtet, sie würde sich weigern zu heiraten.

Blythe nahm einen Wollumhang und deckte ihren Mann damit zu. Sie schürte das Feuer im Kamin, wickelte sich in ihren pelzbesetzten Umhang und setzte sich wieder in den Sessel.

Als sie ein paar Stunden später erwachte, fiel strahlender Sonnenschein durch das Fenster. Sie erkannte, daß sie länger geschlafen hatte als sonst. Und dann hörte sie das laute Schnarchen.

Blythe stand auf, streckte sich und schürte das Feuer. Leise, um ihren Mann nicht zu wecken, wusch sie sich und zog ein Kleid an. Ihre Schwester würde bald an die Tür klopfen, um ihr zu zeigen, was sie so wichtig fand.

Blythe hörte, wie das Bett quietschte, und dann ein leises Stöhnen. Sie lief durch das Zimmer und flüsterte beruhigend: »Bleib ruhig liegen, Roger. Öffne die Augen nicht.«

»Warum?« Roger öffnete die Augen und versuchte, sich aufzusetzen. Er stöhnte schmerzerfüllt auf, als die Sonne sein Gesicht traf. Er fiel zurück aufs Bett und zog sich den Umhang über den Kopf.

»Ich habe dir doch gesagt, du sollst die Augen zulassen«, sagte Blythe mit einem Lachen in der Stimme.

»Mußt du so fröhlich klingen?« fragte Roger mit gedämpfter Stimme unter dem Umhang. »Tu was.«

Blythe unterdrückte ein Kichern. Ihr Blick fiel auf seinen Körper, und sie trat überrascht einen Schritt zurück, als sie die enorme Ausbuchtung in seiner Leistengegend sah. Er konnte doch unmöglich in der Stimmung *dafür* sein. Wie konnte ein Mann unter den Auswirkungen von zuviel Wein leiden und immer noch an Bettaktivitäten interessiert sein?

»Hilf mir«, stöhnte Roger und klang wie ein bockiger Junge.

»Ich werde für dich beten«, sagte sie.

»Scheiße«, fluchte er. »Tu etwas Produktives.«

Blythe öffnete den Mund, um ihm zu sagen, daß sie nicht wußte, wie sie seine Qualen lindern konnte, aber ein leises

Klopfen an der Tür beanspruchte ihre Aufmerksamkeit. »Das wird Bliss sein«, sagte sie. »Ich muß gehen.«

»Laß mich nicht allein«, stöhnte er.

»Ich bin gleich wieder zurück«, rief sie über die Schulter, als sie zur Tür ging. Das letzte, was sie hörte, bevor sie auf den Flur trat, war sein protestierendes Stöhnen.

Blythe schloß leise die Tür und lächelte ihre Schwester an.

»Ist Roger krank?« fragte Bliss.

»Er leidet unter den Nachwirkungen von zuviel Wein.«

»Soll ich ihm helfen?«

»Hat er mit Rhoda oder Sarah getanzt, nachdem ich mich zurückgezogen hatte?« fragte Blythe.

»Nein.«

»Hat er mit einer anderen Dame getanzt?«

»Nein.«

»Dann kannst du ihm helfen, wenn wir zurückkommen«, meinte Blythe. »Wie sagen die Griechen doch so schön: ›Durch das Leid gewinnen wir Weisheit‹, und mein Adler braucht eine Lektion über die Gefahren von zuviel Wein.«

»Schwester, dir fehlt das Einfühlungsvermögen, um heilen zu können«, bemerkte Bliss. »Übrigens, du bist doch nicht wütend auf mich wegen gestern abend, oder?«

»Ich könnte niemals wütend auf dich sein«, sagte Blythe. »Mein Zustand wäre sowieso bald jedem bekannt gewesen. Du hast mir nur die Mühe erspart, mein bißchen Mut zusammenzunehmen.«

Bliss führte sie durch schwach erleuchtete, verlassene Gänge. Hier und da entdeckten sie einen Bediensteten, aber deren Herren schliefen nach einer durchzechten Nacht lange.

»Wo bringst du mich hin?« fragte Blythe.

»In die Long Gallery der Königin«, antwortete Bliss. »Die Galerie führt zu der königlichen Kapelle und zu den Privatgemächern der Königin.«

Die beiden Schwestern gingen noch zehn Minuten, bevor sie ihr Ziel erreichten. Am Eingang der Galerie machte Bliss ein Zeichen, daß sie angekommen waren, und trat ein.

»Was willst du mir zeigen?« fragte Blythe.

»Geh mit mir bis zum anderen Ende der Galerie«, antwortete Bliss.

Blythe lächelte ihre Schwester verwirrt an und ging weiter. Sie war nicht mehr als fünf Schritte gegangen, als sie ein Prickeln im Nacken verspürte.

»Hier zieht's«, bemerkte sie.

Bliss antwortete nicht, sondern zeigte auf die Seite der verlassenen Galerie.

Blythe blickte die Reihen langer, spitz zulaufender Kerzen an, die auf beiden Seiten der Galerie standen. Die Flammen flackerten nicht ein bißchen. Zugluft konnte keinen Menschen kitzeln, ohne diese Kerzen zu beeinträchtigen.

Blythe nahm die Hand ihrer Schwester und ging weiter. Sie spürte eine erdrückende Trostlosigkeit und sah nervös ihre Schwester an, die ihre Reaktion beobachtete. Die Long Gallery schien sich endlos vor ihnen auszudehnen.

Blythe fühlte sich unbehaglich und verlangsamte ihren Schritt. Panik stieg in ihr auf, und ihr Herz schlug schneller. Ohne Warnung riß sie sich von der Hand ihrer Schwester los und stürzte davon. Sie lief den Weg zurück, den sie gekommen waren. Sie hörte ihre Schwester ihren Namen rufen, ignorierte sie aber auf ihrer Flucht aus dieser unseligen Trostlosigkeit.

Blythe schloß die Augen und lehnte sich an die Wand vor der Galerie. Sie begrüßte die Kälte, die ihren zitternden Körper durchdrang.

»Hast du etwas gespürt?«

»Offensichtlich«, sagte Blythe trocken und sah ihre Schwester an. »Welcher Horror befindet sich in dieser Galerie?«

»Catherine Howard«, antwortete Bliss sachlich.

»*Cat Howard?*« Die Antwort schockierte Blythe. »Sie ist seit über fünfzig Jahren tot.«

Bliss nickte. »Als die arme Königin verhaftet wurde, lief sie wie verrückt durch diese Galerie, in dem vergeblichen Versuch, den König zu erreichen und ihn um Gnade zu bitten.«

»Ihre Seele ist seit über fünfzig Jahren in dieser Galerie gefangen«, sagte Blythe und schauderte, als sie zum Eingang der Galerie sah. »Wir müssen ihr auf die andere Seite helfen.«

»Ich wußte, daß du helfen würdest«, sagte Bliss.

»Warum hast du nicht schon früher etwas unternommen?«

»Ich wollte nicht alleine da drin sein.«

»Verstehe«, sagte Blythe. »Wann sollen wir ihr helfen?«

»Master Shakespeare wird am einundzwanzigsten Tag des Dezembers sein neuestes Stück, *Romeo und Julia*, der Königin vorstellen«, sagte Bliss, hakte Blythe unter und führte sie zurück durch den Flur. »Während alle sich im Saal amüsieren, werden wir uns fortstehlen und hier treffen.«

Blythe nickte zustimmend. »Wirst du meinem Mann jetzt helfen?«

»Natürlich.«

Als Blythe ihr Zimmer erreichte, öffnete sie leise die Tür. Roger lag noch so auf dem Bett, wie sie ihn verlassen hatte, den Umhang über den Kopf gezogen und schnarchend. Die beiden Schwestern gingen zu dem Bett.

Damit er nicht aufwachte, zog Blythe ganz vorsichtig den Umhang von seinem Gesicht. Bliss legte ihre Fingerspitzen an seine Schläfen und schloß dann konzentriert die Augen. Sie bewegte ihre Lippen in einem lautlosen Gesang.

Einige Momente später öffnete Bliss die Augen und nickte ihrer Schwester zu. Sorgfältig bedeckte Blythe wieder das Gesicht ihres Mannes mit dem Umhang.

»Wird es ihm gut gehen?« flüsterte Blythe und begleitete ihre Schwester zur Tür.

»Ja, aber es ist immer am dunkelsten, bevor die Sonne scheint«, antwortete Bliss und zwinkerte ihr zu.

Blythe wußte, was ihre Schwester meinte. Sie unterdrückte ein Kichern und schloß die Tür. Dann lehnte sie ihre Stirn dagegen und ruhte sich einen Moment aus. Himmel, ihr war selbst ein bißchen übel.

»Was hat deine Schwester mit mir gemacht?«

Blythe wirbelte herum, als sie seine Stimme hörte. Sie hatte gedacht, er hätte geschlafen.

»*Deine* Berührung würde ich immer erkennen«, sagte er und lächelte matt. »Und du würdest niemanden außer deiner Familie bei mir singen lassen. Also …«

Roger hörte abrupt auf zu sprechen. Er riß erstaunt seine Augen auf und hielt seinen Bauch fest. Dann sprang er aus dem Bett und stürzte an ihr vorbei aus dem Zimmer.

Blythe hörte, wie er im Flur würgte und hoffte, daß sie das nicht saubermachen mußte. Sie bedeckte ihren Mund, als ihr über der Oberlippe der Schweiß ausbrach. Himmel, ihr war auch übel.

»Ich habe dir gesagt, daß diese Beschwörungen nicht helfen«, sagte Roger, als er ein paar Minuten später wieder ins Zimmer kam. Sein Gesicht hatte jedoch wieder eine gesunde Farbe bekommen.

»Bliss hat für dich gebetet, damit du das Gift erbrechen kannst«, sagte Blythe.

»Es geht mir besser«, gab er zu. »Du siehst blaß aus.«

»Wenn ich mich ein bißchen hinlegen könnte …«

Roger legte seinen Arm um sie und brachte sie zum Bett. »Daisy wird gleich hier sein«, sagte er. »Ich lasse uns von ihr Frühstück holen. Ich bin so hungrig, daß ich eine ganze Kuh essen könnte.«

»Sprich nicht vom Essen«, stöhnte Blythe und handelte sich damit selbst ein amüsiertes Lachen ein.

»Wer anschreiben läßt, muß auch die Zeche zahlen«, sagte Roger mit einem ironischen Lächeln. »Du, kleiner Schmetterling, wirst die nächsten acht Monate bezahlen.«

»Roger, hast du gestern abend deinen Kummer ertränkt?« fragte Blythe und fürchtete sich vor der Antwort.

»Welchen Kummer meinst du?«

»Daß du ein weiteres Kind gezeugt hast.«

Roger stand neben dem Bett und streichelte ihre blasse Wange. »Liebling, ich habe zuviel Wein getrunken, weil ich die bevorstehende Ankunft eines zweiten Kindes *gefeiert* habe.«

»Danke dir.« Blythe lächelte ihn an.

Bevor er antworten konnte, klopfte es an der Tür. Sie öffnete sich, und Hardwick und Daisy traten ein.

»Oh, Ihr seid bereits angezogen«, sagte Hardwick. »Ich entschuldige mich für unsere Säumigkeit.«

»Die Gräfin fühlt sich heute morgen nicht wohl«, sagte Roger. »Daisy soll in der Küche einen Becher klare Brühe holen und ein Stück Brot. Keine Butter.«

»Und was können wir für Euch holen, Mylord?« fragte Hardwick.

»Alles, was heiß und scharf ist«, antwortete Roger. Er sah seine Frau an und fügte hinzu: »Serviert es im Saal. Ich komme dorthin, wenn Daisy zurück ist.«

Als Hardwick und Daisy gegangen waren, wandte Roger Blythe den Rücken zu und ging durch das Zimmer zu dem Tisch, auf dem das Waschbecken stand. Er zog sein Hemd aus und begann, sich das Gesicht zu waschen.

»Wenn du jeden Morgen vor dem Aufstehen ein Stück Brot ißt, wird es nicht so schlimm mit der Übelkeit«, rief er über die Schulter. »Halte dich bei fetten Speisen zurück, sonst wird dir wieder schlecht.«

»Woher weißt du das?« fragte sie überrascht.

Roger drehte sich um, und das Wasser tropfte von seinem Gesicht, als er sie amüsiert ansah: »Ich habe das schon mal mitgemacht, weißt du das nicht mehr?«

Blythe nickte und sah ihm weiter zu, während er sich für den Tag vorbereitete. Ein Gefühl der Wärme breitete sich in ihrem Bauch aus, als sie beobachtete, wie er sich rasierte und dann frische Kleidung anzog.

So sollte eine Ehe sein. Ein Mann und eine Frau lebten zusammen, teilten ihr Leben. Der Mann sorgte für die Frau, die seinen Samen in sich trug und sein Kind zur Welt brachte.

Und dann ruinierte Roger den Augenblick. Er kam durch das Zimmer und setzte sich auf die Bettkante.

»Genieß deinen Aufenthalt am Hof, denn es wird dein einziger mit mir sein«, sagte er. »Wenn wir in ein paar Wochen nach Debrett House zurückkehren, wirst du dich für immer vom höfischen Leben zurückgezogen haben.«

Seine Ankündigung verwirrte sie. »Was meinst du damit?«

»Du kehrst nicht an den Hof zurück.«

»Mylord, ich verstehe Eure Worte, aber nicht den Grund.«

»Ich will nicht zweimal denselben Fehler machen«, sagte Roger.

»Und welcher Fehler ist das?«

»Egal.«

»Ich möchte wissen, welches Verbrechen ich in deinen Augen begangen habe«, beharrte Blythe.

»*Noch* hast du nichts getan«, antwortete Roger. »Und ich werde dir nicht die Gelegenheit geben, mit Elizabeths Höflingen die Dirne zu spielen.«

»Die Dirne zu spielen? Wie kannst du es wagen!« rief sie. »Vielleicht erinnerst du dich, daß ich lieber bei Miranda geblieben wäre, aber *du* hast darauf bestanden, daß ich dich begleite.«

Ohne zu antworten, stand Roger von dem Bett auf und sah auf sie hinab. »Das Kind, das du trägst, wird dein einziges sein.«

Die Tür ging auf, und Daisy eilte durch das Zimmer, um das Frühstückstablett auf den Nachttisch zu stellen. Blythe lehnte sich an das Kopfende und griff nach dem Becher Brühe.

Roger sagte zu Blythe: »Iß dein Brot und schlaf. Dann geht's dir besser. Vergiß deine Unterredung mit der Königin nicht.« Damit verließ er das Zimmer.

»Weck mich in zwei Stunden«, wies Blythe ihre Zofe an, nachdem er gegangen war. »Ich möchte baden, bevor ich zur Königin gehe. Sieh zu, daß das Bad fertig ist, wenn ich aufwache.«

Daisy nickte und zog die Bettvorhänge zu.

Blythe fühlte sich müde nach der unruhigen Nacht, die sie vor dem Kamin verbracht hatte, aber ihre Sorgen hielten sie vom Schlafen ab. Das seltsame Verhalten und die Anschuldigungen ihres Mannes verwirrten sie, und wieder überlegte sie, was in seiner Ehe mit Darnel geschehen war. Wodurch hatte sich ihr Geliebter von einem jungen Mann mit einem großzügigen Lächeln in den wütenden und verletzten Mann verwandelt, den Blythe jetzt kannte.

Einige Stunden später stand Blythe vor dem Spiegel und legte letzte Hand an ihr Erscheinungsbild. Aufgeregt und nervös überlegte sie, was sie der Königin sagen würde. Daß Bliss bei ihr sein würde, beruhigte sie. Wenn sie Glück hatte, würde auch Großmama Chessy dasein. Ihre Großmutter besaß das bemerkenswerte Talent, eine Unterhaltung in Gang zu halten.

Jemand klopfte an die Tür. Blythe trat vor den Paravent und nickte Daisy zu, damit diese öffnete. Ein zwölfjähriger Page in blauer Livree stand vor ihr.

»Mistress Bliss schickt mich, um Lady Debrett zum Audienzzimmer zu begleiten«, sagte der Junge.

Blythe lächelte den hübschen Jungen an, dessen dunkle Augen zu seinem dicken schwarzen Haar paßten. Das durchdringende Blau seiner Iris stellte die Farbe seiner Livree in den Schatten.

»Wie heißt du?« fragte sie, als sie losgingen.

»Brandon Montgomery«, antwortete er, ohne sie anzusehen. Der Junge begleitete sie durch die verwirrende Anzahl von Fluren, als sei der Palast sein eigener Besitz.

»Woher hast du die Blutergüsse um die Augen?« fragte Blythe.

»Von den Ställen.«

Sie lächelte ihn von der Seite an. »Ich meinte ›wodurch‹.«

»Meine Feinde haben sich gegen mich verbündet«, sagte er.

»Wer sind deine Feinde?«

»Grimsby, Spennymoor und Cockermouth.«

»Drei gegen einen klingt nicht besonders fair«, bemerkte Blythe.

Der Junge verlangsamte seinen Schritt. »Wie Ihr sehen könnt, war es das auch nicht«, sagte er mit gewinnendem Grinsen. »Aber jeder von ihnen hat auch ein blaues Auge, also liege ich wohl in Führung.«

»Gewalt ist überflüssig«, tadelte Blythe ihn sanft. »Es gibt immer andere Möglichkeiten, Schwierigkeiten beizulegen.«

»Sagt das Grimsby, Spennymoor und Cockermouth.«

»Worüber habt ihr gestritten?«

Er schien zu zögern. »Meine verstorbene Familie.«

»Was ist mit deiner Familie?«

Brandon Montgomery blieb abrupt stehen und sah sie an. »Ich bin der Erbe von Stratford.«

Blythe sah ihn verständnislos an. Er schien eine Reaktion von ihr zu erwarten. »Und?«

»Wißt Ihr denn nicht?« fragte er überrascht. »Mein Großvater, der Earl von Stratford, wurde als Verräter hingerichtet.«

»Da du hier Page bist, scheint die Königin nichts gegen dich zu haben«, sagte Blythe.

»Ich bin Waise. Mein Vater hat mich in die Obhut der Königin gegeben«, sagte Brandon rundweg. »Ich kann nicht immer Page bleiben, aber niemand scheint mich in sein Haus aufnehmen zu wollen.«

»Wegen deines Großvaters?« fragte sie überrascht. »Was ist mit deinen Eltern passiert?«

Brandon fixierte sie mit seinen durchdringenden blauen Augen. »Mein Vater hat meine Mutter erwürgt und sich dann im Avon ertränkt«, antwortete er knapp.

»Es tut mir leid«, sagte Blythe und berührte seine Schulter. Der stolze Gesichtsausdruck und seine unglaublich blauen Augen erinnerten sie an Roger. »Kennst du meinen Mann?«

»Jeder kennt den Adler der Königin.«

»Magst du ihn?«

»Ich bewundere ihn sehr«, sagte der Junge mit gewinnendem Lächeln.

Blythe nickte bei dem Kompliment für ihren Geliebten. »Du kannst nach Debrett House kommen. Wir werden dich so erziehen, wie es dem Enkel eines Grafen geziemt.«

»Mit allem Respekt, Lady Debrett, Ihr solltet zunächst mit Eurem Mann sprechen, bevor Ihr ein solches Angebot macht.«

»Kümmer dich nicht darum.« Blythe machte eine abwehrende Handbewegung. »Ich werde mit der Königin sprechen.«

Blythe zögerte, als sie die Long Gallery erreichten. Sie hatte vergessen, daß sie dort hindurch mußte, um zur Königin zu gelangen.

Brandon sah sie fragend an, aber dann erschien Bliss. Sie flog förmlich durch die Tür der Galerie.

»Da bist du ja«, sagte Bliss ganz atemlos von ihrem Lauf durch die Galerie. »Ich werde dich von hier ab begleiten.«

Blythe zog ein Goldstück aus der Tasche und hielt es dem Jungen hin.

Brandon schüttelte den Kopf. »Es war mir ein Vergnügen, Euch zu begleiten, Lady Debrett.«

»Du brauchst doch Taschengeld.«

Er lächelte. »Schon, aber nicht von Euch.«

»Ich werde dieses Goldstück für dich investieren«, sagte sie.

Brandon neigte den Kopf. »Lady Debrett, ich hoffe, ich kann Euch wieder zu Diensten sein.« Dann drehte der Junge sich auf dem Absatz um und ging den Weg zurück, den sie gekommen waren.

»Montgomery ist ein trauriger Fall«, bemerkte Bliss und nahm Blythes Hand. »Wie geht es Roger?«

»Viel besser.«

Hand in Hand gingen Blythe und Bliss durch die Long Gallery. Die beiden Schwestern sahen einander an und nickten. Sie hoben ihre Röcke und rannten durch die ganze Galerie, bis sie auf der anderen Seite durch die Tür stürmten.

Blythe lehnte sich gegen die Wand und versuchte, wieder zu Atem zu kommen. Als sie sich nach ein paar Minuten wieder beruhigt hatte, nickte sie ihrer Schwester zu, die sie dann über einen anderen Gang führte.

»Dies sind die königlichen Gemächer«, sagte Bliss und betrat ein Vorzimmer, in dem sich die Damen der Königin aufhielten.

Blythe folgte ihrer Schwester an den Damen vorbei und betrat dann das Privatkabinett. Es war düster und stickig und hatte nur ein Fenster. Die Ausschmückung erdrückte den erstaunlich kleinen Raum.

Die Schwestern knicksten sofort tief vor der sitzenden Königin. Großmama Chessy und ihre langjährige Gesellin, Lady Tessie Pines, saßen bei der Königin.

»Willkommen. Lady Debrett«, begrüßte Elizabeth sie. »Setzt Euch.«

»Es ist mir eine Ehre, Euer Majestät«, sagte Blythe beinahe flüsternd.

»Wie geht es Euren Eltern?« fragte die Königin.

»Beide erfreuen sich bester Gesundheit.«

»Gut.« Elizabeth wandte sich an die älteren Frauen. »Beendet Eure Geschichte, Tessie.«

»Ich habe Pines gesagt, er soll dem Händler die fünfhundert Pfund bezahlen, die ich dem Mann schulde«, begann Lady Tessie.

Großmama Chessy lachte kehlig. »Was hat Pines dazu gesagt?«

»Pines sagte: ›Wofür?‹« antwortete Lady Tessie. »Woraufhin ich sagte: ›Du willst doch bestimmt zwei Wochen vor Weihnachten keinen Streit anfangen.‹«

»Und was geschah dann?« fragte Elizabeth.

»Pines verließ den Raum und kam kurz darauf zurück«, fuhr Tessie fort. »Als ich ihn fragte, ob er den Händler bezahlt hätte, sagte Pines, daß er sich um alles gekümmert und keine Lust hätte, die Sache weiter zu diskutieren. Ich sollte jedoch daran denken, daß Weihnachten früh gekommen sei.«

Elizabeth und Großmama Chessy lächelten darüber.

»Diese Brosche wird also dein Geschenk sein?« fragte Chessy.

»Nicht, wenn Pines irgendwann im nächsten Jahr zwischen meinen Beinen liegen will«, antwortete Lady Tessie.

Alle lachten. Blythe errötete über das Gesprächsthema. Sie hätte niemals gedacht, daß die Königin über so vulgäre Belanglosigkeiten reden würde.

»Nun, Cheshire und Pines, ich danke Euch für Eure Gesellschaft«, sagte Elizabeth und entließ sie. »Ich möchte mich jetzt mit meiner lieben Bliss und ihrer Schwester unterhalten.«

Die beiden älteren Frauen erhoben sich von ihren Stühlen und knicksten. »Ich sehe euch später, meine Lieben«, rief Chessy über ihre Schulter.

Nachdem sich die Tür hinter ihnen geschlossen hatte, wandte Elizabeth ihre ganze Aufmerksamkeit ihrem neuesten Höfling zu. Blythe wand sich innerlich auf ihrem Stuhl.

»Ich hoffe, es geht Euch heute besser«, bemerkte die Königin.

»Es geht mir viel besser, Euer Majestät.«

»Ich sehe, Ihr habt keine Stickarbeit mitgebracht.«

»Ich nähe nicht gerne.«

»Meine liebe Bliss mag es auch nicht«, bemerkte Elizabeth. »Dann erzählt mir von Euren Geschäften. Bringen sie Euch Gewinn?«

»Meine Schwester war kürzlich in einen Preiskrieg mit ihrem Ehemann verwickelt«, warf Bliss ein.

Die Königin lächelte. »Wer hat gewonnen?«

»Ich hätte gewonnen«, antwortete Blythe. »Doch dann haben wir Waffenstillstand geschlossen.«

Elizabeth lachte. »Welche Freude ich doch an den Töchtern meines lieben Midas habe ... Wußtet Ihr, daß Euer Mann einmal Eurer Mutter über die Mauer meines Privatgartens geholfen hat?«

Blythe und Bliss sahen einander an und kicherten.

»Als Page war Roger ständig in den einen oder anderen Streich verwickelt«, fuhr Elizabeth fort. »Einmal hat er allen anderen Pagen ein Goldstück abgenommen, um ihnen einen nicht existierenden Geist in meiner Long Gallery zu zeigen.«

Blythe sah ihre Schwester bedeutungsvoll an.

»Eure Mutter hatte ihm erzählt, daß ein Geist in meiner Long Gallery spukt, und Roger wollte ein Geschäft aus den Führungen machen«, fügte die Königin hinzu. »Aber der Geist tauchte natürlich niemals auf.«

»Da wir von Pagen sprechen, Euer Majestät«, wagte sich Blythe vor, »wäre es möglich, Brandon Montgomery mit nach Debrett House zu nehmen und ihn dort zu erziehen?«

»Weshalb wollt Ihr das tun?« fragte Elizabeth offensichtlich überrascht.

»Ich mag ihn.«

»Der junge Montgomery hat kein Erbe und nichts, das ihn empfiehlt«, sagte die Königin.

»Ich bin reich und brauche kein Geld«, antwortete Blythe. »Der Junge scheint einige Eigenschaften zu besitzen, die ich bewundere.«

Elizabeth richtete ihre grauen Augen auf Blythe und fragte: »Zum Beispiel?«

»Mut, Stolz und ein sanftes Herz.«

»Du warst nur zehn Minuten mit ihm zusammen«, warf Bliss ein.

»Mut und Stolz sind Eigenschaften, die sich nur schwer verbergen lassen«, sagte Blythe.

»Ich habe nichts dagegen, wenn der Junge nach Debrett House geht«, sagte Elizabeth. »Das heißt, wenn Roger zustimmt.«

»Mein Mann wird zustimmen«, sagte Blythe zuversichtlich.

»Und wenn nicht?« fragte die Königin.

»Dann treibe ich ihn noch vor Ostern in den Ruin.«

»Lady Blythe, ich bewundere Euren Schneid«, sagte

Elizabeth lächelnd. »Jetzt muß ich mich auf ein Treffen mit mehreren Botschaftern vorbereiten. Schickt mir meine Hofdamen, wenn Ihr hinausgeht.«

Die Schwestern knicksten und gingen rückwärts aus dem Zimmer. Als sie das Vorzimmer erreichten, schnipste Bliss in Richtung Privatkabinett, und die Ehrendamen eilten, ihrer Königin zu helfen.

Anstatt sich zu trennen, beschlossen Blythe und Bliss, ein wenig frische Luft zu schnappen. Die Schwestern spazierten eine Weile umher und trafen dann Cedric Debrett und Edward deVere, die mit ihren Rapieren übten.

»Guten Tag, Cedric«, rief Blythe, als er sie bemerkte. Sie fragte sich, weshalb Cedric mit dem eingeschworenen Feind seines Bruders verkehrte.

Die beiden Männer unterbrachen ihr Training und schlenderten auf sie zu. Cedric küßte ihr förmlich die Hand, und deVere nickte ihr zu.

»Kennt Ihr meine Schwester?« fragte Blythe ihren Schwager.

Cedric wandte sich an Bliss und sagte: »Ihr seid ebenso reizend wie Eure Schwester.«

»Danke, Mylord.«

»Habt Ihr schon die Mätressen Eures Mannes kennengelernt?« fragte Oxford knapp.

Blythe hatte das Gefühl, geschlagen worden zu sein. Die Derbheit des Grafen machte sie sprachlos.

»Schaut über Eure rechte Schulter«, sagte Oxford, »dann könnt Ihr ihn mit einer sehen.«

Blythe konnte nicht widerstehen und wirbelte herum. Und tatsächlich ging Roger mit Rhoda Bellows in einiger Entfernung spazieren. Nur eine blinde Frau hätte Lady Rhodas flammende Haare nicht erkannt.

Blythe spürte die neugierigen Blicke der Männer, atmete tief ein und behielt die Fassung. Ein öffentlicher Spaziergang im Garten konnte kaum als Affäre gelten.

»Vielleicht sollten wir wieder hineingehen«, meinte Blythe zu ihrer Schwester. Sie sah zum Himmel. Graue Wolken zogen sich schnell zusammen. »Ich fürchte, das Wetter ändert sich.«

Bliss nickte, nahm Blythes Hand und begleitete sie durch die Anlagen. »Fühlst du dich durch meine Berührung besser?« fragte sie.

»Nicht viel.«

»Laß dich von Oxford nicht aufregen«, sagte Bliss, als sie Blythes Zimmer erreichten. »Soll ich mit hineinkommen und mich zu dir setzen?«

Blythe schüttelte den Kopf. Als sie allein in ihrem Zimmer war, ging sie zum Fenster, konnte jedoch Roger und Rhoda nirgends sehen.

Was sie brauchte, um ihre Laune zu bessern, war ein heißes Bad, aber sie hatte heute bereits gebadet. Die Diener der Königin hielten sie vielleicht für komisch, wenn sie zweimal am Tag baden wollte, während viele nicht einmal ein Bad im Jahr nahmen.

Die Luft war ein ebenso wunderbares Element wie das Wasser.

Blythe zog sich einen Stuhl zum Fenster und öffnete die Läden. Als nächstes zog sie die Decke vom Bett und polsterte den Stuhl damit. Sie zog sich vollkommen aus. Dann setzte sie sich hin und ließ die frische Luft über ihren Körper gleiten. Sie liebte die Luft, eine Cousine ihres alten Freundes, dem Wind.

Blythe schloß die Augen und stellte sich eine Treppe vor. Langsam, aber entschlossen ging sie diese Treppe hinauf und eine Tür öffnete sich für sie. Als sie eintrat, stand sie in einem Garten, der so schön war wie Eden, ein Paradies mit Weiden, Rosen und Schmetterlingen. Der himmlische Klang von kichernden Kindern ließ sie lächeln …

Die Tür flog auf und riß sie aus ihrer Meditation.

Blythe sah über die Schulter. Wie ein nasser Hund marschierte ihr Mann in das Zimmer.

Roger murmelte etwas über unsicheres Wetter, sah in ihre Richtung und blieb stehen. Vor Überraschung stand ihm der Mund offen. Und dann las sie Lust in seinem Blick.

»Lieber Himmel, du bist nackt!« rief Roger. »Bedecke dich!«

»Was ist schlimm an ein bißchen nackter Haut zwischen Mann und Frau?« fragte Blythe.

Roger nahm einen Umhang und warf ihn über sie, um ihre Nacktheit zu bedecken. Er drehte ihr den Rücken zu und ging zur gegenüberliegenden Seite des Zimmers, um sich umzuziehen.

»Spar die Zeit und die Energie«, riet er ihr. »Dein Plan funktioniert bei mir nicht.«

»Welcher Plan?«

»Dein Plan, mich zu verführen«, antwortete er und zog seinen Morgenmantel an. »Ich habe lange Erfahrung mit Verführung und weiß, wann eine Frau mit ihrem Körper versucht, mich zu beeinflussen. Ich lasse mich nicht verführen.«

Blythe wußte, daß er damit rechnete, daß sie wütend wurde. Statt dessen lächelte sie süß und erwiderte: »Versuchst du, mich oder *dich* davon zu überzeugen?«

Roger sah sie zornig an. Er goß sich einen Whisky ein und setzte sich vor den Kamin.

Blythe sah ihm lange zu, stand dann auf und zog ihren Stuhl durch das Zimmer, um sich neben ihn zu setzen. »Ich habe etwas mit Euch zu besprechen, Mylord«, sagte sie ohne lange Vorrede.

»Getreide oder Wolle?«

»Ich möchte Brandon Montgomery bei uns in Debrett House aufnehmen.«

Damit hatte sie seine Aufmerksamkeit. Er wandte den Kopf, um sie anzusehen und fragte: »Warum?«

»Der Junge muß irgendwo aufgenommen werden«, antwortete sie.

»Blythe, man stimmt zu, einen Jungen in seinen Haushalt aufzunehmen, weil man davon finanziell profitieren will.«

»So?«

»Brandon Montgomery hat nicht einen Pfennig und einen unglückseligen Namen«, sagte Roger.

»Unglückselig?« wiederholte sie.

»Sein Großvater wurde wegen Verrats hingerichtet«, erzählte Roger. »Sein Vater hat seine Mutter erwürgt und sich selbst ertränkt. Durch die Adern des Jungen fließt schlechtes Blut.«

»Du irrst dich«, rief Blythe. »Brandon besitzt mehr Stolz, Mut und Würde als zehn von deinen oberflächlichen Höflingen.«

»Erst kaufen wir blinde Ponys, und dann nehmen wir einen Ausgestoßenen auf«, schnaubte Roger. »Wie viele Streuner willst du noch adoptieren?«

Blythe zog ihre violetten Augen zusammen und zog dann eine Braue hoch, was immer ein schlechtes Zeichen war. »Ihr irrt Euch, Mylord. Erst habe ich mich *Eurer* Bedürfnisse erbarmt, und dann kam Miranda. Das blinde Pony kam als drittes … Roger, Brandon Montgomery wird in der Gesellschaft akzeptiert werden, wenn er bei uns lebt.«

»Interessiert es dich, was ich wünsche?« fragte er geschlagen.

»Meine Worte tun mir leid. Natürlich zählen deine Wünsche. Du wirst sein Pflegevater sein und dich um seine Erziehung kümmern.« Mit sanfter Stimme fügte sie hinzu: »Der Junge ist so allein. Würdest du dir nicht auch wünschen, daß ein freundliches Paar für Miranda sorgte, wenn sie allein auf der Welt wäre?«

Roger seufzte tief und starrte in die Flammen des Kamins. »Also gut, wir nehmen den Jungen mit, wenn wir abreisen.«

»Danke.« Blythe streckte die Hand aus, um seinen Arm zu berühren. »Du wirst dafür in einem anderen Leben belohnt … Was hast du heute mit Lady Rhoda gemacht?« fragte sie dann.

Roger drehte langsam seinen Kopf zu ihr um und fragte: »Spionierst du mir nach?«

»Spionieren?« Blythe zog eine Augenbraue hoch.

»Du bist meine Frau, nicht mehr und nicht weniger«, sagte Roger. »Was ich mit Rhoda Bellows, Sarah Sitwell oder irgendeiner anderen Frau mache, geht dich nichts an.«

»Welche Logik soll das denn sein?« fragte Blythe mit lauter werdender Stimme. »Du schuldest mir Treue.«

»Treue?« schoß Roger zurück. »Welch ungewöhnliches Wort aus dem Mund einer Frau. Denk daran, ich habe dich nicht als Frau erwählt, die Umstände haben unsere Heirat erzwungen.«

Blythe zuckte zusammen, als sei sie geschlagen worden. »Jetzt hast du die Bilanz ausgeglichen«, sagte sie. »Erst verletze ich dich, dann du mich.«

Drückendes Schweigen lastete auf ihnen. Die Kluft zwischen ihnen schien zu groß, um sie zu überbrücken.

»Soll ich nach Daisy schicken?« fragte Roger und brach das Schweigen.

»Ich werde heute nicht feiern«, antwortete sie und weigerte sich, ihn anzusehen.

»Deine Anwesenheit wird erwartet«, sagte er.

»Es ist mir egal, was erwartet wird«, sagte Blythe. Sie machte eine ausladende Handbewegung und fügte hinzu: »Geh und tanz mit deinen Huren, Mylord. Aber sei gewarnt. Wenn du betrunken zurückkommst, werde ich die Tür nicht öffnen.«

»Vielleicht schlafe ich woanders.«

»Und vielleicht wird es deine letzte Nacht auf dieser Erde sein.«

Kapitel 14

Roger kehrte früh und nüchtern in ihr Zimmer zurück und erlebte einen weiteren Sonnenaufgang. Aber Blythes Eheprobleme wurden nicht dadurch gelöst, daß sie in demselben Bett mit ihm schlief. Fünf lange Tage lang ignorierte er ihre Anwesenheit in seinem Leben.

Roger stand jeden Morgen auf, aß das Frühstück, das sein Diener ihm brachte, und verließ das Zimmer. Am späten Nachmittag kehrte er zurück, um sich für die Abendgesellschaften umzuziehen.

Obwohl er darauf beharrte, daß er den Mord an Darnel untersuchte, spürte Blythe, wie sich die Kluft zwischen ihnen zu einem Meer des Mißtrauens ausweitete. Ihr Mann und sie waren nicht mehr als vertraute Fremde.

Blythe besuchte ihre Schwester und ihre Großmutter, aber sie erschien abends nicht im Audienzsaal. Sie behauptete, daß die Schwangerschaft sie ermüdete, aber in Wahrheit hatte sie keine Lust zuzusehen, wie ihr Mann mit seinen Geliebten tanzte. Auch der Gedanke, daß Edward deVere ihr Geschichten aus dem Liebesleben ihres Mannes erzählen würde, hielt sie davon ab, bei den Abendveranstaltungen zu erscheinen.

Blythe war ein Geschöpf des Sonnenlichts und wußte, daß ihr Selbstvertrauen und ihre Heiterkeit zurückkehren würden, wenn sie erst wieder die heiligen Riten der Wintersonnenwende zelebriert hatte. Die längste Nacht des Jahres würde ihrer Unsicherheit ein Ende bereiten. Das Sonnenlicht würde wiederkommen und jeden Tag stärker werden. Vielleicht würde sie dann verstehen, was die ›dunkle Sonne‹ bedeutete.

Blythe stand vom Stuhl vor dem Kamin auf und ging zum Fenster. Obwohl der Morgen schnell fortschritt, trug sie immer noch Nachthemd und Morgenmantel.

Blythe blickte zur Themse und beobachtete, wie Barkassen am Kai andockten und die Schauspieler ausstiegen, die am Abend Master Shakespeares neuestes Stück aufführen würden. Sie war noch nie im Theater gewesen und konnte den Abend kaum erwarten. Sie bedauerte nur, daß sie die Aufführung nicht bis zum Ende würde sehen können. Während die anderen sich unterhalten ließen, wollten sie und Bliss sich hinausstehlen und die unglückliche Seele in der Long Gallery auf die Große Reise schicken.

Blythe seufzte. Es würde noch andere Gelegenheiten geben, ein Schauspiel zu sehen. Das wichtigste war, dieser armen Seele zu helfen.

Jemand klopfte an die Tür.

Blythe überlegte, wer das sein könnte. Sie hatte Daisy den Morgen freigegeben, und ihre Schwester wollte erst in einer Stunde kommen.

»Wer ist da?« rief sie, weil sie sich an die Warnung ihres Mannes erinnerte.

»Brandon Montgomery.«

Blythe öffnete die Tür und lächelte den Jungen an. Der Blick des Jungen aus seinen durchdringenden blauen Augen spiegelte wiederum seine Anbetung. Himmel, wie er sie an ihren Adler erinnerte. Vielleicht, weil sie beide so erstaunlich blaue Augen hatten.

Brandon Montgomery verbeugte sich und lächelte sie an. »Ich habe die letzten fünf Tage darauf gewartet, mit Euch zu sprechen«, sagte er. »Ich möchte Euch danken, daß Ihr der Königin vorgeschlagen habt, mich in Debrett House aufzunehmen.«

»Mein Mann hat also mit dir darüber gesprochen?«

»Ja, Mylady.«

»Vergiß nie, Brandon, daß jeden Tag Wunder geschehen«, sagte Blythe. »Würdest du gerne hereinkommen, während ich auf meine Schwester warte?«

»Das würde ich gerne.«

Blythe trat zur Seite, um ihn hereinzulassen, und schloß dann die Tür hinter ihm. Sie ging voran zum Kamin und setzte sich in einen der Stühle, sah dann aber erstaunt auf, als der Junge sich vor ihr auf ein Knie niederließ.

»Lady Debrett, ich stehe für immer in Eurer Schuld«, verkündete Brandon inbrünstig. »Ich schwöre Euch meine unerschütterliche Loyalität und werde gerne mein Leben geben, um Euch und die Euren zu beschützen.«

»Ich nehme deinen Schwur demütig entgegen, bezweifle aber, daß es notwendig sein wird, daß du dein Leben riskierst«, antwortete Blythe mit derselben Feierlichkeit. Sie hätte am liebsten gekichert, wußte aber, daß der Junge es ernst meinte und über alle Maßen beleidigt wäre. Wie eine Königin aus vergangenen Zeiten fügte sie hinzu: »Steht auf, mein galanter junger Herr, und setzt Euch in diesen Stuhl.«

Brandon tat, was sie gesagt hatte.

»Nennt mich Lady Blythe«, sagte sie.

Der Junge lächelte schüchtern, sah vor sich auf den Boden und sagte: »Sehr wohl, Lady Blythe.«

»Schau den Leuten immer in die Augen, wenn du mit ihnen sprichst.«

Brandon hob seinen Blick, sah ihr in die Augen und grinste.

»Auch wenn dein Ruf dein kostbarstes Gut ist, ist es Zeitverschwendung, auf Kritiker zu hören«, meinte Blythe. »Ignoriere die Spötteleien von Narren wie Grimsby, Spennymoor und Cockermouth.«

»Bei allem Respekt, Lady Blythe, meine Ehre verlangt, daß ich den Fehdehandschuh aufnehme und sie verteidige, wenn es nötig ist«, antwortete Brandon.

Der Junge klang wie ihr wütender Mann, dachte Blythe. Von acht bis achtzig benahmen sich die Männer wie Strohköpfe, wenn es um ihre Ehre ging.

»Ich finde, du solltest deine Kämpfe sorgfältiger auswählen«, ergänzte sie mit einem Lächeln, das über ihre Gedanken hinwegtäuschte. »Wüßtest du gerne, wie sehr dein Geld sich vermehrt hat?«

Der Junge lächelte sie verwirrt an. »Welches Geld?«

»Das Goldstück, das ich für dich investiert habe.«

Brandon nickte.

Blythe stand auf, ging zu dem Tisch und kehrte mit einem ihrer Bücher zurück. »Ach ja, da ist es«, sagte sie, während sie die Seiten durchblätterte. »Dein Goldstück hat sich auf fünf vermehrt.«

»Fünf Goldstücke?« wiederholte Brandon erstaunt.

»Das habe ich gesagt. Möchtest du sie ausgeben oder weiter investieren?«

Der Junge leckte sich über die Lippen, während er überlegte, was er tun sollte. »Was würdet Ihr tun, Lady Blythe?«

Blythe sah ihm an, daß er nichts lieber täte, als die fünf Goldstücke nehmen, zur Tür hinausstürmen und vor Grimsby, Spennymoor und Cockermouth den reichen Nobelmann zu spielen. Der Junge mußte aber lernen, wie wichtig es war, Gewinn zu erzielen und Ausgaben gut zu überlegen.

»Ich würde ein Goldstück nehmen, um es auszugeben, und die anderen vier wieder investieren«, beantwortete Blythe seine Frage.

»Besteht die Möglichkeit, daß ich sie verliere?«

»Nein.«

»Dann nehme ich das eine und investiere die anderen vier wieder.«

»Eine weise Entscheidung.« Blythe legte das Buch beiseite und stand auf, um ihre Börse vom Tisch zu holen. Sie gab ihm das Goldstück und fragte: »Brandon, hast du jemals von einer ›dunklen Sonne‹ gehört?«

»Nein, Mylady. Warum?«

»Egal«, sagte sie. »Komm, ich bringe dich zur Tür.«

Blythe durchquerte mit dem Jungen das Zimmer. Sie öffnete die Tür einen Spalt, hielt dann jedoch inne und fragte: »Wenn ich deine Hilfe bräuchte, könnte ich mich dann auf deine Verschwiegenheit verlassen?«

»Ich habe Euch gerade meinen Treueeid geschworen«, antwortete der Junge. »Bei meiner Ehre.«

»Gut. Ich möchte, daß du folgendes für mich tust«, sagte Blythe mit verschwörerischem Lächeln. »Während die anderen sich heute abend das Stück von Master Shakespeare anschauen, muß ich mich hinausstehlen und meine Schwester in der Long Gallery treffen. Kann ich mich darauf verlassen, daß du mich hinbringst und darüber schweigst?«

»Natürlich, aber weshalb geht Ihr zur Long Gallery?« fragte Brandon.

»Ich kann es dir jetzt noch nicht erzählen, aber ...«

Er sah enttäuscht und verletzt aus. Diese beiden Gefühle schienen dem Jungen wohlvertraut, und Blythe wollte seiner langen Liste von Enttäuschungen keine weitere hinzufügen. Mehr als alles andere brauchte er das Vertrauen eines Menschen.

Blythe neigte den Kopf und sagte: »Ein Geist spukt in der Long Gallery und ...«

»Ein Geist?« rief er.

»Bliss und ich werden versuchen, die arme Seele zu einer Reise auf die andere Seite zu überreden«, erzählte sie.

»Welche andere Seite?«

»Das Paradies.« Blythe zog ihre violetten Augen zusammen und fragte: »Willst du mir den Weg zur Long Gallery zeigen?«

»Ich werde Euch mit meinem Leben beschützen«, gelobte Brandon.

»Das wird nicht nötig sein«, antwortete sie. »Ich werde nicht in Gefahr sein, und du kannst mich nicht in die Galerie begleiten. Willst du es trotzdem?«

Brandon nickte.

Blythe erkannte die Aufregung in seinem Gesicht und wußte, daß er das noch besser fand, als seine drei jungen Feinde zu besiegen.

»Ich sehe dich heute abend im Audienzsaal«, sagte Blythe und öffnete die Tür für ihn. Ihr Mund stand vor Überraschung offen, als sie ihre Schwägerin entdeckte. »Sybilla, was tut Ihr hier?«

»Cedric und ich haben Euch seit fünf Tagen nicht mehr

gesehen«, antwortete sie. »Ich wollte sehen, wie es Euch geht.«

»Geh, Brandon«, sagte Blythe. Nachdem der Junge über den Gang verschwunden war, wandte sie sich wieder an ihre Schwägerin: »Es geht mir gut, aber ich muß mich ausruhen, wenn ich heute abend Master Shakespeares Stück sehen möchte.«

»Dann werde ich nicht bleiben«, antwortete Sybilla. »Cedric und ich haben uns um Eure Gesundheit gesorgt. Einige Höflinge haben sich gefragt, ob Ihr den gleichen Weg wie Darnel gegangen seid. Ihr wißt ja nicht, wie diese Leute sind.«

»Ich werde sie alle beruhigen, indem ich heute abend im Audienzsaal erscheinen werde«, sagte Blythe. »Entschuldigt mich.«

Blythe schloß und verriegelte die Tür. Sie lehnte sich dagegen und überlegte, ob die anderen Höflinge wirklich spekulierten, ob Roger sie getötet hatte oder nicht. *Ihr armer Geliebter*. Sie wünschte, er könnte den wahren Mörder entlarven. Nur dann wäre sein Ruf wiederhergestellt.

Blythe hatte den Raum zur Hälfte durchquert, als es wieder an der Tür klopfte. Sie fluchte leise, ging wieder zurück und fragte: »Wer ist da?«

»Bliss.«

»Wie geht's, Schwester?« sagte Blythe zur Begrüßung und öffnete die Tür.

»Bist du fertig?« fragte Bliss und hielt die weiße Kerze hoch, als sie das Zimmer betrat.

Blythe nickte und schloß die Tür. Sie eilte durch das Zimmer, um ihren Dolch und ihre Zaubersteine zu holen.

»Die Damen Rhoda und Sarah sind wütend«, sagte Bliss, als sie ihre weiße Zeremonienrobe anlegte. »Offensichtlich hat Roger sie ignoriert.«

Diese Information erfüllte Blythes Herz mit Freude. Vielleicht mußte sie sich gar keine Sorgen darüber machen, was ihr Mann abends tat.

»Danke, daß du mir das sagst«, meinte Blythe und zog

ihre weiße Robe an. »Das Lichterfest zeigt, daß die Sonne die Dunkelheit der Welt bezwingt. Vielleicht wird nach morgen auch die Sonne in *meiner* Welt heller scheinen.«

Während ihre Schwester zusah, begann Blythe, in der Mitte des Zimmers den Zauberkreis zu legen. Sie hatte seit ihrer Heirat mit Roger nicht mehr richtig gebetet, und jetzt erklang in ihr das Lied ihrer Ahnen.

Blythe begann im Norden und legte den Smaragd hin. Dann legte sie den Aventurin in den Osten und den Rubin in den Süden. Den Westen ließ sie offen und machte eine Bewegung zu ihrer Schwester, die den Kreis zuerst betrat.

»Alle störenden Gedanken bleiben außerhalb«, sagte Blythe und schloß den Kreis im Westen mit dem Amethyst.

Blythe legte den Bernstein in die Mitte, die Seele des Kreises, neben den schwarzen Obsidian, den ihre Schwester dort hingelegt hatte, um dunklen Zauber zurückzuhalten. Als nächstes nahm sie ihren juwelenbesetzten Dolch und zog die unsichtbare Kreislinie nach. Nachdem sie zur Mitte des Kreises zurückgekehrt war, wandte sie sich mit ihrer Schwester nach Osten, und sie knieten nieder.

»Die Alten sind hier, beobachten und warten«, begann Blythe die Gebete, die ihre Mutter sie gelehrt hatte.

»Sterne sprechen durch Steine, und Licht scheint durch die dickste Eiche«, fuhr Bliss fort.

»Himmel und Erde sind ein Reich«, sagte Blythe.

»Sei gegrüßt, Große Göttin Mutter«, rief Bliss, zündete die Julkerze an und hielt sie hoch. »Du bringst Licht aus dem Dunkeln und Wiedergeburt aus dem Tod.«

»Ich bitte um einen Gefallen«, sagte Blythe. »Beschütze das Kind, das ich in meinem Körper trage und bewahre meinen Geliebten vor unsichtbarem Bösen – vor der dunklen Sonne deiner Prophezeiung.«

Plötzlich und unerwartet fegte ein starker Luftzug durch den Raum und löschte die Kerze. Die beiden Schwestern kreischten überrascht auf und hörten, wie die Tür zuschlug.

»Gott im Himmel, was, zum Teufel, tut ihr da?«

»Scheiße«, murmelte Blythe.

»Du sagst es«, flüsterte Bliss.

Die beiden Schwestern drehten sich langsam um. Roger Debrett kam auf sie zu wie ein General, der in ein feindliches Lager einmarschiert.

»Nein«, schrie Bliss.

»Es ist verboten, den Kreis zu durchbrechen«, rief Blythe.

Roger ignorierte ihren warnenden Protest und marschierte durch den unsichtbaren Umriß des Zauberkreises, um seine Frau auf ihre Füße zu stellen. Dann blickte er seine junge Schwägerin wütend an und befahl: »Raus.«

Bliss brauchte keine zweite Aufforderung. Sie legte ihre Robe ab, während sie durch das Zimmer zur Tür lief. Nachdem sie einen Moment stehengeblieben war, um ihrer älteren Schwester einen mitfühlenden Blick zuzuwerfen, verschwand die Sechzehnjährige.

Blythe sah ihren Mann an. Roger schien explodieren zu wollen. In einem vergeblichen Versuch, seine Wut abzulenken, drehte sie ihm den Rücken zu und sammelte ihre Zaubersteine zusammen. Nur die Göttin wußte, was mit ihnen geschehen würde, nachdem Roger ihr Gebet unterbrochen hatte.

Blythe ging auf den Tisch zu, um ihre Steine und ihr Stilett wegzulegen, aber die Hand ihres Mannes auf ihrem Arm hinderte sie daran. Sie sah erst auf seine Hand, dann in sein Gesicht.

»Du hast mir versprochen, vorsichtig zu sein«, sagte Roger anklagend.

»Ich *bin* vorsichtig«, antwortete Blythe. »Normalerweise wird Jul draußen gefeiert.«

»Und wenn nun jemand hier reingeplatzt wäre?« fragte Roger, als hätte sie gar nichts gesagt. »Weshalb hast du die Tür nicht verriegelt? Willst du, daß Darnels Mörder dich auch erwischt? Oder willst du gehängt werden, weil du eine Hexe bist, und unser Kind mit ins Grab nehmen?«

»Ich will nichts davon«, antwortete sie. »Um wen hast du Angst – um das Kind oder um mich?«

»Um beide, du kleine Närrin.«

Roger riß sie an sich. Als sie ihn erstaunt ansah, küßte er sie lange, langsam und innig. Blythe schlang ihre Arme um seinen Hals und gab sich seiner Leidenschaft hin.

»Komm ins Bett mit mir«, flüsterte Blythe gegen seine Lippen und sehnte sich danach, zu spüren, wie ihre Körper eins wurden.

Ihre Worte hatten genau die entgegengesetzte Wirkung, die sie beabsichtigt hatte. Der Liebeszauber, der sie umgab, war gebrochen.

Roger trat einen Schritt zurück, als würde ihm klar, was er tat. Er sah sie vernichtend an und brummte: »Verriegel die Tür hinter mir.« Ohne ein weiteres Wort wirbelte er herum und verließ den Raum.

Einige Stunden später machte Blythe sich vor dem Spiegel zurecht, während sie darauf wartete, daß ihr Mann zurückkehrte. Sie war einfach, aber elegant gekleidet. Sie trug ein schwarzes, mit Gold besticktes Kleid mit einem tiefen viereckigen Ausschnitt und einem enganliegenden Oberteil. Sie hatte ihre schwarzen Haare streng zurückgekämmt und zu einem Knoten im Nacken geschlungen.

Blythe hörte das leise Klopfen an der Tür, nahm sich aber noch einen Moment Zeit, um einen letzten Blick auf sich zu werfen. Sie hoffte, daß sie für den Abend richtig gekleidet war. Sie wollte für ihren Geliebten perfekt aussehen.

»Verdammt, Blythe«, rief Roger und klopfte laut. »Öffne die verdammte Tür.«

Blythe eilte durch das Zimmer und öffnete die Tür. Sie trat zurück, als er hereinkam.

»Ich hoffe, du bist fertig«, sagte Roger, ohne sie anzusehen.

»Du hast mir befohlen, die Tür zu verriegeln«, erinnerte Blythe ihn und sah zornig seinen Rücken an. »Hast du auch erwartet, daß ich daneben sitze, falls du sofort eintreten möchtest?«

Bei ihren Worten wirbelte Roger herum und starrte sie an, als sähe er sie zum erstenmal seit fünf Tagen wirklich.

Ein Lächeln erhellte sein Gesicht, als er sie langsam musterte.

»Vergib mir meine Grobheit«, sagte Roger und überwand die Distanz zwischen ihnen, um ihre Hand an seine Lippen zu heben. »Du bist die schönste Blume, die ich seit Tagen gesehen habe.«

»Ihr seht selbst sehr gut aus, Mylord«, erwiderte Blythe das Kompliment und lächelte ihn an. »All die anderen Paare werden grün vor Neid werden beim Anblick unserer Schönheit.«

»Wollen wir, Mylady?« fragte er und neigte den Kopf.

»Ich bin so aufgeregt«, sagte sie, als sie vor ihm hinausging. »Ich habe noch nie eine Theateraufführung gesehen.«

»Wenn es dir gefällt«, sagte Roger, »werde ich dich mit ins Theater nehmen, so oft du willst.«

Blythe sah ihn von der Seite an. »Ich bin sicher, daß es auch Miranda gefallen wird.«

»Dann wird Miranda uns begleiten, wann immer wir gehen«, versprach Roger.

Das Stück wurde im Hauptsaal aufgeführt. Cedric und Geoffrey Debrett waren die ersten, die sie trafen, als sie den vollen Raum betraten.

»Ach, liebe Schwägerin, Eure ungewöhnliche Schönheit beschämt diese welkenden Tudor-Rosen.« Geoffrey machte dieses Kompliment und beugte sich förmlich über ihre Hand.

»Ich wußte gar nicht, daß Ihr ein so frecher Schmeichler seid«, sagte Blythe mit einem erfreuten Lächeln. Sie sah ihren Mann an, der nicht allzu glücklich über die Aufmerksamkeit seines Bruders war. Um ihn abzulenken, wandte sie sich an Cedric und lächelte zur Begrüßung.

»Wie geht es Euch, Schwägerin?« fragte Cedric höflich und beugte sich über ihre Hand.

»Gut«, antwortete sie. »Ich sehe Euch *ohne* Frau und Rapier.«

»Sybilla fühlt sich heute abend nicht wohl«, sagte Cedric. »Sie wird noch kommen, wenn es ihr besser geht.«

»Hoffentlich nichts Ernstes.«

»Ich bin sicher, sie ist nur müde, weil sie so lange am Hof ist.«

»Sibby ist immer der Mittelpunkt der Fröhlichkeit hier am Hof«, sagte Geoffrey trocken. »Was sollen wir nur ohne ihre charmante Anwesenheit heute abend tun?«

»Ich sehe dort drüben meine Großeltern«, sagte Blythe zu ihrem Mann. »Ich würde sie gerne begrüßen, bevor die Königin kommt.«

»Ich werde dich begleiten«, sagte Roger.

Gemeinsam durchquerten sie den Raum. Ihre Großeltern waren offensichtlich bei der Königin sehr beliebt, denn sie saßen neben dem Podium.

»Ich habe gesehen, wie Cedric mit Edward deVere Rapier übt«, flüsterte Blythe ihrem Mann zu.

Roger zuckte die Schultern. »Mein Bruder würde mit einer Schnecke üben, wenn sonst niemand da wäre.«

»Guten Abend, Großpapa«, begrüßte Blythe den Herzog von Ludlow und küßte seine Wange. Dann umarmte sie die Herzogin: »Großmama.«

»Dich hier zu sehen, ist ermutigend«, sagte Herzog Robert.

»Setz dich her, Liebling«, lud ihre Großmutter sie ein.

Blythe setzte sich auf den leeren Stuhl neben ihrer Großmutter. Sie bemerkte, daß Brandon Montgomery sich an die Wand in der Nähe ihrer Großeltern gestellt hatte.

Kluger Junge, dachte Blythe und nickte ihm zu. Brandon neigte seinen Kopf in ihre Richtung.

»Entschuldigt mich einen Moment«, sagte Roger abrupt. »Ich muß mit Burghley sprechen, bevor die Königin kommt.«

Blythe sah ihrem Mann nach. Sie wollte mit ihrer Großmutter sprechen, aber die Königin und ihr Gefolge betraten den Saal. Alle erhoben sich von ihren Stühlen und verbeugten sich vor ihr. Als Elizabeth sich auf ihren Stuhl auf dem Podium gesetzt hatte, setzten sich auch alle anderen.

Chamberlain's Men, Shakespeare's Schauspieltruppe, begann sofort. Der Chor trat auf und begann, nachdem sich alle vor der Königin verbeugt hatten, mit dem Prolog:

»Zwei Häuser, beide von gleich edlem Blut,
Beid' in Verona, wohin wir uns wenden,
Entfachen neu des alten Haders Glut,
Drin Bürgerblut, ach, floß von Bürgerhänden.
Aus der zwei Feinde Lenden ward erzeugt
Ein Liebespaar in schlimmer Sterne Bann ...«

Blythe sah ihre Schwester an, die ihren Blick erwiderte. Bliss nickte ihr zu, um den Plan umzusetzen.

Nachdem sie Bliss zugenickt hatte, um ihr zu zeigen, daß sie verstanden hatte, beugte sich Blythe dicht zu ihrer Großmutter und flüsterte: »Entschuldige mich einen Moment. Mein Zustand, weißt du. Brandon Montgomery wird mich begleiten.«

»Ich sage Roger Bescheid, wenn er zurückkommt«, antwortete ihre Großmutter und tätschelte ihr die Hand.

Blythe stand auf und ging außen um die edle Gesellschaft herum. Brandon Montgomery schloß sich ihr an. In demselben Moment stand Bliss auf und ging auf einen anderen Ausgang zu für den Fall, daß jemand ihren Abschied bemerkte.

Blythe schickte ein stilles Gebet zum Himmel, daß ihr Mann ihr nicht den Weg abschneiden würde, bevor sie den Saal verlassen konnte. Wenn das geschah, konnte er sehr wohl beschließen, sie selbst in ihr Privatgemach zu begleiten und dadurch ihre Pläne vereiteln.

Als sie sich dem Eingang des Saales näherte, blickte Blythe über ihre Schulter, um festzustellen, wo er sich befand. Sie stolperte beinahe über ihre eigenen Füße, als sie ihn erspähte. Roger stand bei Sarah Sitwell, und sein Kopf war dicht an dem der Blonden, um zu hören, was auch immer sie sagte.

Blythe spürte, wie sich ihr Magen beim Anblick der Abtrünnigkeit ihres Mannes zusammenzog. Vielleicht waren die ehemaligen Geliebten ihres Mannes gar nicht so ehemalig. Bittere Unsicherheit legte sich um ihr Herz.

Vor dem Saal ging Blythe mit grimmiger Entschlossenheit den Gang entlang. Sie würde nicht zulassen, daß die Abwege ihres Mannes sie beeinträchtigten. Jede Sorge konnte ihrem Baby schaden.

»Lady Blythe?«

Sie drehte sich um. »Ja?«

»Ich möchte Euch nicht kritisieren«, sagte Brandon, »aber Ihr nehmt den falschen Weg.«

Blythe nickte abwesend und ging wieder zurück. Gemeinsam schlugen sie die entgegengesetzte Richtung ein.

»Stimmt etwas nicht?« fragte der Junge. »Ihr scheint nicht wohl.«

»Das liegt nur an meinem Zustand«, log Blythe.

Brandon errötete bei ihren Worten, fuhr aber fort, sie durch die verwirrend vielen Gänge zu führen. Schließlich erreichten sie den Gang, in dem der Eingang zur Long Gallery lag.

Blythe blieb am Ende des langen Ganges stehen. »Du wirst hier warten, egal was du aus diesem Raum hörst«, befahl sie dem Jungen.

»Ich verstehe.«

Blythe ging bis zur Long Gallery und trat ohne zu zögern ein. Sie wußte, daß sie nicht auf ihre Schwester warten konnte. Wenn sie am Eingang stehenblieb, würde ihr beim Gedanken an die trostlose Hoffnungslosigkeit in der Galerie übel werden, und sie würde niemals den Mut aufbringen hineinzugehen.

Die Long Gallery lag in vollkommener Dunkelheit und wirkte unnatürlich und unheimlich. Blythe konnte die andere Seite des Raumes nicht sehen, obwohl sie aus dem Gang hinter der Galerie das schwache Licht einer Fackel sah. Eine einzige lange Kerze brannte in der Mitte der Galerie.

Blythe überlegte, weshalb zu dieser Stunde nur eine Kerze brannte. Als sie mit ihrer Schwester durch den Raum gegangen war, hatte an beiden Seiten der Galerie eine lange Reihe von Kerzen gebrannt. War ihre Schwester auf dem Weg zum Hauptsaal hier durchgekommen und hatte die Kerzen ausgelöscht? Über den Horizont hinauszublicken, war immer einfacher, wenn das irdische Blickfeld eines Menschen eingeschränkt war.

Nachdem Blythe tief eingeatmet hatte, ging sie weiter in die Galerie. Wieder spürte sie die trostlose düstere Atmosphäre, als ob die gesamte müde Hoffnungslosigkeit der Welt sich in dieser Galerie konzentrierte. Wieder spürte sie, wie sich ihre feinen Nackenhaare aufstellten. Wieder sah sie zu der einzigen Kerze, deren Flamme nicht flackerte.

Ein lautes Quietschen kam vom dunklen Ende der Galerie. Und Blythe wußte, daß sie nicht allein war.

»Cat Howard?« rief sie mit zitternder Stimme. »Euer Majestät?«

Keine Antwort. Nichts rührte sich.

»Mein Name ist Blythe Debrett«, rief sie und war sicher, daß Geschwafel ihr Mut machen würde. »Ich bin gekommen, um Euch auf die Große Reise zu helfen. Euer Majestät, ich fürchte, Ihr seid ziemlich tot …«

Plötzlich legte sich eine Schnur von hinten um ihren Hals und nahm ihr den Atem. Jemand zog fest zu.

Blythe versuchte zu schreien und griff nach der Schnur. Sie kämpfte wild und trat nach hinten, so gut sie konnte. In Panik dachte sie, daß die tote Königin versuchte, sie umzubringen. Und den Bruchteil einer Sekunde später wußte sie, daß die Person hinter ihr aus Fleisch und Blut war – *Darnels Mörder*!

Blythe schlug wild um sich und versuchte, einen Finger zwischen die Schnur und ihren Hals zu stecken. Sie spürte, wie ihre Kraft nachließ. *Gott, nein!* Ihr Baby würde sterben, und Roger würde an den Galgen kommen, weil er sie umgebracht hatte.

»Blythe!« erklang die Stimme ihrer Schwester aus großer Entfernung.

Und die Schnur wurde gelockert.

Blythe rang nach Luft und fiel auf den Boden, hörte aber das Geräusch von Füßen in Stiefeln, die wegliefen. Jemand zündete eine Kerze an, und dann hörte sie ihre Schwester schreien.

»Brandon!« rief Bliss und fiel auf die Knie, um den Kopf ihrer Schwester in ihren Schoß zu legen. »Oh, Schwester, es tut mir leid, daß ich so lange gebraucht habe. Cedric Debrett hat mich aufgehalten.«

»Nicht zu spät«, keuchte Blythe und öffnete die Augen. »Genau rechtzeitig.«

»Zum Teufel, schaut ihren Hals an«, rief Brandon Montgomery und starrte sie an.

»Hol Roger«, keuchte Blythe.

»Hilfe! Mord!« schrie der Zwölfjährige und schoß aus der Galerie.

»Jetzt werden alle angerannt kommen«, stöhnte Blythe heiser.

Und so war es.

Innerhalb von Minuten starrte Blythe in ein Meer von besorgten Gesichtern. Darunter waren ihre Großeltern und ihre beiden Schwäger. Besorgter als sie ihn je gesehen hatte, kniete Roger neben ihr und hielt sie in seinen Armen.

»Jemand hat versucht, sie zu erdrosseln«, sagte Bliss überflüssigerweise.

»Oh, mein armer Liebling«, rief ihre Großmutter. »Halt mich, Tally. Ich fühle mich schwach bei dem Gedanken, was wir beinahe verloren hätten.«

»Gebt ihr Raum zum Atmen«, befahl Roger der wachsenden Menge von Höflingen. Er sah auf sie hinunter und fragte: »Hast du deinen Angreifer gesehen? Kannst du mir etwas über ihn sagen?«

Blythe schüttelte den Kopf. Jetzt, da sie sicher in seinen Armen lag, stiegen ihr Tränen der Angst und Erleichterung in die Augen.

»Hat einer von euch den Angreifer gesehen?« fragte Roger Bliss und Brandon.

Beide schüttelten den Kopf.

»Ihr wart nicht im Saal, als Montgomery um Hilfe rief«, sagte eine vertraute Stimme. »Wo wart Ihr, Debrett?«

Blythe erkannte Edward deVeres Stimme. Der Graf von Oxford wollte andeuten, daß ihr eigener Mann versucht hatte, sie zu erdrosseln.

Roger sah sie an, zögerte und funkelte dann den Earl von Oxford wütend an. Auf die Beschuldigung antwortete er nicht.

»Hilf mir auf«, sagte Blythe und lenkte die Aufmerksamkeit von ihrem Mann ab.

Roger half ihr aufzustehen, hielt sie aber weiter schützend umfaßt. Sie sah ihn an und lächelte schwach.

»Nun, Debrett, wir warten auf Eure Antwort«, sagte der Earl von Oxford höhnisch.

»Die Hände an meinem Hals gehörten einer Frau«, log Blythe, und alle keuchten.

»Roger, das beweist wohl Eure Unschuld«, meldete sich Herzog Robert.

»Ich stimme Euch von Herzen zu«, verkündete Lord Burghley, als andere in der Menge zu der Schlußfolgerung des Herzogs nickten.

»Diese Verletzungen an Eurem Hals scheinen nicht von nackten Händen zu stammen«, beobachtete Edward deVere und kam näher. »Es ist eine gerade Linie, so, als ob eine Schnur benutzt worden wäre. Lügt Ihr für ihn?«

»Oxford, Ihr seid wirklich dümmer als ein Pferdearsch«, sagte Blythe, und alle lachten. »Weshalb sollte ich einen Mann schützen, der versucht hat, mich umzubringen?«

»Das ist sicher eine beunruhigende Frage«, antwortete deVere und errötete vor wütender Verlegenheit. »Sagt mir, was Debrett zu verbergen hat. Weshalb kann er nicht Rechenschaft über seinen Aufenthaltsort ablegen?«

»Roger war bei mir«, verkündete Sarah Sitwell.

»Blythe, es ist nicht das, was du denkst«, sagte Roger.

»Ich möchte jetzt in unser Zimmer zurückkehren«, antwortete sie und sah ihn kalt an.

Ein Ausdruck höchsten Bedauerns zeigte sich auf Rogers

Gesicht. Er nahm seine Frau auf die Arme und trug sie aus der Galerie. Eine Reihe von Freunden und Verwandten folgte. Als Daisy die Tür für sie öffnete, drehte er sich zu der Menge um, bevor er eintrat:

»Ich werde mich um meine Frau kümmern. Ihr könnt sie morgen besuchen.« Dann wandte er sich an Hardwick und Daisy und befahl: »Laßt uns allein.«

Roger durchquerte das Zimmer und legte sie sanft auf das Bett. Dann ging er zurück, um die Tür zu verriegeln. Er drehte sich um, starrte sie lange an und ging dann auf sie zu.

»Setz dich hin, damit ich dir das Kleid ausziehen kann«, sagte Roger und setzte sich auf die Bettkante.

»Ich kann mich alleine ausziehen«, sagte sie.

»Bitte, laß mich dir helfen«, sagte er bittend.

Blythe begriff, daß er versuchte, dafür zu büßen, daß er bei Lady Sitwell war, anstatt sie zu beschützen. Sie wollte ihn erst zappeln lassen, konnte aber nicht. Der Ausdruck schmerzlichen Bedauerns auf seinem Gesicht war mehr, als sie ertragen konnte. Sie nickte, aber aufsteigende Gefühle verhinderten jedes Gespräch.

Roger zog sie aus und half ihr in ihr Nachthemd und den Morgenmantel. Sie lehnte sich gegen das Kopfende und beobachtete ihn schweigend.

Als er ihr einen Whisky anbot, schüttelte Blythe den Kopf und sagte ablehnend: »Ich trinke keine geistigen Getränke.«

»Geistige Getränke zu trinken ist einfacher, als mit Geistern zu kommunizieren«, neckte Roger und lächelte schief.

Blythe lächelte und nahm das Glas. Nach einem winzigen Schluck zog sie eine Grimasse, als sich die bernsteinfarbene Flüssigkeit einen Weg in ihren Magen brannte.

Roger nahm ihr das Glas ab und stellte es auf den Tisch. Dann hob er ihr Kinn, um ihren böse verletzten Hals zu betrachten.

»Es tut mir leid, daß ich dich im Stich gelassen habe«, flüsterte er mit gebrochener Stimme. »Ich hätte dasein sollen, um dich zu beschützen.«

Blythe sagte nichts. Es gefiel ihr, wenn er so zerknirscht war, was er nicht gewesen wäre, wenn er gewußt hätte, was sie vorgehabt hatte.

»Ich habe nichts mit Sarah gehabt«, sagte Roger ohne Einleitung. »Sie hat mich gebeten, mit ihr den Saal zu verlassen, weil sie meinen Rat bei einer Investition brauchte.«

»Ich glaube dir«, sagte Blythe und griff nach seiner Hand. Auf seinem Gesicht zeigte sich Erleichterung, wodurch er sehr jung aussah. »Was hast du in der Long Gallery gemacht?« fragte er. »Du hättest dich nicht so weit von dem Großen Saal entfernen dürfen.«

»Ich hatte eine Verabredung mit Bliss.«

»Warum?«

»Bliss und ich wollten Cat Howard helfen«, antwortete Blythe aufrichtig. Er war auch aufrichtig gewesen. Konnte sie da lügen?

»Wovon redest du?« wollte Roger wissen.

»Cat Howard spukt in der Long Gallery und ...«

»Du kleiner Idiot, es gibt *keine* Geister, außer in dummen Köpfen«, schnauzte Roger. »Hast du die Gefahr nicht gesehen? Bei Hof läuft ein Mörder herum, der vor nichts haltmachen wird, um mich zu bekommen.«

»Abgesehen von den Schrammen geht es mir gut«, beharrte sie.

»Es geht dir nicht gut, du hast verdammtes *Glück* gehabt«, berichtigte er sie. »Ich verbiete dir, diese infernalen Gesänge zu murmeln. Verstanden?«

»Du könntest eher der Sonne verbieten zu scheinen«, sagte Blythe. »Das Ergebnis wäre dasselbe.«

»Danke für den Hinweis«, sagte Roger knapp. »Du wirst morgen früh nach Debrett House zurückkehren.«

»Ich gehe nicht.«

»Du hast vor Gott gelobt, mir zu gehorchen.«

»Nicht darin.« Blythe legte ihre Handfläche an seine Wange. »Ich kann dir helfen, Darnels Mörder zu finden.«

»Wenn ich dich beschütze, kann ich den Mord nicht untersuchen«, erwiderte Roger.

»Brandon Montgomery wird mich überallhin begleiten … Roger, können wir morgen darüber sprechen?« fragte sie müde. »Ich brauche dich jetzt. Halt mich fest. Bitte laß mich heute nacht nicht mehr allein.«

Roger nickte. Er nahm sie in seine Arme und küßte sie züchtig auf den Kopf.

»Ich hatte Angst«, gestand Blythe und lehnte ihren Kopf an seine Brust.

»Glaub mir, Liebes«, flüsterte Roger heiser. »Als ich dich da liegen sah, hatte ich auch Angst.«

Kapitel 15

Er liebte sie. Er hatte sie immer geliebt.

Früh am nächsten Morgen stand Roger neben dem Bett und sah auf seine schlafende Frau hinunter. Sie schien so zerbrechlich in dem riesigen Bett, zu zart, um sein Kind zu tragen. Ihre Haut war makellos weiß, und ihre schwarzen Locken breiteten sich fächerförmig auf den gestärkten weißen Kissen aus. Rogers Blick fiel auf die dunkelroten Flekken auf ihrem Hals. Panik stieg in ihm auf und nahm ihm fast den Atem. Er hatte sie beinahe an einen Mörder verloren. Nur Gott allein wußte, was er getan hätte, wenn dieser Bastard das Sonnenlicht aus seinem Leben gestohlen hätte, denn Blythe war seine Sonne. Roger drehte sich um und ging zur Tür. Er brauchte einen Diener, der Daisy holte. Jemand mußte bei ihr bleiben, bis er zurückkehrte.

Roger trat in den Flur und stolperte beinahe über einen kleinen Körper vor der Zimmertür.

Brandon Montgomery. Der Junge sprang auf und sah ihn an. Durchdringende blaue Augen trafen auf ebensolche Augen.

»Was, zum Teufel, tust du hier?« fragte Roger.

»Lady Blythe beschützen.«

»Hast du kein Vertrauen zu meinen Fähigkeiten?«

»Ich wußte, daß Ihr früh aufstehen würdet, um den Bastard zu suchen, der es gewagt hat, sie anzurühren«, antwortete der Junge.

»Ich glaube, wir werden prächtig miteinander auskommen«, sagte Roger lächelnd. »Geh hinein und verriegel die Tür. Laß niemanden außer Daisy Lloyd herein und wecke vor allem die Gräfin nicht.«

»Ihr könnt Euch auf mich verlassen, Mylord«, sagte Brandon und sah ihm in die Augen. »Ich werde Euch nicht enttäuschen.«

Roger wartete, bis er hörte, wie der Riegel vorgeschoben wurde. Er stürmte den verlassenen Gang hinunter, der im frühmorgendlichen Schatten lag, bis er ein anderes Gebäude erreichte, das näher an den Gemächern der Königin lag. Hier befanden sich die Räume, die für Elizabeths engste Freunde reserviert waren, für langjährige Favoriten, die ihre unerschütterliche Loyalität bewiesen hatten, lange bevor Roger geboren war. Eine der hervorragendsten Eigenschaften der Königin war ihre Loyalität denjenigen gegenüber, die zu ihr standen.

Roger blieb vor einer Tür stehen, wartete einen Moment und lauschte in der Hoffnung, daß die Bewohner bereits auf waren.

Er klopfte leise, beinahe höflich, an die Tür.

Keine Antwort.

Er klopfte noch einmal, dieses Mal lauter.

Immer noch keine Antwort.

Roger hämmerte laut an die Tür. Fast hätte er laut gerufen, um die Bewohner zu wecken, aber er konnte es nicht über sich bringen, so wenig Respekt zu zeigen. Aber wie konnten sie schlafen, wenn Blythe von einem Verrückten in Gefahr gebracht worden war?

Roger hob die Faust, um wieder gegen die Tür zu klopfen, hörte dann aber eine Stimme von drinnen.

»Wer ist da?«

»Roger Debrett.«

Roger hörte, wie der Riegel zurückgeschoben wurde, und dann öffnete sich die Tür. Der zweiundsechzigjährige Duke von Ludlow stand vor ihm in einem scharlachroten seidenen Morgenmantel.

Roger konnte nicht anders als ihn anzustarren.

»Was, zum Teufel, wollt Ihr?« brummte Herzog Robert und wurde rot. »Oder seid Ihr nur gekommen, um meinen Morgenmantel zu bewundern?«

Roger sah dem älteren Mann in die Augen. »Ich brauche Rat.«

»Um diese Zeit?« fragte der Duke und zog eine dunkle Braue hoch, was Roger an seine Frau erinnerte.

»Keine Zeit ist zu früh, wenn das Leben meiner Frau in Gefahr ist«, sagte Roger.

»Besonders, wenn Eure Frau zufällig meine Enkelin ist«, sagte Duke Robert, und sein Blick wurde weicher. »Ihr habt sie doch nicht allein gelassen, um herzukommen, oder?«

Roger schüttelte den Kopf.

»Kommt«, sagte der Herzog, öffnete die Tür weiter und trat zurück, damit er hereinkommen konnte. »Setzt Euch vor den Kamin.«

Gemeinsam durchquerten sie den Raum. Roger setzte sich, während Duke Robert das Feuer schürte. Schließlich drehte sich der Herzog um und erwischte Roger, der wieder den lächerlichen scharlachroten Morgenmantel anstarrte.

»Gibt es ein Problem, von dem ich nichts weiß?« fragte Duke Robert.

»Ich – ich hätte niemals gedacht, daß Ihr scharlachrot tragt, Euer Gnaden«, sagte Roger und kämpfte gegen ein Lächeln an. »Obwohl ich Euren makellosen Geschmack in intimer Kleidung bewundere.«

»Es ist Chessys letztes Geschenk«, sagte Duke Robert und verdrehte die Augen.

Roger nickte verständnisvoll.

»Kann ich Euch einen Whisky anbieten?« sagte der Herzog.

»Nein, meine Frau hat geschworen, mich leiden zu lassen, wenn ich noch einmal in unser Zimmer zurückkehre und nach Alkohol rieche.«

Ein leises kehliges Lachen drang hinter den Bettvorhängen hervor. Dann hörte er die Herzogin sagen: »Das ist *meine* Enkelin.«

»Chessy, Roger ist hier, weil er einen Rat braucht«, rief Duke Robert. »Warum, hat er nicht gesagt. Vielleicht kannst du helfen.«

Die Vorhänge teilten sich. Die Herzogin von Ludlow stand auf. Auch sie trug einen scharlachroten Morgenmantel.

»Tally und ich passen zusammen«, sagte sie überflüssigerweise. »Ist das nicht süß?«

»Sehr süß, wirklich, Euer Gnaden«, antwortete Roger.

Die Herzogin setzte sich auf einen Stuhl, während der Herzog vor dem Kamin stand. Beide sahen ihn erwartungsvoll an.

»Blythe weigert sich, nach Debrett House zurückzukehren«, erzählte Roger. »Ich fürchte um ihre Sicherheit, wenn sie am Hof bleibt.«

»Ist doch ganz einfach. Befehlt dem Mädchen zu gehen«, sagte der Herzog und zog sich ein Stirnrunzeln von seiner Frau zu. »Zwingt sie auf Eure Barkasse, wenn Ihr müßt. Ich weiß, ich würde besser schlafen, wenn sie dort und nicht hier wäre.«

»Wirklich, Tally, deine Dummheit überrascht mich«, tadelte die Herzogin ihren Mann.

Herzog Robert drehte sich zu ihr um: »Was meinst du damit?«

»Wenn Ihr Blythe auf die Barkasse zwingt, wird sie postwendend wieder an den Hof zurückkehren«, sagte die Herzogin zu Roger und ignorierte die Frage ihres Mannes. »Es sei denn, Ihr wollt unmäßig viel Zeit am Kai verlieren.«

»Blythe ist ein fügsames Kind«, warf Duke Robert ein. »Befehlt ihr, zu gehen und in Debrett House zu bleiben.«

»*Zu gehen und zu bleiben?* Ist Blythe denn ein Hund?« Die Herzogin von Ludlow brach in Gelächter aus. »Ich bin wirklich erstaunt, daß ihr Männer zwar den strategischen Untergang ganzer Nationen planen könnt, aber nicht genug gesunden Menschenverstand besitzt, um mit einer intelligenten jungen Frau umzugehen.«

Roger sah zwischen den beiden hin und her, während sie sich um seine Frau zankten.

»Was soll ich tun?« fragte Roger schließlich und seine Stimme spiegelte seine Ungeduld.

Die Herzogin von Ludlow drehte sich langsam zu ihm um und sah ihn mißbilligend an: »Zuallererst solltet Ihr den Älteren gegenüber Respekt zeigen.«

Roger hatte den Anstand zu erröten. »Es tut mir leid. Die Sorge macht mich ungeduldig.«

»Das ist besser, Darling«, sagte die Herzogin gedehnt. »Jetzt sagt mir, weshalb Ihr Blythe nach Hause schicken wollt.«

»Was ist das für eine Frage?« wollte Duke Robert wissen. »Er hat offensichtlich Angst um das Leben seiner Frau.«

Die Herzogin ignorierte ihren Mann und richtete ihren Blick auf Roger: »Ihr wollt Blythe nicht wegen Eurer Geliebten aus dem Weg haben?«

»Ich habe keine Geliebten«, sagte Roger knapp und wandte seinen Blick nicht von ihr ab.

»Ausgezeichnet.« Die Herzogin von Ludlow lächelte, offensichtlich zufrieden mit der Antwort. »Seid Ihr denn willens, ab und zu zwischen Debrett House und dem Hof hin und her zu reisen?«

»Wenn es Blythes Sicherheit dient.«

»Chessy, was hast du vor?« fragte Duke Robert.

»Etwas Scharfsinniges, ich denke nach. Ah, jetzt hab' ich's«, sagte die Herzogin und lächelte Roger an. »Bei der erstbesten Gelegenheit werdet Ihr unverschämt mit Sarah, Rhoda und jeder anderen Dame flirten. Blythe wird eifersüchtig werden. Dann werdet Ihr ihr mitteilen, daß Ihr nach Debrett House zurückkehren wollt, weil Ihr um ihre Sicherheit fürchtet und ihr Leben Euch mehr wert ist, als Darnels Mörder zu finden. Auch wenn sie vielleicht Verdacht schöpft, wird meine Enkelin die Gelegenheit wahrnehmen, Euch von Euren früheren Mätressen wegzubringen.«

»Wie kann ich den Mörder finden, wenn ich in Debrett House bin?« fragte Roger.

»Zu dem Teil komme ich jetzt«, sagte die Herzogin und sah an ihrer kessen Nase entlang. »Tally wird Euch eine Nachricht senden, die besagt, daß es etwas Interessantes für Euch am Hof gibt. Ihr werdet Blythe versprechen, nur für ein paar Tage zu bleiben, aber dann wird eine Woche daraus. Dann wird Tally Euch eine weitere Nachricht senden, in der steht, daß er seiner Meinung nach interessante Informationen über den Mord an Darnel hat, und Ihr werdet wieder an den Hof reisen. Solange Euch die Reiserei nichts ausmacht, können wir das durchziehen, bis Blythes Schwangerschaft so weit ist, daß sie keine Lust mehr hat, Debrett House zu verlassen.«

»Euer Gnaden, ich bewundere Eure strategischen Fähigkeiten«, sagte Roger lächelnd.

»Danke, Darling.« Die Herzogin von Ludlow erwiderte sein Lächeln. »Übrigens, ich finde, Ihr solltet Elizabeth diesen Sommer nach Eden Court einladen. Im Frühling könntet Ihr dann Blythe überreden, nach Winchester zu gehen, um sich auf den königlichen Besuch vorzubereiten. Dadurch wäre sie außer Gefahr.«

Roger stand auf und küßte ihre Hand. »Bis heute abend, Euer Gnaden, wenn wir unseren Plan in die Tat umsetzen.«

Nachdem er seinem Schwiegergroßvater die Hand geschüttelt hatte, verließ Roger das herzogliche Schlafzimmer. Seine Laune hatte sich beachtlich gebessert. Solange Brandon Montgomery seine Frau bewachte, mußte er nicht in ihr Zimmer zurückkehren. Statt dessen ging er in die entgegengesetzte Richtung. Cedric war jetzt bestimmt auf dem Turnierplatz, und Roger verspürte den Drang, ihn zum Duell herauszufordern. Vielleicht hatte er dieses Mal Glück und konnte seinen Bruder mit dem Rapier schlagen.

»Fallen meine Verletzungen sehr auf?«

»Nein«, antwortete Roger mit einem Blick über die Schulter.

»Du siehst ja nicht mal hin«, beschwerte sich Blythe.

»Beeil dich, bitte«, befahl Roger und zog seinen Wams an. »Wir wollen doch nicht nach der Königin eintreffen.«

Absichtlich widerspenstig schlenderte Blythe hinter den Paravent, um sich im Spiegel zu betrachten. Sie seufzte beim Anblick ihres Ebenbildes. Scheußliche blaue Flecken zogen sich um ihren Hals. Ihr machte das nichts aus, aber sie fürchtete, daß die anderen Höflinge ihren Mann mißtrauisch ansehen würden. Sie konnte es nicht ertragen, daß so über ihren Mann geredet wurde.

Und welcher Teufel ritt Roger heute abend? Ihr Mann

war am Abend zuvor sanft und freundlich und liebevoll gewesen. Seit er am Nachmittag in ihr Zimmer zurückgekehrt war, hatte er zu seiner alten Unnahbarkeit zurückgefunden.

Hm, dachte sie, und Männer besaßen die Frechheit, Frauen wegen ihrer Launenhaftigkeit zu kritisieren.

»Um Gottes willen, beeil dich doch.«

»Ich bin fertig«, sagte Blythe und kam hinter dem Paravent hervor. »Du könntest wenigstens so tun, als wärst du dankbar, daß ich versprochen habe, dir heute zu helfen.«

Rogers Blick schien weicher zu werden, und er kam zu ihr, um ihr die Hand zu küssen. »Ich bin außerordentlich dankbar, daß du zugestimmt hast, Unterhaltungen zu belauschen«, sagte er und drängte sie zur Tür. »Man weiß nie, was man vielleicht zu hören bekommt.«

»Ich fühle mich wie ein Spion«, sagte Blythe, als sie den Flur hinuntergingen.

»Wenn wir den Audienzsaal erreicht haben, müssen wir uns trennen und unter die anderen mischen«, erinnerte Roger sie. »Wenn du aus irgendeinem Grund gehen mußt, gib Brandon ein Zeichen, wenn ich nicht da bin. Ich habe den Jungen mit einem Dolch bewaffnet.«

»Du mußt dir um mich keine Sorgen machen«, antwortete Blythe. »Ich werde lange, lange Zeit nicht mehr alleine irgendwo hingehen.« Beiläufig fragte sie: »Wo warst du den ganzen Tag?«

»Ich habe mit Cedric Rapier geübt.«

»Hast du gewonnen?« fragte sie.

»Nein, kein einziges Mal.«

»Oh, das erklärt deine schlechte Laune.«

Und dann standen sie im Eingang zum Audienzsaal. Blythe zögerte, als sie das Gedränge von Edelmännern mit ihren Damen sah. Ihr Herz schlug schneller, als ihr klar wurde, daß ein Mörder sich unter den Menschen in dem riesigen Saal befand.

Obwohl sie bei dem Gedanken zitterte, eventuell mit dem Schurken zu sprechen, der versucht hatte, sie zu ermorden, lächelte Blythe ihren Mann schwach an und trat in den Audienzsaal. Sie war kaum fünf Schritte gegangen, als er ihren Arm berührte und sagte: »Ich sehe dich später.« Dann ging er in Richtung Königin davon.

Blythe spürte einen Moment Panik, bevor sie ihre Großeltern entdeckte, die mit Freunden direkt gegenüber dem Saaleingang standen. Blythe atmete tief ein und ging auf sie zu, blieb jedoch stehen, als sie ihren Namen hörte.

»Lady Blythe, wie geht es Euch heute abend?« fragte Geoffrey Debrett.

Erleichterung durchströmte sie beim willkommenen Anblick ihres jüngsten Schwagers. Er war mit Sicherheit kein Mörder.

»Danke, es geht mir gut«, antwortete sie.

»Schwägerin, würdet Ihr mir die Ehre dieses Tanzes erweisen?« schlug er vor.

Blythe schüttelte den Kopf. »Ich möchte meine Verwandten begrüßen. Vielleicht später?«

»Ich werde Euch den Weg frei machen«, sagte Geoffrey und nahm ihren Arm.

Gemeinsam gingen sie außen um die volle Tanzfläche herum. Blythe suchte den Saal nach ihrem Mann ab und entdeckte ihn beim Tanz mit der Königin.

»Danke, Geoffrey«, sagte Blythe, als sie ihre Großeltern erreichte. Ihr Schwager lächelte und verbeugte sich, bevor er sich entfernte.

»Guten Abend«, begrüßte Blythe lächelnd ihre Großeltern.

»Guten Abend, Schätzchen«, sagte ihr Großvater.

»Guten Abend, Liebes«, fügte ihre Großmutter hinzu. »Stell dich her zu mir.«

Blythe war dankbar für freundliche Gesichter und stellte sich dicht neben ihre Großmutter, um die Tänzer zu beobachten. Und dann entdeckte sie Roger, der mit Rhoda Bellows tanzte, die das tiefstausgeschnittene Kleid trug, das sie jemals gesehen hatte. Ihr Mann schien seinen Blick nicht von dem üppigen Dekolleté der Rothaarigen wenden zu können.

Als die Musik endete und ein neues Stück begann, spürte Blythe, wie sich ein schwerer Druck auf ihre Schultern legte. Roger schien auf keinen Fall zu wollen, daß Lady Rhoda sich von ihm entfernte. Und dann tanzte ihr Mann mit der Rothaarigen ein drittes, ein viertes und sogar ein fünftes Mal.

»Liebes, warum tanzt du nicht?« fragte die Herzogin und beugte sich vor, um ihr ins Ohr zu flüstern. »Ich bin sicher, wir finden einen Tanzpartner für dich.«

Blythe wurde rot vor Verlegenheit und schüttelte den Kopf. Das fehlte ihr gerade noch, daß ihre Großmutter anbot, Tanzpartner für sie zu suchen.

»Mir ist ein bißchen übel«, sagte Blythe. »Ich glaube, ich werde mich zurückziehen.«

Ohne auf eine Antwort ihrer Großmutter zu warten, gab Blythe Brandon Montgomery ein Zeichen, der sofort neben ihr stand. »Würdest du mich zu meinem Zimmer begleiten?« fragte sie ihn.

»Gerne, Mylady«, antwortete der Junge.

Blythe wünschte ihren Großeltern eine gute Nacht und folgte dann Brandon zum Eingang. Sie warf einen letzten Blick zu ihrem Mann hinüber. Er tanzte immer noch mit der Rothaarigen und schien ihr Hinausgehen gar nicht zu bemerken.

Blythe ging in gedrücktem Schweigen neben dem jungen Brandon. Es gelang ihr, ihn anzulächeln, als sie ihr Zimmer erreichten, und sie wünschte ihm eine gute Nacht.

»Ich werde Wache halten, bis der Graf zurückkommt«, sagte Brandon.

Blythe nickte, wagte aber nicht zu sprechen. Sobald die Tür sich hinter ihr geschlossen hatte, brach sie in Tränen aus und weinte sich in den Schlaf.

Am nächsten Morgen erwachte Blythe allein und verbrachte den Tag in ihrem Zimmer. Als ihr Mann am späten Nachmittag zurückkehrte, um sich für den Abend umzuziehen, fühlte sie sich zu elend, um ihm die Fragen zu stellen, die sie den ganzen langen Tag gequält hatten: Wo war er gewesen und mit wem hatte er all diese Stunden verbracht?

»Denk daran, dich unter die Leute zu mischen«, erinnerte Roger sie, sobald sie den Audienzsaal betraten.

»Du mischst dich genug für uns beide unter die Leute«, antwortete Blythe und konnte die Bitterkeit in ihrer Stimme nicht verbergen.

Ohne sich die Mühe zu machen, ihr zu antworten, ging Roger zur Königin. Blythe fand ihre Großeltern auf der anderen Seite des Saales und ging langsam zu ihnen.

Blythe erstickte beinahe an ihren Qualen und hielt den Blick auf Roger gerichtet. Erst tanzte er mit der Königin, dann marschierte er direkt auf Sarah Sitwell zu.

»Ich kann es nicht fassen, daß mein Mann mich so behandelt«, beschwerte sich Blythe bei ihrer Großmutter. »Kein Wunder, daß Darnel die Gesellschaft von anderen gesucht hat.«

»Liebes, das Spiel können auch zwei spielen«, flüsterte die Herzogin. »Warum tanzt und flirtest du nicht mit anderen Männern? Dann wird der Schurke schon wiederkommen.«

»Ich denke nicht daran, mich auf sein Niveau herabzulassen«, sagte Blythe. »Ich glaube, ich werde mich zurückziehen.«

»Aber du bist erst seit einer Stunde hier«, protestierte ihre Großmutter.

»Eine Stunde? Diese sechzig Minuten kommen mir wie eine Ewigkeit vor.« Damit gab Blythe Brandon ein Zeichen, sie am Eingang zu treffen. Gemeinsam gingen sie schweigend durch die unzähligen Gänge zu ihrem Zimmer.

Blythe versuchte, an nichts zu denken, zog Nachthemd und Morgenmantel an und setzte sich dann vor den Kamin. Sie wollte nicht wieder weinen.

Das Spiel können auch zwei spielen. Warum tanzt und flirtest du nicht mit anderen Männern?

Vielleicht hatte ihre Großmutter mit ihrem Rat recht. Schließlich wollten Männer normalerweise das, was sie nicht haben konnten oder was alle anderen wollten. Offensichtlich waren die Beziehungen zwischen Männern und Frauen wie Geschäfte – abhängig von Angebot und Nachfrage.

Zum erstenmal seit Tagen lächelte sie, und die Wolke des Kummers, die ihr Herz umgab, verschwand wie Nebel in der Mittagssonne. Sie wußte genau, was sie zu tun hatte, um die Aufmerksamkeit ihres Mannes wiederzuerlangen.

Am nächsten Abend wählte sie sorgfältig ihre Kleidung. Sie trug ihr provozierendstes Kleid, aus rotem und goldenem Brokat mit einem verführerisch tiefen Ausschnitt, einem enganliegenden Oberteil, tief angesetzter Taille und fließenden Ärmeln. Sie hatte ihre schwarzen Haare zurückgekämmt und zu einem Knoten im Nacken zusammengesteckt. Um den Hals trug sie das Odinskreuz, das einladend in ihrem makellosen elfenbeinfarbenen Dekolleté funkelte.

»Bist du fertig?« rief Roger, als er ins Zimmer kam.

Sehr zu ihrer Zufriedenheit blieb ihr Mann abrupt stehen, als er sie sah. Seine blauen Augen richteten sich auf ihren Ausschnitt, aber er gab keinen Kommentar.

»Ich bin bereit, die ganze Nacht zu lauschen«, sagte Blythe und lächelte ihn strahlend an.

Mit einem Ausdruck tiefster Mißbilligung folgte ihr Roger aus dem Zimmer. Schweigend schritten sie durch die immer vertrauter werdenden Gänge zum Audienzsaal.

»Wir müssen früh aufstehen, wenn wir morgen Debrett House besuchen wollen«, bemerkte Roger einmal.

Blythe sagte nichts.

Bevor sie den Audienzsaal betraten, lächelte Blythe ihn munter an und sagte: »Vergeßt nicht, Euch unter die Leute zu mischen, Mylord.« Ohne ein weiteres Wort ließ sie ihn stehen. Sie spürte seinen durchdringenden Blick im Rücken, weigerte sich aber, ihn anzusehen.

Anstatt die Sicherheit ihrer Großeltern zu suchen, schlenderte Blythe umher, bis sie Walter Raleigh erblickte, der vor kurzem an den Hof zurückgekehrt war, nachdem er in Ungnade gefallen war, weil er die kleine Throckmorton geheiratet hatte.

»Guten Abend, Lord Raleigh«, begrüßte Blythe ihn.

»Ich bin kein Lord, Lady Debrett, nur ein Sir«, antwortete Raleigh. »Obwohl es mir gefällt, daß Ihr mich in eine höhere Position befördert. Warum hängt Ihr nicht an Eurer Großmutter, damit sie Euch beschützt?«

Blythe errötete. Sie sah zu ihrem Mann, der mit der Königin tanzte, und antwortete: »Ich habe beschlossen, dem Beispiel meines Mannes zu folgen und mich frei zu bewegen.«

Raleigh lächelte. »Nicht zu frei, hoffe ich um Edens willen.«

Die Röte in ihrem Gesicht vertiefte sich, und der Mann lachte leise. »Ach, ich hatte schon ganz vergessen, wie hübsch ein aufrichtiges Erröten sein kann.«

»Wollt Ihr mal wieder finanziell etwas wagen?« fragte Blythe, um das Thema zu wechseln.

»Ich habe verschiedene Möglichkeiten im Kopf«, antwortete Raleigh.

»Wenn Ihr einen Investor braucht«, sagte Blythe, »ich hätte Interesse. Besucht mich doch einmal.«

Raleigh neigte seinen Kopf. »Würdet Ihr gerne tanzen, Mylady?«

»Ich würde gerne mit Euch tanzen, Sir.«

Raleigh begleitete Blythe auf die Tanzfläche. Obwohl sie sich weiter unterhielten, hatte sie nur Augen für ihren Mann, der immer noch mit der Königin tanzte. Als die Musik endete, standen Blythe und Raleigh neben Cedric und Sybilla.

Als nächstes tanzte Blythe mit Cedric, während Roger Rhoda Bellows als Partnerin hatte. Sie erwischte ihren Mann einmal dabei, wie er sie beobachtete, aber er wandte seinen Blick schnell wieder ab.

Als Roger mit Sarah Sitwell tanzte, hatte Blythe Geoffrey zum Partner. Ihr Mann schien nicht allzu glücklich über ihre Partnerwahl zu sein. Sie beobachtete ihn so aufmerksam, daß ihr Schwager fragte: »Duelliert Ihr Euch mit meinem Bruder?«

Das erregte ihre Aufmerksamkeit. »Duellieren, Sir?«

Geoffrey zwinkerte ihr zu. »Ja, Schwägerin, und Eure Waffen sind die Tanzpartner.«

Blythe lächelte über dieses Bild, lehnte jedoch den nächsten Tanz mit ihm ab: »Ich muß wirklich meine Großeltern begrüßen.«

Zwanglos ging sie um die Tanzfläche herum, als sie ihre Großeltern erblickt hatte. Brandon schnitt ihr den Weg ab, bevor sie sie erreichte.

»Mylord glaubt, daß es Zeit für Euch ist, sich zurückzuziehen, da wir früh nach Debrett House reisen«, sagte der Junge.

»Wir? Besuchst du mit uns Debrett House?«

Brandon grinste und nickte. »Lord Roger hat bereits die Erlaubnis der Königin, mich mitzunehmen.«

»Das ist eine gute Nachricht.«

»Soll ich Euch zu Eurem Zimmer begleiten?« fragte er.

Blythe sah über ihre Schulter. Roger hatte seinen Kopf nahe an den von Sarah Sitwell geneigt, um zu hören, was immer sie zu sagen hatte, aber sein durchdringender Blick ruhte auf Blythe.

»Sag Mylord, daß ich noch nicht bereit bin, mich zurückzuziehen.«

Bevor der Junge protestieren konnte, ging Blythe weg. Auf dem Weg zu ihren Großeltern kam sie an dem Earl von Oxford vorbei und wußte, wie sie Roger schlagen konnte. Sie ging wieder zurück und blieb vor ihm stehen.

»Guten Abend, Lord deVere«, begrüßte Blythe den abscheulichen Grafen. »Ich bin jetzt bereit.«

»Wozu bereit?«

»Mit Euch zu tanzen, natürlich.«

Der Earl von Oxford neigte seinen Kopf und begleitete sie auf die Tanzfläche. Blythe sah verstohlen zu ihrem Mann. Er schien noch unglücklicher zu sein als bei ihrem Tanz mit seinem jüngsten Bruder.

»Ich bin erleichtert zu sehen, daß Ihr noch atmet«, bemerkte Oxford.

»Was meint Ihr?« fragte Blythe. Sie wußte sehr wohl, worauf er anspielte.

»Nur, daß der Schurke, der versucht hat, Euch umzubringen, keinen Erfolg hatte«, antwortete Oxford in einem seltenen Anfall von Diplomatie. »Oh, dort ist Raleigh. Ich wundere mich, daß Elizabeth einem gemeinen Bürger erlaubt, sich unter ihren Adel zu mischen.«

»Welch ein Zufall«, sagte Blythe, in deren Seele plötzlich ein Kobold hockte. »Als ich mit Sir Raleigh tanzte, sprach er von Euch.«

»Was hat er denn gesagt?« fragte Oxford.

»Das kann ich nicht wiederholen, Mylord.«

»Sagt es mir«, forderte er.

Blythe hörte auf zu tanzen und beugte sich vor, um in sein Ohr zu flüstern: »Raleigh hat mir erzählt, daß Ihr Euren Hosenbeutel ausstopft.«

»Verzeiht meine Unhöflichkeit«, sagte Oxford und kochte vor Wut. »Ich kann diese Beleidigung nicht durchgehen lassen.«

Oxford ließ sie stehen und ging auf Walter Raleigh zu. Blythe signalisierte Brandon, daß sie bereit war zu gehen.

Sie traf den Jungen am Eingang des Saales. Blythe warf noch einen schnellen Blick zu Raleigh. Der Mann lachte brüllend, als der Earl von Oxford ihn zur Rede stellte.

Blythe lächelte bei diesem Anblick und verließ den Saal. Sie waren kaum fünf Schritte gegangen, als der Junge stehenblieb.

»Ich frage mich, was Oxford so aufgeregt hat«, bemerkte Brandon.

»Ich habe ihm erzählt, Raleigh hätte gesagt, daß er seinen Hosenbeutel ausstopft«, gestand Blythe.

Brandon errötete, lachte aber. Ein weiteres heiseres Lachen stimmte mit ein.

Blythe wirbelte herum. Roger ging drei Schritte hinter ihnen.

»Zieh dich für heute zurück«, befahl Roger dem Jungen. »Bring uns morgen früh um sieben Frühstück auf unser Zimmer und sei bereit, nach Debrett House zu reisen.«

»Ja, Mylord«, sagte der Junge, unfähig, seine Aufregung zu verbergen. Er lief in die entgegengesetzte Richtung.

»Du hast gesagt, ich soll mich unter die Leute mischen«, verteidigte sich Blythe, sobald sie ihr Zimmer betraten.

»Ich meinte damit die Damen des Hofes«, sagte Roger streng.

Ihr Geliebter war eifersüchtig.

»Oh, mein Fehler«, sagte Blythe und lächelte ihn unschuldig an.

Blythe wandte ihm den Rücken zu und ging durch das Zimmer zu dem Paravent. Dann fiel ihr jedoch ein, daß sie Hilfe brauchte, da sie Daisy den Abend freigegeben hatte. Sie kam wieder zurück, zeigte auf den Rücken ihres Kleides und fragte: »Könntest du mir bitte die Knöpfe aufmachen?«

Als er nickte, drehte Blythe ihm den Rücken zu. Sie spürte seine Hände auf ihrem Kleid, wie sie erfahren die winzigen Knöpfe öffneten. Unerwartet spürte sie, wie er mit einem Finger ihre nackte Wirbelsäule entlangfuhr, und ein süßer Schauer lief ihr über den Rücken. Hatte seine Eifersucht ihn bewogen, sie nach all diesen Wochen der Enthaltsamkeit zu berühren?

Und dann spürte sie die Wärme seiner Lippen, die ihren Nacken liebkosten. Blythe hielt den Atem an, als er seinen Mund verführerisch über ihren Körper gleiten ließ.

Langsam drehte sich Blythe zu ihm um. Sie sehnte sich danach, seine Lippen auf ihren zu spüren.

»Geh ins Bett«, befahl Roger. »Wir müssen früh aufstehen, wenn wir nach Debrett House reisen wollen.«

Blythe gelang es, die Enttäuschung zu verbergen. Offensichtlich reichte seine Eifersucht nicht aus, um mit ihr ins Bett zu gehen. Nun, das Spiel konnte sie auch spielen. Ohne ihn auch nur noch eines Blickes zu würdigen, zog sie sich weiter aus und schlüpfte in ihr Nachthemd. Dann ging sie zu Bett.

Blythe tauchte aus den Tiefen des Unbewußten auf und öffnete die Augen. Das Bett war leer. Die Morgendämmerung war noch nicht heraufgezogen, und so lag das Zimmer immer noch im Dunkeln, abgesehen von dem glühenden Kamin. Dort stand ihr Mann und schürte das Feuer.

Was hatte sie geweckt? Und dann hörte sie das leise, beinahe zögerliche Klopfen an der Tür.

Blythe setzte sich auf, lehnte sich an das Kopfende und beobachtete ihren Mann, der zur Tür ging, um aufzumachen. Sie erkannte Brandon Montgomerys Stimme.

»Mylord, Euer Frühstück«, sagte der Junge.

»Geh in dein Zimmer und pack all deine Sachen«, befahl Roger und nahm dem Jungen das Tablett ab. »Du wirst nicht an den Hof zurückkehren. Sei um acht am Kai.«

»Ja, Mylord«, antwortete Brandon und ging.

»Iß dein Frühstück«, befahl Roger und ging durch das Zimmer, um das Tablett auf den Tisch zu setzen. »Wenn wir heute abreisen, wirst du nicht an den Hof zurückkehren.«

»Dann gehe ich nicht«. Ihre Worte fielen wie eine Axt zwischen sie.

»Gefällt dir das Hofleben so gut, daß du ohne deinen Mann hierbleiben möchtest?« fragte er.

Blythe starrte ihn verständnislos an. Sie wußte nicht, was er meinte.

»Abgesehen von einem gelegentlichen Besuch ziehe ich mich vom Hofleben zurück«, verkündete Roger.

»Aber was ist mit …«

»Darnels Mord gehört der Vergangenheit an«, unterbrach er sie. »Jetzt interessiert mich deine Sicherheit. Außerdem gibt es viele am Hof, die mich für schuldig halten, selbst wenn der wahre Mörder entlarvt wird … Jetzt iß dein Frühstück oder ich werde die Königin um die Scheidung bitten.«

Blythe schenkte ihm ein strahlendes Lächeln. Der Adler und der Schmetterling kehrten nach Debrett House zurück, wo sie für immer glücklich leben würden. Keine Geliebten mehr, um die man sich sorgen mußte.

»Übrigens, Elizabeth wird diesen Sommer auf ihrer Reise vielleicht Eden Court besuchen«, sagte Roger und sah sie an.

Blythe nickte. Sie hatte seine Worte verstanden. Eden Court war das Heim seiner Ahnen in Winchester, dem Ort der Winde, wo sich der Schrein des heiligen Swithin befand.

Finde dein Glück mit dem stolzen Adler am Ort der Winde.

Blythe spürte, wie ihr Herz einen Sprung tat. Die Prophezeiung ihrer Mutter erfüllte sich.

Hüte dich vor der dunklen Sonne.

Nur der beunruhigende Gedanke an die dunkle Sonne verdarb ihr den glücklichsten Tag ihrer Ehe.

Winchester. Der Ort der Winde.

Blythe wußte, daß sie dort in ihrem Element sein würde.

Kapitel 16

»Brandon, setz dich her. Mir wird noch übel von deiner Unruhe.«

Blythe lächelte den Jungen an, als er gehorchte und sich unter dem Dach der Barkasse neben sie setzte. Als sie flußabwärts auf Debrett House zuglitten, wußte sie, daß die Aussicht, Teil einer richtigen Familie zu werden, ihn aufregte, und ihr Herz zog sich zusammen beim Anblick seines erwartungsvollen Gesichtsausdrucks. Der Junge war seit seinem achten Lebensjahr Waise und hatte niemals die Wärme einer liebenden Familie erfahren. Blythe sah Roger aus den Augenwinkeln an. Ihr Mann schien in seine Bücher vertieft.

Blythe bewunderte den vollkommenen Wintertag. Weihnachten hatte sie mit strahlendblauem Himmel und einer pudrigen Schneedecke gesegnet, die auf den kahlen Ästen der Bäume glitzerte. Als sie sich The Strand näherten, konnte man in der kristallklaren Dezemberluft den Holzrauch aus den großen Häusern riechen.

»Reitest du?« fragte Blythe den Jungen.

»Ja, aber ich besitze kein Pferd.«

»Bei der ersten Gelegenheit wird dein Pflegevater dich mit nach Smithfield Market nehmen«, versprach Blythe. »Tut Ihr das, Mylord?«

»Ja, natürlich«, antwortete Roger, ohne aufzusehen. Offensichtlich schenkte er dem, was sie sagte, nicht die geringste Aufmerksamkeit.

»Du wirst ein schwarzes Pferd kaufen und es Ajax nennen«, fügte sie hinzu.

»Der Held des Trojanischen Krieges?« fragte Brandon und lächelte sie an.

»Ah, ich wußte, daß ich dich schon einmal gesehen habe«, sagte Blythe, ohne nachzudenken. »Du hast mit uns in Griechenland gelebt.«

»Verzeihung?« fragte der Junge verwirrt.

»Blythe.« Rogers Stimme klang warnend, aber sie sah ihn nicht einmal an.

»Wo ist das Haus deiner Ahnen?« fragte Blythe und wechselte diplomatisch das Thema.

»Montgomery House liegt bei Arden, aber ich bin sicher, daß es verfallen ist und das Land verwildert«, antwortete Brandon. »Soweit ich weiß, hat die Krone es konfisziert.«

»Lord Roger und ich werden die notwendigen Reparaturen vornehmen lassen, während du bei uns wohnst«, sagte Blythe. »Wenn es nötig ist, werden wir das Haus und das Land von Elizabeth zurückkaufen. Schließlich kann der Earl von Stratford nicht ein Mann ohne Haus sein. Stimmt das nicht, Mylord?«

»Wovon sprichst du?« fragte Roger und sah von seinem Buch auf.

»Ich sagte, wir werden Montgomery House reparieren lassen und das Land erschließen, während Brandon bei uns lebt«, wiederholte sie.

»Bist du verrückt?« fragte Roger, offensichtlich überrascht von ihrem überaus großzügigen Vorschlag.

Blythe schaute ihn tadelnd an und antwortete: »Mylord, sprecht in Gegenwart unseres Pflegesohnes nicht so mit mir. Wenn nötig, werde ich bezahlen.«

»Damit hast du verdammt recht«, erwiderte Roger und wandte seine Aufmerksamkeit wieder seinen Büchern zu.

»Das Schöne am Geld ist, daß man damit andere Menschen glücklich machen kann«, erzählte Blythe dem Jungen. »Welches sind die Handelsgüter von Stratford?«

»Malz und Handschuhe«, antwortete Brandon.

»Oh, gut. Du wirst keine Konkurrenz für mich sein«, sagte Blythe. »Ich werde das Kapital aufbringen, um dich in beiden Geschäften zu etablieren, und dir helfen, Gewinn zu machen. Denk immer daran: Die Mälzer und Handschuhmacher, die bei dir unter Vertrag sind, dürfen nie leiden, selbst wenn du Verluste hinnehmen mußt. Sei weitsichtig in deinen Geschäften, denn Kurzsichtigkeit bringt auf lange Sicht keinen Gewinn.«

»Lady Blythe«, sagte Brandon ernst, »warum tut Ihr das?«

»Ich erkenne deine edlen Fähigkeiten«, antwortete Blythe sachlich. »Außerdem erinnerst du mich an meinen Mann.«

»Wie meinst du das?« fragte Roger und hob den Kopf.

Blythe lächelte ihn strahlend an. »Mylord, Brandon hat Eure Augen. Wenn ich es nicht besser wüßte, würde ich sagen, daß er Euer Sohn oder Neffe oder ein anderer Verwandter ist.«

»Blau ist blau«, sagte Roger und schüttelte seinen Kopf über ihre absurden Ideen.

Und dann kam Debrett House in Sicht. Da sie nicht vor Neujahr erwartet wurden, waren keine Diener am Kai, aber die Lakaien und Knechte sammelten sich, als die Barkassen immer näher kamen.

»Daddy!« rief Miranda und stürzte durch den großen Saal, als sie eintraten. »Mama Blight!«

Die Fünfjährige warf sich in die ausgebreiteten Arme ihres Vaters und umarmte ihn, als würde sie ihn nie wieder gehen lassen. Dann schenkte sie ihrer Stiefmutter die gleiche Aufmerksamkeit.

»Lord Perpendicular hat mich jede Nacht besucht«, erklärte sie.

»Das wußte ich«, sagte Blythe lächelnd. »Ich habe zwei Überraschungen für dich.«

»Ich liebe Überraschungen«, rief Miranda und klatschte in die Hände.

»Das ist Brandon Montgomery, der Earl von Stratford, dein Pflegebruder«, stellte Blythe die beiden einander vor.

»Was ist ein Pflegebruder?« fragte Miranda.

»Eine Art Cousin«, meinte Brandon. »Ich habe mir immer eine kleine Schwester gewünscht, und jetzt habe ich eine.«

Blythe sah ihren Mann aus den Augenwinkeln an und fügte hinzu: »Dein Daddy hat schließlich doch zugestimmt, dir nächsten Sommer einen kleinen Bruder oder eine kleine Schwester zu schenken.«

Wieder klatschte Miranda in die Hände. »Was wird es sein, Daddy?« fragte sie.

»Ich weiß es nicht«, antwortete Roger. »Laßt uns zu Tisch gehen und uns erfrischen.«

Blythe hüpfte das Herz, als die vier sich an die Ehrentafel setzten. Sie waren offiziell eine *richtige* Familie. Sie sah Brandon an, und sein Gesicht verriet ihr, daß er zum erstenmal als Mitglied einer Familie zu Tisch saß.

»Mama Blight, wo ist das Baby jetzt?« fragte Miranda.

»Es wächst in mir«, antwortete sie.

»Wie ist es da hingekommen?«

»Dein Daddy hat es gepflanzt, so wie er die Blumen in seinem Garten pflanzt.«

»Oh.« Das schien sie für den Augenblick zufriedenzustellen, aber dann sagte sie: »Gut, und wie kommt es raus?«

Blythe errötete, als sie ihren Mann lachen hörte. Sie sah Brandon an, der ebenfalls errötete.

»Meinst du nicht, dein Pflegebruder würde gerne Perikles und Aspasia kennenlernen?« fragte Blythe die Fünfjährige.

»Wer ist das?« fragte Brandon, offensichtlich froh über den Themenwechsel.

»Meine Ponys«, antwortete das kleine Mädchen. »Möchtest du sie mit Karotten füttern?«

»Ich wüßte nicht, was ich lieber täte«, antwortete Brandon. Er stand auf und fragte: »Wo lang?«

»Große Brüder nehmen ihre kleine Schwester immer bei der Hand«, informierte Miranda ihn, als sie ebenfalls aufstand.

»Oh, ich bitte um Verzeihung«, sagte Brandon und streckte ihr seine Hand entgegen.

Miranda nahm sie, und sie verließen den Saal.

Blythe sah ihnen nach, bis sie außer Sichtweite waren, und blickte dann ihren Mann an, um seine Reaktion abzuschätzen.

»Mich erwarten ein paar Stunden Arbeit«, sagte Roger und stand auf. »Ich sehe dich beim Abendessen.«

Obwohl Blythe enttäuscht war, daß er sie verließ, gelang es ihr, zu lächeln und zu nicken. Sie hatten noch die nächsten vierzig Jahre oder mehr zusammen. Ein paar Stunden zu warten, bis sie mit ihm alleine war, machte da wenig.

Blythe legte ihre Handfläche auf ihren Bauch und dachte an den ersten Abend in Debrett House, als sie an genau diesem Tisch alleine gesessen hatte. In so kurzer Zeit hatten sich viele Dinge verändert.

Keine Sorge, mein Baby, dachte sie, alles wird gut werden mit deinem Vater, jetzt da wir endgültig nach Hause zurückgekehrt sind.

Und dann entdeckte Blythe den Majordomus. Der Mann trug ein silbernes Tablett voller Briefe. Vielleicht waren einige davon für sie.

»Bottoms, kommt her«, rief sie.

»Ja, Mylady.«

»Was habt Ihr da?«

»Nachrichten, die ankamen, während Seine Lordschaft am Hof war«, antwortete Bottoms.

»Ich werde sie ihm bringen«, sagte Blythe, und ihre Nase zuckte bei dem schweren Duft nach Gardenien, der sie mit seiner Gegenwart in ihrem Haus verspottete. »Weshalb überwacht Ihr nicht die Vorbereitungen für Brandons Zimmer?«

»Ja, Mylady.« Bottoms setzte das Silbertablett vor ihr auf den Tisch und verließ den Saal.

Blythe malträtierte ihre Unterlippe mit den Zähnen, als sie das Tablett anstarrte. Sie wußte, daß es falsch war, was sie tun wollte, aber sie konnte sich nicht beherrschen. Keine nach Gardenien riechende Hure würde ihre Heimkehr mit Roger ruinieren.

Blythe ging die zehn Nachrichten durch, die so harmlos auf dem Silbertablett lagen. Alle rochen nach Gardenien, und alle waren in derselben schwungvollen Handschrift an ihren Mann adressiert.

Blythe stand von ihrem Stuhl auf und nahm die Schreiben vom Silbertablett. Entschlossen ging sie durch den Saal zu dem großen Kamin und warf die Schreiben in die Flammen.

Möge die Göttin mir vergeben, dachte Blythe, und sofort stiegen Schuldgefühle in ihr auf.

Blythe drehte sich um und setzte sich vor den Kamin, um über ihr sündiges Täuschungsmanöver nachzudenken. Großmama Chessy hätte ihr sicher applaudiert, aber ihre eigene Mutter hätte diese Handlung sicher nicht gebilligt. Was hätte sie sonst tun sollen? Im schlimmsten Fall ruhte ihre Ehe auf einem wackligen Fundament. Sie konnte keine Rivalen um die Zuneigung und Aufmerksamkeit ihres Mannes brauchen.

Als sie an diesem Abend ihr Zimmer betrat, sah Blythe, daß Daisy ihr Nachthemd und den Morgenmantel auf das Bett gelegt hatte. Sie zog sich um und trug dann ihr Kleid in das Ankleidezimmer. Ihre kleine Liebesglocke hing schlaff vor dem geschlossenen Fenster.

Blythe lächelte vor sich hin. Nachdem sie diese nach Gardenien duftenden Schreiben gerochen hatte, verspürte sie das Bedürfnis, ihre Liebesglocke klingeln zu hören. Als sie jedoch das Fenster öffnete, blieb die Glocke still. Kein Wind ging.

Enttäuscht ging Blythe zurück in ihr Zimmer, ließ jedoch die Tür ein Stückchen offen, falls eine nächtliche Brise die Glocke erreichte. Der einzelne Stern, den sie vorher gesehen hatte, funkelte sie aus dem schwarzen Samthimmel an. Wie einsam der Stern zu sein schien. Er erinnerte sie an ihren Mann.

Das Tagebuch. Bei dem Gedanken an ihren Mann fiel ihr das Tagebuch seiner Mutter ein.

Blythe eilte durch das Zimmer zu ihrem Schreibtisch und zündete eine Kerze an. Sie öffnete die Schublade, nahm das Tagebuch heraus und öffnete die erste Seite, datiert auf den ersten Mai des Jahres 1563, acht Monate bevor ihr Geliebter geboren wurde.

Blythe lächelte. Ihre Schwiegermutter hatte das geschrieben, während ihr geliebter Adler in ihr wuchs.

»Kommst du ins Bett?«

Erschrocken schlug Blythe das Tagebuch zu und sah über ihre Schulter. Gekleidet in seinen nachtblauen Schlafrock stand ihr Mann in der Tür, die ihre beiden Zimmer verband.

Kommst du ins Bett, nicht gehst du.

»Ich komme«, rief sie und legte das Tagebuch wieder in die Schublade.

Blythe löschte die Kerze und stand von ihrem Stuhl auf. Ihr Mann schloß die Tür hinter sich und traf sie am Bett.

»Willst du hier bei mir schlafen?« fragte sie.

»Es ist Winter«, antwortete er, ohne sie anzusehen. »Es ist wärmer, wenn wir zusammen sind.«

»Stimmt.« Blythe zog ihren Morgenmantel aus, warf ihn zur Seite und kletterte ins Bett.

Roger tat dasselbe, und Blythe stockte der Atem beim Anblick seines männlichen Körpers. Er kam zu ihr ins Bett und zog die Decke hoch.

Weshalb hatte er sie nicht in sein Bett eingeladen? Das war doch die übliche Prozedur, wenn Mann und Frau getrennte Schlafzimmer hatten.

»Dein Bett ist größer als meins«, meinte Blythe. »Meinst du nicht, wir hätten es da bequemer?«

»Ich mag den Geruch hier drinnen«, antwortete Roger.

Das überraschte sie. »Mein Zimmer riecht?«

»So wie du.«

»Ich rieche auch?«

Roger lächelte. »Nach Rosen.«

»Oh.« Blythe erwiderte sein Lächeln.

Abrupt drehte Roger ihr den Rücken zu und sagte: »Gute Nacht.«

»Gute Nacht.«

Wollte er sie nicht berühren? Offensichtlich nicht. Und dann hörte sie es: Das schwache Klingeln der Liebesglocke.

Komm, Roger, schien sie zu rufen. *Schenk Blythe dein Herz und deine Liebe.*

Blythe entspannte sich und schloß die Augen. Sie wußte, daß die Göttin und ihr Freund, der Wind, ihr durch diese kleine Glocke eine Nachricht sandten.

»Was, zum Teufel, ist das?« fragte Roger und setzte sich auf.

Blythe sah ihn an. Sie konnte ihm schlecht sagen, daß die Glocke Teil eines Liebeszaubers war.

»Das ist meine Glocke«, antwortete sie, ohne weitere Erklärung.

»Deine was?«

»Ich habe ein Glöckchen in das Fenster meines Ankleidezimmers gehängt«, antwortete Blythe. »Bei Wind klingelt es beruhigend.«

»Welcher Dummkopf läßt mitten im Winter das Fenster offen?« murmelte Roger, kletterte aus dem Bett und ging zu dem Ankleidezimmer.

Er verschwand darin. Innerhalb von Sekunden klingelte das Glöckchen nicht mehr.

Roger kam wieder ins Bett zurück, zog die Decke hoch und rollte sich zur Seite. »Also, gute Nacht«, sagte er schroff.

Blythe rückte näher an seinen warmen Körper heran und flüsterte zu seinem Rücken: »Gute Nacht, Mylord. Süße Träume …«

Die folgenden drei Tage erwiesen sich als emotionale Prüfung für Blythe. Obwohl sie ermutigt war, weil ihr Mann neben ihr schlief, litt sie unter dem Gedanken an seine Geliebte und fühlte sich schuldig, weil sie ihre Briefe verbrannt hatte.

Am nächsten Morgen erwachte Blythe alleine. Das überraschte sie nicht, denn sie hatte länger geschlafen als gewöhnlich. Schnell wusch sie sich, zog sich an und verließ das Zimmer. Sie wollte mit ihrem Mann über Privatlehrer für Brandon sprechen.

Als Blythe die Eingangshalle erreichte, sah sie Bottoms. Der Majordomus schloß gerade hinter jemandem die Tür.

»Was haben Sie da?« fragte Blythe, als sie das Schreiben sah.

»Eine Nachricht für Mylord.«

»Ich bringe sie ihm«, sagte sie und nahm ihm das Pergament aus der Hand. »Ist seine Lordschaft im Arbeitszimmer?«

»Ja, Mylady.«

Blythe hob das versiegelte Pergament, um die Handschrift zu untersuchen, und der überwältigende Duft nach Gardenien traf sie wie ein Schlag. Sie rümpfte angeekelt die Nase und sah dann zu dem Majordomus: »Das ist alles, Bottoms.«

»Ja, Mylady.«

Lady Gardenie war wirklich beharrlich. Anstatt zum Arbeitszimmer ihres Mannes zu gehen, ging Blythe in den großen Saal und warf das Schreiben in den Kamin.

In Gedanken rieb sie die Hände, weil sie eine böse Sache gut erledigt hatte. Dann drehte sich Blythe um, weil sie Miranda und Brandon suchen wollte. Mit einem neugierigen Lächeln stand der Majordomus ihres Mannes nur zehn Zentimeter von ihr entfernt.

Blythe fühlte sich ertappt und starrte ihn an. Dann beruhigte sie der Majordomus und sagte: »Sehr gut, Mylady. Cook hat einen Krug ihres besonderen Cidre für Euch gewärmt. Möchtet Ihr jetzt frühstücken?«

»Bottoms, ich hätte gerne einen Krug Cidre.«

Auch in dieser Nacht schlief Blythe wieder neben ihrem Mann, erwachte jedoch morgens allein. Als sie schließlich die Eingangshalle erreichte, schloß Bottoms wieder hinter einem Boten die Tür. Er drehte sich um, sah sie dort stehen und senkte seinen Blick auf ihre ausgestreckte Hand.

»Es ist unparfümiert«, sagte Bottoms und gab ihr das Schreiben.

Blythe starrte das versiegelte Pergament an. Offensichtlich war die Nachricht nicht von Lady Gardenie. Sollte sie sie ihrem Mann bringen oder nicht?

»Woher kam der Kurier?« fragte Blythe und sah Bottoms an.

»Hampton Court.«

Blythe sah wieder auf das Pergament. Sie war unentschlossen. Roger würde wütend sein, wenn sie eine wichtige Nachricht in den Kamin warf.

»Es ist von Lady Sitwell«, sagte der Majordomus und zog damit ihre Aufmerksamkeit auf sich.

»Woher wissen Sie das?«

»Ich habe gefragt.«

»Danke, Bottoms.«

Blythe ging in den großen Saal und warf das Pergament in die Flammen. Sie seufzte erleichtert. Offensichtlich fühlte man sich immer weniger schuldig, je mehr Untaten man beging.

Dasselbe geschah am dritten Morgen.

Bottoms schloß die Tür hinter einem Kurier, drehte sich um und sah sie dort stehen. »Lady Bellows«, sagte er und gab ihr automatisch das Schreiben.

»Sie meinen Lady Ratte«, berichtigte sie ihn.

»Ganz meine Meinung.« Der Majordomus ging.

Wieder warf Blythe die Nachricht in den Kamin im großen Saal. Entmutigt durch die Anzahl der Frauen, die hinter ihrem Mann her waren, ging sie in ihr Schlafzimmer und überlegte, was sie tun sollte. Sie konnte ja wohl kaum den Rest ihres Lebens damit verbringen, an der Eingangstür Kuriere abzufangen. Ihr Mann würde schließlich herausfinden, was sie getan hatte, und auf diesen Tag freute sie sich nicht gerade.

Und dann hörte Blythe das schwache Klingeln ihrer Liebesglocke. Der Klang schien sie eher zu verspotten als zu ermutigen.

Am vierten Morgen saß Blythe vor dem Kamin in ihrem Zimmer. Es war falsch, die Nachrichten an ihren Mann zu vernichten, und doch brachte sie nicht die innere Stärke auf, sie an ihn weiterzuleiten.

»Herein«, rief sie, als es an der Tür klopfte.

Blythe sah über die Schulter. Der Majordomus kam auf sie zu und hielt in einer Hand ein versiegeltes Pergament.

»Lady Gardenie«, informierte Bottoms sie und gab ihr die Nachricht.

»Ganz schön hartnäckig.«

»Lest es.«

»Das wäre unrecht.«

»Vergebt mir, Mylady«, sagte Bottoms gedehnt. »Ich weiß nicht, wie ich dazu kam, das vorzuschlagen. Es zu lesen wäre beinahe ebenso falsch, wie es in den Kamin zu werfen.«

Blythe grinste über seine Schlagfertigkeit, aber bevor sie antworten konnte, hörte sie eine Stimme hinter sich.

»Was in den Kamin zu werfen?« fragte Roger und kam durch das Zimmer.

Blythe drehte sich in ihrem Stuhl um. Heiliger Swithin, sie war erwischt worden! Bottoms ließ das Pergament in ihren Schoß fallen und stand dann wie angewurzelt da.

»Nichts Wichtiges«, log sie, als sie ihre Stimme wiederfand.

Blythe wand sich in ihrem Stuhl, als ihr Mann vor ihr stand. Er ließ seinen Blick von ihrem Gesicht zu dem Pergament auf ihrem Schoß wandern.

»Bottoms, geht raus«, befahl Roger mit harter Stimme, ohne den Mann auch nur anzusehen.

Der Majordomus brauchte keine zweite Aufforderung. Er zog sich schnell zurück.

»Manipulierst du wieder den Getreide- und Wollhandel?« fragte Roger.

»Nein.« Blythe wünschte, es wäre so einfach.

»Gib mir das Schreiben«, befahl Roger.

»Es ist für mich«, log sie. »Es ist von meinen Agenten.«

Sein Gesichtsausdruck sagte ihr, daß er ihr kein Wort glaubte.

»Gib mir dieses Schreiben«, wiederholte er und streckte seine Hand aus.

Widerwillig gab Blythe es ihm. Sie wußte, daß er die schwungvolle Handschrift und den Duft nach Gardenien erkannte.

»Ich kann es nicht glauben, daß du so tief gesunken bist und eine Nachricht für mich abgefangen hast«, sagte Roger und las das Pergament. Er sah sie mit seinen durchdringenden blauen Augen an und fragte: »Warum hast du versucht, das vor mir zu verstecken?«

Durch seine ruhig gesprochenen Worte fühlte sich Blythe wie die gemeinste Kreatur auf Erden. Sie wußte, daß es falsch gewesen war, aber sie hatte sich nicht beherrschen können. Sollte sie ihre eifersüchtige Unsicherheit zugeben?

Auf keinen Fall. Ihr Devereux-Stolz hielt sie davon ab, über diese Gefühle zu sprechen.

Blythe gelang es, den Blick von ihm abzuwenden. Sie starrte auf ihren Schoß, zuckte mit den Schultern und murmelte: »Es war einfach so ein Impuls.«

»Ein Impuls?« wiederholte Roger, und seine Stimme spiegelte seine Ungläubigkeit. »Wie viele Impulse hattest du, seit wir zu Hause sind?«

»Nicht viele.«

»*Wie viele?*«

»Mit dem hier vierzehn Impulse.«

Blythe wappnete sich für seinen Wutanfall. Sie hatte es verdient, daß er wütend war. Wenn er ihr das angetan hätte … Sie weigerte sich, auch nur daran zu denken, welche Wetterlagen London heimgesucht hätten aufgrund ihrer aufgewühlten Gefühle.

Roger stand schweigend vor ihr und sah sie lange, lange an. Schließlich ließ er das offene Schreiben auf ihren Schoß fallen.

»Wenn du dir die Mühe gemacht hättest, es zu lesen, hättest du gewußt, daß Madame Dunwich eine Investorin von mir ist«, sagte er ruhig. »Lucille informiert mich über den Klatsch in London, und ich lasse sie in sichere Unternehmen investieren. Sie parfümiert ihre gesamte Korrespondenz.«

Blythe spürte die heiße, verlegene Röte in ihr Gesicht steigen.

Ohne ein weiteres Wort ging Roger auf die Tür zu. Unfähig, einen letzten Impuls zu unterdrücken, hielt Blythe ihn mit einer Frage auf.

»Und was ist mit den Ladys Sarah und Rhoda?« rief sie anklagend.

Roger blieb stehen und drehte sich langsam um. Er sah sie unverwandt an.

»Ich habe dir gesagt, daß die beiden Vergangenheit sind und mir nichts bedeuten«, sagte er.

»Beide haben dir Nachrichten gesandt, die du nicht mit Geschäften erklären kannst«, entgegnete sie.

»Ich kann nur mein Verhalten kontrollieren«, sagte Roger knapp. »Offensichtlich reicht dir mein Ehrenwort nicht.«

Blythe sah auf ihren Schoß. Er hatte natürlich recht. Sie hätte seine Aussage als wahr akzeptieren sollen.

Jetzt hatte sie alles verdorben. Wie konnte sie nur so dumm sein? Ihr Geliebter würde jetzt wieder alleine schlafen, und ihre Beziehung wäre so, als wären sie nie am Hof gewesen. Ausgenommen Baby Aristoteles.

Doch Roger überraschte sie. Blythe hörte, wie sich die Verbindungstür öffnete, als sie nachts allein im Bett lag. Da sie eine weitere Auseinandersetzung fürchtete, schloß sie die Augen und täuschte vor zu schlafen. Das Bett quietschte, als er sich neben sie legte und die Decke hochzog.

Blythe spürte, wie er näherkam.

»Gute Nacht, kleiner Schmetterling«, flüsterte Roger und küßte sie züchtig auf die Wange. Dann wandte er ihr den Rücken zu und schien sofort einzuschlafen.

Blythe war überglücklich über diese Zärtlichkeit. Vielleicht war noch nicht alles verloren. Erleichtert fiel sie in einen tiefen, traumlosen Schlaf.

Als sie am nächsten Morgen allein erwachte, blieb Blythe noch im Bett und genoß den Gedanken daran, daß Roger es mit ihr teilte. Dann frühstückte sie gemütlich in ihrem Zimmer. Der Morgen war fast vorbei, als sie sich gewaschen und angezogen hatte und die Treppe hinunterging.

Als erstes sah sie, wie Bottoms die Tür hinter einem Kurier schloß. Schon wieder, dachte sie bestürzt.

Bottoms drehte sich um und sah sie. »Er ist von Eurem Großvater, dem Herzog von Ludlow«, verkündete er und gab ihr den Brief.

Blythe sah auf das herzogliche Siegel, lächelte und sagte: »Ich werde ihn Mylord bringen.« Sie umklammerte das versiegelte Pergament, als sei es die Magna Charta und ging in das Arbeitszimmer ihres Mannes.

Roger sprang auf, als er sie sah.

»Das hat ein Bote von Hampton Court gebracht«, sagte Blythe und gab ihm das Schreiben.

Roger sah sie lange abschätzend an und fragte: »Was steht drin?«

»Ich würde niemals einen an dich adressierten Brief lesen«, antwortete sie.

»Welch freudige Überraschung.« Roger sah auf das Schreiben und bemerkte das herzogliche Siegel. »Er ist von deinem Großvater. Setz dich ruhig hin. Vielleicht läßt er dich grüßen.«

»Wenn du darauf bestehst.« Blythe setzte sich auf den Stuhl vor dem Schreibtisch.

Nachdem sie sich gesetzt hatte, nahm auch Roger wieder Platz und brach das Siegel. Nachdem er die Nachricht gelesen hatte, gab er sie Blythe. »Es tut mir leid, Blythe, aber ich muß sofort an den Hof zurückkehren. Ich werde nur ein paar Tage bleiben.«

Bei seinen Worten sank Blythe das Herz in den Magen. Sie las den Brief und sah ihn an. »Ich komme mit«, sagte sie, unfähig, ihre Enttäuschung zu verbergen.

»Nein, du bleibst mit Miranda und Brandon hier«, antwortete Roger. »Ich komme in zwei oder drei Tagen zurück.«

»Aber du wirst über Neujahr fort sein.«

»Wir können noch unser ganzes Leben lang Neujahr miteinander verbringen«, sagte er. »Wenn diese neue Information mir hilft, Darnels Mörder zu finden, dann …«

»Du hast gesagt, der Mord an Darnel gehört der Vergangenheit an«, protestierte sie.

»Es geht schließlich auch um den Anschlag auf dein Leben«, erwiderte Roger.

»Es könnte gefährlich sein, an den Hof zurückzukehren.«

»Ich kann sehr gut auf mich selbst aufpassen.«

Blythe seufzte vor wachsender Frustration. Mit Logik kam sie nicht weiter. Wenn sie ihn schon nicht an den Hof begleiten konnte, würde ihn die Liebe, die in dem Ring steckte, den sie ihm geschenkt hatte, beschützen.

»Würdest du mir einen Gefallen tun?« fragte sie.

»Welchen?«

»Trag mein Hochzeitsgeschenk.«

Roger starrte die Bücherwand auf der anderen Seite des Arbeitszimmers an und täuschte ein schlechtes Gedächtnis vor: »Was war das noch mal?«

Blythe war der Verzweiflung nahe. Nicht nur, daß ihr Mann ihren Ring nicht trug, er konnte sich nicht einmal daran erinnern.

»Der Lapislazuliring mit der Inschrift *Liebe besiegt alles*«, flüsterte sie gequält.

»Pah! Ich kann keinen Ring tragen, an dessen Gravur ich nicht glaube«, sagte Roger, ohne sie anzusehen. »Aber danke, daß du an mich gedacht hast. Würdest du mich jetzt entschuldigen? Ich möchte das gerne noch fertig machen, bevor ich abreise.«

Blythe nickte, traute sich aber nicht mehr, etwas zu sagen. Bekümmert stand sie auf und verließ das Zimmer.

Sie zog sich in ihr Zimmer zurück und sah aus dem Fenster. Ihre alte Freundin, die Weide, war mit Rauhreif bedeckt wie auch die Fensterscheiben.

Stundenlang versuchte Blythe, sich wieder aufzurichten. Aber sie schaffte es nur, zusätzlich zu ihrem Herzschmerz auch noch Kopfschmerzen zu bekommen. Ihr Mann weigerte sich, den Ring zu tragen, weil er sie nicht liebte, niemals geliebt hatte, niemals lieben würde.

Gefangen in ihrem Schmerz, hörte Blythe nicht, daß jemand das Zimmer betreten hatte, bis sie die Stimme hörte.

»Ich reise jetzt ab«, sagte Roger.

Blythe straffte die Schultern und machte ein ausdrucksloses Gesicht. Langsam drehte sie sich um und sah auf seine Hand. *Kein Ring.*

»Ich wünsche dir eine sichere Reise«, sagte sie und sah ihm in die Augen. Ihre Stimme war kälter als der Wintertag und hielt ihn davon ab, zu ihr zu kommen.

»Es tut mir leid, daß ich dir den Feiertag verderbe«, entschuldigte sich Roger. »Ich werde in ein paar Tagen zurück sein.«

»Ich hoffe, du findest, was du suchst.«

Roger schien zu zögern, dann neigte er den Kopf. »Danke.« Und weg war er.

Tränen stiegen Blythe in die Augen, als sie wieder aus dem Fenster sah. Sie sah, wie er durch den Garten zum Kai lief. Die Debrett-Barkasse legte ab und begann die Reise nach Hampton Court.

Zu schade, daß die Themse noch nicht zugefroren war, dachte sie. Die Reise zu Pferd wäre länger und kälter gewesen.

Blythe hatte einen Kloß im Hals, als sie gegen ihre Tränen kämpfte. Sie hatte einen Mann geheiratet, der unfähig war zu lieben, und jetzt trug sie sein Kind. Wie oft in den nächsten vierzig Jahren würde er sie von einem Moment auf den anderen verlassen und seinem unmoralischen Vergnügen mit den Huren am Hof frönen?

Dann siegte der Stolz der Devereux. Wenn das die Art Ehe war, die Roger Debrett wünschte, würde sie eine Scheidung verlangen. Mit Geld konnte man eine Menge kaufen. Auch eine Scheidung.

Was ihr Mann brauchte, war eine Lektion, daß man durch Unaufmerksamkeit Wertvolles verlieren konnte. Sie wußte genau, wo sie hingehen würde, bis er eingesehen hatte, daß er mit seinen Abwegen auf dem Irrweg war. Roger würde zu ihr kommen, wenn er eine wirkliche Ehe wünschte.

Blythe lächelte. Natürlich würde sie darauf bestehen, daß er vor ihr niederkniete, bevor sie eine Versöhnung auch nur in Betracht zog.

Kapitel 17

»Roger!«

Beim Klang seines Namens blieb Roger auf seinem Weg über den schneebedeckten Rasen von Hampton Court stehen. Er drehte sich zu der Stimme um und sah, wie sein jüngster Bruder auf ihn zuschlenderte. Mißbilligung legte sich auf Rogers Gesicht bei dem unwillkommenen Anblick seines Bruders.

Betrügerischer Bastard, dachte Roger. Das ach so aufrichtige Lächeln seines Bruders täuschte ihn nicht eine Minute.

»Willkommen am Hof«, begrüßte Geoffrey ihn. »Wo ist Blythe?«

»Meine Frau ist in Debrett House, wo sie hingehört«, antwortete Roger kalt.

Geoffreys Lächeln schwand bei Rogers Ton. »Was bringt dich so schnell zurück nach Hampton Court?«

Roger sah ihn lange an und antwortete: »Ich untersuche immer noch den Mord an Darnel und den Anschlag auf Blythe.«

»Ich könnte dir helfen«, bot Geoffrey an und hob den Kopf.

Das Angebot seines kleinen Bruders überraschte Roger zunächst, aber dann durchschaute er den Trick. »Nein, danke«, lehnte er ab. »Würdest du mich bitte entschuldigen?«

Roger wollte an seinem Bruder vorbei und machte einen Schritt auf den Palast zu. Geoffrey packte ihn am Unterarm.

»Nimm deine Hand weg oder du wirst es bereuen«, drohte Roger.

Geoffrey wurde blaß und ließ ihn los. »Bruder …«

»Nenn mich nicht so«, unterbrach Roger ihn.

»Warum haßt du mich?« fragte Geoffrey, dem man seine Verwirrung deutlich ansah.

Roger starrte ihn kalt an. Er hatte nicht die Absicht, seinem Bruder zu erzählen, was allgemein bekannt war. Geoffrey war ein treuloser Frauenheld, der sich nichts dabei dachte, die brüderlichen Bande zu zerschlagen, wenn die Blutsverwandschaft mit seinen eigenen körperlichen Bedürfnissen kollidierte. Ohne zu antworten, ging Roger einen weiteren Schritt auf den Palast zu, blieb aber stehen, als er den bittenden Unterton in der Stimme seines Bruders hörte.

»Bitte, Roger, ich verstehe es nicht«, sagte Geoffrey flehend. »Seit unserer Kindheit sind wir immer die besten Freunde gewesen, und ich bewundere dich, weil du ein ehrenwerter Mann bist. Was hat deine Meinung über mich geändert? Ja, ich gebe zu, ich nehme das Leben nicht so ernst wie du, aber …«

»Du hast mit Darnel geschlafen«, schnaubte Roger, der sich nicht länger beherrschen konnte.

»Ich habe sie niemals angerührt«, entrüstete sich Geoffrey und schien entsetzt über die Vorstellung. »Welches Monster würde mit der Frau des eigenen Bruders schlafen?«

Roger kämpfte gegen die Liebe, die er einst für seinen jüngsten Bruder empfunden hatte, und gegen die gemeinsamen Erinnerungen. Beide hatten sie unter der kalten Verachtung ihres Vaters gelitten. Nur Cedric hatte die wärmende Liebe ihres Vaters genossen. Vereint in ihrer Einsamkeit, waren sich der älteste und der jüngste Sohn der Debretts besonders nah gewesen.

»Debrett!«

Roger und Geoffrey wirbelten herum, als jemand sie rief. Der Herzog von Ludlow kam auf sie zu.

»Ich habe etwas Wichtiges mit meinem Schwiegergroßvater zu besprechen«, sagte Roger. Ohne ein weiteres Wort drehte er seinem Bruder den Rücken zu und ging.

»Willkommen in Hampton Court«, begrüßte ihn Herzog Robert. »Ihr habt keine Zeit verloren.«

»Habt Ihr etwas Neues entdeckt?« fragte Roger ohne Umschweife.

»Wirklich, Roger, Ihr solltet Euch ein paar Manieren zulegen«, tadelte der Herzog ihn und handelte sich ein Stirnrunzeln ein. Er lächelte über die Reaktion des jüngeren Mannes und fügte hinzu: »Um Eure Frage zu beantworten: nein. Wie geht es meiner Enkelin?«

»Blythe geht es gut«, antwortete Roger, als sie auf den Palast zugingen. Er grinste seinen Schwiegergroßvater schief an und setzte hinzu: »Sie ist im Moment ein bißchen unglücklich mit mir.«

Herzog Robert lächelte. »Ich habe Euch Euer Zimmer reserviert.«

»Danke, Euer Gnaden.« Roger nahm zwei versiegelte Pergamente aus seinem Wams und gab sie dem Herzog. »Es mag vielleicht unverschämt sein, aber könntet Ihr einen Eurer Diener veranlassen, sie zu überbringen?«

Herzog Robert sah die Namen auf den Schreiben an und zog eine Braue hoch: »Die Ladys Sarah und Rhoda?«

»Nett formulierte Entlassungsbriefe«, erklärte Roger. »Ihre ständigen Briefe regen meine Frau auf, und ich habe nicht die Absicht, meine Affären mit ihnen fortzusetzen. Leider scheint keine der Damen das Wort *nein* zu verstehen.«

»Ich lasse sie überbringen«, antwortete Herzog Robert und schlug Roger in vertrauter Kameradschaft auf die Schulter.

»Und wo ist Eure reizende Braut, Debrett?« fragte eine Stimme. »Habt Ihr sie schon erdrosselt?«

Roger und Herzog Robert blieben stehen und drehten sich zu der Stimme um. Edward deVere, Earl von Oxford, stand mit einer Gruppe seiner Freunde keine drei Meter entfernt.

»Euer Gnaden, würdet Ihr mich für einen Augenblick entschuldigen?« fragte Roger.

»Natürlich«, antwortete der Herzog.

Roger ging auf die Gruppe auffällig bunt gekleideter Höflinge zu und blieb knapp vor seinem Erzfeind stehen. »Was habt Ihr gesagt?« fragte er mit auffallend ruhiger Stimme.

»Ich habe gefragt, ob Ihr die Lady bereits begraben habt«, wiederholte deVere, und seine Freunde lachten.

Roger ballte seine rechte Hand zur Faust und schlug den siebzehnten Earl von Oxford so, daß er zu Boden fiel. Wie ein roter Fluß lief das Blut aus der Nase des Earl.

»Wenn Ihr es noch einmal wagt, ein Wort *zu mir* oder *über mich* zu sagen, wird es mir ein Vergnügen sein, Euren Sohn zum achtzehnten Earl von Oxford zu machen«, drohte Roger ihm. Er lächelte das Publikum an und sagte: »Ich entschuldige mich für die Unterbrechung. Einen guten Tag.«

»Das wollte ich schon seit Jahren tun«, sagte Herzog Robert, als sie weitergingen.

»Wenn ich das gewußt hätte«, witzelte Roger, »hätte ich ihn zweimal geschlagen. Einmal für mich, einmal für Euch.«

Der Herzog von Ludlow lachte und verließ Roger in der Eingangshalle des Gebäudes: »Chessy möchte gerne Karten spielen. Ich werde später mit Euch sprechen. Eine gute Jagd.«

Roger ging zu seinem Zimmer und verriegelte die Tür. Er sah sich in dem hellen Raum um. Dort stand dasselbe Himmelbett mit den schweren Vorhängen, und da war derselbe Kamin mit den beiden Stühlen davor.

Roger ging zu dem Fenster und sah hinaus. Und da war derselbe Blick auf die Themse.

Roger sah sich noch einmal in seinem Zimmer um. Alles war wie immer, und doch war etwas anders.

Blythe fehlte.

Wann hatte er sich daran gewöhnt, sie bei sich zu haben?

Roger zuckte innerlich zusammen. Wie enttäuscht sie ausgesehen hatte, als er ihr sagte, daß er an den Hof zurückkehren würde. Wie verletzt sie gewesen war.

Roger konzentrierte sich auf das leere Zimmer und seufzte. Er wollte nicht hier sein, er wollte zu Hause sein. Ohne Blythe war die Sonne aus seinem Leben verschwunden. Auf der anderen Seite konnte er nicht an demselben Tag nach Debrett House zurückkehren, an dem er gegangen war. Seine Frau würde vermuten, daß er sie vermißt hatte, und dann würde sie glauben, daß er sie liebte, was zu noch mehr Problemen führen würde.

Morgen. Morgen früh würde er als erstes nach der Barkasse schicken und nach Hause fahren. Sie hätten dann immer noch einen Teil des Feiertages für sich.

Und wie, zum Teufel, sollte er die Stunden bis zur Dämmerung verbringen? *Cedric*. Er konnte ein paar Stunden lang mit seinem Bruder seine Fähigkeiten mit dem Schwert üben.

Zehn Minuten später stand Roger vor dem Zimmer seines Bruders. Er hob die Hand, um anzuklopfen, hielt jedoch inne, als er die wütende Stimme seiner Schwägerin hörte.

»Wie können die beiden es wagen, sich in meine Pläne einzumischen«, sagte Sybilla.

»Ich finde, du solltest vorsichtiger sein«, erwiderte Cedric.

»Sprich mir *nicht* von Vorsicht«, entgegnete Sybilla. »Wenn ich nicht wäre, wärest du mit unserem Leben zufrieden.«

»Was ist falsch an unserem Leben?« fragte sein Bruder.

»Wir haben keine richtige Macht oder Position am Hof«, schrie Sybilla. »Wir leben nur von der Großzügigkeit deines Bruders.«

»Ich bereue den Tag, an dem ich meine Seele vor dir bloßgelegt habe«, bemerkte Cedric.

»Das Glück begünstigt keine Feiglinge«, schnauzte Sybilla.

Was, zum Teufel, diskutierten sie? überlegte Roger und starrte verwirrt die Tür an. Er hatte seinen Bruder und seine Schwägerin noch nie streiten gehört, aber er nahm an, daß alle Ehepaare ihre Differenzen hatten.

Roger hob die Faust und klopfte an die Tür. Einen Moment später öffnete sie sich, und er stand vor seinem Bruder.

»Was machst du denn hier?« fragte Cedric, offensichtlich überrascht.

Roger grinste und hielt sein Rapier hoch. »Ich komme zu einem kleinen Schwertkampf.«

»Den ganzen Weg von Debrett House?«

»Ich hatte etwas am Hof zu erledigen«, antwortete er. »Ich werde morgen früh nach Debrett House zurückkehren.«

»Und wie geht es meiner lieben Schwägerin?« fragte Sybilla, die auftauchte, um ihrem Mann sein Rapier zu geben. »Hat Blythe dich begleitet?«

»Sie ist in Debrett House geblieben.« Roger konnte die plötzliche Veränderung im Verhalten seiner Schwägerin kaum glauben. Nur einen Moment zuvor hatte sie seinen Bruder angeschrien, und nun lächelte sie strahlend.

»Bis später«, sagte Cedric zu seiner Frau, bevor er hinausging und die Tür hinter sich schloß.

Kurze Zeit später standen Roger und Cedric mitten auf dem verlassenen, schneebedeckten Rasen bei dem Uhrenturm. Bewaffnet mit ihren spitzen Rapieren, brachten beide ihre Körper in die gleiche Ausgangsposition: den rechten Fuß nach vorne, die Knie leicht gebeugt, das Gewicht auf dem linken Bein. Sie neigten ihre Köpfe und kreuzten die Klingen.

Schneller als ein Blitz schlug Cedric sein Handgelenk nach rechts. Rogers Rapier flog ihm aus der Hand und fiel in einiger Entfernung zu Boden.

»Möchtest du noch mal?« fragte Cedric trocken und zog eine Braue hoch.

Roger brach in Gelächter aus und schüttelte den Kopf: »Bruder, in einer Schlacht möchte ich dich immer auf meiner Seite haben.« Dann fügte er hinzu: »Ich brauche deine Hilfe.«

»Du weißt, ich würde alles für dich tun«, antwortete Cedric, und in seinen dunklen Augen flackerte Interesse auf.

»Ich möchte am ersten Tag der Fastenzeit nach Debrett House zurückkehren«, sagte Roger. »Ich werde Blythe überreden, Sybilla und dich nach Winchester zu begleiten, um Vorbereitungen für den Besuch der Königin in diesem Sommer zu treffen. Auf diese Weise kann ich an den Hof zurückkehren und weiß sie in Sicherheit. Außerdem möchte ich, daß mein Erbe auf Eden Court geboren wird, so wie ich.«

»Du brauchst dich um die Sicherheit deiner Frau nicht zu

sorgen, wenn sie unter meinem Schutz steht«, antwortete Cedric.

»Danke, Bruder.« Ohne ein weiteres Wort ging Roger auf den Palast zu, um seine Sachen zu holen und abzureisen.

»Wo gehst du hin?« rief Cedric. »Willst du nicht üben?«

»Nein, ich fahre nach Hause zu meiner Frau.«

»Um diese Zeit? Bis du ankommst, ist es Mitternacht.«

»Hier gibt es für mich nichts zu tun«, antwortete Roger. »Sag Ludlow, daß ich fort bin.«

Stunden später fuhr die Debrett-Barkasse um die Biegung der Themse, und Debrett House kam in Sicht. *Zuhause.* Was einmal nur ein Haus gewesen war, war jetzt ein Zuhause durch Blythe Devereux und den Sonnenschein, den sie in sein Leben gebracht hatte.

Mitternacht an Silvester. Roger blickte zum Nachthimmel auf. Tausend Sterne blinzelten ihn aus nachtschwarzem Samt an. Das alte Jahr voller unaussprechlichem Leid ging endlich zu Ende. Das neue Jahr, voller Hoffnung, wurde geboren.

Roger runzelte die Stirn beim Anblick der funkelnden Sterne. Irgend etwas an diesem schönen Nachthimmel störte ihn.

Und dann wußte er es. Aus irgendeinem unerfindlichen Grund entsprachen Blythes Gefühle normalerweise den Wetterbedingungen. Oder umgekehrt. Der Nachthimmel war ruhig. Also würde auch die Stimmung seiner Frau ungetrübt sein. Wenn das stimmte, hatte sie sich von seiner Abreise schnell erholt – viel zu schnell.

Roger lächelte über diese unsinnige Idee und schüttelte sich in Gedanken. Zu glauben, daß die Gefühle seiner Frau das Wetter beeinflußten, war mehr als absurd, einfach zu lächerlich.

Da er schnell seine Frau sehen wollte, sprang Roger auf den Kai, bevor seine Barkasse richtig angelegt hatte. Er betrat das Haus durch die Gartentür und nahm die Abkürzung durch die Küche, wo die anwesenden Diener bei dem unerwarteten Anblick ihres Herrn aufsprangen.

Roger ignorierte ihre Anwesenheit und stürmte die Hintertreppe hinauf. Als er den ersten Stock erreicht hatte, verlangsamte er seinen Schritt und stand schließlich vor dem Schlafzimmer seiner Frau.

Roger blieb zunächst stehen und lauschte. Alles war ruhig in dem Zimmer. Offensichtlich schlief Blythe.

Lautlos öffnete er die Tür und trat ein. Die Bettvorhänge waren wegen der winterlichen Kälte zugezogen, aber er wollte sie in dieser Nacht wärmen, wie es keine Vorhänge oder Decken tun konnten. Zunächst aber wollte er ihr unglaublich schönes Gesicht sehen.

Roger trat an das Bett und zog die Vorhänge zur Seite. Er runzelte die Stirn, als er das unbenutzte Bett sah.

Sie hatte sich bestimmt in sein Bett gelegt, dachte Roger und entspannte sich. Blythe hatte ihm nahe sein wollen und beschlossen, in seinem Zimmer zu schlafen.

Ohne zu versuchen, leise zu sein, riß Roger die Verbindungstür auf. Selbst aus dieser Entfernung erkannte er, daß das Bett leer war. Zum Teufel, wo war sie?

»Bottoms!« rief Roger und lief die Treppe hinunter.

Als Roger in den großen Saal kam, entdeckte er seinen Majordomus und seinen Diener neben den Stühlen vor dem Kamin. Beide Männer hielten ein Glas mit Whisky in der Hand.

Verdammt! Seine Frau versteckte sich, und seine beiden vertrauenswürdigsten Diener genossen einen gemütlichen Schlummertrunk. So wie sie schwankten, hatten Hardwick und Bottoms sich offensichtlich vorgenommen, sich sinnlos zu betrinken.

»Mylord, Ihr seid nicht für den Abend gekleidet«, rief Hardwick und starrte entsetzt auf Rogers Kleidung, die auf der Reise gelitten hatte.

Roger ignorierte ihn. »Nun?« fragte er und wandte seine volle Aufmerksamkeit dem Majordomus zu.

»Wir haben Euch nicht so schnell zu Hause erwartet«, sagte Bottoms.

»Verdammt, wo ist sie?«

»Weg, Mylord«, antwortete Bottoms traurig.

»Wo?«

»Das kann ich nicht sagen«, antwortete der Majordomus.

»Können oder wollen nicht?« fragte Roger knapp.

Bottoms sah ihn von oben herab an und antwortete: »Beides.«

»Über diese Frechheit sprechen wir später.« Roger wandte sich seinem Kammerdiener zu, der immer leichter einzuschüchtern war als sein Majordomus: »Wo ist Lady Blythe?«

Hardwick schien sich sehr unwohl zu fühlen. Er zuckte die Schultern und antwortete: »Ich weiß es wirklich nicht, Mylord.«

Roger funkelte den Mann ungläubig und zornig an. »Erwartest du wirklich, daß ich glaube, daß meine Frau ihre Sachen gepackt und unser Haus verlassen hat, ohne daß du etwas gesehen oder gehört hast?«

»Mylord, ich schwöre, es ist die Wahrheit«, rief Hardwick. »Lady Blythe hat mich nach London geschickt, um etwas zu erledigen. Als ich zurückkam, war sie bereits weg.«

»Ruf Daisy«, befahl Roger. »Sie wird es wissen.«

»Daisy ist mit Ihrer Lady gegangen«, sagte Bottoms und zog die Aufmerksamkeit auf sich.

»Es beruhigt mich wirklich zu wissen, daß meine Frau beschützt ist«, sagte Roger sarkastisch. Die Kinderfrau, dachte er und ging aus dem Saal.

»Wo geht Ihr hin?« fragte Bottoms.

Die Frechheit des Mannes veranlaßte Roger stehenzubleiben. Wie konnte der Diener es wagen, seinen Herrn zu fragen! Langsam drehte sich Roger um und befahl: »Holt Hartwell.«

Roger bemerkte die verlegenen Blicke, die die beiden Diener austauschten. Es gab etwas, was sie ihm noch nicht gesagt hatten.

»Lady Blythe bestand darauf, daß es bestimmte Dinge gibt, von denen sie eine Trennung nicht ertragen könnte«, begann Bottoms und sah dann hilfesuchend den Diener an.

Eine Mischung aus Verwirrung und Angst durchschoß Roger.

Hardwick räusperte sich: »Lady Blythe hat Miranda, Hartwell und den jungen Brandon Montgomery mitgenommen.«

»*Sie hat meine Tochter entführt?*«

»Miranda gehört auch zu Ihrer Ladyschaft«, verteidigte Bottoms seine Herrin.

Roger antwortete nicht. Er wußte, daß seine Frau Miranda niemals in Gefahr bringen würde, und er wußte jetzt auch, wo sie zu finden waren. Blythe hatte ihre Sachen gepackt und seine Tochter, und war nach Devereux House gezogen. Sie war ein impulsiver Mensch, aber sie war kein Schussel.

Roger sah beide Diener verächtlich an und schickte sich an, den Saal zu verlassen. Um ihre Inkompetenz würde er sich später kümmern. Im Moment wollte er seine Frau und seine Familie wieder nach Hause holen.

»Dort ist sie nicht«, rief Bottoms.

Auf halbem Weg blieb Roger stehen und wirbelte herum. »Wo nicht?«

»Lady Blythe hat mich gebeten, Euch zu sagen, daß es zwecklos ist, sie in Devereux House zu suchen. Ihr würdet nur unnötigerweise ihre Eltern alarmieren«, teilte Bottoms ihm mit.

Roger spürte, wie seine rechte Wange vor Wut zuckte. Er ging zu seinem Angestellten zurück und fragte: »Wo wollte sie hin?«

»Sie hat es nicht gesagt.«

»Stellen wir mal klar«, sagte Roger mit vor Wut erstickter Stimme und spürte, wie seine linke Wange ebenfalls zu zukken begann, während er das Verlangen unterdrückte, seinen Majordomus zu erwürgen. »Meine schwangere Frau hat ihre Sachen, einschließlich meiner Tochter, gepackt, und ist dann wer weiß wohin gegangen. *Und du hast sie gehen lassen?*«

»So würde ich das nicht ausdrücken«, antwortete Bottoms geknickt.

Roger sah seinen Majordomus durchdringend an und fragte: »Wie würdest du es ausdrücken?«

Bottoms wandte den Blick ab und zuckte die Schultern.

Nach einem langen Moment nahm Roger seinem Majordomus das Glas aus der Hand und stürzte den Inhalt mit einem Schluck hinunter. Er zog eine Grimasse und schüttelte sich, als die bernsteinfarbene Flüssigkeit sich einen Weg in seinen Magen brannte. Dann warf er das Glas auf den Boden, wo es in hundert winzige Stücke zerbrach.

Was sollte er jetzt tun? überlegte Roger. Er konnte nur schlecht nach Devereux House marschieren und Earl Richard erzählen, daß er seine Tochter suchte.

Und dann war es ihm klar. Seine entlaufene Braut hatte nur zwei Orte, an denen sie sich verstecken konnte: Basildon Castle in Essex, der Stammsitz ihres Vaters, oder Ludlow Castle in Shropshire, der Stammsitz ihres Großvaters.

Roger nahm das Glas mit Whisky aus der Hand seines Kammerdieners. Nachdem er den Inhalt hinuntergestürzt hatte, gab er das Glas seinem Diener zurück und befahl: »Hardwick, wecke acht von meinen Knechten. Vier von ihnen sollen nach Basildon Castle reiten, die anderen vier nach Ludlow Castle.«

»Ja, Mylord.« Hardwick grinste und ging auf den Eingang zu.

»Was soll ich tun, Mylord?« fragte Bottoms.

»Pack deine Sachen«, antwortete Roger.

»Was?« rief Bottoms.

»Du bist gefeuert«, teilte Roger ihm mit. »Ich will dich innerhalb von zehn Minuten aus meinem Haus haben.«

Hardwick kam wieder zurück auf sie zu und protestierte: »Aber, Mylord ...«

Bottoms schüttelte seinem neuen Verbündeten gegenüber den Kopf und bedeutete ihm mit einer Handbewegung zu schweigen. Hocherhobenen Hauptes ging der Majordomus langsam aus dem Saal.

»Bottoms.«

Der Majordomus wirbelte mit einem hoffnungsvollen Gesichtsausdruck herum. »Ja, Mylord?«

»Bevor du gehst, kannst du das hier wegräumen«, befahl Roger.

Bottoms senkte seinen Blick auf das zerbrochene Kristall und sah dann wieder auf. »Ich bin nicht länger bei Euch angestellt«, teilte der Majordomus mit. »Räumt es selbst auf.«

Eine grauenvolle Woche verging. Die zweite Woche war noch schlimmer als die erste.

Am fünfzehnten Tag nach dem Verschwinden seiner Frau saß Roger am Schreibtisch in seinem Arbeitszimmer. Unrasiert und ungekämmt hob er das Glas Whisky an seine Lippen und stellte es zurück auf den Schreibtisch. Lieber Himmel, in den letzten zwei Wochen hatte er ganz schön viel Whisky getrunken.

Roger ließ einen Blick zur Tür wandern, als diese sich öffnete und Hardwick hereinkam. Der Diener durchquerte das Zimmer und setzte ein Tablett mit Essen vor ihn auf den Schreibtisch.

»Nimm es weg«, befahl Roger.

»Ihr braucht Nahrung«, sagte Hardwick mit einem Blick auf das Whiskyglas.

»Bist du mein Kindermädchen?«

»Ich übernehme nur Bottoms' Pflichten.«

Roger seufzte und lehnte sich in seinem Stuhl zurück. »Irgend etwas Neues über seinen Aufenthaltsort?« fragte er, von Reue erfüllt bei der Erwähnung des Namens seines früheren Majordomus.

»Nein, Mylord.«

»Wo kann der alte Kerl nur hin sein?« fragte Roger. »Er hätte doch wissen müssen, daß mir nach spätestens einer Stunde leid tut, was ich gesagt habe.«

»Vielleicht wäre es nicht schlecht, wenn Ihr *denken* würdet, bevor Ihr sprecht«, meinte Hardwick und klang genauso wie der frühere Majordomus.

Roger ignorierte die Frechheit des Mannes. »Du glaubst nicht, daß ihm etwas passiert ist?«

Hardwick zuckte unverbindlich die Schultern. »Die Knechte sind aus Essex und Shropshire zurückgekehrt.«

»Warum hast du das nicht gleich gesagt?« fragte Roger gereizt.

»Ich sah keinen Grund, sie hineinzuschicken«, antwortete der Diener. »Sie hatten kein Glück bei der Suche nach Ihrer Ladyschaft.«

»Das ist alles«, sagte Roger, um ihn zu entlassen. Er beobachtete, wie der Diener hinausging, und sank in seinem Stuhl zusammen.

Wo, zum Teufel, war Blythe mit seiner Tochter hingegangen? Er würde sich niemals verzeihen, wenn ihnen etwas geschah. Alles, was Blythe jemals gewollt hatte, war seine Liebe. Nun, sie hatte sie, aber die Erfahrungen aus der Vergangenheit hatten ihn davon abgehalten, seine Gefühle zu zeigen. Selbst jetzt wußte er, daß er unfähig sein würde, diese drei kleinen Worte zu äußern, nach denen sie sich sehnte. *Ich liebe dich.*

Roger stand auf und verließ sein Arbeitszimmer. Müde ging er die Treppe hinauf und über den Flur zum Schlafzimmer seiner Frau. Das Sonnenlicht wurde von den Eiszapfen reflektiert, die an dem Zürgelbaum hingen, auf dem sich einige Stare versammelt hatten, um die letzten Beeren zu genießen. Die Natur ruhte irgendwo unter dieser kalten Schneedecke, so wie sein Kind in dem Schoß seiner Frau ruhte.

Als Roger beobachtete, wie die kahlen Äste des Baumes sich im Wind bewegten, erinnerte er sich an die kleine Glocke seiner Frau. Er ging durch den Raum in ihr Ankleidezimmer. Die traurige kleine Glocke hing schlaff vor dem Fenster.

Roger öffnete die Läden. Sofort erwachte die Glocke zum Leben, und ihr Klang ließ ihn sich näher bei seiner Frau fühlen. *Komm, Roger. Schenk Blythe dein Herz und deine Liebe.*

Ohne nachzudenken, zog Roger den blauen Lapislazuliring aus seiner Tasche und betrachtete ihn. *Liebe besiegt alles.* Seine unheilbar romantische Frau glaubte an die Macht der Liebe. So wie er es einst getan hatte.

Wenn er den Ring trug, würde sie dann zu ihm zurückkommen? Es schien eine so dumme Idee. Und doch …

Roger steckte den Ring an den Ringfinger seiner linken

Hand. Der Ring brachte sie bestimmt nicht zurück, aber er fühlte sich auf jeden Fall besser damit.

»Mylord? Oh, da seid Ihr.«

Hardwick stand in der Tür. Der Diener überreichte ihm ein versiegeltes Pergament und sagte: »Es ist vom Earl von Basildon.«

Mit einem Gefühl aufsteigender Furcht öffnete Roger das Schreiben. In der schwungvollen Handschrift seines Schwiegervaters stand da: *Kommt unverzüglich nach Devereux House*.

Roger ging zur Tür und gab seinem Diener das Schreiben. Er fürchtete sich vor der Szene, die man ihm in Devereux House machen würde. Sein Schwiegervater würde nicht allzu glücklich sein, wenn er erfuhr, daß seine Tochter vermißt wurde.

»Mylord, bitte denkt daran, Euch zu rasieren, bevor Ihr den Grafen trefft«, rief Hardwick und folgte ihm aus dem Ankleidezimmer.

»Warum?«

»Vergebt mir, Mylord«, antwortete Hardwick. »Ihr seht ungepflegt aus.«

Roger starrte seinen Diener an. »Und wie würde es aussehen, wenn ich in Devereux sauber und zufrieden auftauche und dann den Grafen darüber informiere, daß meine Frau – *seine Tochter* – vermißt wird?«

»Ich verstehe, was Ihr meint«, stimmte der Diener zu.

Zehn Minuten später stand Roger vor der Eingangstür zum Haus seines Schwiegervaters. Zerzaust und unrasiert, sah er sehr verwahrlost aus, aber seine Gedanken konzentrierten sich nicht auf seine schlampige Erscheinung. Er war zu sehr damit beschäftigt, wie er dem Grafen die Ereignisse mitteilen könnte.

Roger wappnete sich für das Schlimmste und griff nach dem Türklopfer, aber die Tür öffnete sich bereits. Ihm stand der Mund offen, als er den makellos gekleideten Majordomus erblickte.

»Bottoms!«

»Wie gut Ihr ausseht, Mylord«, sagte der Mann gedehnt. Über seine Schulter rief er: »Du nimmst den.«

Roger trat in die Eingangshalle und sah Jennings. Dann fiel ihm ein, daß die beiden Männer Cousins waren. Die ganzen Tage hatte er London nach seinem Majordomus abgesucht, und der Mann war nur zwei Türen entfernt von Debrett House gewesen. Seine Sorge um die Sicherheit des Majordomus war umsonst gewesen.

»Was tut Ihr hier?« fragte Roger.

»Ich arbeite hier«, antwortete Bottoms.

»Bitte folgt mir, Mylord«, sagte Jennings. »Die anderen sind bereits drinnen versammelt.«

Welche anderen? überlegte Roger, folgte dem Mann jedoch in den Saal.

Graf Richard und Lady Keely wie auch der Herzog und die Herzogin von Ludlow wandten sich der Tür des Saales zu, als er eintrat. Lady Keely eilte auf ihn zu, sobald sie seinen bedauernswerten Zustand erkannte.

»Roger, seid Ihr krank?« fragte die Gräfin.

»Es geht mir gut, danke«, antwortete er.

Richard grinste ihn breit an und fragte: »Hättet Ihr gerne einen Drink?«

»Ich habe in den letzten beiden Wochen mehr getrunken als mir guttut«, antwortete Roger und machte eine abwehrende Handbewegung.

»Ich dachte, Blythe besteht darauf, daß Ihr das Trinken in Grenzen haltet«, bemerkte die Herzogin von Ludlow.

Roger wußte nicht, was er darauf antworten sollte, und schwieg für einen Augenblick. Dann log er: »Meine Frau hat ein bißchen nachgegeben.«

Die Herzogin lächelte vielsagend.

Plötzlich litt Roger unter dem unguten Gefühl, daß sie etwas wußten. Bottoms mußte ihnen von Blythes Verschwinden erzählt haben. Aber warum lächelte Earl Richard ihn an?

»Wie seltsam. Es ist so ungewöhnlich für meine Enkelin, bei irgend etwas nachzugeben«, bemerkte die Herzogin von

Ludlow. »Ihr wißt, wie beharrlich sie ist, wenn sie sich einmal für etwas entschieden hat.«

Roger ignorierte diese Bemerkung. Er sah seinen Schwiegervater und seine Schwiegermutter an, aber dann verlor er den Mut. Der Graf und die Gräfin von Basildon waren seit seiner Kindheit unerschütterliche Freunde gewesen. Er konnte es nicht über sich bringen, ihnen das Herz zu brechen, indem er ihnen mitteilte, daß ihre Tochter verschwunden war.

»Liebster, habt Ihr kürzlich etwas verloren, das Ihr sehr schätzt?« fragte Lady Keely und hakte ihn unter.

Meine Frau, dachte Roger. »Ich kann mich nicht daran erinnern, etwas verlegt zu haben«, antwortete er.

»Nichts für ungut, Ihr Lieben, aber es ist typisch Mann, etwas Wertvolles zu verlieren und nicht einmal zu wissen, daß es fehlt«, sagte die Herzogin von Ludlow und lachte. »Ihr Männer könnt manchmal so unaufmerksam sein. Genau das habe ich auch heute morgen zu Blythe gesagt.«

Roger ignorierte die lächelnden Gesichter um sich herum und erstarrte vor Schreck. Dann sah er seine Schwiegergroßmutter an.

»Zumindest habe ich versucht, ihr mein umfassendes Wissen über Männer zu vermitteln«, fuhr die Herzogin fort, als ob alles in Ordnung wäre. »Unglücklicherweise wählte Miranda genau diesen Moment, um ihr Pony durch den Saal zu reiten. Und noch schlimmer war, daß das verdammte Pony die Frechheit hatte, meinen sauberen Boden zu beschmutzen. Miranda ist wirklich ein süßes Kind, und sie wollte Glück in meinen Haushalt bringen.«

Ohne ein Wort drehte sich Roger auf dem Absatz um und ging durch den Saal zum Eingang. Während er sich vor Sorge besinnungslos betrunken hatte, hatte seine Frau fast nebenan gewohnt. Diese unsensible, kaltherzige … Oh, er hätte sie am liebsten erdrosselt.

Und dann milderte ein angedeutetes Lächeln sein grimmiges Gesicht. Ja, er würde sie gerne erwürgen, aber zuerst wollte er das kleine Biest bis zur Besinnungslosigkeit küssen.

»Kommt bald zurück und besucht uns wieder«, erklang eine Stimme.

Roger konzentrierte sich auf den Diener, der ihm die Tür öffnete.

»Wir werden Euch vermissen«, fügte Bottoms hinzu.

»Danke«, antwortete Roger und zog eine Braue hoch. »Ich hoffe, Ihr werdet Lord Richard besser dienen als mir.« Er brach in Gelächter aus, als er hörte, wie die Tür hinter ihm zugeknallt wurde.

Kapitel 18

Wohin war Roger nur verschwunden?

Blythe saß vor dem Kamin im großen Saal ihres Großvaters und beschäftigte sich damit, eine blaue Decke für Baby Aristoteles zu stricken. Sie machte sich Gedanken über den vergeblichen Versuch ihres Mannes, sie zurückzuholen. Großmama Chessy hatte ihr erst an diesem Morgen erzählt, daß Roger den Hof am selben Tag verlassen hatte, an dem er angekommen war. Zwei Wochen waren seitdem vergangen, und ihr Adler flog immer noch umher.

Sie konnte ja kaum ihre Sachen packen und nach Debrett House zurückkehren. Nicht jetzt. Nicht, nachdem so viele Tage vergangen waren. Als sie Silvester gebetet hatte, hatte eine Vision ihr gesagt, daß das kommende Jahr Harmonie, Zufriedenheit und Frieden für ihr Leben bringen würde. Was konnte eine Frau mehr wollen?

Liebe. Sie sehnte sich nach der Liebe ihres Mannes.

Und dann hörte Blythe den freudigen Aufschrei ihrer Stieftochter. »Daddy!«

Blythe sprang aus dem Stuhl auf und wirbelte herum. Als ob ihre Gedanken den Mann heraufbeschworen hätten, stand Roger wie eine grimmige Statue im Eingang zum Saal.

Wut über seine Säumigkeit ersetzte schnell das verletzende Gefühl der Zurückweisung. Er hatte sich wirklich viel Zeit gelassen, um sie zurückzuholen.

Bereit für den Kampf, machte sich Blythe in demselben Moment auf den Weg durch den Saal, als ihr Mann ihr entgegen ging. Dann bemerkte sie seine verwahrloste Erscheinung.

»Bist du krank?« fragte sie.

Roger antwortete nicht. Blythe ängstigte sich um ihre Sicherheit, als er beide Hände nach ihr ausstreckte.

Roger umfaßte ihre Oberarme und zog sie an seinen unnachgiebigen Körper. Sie warf den Kopf zurück, um ihn anzusehen, aber er nahm ihre Lippen mit einem fordernden Kuß in Beschlag, der sie benommen machte, so daß sie zusammensank. Und nach mehr verlangte.

»Ich sollte dir eine Ohrfeige für diese Nummer geben«, flüsterte Roger rauh.

Blythe unterdrückte ein Kichern, das ihr zu entschlüpfen drohte. »Die Kinder und die Diener beobachten uns«, brachte sie mühsam hervor.

Roger ließ sie los, sah die Kinderfrau und die Zofe an und befahl: »Bringt die Kinder nach oben und packt ihre Sachen.«

Nachdem sie verschwunden waren, sah Roger die herzoglichen Bediensteten an und schnauzte: »Verschwindet endlich aus diesem Raum!«

Die Diener stolperten beinahe über ihre eigenen Füße bei dem übereilten Versuch, dem wütenden Lord zu gehorchen. Innerhalb von Sekunden hatte der Saal sich geleert, und nur die beiden waren noch da.

»Zwei lange Wochen habe ich dich gesucht«, sagte Roger zu ihr und sah sie mit seinen durchdringenden blauen Augen an. »Wenn du geblieben wärest, hättest du gewußt, daß ich noch am selben Tag wieder zurück nach Debrett House gekommen bin, weil ich gehofft hatte, mit dir das Neue Jahr zu begrüßen. Unglücklicherweise hattest du bereits meine Tochter und mein ungeborenes Kind entführt und warst geflohen. *Und jetzt, zum Teufel, mach, daß du nach Debrett House zurückkommst!*«

Blythe verbarg den Schmerz und die Wut, die sie verspürte, und zeigte ein verständnisloses Gesicht. Ja, ihr Mann war schließlich gekommen, um sie zu holen, aber es ging ihm nur um Miranda und Baby Aristoteles.

»Weshalb sollte ich an einen Ort zurückkehren, an dem ich unerwünscht bin?« erwiderte Blythe.

»Sehe ich aus wie ein Mann, der deine Anwesenheit in meinem Haus nicht wünscht?« fragte Roger mit einem reuigen Lächeln.

Er schien ein bißchen verwildert, aber das zählte nicht. Seine Haltung war im Moment wichtig, und seine Worte schrien seine wahren Gefühle für sie heraus. Oder seine fehlenden Gefühle, verbesserte sie sich.

Mein Haus, lauteten die maßgeblichen Worte. Nicht *unser Haus*.

»Aber du liebst mich nicht«, sagte Blythe, bevor sie sich beherrschen konnte.

»Liebe hat nichts mit der Ehe zu tun«, teilte Roger ihr mit.

Das war genug. Blythe wandte ihm den Rücken zu und verschränkte die Arme vor der Brust. Wenn er nur gesagt hätte: »Ich bin mir meiner Gefühle nicht sicher« oder »Ich habe Schwierigkeiten, über meine innersten Gefühle zu sprechen«, wäre sie mitfühlend gewesen und hätte ihm vergeben. Aber so …

»Es ist die Wahrheit, als ich sagte, daß meine Affären beendet sind«, sagte Roger ruhig.

Erwartete er wirklich, daß sie Freudensprünge vollführte, weil er beschlossen hatte, seine geschmacklosen Affären mit Hofdamen zu beenden?

»Blythe«, flüsterte Roger gequält und stand ihr so nah, daß sie die Hitze seines Körpers spüren konnte. »Deine Eltern und mein Bruder ausgenommen, hat mich jeder in meinem Leben aus dem einen oder anderen Grund betrogen. Komm mit mir nach Hause. *Bitte.*«

Blythe wußte, was dieses Eingeständnis ihren Adler gekostet hatte. Ihre Wut war so schnell verraucht, wie sie gekommen war.

Langsam drehte sie sich um und lächelte ihn an.

»Ja«, antwortete sie und legte ihre Hand in seine. »Warum hast du so lange gebraucht, mich zu finden?«

»Ich hätte niemals gedacht, daß du nur ein paar Türen von Debrett House entfernt bist«, gestand Roger, legte seinen Arm um sie und zog sie an sich. »Ich habe meine armen Knechte nach Essex und Shropshire geschickt.«

»Mylord, Ihr müßt lernen, das Offensichtliche niemals zu übersehen«, sagte Blythe und lächelte ihn neckend an.

Er hob ihre Hand an seine Lippen, küßte sie und sagte: »Ich verspreche, ich habe meine Lektion gelernt.«

Eine Stunde später parierte die Entourage der Debretts ihre Pferde im Hof von Debrett House. Als ihr Geliebter sie aus dem Sattel hob, sah Blythe in seine blauen Augen und kämpfte gegen das aufsteigende Lachen, das sie verspürte, seit sie Devereux House verlassen hatte. Es war wirklich zu böse, daß ihre Eltern und Großeltern herausgekommen waren, um ihnen zuzuwinken, als sie auf ihrem Heimweg vorbeikamen. Sie hatte ihren Mann noch nie so verlegen gesehen.

»Guten Tag«, begrüßte Blythe den Diener, als sie die Eingangshalle betrat.

»Willkommen zu Hause, Mylady«, erwiderte Hardwick lächelnd. »Ich werde im Saal eine Erfrischung servieren.«

Die Abwesenheit des Majordomus überraschte Blythe, die die letzten beiden Wochen sehr isoliert im Talbot House gelebt hatte. Sie sah den Diener besorgt an und fragte: »Ist Bottoms krank?«

»Bottoms wohnt jetzt in Devereux House«, teilte Hardwick ihr mit. »Lord Roger hat ihn gefeuert.«

»Geh nach Devereux House und bring ihn zurück«, befahl Blythe und wandte sich an ihren Mann.

Roger sah sie mit einem Blick an, der besagte, daß er nicht die Absicht hatte, irgendwo hinzugehen. Dann ging er in den Saal und ließ sie mit dem Diener stehen.

Unerschrocken folgte Blythe ihm in den Saal und sagte: »Du mußt dich bei Bottoms für dein grobes Verhalten entschuldigen.«

»Das werde ich nicht.« Um seinen Standpunkt zu betonen, ließ sich Roger in den Sessel vor dem Kamin fallen.

Blythe zog eine Augenbraue hoch, um ihr Mißfallen zu bekunden, aber er weigerte sich, sie anzusehen. Schließlich wandte sie sich an den Diener und befahl: »Geh nach Devereux House und sag Bottoms, daß Lord Roger mit ihm sprechen möchte.«

»Ja, Mylady.« Hardwick eilte davon, bevor sein Herr ihn aufhalten konnte.

»Mama Blight, kommst du mit mir in den Garten?« fragte Miranda.

»Liebes, Brandan wird mit dir hinausgehen«, antwortete Blythe und bedeutete dem Zwölfjährigen, seine Pflegeschwester hinauszubringen. »Im Moment bin ich damit beschäftigt, die Fehler deines Vaters zu korrigieren.«

Diese Bemerkung trug ihr ein Stirnrunzeln ihres Geliebten ein. Sie wich seinem Blick aus und sah zu, wie der Junge und das Mädchen hinausgingen. Zum Glück zeigten die Debrett-Diener soviel Einfühlungsvermögen, den Saal zu räumen, so daß ihr Herr und ihre Herrin sich ungestört unterhalten konnten.

Blythe ging zur Ehrentafel, goß Cidre in zwei Gläser und kehrte zum Kamin zurück. Nachdem sie ihrem Mann ein Glas gegeben hatte, setzte sie sich in den Sessel neben ihm.

»Weshalb warst du in so guter Stimmung in der Nacht, als du mich verlassen hast?« fragte Roger plötzlich.

»Ich habe dich nicht verlassen«, verteidigte sich Blythe. »Ich habe dir nur den Raum zum Atmen gegeben, den du offensichtlich brauchtest. Außerdem, woher weißt du, daß ich in dieser Nacht guter Laune war?«

»Der Himmel war klar.«

Blythe lächelte bei diesen Worten. Vielleicht war er doch nicht ein so großer Skeptiker.

»Ich habe in dieser Nacht die Zukunft befragt und wußte, daß du mich holen würdest«, erzählte sie. »Ich hatte allerdings nicht vor, zwei Wochen zu warten.«

»Zukunft befragt?« wiederholte Roger und lächelte verwundert. »Ich verstehe nicht.«

»Wenn man in die Zukunft blicken will, muß man sich Silvester an einer Kreuzung auf ein Stierfell setzen«, erzählte Blythe.

Rogers Lächeln erstarb. »Und das hast du getan?«

Blythe nickte. »Ja, ich habe auf einem Stierfell auf Charing Cross gesessen und gesehen, wie du mich holst.« Sie blickte in die Flammen des Kamins und traktierte ihre Unterlippe mit ihren Zähnen. Dann fügte sie hinzu: »Eins beunruhigt mich jedoch. Du bist nicht bei meinem Großvater erschienen, um mich zu holen. Du hast auf einem grasbewachsenen Felsvorsprung über einem Fluß gestanden.«

»Laß mich das klarstellen«, sagte Roger, offensichtlich ungläubig. »Du hast Silvester um Mitternacht auf Charing Cross auf einem Stierfell gesessen?«

Blythe hätte blind sein müssen, um sein Mißfallen nicht zu sehen. Sie nickte widerwillig und wappnete sich für das Schlimmste.

Roger sprang aus seinem Stuhl auf und ließ dabei unabsichtlich sein Glas fallen. Das Kristall zersprang in hundert winzige Teilchen.

»Ich werde das wegräumen«, sagte Blythe und stand auf, um ihn davon abzulenken, was sie getan hatte.

»Setz dich!«

Blythe tat, was ihr gesagt wurde.

»Ich kann nicht glauben, wie bedauerlich dumm du bist«, begann Roger.

»Ich hatte Brandon zu meinem Schutz dabei«, verteidigte Blythe ihr Handeln.

Rogers Lachen machte sie noch verlegener. Sein Gesichtsausdruck sagte ihr, daß er weder ihre Frage an die Zukunft noch ihren Beschützer schätzte. Sie hatte gehofft, ihn in eine bessere Stimmung gebracht zu haben, wenn ihr früherer Majordomus ankam. Jetzt konnte sie sich nicht vorstellen, was sie dem armen Kerl sagen sollte.

Blythe wand sich innerlich, als Roger begann, vor dem Kamin auf und ab zu gehen. Er blieb mehrere Male stehen und öffnete seinen Mund, als wollte er etwas sagen, überlegte es sich dann aber anders und ging wieder wütend auf und ab.

»Welch glücklicher Anblick«, sagte eine Stimme gedehnt.

Roger drehte sich um und starrte seinen ehemaligen Majordomus an. Blythe stand auf und lächelte Bottoms zur Begrüßung an. Einige Augenblicke lang sagte niemand ein Wort.

»Mylord, Ihr wolltet mit mir sprechen?« fragte Bottoms.

Roger schwieg.

Blythe sprang für ihn ein, indem sie sagte: »Seine Lordschaft möchte Euch wieder in seine Dienste nehmen.«

»Es tut mir leid, Mylady«, antwortete der Mann. »Ich habe eine andere Stelle gefunden.«

»Lord Roger ist verzweifelt, und es tut ihm sehr leid, daß er dieses Mißverständnis heraufbeschworen hat«, sagte Blythe und weigerte sich, ein Nein als Antwort zu akzeptieren. »Stimmt es nicht, Mylord?«

»Ja, es tut mir leid«, antwortete Roger mit zusammengebissenen Zähnen.

Bottoms starrte Roger lange an. »Er *sieht* nicht so aus, als täte es ihm leid.«

»Fordert das Glück nicht heraus«, warnte Roger.

Bottoms zog seine Brauen hoch und drehte sich um, um hinauszugehen. Blythe trat schnell vor und berührte seinen Arm, um ihn davon abzuhalten, durch die Tür zu verschwinden.

»Lord Roger und ich brauchen Euch in Debrett House«, sagte Blythe zu ihm. »Seht doch sein vernachlässigtes Auftreten. Seine Lordschaft ist ohne Euch aufgeschmissen … Wir brauchen ihn doch, Roger?«

»Ich wäre erfreut, wenn er in meine Dienste zurückkehrte«, sagte Roger steif.

Bottoms zögerte, als schwankte er zwischen Gehen und Bleiben.

»Wir werden Euer altes Gehalt verdoppeln«, versprach Blythe.

»Abgemacht.«

»Bist du verrückt?« fragte Roger sie.

»Ich werde die Differenz zahlen«, erwiderte sie.

»Und ob du das wirst«, sagte Roger. Er sah seinen neu engagierten Majordomus an und murmelte: »Das ist Erpressung.«

Blythe sah ihren Mann bittend an.

»Packt Eure Sachen«, gab Roger nach. »Kommt nach Hause.«

»Das wird nicht nötig sein«, informierte Bottoms ihn mit einem zufriedenen Lächeln. »Meine Tasche steht in der Eingangshalle.«

Einen schrecklichen Moment lang schien Roger bereit zu explodieren. Dann grinste er Bottom breit an und sagte: »Ihr seid also bereit, Eure Pflichten ohne Verzögerung wieder aufzunehmen?«

Bottoms nickte.

»Gut.« Roger sah dem Mann in die Augen und dann auf das zerbrochene Glas am Boden. »Beginnt damit, das wegzuräumen«, befahl er und ging. Im Eingang zu dem Saal blieb er stehen und fügte hinzu: »Blythe, ich möchte mit dir unter vier Augen sprechen. Oben. *Jetzt.*«

Blythe sah vom Rücken ihres Mannes zu dem grinsenden Majordomus, der sich bückte, um die Glasscherben aufzuheben.

Blythe schüttelte den Kopf, verließ den Saal und ging den Gang zur Küche entlang, um die Lektion hinauszuschieben, die ihr Mann ihr erteilen wollte. Sie sah in den Garten, um sicherzugehen, daß Brandon und Miranda sicher waren, und ging dann langsam durch die Küche zur Eingangshalle zurück.

Widerwillig begann Blythe, die Treppe hinaufzugehen, zögerte dann aber vor der Tür ihres Mannes. Sie wappnete sich gegen seine Wut, streckte die Hand aus und klopfte an seine Schlafzimmertür.

Keine Antwort.

Sie klopfte noch einmal, dieses Mal lauter.

Immer noch keine Antwort.

Wo war er? überlegte Blythe, und ein Gefühl der Erleichterung durchlief sie. Selbst als Kind hatte sie immer die Lektionen ihres Vaters gehaßt, wenn sie sich daneben benommen hatte. Aber als Erwachsene dem ausgesetzt zu sein, war unerträglich.

In der Absicht, sich in ihrem Zimmer zu verstecken, bis er sie suchte, eilte Blythe den verlassenen Flur entlang und floh in ihr Zimmer. Sie schloß die Tür hinter sich und preßte ein

Ohr dagegen, um auf verräterische Geräusche ihres Mannes zu lauschen.

Blythe hörte ein Geräusch hinter sich und wirbelte überrascht herum. In seinen schwarzen seidenen Schlafrock gekleidet, stand ihr Mann vor dem Spiegel und rasierte sich.

»Verriegel die Tür und setz dich«, befahl Roger ruhig.

»Wo ist Daisy?«

»Ich habe sie weggeschickt.«

Blythe verriegelte die Tür und setzte sich vor den Kamin. »An deiner Stelle würde ich nicht sprechen«, riet sie ihm. »Du wirst Seife in den Mund bekommen.«

Roger sah amüsiert über seine Schulter, als durchschaute er ihre Absicht. Er sagte nichts und rasierte sich weiter.

Blythe starrte seinen Rücken an. Mit seinen breiten Schultern und den schmalen Hüften wirkte ihr Mann sehr männlich in seinem seidenen Schlafrock. Sie senkte ihren Blick und bemerkte seine Kleidung und Stiefel, die er achtlos auf den Boden geworfen hatte. Sie spürte, wie ihr heiße Röte ins Gesicht stieg, als ihr klar wurde, daß ihr Mann unter diesem dünnen Schlafrock nichts trug.

»Ich schlage vor, daß Brandon und Miranda zusammen mit meinen Schwestern und meinem Bruder in Devereux House unterrichtet werden«, sagte Blythe, um ihre Nervosität zu verbergen. »Das läßt uns mehr Zeit, um nach einem guten Privatlehrer zu suchen.«

»Das klingt logisch«, antwortete Roger. »Überraschenderweise, da es von dir kommt.«

»Warum rasierst du dich in meinem Zimmer?« fragte sie, um die Unterhaltung von ihren unlogischen Denkprozessen abzulenken.

Roger griff nach einem Leinentuch und wischte sich die überschüssige Seife aus dem Gesicht. Langsam drehte er sich um und lächelte sie an. »Ich mag dein Zimmer.«

Seine freundliche Ruhe überraschte sie. Sie hatte eine schreckliche Standpauke erwartet, weil sie ihn beunruhigt hatte, und er lächelte sie an. Und dann besaß er die Kühnheit, *sie* als unlogisch zu bezeichnen?

»Wie geht es den Ladys Sarah und Rhoda?« fragte Blythe.

Rogers Lächeln wurde zu einem Grinsen, als er durch das Zimmer langsam auf sie zuging. »Ich habe sie nicht mehr gesehen.« Er blieb vor ihr stehen. »Frag deinen Großvater, wenn du mir nicht glaubst.«

»Was willst du mit mir besprechen?« fragte Blythe, um das Thema von ihrem mangelnden Vertrauen zu ihm abzulenken.

Roger ließ sich vor ihr auf ein Knie nieder. Er nahm ihre Hand und ließ sie über seine frisch rasierte Wange gleiten. Heiser flüsterte er: »Wie fühlt sich das an?«

Blythe ließ ihren Blick von seinen blauen Augen zu der Hand gleiten, die ihre hielt. »Roger, du trägst den Ring, den ich dir geschenkt habe«, rief sie.

»Das tue ich«, sagte er und senkte seinen Blick, als wolle er nachsehen. »Wir sollten uns aufs Bett setzen. Das ist bequemer.«

Bequemer für was? Ihr einen Vortrag zu halten?

Roger stand auf und streckte seine Hand aus.

Blythe konnte nicht widerstehen. Sie setzte sich auf die Bettkante, weigerte sich jedoch, ihn anzusehen.

»Bring mich nie wieder in eine so peinliche Situation wie eben im Saal mit Bottoms«, sagte Roger ruhig.

»Es war nur zu Eurem Besten, Mylord«, antwortete Blythe und sah ihm in die Augen. »Du hättest es dir niemals verziehen, wenn du ihn hättest gehen lassen.«

»Stimmt, aber ich lasse mich nicht gerne vor den Dienern in die Enge treiben«, sagte er. »Nimm in Zukunft bitte davon Abstand, mich in der Öffentlichkeit zu kritisieren. Wenn du etwas an mir auszusetzen hast, sag es mir unter vier Augen. So wie ich es im Moment auch mit dir mache.«

»Ich verspreche es«, sagte sie, ermutigt von seiner sanften Ruhe.

»Und verlasse Debrett House nicht mehr, ohne daß ich das Ziel kenne.«

Blythe nickte. »Noch etwas?«

»Ja«, sagte Roger und zog eine Augenbraue hoch, eine perfekte Imitation ihrer Angewohnheit. »Setz dich bitte nicht mehr bei Charing Cross auf ein Stierfell.«

Blythe kicherte und lächelte ihn dann strahlend an. Bei seinen nächsten Worten jedoch zog sich ihr Herz zusammen.

»Warum hast du mich verlassen?«

Weil du mich nicht liebst. »Ich fühlte mich unerwünscht«, antwortete sie. »Mylord, ich möchte eine richtige Ehe führen.«

»Und wie sieht die aus?«

»Ein Mann und eine Frau sollten einander lieben, ehren und respektieren«, sagte Blythe. Hastig fuhr sie fort: »Roger, ich liebe dich mehr als ich sagen kann.«

»Das weiß ich«, sagte Roger. Er legte einen Arm um sie und zog sie an sich: »Du hast es mir an einem Sommertag im Garten deines Vaters gesagt. Es war dein dreizehnter Geburtstag, und ich trage die Erinnerung an deine Achtung immer noch auf meiner Wange.«

Blythe brach das Herz, weil er ihre Liebeserklärung nicht erwiderte, aber ihr Stolz verlangte, daß sie lächelte, als träfe sie das nicht. Und dann hörte sie aus ihrem Ankleidezimmer ein schwaches Klingeln.

Komm, Roger, schenk Blythe dein Herz, rief die kleine Glocke. *Komm, Blythe, akzeptiere das verschlossene Herz deines Mannes.*

Ihr Mann hätte mit jedem der zahlreichen Weibsbilder am Tudor Hof schlafen können. Statt dessen war er noch am selben Tag wieder zurückgekehrt. Auch wenn er sich von seinen verletzten Gefühlen erholte, fürchtete ihr Adler sich immer noch davor, zusammen mit ihr aufzusteigen. Er brauchte noch Zeit. Ob er es wußte oder nicht, Roger Debrett war verliebt.

»Ich kann dir Ehre und Respekt anbieten«, sagte er, und sein Gesicht spiegelte seine Unsicherheit.

»Das ist ein guter Anfang.« Blythe schlang ihre Arme um seinen Hals und flüsterte einladend: »Küß mich.«

»Ich will dich mit meinem Körper anbeten«, sagte Roger

heiser, umarmte sie und preßte seinen Mund auf ihre Lippen.

Als unausgesprochene Antwort drückte sich Blythe an ihn und erwiderte seinen innigen Kuß. Und dann ließen sich die beiden auf das Bett sinken.

Roger küßte sie noch einmal. Dann zog er sich zurück und streichelte ihre Wange mit einem Finger. Innerhalb von Sekunden hatte er ihr das Kleid und sich den Schlafrock ausgezogen.

Blythe trug nur ihr juwelenbesetztes Kreuz, und ihr offenes schwarzes Haar fiel ihr bis zur Taille. Sie erinnerte ihn an eine heidnische Göttin, die auf wunderbare Weise lebendig war.

Blythe streckte die Hand aus und strich über seine muskulöse Brust. Ihr Blick fiel auf seine erregte Männlichkeit. Und dann folgte ihre Hand ihrem Blick.

Roger stöhnte auf, aber er beherrschte sein Verlangen. Er streichelte sie von ihrem bezaubernden Gesicht bis zu ihren Brüsten mit den dunklen Warzen, die davon zeugten, daß sein Samen in ihr wuchs. Er küßte sie auf den Bauch und ließ dann seine Zunge über ihren Bauch bis zu dem süßen Spalt zwischen ihren Schenkeln gleiten. Dann spielte seine Zunge mit ihrer Weiblichkeit, und Roger hörte, wie sie bei diesem unerwarteten Vergnügen scharf einatmete.

Blythe gab sich diesem wunderbaren Gefühl hin und zerschmolz an seiner Zunge. Sie schrie auf, als pulsierende Lust ihren Körper durchdrang.

»Öffne die Augen«, flüsterte Roger heiser und legte sich zwischen ihre Schenkel.

Als sie es tat, glitt Roger langsam vor und drang in sie ein. Er zog sich zurück und drang wieder ein, bis er spürte, wie sie vor neu entfachtem Verlangen zitterte. Roger hielt sie fest und drang tiefer in sie ein.

Blythe gab sich ganz hin – mit Körper, Herz und Seele. Sie akzeptierte ihren Geliebten so, wie er war, ein wunderbarer, aber sterblicher Mann. Sie akzeptierte, was er ihr geben konnte, und gab sich ihm ganz hin.

Roger und Blythe explodierten aufschreiend gemeinsam und lagen dann ganz still. Er bewegte sich auf eine Seite und zog sie mit sich und hielt sie in den Armen.

»Sonnenschein«, flüsterte er und küßte sie aufs Haar.

Zwei Stunden später kuschelten sich der Graf und die Gräfin von Eden unter der Decke aneinander und dösten zufrieden. Ein entferntes Klopfen störte ihren Frieden. Blythe öffnete ihre Augen in demselben Moment wie ihr Mann.

»*Mama Blight?*«

»Nicht antworten«, flüsterte er.

»Sie wird durch dein Zimmer kommen«, flüsterte Blythe zurück.

Roger grinste sie verschwörerisch an. »Ich habe meine Tür verriegelt, bevor ich hier hereinkam.«

Blythe kicherte. Ihr Mann hatte die Verführung also geplant.

»Mama Blight, bist du da?« rief Miranda.

»Ja, Schatz.«

»Komm spielen.«

»Ich – ich bin im Moment beschäftigt«, lehnte Blythe ab. »Ich spiele später mit dir.«

Roger konnte sein Lachen nicht unterdrücken.

»Ist Daddy auch da?« rief Miranda.

»Ja, ich helfe ihm bei seinen Siebenen und Achten«, antwortete Blythe dem kleinen Mädchen.

»Oh.« Nach längerem Schweigen rief ihre Stieftochter: »Kann ich Perikles und Aspasia ein paar Äpfel geben?«

»Sag Cook, daß ich es erlaubt habe«, antwortete Blythe. »Und laß dich von Brandon zu den Ställen bringen.«

»Danke.«

Roger und Blythe umarmten sich, hörten dann aber eine andere Stimme vor der Tür.

»Du hättest um mehr bitten sollen, nicht nur darum, Ponys füttern zu dürfen«, sagte Brandon laut. »Du hast eine einmalige Gelegenheit verpaßt.«

»Was ist das?«

»Die ausgezeichnete Möglichkeit, alles zu bekommen, was man will«, erklärte der Junge. »Deine Eltern hätten jetzt allem zugestimmt.«

»Warum?«

»Darum.«

»Verstehe.«

Bum! Bum! Bum!

Blythe zwinkerte ihrem Mann zu und rief: »Wer ist da?«

»Miranda. Mama Blight, kaufst du mir einen Affen?«

»Frag deinen Vater«, antwortete Blythe mit einem Lachen in der Stimme.

»Daddy?«

»Kein Affe!«

»Komm jetzt«, hörten sie Brandon sagen. »Denk immer dran: Nutze eine einmalige Gelegenheit, wenn sie da ist. Normalerweise bekommt man keine zweite Chance.«

Die Stimmen der Kinder verklangen.

»Ich glaube, Brandon wird einen schlechten Einfluß auf Miranda ausüben«, bemerkte Blythe.

Roger drückte sie sanft zurück in die Kissen und beugte sich über sie. Nase an Nase mit ihr sagte er: »Nicht schlimmer als du.«

Er milderte seine Worte, indem er sie auf den Mund küßte und mit seiner Zunge über ihre Lippen glitt. »Wo waren wir?« fragte er.

»Hier?« fragte Blythe und ließ ihre Zunge über seine Lippen gleiten. »Nein, da nicht«, berichtigte sie sich und ließ ihre Hand über seine Leiste gleiten. »Hier, glaube ich.«

Kapitel 19

Aschermittwoch, der erste Tag der Fastenzeit, dachte Blythe und zog innerlich eine Grimasse. Die Zeit für Fisch, Fisch und noch mehr Fisch. O Göttin, diese Christen liebten die Strafe.

Blythe stand an ihrem Schlafzimmerfenster und starrte in den Wintertag hinaus. Ihr Optimismus kam wieder zum Vorschein. Die Fastenzeit kündigte den Frühling an. Neue Hoffnung erfüllte die Welt, nachdem sie aus dem langen Winterschlaf erwachte.

Die melancholischen Tage des Januars hatten sich im Februar fortgesetzt. Grauer Himmel, aus dem es schneite, dann Schneeregen, schließlich Regen. Die wachsenden Knospen an Birken, Haselnuß- und Ahornbäumen schienen bereit zu sein aufzubrechen. Die Natur gähnte und streckte sich und bereitete sich auf ein neues Frühlingserwachen vor.

Der Tag Ende Februar begann klar und mild. Blythe lächelte innerlich. Der Garten ihres Mannes schien so friedlich wie Eden vor dem Sündenfall. Aber so wie die böse Schlange in das Paradies geglitten war, hatte sich ihre Schwiegerfamilie vor ein paar Tagen nach Debrett House eingeschlichen.

Blythe hatte nicht das geringste gegen Geoffrey, aber – die Göttin möge ihr vergeben – sie konnte Cedric und Sybilla nicht leiden. Sie hatte Daisy befohlen, ihr Zimmer zu bewachen, wenn sie hinausging, und Bottoms hatte ein wachsames Auge auf das Arbeitszimmer ihres Mannes, falls ihre Schwägerin wieder herumschnüffelte.

Blythe seufzte bei dem Gedanken an ihren rätselhaften Mann. Roger und sie hatten fünf Wochen in *beinahe* perfektem Eheglück gelebt. Jede Nacht hatten sie miteinander geschlafen, und doch war er unfähig gewesen, diese drei Worte zu sagen, die sich hinter seinen Lippen verbargen.

Ich liebe dich ... Blythe wußte ohne jeden Zweifel, daß Roger sie liebte. Und doch sehnte sie sich danach, daß er diese mächtigen Worte aussprach.

Das Zwitschern der Vögel in der Weide erregte ihre Aufmerksamkeit. Blythe entdeckte ihren jüngsten Schwager, der allein auf der Bank unter den Zweigen ihres alten Freundes saß.

Geoffrey schien melancholisch zu sein, und Blythe überlegte, was wohl los war. Das Herannahen des Frühlings war eine fröhliche Zeit, und doch sah ihr Schwager aus, als hätte er seinen besten Freund verloren. Er war seit seiner Ankunft in Debrett House ungewöhnlich still gewesen.

Blythe drehte sich von dem Fenster weg, nahm ihren Umhang und ging zur Tür. Sie konnte Geoffrey ein wenig aufheitern, und da Brandon und Miranda Unterricht hatten, würde sie nicht gestört werden.

Blythe lief nach unten. Als sie am großen Saal vorbeikam, sah sie Cedric, der mit seinem Rapier übte, und Sybilla, die vor dem Kamin saß. Sie bemerkte, daß die Tür zum Arbeitszimmer ihres Mannes geschlossen war, und wußte, daß Roger dort arbeitete.

Blythe trat in den Garten, ging zu ihrem Schwager und rief: »Warum seid Ihr so niedergeschlagen?«

Geoffrey wandte seinen Kopf und bedeutete ihr zu bleiben, wo sie war. »Kommt nicht näher«, warnte er. »Wenn Roger uns zusammen sieht, wird er glauben, daß wir eine verbotene Affäre haben.«

Überrascht von seinen Worten, blieb Blythe einen Augenblick lang stehen. Dann ging sie zu ihm und setzte sich neben ihn auf die Bank.

»Bitte, geht weg«, sagte Geoffrey. »Ich mag den Gedanken nicht, daß mein Bruder mich zu einem Duell herausfordert.«

»Habt Ihr getrunken?« neckte Blythe ihn.

»Roger traut mir nicht«, sagte Geoffrey.

»Das ist doch lächerlich«, spottete sie. Welchen Grund könnte Euer eigener Bruder haben, Euch zu mißtrauen?«

»Ihr habt ihn nicht in Hampton Court gesehen«, sagte Geoffrey mit ernstem Gesicht. »Er hat mich beschuldigt, mit Darnel geschlafen zu haben.«

Seine Worte schockierten sie. »Warum sollte er so etwas Schreckliches von Euch denken?« fragte sie, nachdem sie sich erholt hatte.

Geoffrey zuckte die Schultern. »Ich habe ihm nie Anlaß gegeben, an meiner Loyalität zu zweifeln.«

Sie schwiegen eine Weile. Zum erstenmal in ihrem Leben fielen Blythe keine tröstenden Worte ein.

»Als Kinder waren Roger und ich enger zusammen als die meisten Brüder«, sagte Geoffrey schließlich. »Wir haben uns gegen die Verachtung unseres Vaters zusammengetan.«

»Ich bin sicher, daß Euer Vater all seine Söhne geliebt hat«, widersprach Blythe.

Geoffrey lachte bitter und schüttelte den Kopf. »Ihr habt Simon Debrett nicht gekannt. Cedric war sein Liebling, aber ich habe nie verstanden, warum.«

»Es ist verständlich, daß er den Sohn bevorzugte, der ihm ähnelte«, sagte Blythe.

»Tatsächlich?« erwiderte Geoffrey. »Ich hätte gedacht, daß der Graf von Eden seinen Erben bevorzugt, aber er hat den armen Roger bei jeder Gelegenheit die Peitsche spüren lassen. Ich hatte Glück. Unser Vater hat mich einfach nur ignoriert.«

»Er hat meinen Mann geschlagen?« wiederholte Blythe flüsternd.

»Ja, bis Roger Page am Hof wurde und Euer Vater sich seiner angenommen hat«, erzählte Geoffrey. »Wie ich gehört habe, drohte Euer Vater, meinen Vater zu ruinieren, falls er noch einmal die Hand gegen Roger erheben würde.«

Blythe lächelte. Das konnte sie sich bei ihrem Vater gut vorstellen.

»Cedric genoß Vaters ungeteilte Aufmerksamkeit«, fuhr Geoffrey fort. »Roger hatte fünf Jahre lang die Liebe unserer Mutter, bevor sie bei meiner Geburt starb. Aber ich hatte niemanden. *Außer Roger.*«

»Ich bin sicher, daß Roger Euch liebt«, sagte Blythe und legte tröstend die Hand auf seinen Arm. »Eure Mutter hätte Euch geliebt, wenn sie nicht gestorben wäre.«

»Nein, Roger verachtet mich. Ich habe es an jenem Tag in Hampton Court erlebt«, antwortete Geoffrey. »Nachdem ich Euch mit Miranda gesehen habe, wünschte ich, ich wüßte etwas – *irgend etwas* – über meine eigene Mutter.«

»Alle Familien machen schlimme Zeiten durch«, sagte sie. »Gemeinsam werdet Ihr und Roger Eure Probleme lösen. Es geschehen jeden Tag Wunder.«

»Na, ich weiß nicht.«

»Vertraut mir«, sagte Blythe. »Alles wird gut.«

»Vielleicht habt Ihr recht«, antwortete Geoffrey. »Ihr habt Miranda zu einem fröhlichen Kind gemacht, und Brandon Montgomery hat jetzt eine Zukunft. Die Wunder scheinen Euch zu folgen.«

Blythe lächelte über diesen Gedanken. Und dann rief jemand ihren Namen.

»Mylady!« rief Bottoms und kam durch den Garten auf sie zu. »Seine Lordschaft möchte mit Euch sprechen.«

Blythe sah zu dem Fenster des Arbeitszimmers, das auf den Garten hinausging. Sie konnte kaum die dunkle Gestalt ihres Mannes erkennen.

»Bis später«, sagte sie und stand von der Bank auf.

Blythe ging direkt zum Arbeitszimmer ihres Mannes. Sie setzte ein strahlendes Lächeln auf und stürmte, ohne anzuklopfen, in das Zimmer. Ihr Geliebter stand hinter seinem Schreibtisch.

Blythe ging durch den Raum und tat so, als bemerke sie seinen zornigen Gesichtsausdruck nicht. Sie setzte sich auf den Stuhl vor dem Schreibtisch und fragte: »Du wolltest mit mir sprechen?«

Roger setzte sich ebenfalls. »Was hast du da draußen gemacht?« fragte er geradeheraus und zeigte auf das Fenster.

»Ich sah Geoffrey alleine bei der Weide sitzen«, sagte Blythe und ergriff die Chance, zwischen den Brüdern Frieden zu stiften. »Er schien so melancholisch, daß ich beschloß, ihn aufzuheitern.«

»Verstehe«, sagte Roger und sah auf die Papiere auf seinem Tisch.

»Nein, du verstehst nicht. Du bist vollkommen blind.«

Roger hob seinen Kopf und sah sie an.

»Geoffrey glaubt, daß du ihm mißtraust«, sagte sie. »Wie kannst du nur denken, daß dein eigener Bruder dich verraten würde?«

»Kain hat Abel erschlagen.«

»Geoffrey ist *nicht* Kain«, sagte Blythe. »Er verehrt dich und versteht nicht, weshalb du ihm so monströses Verhalten zutraust.«

»Kümmer dich um deine Angelegenheiten«, befahl Roger.

»Als deine Frau sind deine Angelegenheiten auch meine«, sagte sie.

»Laß es, Blythe.« Roger atmete tief ein und wechselte dann das Thema. »Wir verlassen morgen Debrett House.«

»Was meinst du damit?«

»Ich möchte, daß unser Kind auf Eden Court geboren wird.«

»Das Baby kommt nicht vor Mitte Juli«, sagte Blythe. »Weshalb diese Eile? Du glaubst doch nicht wirklich, daß Geoffrey und …«

»Diese Entscheidung hat nichts mit meinem Bruder zu tun«, sagte er. »Wir werden Monate brauchen, um Vorbereitungen für den Besuch der Königin zu treffen.«

»Ich sage Daisy und Hartwell, daß sie packen sollen«, sagte sie und stand auf.

»Ich bin noch nicht fertig.«

Blythe setzte sich wieder und sah ihn verwirrt an.

»Cedric und Sybilla werden dich direkt nach Winchester begleiten, aber ich werde in Windsor Castle bleiben«, verkündete Roger. »Ich habe etwas mit der Königin zu besprechen und werde zwei oder drei Tage später nach Winchester kommen.«

»Lieber würde ich mit dem Teufel nach Winchester reiten«, sagte Blythe, und er lächelte. »Aber wir tun dieses Mal, was du sagst.«

Als sie das Arbeitszimmer verließ, ging sie direkt in ihr Zimmer. Daisy saß vor dem Kamin und bewachte das leere Zimmer.

»Mir tut der Hintern weh von dem dauernden Sitzen«, beschwerte sich Daisy und stand auf, als Blythe hereinkam.

»Sag Hartwell, sie soll die Sachen der Kinder packen«, befahl Blythe. »Wir reisen morgen nach Winchester.«

Als ihre Cousine gegangen war, durchquerte Blythe das Zimmer, um hinauszusehen. Ihr Schwager saß immer noch unter der Weide. Offensichtlich hatte Roger ihn nicht eingeladen. Es tat ihr weh für Geoffrey. Sie konnte sich nicht vorstellen, wie ihr Leben wäre, wenn sie nicht die Liebe ihres Vaters und ihrer Mutter erfahren hätte.

Und dann wußte Blythe, was sie tun würde, um den Schmerz ihres Schwagers zu lindern. In ihrer Schreibtischschublade lag noch das Tagebuch, das bewies, daß seine wunderbare Mutter ihn geliebt hatte. Blythe hatte es noch nicht gelesen, aber sicher hatte die verstorbene Gräfin etwas über ihre Söhne geschrieben.

Wie konnte sie es ihm zukommen lassen, ohne daß es auffiel? Sie glaubte nicht, daß er ihr Mitleid schätzen würde, und sie wollte nicht, daß ihr Mann erfuhr, daß sie seine Sachen durchsucht hatte, wenn auch nur in der unschuldigen Absicht, eine Verkleidung für Miranda zu finden.

Blythe lächelte, als ihr eine Idee kam. Sie würde das Tagebuch zurücklassen, wenn sie am nächsten Morgen nach Winchester abreiste. Damit es funktionierte, mußte sie ihren Händlern eine Nachricht schicken …

Es war wieder ein ungewöhnlich milder Wintertag, als Blythe am nächsten Morgen in den Hof trat. Sie hatte absichtlich in ihrem Zimmer getrödelt, bis ihr Mann und die anderen das Haus verlassen hatten. Dann hatte sie das Tagebuch auf ihren Schreibtisch gelegt. Und darauf Berichte für ihre Händler.

Blythe betrachtete die kleine Gruppe. Cedric und Sybilla waren bereits auf ihre Pferde gestiegen, ebenso einige Knechte und Begleiter ihres Mannes. Brandon versuchte, lässig zu erscheinen. Er saß auf Ajax, dem Pferd, das sie vor kurzem für ihn gekauft hatte, aber seine blauen Augen funkelten vor Aufregung. Miranda saß im Sattel ihres Vaters, während Geoffrey Hector hielt. Perikles und Aspasia waren an einen der Wagen gebunden, auf dem sich ihr Gepäck und Hartwell und Daisy befanden.

»Was hat dich aufgehalten?« fragte Roger sie zur Begrüßung.

»Ich habe Berichte für meine Händler gesucht«, log Blythe. Sie wandte sich an Geoffrey: »Wenn Rodale und Hibbert am Freitag kommen, würdet Ihr ihnen die Berichte von meinem Schreibtisch geben?«

»Natürlich.«

»Ich möchte nicht, daß die Diener sie sehen«, fügte sie sicherheitshalber hinzu. »Ihr müßt sie selbst von meinem Schreibtisch holen.«

»Ich verstehe«, sagte Geoffrey.

»Ich bin fertig«, sagte Blythe zu ihrem Mann. »Hilfst du mir aufzusteigen?«

Roger hob sie in den Sattel und stieg dann hinter Miranda auf. Auf seine Handbewegung hin setzte sich die Gruppe in Bewegung. Über den Privatweg ging es zum Strand.

»Ein herrlicher Tag für eine Reise«, bemerkte Sybilla und erregte damit Blythes Aufmerksamkeit.

Der Anblick ihrer lächelnden Schwägerin warf Blythe beinahe vom Pferd. Sie sah Cedric an. Auch ihr Schwager schien ungewöhnlich glücklich.

Alarmiert von ihrem Gesinnungswandel überlegte Blythe, was sie in so gute Laune versetzte. Sie sah ihren Mann an. Er schien nichts wahrzunehmen. Eine plötzliche Vorahnung von drohendem Verhängnis durchfuhr sie, aber es gelang ihr, ihre Aufmerksamkeit auf den Weg zu richten.

»Mama Blight, erzähl mir eine Geschichte«, rief Miranda.

Blythe lächelte ihre Stieftochter an. »Habe ich dir schon die von Big Ears, dem König der Märchenkatzen, erzählt?«

Miranda schüttelte den Kopf.

»Es gab einmal einen Druiden namens Nuinn ...«

»*Verdammt!* Geoffrey hat mit Darnel geschlafen wie auch Oxford und ein paar andere«, rief Roger und schlug mit der Faust auf den Tisch. »Sie hat es mir selbst gesagt.«

Mit wachsender Frustration stand Roger auf und begann, in dem Beratungszimmer auf und ab zu gehen: »Ich bin jetzt schon zwei Tage in Windsor und habe immer noch nicht genug Beweise, um ihn oder jemand anders zu überführen. Wie kann es angehen, daß niemand in der Nacht, als Darnel ermordet wurde, etwas gehört oder gesehen hat? Ich denke, wir sollten all ihre Liebhaber verhaften und gründlich verhören.«

Nachdem Roger seiner Wut freien Lauf gelassen hatte, sah er die drei Männer am Tisch an und zuckte innerlich zusammen. Ihr Gesichtsausdruck spiegelte ihre Bestürzung darüber, daß er sich so hatte gehen lassen.

Graf Richard schüttelte traurig den Kopf, als könne er nicht ertragen, daß die Jahre seiner Anleitung umsonst gewesen waren. Herzog Robert wandte den Blick ab, als sei er von dem Ausbruch peinlich berührt. Der fünfundsiebzigjährige Lord Burghley zog die Brauen hoch, um sein Mißfallen zu zeigen.

So, ohne ein einziges Wort getadelt, besaß Roger den Anstand, rot zu werden. Er setzte sich wieder und sah seine Gefährten an.

»Ich entschuldige mich für meine mangelnde Beherrschung«, sagte er ruhig.

»Es mag richtig sein, was Ihr glaubt«, meinte Lord Burghley, »aber wir können kein Beweismaterial fälschen.«

»Dem stimme ich zu«, meldete sich Herzog Robert. »Wie könnten wir guten Gewissens weiterleben, wenn wir das täten?«

»Laßt es für jetzt gut sein«, riet Graf Richard.

»Habt Ihr vergessen, daß jemand in Hampton Court Blythe angegriffen hat?« fragte Roger und fixierte den Grafen. »Der Mörder gefährdet meine Frau und meine Kinder.«

»Ich bin ebenso besorgt wie Ihr«, sagte Richard. »Aber welchen Grund hätte einer von Darnels Liebhabern, sie zu ermorden? Ein motivloser Mord macht keinen Sinn.«

Roger öffnete seinen Mund, hörte dann aber, wie jemand seinen Namen rief. Alle vier drehten sich überrascht zur Tür.

Zerzaust und dreckig stürmte Geoffrey Debrett durch die Tür und kam auf sie zu. Er zog das alte Tagebuch aus seiner Ledertasche und legte es vor seinem Bruder auf den Tisch.

»Was tust du hier?« fragte Roger kalt, ohne auch nur einen Blick auf das ledergebundene Buch zu werfen.

»Ich bin die ganze Nacht geritten, um dich vor deiner Sturheit zu bewahren«, verkündete Geoffrey, und die drei Lords lächelten. »Wir müssen uns dringend unterhalten.«

Roger sah seinem Bruder in die Augen und überlegte, wie zwei Brüder sich so ähnlich sehen und doch so unterschiedlich benehmen konnten. Gott sei Dank hatte er Blythe nach Winchester geschickt.

»Ich möchte nicht mit dir sprechen«, sagte Roger und blickte zur Wand.

»Bitte, Roger«, flehte Geoffrey.

Roger hörte die Qual in der Stimme seines Bruders, weigerte sich aber, ihn anzusehen. Sie waren sich näher gewesen als die meisten Brüder, vereint in ihrem Kummer über die Verachtung des Vaters. Obwohl Roger dagegen ankämpfte, stieg Liebe zu seinem jüngeren Bruder in ihm auf. Wenn er Geoffrey zuhören mußte, um ihn loszuwerden, dann lieber unter Zeugen.

»Was immer gesagt werden muß, wird vor Burghley, Talbot und Devereux gesagt«, meinte er schließlich.

»Hast du das schon einmal gesehen?« fragte Geoffrey und zeigte auf das Tagebuch.

Roger blickte zu dem Tagebuch. Irgendwie kam es ihm vertraut vor, aber er konnte sich nicht daran erinnern, wo er es gesehen hatte.

»Mutters Tagebuch?« fragte Roger, als er die erste Seite las.

»Hast du es gelesen?«

»Nein.«

»Dieses Tagebuch beweist, daß du der Bastard des Earl von Stratford bist«, verkündete Geoffrey und schockierte jeden in dem Zimmer.

»Ich werde dich umbringen«, schnauzte Roger und schoß von seinem Stuhl hoch.

Er packte seinen Bruder am Hals und begann, ihm die Luft abzudrücken. Geoffrey war so überrumpelt, daß er sich nicht verteidigen konnte. Graf Richard und Herzog Robert sprangen auf und retteten den jüngeren Debrett.

Nachdem er seine Fassung wiedergefunden hatte, warf Roger seinem Bruder einen letzten mörderischen Blick zu und stürmte dann an ihm vorbei zur Tür. Er blieb stehen, als er die kalte, scharfe Spitze eines Rapiers an der Seite seines Halses spürte.

»Bleibt, wo Ihr seid«, befahl Geoffrey den zuschauenden Lords. »Dreh dich langsam um, Bruder.«

Roger tat, was ihm gesagt wurde. Er täuschte Gleichgültigkeit vor, lehnte sich an die Tür und wartete auf die Gelegenheit, seinen Bruder zu entwaffnen. Sein kleiner Bruder bewies, daß er zu Gewalt fähig war, wenn nicht gar zum Mord. Und Roger hatte Zeugen.

»Willst du mich auch ermorden?« fragte Roger.

»Nein, ich möchte nur, daß du mir fünf Minuten zuhörst«, antwortete Geoffrey.

»Ich höre.«

»Cedric hatte immer Vaters Aufmerksamkeit, während du fünf Jahre lang Mutters Liebe genießen konntest«, begann Geoffrey, und seine Stimme klang brüchig. »Bruder, deine Liebe zu mir war der einzige Lichtblick in meiner Kindheit.«

»Ich möchte das nicht hören«, sagte Roger kurz.

»Du wirst zuhören«, befahl Geoffrey und strich mit der Klinge über seinen Hals. »Ich habe mit Darnel Howard nicht geschlafen und sie auch nicht ermordet. Mutters Tagebuch beweist es.«

»Was meinst du damit?« fragte Roger und sah erst zu dem zerfledderten Tagebuch, dann zu seinem Bruder. Wie konnte das Tagebuch einer seit langem toten Frau die Unschuld seines Bruders beweisen?

»Mutter liebte den Earl von Stratford«, sagte Geoffrey. »Unglücklicherweise war Montgomery bereits verheiratet, aber das hat ihn nicht daran gehindert, dich zu zeugen. Roger, du bist Stratfords unehelicher Sohn. Wenn du mir das nicht glaubst, lies das Tagebuch.«

»Ich kann es nicht glauben«, murmelte Graf Richard.

»Unglaublich«, stimmte Herzog Robert zu.

Nur Lord Burghley blieb still und wartete auf weitere Informationen.

Roger starrte seinen Bruder an. Wenn das stimmte, hatte sein Vater einen logischen Grund für seinen Haß gehabt.

»Stratford hat auch mich gezeugt«, fügte Geoffrey hinzu. »Es steht in Mutters Tagebuch.«

Roger zog die Brauen zusammen. Aus dem Gleichgewicht gebracht durch die Worte seines Bruders, fragte er: »Du gibst zu, ein Bastard zu sein?«

Geoffrey nickte.

»Der arme Cedric«, bemerkte Roger in der Annahme, daß alle drei Brüder denselben Erzeuger hatten. Er verschränkte die Arme vor der Brust, lehnte sich an die Tür und fügte hinzu: »Diese unglückliche Entdeckung wird ihn vermutlich umbringen. Ich hoffe, Sybilla ist nicht zu schockiert. Du weißt ja, wie sie ist.« Er sah seinen Schwiegervater an und sagte: »Mylord, ich entschuldige mich für meine Herkunft. Ich hoffe, Ihr bereut nicht, mir Eure Tochter zur Frau gegeben zu haben.«

»Einige der ehrenwertesten Männer sind Bastarde«, antwortete Richard. »Denkt nicht schlechter von Euch.«

»Cedric ist kein Bastard«, sagte Geoffrey ruhig und senkte sein Rapier. »Er ist der einzige legitime Sohn von Simon Debrett. Das ist der Grund für Vaters Haß.«

»Dann sollte Cedric seinen rechtmäßigen Titel erhalten«, verkündete Roger.

»Eden, seid nicht zu voreilig«, meldete sich schließlich Burghley zu Wort. »Simon Debrett hat Euch nicht verstoßen, was bedeutet, daß er die Vaterschaft anerkannt hat.«

»Simon Debrett war ein grausamer, aufgeblasener Mensch, der sich zweifellos geweigert hat zuzugeben, daß seine Frau einen anderen liebte«, sagte Roger. »So wie ich ihn kennengelernt habe, kann ich Mutter nicht vorwerfen, daß sie ihr Glück in den Armen eines anderen Mannes gesucht hat. Ich werde Cedric die Situation erklären. Er kann gerne Graf werden, wenn er möchte.«

»Ich glaube, Cedric und Sybilla wissen, was in dem Tagebuch steht«, sagte Geoffrey. »Mutter schreibt, wie verletzt sie war, als Cedric sich gegen sie wandte und sie als Hure bezeichnete. Er hat das bestimmt nur auf Vaters Drängen hin getan ... Bruder, bedenke, daß dein Reichtum selbst erworben und nicht ererbt ist.«

Roger starrte ihn verständnislos an.

»Ich glaube, ich verstehe«, verkündete Graf Richard plötzlich und stand auf. Er nahm sein Rapier vom Tisch.

Herzog Robert folgte ihm, als sich sein Schwiegersohn bewegte. Auch er nahm sein Rapier vom Tisch.

»Ich kümmere mich darum«, sagte Lord Burghley und nahm das Tagebuch vom Tisch. »Ich werde einen Haftbefehl ausstellen, und ein Trupp der Königin wird mit Euch nach Winchester reiten.«

Roger sah von seinem Bruder zu seinen Freunden, aber sein Gesichtsausdruck blieb ratlos. »Ihr wollt Cedric verhaften, weil er legitim ist?« fragte er.

»Lieber Himmel, glaubst du, ich bin die ganze Nacht hindurch geritten, um der ganzen Welt zu verkünden, daß wir Bastarde sind?« fragte Geoffrey. »Cedric will den Titel und dein Vermögen. Deshalb hat er Darnel ermordet.«

Roger schüttelte den Kopf und sagte: »Ich kann nicht glauben, daß mein eigener Bruder …«

»Du hast es von mir geglaubt.«

»Aber Cedric …«

»Cedric hat ein Motiv für den Mord«, beharrte Geoffrey. »Du hast ihm Blythe und Miranda anvertraut.«

»Zum Teufel«, fluchte Roger, als er die Wahrheit in den Worten seines Bruders erkannte. Er erreichte den Tisch mit drei langen Schritten, ergriff sein Rapier und stürzte zur Tür.

Mit Ausnahme von Lord Burghley eilten die Männer ihm nach. Dann liefen sie die Gänge entlang auf die Ställe zu.

»Bruder, ich entschuldige mich, daß ich an deiner Loyalität gezweifelt habe«, sagte Roger, als sie die Stallungen erreichten. »Wie kann ich das je wieder gutmachen?«

»Wie wäre es, wenn du meine Spielschulden bezahlst?« fragte Geoffrey mit einem boshaften Grinsen.

»Ich weiß etwas Besseres«, antwortete Roger. »Ich besorge dir eine reiche Frau.«

Das männliche Gehirn würde sie immer verblüffen, dachte Blythe, als sie aus ihrem Fenster sah. Im Garten demonstrierte Brandon seine Fertigkeit mit Waffen einem aus einer Person bestehenden Publikum: Miranda. Der Dolch, den Roger ihm gegeben hatte, begeisterte den Jungen über alle Maßen, der unmäßigen Zeit nach zu urteilen, die er damit zubrachte, die Unvorsichtigen aufzuspießen.

Blythe sah von den Kindern zu dem blauen Himmel. Keine Wolke trübte ihn an diesem wunderbar sonnigen, milden Sonntag, und sie hatte das Gefühl, über den Horizont in die Zukunft blicken zu können.

Winchester und das Heim ihres Mannes, Eden Court, waren so, wie sie es sich vorgestellt hatte. Getrübt wurde ihr Glück nur durch die Abwesenheit ihres Mannes, aber er würde in ein oder zwei Tagen kommen.

Blythe ließ ihre Handfläche über ihren sanft gerundeten Bauch gleiten. Vier Monate waren vorbei und weitere fünf würde es noch dauern, bis Baby Aristoteles geboren würde. Sie konnte es kaum erwarten. Eden Court würde ein wunderbares Heim werden, um die Kinder aufzuziehen.

Als ihre Stieftochter klatschte, sah Blythe wieder zu den Kindern und hatte eine Idee. Sie wollte ihnen ihre eigene Religion näherbringen, und die beste Zeit dafür war jetzt, bevor Roger kam.

Blythe wandte sich vom Fenster ab und legte ihren goldenen Kettengürtel um. An dem Gürtel waren ihre schwarze Lederscheide mit dem kleinen, juwelenbesetzten Dolch befestigt und der Beutel mit den magischen Steinen. Sie legte einen leichten wollenen Umhang um und verließ das Zimmer.

Blythe war froh, daß sie an diesem Tag Hardwick, Daisy und Hartwell freigegeben hatte. Als sie am Arbeitszimmer ihres Mannes vorbeikam, hörte sie die zornig erhobene Stimme ihrer Schwägerin und blieb stehen, um einen Moment zuzuhören.

»Feigling«, schnauzte Sybilla jemanden hinter der geschlossenen Tür an.

»Sprich leiser, sonst hört dich noch jemand«, warnte Cedric.

Blythe lehnte sich an die Tür. Sie wußte, daß es unrecht war zu lauschen, aber sie konnte nicht widerstehen.

»Bisher hast du dich noch nicht darüber beschwert, daß Darnel tot ist«, sagte Sybilla.

Ihr Thema war Mord. Blythe stand regungslos, als ein Schock durch ihren Körper lief. Jeder Moment, den sie da stand, ließ ihre Panik größer werden.

»Du hast mich nicht um Rat gefragt«, sagte Cedric. »Sonst hätte ich mich dagegen ausgesprochen.«

»Der Mord an Darnel hat dir beinahe deinen rechtmäßigen Titel gebracht«, antwortete Sybilla. »Wir müssen das zu Ende bringen, bevor Roger kommt.«

»Mein Vater hat Rogers Ehelichkeit niemals bestritten«, meinte Cedric. »Ohne den Beweis im Tagebuch meiner Mutter bleibt das wie eine Anerkennung.«

»Simon Debrett war zu stolz, um öffentlich zuzugeben, daß seine Frau ihn betrogen hatte«, entgegnete Sybilla. »Er hat dir die Wahrheit gesagt, in der Hoffnung, daß du – sein einziger Sohn – wieder gutmachen würdest, was ihm angetan wurde. Zu unserem Glück besitzt Roger großes Geschick, Geld zu machen, das wir erben werden, wenn er tot ist.«

Blythe spürte, wie der Boden unter ihr nachgab. Sie legte eine Hand an die Wand, um das Gleichgewicht zu halten. Cedric und Sybilla hatten Darnel ermordet und planten jetzt den Mord an Roger! Sie würden über ihre Leiche gehen müssen, um an ihn zu kommen. Und die nächsten Worte bewiesen, daß sie genau das vorhatten.

»Blythe ist ein reizendes Geschöpf«, sagte Cedric. »Der Gedanke, sie vorzeitig ins Grab zu bringen, macht mich krank.«

»Sie trägt den Erben deines Bruders. Außerdem wird Roger wegen Mordes an ihr an den Galgen kommen«, antwortete Sybilla. »Unser Plan ist ganz einfach. Wenn erst seine eigene Tochter tot ist, wird sich der Graf von Basildon weigern, ihn noch einmal zu retten.«

»Trotzdem gefällt mir das nicht ...«

»Miranda und der Junge müssen auch sterben«, unterbrach ihn Sybilla.

»Töten wir jetzt auch Kinder?« Cedric klang schockiert über den Vorschlag seiner Frau. »Wie kann ich dulden, daß meine eigene Nichte ermordet wird?«

»Miranda ist die nächste in der Erbfolge für das Debrett-Vermögen«, erinnerte Sybilla ihn. »Wir werden sie heute los, während Hartwell und Daisy weg sind.«

»Trotzdem ...«

»Ich werde es tun«, sagte Sybilla rasch. »Du mußt nur den Mund halten.«

»Gut«, stimmte Cedric nach längerem Schweigen zu.

»Ich wußte, daß du die Dinge genauso sehen würdest wie ich. Weißt du, ich kann es einfach nicht glauben, wie dumm Roger ist«, bemerkte Sybilla. »Es ist ein Wunder, daß er nie vermutet hat, daß Simon Debrett nur dich gezeugt hat. Schließlich bist du der einzige dunkle Sohn.«

Der dunkle Sohn … Hüte dich vor dem dunklen Sohne.

Blythe starrte entsetzt die Tür an. Die prophezeite Gefahr war nicht im Himmel. Sie stand im Arbeitszimmer.

Blythe ging leise und schnell den Gang entlang. Zuerst wollte sie die Kinder verstecken und dann die Mörder von ihnen ablenken.

Blythe trat nach draußen und lief durch den Garten zu Brandon und Miranda. Sie blickte zum Himmel und bemerkte die bedrohlichen Wolken am Horizont. Die Sonne und die Herrlichkeit des Tages waren verschwunden.

»Kommt mit«, befahl Blythe den Kindern und nahm die Hand des kleinen Mädchens. Unaufhaltsam ging sie auf die Ställe zu.

»Wohin gehen wir, Mama Blight?« fragte Miranda.

»Wir spielen Verstecken«, sagte Blythe und schaffte es, das Mädchen anzulächeln. »Wir verstecken uns, und Onkel Cedric sucht uns.«

Brandon hustete, um ihre Aufmerksamkeit zu erringen, und sah sie fragend an. Blythe sah auf das kleine Mädchen und schüttelte dann ihren Kopf. Der Junge nickte verstehend.

Innerhalb von zehn Minuten ritt Blythe aus dem Stall. Miranda saß vor ihr auf Achilles, und Brandon ritt hinter ihnen auf Ajax.

Fünfzehn Minuten später kamen sie nach Winchester. Die Stadt schien ungewöhnlich verlassen. Der dunkle Himmel über ihnen versprach einen Sturm von gigantischen Ausmaßen.

Blythe ritt auf den unteren Teil der Stadt zu, wo sich die Winchester Cathedral und der Schrein des heiligen Swithin auf einem weiten, von einer Mauer umgegebenen Gelände befanden. Aus der Entfernung nur schwer auszumachen, ragte ein niedriger, zentraler Turm über das Dach der Kirche.

»Der heilige Swithin war ein angelsächsischer Bischof,

der Wunder vollbrachte«, erzählte Blythe, um ihre Stieftochter zu beruhigen, als sie neben der Marienkapelle auf der östlichen Seite der Kathedrale abstiegen. Sie deutete auf das monumentale Grab und fügte hinzu: »Swithin liegt dort, weil er für alle Ewigkeit den Tropfen, die vom Himmel fallen, ausgesetzt sein wollte.«

Blythe nahm die Zügel von Achilles und führte das Mädchen und das Pferd in die Marienkapelle. Brandon folgte ihnen mit Ajax.

»Bringen wir die Pferde mit, damit sie Glück bringen?« fragte Miranda.

»Ja.« Blythe führte sie zum Altar und befahl: »Der heilige Swithin wird euch beschützen, wenn ihr in diesem Heiligtum bleibt. Verstanden?«

»Was ist mit Euch?« fragte Brandon.

»Ich plane ein Ablenkungsmanöver.«

»Mama Blight, laß mich nicht allein«, rief Miranda und schlang ihre Arme um sie.

»Hör zu«, sagte Blythe und kniete sich vor das Kind. »Onkel Cedric ist ein böser Mann, der uns wehtun will. Dein Vater ist auf dem Weg, um uns zu retten. Wirst du Brandon in allem gehorchen?«

Miranda nickte.

Blythe stand auf und wandte sich an den Zwölfjährigen. »Laß Cedric oder Sybilla nicht in eure Nähe. Benutze den Dolch, wenn es nötig ist.«

»Wo geht Ihr hin?« fragte Brandon.

»Ich führe sie in eine andere Richtung.«

»Das tue ich«, bot der Junge an. »Ihr bleibt hier mit Miranda.«

»Sie können mir nichts tun«, sagte Blythe und lächelte zuversichtlich. »Einen Schmetterling zu fangen, ist unmöglich.«

Mit diesen Abschiedsworten drehte sich Blythe auf dem Absatz um und führte Achilles aus der Kapelle. Draußen blieb sie neben dem Grabmal stehen und flüsterte: »Heiliger Swithin, vollbringe heute ein weiteres Wunder. Schick mir Nebel und Wind und Regen, um meinen Weg zu schützen.

Beschütze meine Kinder, die geborenen und ungeborenen. Beschütze mich vor dem Bösen. Amen.«

Blythe stieg auf. Bevor sie fortritt, sah sie zu dem bedrohlichen Himmel auf, und der erste Regentropfen traf ihr Gesicht.

Blythe zog die Kapuze ihres Umhangs über den Kopf, sah noch einmal auf das Grabmal ihres Schutzheiligen und murmelte: »Danke.«

Blythe galoppierte auf Achilles aus Winchester hinaus. Sie wußte, daß ihr Schwager und ihre Schwägerin inzwischen ihr Verschwinden entdeckt haben und sie suchen würden.

Sie wollte ihre Aufmerksamkeit erregen und sie von Winchester und den Kindern fortlocken. Blythe ritt auf Eden Court zu. Sie würde in Sicherheit sein. Die Wälder der Umgebung strotzten nur so vor Versteckmöglichkeiten.

Als sie sich Eden Court näherte, lag Nebel über der Erde, und der Wind war stärker geworden. Dicke Regentropfen fielen vom Himmel.

In einiger Entfernung entdeckte Blythe zwei Gestalten zu Pferde. Sie parierte Achilles abrupt, als ein Windstoß ihr die Kapuze vom Kopf blies.

»*Da!*« hörte sie einen von ihnen rufen und dann in ihre Richtung zeigen. *Cedric und Sybilla.*

Blythe riß scharf an den Zügeln und drehte Achilles auf die Wälder zu. Hier ließ der Wind nach, aber der Nebel wurde dicker.

»Wartet!« rief Cedric.

»Kommt nach Hause!« rief Sybilla.

Blythe wurde eins mit ihrem Pferd und schoß mit halsbrecherischer Geschwindigkeit durch den Wald. Gestrüpp schlug ihrer Stute entgegen, aber Achilles stolperte nicht und zeigte keine Furcht. Blythe duckte sich, um den peitschenden Ästen zu entgehen, und klammerte sich an ihrem Pferd fest.

Unsicher, wo sie hinreiten sollte, ritt Blythe aus dem Wald hinaus und fand sich auf einem grasbewachsenen

Hügel über einer Kreideklippe, die auf den nebelverhangenen Itchen River hinausging. Der Wind heulte hier lauter und stärker.

Blythe erkannte in Panik, daß sie sich selbst auf der Klippe gefangen hatte, derselben Klippe, die ihr im Traum erschienen war. Sie drehte sich im Kreis und versuchte, einen Fluchtweg zu finden.

Es gab keinen.

Am Rand des Waldes lockte eine Weide sie mit ihren beruhigenden, ausladenden Zweigen. Blythe beschloß, sich mit dem Rücken zur Weide zu stellen. Sie stieg ab und führte Achilles zu dem Baum.

Blythe lehnte sich gegen die Weide, zog ihren Dolch heraus und wartete auf die beiden. Sie warf einen kurzen Blick auf die Klinge und betete: »Heiliger Swithin, hilf mir.«

Und dann erschienen Cedric und Sybilla. Mann und Frau stiegen ab. Ihre Umhänge schlugen ihnen durch die peitschenden Winde um die Beine, als sie langsam auf sie zukamen.

»Bleibt, wo Ihr seid, oder Ihr sterbt«, drohte Blythe und hob ihren Dolch. Achilles wählte diesen Augenblick, um furchterregend zu wiehern, als wollte er die Drohung seiner Herrin unterstützen.

Sowohl Cedric als auch Sybilla blieben in einiger Entfernung stehen. Sie sahen sich nervös an. Ihr Schwager sprach als erster: »Was ist los?«

»Das Baby bringt Euch aus dem Gleichgewicht«, sagte Sybilla. »Das Wetter ist tödlich. Wir möchten Euch nur sicher nach Eden Court zurückbringen.«

»Ich weiß alles von Euch«, sagte Blythe. »Ich habe Euer Gespräch über den Mord an Darnel belauscht.«

»Und so ist die Welt um eine Hure ärmer«, antwortete Sybilla. »Was zählt das, wenn es um einen Titel und ein Vermögen geht?«

»Jede Seele im Universum zählt«, sagte Blythe. »Selbst Eure.«

»Ich habe meinen Dolch in Eden Court gelassen«, sagte

Sybilla und sah ihren Mann an. »Zieh dein Schwert und erledige es.«

»Cedric, Roger und Ihr seid Halbbrüder«, sagte Blythe. »Das Baby, das ich trage, ist Euer Neffe.«

Cedric starrte sie einen langen Moment an und wandte sich dann an seine Frau: »Ich kann keine Frau mit meinem Schwert durchstoßen.«

»Zieh dein Schwert und zwing sie, die Klippe hinunterzustürzen«, schnauzte Sybilla. »Das wirst du doch wohl können, oder?«

Langsam zog Cedric sein Rapier und ging auf sie zu.

»Denkt selbst, Schwager«, rief Blythe. »Ihr habt Darnel nie angerührt. Euer einziges Verbrechen besteht in Eurem Schweigen. Laßt euch von dieser Teufelin und ihren Versprechen von Reichtum nicht verführen.«

»Tu es«, befahl Sybilla. »Du wirst für dein Schweigen ebenso hängen wie ich für die Tat.«

»Wollt Ihr den Rest Eures Lebens neben einer Mörderin schlafen?« entgegnete Blythe. »Wann wird sie beschließen, daß sie Rogers Vermögen für sich alleine haben will?«

»Cedric, ich denke nur an deinen Vorteil«, sagte Sybilla einschmeichelnd. »Hör nicht auf ihre Lügen.«

Cedric war unentschlossen. Schließlich wandte er sich an seine Frau: »Ich habe immer eine sanfte Frau bevorzugt. Vielleicht sollte ich *dich* die Klippen hinunterzwingen und Blythe heiraten.«

»Die Dame hat bereits einen Mann, der sie mehr liebt als sein Leben«, sagte eine Stimme hinter ihnen. Groß und einschüchternd stand Roger kampfbereit mit dem Rapier in der Hand da.

Blythe lächelte vor Freude und Erleichterung. Ihr Geliebter war zu ihrer Rettung gekommen. *Und er liebte sie.*

»Wo sind Miranda und Brandon?« fragte Roger.

»Ich habe sie versteckt.«

»Kluge Lady.« Roger lächelte sie von der Seite an und richtete dann sein Rapier auf seinen Bruder. »Sei bereit zu sterben, du mörderischer Bastard.«

»Du bist der Bastard, nicht ich«, antwortete Cedric mit einem selbstbewußten Lächeln, während er sein Rapier hob. »Brandon Montgomerys Großvater hat Geoffrey und dich gezeugt.«

Roger antwortete nicht, sondern ging langsam auf seinen Bruder zu. Die beiden Männer begannen, einander zu umkreisen, jeder bereit zum Angriff, aber keiner wollte den ersten Zug machen.

Aus dem Augenwinkel sah Blythe, wie sich Sybilla den Brüdern näherte, und wußte, daß sie vorhatte, Roger ein Bein zu stellen.

»Bewegt Euch keinen Zoll mehr«, drohte Blythe.

Obwohl Blythe sich danach sehnte, ihren Mann zu beobachten, hielt sie ihren Blick auf Sybilla gerichtet. Ihre Schwägerin war klug genug, ihre Drohung nicht auf die Probe zu stellen.

»Gib es zu, Bruder«, sagte Roger zu Cedric. »Du hast Darnel ermordet, Schurken angeheuert, die mich auf Smithfield Market umbringen sollten, und dann versucht, Blythe zu erdrosseln.«

»*Ich* habe all das getan«, verkündete Sybilla. »Cedric hat nicht den Mumm dazu.«

Überrascht von ihrem Geständnis, wandte Roger seinen Kopf, um sie anzustarren. Cedric nutzte diesen Moment, um anzugreifen, und stieß mit seinem Rapier zu. Roger gelang es gerade noch, sein Leben zu retten. Er sprang zur Seite, so daß die Klinge ihn nicht mehr treffen konnte.

»Cedric, werft Euer Rapier weg«, rief Blythe, verängstigt durch den Zusammenstoß. »Oder ich werde Eure Frau erstechen.«

Cedric lachte humorlos. »Wirklich, Schwägerin«, sagte er, ohne den Blick von seinem Bruder abzuwenden. »Ich brauche keinen zusätzlichen Anlaß, um zu kämpfen.«

»Ich kümmere mich um Sybilla«, sagte eine tiefe Stimme neben ihr.

Blythe brach vor Erleichterung beinahe zusammen, als sie ihren Großvater erblickte. Mit dem Rapier in der Hand betrat auch ihr Vater die Lichtung. Als nächstes erschienen Geoffrey und dann zehn Mitglieder der königlichen Wache.

»Roger, Ihr müßt nicht mehr kämpfen«, rief Richard. »Wir haben die Geständnisse gehört.«

»Der Kummer und die Rache sind mein«, antwortete Roger und schüttelte den Kopf.

Blythe kämpfte mit sich, um ihren Mann nicht zu bitten, Cedric und Sybilla von den Männern der Königin fortbringen zu lassen. Es ging um die Ehre ihres Mannes. Und mehr. Viel, viel mehr. Sein eigener Bruder hatte ihn verraten, und jetzt verdiente er es, seine Vergeltung zu bekommen. Daß er den Moment, in dem er seinen Bruder tötete, immer bereuen würde, war eine Schlußfolgerung, die Roger selbst ziehen mußte, bevor er den Todesstoß versetzte. Oder den Todesstoß erhielt.

»Du wirst für deine Verbrechen sterben«, sagte Roger und starrte einen Mann kalt an, den er einst mit seinem Leben beschützt hätte.

»Ich bin bereit, Bruder«, antwortete Cedric lächelnd, als wüßte er, daß er ihn mit einer winzigen Handbewegung schlagen könnte.

Bewaffnet mit ihren Rapieren standen die beiden Brüder in der Mitte des Kreises, den die Männer der Königin bildeten. Beide waren kampfbereit. Roger beugte seine Schultern vor wie ein Straßenschläger. Cedric behielt die klassische Pose bei, als hielte er seinen Bruder für einen unwürdigen Gegner, keine Bedrohung.

Unerwartet wie ein plötzlicher Windstoß, riß Cedric sein Handgelenk nach rechts, aber dieses Mal war Roger vorbereitet. Er trat nach links und stieß mit einer fließenden Bewegung die Spitze seines Rapiers gegen den Bauch seines Bruders.

Cedric sprang noch gerade rechtzeitig zurück, um sich zu retten.

Und dann begann der Kampf. Die beiden Brüder umkreisten sich einmal. Dann noch einmal. Lange Augenblicke verstrichen, während beide versuchten, die Schwäche des anderen abzuschätzen. Roger hielt seine Rapierhand in Taillenhöhe, bereit, bei der ersten Gelegenheit zuzustoßen. Cedric hielt sein Rapier hoch, bereit zur Attacke.

Blythe biß sich auf die Unterlippe, um nicht zu schreien. Ihr Geliebter hatte seinen Bruder noch nie in einem Duell geschlagen. Es mußte einen Weg geben, wie sie ihm helfen konnte!

Mit ihrem rechten Zeigefinger berührte Blythe ihr Herz und legte den Finger dann auf ihre Lippen. Und dann wartete sie.

Zehn lange Minuten lang vermischte sich das metallische Klirren der aufeinandertreffenden Klingen mit dem heulenden Wind. Die Brüder duellierten sich mit Stößen und Bögen. Angriff, Verteidigung, Gegenangriff.

Die Intensität machte diese Augenblicke zu einer Ewigkeit. Keiner konnte einen Vorteil gewinnen.

Plötzlich stieß Cedric sein Rapier nach vorne. Roger reagierte mit einer Parade und bewegte gleichzeitig seinen Körper. Ohne Pause zielte er mit seinem Rapier auf das Gesicht seines Bruders.

Und Blythe nutzte die einmalige Gelegenheit. Sie zeigte mit ihrem rechten Zeigefinger auf ihren Schwager, schloß die Augen und betete still zu ihrem alten Freund, dem Wind.

Um dem Rapier seines Bruders zu entkommen, versuchte Cedric zurückzuspringen, aber ein kräftiger Windstoß brachte ihn aus dem Gleichgewicht. Er fiel flach auf den Rücken und verlor dabei sein Rapier.

»Du bist ein toter Mann«, sagte Roger und richtete sein Rapier auf das Gesicht seines Bruders.

»Gentlemen zielen nie auf das Gesicht, nur auf den Bauch.« Cedric lächelte schief. »Bring es zu Ende.«

Roger starrte ihn unentschlossen an. Zwiespältige Gefühlte kämpften in seinem Gesicht.

»Tu es«, forderte Cedric ihn heraus. »Oder bist du nicht nur ein Bastard, sondern auch ein Feigling?«

»Ich weigere mich, den Rest meines Lebens zu bereuen, daß ich meinen eigenen Bruder getötet habe«, sagte Roger schließlich und hob die Spitze seines Rapiers. Er sah die Männer der Königin an und befahl: »Bringt ihn außer Sichtweite, bevor ich es mir anders überlege.«

Die Männer der Königin eilten herbei und rissen Cedric auf die Füße. Herzog Robert ergriff Sybillas Arm und begleitete sie zu den Pferden. Graf Richard steckte sein Rapier in die Scheide, nickte seiner Tochter zu und folgte den anderen.

Als Roger sich zu ihr umdrehte, warf Blythe ihm einen Blick zu, der besagte, daß er sich richtig entschieden hatte. Und dann lächelte sie ihn strahlend und liebevoll an.

Wie durch Zauberkraft verzog sich der dichte Nebel, und der Wind hörte auf zu heulen.

Roger ließ sein Rapier fallen und breitete seine Arme aus. Blythe lief zu ihm. Er zog sie an sich, als wollte er sie nie wieder loslassen.

Blythe sah zu ihm auf, und sein Gesicht näherte sich ihrem. Ihre Lippen trafen sich in einem Kuß, der für alle Ewigkeit zu dauern schien.

Roger legte seine ganze Liebe zu ihr in diesen einen Kuß, und Blythe erwiderte ihn ebenso.

»Wenn Ihr mir sagt, wo ich Miranda und Brandon finden kann«, sagte Geoffrey mit einem Lachen, »überlasse ich Euch Eurem Vergnügen.«

»Ich habe sie in der Marienkapelle der Winchester Cathedral versteckt«, antwortete Blythe.

Geoffrey nickte und drehte sich um.

»Seid vorsichtig. Brandon ist ganz wild darauf, jemanden mit seinem Dolch zu erstechen«, rief sie ihm nach.

Roger grinste.

»Woher wußtest du, wo du mich findest?« fragte Blythe.

»Die Liebe hat es mir gesagt.«

Sie sah ihn verwirrt an.

»Ich liebe dich«, sagte Roger. »Ich habe dich immer geliebt, mein süßer Schmetterling.«

»Das wußte ich«, sagte Blythe mit strahlendem Lächeln. »Ich habe darauf gewartet, daß du es erkennst.«

Roger zögerte, und ein Schatten legte sich auf sein Gesicht. »Blythe, ich bin nicht der Mann, für den du mich hältst. Ich …«

Blythe legte einen Finger auf seine Lippen, um ihn zum Schweigen zu bringen. »Es interessiert mich nicht im geringsten, wer dich gezeugt hat.«

Roger küßte sie noch einmal und flüsterte: »Liebe besiegt alles.«

Über ihnen riß die Wolkendecke auf, und die Sonne schien auf sie herab. Blythe sah nach oben und entdeckte einen einzelnen Adler, der am Himmel schwebte. In ihrem Herzen wußte sie, daß ein hübscher Schmetterling auf seinem Flügel saß.

Epilog

»Ich denke, wir müssen einen neuen Namen finden«, sagte Blythe und sah von ihrer ein paar Stunden alten Tochter in ihren Armen zu ihrem Mann, der auf der Bettkante saß. »Aristoteles paßt nicht für ein Mädchen.«

»Du bestimmst den Namen für unsere Tochter«, antwortete Roger und beugte sich vor, um sie auf die Wange zu küssen. »Wenn der Herr uns mit einem Sohn segnet, suche ich den Namen aus.«

»Du meinst, wenn die Göttin uns segnet«, korrigierte sie ihn.

»Wer auch immer.«

»Ich nenne sie Willow nach einer alten Freundin von mir«, sagte Blythe und betrachtete liebevoll ihre schlafende Tochter.

»Willow Debrett«, sagte Roger und ließ sich die Worte auf der Zunge zergehen. »Der Name gefällt mir.«

Andächtige Stille herrschte im Schlafzimmer, als Vater und Mutter das Interessanteste beobachteten, das sie je gesehen hatten: ihre schlafende, neugeborene Tochter. Sie lächelten, als Willow ihren Mund verzog, als würde sie an der Brust ihrer Mutter saugen.

»Es ist das Fest des heiligen Swithin«, sagte Blythe und sah zum Fenster, durch das der Sommersonnenschein in das Zimmer strömte. »Das Wetter, das wir jetzt haben, wird vierzig Tage anhalten.«

»Willow verdient von allem nur das Beste, einschließlich eines Lebens voller Sonnenschein«, antwortete Roger. Er legte einen Finger in die Handfläche seiner Tochter, und sie umklammerte ihn mit ihren winzigen Fingern.

Blythe floß das Herz über vor Freude, als sie sah, wie glücklich ihr Mann war. Kein Mann in ganz England verdiente mehr Sonnenschein und Frieden als ihr Geliebter.

»Ich bin erleichtert, daß die Königin ihren Besuch in Eden Court abgesagt hat«, sagte Blythe. »Jetzt können wir den ganzen Sommer unsere Kinder genießen. Ich wünschte, wir könnten immer hierblieben.«

»Wir müssen im September zur Geburtstagsfeier der Königin«, sagte Roger. »Vielleicht können wir vor dem Winter nach Eden Court zurückkehren.«

Ein Klopfen an der Tür erregte ihre Aufmerksamkeit. Roger sah sie an und fragte: »Bist du bereit für einen Besuch?«

Blythe nickte.

»Herein«, rief Roger und stand vom Bett auf.

Die Tür öffnete sich. Miranda, Brandon und Geoffrey marschierten in das Zimmer und kamen auf das Bett zu. Alle drei hatten einen erwartungsvollen Gesichtsausdruck.

»Rodale und Hibbert haben das aus London geschickt«, sagte Geoffrey und legte versiegelte Schreiben auf den Nachttisch.

Blythe wandte sich an Miranda: »Was hältst du von deiner neuen Schwester?«

Das Mädchen lachte und hielt einen Daumen hoch.

»Und was hältst du von deiner Cousine?« fragte Blythe Brandon.

»Sie ist beinahe so hübsch wie Ihr«, antwortete er.

»Ich glaube, du wirst ein Schmeichler«, sagte Blythe bedauernd. »Dein Onkel Geoffrey hat einen schlechten Einfluß.«

Geoffrey lachte leise. »Und wie sollen wir das neueste Mitglied der Familie Debrett ansprechen?«

»Willow«, antwortete Blythe.

Miranda kicherte. »Wie der Baum?«

»Genau.«

Brandon beugte sich zu Miranda und flüsterte ihr etwas ins Ohr. Sie nickte und wandte sich an ihren Vater.

»Daddy, ich bin sicher, daß Willow einen Affen möchte«, teilte sie ihm mit.

»Wir werden über den Affen sprechen, wenn wir im September nach London zurückkehren«, sagte Roger und warf seinem Bruder einen vielsagenden Blick zu.

»Laßt uns gehen«, sagte Geoffrey auf sein Stichwort. Er begleitete Miranda und Brandon aus dem Schlafzimmer.

»Ich glaube, ich habe das mit Miranda gut geregelt«, sagte Roger und setzte sich wieder auf die Bettkante. »Sie wird mich nicht mehr wegen eines Affen belästigen.«

Blythe lächelte. »Bis wir nach London zurückkehren.«

»Sie ist so weich«, sagte er und streichelte mit einem Finger über die Wange des Babys.

»Ich möchte jeden nur möglichen Moment mit Willow verbringen«, sagte Blythe und betrachtete die Schreiben auf dem Nachttisch. »Würdest du dich ein paar Wochen um meine geschäftlichen Angelegenheiten kümmern?«

»Nur, wenn du mir hilfst, all diese furchtbaren Zahlenreihen zusammenzuziehen«, antwortete er.

»Treiben es deine Siebenen und Achten wieder?«

»Nicht, wenn du jede Nacht in meinem Bett wartest.«

Blythe betrachtete ihre schlafende Tochter. »Leg sie in die Wiege und nimm mich in den Arm.«

Ganz vorsichtig nahm Roger das Baby aus ihren Armen und legte es in die Wiege. Er blieb einen langen Augenblick stehen, um sie zu beobachten, und beugte sich dann vor. »Daddy liebt dich«, flüsterte er.

Roger kehrte zum Bett zurück und lehnte sich gegen das Kopfende. Dann nahm er Blythe in die Arme. Er sah in ihre erstaunlich violetten Augen und fragte: »Und welches Geschenk wünschst du dir dafür, daß du mir meine zweite Tochter geschenkt hast?«

»Meinen Herzenswunsch«, antwortete Blythe flüsternd.

»Und das wäre?«

»Das Geschenk deiner Liebe.«

Roger kuschelte sich an ihren Hals. »Du besitzt es bereits, meinen Körper, mein Herz und meine Seele.«

»Keine Gardenien mehr?« fragte sie und zog eine Braue hoch.

Er grinste. »Nur noch Rosen.«

Roger senkte seinen Kopf, und ihre Lippen trafen sich in einem glühenden Kuß. Blythe hörte ein leises Wimmern von

Willow, ignorierte es jedoch, bis es zu einem kräftigen Weinen wurde.

»Willow zieht meine Arme der Wiege vor«, sagte Blythe.

»Alle Babys weinen«, sagte Roger und küßte sie wieder. »Willow wird noch ein oder zwei Minuten warten können.«

Willows Schrei wurde zu einem kraftvollen Kreischen.

Blythe unterbrach den Kuß und sah besorgt zu der Wiege. Und dann hörten sie das unerwartete, ärgerliche Donnern. Beide sahen zum Fenster. Der perfekte Sonnentag hatte sich plötzlich bewölkt und prasselnder Regen schlug durch das offene Fenster.

»Lieber Himmel!« Roger sprang aus dem Bett und schloß das Fenster. Dann nahm er das schreiende Baby aus der Wiege und legte es in die Arme der Mutter, bevor er sich wieder neben seine Frau setzte.

Willow hörte auf zu weinen.

»Heiliger Swithin«, keuchte Blythe und deutete mit ihrer freien Hand auf das Fenster.

Roger folgte ihrem Finger mit seinem Blick. So plötzlich, wie er verschwunden war, kehrte der strahlende Sonnenschein zurück.

Er sah seine Frau an und dann seine Tochter. »Glaubst du wirklich …«

Blythe nickte. »Willow hat die Gabe.«

»Zweifellos.«

»Du hast einmal geglaubt, du könntest mich niemals lieben«, sagte Blythe und kuschelte sich an ihn.

»Nein, kleiner Schmetterling, ich habe befürchtet, dich zu sehr zu lieben«, sagte Roger.

Blythe lächelte ihn strahlend und voller Liebe an. »Ein Kuß?« fragte sie.

»Ja, Liebling.«

HEYNE BÜCHER

Catherine Coulter

Romane von tragischer Sehnsucht und der Magie der Liebe.

Eine Auswahl:

Rivalen des Glücks
01/9965

Fluch der Liebe
01/10094

Karibische Nächte
04/129

Im Schatten der Mitternachtssonne
04/135

Ein ehrbares Angebot
04/139

Jenseits der Liebe
04/145

Der Herr der Habichtsinsel
04/151

Der Herr vom Rabengipfel
04/152

Der Herr der Falkenschlucht
04/154

Stolz und Leidenschaft
04/159

Sehnsucht und Erfüllung
04/169

Dornenpfad
04/173

Der Stern der Rache
04/184

04/184

Heyne-Taschenbücher

HEYNE
BÜCHER

Patricia Gaffney

Mitreißende Liebesromane vor historischem Hintergrund

Süßer Verrat
04/147

Im Schatten der Liebe
04/168

In den Armen der Leidenschaft
04/176

In den Armen der Liebe
04/178

In den Armen des Glücks
04/180

Wilde Herzen
04/221

04/221

Heyne-Taschenbücher

HEYNE BÜCHER

Karen Robards

Romane über das Abenteuer der leidenschaftlichen Liebe.

Süße Orchideen
04/108

Sommer des Herzens
04/149

Die Augen der Katze
01/9717

Magische Nächte
01/9969

Schatten im Mondlicht
01/10113

Mitternachtsliebe
01/10354

01/10354

Heyne-Taschenbücher

HEYNE BÜCHER

Johanna Lindsey

»Sie kennt die geheimsten Träume der Frauen...«

ROMANTIC TIMES

Fesselnde Liebesromane voller Abenteuer und Zärtlichkeit

Eine Auswahl:

Wenn die Liebe erwacht
01/7672

Herzen in Flammen
01/7746

Stürmisches Herz
01/7843

Geheime Leidenschaft
01/7928

Lodernde Leidenschaft
01/8081

Wildes Herz
01/8165

Sklavin des Herzens
01/8289

Fesseln der Leidenschaft
01/8347

Sturmwind der Zärtlichkeit
01/8465

Geheimnis des Verlangens
01/8660

Wild wie Deine Zärtlichkeit
01/8790

Gefangene der Leidenschaft
01/8851

Lodernde Träume
01/9145

Ungestüm des Herzens
01/9452

Rebellion des Herzens
01/9589

Halte mein Herz
01/9737

Wogen der Leidenschaft
01/9862

Wer die Sehnsucht nicht kennt
01/10019

Die Sprache des Herzens
01/10114

Heyne-Taschenbücher